现代中国电影文学大系

1913—1926

第一卷

周晓明 周易 ● 主编

華中師範大學出版社

新出图证(鄂)字 10 号

图书在版编目(CIP)数据

现代中国电影文学大系. 第一卷，1913—1926/周晓明，周易主编. —武汉：华中师范大学出版社，2019. 12

ISBN 978-7-5622-8902-9

Ⅰ. ①现…　Ⅱ. ①周…　②周…　Ⅲ. ①电影文学剧本—作品集—中国—现代
Ⅳ. ①I235. 1

中国版本图书馆 CIP 数据核字(2019)第 289401 号

现代中国电影文学大系

第一卷(1913—1926)

©主编　周晓明　周　易

责任编辑：石亚培　　**责任校对**：缪　玲

封面设计：叶　玉

编辑室：学术出版中心　　**电话**：027-67867792

出版发行：华中师范大学出版社

社址：湖北省武汉市洪山区珞喻路 152 号　　**邮编**：430079

电话：027-67863426(发行部)　027-67861321(邮购)

传真：027-67863291

网址：http://press.ccnu.edu.cn　　**电子信箱**：press@mail.ccnu.edu.cn

印刷：湖北恒泰印务有限公司　　**督印**：王兴平

开本：787mm×1092mm　1/16　　**印张**：47

版次：2019 年 12 月第 1 版　　**印次**：2019 年 12 月第 1 次印刷

字数：1030 千字　　**定价**：188.00 元

欢迎上网查询、购书

编选说明

“电影文学”这一术语，在中国有其特定的、多方面的涵义。它通常指那些“为电影的”和“来自电影的”的文学性创作样式，如电影文学剧本、电影分镜头剧本、电影字幕本、电影小说、电影故事、电影本事等。它也经常扩展其内涵、外延，指涉一切与电影的创作和表现相关审美方式和内容，如电影化的语言、文字乃至文学性内容。不仅如此，在更宽泛的意义上，“电影文学”还甚至可以包括一切与电影相关的文字性作品或著述，如电影批评、电影理论等。在英文中，“film literature”就有“电影文学作品”，“电影文字、文献、著作、资料”等涵义。

至于本大系所谓的“现代中国电影文学”，主要指中华人民共和国成立前体裁样式意义上的现代中国电影文学创作；同时也兼及一切与电影相关的文字性的材料，如中国电影批评、电影理论文选等。

现代中国电影文学，作为现代中国文学史上一种新的文学门类和样式，是电影艺术和文学结合的产物，是随着电影艺术的发展而发展起来的。它萌生形成于20世纪20年代；于20世纪30年代初、中期获得较大发展，并确立其在电影和文学两大领域中的应有地位。现代中国电影文学的出现，虽然是在“五四”以后；它存在的历史，也较之于五四新文学其它文学样式为短。但是，同现代话剧和报告文学一样，它是“五四”以后产生的为数不多的文学新品种之一，并在30年代前后发展成为一个崭新的、独立的文学门类。

但是，由于各种原因，建国前发表和保留下来的电影文学资料，较之于其它门类现代中国文学资料（如小说、诗歌、散文、戏剧等）更为杂乱、分散与碎片化，且一再受到人为或自然的毁损。故抢救现代中国电影文学、文图史料，为现代中国这一新兴文艺样式、文学体裁门类留下可寻之迹，尤其是精粹之作，为中国电影文学史和艺术史的教学、研究提供较尽可能全面、客观、完整的文本资料，便成为研究者和出版者的当务之急。

编者自20世纪80年代起，就从事现代中国电影、现代中国文学的研究与教学，并在出版《中国现代电影文学史》（上下册）的同时，于1984年编选了《中国现代电影文学作品选集》（10卷本，夏衍作序；因故未能出版）。几十年来，编者利用各种渠道与资源，广泛补充收集了大量第一手资料，对先前未出版稿进行了大幅度地增补与修订，并将其更名为《现代中国电影文学大系》。

在编选宗旨、原则方面，本大系秉承尊重历史、尊重科学的立场，持守开放多元、兼收并蓄的现代中国文学史观、电影史观，力求尽可能广泛、深入地发掘搜集现代中国电影文学第一手资料，并依据历史性、文献性、规范性、可读性兼顾并重的原则，对现代中国电影文学原始资料予以整理、编辑和集成。

在编选范围、篇目方面，本大系主要包含下列电影文学作品：

（1）现代中国电影史上思想性、艺术性较强，影响较大，且具有文学审美价值的优秀电影文学剧作、电影脚本、电影字幕本、电影小说、电影故事、电影本事等。

（2）现代中国电影史上倾向、流派、风格、成就不一，但具有代表性，基本上值得肯定或具有史料价值的电影文学作品。

（3）1949年以前在文艺书刊和报纸上发表，但尚未拍摄成片的重要电影文学作品；或先前并未发表，但已拍摄成片的剧作手稿、整理稿等。

（4）1949年以前各电影公司摄制上映的故事片本事、剧情说明等。

（5）1949年以后根据建国前拍摄影片记录、整理或改写的电影文学剧本、电影小说等。

在底本和校本选择方面，为了保存历史的本来面目，为读者尤其是研究者提供尽可能客观、可信、易用的资料，辑录入选的作品，除首次发表的选本之外，尽可能以本人掌握的第一手材料尤其是原始版本为主。

在编选顺序、方式方面，本大系力图将文字作品写作、发表或出版时间与影片摄成或公映时间结合起来排序[1]，大致依据时间先后编年编目成卷，并对每篇作品编创基本情况尤其是底本、版本及其来源予以简要说明。

在文本的校勘方面，因为多种原因，现代中国电影文学资料在文字、文本、标点、标注、字体、版式、版本诸方面，情形较为复杂。如有些底本在格式、形式、版式等方面差异较大；不少原文时见讹误、错漏、模糊、残破、缺失或更改之处。此外，还有大量原文为句读或非现代标点。编者遵循存真、求实、慎改、标注的专业校勘要求，尽量搜求同一文本的不同版本予以对比、校勘，并对选本与底本间的重要的格式、形式、版式变动予以简单注释；对原文中讹、夺、衍、倒等文字错讹予以勘误点校；并根据现代出版规范要求，对原文中的句读、非现代标点，乃至现代标点中的明显错误，进行了重新标点或校正。至于原文中专有名物的异体字、分段或分节方式，为保持原作面貌或文字风格计，选本尽量予以保留。

必须强调的是，数十年来，本人在资料搜集和编选的过程中，得到了不少电影界前辈的鼓励、支持，以及相关单位或网络平台的帮助。

20世纪80年代，本人在编选《中国现代电影文学作品选集》过程中，夏衍先生曾于百忙之中为该选集撰写了序言[2]；陈荒煤先生，以及程季华、鲁勒、王白石等先生，都曾为选集的编选予以宝贵的指导和具体的帮助。

此外，中国电影资料馆、中国电影家协会，北京、上海、南京、重庆、成都、广东、武汉等地的图书馆，以及上述地区各高等院校图书馆及有关工作人员，都为本书

---

〔1〕 由于不少作品之文本发表与影片出品或公映存在或先或后甚至跨年的时间差，加上部分影片准确出品或发行日期现已无从考证，因此，编者在对作品排序时，以文本发表时间为主，同时兼顾影片的出品或试映、公映时间。

〔2〕 夏衍《〈中国现代电影文学作品选集〉序言》，《当代电影》1985年第1期。

资料查阅、复制提供了方便。

近年来，随着我国各类网络化大型数据库建设的加速，国内一些著名的网络数据平台或专业网站，如《全国报刊索引数据库》（社科类）、《晚清民国报刊全文数据库》、《申报数据库》、《晚清民国大报库》等，以及本人所在的华中师范大学校园网、图书馆系统，也为本书的资料搜集、补充乃至整理提供了极大的便利。

此外，本大系能最终付梓，也得益于华中师范大学有关方面，尤其是文学院和出版社的大力支持。

在此，谨向上述有关方一并致于最诚挚的感谢！

当然，由于本人学识、能力所限，该选集的辑录、编选和校勘一定有不少漏缺、粗疏乃至错误之处，借此敬请学界和社会各方批评教正。

周晓明

1984 年 5 月初稿，2018 年 12 月修改

目　录

1913年

难夫难妻

出品　亚细亚影戏公司，1913 年

编剧　郑正秋

导演　张石川　郑正秋

摄影　依什尔

演员　马清风　陆子清

《难夫难妻》电影由郑正秋编剧。其电影说明节录于王瘦月《中国最新活动影戏段落史》，原载《新剧杂志》第2期（1914 年 7 月 1 日）。为保存史料计，同时将王瘦月《中国最新活动影戏段落史》中其他 15 篇电影说明顺序附录之。

说　　明〔1〕

瘦月

亚西亚影片公司所制各种影片，皆民鸣新剧社著名人物所扮演，开中国影戏片之先河。现假湖北路中舞台开演，其中大抵以改良风俗破除迷信之戏居多。闻各国同业，派人来申购取者，络绎不绝。我国新剧诸巨子，从此不但现身说法于国内，且可分身遍于五大洲，诚空前之创举也。狂喜之余，用将所见诸片之事实，节略说明于后，以告海内赏鉴家。

中国结婚之手续颇繁，腐败亦已极矣。此戏系甲乙两富绅，结朱陈之好，花烛之夕，贺者盈门。婚礼讫，送入洞房。礼人传袋，偶一不慎，夫妻交仆。既婚后半年，新郎以赌钱遇翻戏大负，夫妇因之起衅，捣毁物件，并各伤头足。仆人告甲乙二翁，于是合家齐至，在途拉拉扯扯，颇有可观。及抵新房，左右围坐。新郎新娘，其时恶感已息，彼此赔礼，其事遂寝。

附录：其他电影说明〔2〕

滑 稽 侦 探

出品　亚细亚影戏公司，1913 年

〔1〕 原为句读。

〔2〕 原为句读。

盲子以善谈命理，囊资颇裕。其妻有外遇，盲虽知之，而计无所出。乃商诸吴鉴光，吴则置酒共酌。时适有侦探过其门，入而与之戏，将案上所置之物，悉数罄之。两瞎朦胧，暗中摸索。饮罢，同至家，而奸夫适在。幸侦探亦尾其后，遂捕而送之官。

老少易妻

出品　亚细亚影戏公司，1913年

导演　张石川

摄影　依什尔

演员　胡恨生　郭咏馥

一老人娶一少女，系债户抵押者。一日携至酒所，适某少年亦偕其妻至。少年以妻老，见女悦之。比老人醉，少年之妻亦醉。女乃窃其据，改其名，相与逸去。行至中途，老人已追至，扭至公堂。官以凭据为证，判女与少年。老人不得已携老妇去。

三贼案

出品　亚细亚影戏公司，1913年（一名《打城隍》）

导演　张石川

摄影　依什尔

邑绅某，家资巨万。贼涎之，夜半结伴入室攫物。次晨某绅觉，乃诉于官。官比捕严厉，悬赏缉捕。贼闻之大惊，相将入庙扮神。捕久不获，求神指示。往返者三四，神错位置。捕疑是贼，捉将官里去。一鞫得实，定罪了案。

滑稽爱情

出品　亚细亚影戏公司，1913年

编剧　王瘦月

导演　陆子清　张石川

摄影　依什尔

演员　马清风　陆子清　陆子美　王惜花

某生在家，庭师课读。比邻有女，娟丽绝伦，日以刺绣为事。生每于窗隙窥之，旋即两情愈密。一日塾师午睡，生复与女调笑。而师忽惊觉，怒责生，并斥责女。于是女母闻而大起冲突，生与女则相将逃逸。师与母急起狂追，在途中撞祸不少。及至公家花园，方见二人共坐阶沿石上，互相亲爱，乃捉归重责之。

风流和尚

出品　亚细亚影戏公司，1913 年（一名《五福临门》）
导演　张石川
摄影　依什尔
演员　钱化佛　丁楚鹤　马清风　王病僧　陆子清　张翠翠

某甲素无赖，问寺僧富，命妻假意入庙烧香，私约僧夜半来家欢叙。不料有甲乙丙丁四徒，从旁窃听，先期次第往。某妻恐彼此相见，大兴醋海风波，设法蜷伏房中各处，以避嫌疑。某甲突然归家，妻告以故。某甲陆续将各僧打出，即俗所谓仙人跳也。

赌徒装死

出品　亚细亚影戏公司，1913 年（一名《死人偷洋钱》）
导演　张石川
摄影　依什尔

某富翁之子，游荡不务正业。一夜，赌大负，衣履抵焉。回家父母痛杖之，乃佯死。家人号哭，盛饰将殓。诸吊客手叙守夜，忽尸动，客皆惊遁。尸攫柗上银钱，复前追客。家人失尸，亦奔出。途中窥破其伪，扭归责之。

活无常

出品　亚细亚影戏公司，1913 年（一名《新娘花轿遇白无常》）
导演　张石川
摄影　依什尔
演员　钱化佛　马清风　郭咏馥　王惜花

某无赖，贫不能自给，与妻商议，扮无常以吓行人，藉劫财物。某家新娶妇，乘舆归宁，途经其地。无常特自丛莽中出，婢仆惊散，新娘受惊致病。回家父母焦急，医巫并进，皆无效。后为壻窥破，报官往捕，始破案云。

横冲直撞

出品　亚细亚影戏公司，1913 年

王老老，业小贩，因事与缝穷妇口角，各不相下。傍一媪见之，大为不平，助妇殴王。王不敌逃去。媪与妇怒甚，追之。王窘而奔，路遇多人，咸被王撞仆。众大怒，群逐之，卒获王而痛殴焉。

熊 吓 人

出品　亚细亚影戏公司，1913 年

有卖艺者，蓄猛兽甚多。适一熊脱笼出，闯至一家，室中人俱奔避。熊亦随之。比至警署，巡士见而踰窗逃。熊辗转又至一家，适老人正在观书，见熊弃书惊走。熊亦走。老人大窘。幸卖艺人寻至，捕入牢笼，其地得无患。

慧　儿

出品　亚细亚影戏公司，1913 年

夫妻二人，生一子，甚爱之。一日正在家中闲坐，忽来巨盗三人，将妇劫去。父子穷追，至半途，盗刺伤父。慧儿获父归家，复出追之。至盗窟，重门深闭，不敢入。寻思归家，忽遇一侠士，告以破盗方法，且出手枪两支，各怀其一。侠士引之，比至，则见三盗争一妇人。侠士怒以手枪毙盗一。余二盗欲奔，慧儿俟伏在窗外，枪声发处，二盗尽歼。杀妇归家，重酬侠士，侠士竟不受而去。

救 女 得 妻

出品　亚细亚影戏公司，1913 年

徒强劫某乡人女至上海，欲卖与妓院。在路形迹，早为某轮船买办窥破。暴徒鸨儿正在论价，买办同捕奄至，捕暴徒去。当堂判暴徒罪，而令买办送女归。女母大喜，以女妻买办，暴徒卒正法焉。

顽 仆 戏 主

出品　亚细亚影戏公司，1913 年

钱某家男女数口，仅佣一仆，役使颇苦。仆愤甚，思愚弄其主人。适在外拾得某律师信封，乃伪为其父遗嘱，将家产悉数归其承受云云。邮寄钱，钱阅之大喜，令家人极力媚仆持信至某律师处。询故知其伪，回家痛殴仆。仆又登广告云：钱某寿辰，大施贫人。群丐得悉，拥至钱宅，缠扰不休。仆乃顿足称快。

滑 稽 决 斗

出品　亚细亚影戏公司，1913 年

某甲，性喜自大。一日宴于某妓家，座客某乙，目短视，误触妓肩。甲大怒，詈乙。乙亦怒，于是各送手枪于友人，约决斗。友劝之不听，乃阴去其弹。临场甲先放，不中。缘树上，思逃脱。乙亦不欲伤甲，朝天放，适中甲臀。甲坠地，众大笑，乃和如初。

孤 儿 恨

出品　亚细亚影戏公司，1913 年

商人某甲，病笃，托妻子于店伙张某。妻性荡而心很毒，通于张，为子所觉，欲杀之。女秀凤奔塾中告弟，师闻言大怒，亲送子归，并力劝甲妻。甲妻佯允许，而夜杀子于床，碎割尸置坛中。师夜梦孤儿满身血迹，诘旦唤秀凤询故。气愤填膺，乃报官捕甲妻及张，均论斩。

苦力人发横财

出品　亚细亚影戏公司，1913 年

某富翁子，素无赖，好赌。一日大负归，父责之，出彩票示父。父固贪夫，大喜。子出途经某处，见苦力人妇，甚美，戏之。被斥，扫兴而去。遗票道旁，为妇拾得。会开彩，居然头标。苦力人骤富，衣服丽都，携妻出游。富翁子以失票见逐于父，途遇苦力人夫妇，甚形惭愧云。

1921年

辛 1991

阎 瑞 生

出品　中国影戏研究社，1921 年（商务印书馆影片部代摄）

编剧　杨小仲

导演　任彭年

摄影　廖恩寿

演员　陈寿芝　邵　鹏　王彩云

《阎瑞生》为中国第一部长故事片。由杨小仲根据上海新舞台同名文明戏改编（取材于 1920 年上海阎瑞生谋财害命案）。该说明书原载《电影周刊》第 1 期（北京，1921 年 11 月 1 日）。

说　明　书〔1〕

阎瑞生某日自大世界归，赴朱老五约，至小花园莲英家。入席后，召题红馆至，携手至隔室密谈，向题红馆借得钻戒一只。次日适值赛马，阎将题之钻戒至万昌当质洋六百元，悉数购跑马票，均不中，懊丧万状。中途遇吴春芳，狼狈称贷，阎乃给洋一元，并询得其住址而别。阎回沪后，至大东旅社晤朱老五，时莲英亦在。阎窥莲身御饰物值资巨万，心怦然动。且至此题红馆已索戒甚急，阎遂寻至吴春芳住所共与密谋，并邀方日珊为助手，约定次日午后在鹤林春茶馆等候。至翌日，阎先往金星药房购得闷药水一瓶，又到朱老五处借得汽车一辆，至一品香前下车将车夫遣去。阎自行开车至福裕里，见吴方二人已先在茶馆，遂问绳索已购得否。吴称未备，乃给以小洋四角促速往购。言毕即入小林黛玉家，伪云昨晚朱老五约我来此打牌，渠尚未到耶。乃书金姓局票召莲英至，欲同出外兜风。莲始不允，强而后可。时吴方二人伪为阎之仆人，亦坐在车后。行抵北新泾第二虹桥，天色渐黑，阎等共下车，遂用药水棉花将莲英闷倒，再以绳索勒毙之。而莲英身御之珠钻等饰物至此已入彼三人之手。事既毕，忽有一乡人迎面来，阎即趋前诱其乘坐汽车，送过犯界。旋因乡人上车时曾遗下篮子一只，恐其复返，再将莲英尸身抬上汽车，移至麦田之深处，留吴方二人在麦田稍守，防莲英复活。阎自开车先去，是夜系宿题红馆家。次早莲英之母董氏以莲竟夜未归，偕后夫王长发至小林黛玉处询问。知系与朱老五之友阎瑞生同出，乃复探访至朱老五家，仍未得确耗而返。俄而，朱老五坐汽车至四川路，适遇阎与题红馆同行，遂嬲之上车欲同往莲英家说明。过百多洋行前，阎欲借打电话下车窜入。朱久候不见阎出，乃开车去送信莲英家。阎自窜入百多洋行后，由屋顶用绳索悬下，遇扫街夫呼捉贼，

〔1〕 原为句读。

阎因将击倒逃去。当晚至黄德昌茶叶店楼上，嘱吴方二人明日速去将尸身掩埋，恐致败露。次日阎即乘小轮至浦往岳家暂避。阎之岳父得悉其情，亟使乳母到沪探听风声。至阎之邻家闲谈露风，被包探拿住，押令引至青浦仍未获。阎以外面风声紧急，岳家又不克久居，乃逃至松江奈山教堂，求救于神父，神父斥之。适包探又追踪至，因泅水得脱，潜回上海。乘轮至青岛，由青岛至海州，由海州以达徐州，遂于车站上被该处侦探拿获，解由铜山县署。审讯一过，拍电通知上海总巡捕房，饬探前往迎到沪。据供与吴春芳、方日珊同谋是实，旋吴亦逮案，方日珊见机逃走。阎吴经新署审讯后，一并引渡至松沪护军使署，由军法课讯明判决，按律均执行死刑。

1922年

劳工之爱情

出品　明星影片公司，1922年
编剧　郑正秋
导演　张石川
摄影　张伟涛
主演　郑鹧鸪　余　瑛　郑正秋

《劳工之爱情》（又名《掷果缘》）电影由郑正秋编剧。其电影本事署名秋，原载《申报》（1922年9月28～29日）；电影剧本由李元达、杨校根据影片整理，以《掷果缘》为名发表于《电影选刊》1983年第4期。

本　　事[1]

秋

《劳工之爱情》，系明星影戏公司新摄影片。情节诙谐，颇可发噱。兹述其本事如下。

郑木匠归自南洋，以所蓄设水果铺于本乡。其贴邻，有一小茶肆，而对门则为祝鸣岐医寓。祝医有女，恒见郑木匠锯瓜刨蔗，悉用木匠家具，常顾而乐之。木匠乃与之发生恋爱，而结掷果之缘焉。但祝医甚窘，悬壶三月，应诊无人。一日，正令其女为缝破衣，忽有一人至。在祝以为病家来矣，因笑迎之。讵系收房租者，来索三月房金也。既贫，自无以应。索租者限五日，还悉数。逾期，当封门。言已，竟去。

祝女方刺绣，而对面忽有墨斗掷来，内藏瓜果数事，女一一取而藏之，且与木匠目语。遂为小茶肆中某无赖瞥见，乘间过女所，任意调笑。女苦之，木匠愤，飨以一瓜，击中无赖颊。祝医闻呼痛声，因出而视之，疑为牙痛，欲为施治。讵又招无赖之奚落。方恨一误再误，而有卖古董者来，竟又误认其怀中古董，为生瘤生疖。卖古董者去，孕妇又来，医复误认其为臌胀。孕妇去，而挟孩寻访育婴堂之贫妇又来，医复更误以小孩为慢惊风，至于连遭白眼。栗六久之，分文无着，爰向其女索取历本，欲选良辰，酬神祈福。因字细，故除镜以缔视，致又将眼镜误置于木匠掷来之墨斗中。其女不察，亦误将墨斗掷回。木匠接斗，见镜大喜，以为此系纪念赠品也。试之不见一物，去而再观祝女，则女方为其老父四处觅镜，状至慌迫。木匠乘此良机，竟趋医寓，借还镜为名，得与祝医交谈。谈讫回店，岂知店中瓜果，半为邻儿结队攫去，虽悔莫及，□如何也。翌日，木匠包扎瓜果，持来相赠，且因以求婚。祝医出允婚条件

---

〔1〕原为句读。

以难之曰："能致吾医业兴旺者，吾方可以女妻汝。"木匠乃懊丧归去。

先是祝女持水壶至小茶馆泡水，水尚未沸，见木匠招之，遂至水果铺。木匠即向之求婚。女谓如老父许可者，余必从之。言已殊忸怩，无赖见状，妒之，藏去其水壶。及女返，索壶，无赖与茶博士相与侮之。女哭，木匠来，助伊力争。遂与无赖、茶博士相搏。无赖见茶博士已被木匠打落热水锅中，知己亦必不敌，遂还水壶。

木匠以婚事无法解决，终宵颠倒梦想。楼上为全夜俱乐部，部中人闹酒闹赌，更使之不克成寐。况因色生妒，遂成打局，益复声震屋瓦，惊人魂魄。茶博士方就茶桌高卧，巨声大作，竟因以惊仆。而木匠受惊之后，因思报复，思之思之，忽获解决婚事之希望。祝晨与，径来重申前约，更以击掌，要祝用坚其信。既如愿，乃作一机关扶梯，至夜候俱乐部男女散出时，扳动机关，竟使男女大小，或先或后，一一自梯上滚滚而下。多人经此倾跌，于是伤足者，伤手者，伤身者，伤腰者，伤背者，伤腿者，伤头者，伤颈者，一时间，频添无数病人。

明晨，祝医寓中，忽如山阴道上，大有应接不暇之势。祝医一一为之医治，惟因伤人过多，医治不及，木匠又过而助之。诊毕，桌上医金累累，为向所未有。木匠遂趋前表功，恳请祝医践约。祝医深喜其有急智，诺之。有情人遂成眷属焉。

剧　　本

郑正秋

字幕：本剧事略：粤人郑木匠，改业水果，与祝医女结掷果缘，乃求婚予祝医。祝云："能使我医业兴隆者，当以女妻之。"木匠果设妙计，得如祝愿。有情人遂成了眷属。

一

字幕：改业水果的郑木匠。

（近景）水果摊。

改业经营水果的郑木匠年约三十上下，身穿中式衣裤，留着小平头，方脸盘，显得机灵、憨厚。他正站在水果摊后忙着摆放水果，把桃、梨、香蕉、蜜橘、白莲藕等摆整齐并分别放好价格牌。藕旁有两个花皮大西瓜，摊子上空还有用绳子吊着的一盘盘香蕉。郑木匠摆完，两手插腰，颇为满意地欣赏着自己的水果摊。

郑木匠从摊子后边抱起一个大西瓜。他摆动着身子，摇头晃脑，在琢磨怎么把这个瓜切好。瞬间，他有了主意：回身拿过一把木匠用的直角铁尺，用铁尺把西瓜横竖比量了一番，然后转身取过画线盒，在量好的西瓜正中间横着绷了条线印。

（中近景）郑木匠高高兴兴地拿起一把手锯。

（近景）他把西瓜锯成两半。看着切开的沙瓤西瓜，郑木匠脸上浮现出甜蜜的笑容。

摊子后边放有满簸箕水果的一个大汽油桶（正对着摄影机），上面贴着一张醒目的组字：招财进宝。

二

字幕：小茶馆里，无赖聚会。

（中景）水果摊隔壁小茶馆。老虎灶旁，一个中年胖卖水人身着中式粗布坎肩，肩上搭一条毛巾，下身中式长布裤，光脚。他正用长柄铁勺从灶锅里舀水，转身给坐在八仙桌旁的二无赖续水。

一个梳长辫子的少女手提水壶，从左边入画。走至灶前，将壶放于木板架上。胖卖水人给她壶里灌满开水，她便拎壶向左方走出画面。

又一年轻无赖边摇折扇，边从右边入画，走入小茶馆。

三

（近景）水果摊。郑木匠站摊后，拿一根二尺多长的甘蔗，上下打量了一番并用铁尺比量了长短后，顺手抄起一把斧子。

（中近景）他先剁去甘蔗的两头，又把甘蔗的一头斜戳在摊板上，左手扶着，右手用刨子刨净了甘蔗节上的须子。

（近景）他干得挺起劲，身子不时左右摇晃着。“整容”完毕，他又把甘蔗举起。用眼从一头找了找平，靠于墙边。

（中景）郑木匠又拿起一把小竹笤帚，在水盆里蘸了蘸，一个劲儿地往水果摊上掸水。

水果摊右角，一块竖牌写有“四时鲜果”。屋檐下一块横牌，上写“郑介记鲜果号”六个大字。摊头矮缸里插着七八根甘蔗。

（中景）小茶馆。靠门的无赖头子手摇折扇，贼眉竖眼地朝外边四下张望着。胖卖水人在烧水。买水的人鱼贯进出。

灶头前的屋檐下吊着块木牌：鸿园茶。挂着布帘的内室的门框上方有一块“内设汤盆”字样的横牌。

（中景）水果摊。一个四五岁的女孩儿，买走个梨，接着又来了三四个，后又五六个——总共十来个男女孩子，大的也不过十来岁。他们从左、右入画，很快把整个摊子给挡住了。郑木匠忙着给他们拿水果。随后，这群孩子又向左、右纷纷走出画面。

隔壁茶馆靠外坐着的两个无赖直往水果摊这边探头张望。

四

字幕：穷医生父女。

（近景）一位六十开外的老中医祝鸣岐，穿长袍马褂，戴帽头，留八字胡。戴一副旧式老花镜，中等偏高身材，虽然清瘦却很有精神。

祝医生的女儿（以下简称“祝女”），二十岁出头，中等身材，身段苗条，梳着一条大粗辫子，长得端庄秀丽，一双水灵灵的大眼睛，身着旗人短服，上衣外罩着一件素布花边坎肩。

祝医生抬着左胳臂站在诊桌后，祝女在给他缝补腋下的一处。

（近景）祝医生诊馆。左边一张诊桌，一头靠墙，另一头有个木凳，后边一把椅子。靠墙一边的桌面上放着医书、小药包等；另一边摆着个长方形木托盘，里边有个笔筒，笔筒里插着两支毛笔，还有一个笔洗和一块砚台。

（中景）屋子右边支着个刺绣架，上面绷有绢布。架前贴墙挂着一块竖牌，上写“祝鸣岐内外大小方脉”几个字。诊馆的正面墙上挂有一幅对联：上联是“仁心在济世”，下联是“妙手可回春”。横幅是块匾，上有“妙手回春”四个大字。

（中景）一个留分头、穿长袍的年轻人夹着公文包从右边入画，朝祝医生走去。祝女刚缝好衣服，忙躲到一旁。

年轻人同祝医生在对话，两人都很激动，不时比手划脚的。

字幕：你欠了三个月房租，今天要付了。

（近景）祝医生向年轻人探着身子，着急地说着。

字幕：在此三月生意全无没有进账，还请原谅。

青年债主挥了下手，不依他。

字幕：限你五天，再不付就要封门了。

（近景）债主静立不动，怒视着祝医生。

（中景）祝女坐在刺绣架后，望着两人争执。年轻人面孔一板，端起架子，头也不回地走出诊馆。

五

（近景）水果摊。郑木匠对祝女早有好感。他一手掐腰而立，一手前指，张嘴、闭眼，若有所思，又在自言自语。随后，他从筐里拿起个梨，想掷出去，但念头一转，又把水果放回筐中并顺手拿过画线盒，放进几个梨。接着，搬过小木凳，站了上去……

六

（近景）祝医生诊馆。祝医生坐在诊桌后。祝女在聚精会神地刺绣。她忽然抬头，面向摄影机。

（近景）水果摊。郑木匠站在木凳上，一手端着水盆，另只手拿着小竹笤帚往水果上掸水。

郑木匠已站在摊后，与祝女目光相遇，他忙放下手中的东西，将吊好的画线盒，向祝女摆了过去。

（近景）祝医生诊馆。祝女在刺绣架后接住木盒，放在架上，从里边取出几个甜梨，拿起一个，咬了一口，高兴地向水果摊张望。

七

(中景) 小茶馆。胖卖水人捅灶。无赖头子面向摄影机走出小茶馆。

(近景) 祝医生诊馆。无赖头子晃着肩膀走进诊馆，嬉皮笑脸地频频回头向祝女伸手要水果吃。祝女赶紧把画线盒荡回。

(近景) 水果摊。郑木匠站在水果摊后接过画线盒。

(近景) 祝医生诊馆。无赖仍在调戏祝女，他一边用手指着水果摊方向，一边作怪脸。

(近景) 水果摊。郑木匠面向摄影机，怒不可遏地摆手示意，接着抄起一个水果，用力抛出。

(近景) 祝医生诊馆。抛来的水果正中无赖太阳穴。

(中景) 他一手捂脸，痛得呲牙咧嘴。祝女在刺绣架后望着无赖，感到快意。

(中景) 祝医生疾步走向无赖。

字幕： 先生！是牙齿痛吗？

无赖转身朝着祝医生，怒气冲冲。

字幕： 呸！哪个忘八蛋牙齿痛！

无赖捂着半边脸，狼狈地离开诊馆，从左边走出画面。

祝女朝父亲跟前走，老医生愁容满面，一手曲伸，探出两指，来回走动几步，返回诊桌处。

字幕： 唉！连触两个霉头。

(近景) 水果摊。郑木匠若无其事地仍用小竹箬帚往水果上掸水。

八

(中景) 祝医生诊馆。一个留平头、穿长袍的中年男人两手抱胸从右边入画，匆匆走进诊馆并坐在诊桌旁。祝女仍在刺绣。

(近景) 祝医生坐在诊桌后，侧身面向“病人”。

字幕： 请坐！先生！有何贵恙？

“病人”右手一直按着左腋窝。老医生欠身，见他左胸鼓起老高，十分惊讶地。

字幕： 你生了这样大的疮，让我来代你开刀。

“病人”摆了下左手，右手忙从长袍内掏出一个瓷瓶子，递到老医生面前。

字幕：不是！我有一只乾隆窑的古瓶，请先生买了吧！

“病人”用手比了个钱数，祝医生没吭声，把托盘里带有毛笔的笔筒拿起来，给那人看：

字幕：我也有一只康熙窑笔筒，请你买了去吧！

留平头的中年人一手把瓶子揣进怀里，一手捂着胸部。

（中景）他很不高兴地起身，走出诊馆。

九

（中景）小茶馆。一中年男人拎铁桶走到老虎灶灶头，置桶于板架，买完水，又提着桶从左方出画。

（中景）祝医生诊馆。祝医生愁眉不展地坐在诊桌后，女儿仍绣着绢头。

祝医生突然起身，两手向上张开，又向前伸出，同时朝刺绣架走去。

字幕：要拣个日子拜拜菩萨才好。快拿历本来。

祝医生转身走到屋子当中，合掌，作了个拜佛的姿势，然后摸了摸胸口。这时，祝女已在诊桌的一堆书中找出历本。

（近景）祝医生站在了刺绣架旁。他从女儿手中接过历本，脸儿乎贴在书上，一页页翻阅着。女儿也跟着看。

十

（近景）水果摊。郑木匠坐在水果摊后，往画线盒内放水果，再次把木盒荡了出去。

（近景）祝医生诊馆。木盒从祝医生身前荡过。祝女忙接住并把它放在刺绣架上。她一边从中取水果，一边用手帕把盒子蒙上，怕父亲看见。祝医生两眼紧贴历本在专心查阅，信手把摘下的老花镜往刺绣架上放去。不料，却搁在了画线盒上的手帕中。背身往椅子上放水果的女儿，转过身子就把木盒荡了回去。

（近景）水果摊。郑木匠接过画线盒，取出花镜、手帕。祝女的手帕使郑木匠感到无比的幸福，他立即放在鼻子下闻个不停，脸上堆满了笑容。过了好一会儿，他才发觉，自己手里还拿着一副老花镜。

郑木匠把手帕揣进上衣口袋，从摊子后边面向摄影机走来并把老花镜戴在自己脸上。

（中近景）他两手左右伸开，两腿横蹲，摆出一副“母鸡挡老鹰捉小鸡”游戏的姿势。

（特写）老花镜的两个圆孔中，一切景物模模糊糊。

（近景） 祝医生诊馆。祝医生摇头晃脑看着历本。看完，他把历本放在身边的刺绣架上，左右环顾。

字幕： 我的眼镜哪里去了？

祝医生两手乱摸，祝女也在刺绣架上下寻找。

（近景） 水果摊。戴着老花镜的郑木匠努着嘴，两手向上左右曲伸，身子晃来晃去，随后把镜子摘了下来。

（特写） 老花镜的两个圆孔中晃乎乎一片虚影。

（中景） 祝医生诊馆。祝医生像“瞎子捉迷藏”似地两手前伸，朝诊桌方向一步步蹭，撞着木凳，一下子趴在了桌上。

（中近景） 郑木匠面向右前方站了一会儿，摘下老花镜，张大口、眼，用手指了一下自己，又朝前比划着，作出要往前跑的架势。

（中景） 他跑着来到诊馆。

（近景） 他进诊馆后，忙从上衣口袋掏出老花镜，给祝医生戴上。祝医生顿时欣喜万分，他高兴得挺肚拍掌。郑木匠也眉开眼笑，还直努嘴。

（近景） 祝医生一只脚踩在木凳上，右手做着锯东西的动作，向郑木匠问长问短，郑木匠频频点头。

十一

（中景） 水果摊。一群男女小孩拥至水果摊前。他们有够、有抢、有揣、有抱地拿了不少水果。

（中景） 祝医生诊馆。郑木匠同父女俩谈得起劲。祝医生走向诊桌时，郑木匠又掏出祝女的手帕，边闻边笑，最后用它捂着鼻子，面向摄影机走来，从右边出画。

（中景） 水果摊。那群孩子回头看见郑木匠走来，四散跑掉，两个四五岁的小男孩慌了手脚。郑木匠从背后抱起一个夹在腋下，轻轻拍他屁股几下，撂在地上，后又打了另一男孩儿几下。小孩吓哭了转身要跑。郑木匠又赶紧把他抱起，一个劲儿直哄，还给两个男孩儿一人一个水果，然后摇了摇头，看着两个孩子向左边走去。

十二

（中景） 小茶馆。胖卖水人站在老虎灶前。祝女提一铁水壶从左边入画，朝灶头走去，把水壶放在木板架上。这时，无赖头子上前对祝女进行调戏。

（近景） 水果摊。郑木匠及时看到这一情景，忙打手势召唤祝女过来。

祝女背向摄影机走到水果摊后，转过身笑呵呵地坐下。

（中景）小茶馆。乘祝女走开之际，无赖头子忙把祝女的水壶藏在里墙灶头的地上。

十三

（近景）水果摊。祝女坐在凳上吃水果，边用手帕拭嘴。郑木匠紧挨在祝女身旁，他鼓足勇气说。

字幕：你可以同我结婚吗？

祝女低头含羞。

字幕：这件事体要问我爹爹的。

郑木匠更加兴致勃勃。他两手比划着。

字幕：你的爹爹答应了，你愿意吗？

祝女默默地点了点头，然后起身，由郑木匠陪同出铺。祝女缓步从右边出画。

十四

（中景）小茶馆。胖卖水人站在灶前，面向灶台。两个无赖坐在胖子背后的八仙桌旁抽烟、喝茶、闲扯。祝女从左边入画，回头看看，来到灶头前，她忽然发现自己的铁水壶不翼而飞了。

字幕：咦：我的水壶呢？

祝女神情紧张，左顾右盼寻找铁壶。胖卖水人站在一边发笑。

祝女着急地问胖卖水的，他却佯作不知，而且反问道。

字幕：你自己为什么不管好呀？

三个无赖同胖卖水人一起哈哈大笑起来。祝女气愤。

字幕：你们不应该这样的欺瞒我！

无赖头子手夹香烟晃悠悠迎面走近灶头并摊开两手，装作全然不知的样子。祝女受辱后气得用手帕捂脸抽泣起来。无赖头子近一步挑逗，用一个指头刮脸皮羞祝女——引得其他的人哄堂大笑。

（近景）郑木匠把这一切又都看在眼里。

（中景）他从左边入画，赶忙跑到灶头，向祝女寻问缘由。之后，他转身同无赖头子说理。无赖头子取出藏起的水壶，却态度蛮横。

字幕：水壶在这里，有本领来拿。

郑木匠伸手拿壶时，无赖头子竟把水壶高高举起，故意逗气。于是，郑木匠同他扭打起来。这时，胖卖水人想乘机从背后用水勺子击打木匠。郑木匠手急眼快，他身子略蹲，水勺子正好打在无赖头子的头上，而木匠乘机猛地将胖子推了个仰面朝天，胖子倒在开水灶锅里。

（中景）胖卖水人被开水烫得呲牙咧嘴，手脚乱动，几次挣扎都未能起来。祝女站在灶头抿嘴笑起来。三个无赖个个磨拳擦掌，跃跃欲试，但都胆虚心悸。郑木匠又从胖卖水人手里夺过水勺，从锅里舀出开水连连往胖子身上浇。

郑木匠身后的无赖头子几次攥紧拳头，伸手想打木匠，可是他又心虚。此刻，郑木匠猛然间转过身来，一把揪住他的长发，接着，一勺开水浇在了他的头上。无赖头子马上跪地求饶并乖乖地交出了水壶。

倒在灶锅里的胖卖水人仍不老实，郑木匠又往他身上浇了一勺开水。然后，郑木匠用水勺灌满了祝女的水壶，两人一前一后离开茶馆。

郑木匠和祝女走后，一个无赖站在八仙桌上看着，无赖头子赶紧走到灶前伸手去拉胖卖水人。胖子刚被拉起半身，但手一滑，再次倒在开水锅里。

十五

（中景）祝医生诊馆。祝医生在诊桌后边，先坐着，后站起身来，拿过脉垫在桌前用手拍打浮土后，又把它放回原处。

十六

字幕：预备礼物去求婚。

（近景）水果摊。郑木匠在捆甘蔗，旁边还放着两个花皮西瓜。捆好甘蔗后，他拎起来掂了掂，随后又抱起两个西瓜，高高兴兴地离开铺脸，向右方走出画面。

（中景）祝医生诊馆。郑木匠拿着礼物从右边入画，来到诊馆。他先把横捆着的四五根甘蔗放在诊桌旁的小木凳上。祝医生见到后，十分诧异地。

字幕：我这里不要买水果。

郑木匠未介意，又笑嘻嘻地把两个西瓜放在诊桌上。

字幕：老伯伯！这是我孝敬你的。

闻得郑木匠说话声，祝女闻声出屋，笑着走到木匠身旁。郑木匠两手插腰，侧身同她寒暄了几句。

（近景）祝女走到诊桌旁，抱起一个西瓜，用手指头弹了弹，另只手又拎起那捆甘蔗，满面笑容地朝右边走去。郑木匠目送着她。祝医生若无所知地转身向着里墙，手摇羽毛扇，望着墙上的对联。

祝女把东西放在刺绣架上，转身又来抱另一个西瓜。随后，她搬过木凳，请郑木匠坐下。祝医生也坐在了自己的椅子上。于是，两个人攀谈起来。郑木匠态度郑重地央求他。

字幕：今天特意地来求婚的，老伯伯答应了吧！

说话时，郑木匠一边用手先指了指自己，后又指了指祝女。

祝女一手拿着手帕，放在胸口，另只手扶着桌角，不好意思地低头听着父亲和木匠两人谈话。而祝医生听了郑木匠的话后，脸上马上显出不愉快的神情。

字幕：呵！你拿水果换老婆，不可以。

祝女闻听，忙用手帕捂脸。郑木匠急得立刻站了起来，随后又沮丧地坐下。

字幕：老伯伯！为什么不可以？

祝医生也站起身来，他两手各伸出一个指头，并到一起，接着又坐下，面向木匠。

字幕：你能使我生意发达，我把女儿嫁给你。

（中景）郑木匠无可奈何地耷拉下脑袋；祝女也闷闷不乐，还掉下几滴眼泪，用手帕拭着。

郑木匠看看祝女，又看看医生，两手下垂，无精打彩地离开诊馆。

十七

字幕：可怜的郑木匠！因为求婚失望，只好关上排门去睡觉。

（中景）郑木匠住房外。排门。一扇门上贴着“郑介记鲜果号”的竖条。

郑木匠拉开排门，从里边走出。他边迈门坎，边从上衣口袋里掏出祝女送给他的手帕，手搭凉棚朝斜前方探望，后摊开两手，扫兴地返转回去，关上了排门。

十八

（中景）郑木匠住房外。排门。左墙有一道木板楼梯，墙上挂着横木牌：全夜俱乐部。

楼梯有一房高，顶端是个木梯台，有木栏杆拦着。梯台向摄影机一面的横板上也写着“全夜俱乐部”几个字，俱乐部的下边正是郑木匠的住处。

一个穿长袍、戴草礼帽的青年同一个梳长辫子、穿旗人短裤袄的姑娘从左边入画，来到楼梯口。两人稍停，径直登上楼梯，到梯台处又停了一下，男青年才推门，姑娘在前，他在后走进俱乐部。

又有两对男女从左边入画，顺楼梯而上、走进俱乐部。

十九

（中景）郑木匠住房内。屋子呈长方形，进深窄些，约七八平方米，房内一床、一桌间有杂物。

郑木匠走进屋后，先到桌前拿起茶壶，倒了杯“凉白开”，一口气喝下，后又把祝女送的手帕掏出，擦了擦嘴并耸耸肩膀，得意地闻着。

（中近景）他走到椅子前坐下，望着手帕两眼出神。

（近景）郑木匠一手插腰，面向摄影机的半身像。他笑得合不上嘴，摇头晃脑、眉飞色舞地整个沉浸于美好的愿望之中；画面左上角同时叠化出他向祝女倾吐爱情心声时动作的幻影**（整身像）**。

（中景）幻影消失了，郑木匠仍呆坐在椅子上傻笑。当他从“美梦”中清醒过来之后，又反复多次地把手帕在上衣口袋揣进、掏出。最后，他竟拿手帕比划着，高兴得蹦跳起来。

二十

（中景）全夜俱乐部外。一个穿长袍马褂，戴帽头、老式眼镜，留有山羊胡子的五十多岁瘦老头带着个姑娘从左边入画，登上楼梯。上梯时，他身子朝前一拱一拱的。两个人在俱乐部门口停了一下，然后推门而入。

二十一

（中景）郑木匠住房内。郑木匠站在床前凝视着手里拿着的手帕，随后把它丢在桌上，两手抱了下胸，又左右摊开，嘴一撇，很不高兴的样子。

（中近景）他面向摄影机，两手在眼前比成一副眼镜的形状，后又甩开两手，双眉紧蹙，无奈地坐在了椅子上。

（近景）郑木匠的半身像。他摇晃着头，两眼向上斜翻楞一下，满面愁容地在想事情；画面左上角同时叠化出祝医生向他提出嫁女的苛刻条件的活动情景（**整身像**）。

（中镜）回忆的片断结束了。郑木匠愁眉苦脸地站起身，两手在嘴边比成小八字胡，又在眼前比成两个圆镜片，后垂下手，冥思苦想着，无精打彩地在屋里踱来踱去。

二十二

（中景）全夜俱乐部外。又一身穿长袍马褂、戴帽头、浓眉、长须，六旬上下较胖的老头从左边入画，身子向前一探一探地步上楼梯，到梯台处面向摄影机，稍停下脚，转身推门，走进俱乐部。

二十三

（中景）郑木匠住房内。郑木匠从桌上拿起手帕，背朝里站在床前美滋滋地闻着手帕，然后把它揣入上衣口袋，看了看桌上的小座钟。

（特写）小座钟。已经差十三分钟就是十点了。

（中景）郑木匠用手指比成“十”字，他感到困倦了，两手向上伸开，打了个呵欠，随即解着上衣扣袢，准备睡觉。

二十四

（特写）全夜俱乐部内。八只手在一张铺有桌布的八仙桌上洗着麻雀牌。

（中景）离牌桌稍远的地方，左右各有一对男女坐在椅子上谈情说爱。左边坐着那个留山羊胡子的瘦老头，身旁的姑娘在给他捋胡子。右边坐着的一对青年男女正谈得火热。

（近景）四个人坐在八仙桌旁打麻雀，对面是那位较胖的老头。桌子周围还站着些人观看，四家中忽然一人“自摸”和牌，高兴得站了起来。

字幕：呀！七翻！

（特写）一副摊开的七翻牌：

中	中	中	白	白	发	发	发	东	东	东	一万	一万

牌后一副骰子。和牌人正坐庄，——还摊着不少筹码。

字幕：九千七百廿·八和。

（中景）输牌的三家都欠起身来细看这副牌。桌旁的观众在七嘴八舌地议论。左、右坐着的两对男女也都凑上去看热闹，随后又回到自己的座位，只有原坐在右边那个高个子青年还站在牌桌旁。

（中景）全夜俱乐部外。一个穿长袍、留分头的矮个子青年从左边入画，急跑上楼，奔至俱乐部门前。

（中景）全夜俱乐部内。他推门快步走进屋内，同别人寒暄几句后就坐到高个子青年空出的椅子上并同身旁的姑娘拉扯起来。高个子青年退着返回自己坐处时，一下子坐在了矮个子身上。于是，两个人由口角到动手，扭打在一起。

（近景）高个子揪住矮个子后脖领，把他抡了个圈。矮个子也不示弱，捅高个子鼻子一下。

（中景）高个子随即飞起一脚，把矮个子踹出好几步，整个倒仰在左边坐着的瘦老头身上，椅子一翻，两个人同时仰面朝天，栽倒在地。

二十五

（中景）郑木匠住房内。郑木匠从睡梦中猛地惊醒。他一轱辘从床上坐起，下地，一手兜拢后耳根，张口瞪眼，倾听着屋顶上的动静。

（中景）全夜俱乐部内。矮个子同姑娘刚走到屋门，高个子追上，从背后把他拉开，自己要同姑娘走，可矮个子又揪住他一只耳朵，把他扯了回来。众人赶紧围拢上来说劝。

突然，高个子又飞起一脚，把矮个子踹倒在牌桌上，来了个人仰桌翻。

（中景）郑木匠住房内。郑木匠又被惊醒。他翻身下地，叉开两脚，哭丧着脸仰望屋顶，后又从桌上拿过小座钟看。

（特写）小座钟。两点五十六分了！

（中景）郑木匠放好座钟，打个大呵欠，又无可奈何地躺在了床上。

二十六

（中景）郑木匠住房隔壁。空洞洞的屋子，两张并在一起的八仙桌。胖卖水人光脊梁躺在桌上，睡得很死。突然，他被震醒，眨了眨眼。

二十七

(中景) 全夜俱乐部内。两青年继续厮斗，矮个子两腿叉开，处于守势。高个子步步近逼并抡出一拳，对方忙蹲身躲过，不料，高个子又突然哈身钻到对方裆下，接着，猛一挺身，把矮个子腾空摔了个“大翻白”。

二十八

(近景) 郑木匠住房隔壁。胖卖水人应声从八仙桌上翻滚落地。他动了动身子又睡着了。

(中景) 郑木匠住房内。郑木匠再次被惊醒。急得直抓耳挠腮，实在没法睡了。

二十九

(中景) 全夜俱乐部内。矮个子脱下长袍，准备拼命。众人忙上前把他抓住，他却不屈不挠，又蹬又踹的。于是，大伙儿连拉带推，把他拖到门前。

(中景) 全夜俱乐郎外。几个人从楼梯梯台上一直把他拖送下楼并向左方走出画面。

三十

(中景) 郑木匠住房内。郑木匠坐在床边，连连摇头，后瞪大眼睛，一个手指竖放在嘴前，继而一个手掌比成锯东西的样子，最后手用力向下一甩，顿显笑脸。

三十一

(近景) 祝医生诊馆。次日清晨，郑木匠已在祝医生诊馆。他与祝医生面面相视，站在屋子中间。老医生两手插腰，郑木匠一手指着自己的鼻子。

字幕：老伯伯！你说能使你的生意好，就把你的女儿嫁给我这话当真么？

郑木匠说完，两手插腰，身子略向前探，张着嘴，静等回话。祝医生态度认真地伸出一个手掌，后又摊开两手。

字幕：这话自然当真。

郑木匠激动得一只手连连向前曲伸、比划着，后又两手插腰，身子前探。祝医生态度严肃，右手有力地往下一按，表示说话算数。但郑木匠作了个想击掌的动作。

字幕：请拍手掌。

祝医生居左，郑木匠站在右边。医生先拍了木匠的手掌，然后，木匠又拍了医生的手掌一下。祝女含笑站在刺绣架旁，侧身望着。

(中景) 击掌后，祝医生两手插腰而立，郑木匠同祝医生父女告别，离开诊馆，朝右方走出画面。

三十二

（中景）全夜俱乐部外。一个穿长袍、无领马褂，戴帽头，留八字胡的老头和打架的两个青年一起往楼梯上走，到梯台处互让一番，陆续走进俱乐部。

三十三

（中景）郑木匠住房内。屋子当中放着个旧条凳。郑木匠正脚踩着凳上的木板，照一块梯板的大小比量着，用大锯在锯。条凳腿处还靠着一把木钻。

三十四

（中景、快镜头）全夜俱乐部外。郑木匠把锯好的木板从上往下按原梯阶位置一块块按别在只剩一根横栏杆的空梯框架上，接着，走到楼梯后边。

（近景）他用一根长杆把一块块新梯板固定住——整个梯阶成一扇“百叶窗”结构。改装妥当后，他蹲着向上一推长杆，一块块梯板马上平立而起，同普通楼梯一模一样；往下一拉——所有梯板立即平倒下来，整个楼梯即刻变成个斜平坡。郑木匠这样上推下拉地试了几次，后蹲下身，摇摇头，笑了起来。

字幕：只要医生会发财，哪管他们的死活。

三十五

（中景）全夜俱乐部内。两盏吊灯闪着光亮，灯下各摆着一桌酒席。佳肴美味，好酒名菜满桌。

（近景）前面一桌迎面坐着长须老头，打架的两个青年分别坐在他的左右，留山羊胡子的一对，还有一对青年男女也在这桌上。长须老头先后斟酒，同两个青年站着各饮一杯，后又斟三杯，作出为两人和解的手势，举杯。

字幕：今天吃了和事酒，你们就该和好了。

高、矮个子青年也举起斟满酒的杯子，三人立即把各自杯中的酒一饮而尽，然后都坐下。接着，筷、勺齐动，菜、酒递减。

（中景）摄影机把镜头转向迎面的墙角：左右墙上各挂着一幅带框的油画。一顶草帽扣在挂衣板的瓷钩上。

三十六

（近景）全夜俱乐部外。郑木匠躲在楼梯后边，单腿跪地，两手紧握长杆，一直候在这里。他不时朝上张望，久等不见下人，便贴墙而立，摊开两手，表示失望。

三十七

（中景）全夜俱乐部内。酒过三巡，“和事佬”头一个晃悠悠地站起身向大家告辞。他两脚“拌蒜”似地朝屋门走出。

（远景）全夜俱乐部外。“和事佬”站在梯台处时，有一人送出。

字幕：老先生！走好！

三十八

（远景）郑木匠的住房外。排门紧闭，左边的楼梯寂静无人。郑木匠躲在梯后已不耐烦。忽然，他面向梯板，前腿弓，后腿绷，两手握紧长杆。

长须老头下楼梯没走两步，郑木匠猛地往下一拉长杆，所有梯板立即变成顺坡，老头从上边径直出溜下来，摔了个大马趴。

（近景）他挣扎半天未能站起。

（远景）他一手捂腰，另只手撑着地面，回头看一眼楼梯（**郑木匠躲在梯后笑着，已把梯板恢复原状**），坐在地上两手抱着左脚不停地揉。最后，他哭丧着脸，勉强站起，走一步抱一下左脚，向右方走出画面。

郑木匠在原地又摆好了姿势。

三十九

（远景）全夜俱乐部外。俱乐部的门又开开了，留着山羊胡子的瘦老头由长辫姑娘陪着从里边走出。郑木匠用同样方法对付——两个人也一下子从上边滑了下来。

（近景）瘦老头磕了右肘，还直摸鼻子。姑娘一只手捂着脑门儿。两个人莫名其妙地面面相觑。

（远景）瘦老头懊丧地回头看了看楼梯（**已恢复原状**）。两个人慢慢爬起，朝右方走出画面。

四十

（中景）全夜俱乐部内。酒筵即将结束。剩下的几个人还在抢吃抢喝。前面桌上的矮个子站着把一盘残羹一股脑儿倒进了自己嘴里，接着又从另外盘子里抓块熟肉塞进口中。

筵席终于散了，三对男女朝屋门走去。

四十一

（远景）全夜俱乐部外。三对青年男女前三个后三个陆续从俱乐部内走出。当他们刚踏上梯板时，立即飞速滑下。

（近景）他们有的捂脖、有的托腮、有的耷拉着脑袋，一个姑娘回头看着楼梯（**已恢复原状**）。

（远景）几个人好不容易站起，向右方走出画面。

（中景）全夜俱乐部内。站在前桌旁的四个男人朝屋门踉跄走去。

（远景） 全夜俱乐部外。郑木匠仍呆在楼梯后边。四个人从俱乐部内走出，站在梯台时，其中一人说道：

字幕： 啊！今天吃得真开心。

说着话，前边俩，后边又一个很快直冲下来。最后一人下楼时，因郑木匠还没来得及把长杆推上，所以他干脆“打着滑梯”就下来了。

这些人冲、撞、顶、碰的，把个梯口堵得里外三层。

（近景） 他们有蹲、有跪、有趴、有躺，捂腰、抱腿、按肘、摸头——各个紧鼻眨眼，龇牙咧嘴，丑态百出。郑木匠见此情景高兴得拍了下大腿。

（远景） 时已清晨，这伙子人垂头丧气地纷纷从地上挣扎爬起，拖着步子朝右方走出画面。

郑木匠躲在楼梯后，笑得合不上嘴。但是，他怕败露马脚，赶忙后退一步，背紧贴墙站直身子。

四十二

（中景） 祝医生诊馆。“和事佬”走进，转身坐在诊桌旁。他一手捂着左脚脖子，一手探入长袍腰襟在摸。

（特写） 一块白花花的银元落入木托盘里。

（中景） 病人坐稳后，祝医生从诊桌后欠身。祝女站在右边朝这面看着。

（近景） 祝医生已站起身来，向老头询诊问。

字幕： 先生！年纪已老，何必饮酒过量？

长须老头哭丧着脸。

字幕： 酒我是一向会吃，大约昨夜酒买得太坏，所以喝醉了跌跤。

祝医生从老头背后绕到身前，用手给他搬了搬左脚脖子——医好了。

（中景） 长须老头起身时，祝医生回到诊桌后，从桌上拿了包药面给他。老头高高兴兴出诊馆，向左方走出画面。

祝医生拿起银元笑着看了看，又放下。

“和事佬”刚刚出诊馆，穿长抱马褂、戴帽头、留八字胡的老头就托着左肘从右边入画。

（近景） 他坐到了诊桌旁。祝医生问诊时，他右手指着抬起的一只脚。

字幕： 酒会吃的，这双皮鞋太滑，出的毛病。

祝医生侧身站到他的左肩前，一手按住他的肩头，另只手抓住他这只手的手腕，像摇轱辘把一样连转了几个大圈。

（中景） 祝医生又转了转他的胳膊肘——好了。八字胡老头往木托盘里放了块银元，走出了诊馆。

紧跟着，一个年轻人从右边入画，同前一个病人走了个对头，那个病人向左方走出画面。

年轻人捂着左脖颈，痛得直咧嘴。祝医生双手插腰站在诊桌旁。年轻人坐到木凳上后，先往托盘里丢进一个银元。

(特写) 托盘里已有三块雪白的银元了。

(近景) 年轻人一个劲儿在搓脖子，祝医生看了看他的脖颈。

字幕： 先生！下次不要贪杯了，免得跌坏身体。

年轻人皱着眉头忙解释。

字幕： 酒真吃我不醉，昨夜大约遇着一个鬼，把我推了一跤。

祝医生站在他身旁，先给他搓了搓脖子，又用手按着两边的太阳穴，左右先慢后快地，接着又前后摆晃着他的头，最后按了下头顶，病人的脖子立即正了过来。

四十三

(近景) 水果摊。郑木匠在用小竹筲帚向摊上的水果掸水。他看到祝医生的买卖兴隆起来，笑着朝诊馆跑去。

四十四

(中景) 祝医生诊馆。正好脖子的病人还没走出诊馆，那个长辫子姑娘和穿长袍马褂、戴帽头和老式眼镜的瘦老头就从右边入画，走进诊馆。姑娘坐在凳子上后一直拍着自己的右胸，瘦老头站在她的身后。

方才的病人出诊馆，向左方走出画面。

祝医生还没来得及给姑娘看病，又有两女、四男从右边入画，走进诊馆。这六个人刚刚靠里墙条凳上坐下，诊馆外一个小伙子歪脖子，半蹲身，横撇腿，踮着脚尖，两手拄着块板条从右边入画，一步步蹭进诊馆，祝女忙搀他靠墙坐下。

诊馆里一屋子病人，已有“人满之患”。

祝医生治好长辫子姑娘，又给山羊胡子老头转了转扭伤的胳膊。三人刚要离开诊馆时，又一个病人捂着肚子从右边入画，走向诊馆。

祝医生实在招架不暇了，祝女张罗病人也忙得不可开交——祝医生发财的关键时刻已到。

(近景) 水果摊。郑木匠见此情景，不由得喜笑颜开。他望着右前方，一边用手指了下自己做出要去帮忙的样子，一边动着嘴，像在说什么，紧跟着就离开了水果摊。

(中景) 祝医生诊馆。他已到诊馆，边挽袖子，边对祝医生说。

字幕： 老伯伯！我来帮你医治几个病人吧！

(中景、快镜头) 祝医生和郑木匠分头医治病人，四只手同时忙个不停：搬头、揉腰、搓脖子、抻胳膊……——真是“拍脑袋一个”。治愈的病人一个个离开诊馆。

诊馆内只剩下歪脖子和踮脚尖的两个病人了。

歪脖子的男人坐到诊桌旁，祝医生紧靠他身旁站着并用力按住他的右肩头。郑木匠突然从身后跳上病人坐的凳子，把一条两头系死的毛巾一头套在自己脖梗上，哈下身，另一头套在病人的颈下，紧跟着往上一挺身——病人的愁容即刻变成笑貌。祝女站在诊桌后望着发笑。治好的病人离开座位，从左方出画。

歪脖、踮脚、半蹲身的小伙子两手拄板条在诊桌旁的木凳上坐下。他放开板条，双手紧紧抱肩，祝医生马上两手按住他的右肩头，后又揪住这只胳膊，郑木匠则从左侧用力往上横搬了下病人的左腿——病人的身子立刻直起，脖子和脚随着也都不治而愈。他起身离开诊馆，从左方出画。

（特写）木托盘内已摊放着二十来块现大洋。

四十五

（近景）祝医生诊馆。诊馆内站着祝医生、郑木匠和祝女三人：老医生居中；祝女在右，一手扶着刺绣架；木匠在左，双手插腰，瞅着老医生。

字幕：老伯伯！你的生意发达了，我的婚事怎么样？

祝医生侧身看着女儿，女儿用手帕捂嘴，羞答答地低头未语。祝医生两手各伸出一指，分别指着郑木匠和祝女，后又把两个指头并在一起，接着两手交叉着抱在胸前，乐呵呵地对女儿说。

字幕：他很配做我的女婿。

（中景）郑木匠闻听此言，赶忙单腿跪地，两手抱住祝医生的腰，激动地叫了声。

字幕：丈人，阿伯！

祝医生高兴地抚摸着郑木匠的头，脸上浮现出满意的笑容。祝女仍用手帕捂嘴，含羞带笑地望着脚下。

最后，祝医生竟得意地把两手盘抱胸前，面向摄影机，仰脸哈哈大笑起来。

字幕：完。

（全剧终）

（李元达、杨校根据影片整理）

1923年

孤儿救祖记

出品　明星影片公司，1923 年
编剧　郑正秋
导演　张石川
摄影　张伟涛
说明　周剑云
演员　郑鹧鸪　周文珠　邵庄林　王汉伦　邢少勉　严笑渔　程宫园　王献斋　孙孺玉　朱苍溪　任潮军　郑小秋

《孤儿救祖记》为明星影片公司摄制的第一部长片，由郑正秋编剧。其电影本事、字幕为郑正秋、周剑云所作，原载《晨星》第 3 号（《孤儿救祖记》特刊，1923 年）。《〈孤儿救祖记〉之内容》（《晨报》，1923 年 11 月 26～27 日）亦刊载该片剧情介绍，其文字有同有异。为保存史料计，特附录之。

本　　事〔1〕

介诚　剑云

富翁杨寿昌，淞滨巨族，拥资百万。爱子（道生）娇媳（余蔚如），膝下承欢。虽无含饴弄孙之乐，而安居颐养，指挥如意，固南面王不啻也。某日，其子在郊外试骋新马，偶一不慎，致坠马而死。由此翁之命运，遂日趋于蹇途矣。

其侄道培，素行不检，向居于外。闻道生死讯，欲谋翁产，乃蛊惑族人杨子恒进说于翁，立彼承嗣。翁素信任子恒，故允其请。道培得如愿以偿后，复荐其密友陆守敬至翁家。守敬本匪善类，见蔚如貌美，忽生不逞之心，以献花为由，戏蔚如于园内。蔚如斥之。守敬忽见蔚如腹中有孕，即告之道培。培虞巨产将为遗腹子所夺，乃从陆谋，诬嫂不贞，激怒于翁。翁不察，误堕奸计，立逐其媳大归。媳则误会杨翁致怒之由，方以资助老父之事，为翁所觉，自怨家贫，不欲暴亲之短，故饮泣吞声，悄然归与老父同居。不数月，生一子。正幸夫氏有后，会有扬眉吐气之日，讵知老父忽与世长辞。蔚如频受刺激，立志抚孤成名，为老父争光泉壤。其子遂冠以己姓，而不以夫姓姓之。翁自逐媳后，老境颓唐，万念俱灰，日惟假寐以消永昼。侄则利用时机，攫得大权，纸醉金迷之场，日见其踪迹矣。久之，因挥霍过奢，款不敷用，复与守敬设计，盗取杨翁私章，径向银行冒领巨款。

族人杨子恒，一日，引教育家蔡伟东来，以建筑校舍事，求助于翁。翁慨允其请，

---

〔1〕 原为句读。

立予三万金。校舍落成，翁偕子恒往参观，喜其地址幽静，遂移居校舍附近之新建别墅中，为时相过从计也。

光阴荏苒，忽忽十年。某日午后，翁至该校操场散步，见一年届十龄之新生（余璞），群儿嬲其嬉戏，童婉言谢之。翁奇其行，近与之语，童应对中节，彬彬有礼，翁愈喜。一日童下学归，路经某地，见一幼孩，跌入水缸之中，童情急智生，效法司马温公故事，以石碎缸，将幼孩救之出险。缸主不谅，逼童赔偿。会翁至，出资予之，始解此围。由此童与翁稔，遂常至翁之新居游玩。

某日，报端载翁侄“因赌被拘，罚锾赎罪”之新闻，翁虽大恚，也无可奈何也。后道培因债所逼，无以应付，乃听守敬之谋，亲向杨翁索款。翁不欲以钱济培之恶，遂怒斥之。陆尚持昔日之宠，代培向翁缓颊。其实杨翁已知培之不肖行为，半为守敬引诱，故毅然逐陆去焉。陆以地盘失去，竟以危词，教唆道培，铤而走险。适童过访，奋勇往救，奸谋未逞。守敬继之，又为童机警所阻，误中其侄。于是陆遂捉将官里去，侄亦倒地不省人事。

童救翁时，被陆击伤，翁遂派人招其母至。童母既至，见翁大惊，翁亦愕然。盖童母非他，即翁之逐媳也。翁与童相识虽久，因其姓余，遂不知其即为己之亲孙。媳以新屋故，亦不疑杨翁遽迁于是也。

翁媳猝然觌面，良久不发一言。忽仆衔侄命，请翁前去。翁去，媳思十年前曾见窘于翁，今日幸能持十指生活，抚孤成人，雅不欲再受其辱，乃负子逸焉。

侄命在呼吸，憬然觉悟，深悔误听陆言，谋害尊亲，以致自害。故嘱仆请翁至，以诬嫂不贞事相告，藉赎前愆。言毕绝命。

翁闻侄语，恍如梦觉，急奔书斋，对媳释嫌，不意媳已负子而去，乃迈步追之，久久始遇于望云亭，老泪纵横，引咎自责。祖孙翁媳，悲喜交集，一家骨肉，遂团聚矣。

翁以媳有抚孤之劳，孙有救已之功，乃邀族人杨子恒、校长蔡伟东至，宣布所有资财，悉予其媳，任其支配，以免外人觊觎。媳念一家重圆，沉冤大白，颇得力于学校。乃出资财之半，托蔡兴办义务学校，俾贫民子弟无力求学者，得受人生所必需之教育焉。

字　　幕

正秋　剑云

此严严灿烂之巨厦，为富翁杨氏之家园。

杨翁偕如夫人相游于园中，其乐也何如。

拥资百万之富翁杨寿昌。（郑鹧鸪）

其夫人黄氏。（周文珠）

寿：池里有什么好看，值得你这般出神？

黄：这一群鹅在水里游泳，比人还快乐呐！

寿：你道鹅比人快乐，你何不变作鹅儿哩？

黄：啐，你要我变鹅，难道不怕我飞了去吗？

寿昌爱子杨道生。（邵庄林）

其媳余蔚如。（王汉伦）

生：妆罢未？

蔚：观乎……来，君何貌似罗克耶？

生：果尔，则卿为黛维丝矣。

寿：尔等其将出游乎？

生：否，即在此园中闲游耳。

寿：小夫妻携手同行，何等亲爱，你我也来一试如何？

黄：嘻，汝老矣！欲作少年态，已不可得矣！

寿：真所谓人老珠黄不值钱了。哈哈……

寒儒余慕陶，为道生之岳父。（邢少勉）

余叟赋性孤僻，生活艰难，所赖者，其婿按月之津贴耳。

生：爱波荡漾，卿愿驾舟一游乎！

杨翁闲居，喜参内典，颇有静观自得之乐。

黄：我在你背后好久，你怎样一点儿不觉得呢？

寿：佛经里有两句话，“色即是空，空即是色”，竟把我看出了神。

族人杨子恒，热心公益，为寿昌所信任者。（严笑渔）

仆：老爷同姨太太在花园里游玩。

恒：有美一人，与子同游，乐哉乐哉。

寿：数日不见，何其忙耶。

恒：唉，天天为公益奔走，竟无片刻闲暇，来此谈心。

寿：人生不为利忙，便为名忙，老哥服务社会，亦所当然。

余叟月必临婿家领取津贴。

生：喂，快把新买的马配好，我要试它一试。

生：岳父，本月份的月费，请您带了去吧。

生：你陪老人家谈谈，我要骑马去了。

蔚：幸君早归，莫使我望断秋水也。

生：去去即来，决不劳卿久盼。

幸于荒郊为乘马少年所见，否则，家人且无从得讯焉。

呜呼，闺中人犹望穿秋水，待夫归也。

医：呀，人已死了，快打电话，叫他家里人来。

医：人死不能复生，幸勿过于悲伤。

群居终日，言不及义之堕落少年。

杨道培乃寿昌之侄。（程官园）

诡计多端之陆守敬，为道培之密友。（王献斋）

培：我那很有钱的伯父的儿子，忽然跌死了，你看可惜么？
敬：那有什么可惜，这是你的机会来了。
敬：赶快想法子承继给他做儿子，承受他的家产。
堕落妇人金媛媛，乃杨道培之外遇。（孙孺玉）
亲爱夫婿，人天永诀，所得见者，唯此巍然矗立之墓碑耳。
道培居然能蛊惑杨翁所信任之族人，以遂其承继之私怀。
恒：事已到此，莫过悲伤，侄子与儿子一样，就把道培承继了吧！
寿：老哥要他承继给我，当然不会错的。
小人一旦得志，便尔狂妄无忌。
婢：你是谁？我又不认得你。
培：我就是此地的大少爷，你还不知道吗？
胖：呸，此地的大少爷，已经死了，你想来冒充吗？
婢：奶奶，老爷承继一个大少爷来了，他一来就同小胖子打架。
培：告诉你一件喜事，我现在是杨富翁家的大少爷了。
媛：这有什么希奇，大少爷卖几个钱一斤呢？
培：你赶快对我道喜，我已经做小财主了。
敬：慢来，现在应该设法让我进去才好。
培：那是一定做得到的。
阴险小人，无孔不入，方谋进身之机遇，即怀狼狈之野心。
培：爸爸，这位是陆守敬，人很能干，我想请他在家里办事。
寿：你说他好，留在这里就是了。
敬：多谢老伯栽培。
此可怜之少妇，终日悲哀，故常至坟前洒一掬伤心泪焉。
丧心哉陆贼，不怀杨翁豢养之恩，反敢戏其新寡之媳。
敬：嫂嫂，从什么地方玩了回来的呀？
敬：这朵花儿同嫂嫂一样美，送给嫂嫂做个纪念罢。
蔚：岂有此理！
蔚：何物狂奴，敢肆轻薄，不畏拔舌耶？
敬：你的家产得不成了。
敬：方才见你嫂嫂，肚里有孕，倘然养了儿子，你的地位就没有了。
培：总得想个法子才好。
既伤寡苦，犹不得不顾怜其贫苦之老父，呜呼蔚如，其苦甚矣。
蔚：自从你女婿死后，我又不能向公公要钱贴补。
蔚：现在将我一些私蓄，孝敬老父，此后你月唯有共同节俭了。
女佣：看呀，什么东西又拿去了呢？
嗟夫，杨翁一经小人入门，家庭变故，从此起矣。
培：爸爸，快来看一桩怪事。

寡媳闺中，呈此怪状，乃翁安得不怒？
敬：老伯请勿声张，家丑不可外扬。
敬：请去从长计议，再作道理。
此等丧心病狂之勾当，唯若辈拆白男女犹为之。
敬：你们扮得真像，老头已经上当了，快到旅馆里去等我们吧。
悲夫蔚如，意谓哀莫哀于丧斯夫，岂知尤有哀于是者，已在眉睫矣。
寿：这不要气死人吗，你们想怎么办呢？
敬：除非赶她出去，脱离杨家关系，才能不坏门风。
仆：少奶奶，老爷叫你快去。
寿：哼，你……做得好事。
寿：我们这家人家，要断送在你手了。
寿：你赶快替我走，杨氏门中不能容留你这样行为的妇人。
可怜蔚如误会阿翁致怒之由，至于欲辩而心有所不敢。
寿：我一刻都不要看你，你还不快走吗？
一对狗男女，竟致弄假成真，可笑道培，害人终于害己。
媛：我们这种样子，要是给道培看见，便怎样呢？
敬：那有什么要紧，这是他自己叫我们这样要好的。
培：怎么，我是叫你们假要好的，你们倒真要好了吗？
培：我今天要打死你这忘八蛋。
媛：我们替你做了这样大事，你不谢谢我们，反来恩将仇报吗？
媛：不要怕，我们和他闹就是了。
敬：何必这样暴躁，闹出去我们要不得了的。
敬：大家都是自己人，什么事都好商量。
茫茫神州，何处能容妇女自立，蔚如含冤见逐，舍往依老父将何之。
慕：杨家既不能容你，只好跟着我老父过苦日子。
慕：你也不必过于悲伤，都是我穷的不好，累了你了。
此通宵达旦之赌祸，何时方能绝迹于社会耶？
敬：此地人多口杂，你这脾气是发不得的。
敬：这一回你打进宝，一定有的。
薄命蔚如方得遗腹子以稍慰，不图老父竟弃之而长逝矣。
岁聿云暮，平时狂嫖滥赌者，至此急不暇择，致无所不为矣。
敬：当心，不要露马脚。
培：爸爸，守敬的本家要进学堂，请你老人家做个保证人。
敬：你快到银行里去收，要是他们打电话来问，有我在这里对付。
胖：你们鬼头鬼脑，在这里做什么？
教育家蔡伟东。（朱岑溪）
恒：蔡先生要建筑一个学校，请你补助些教育经费。

东：久闻先生热心公益，特来恳请资助。
寿：约需多少经费呀？
东：约需三万金。
寿：都可以，明天我送三万元过来就是了。
东：多蒙慷慨捐输，不胜感谢之至。
翌日。
培：听说金媛媛，居然实行嫁给程良功了，你想气不气？
敬：那有什么可气，只要有钱，天下最多的是女人。
敬：这里有桩事情，才可气呢！
敬：老头儿居然捐三万元，给学堂里了。
女佣：小胖子，这个鹅可是你的儿子吗？
此难能可贵之富翁，乃独力捐资兴学，其造福社会，岂浅鲜哉。
东：独捐巨资的杨校董，前来参观本校，我们该同去欢迎。
寿：学堂成绩颇佳，钦佩之至。
寿：此地却很清静，我想移居在近处，便可以常到这里来走走了。
含辛茹苦之蔚如，持其十指生活，抚育遗孤，已四岁矣。
四岁时之余璞。（任潮军）
璞：妈，我几时可以上学堂读书呀？
蔚：等我积点钱起来，再送你上学去。
杨翁已迁居于校舍附近之新建别墅中矣。
寿：我觉得此地，空气比老宅要清新得多哩！
黄：空气虽好，可惜太冷静了。
敬：你一天到晚叫穷，为什么不问你小娘要钱呢？
培：这几天穷得很，请你借些钱给我。
黄：我哪里有钱能出借呢！
敬：就把这一串珠子借给他用一用好了。
黄：你们到底是些什么东西？
负治安之责者，能多除一害人陷阱，即可减少无数堕落分子。
赌场仆：不好了，警察来捉赌了！
赌客：我是入外国籍的，你不能捉。
警长：无论什么籍都要捉的。
警长：你给钱也没有用。
阀阅之家，每多不肖子弟，亦无可奈何之事也。
寿：逢到坏事，总有这不肖东西在内，你看怎么得了呢！
恒：唉，想不到这小子坏到这个样子。
贤母望子入学之素志，经十年节衣缩食之困苦，始克如愿以偿。
十岁时之余璞。（郑小秋）

蔚：我积这些学费很不容易，你念书要格外用功才好。
顽童：喂，你看我画得像吗？
璞：你不能这样没有规矩的。
寿：他们叫你去玩，你为什么不去呢？
璞：妈叫我要用功念书，我不敢玩。
纨绔子弟之脑海中，唯有图财挥霍之思想。
培：我们这样弄不到钱，怎么得了，你总该想个法子呀！
敬：你索性当面向老头儿要去，看他怎么样。
培：爸爸，我实在有一笔正用，请你借五千两银子给我。
寿：你有什么正用，拿了钱去专门做坏事。
寿：我银行里的钱常常短少，不知道给你们弄去多少了。
余儿情急智生，忽忆当时课本，遂效法古人，此母教之功也。
工头：你打破我的缸，要你赔。
璞：缸是为救人打破的，请你原谅我实在赔不起。
寿：你是我们学堂里的学生吗？
璞：是的，老伯伯。
璞：我为救一个小孩子，打破了一个缸。
璞：现在他要我赔。
寿：你怎么会破缸救人呢？
璞：我是学司马温公的老法子。
寿：难得这孩子会学司马温公来救人。
工头：什么死马瘟公、死牛瘟公，我只晓得要赔钱。
寿：我很爱你，你可要到我家里去玩玩吗？
璞：时候已经不早，恐怕我妈记挂，改日再来探望你老人家吧。
蔚：为什么回来得这样迟呀？
璞：路上见一个小孩子，跌在水缸里，我学司马温公的法子救了他。
璞：想不到有一个人拿我当胸口一把抓住，要我赔钱。
璞：幸亏学堂里的一个董事老伯伯替我赔了钱。
璞：那个老伯伯好得很，叫我到他家里去玩，我答应他改日再去。
杨翁甚爱余儿，常招至其家，今果来矣。
璞：今天学堂休息，我来望望你老伯伯。
璞：老伯伯，这房子都是你自己的吗？
璞：呵，真好呀！
校中学童多矣，杨翁独爱余儿，其天性使然欤，抑适逢其会耶。
璞：让我……带一点回去，给我妈吃好吗？
璞：因为我妈一定没有吃过这种好点心。
寿：你倒很孝顺，这一点钱给你当作奖励品吧。

伊虽终日勤劳，而一寸芳心，未尝片刻忘故夫也。

璞：妈，你为什么又对爸爸的小照伤心呢？

璞：老伯伯给我的点心，我带回来给你吃。

璞：老伯伯又说我孝顺，给我许多钱。

璞：可惜爸爸早死了，不然我们三个人一同吃点心，多么欢喜呢！

外债逼迫，为败子所必经之阶段。

培：裘尔锟请律师向我追款，只限期两天。

敬：赶快要想法子才好，不还要吃官司的呀！

璞：妈，我又想看看学堂里的老伯伯去。

培：你天天做善举，今天也该在我身上做点善举呀！

寿：胡说，什么话！

敬：他实在被债务逼得不得了，闹出事来，于你面子也有关系的。

寿：都是你同他狼狈为奸，造成他这样不肖的行为。

寿：这里用你不着，快替我滚！

培：平时你法子很多，现在你打算怎么办呢？

敬：好法子是有的，先问你有没有胆量。

培：只要有钱，自然有胆量。

不责祸由自召，反敢铤而走险，小人之心毒矣。

培：这做什么？

敬：不杀他，我们也要被债户逼死，还是杀了他，可以有生路。

培：怎么可以有生路呢？

敬：老头儿死了，家产全是你的了，有了钱，还怕没有生路吗？

培：你到底给钱不给钱？

寿：你拿着什么东西？

敬：老头儿，今天与你势不两立。

敬：你要活命，快把钱拿出来。

寿：救……

敬：你叫出来，我立刻送你的命。

寿：把他捆起来，送到官里去。

平时饱受掌足之小厨子，今日可以吐气矣。

恶贯满盈之阴险小人，结果仅得与猪同趋。

寿：好孩子，你受了伤了，你把住处告诉我，我派人去接你妈来。

猝闻警讯，不惜舍命奔来，万不料所临即乃翁之居处也。

璞：妈……

璞：老伯伯，这就是我的妈。

璞：妈……你来呀！

仆：老爷，少爷要死了，请你快去。

人之将死，其言也善。

培：爸爸，我悔了，我不该受坏人的指使，才弄得这样的结果。

培：我快死了，我良心上有……有句话，不能不说说明白。

培：嫂嫂是规矩人，您当时看见的情形，我们叫人假扮害她的。

培：因为嫂子肚里有孕，恐怕生了遗腹子，家产就要被他夺去了。

向为蒙蔽之杨翁，恍若大梦之初觉。

寿：这里的人呢？

寿：蔚如！

寿：余璞！

寿：好媳妇！

寿：好孩子！

寿：好媳妇，我明白了，我明白了。

寿：以前的事，全是道培要谋夺家产，设了毒计害你的。

寿：我一时糊涂，害你母子吃了十年痛苦，好媳妇，你原谅我吧！

璞：这位老伯伯，到底是我们的什么人呀？

蔚：好孩子，他就是你的祖父。

璞：祖父？

寿：现在事已明白，你们母子总得要跟我回去才好。

十载沉冤，至此方雪。谚云，拨开云雾见青天，谓也。

璞：祖父，你可是叫我同妈都到你家里去住吗？

璞：妈，祖父家里比我们家里要好得多哩！

有贤母斯有佳儿，禀良教始能舍生救祖，其得袭巨产，岂偶然哉？

蔚：今天我们一家骨肉能够团聚，饮水思源，应得先感谢蔡先生的学校。

蔚：目前最大的问题，莫过于贫苦子弟之失学，我愿将家产之半数，请蔡先生多办儿所义务学校。

东：夫人能牺牲巨产，提倡教育，鄙人当代无数失学儿童，多多感谢。

寿：我还能活在世上，却是你的功劳，望你以后成一个伟大人物，替杨氏留一点光荣的历史。

附：《〈孤儿救祖记〉之内容》

明星影片公司新制《孤儿救祖记》一片，情节甚美如下。

富翁杨寿昌，淞滨巨族，拥资百万。爱子娇媳，膝下承欢。虽无含饴弄孙之乐，而安居颐养，指挥如意，固南面王不啻也。会其子坠马丧生，翁悲不自胜。族人杨子恒怜之，劝以胞侄承嗣。翁以桑榆晚景计，从之。

侄素行不检，嫉嫂有孕，虞巨产将为遗腹子所夺，乃与匪友陆守敬谋，诬嫂不贞，激怒于翁。翁不察，误堕奸计，令媳大归。老境颓唐，万念俱灰，日惟假寐以消永昼。侄则利用时机，攫得大权，纸醉金迷之场，日见其踪迹矣。

族人杨子恒，素为翁所信任。一日，引某校校长蔡伟东来，以建筑校舍事，求助于翁。翁慨允其请，立予三万金。校舍落成，翁偕子恒往参观，喜其地址幽静，空气新鲜，遂移居校舍附近之新建别墅中，为时相过从计也。

光阴荏苒，忽忽数年。某日午后，翁至操场散步，见一未满十龄之新生，群儿嬲其嬉戏，婉言谢之。翁奇其行，近与之语。童应对中节，彬彬有礼，翁愈喜。久之，童与翁稔，常至翁之新居游玩。

一日，报端刊载翁侄因赌被拘、罚锾赎罪之新闻，翁大恚。侄知翁不值其行，深恐大权旁落，无资挥霍，复与友商，为先发制人之计。其居心叵测，盖已失却人类本性矣。

侄以陆守敬为密友。娼寮赌窟，时作登场傀儡。陆于中取利，囊橐充盈。侄则日积月累，债台高筑。某日为债所逼，无法应付，潜藏利刃，悍然迫翁署券。翁不允，侄乃铤而走险。适童过访，奋勇往救，奸谋未逞。守敬继之，又为童机警所阻，误中其侄。于是陆遂捉将官里去，侄亦倒地不省人事。

童本为翁所企重，此次无意救翁，患难之交，感情愈厚。童事母甚孝，至是遂请翁招其母至，翁许之。童母既至，见翁大惊，翁亦愕然。盖童母非他，即翁之逐媳也。

初，童母被逐时，不知有人谗己不贞。方以资助老父事为翁所觉，自怨家贫，不愿暴亲之短，故饮泣吞声，悄然归与老父同居。不数月，生一子。正幸夫氏有后，会有吐气扬眉之日，讵知亲爱之老父，忽与世长辞。童母颇受刺激，立志抚孤成名，为老父争光泉壤。其子遂冠以己姓，而不以夫姓姓之。故翁与童相识虽久，实不知其即为己之亲孙。媳以新屋故，亦不疑杨翁遽迁于是也。

翁媳猝然觌面，良久不发一语。忽仆衔侄命，请翁前去。翁去，媳思十年前，曾见窘于翁，今日幸能持十指生活，抚遗孤成人，雅不欲再受其辱，乃负子逸焉。

侄命在呼吸，憬然觉悟，深悔误听人言，谋害尊亲，以致自害。故嘱仆请翁至，以诬嫂不贞事相告，藉赎前愆。言毕气绝。

翁闻侄语，如梦初醒，急犇书斋，对媳释嫌，不意媳已负子而去。乃迈步追之，久久始遇诸途，老泪纵横，引咎自责。祖孙翁媳，悲喜交集。一家骨肉，遂团聚矣。

翁知遗产之毒，甚于洪水猛兽，乃邀族人杨子恒、校长蔡伟东至，宣布所有资财，悉予其媳，任其支配，挽彼二人作证，以免外人觊觎。媳念一家重圆，沉冤大白，颇得力于学校；且女子为国民之母，非不学无术者所能完其责任。乃出资财之半，托蔡兴办女学，为女界造福云。

1924年

弃　　儿

出品　上海影戏公司，1924 年

编剧　朱瘦菊

导演　但杜宇

摄影　经广馥

演员　但二春　贺蓉珠　韩筠筝　陈璞云　经广润

《弃儿》电影由朱瘦菊编剧。其电影本事为朱瘦菊所作，以海上说梦人笔名发表于《半月》第 3 卷第 8 号（1924 年 1 月 1 日）。

本　　事〔1〕

海上说梦人

去沪西十余里有小村焉。茅舍数家，野田半顷，春耕秋获，个中人之生趣，怡怡如也。有少年农夫曰卜奇者，其妇邢珍，结缡甫一载。夫耕于外，妻织于内；有时携手树荫，述田园故事。伉俪之乐，殊有甚于画眉者。桃花源中人，不知人间岁月。若卜奇夫妇，亦不知咫尺间有虚伪机诈之十里春江焉。

会有金子昌氏，一不务正业之富室少年也。某日独驾摩托车游于乡，忽车中水竭，进退不得，下车求水。遇邢珍汲于井，子昌直前乞水。邢珍见其衣履翩翩，欢然许诺。方携水具偕行间，适与卜奇值。叱问谁何，邢珍以实对。卜奇止不令前，而自为子昌注水汽车中。邢珍为夫所阻，惘然若失者久之。

翌日，邢珍方于田间拾落花，子昌又至，盛称城中富丽而乡村僻苦。邢珍闻言心动，乃乞子昌偕之作城市游。是晚，卜奇索妻不得，忿不愿再作田舍儿生活，誓赴城中觅得逃妻而后已。顾鸿飞冥冥，伊人何处，卜奇以初来乡间，而欲于十里春江求一奔妇，不亦难乎。用是盘桓数日，资斧告竭，不得已假寓一小茶肆中，盖下流社会之大本营也。肆主曰张立，为匪徒领袖。见卜奇庸懦可供调遣，且负食宿资，因命之与其党徒曰吴惠者，同出行窃，冀得功以偿食宿。

时邢珍随子昌来城市，税屋而居，俨同夫妇。然有令子昌大不慊者，则邢珍来仅数月，即举一男。子昌以其非己出也，屡欲弃之，而邢珍不舍。子昌亦无如何。然轻薄少年，大都喜新而厌故。子昌初犹虑触邢珍怒，继则憎恶日甚，不能自已，乃决伺邢珍睡中，以强力劫去其生甫弥月之婴儿，俾拔眼中钉，其用意亦云毒矣。

彼吴惠者，一奸伪凶顽之巨窃也。其引卜奇至一巨室行窃也，命卜越窗入，作梁

---

〔1〕 原为句读。

上君子，而已则在户外任授受之役。忽一警察来，吴惠亟遁去。卜奇在内，犹懵懵然将所窃得赃物授警察，以为是其同党吴惠也。

子昌携儿出，中途儿啼，虑为行人所见，即弃之墙阴。适吴惠避侦者过此，月光中见子昌钻戒粲然，顿萌盗心。亟隐身暗僻，俟其过而劫之。

卜奇窃物竟，出门睹警察，大骇狂奔，越峘始获出险。其地即子昌弃儿处也。足甫履地，即闲儿啼。得之墙阴，犹不知是其子也。初拟置之，继恐儿啼为侦者闻，不得已抱而行。忽睹数武外有席地卧者，异而抚之，赫然一尸，即子昌为吴惠扼吭死矣。卜奇惊极却走，又与前警值。抱儿疾趋，警察疑卜为杀人凶手，逐之不舍。幸卜遁入一空屋中，追警从入，卜自别户出。闭警察于内，从容脱险。又以携儿为累，途经陆姓妪，诡言儿孙已出，托妪抚养。妪方受儿。警察已破门接踵而至，斯时卜奇乃不得不从之往官里去矣。

六年之后，弃儿已长成，顽劣为诸儿冠。曾为邻儿雪不平，不惮与年长之童子忤。陆妪命其携瓶估于酒肆，途遇其仇，双方相持不下，为仇童掷其酒瓶碎之。弃儿惧为妪责，徘徊不敢归，泣于道左。适有富室金氏女曰慧珠者，乘汽车赴舅家，见弃儿泣状，下车问悉其情。怜之，解囊出墨银一枚，命儿且归，以此偿瓶酒资，当不致受责。儿感谢去，女犹目送之。

陆妪待儿久不归，忿火中烧，不能自已。见儿携碎瓶来，怒极，取杖欲扑儿。儿惧责奔逃，妪操杖自后逐之。是时，卜奇以莫须有之杀人嫌疑，受六载徒刑，出狱茫茫，不知所适。途见妪责儿状，前为劝解。妪见卜奇，忆为六年前寄儿之人，即欲还儿，索六年养育之费。卜不得已，携儿偕遁。妪逐之，不获，恨恨而已。

于是弃儿属卜奇矣。固父子也，而局中人乃不自觉。卜询儿安适，儿答愿相从，卜乃携之入曩年茶肆。以囊空故，不敢恣饮啖。儿渴甚，忽忆囊中有金女所赠之墨银一枚，出示卜奇。卜大喜，以之就邻桌博，顷刻而尽。儿亦来观赌，拾得铜元一枚，掷之桌上。局中人以其为下注也，听之。俄连开皆捷，铜元盈桌。博徒询悉注为儿所下，欺其幼，不与。卜力争，斗局开矣。幸肆主张立返，叱众勿斗，然卜与儿仍不名一钱也。

彼杀人越货之吴惠，今已改业为汽车夫。然盗心殊不能改，仍与张立狼狈为奸，图劫其主金姓财物。方以不得闻隙为虑，忽见睹弃儿，顿生一计。令儿诡称受母责逃出，往依金女，俾为内应。张韪之，卜亦许可，吴乃携弃儿归。见金女述来意，女不知其诈，许为留养，并令女伴邢珍善为看护焉。

读者得毋疑邢珍何以忽在金女处乎。盖自子昌窃儿外出，久久不归，邢珍不知其死，疑为见弃，携箧出门，欲归不得，辗转投金氏为佣。惠珠悦其善体人意，不以常佣目，令作闺中伴侣，迄今有年矣。邢偶见案头有子昌小影，爽然若失。珠告以此为其堂兄。少年时酗酒好色，不务正业，家产半为浪费。一日忽为人扼杀于途。仅得一嫌疑犯，而正凶迄未捕获。叔恶其为人故，遗相焚毁殆尽，仅此一纸藏书箧中得免。顷检书得之，置此未及收藏。若见之何闷闷耶？邢珍闻女言，始知子昌已死，从而知慧珠即其堂妹。雅不愿以实告，乱以他语而罢。

弃儿即得登堂入室达金氏居，惠喜其计售，命儿窃细软于夜中授之。是晚，吴匿户外，儿挟一巨裹出。吴得之，不暇检点，挟归献张立。张命启视，则尽小儿玩具，及残废无用之物也。张大怒，责令吴率卜奇翌日再往，苟不得物，毋来相见。

金有中表陈生者，属意慧珠有年矣。而慧珠殊不欲亲上加亲，拟令陈与邢珍近。邢以一误不能再误，自持颇坚。致陈格格不能入，以是仍不能忘情于慧珠。而慧珠对之落落。弃儿旁观得其状，戏效陈所为，陈大恶。

是晚陈饮酒过量，承醉欲肆轻薄。为女推仆，醉卧榻上不能归。而卜奇适越窗来胠箧，仓卒间误触陈醒，暗中互殴。金叔闻声出视，卜惧，登楼求匿身地，适与弃儿遇。卜问儿珍物储藏之所，儿不肯告，坚求卜勿窃此间物，盖不忘女待彼之德也。卜不听，自发箱笼索之，邢珍闻声奔入，睹卜大骇；卜亦愕然不知所为。斯时慧珠踪至，邢匿卜于帏后，而双足仍露帏外。女启帏见卜，问为谁？邢以夫告，求女勿声扬。然梯声橐橐，女叔与陈生已寻踪来矣，二女亟纵卜越窗遁。

卜奇虽遁，而窗际人影赫然，已入女叔与陈生之目。入房见二人娇为镇定状，疑女不贞。陈又从而挑拨之，女叔愈怒，厉声斥女。女冤蒙不白，愤不欲生，披衣出门，不言去处。众皆木视不知所为，仅弃儿飞步逐其后。

女以娇养之身，往来必乘摩托车，固不长于步。且宵深路滑，益以冤愤填膺，气极力乏，至中途仆地昏去。时下卜奇过此赴吴惠之约，睹女昏状，抱之起，往投吴惠约所。冀得热汤苏女，藉以报其相纵之惠焉。

约所为一败屋，盖吴窃主人汽油匿赃之地也。卜抱女入，置敝椅上。吴惠继入，卜告以此去仍一无所获。吴指女谓得此奇货，胜获万金，何谓无获。卜请其说，吴谓苟以此女献首领，向金家索十万赎金，易如反掌。卜不愿救女转以害女，力争不可。吴取柱上挂灯击卜，不中，落地下积草中，着火而燃。吴又力扼卜喉。正危急间，弃儿亦至，拾地上巨梃自后击吴首，昏仆于地。儿扶卜先出，继又入屋救女。女方昏，儿力弱无能为役，而火猛烟烈，呛咽欲死，俄亦昏倒。幸卜在外稍清醒，冒火入屋，挟慧珠出。再入救儿脱险，离屋甫数武，火及盛汽油之铁筒，轰然一声，此万恶之吴惠，乃与败屋同归于尽。

慧珠既返，冤乃大白；叔亦知过悔谢。卜奇夫妇重见，各道所遭。及邢珍失儿与卜奇得儿之日，恰在同时。乃知弃儿即其子也。骨肉重圆，感金女玉成之德不置焉。

大义灭亲

出品　商务印书馆活动影戏部，1924 年
编剧　知因子
导演　任彭年
摄影　廖恩寿
演员　张绳武　陈丽兰　包桂荣

《大义灭亲》（又名《侠义缘》）电影由知因子编剧。其电影本事原载于《小说世界》第 5 卷第 13 期（1924 年 3 月 28 日）。

本　　事

美术学校教员郑民威是救国团团员，见报载财政总长梅国鲁私借外债，丧失权利很大，愤激至于呕血。经医生调治，便到山中去休养。

这山中有一所精舍，是梅国鲁的别墅。这时正值夏令，国鲁同侄女丽兰在那里避暑。有一天，丽兰同邻女杨蕊仙在山涧里游泳，丽兰突被急流冲去。蕊仙没法施救，只得奔回别墅，告知国鲁。国鲁正在那里拟借债的电稿，听了似乎不很着急。老仆张诚从前曾经伺候过丽兰父亲的，却十分惶恐，连忙招呼使女同卫兵一起去援救。可是找不到丽兰的影踪。

民威住在山中，常常对景写生。这天他正在作画，突然听得呼救声，迎着呼声寻去，便见急流中一个女子快要淹死了，立刻冒险把她救起，抱到乡民家里，护侍得很周到。后来知道她是国鲁的侄女，不免起了些悔意。但是再谈了一会，就也没有什么了。

民威送丽兰回去时，国鲁向他道谢，并且邀他搬来同住，民威没有答应。但他从此以后，常常和丽兰相见，就发生了爱情，向她求婚时，便得她的允许。

民威想从丽兰处探听国鲁卖国的确情，丽兰向来不知道这些事，所以不得要领。有一天，民威在国鲁的办公室外窥探，把国鲁及某国人的秘密谈话都听见了，知道国鲁果有卖国的行为，便气忿忿地跑到救国团来报告。团众不知就里，以为他和卖国奴亲近；见面时，有的把他痛骂，有的对他冷笑。后来团长说应当由民威去除此卖国贼，团众都附和此说，民威就慷慨地答应了。

有一夜，月光之下，民威与同党上山，埋伏好了，自己潜进国鲁的别墅。国鲁正在本室中看公牍，突见民威从窗外跳入，急按警铃，民威已先下手，将他刺死。卫兵闻警赶至，民威已经逃出。转身追去，党人和卫兵沿路战斗，非常剧烈。民威后来想匿伏石洞中，终至被擒，送交法庭，就判定他死罪。

丽兰从国鲁文件中发见卖国的铁证，告知张诚。张诚就劝她设法解救民威。丽兰念国鲁抚养之恩，不愿意当他死后还去揭露他的罪状。张诚就对她说明从前国鲁因为谋夺家产，竟把丽兰的父亲害死了。她听了这段话，才决定解救民威的主意。她先入狱中安慰民威，随即带国鲁的卖国证据入京，要求总统特赦。递呈之时，适逢总统到西苑阅兵，赶到西苑，总统又已回来，便拦车呈诉。总统见国鲁罪证确凿，随即下令赦免民威的罪。命令到时，民威正将就刑，丽兰上前，亲手为民威解缚。以后成为美满的姻缘云。

玉梨魂

出品　明星影片公司，1924 年
编剧　郑正秋
导演　张石川　徐　琥
摄影　汪煦昌
主演　王汉伦　王献斋　杨耐梅　郑鹧鸪　黄君甫　任潮军

《玉梨魂》电影取材徐枕亚同名小说，由郑正秋改编。其电影本事为郑正秋所作，原载《电影杂志》第 1 期（1924 年 5 月创刊号），以及《申报》（1924 年 5 月 2～3、6～7 日）。

本　　事[1]

郑正秋

淞儒何梦霞，应秦石痴聘，就石湖小学教职。得便，往谒旧戚崔元礼。崔以小孙鹏郎，幼年失怙，欲其成材，当从良师，乃延梦霞授鹏郎读。鹏郎聪慧，时以先生爱之之辞，入告其阿母梨娘。梨娘少寡，一生属望，全在鹏郎，闻鹏郎言于梦霞，固已心焉德之。一日，梨娘探窗外，花木经风，颤动不已。因念夜来风雨，不知花落多少，对书桌上瓶中之梨花，而思及园中之梨花，乃往园中一观之。不料梨花朵朵，早离树梢。梨娘一步一伤感，步至书斋外，忽睹梨花香冢之小墓碑焉。伤心人对此，不禁自悲身世。正在为花痛哭，岂知葬花之何梦霞，即在哭花者之身后。从此道名交谈，渐渐相怜相爱。久而久之，缘成不解，梦霞乃求婚于梨娘。梨娘自以为身为未亡人，不可以逾礼教，劝梦霞勿作痴想。梦霞告以不得梨娘则终身不娶。梨娘恐因以贻误梦霞，遂欲一死以谢知己，深夜弃家，欲投河自尽。因鹏郎惊觉，追寻阿母，追至江干，母子相抱而泣，自杀之念遂绝。鹏郎以告梦霞，梦霞得间，而劝梨娘弗可轻生。梨娘思得一策，请梦霞移爱于小姑筠倩。梦霞恐梨娘轻生，姑允之。

同里有富翁方德福者，固执不化。生三子，长名大元，其蠢如牛；次名二元；三名三元，皆从家塾教师读。师为头脑冬烘之老学究，于授课时间，而与大元均作宰子之昼寝。二元、三元，年虽幼稚，颇有志于学校，爱弄狡狯，故意闹学，使学究酿成种种笑柄，至不安于位。师去，三人咸入石湖小学肄业。从此其蠢如牛之大元，因受学校教育之感化，而有志上进矣。

筠倩本在女塾读书，假期归来，与嫂相敬相爱，绝无间言。先有石湖英文小学教

---

〔1〕 原为句读。

员李生，向伊求婚。伊雅不愿，托辞以婚姻之事，须老父主之。李乃请于崔翁，翁婉辞却之。后赵媒婆来，为筠倩做媒，崔翁欲先相亲，遂相约于公园。届时，至园中一观，翁大懊丧，盖所相者，即肥头蠢牛之方大元也。翁回绝后，归商于梨娘。梨娘荐梦霞，翁颇以为是。亲往石小，乞石痴作伐。筠倩原无意于梦霞，但格于老父及寡嫂之命，未便固拒，勉强成婚。夫妇之间，绝无情感。梨娘觉察，自知又铸大错——既负梦霞，又负筠倩，于是旧恨新愁，相逼成病。先是梦霞婚后，郁郁寡欢。嗣后蒙古之役，为石痴激励，决意投笔从戎。筠倩非特不尼之，且力赞其行，而梨娘之心愈痛。石痴本军人也，亦解散石小，为国长征，慷慨激昂，演说国事于校中。时昔在公园相亲之蠢牛，亦在学生之列，竟为爱国思想所冲动，自告奋勇，请许从征。梦霞等既去，梨娘之病，遂与日俱增，至于不治。临终乃遗书二封授鹏郎：一致梦霞，一致筠倩。筠倩阅书，方知寡嫂为己而死。因感梨娘之情，而爱梨娘之子，乃挈鹏郎，亲赴战地以访梦霞。梦霞适在阵地，身受枪伤，养疴于医院。得见鹏郎，悲喜交集。读竟遗书，痛不可忍。念筠倩对梨娘托孤之忠，以一弱女子而跋涉长途，爱之之心于是乎起。筠倩目睹梦霞伤痕，逆知其爱国之热，对此好男儿，不觉亦为之情动。此一对名义上之夫妻，竟由此心心相印之动机，而有至亲至爱之表示云。

好 兄 弟

出品　商务印书馆活动影戏部，1924 年
编剧　杨小仲
导演　任彭年
摄影　周诗穆
演员　张慧冲　汪福庆　张惜娟

《好兄弟》电影由杨小仲编剧。其电影本事为杨小仲所作，原载《电影杂志》第 2 期（1924 年 6 月）。

本　事

羼提

杭州曹姓是当地的望族，有兄弟二人。兄名康道，为三星公司重要职员，社会上亦很有声誉；弟名康成，还在大学校读书，他的足球是很有名的。

族中有位姑母，带了女儿绯兰来杭求学，暂住他家。绯兰是一个聪明美丽的女子。他们以前曾经同住，别离多年，忽然聚首，谈说童年往事，都觉得异常愉快。这天晚上曹母设宴洗尘，并约了沈芝瑛女士作陪。沈女士是当地小学校教员，父母俱亡，孑然一身。曹母甚爱怜之，欲娶为康道妇。沈女士亦颇钟情康道，但康道对伊甚淡漠。

绯兰进了宏道女学，与其母安居曹家。每日早出，康道送之往，然后至公司办事，晚间放学，亦必等候同归。

芝瑛把伊织成的绒线衫，赠与康道，康道不受。芝瑛遭其拒绝，心中甚为感伤。

绯兰住在曹家已经半年，兄弟二人都怀着秘而不宣的意思。一个星期日，康成约绯兰游西湖。西湖是中国最有名的名胜，他们荡舟湖中，瞻玩山色，继又到陆地游玩。绯兰的别针，落在地下，康成拾了起来，别针上有一个爱字，康成于是说："爱真伟大，世界上无处不充满了爱的势力，如果一天消失了爱，世界就消灭了。"绯兰听了，默然回到家里。康道晓得二人同出游玩，心里愤念，但不便说什么。

一天，康道向绯兰诉说倾爱之意，绯兰没有明白回答他。绯兰本是一天真烂漫的女子，近来饱受了爱的熏陶，然伊的心却是倾向康成。果然，在一天晚间月亮下面，康成来向伊求婚，绯兰应允了，因为有许多不便的地方，暂时不宣布。

芝瑛思念康道，适校中将放春假，写信给康道，约他出游，并略诉私衷。康道回信拒绝，语气之间，淡漠无情。芝瑛虽是伤悲，但并不灰心。世界上惟有痴心女子的单面爱情，最为坚贞，最能永久，不是到万分失望的时候，必不肯就弃止的。

姑母与绯兰住在曹家，因为距学校过远，赁屋迁居，自此和他们不常会晤。

这一天，康道买了礼物，从公司里出来，到姑母家去。绯兰正在起制一件手工，不能和他周旋，礼物受了，亦没有什么表示。康道心中不乐，步至书案前，无意中发现康成给绯兰的情书，由信中知道他们已经互换戒指订了婚约，很愤恨的走出了门。这时康成亦走来，他就藏匿在门边花台旁，不多时康成和绯兰很亲密的向外面去了。他至此方明白自己的失败，以前的希望和所用的爱情尽是枉然。他懊丧的回到家里，看见绯兰的照片，心中恨极了，把它抨在地上，但他心中的恋爱，决不是像摔去一张照片这般容易除去的。

康道爱情失败，百念俱灰，只是烦闷悲愁，把全世界都看作仇敌。自此改变了常度，不再到公司办事，日夕沉溺于酒肆赌场，每晚必至午夜大醉方归。这样的过了十数天，公司里屡次来信催问，康道均托词请假。最后公司来信，如果再不到公司，就要除名了。母亲非常忧愁，以为芝瑛和他有爱情，就请伊去劝他。芝瑛本想不去，但是爱心不死，又想探试康道究竟为什么堕落，就亲自到酒店寻康道，告诉他母亲的伤悲，劝他改过。康道醉眼模糊，不去理伊，芝瑛万分悲伤的离开了他。

第二天早上，康成拿了公司来信，乘哥哥方才起身，走到哥哥房里，把公司的信给他看，请他就到公司里去。康道不理，把信撕了立起身走出。康成拉着康道的袖子说："请哥哥顾念全家。"康道不理，并用力把康成推了一交。康成心中非常难受，跪在父亲遗像前哭祷。想起父亲临死时候，叮嘱他们力自上进，不可堕落家声的话，他决计竭尽心力来劝醒哥哥。

这天夜间，康成坐候哥哥回家，一直到半夜。还不回来，就亲自出去寻访。康道正在酒店里吃醉了酒，把别的女子看作绯兰，去和伊说话。众人责备他，他不服，犯了众怒，把他从楼窗上推了下来，众人还赶下楼来殴打。康成正赶了来，把众人打走了，扶了哥哥回去，在路上对康道说："哥哥你为什么到这样地步?"说的时候，弟弟哭了。康道看了弟弟这忠厚纯正的面孔，心里忽然有些感动，在他失望昏迷的脸上，挂下几滴眼泪。

康成扶了哥哥，回到房里，把哥哥安顿睡了。在枕头下，看见一张绯兰照片，心里觉得有些奇怪，就抽出来一看，背面写了许多语言错落的爱情字句，并且有"爱恋终身至死不悔"的话。康成大惊，他现在明白哥哥堕落的原因，而自己就是哥哥的情敌。康成思想终夜，要保全哥哥声誉，只得牺牲自己的爱情。他就取了绯兰给他的指环，到姑母家还给绯兰。见面的时候，他很难启齿，勉强说了要和伊解除婚约；但说不出为的什么原因。绯兰以为康成是侮辱伊，不应允他，并且哭了。康成无奈，只得取了戒指，仍然回来。

这时候的康成，实在于两难之境，一方面哥哥这种情形，全家岌岌危险，而他却是全案罪人；一方面绯兰不允解约，必难如哥哥之愿，则全家沉沦不可救。所以康成再四考虑，惟有一死可以解决这问题，况且他爱情的失落，即使生存亦毫无生趣。他就写信与绯兰永诀，把戒指亦附还了。信写好了，交给老仆送给绯兰，自己就向湖边走去。康道睡醒起身，将要到酒店饮酒，走出大门正看见老仆持了信出去，他就喝住了老仆，从他手里夺过这信。见是康成写给绯兰的，心中愤怒，撕开看了，他于是晓得此中内幕，康成的苦心，和自己［不］〔1〕道德的行为。在这一刹时间，他天性奋发，陡然觉悟，问明老仆，知道康成是向湖边去的，正将追去，绯兰亦来。绯兰因为怀疑康成突兀的说话，赶来询问，遇见康道，得悉情由，就一同追去。康成怆然独行，经过一桥，即投入湖中。康道绯兰及老仆追赶多路，远远看见康成投水，康道即奋不顾身，飞步赶至，从四丈余高之桥上跃下，泅水救之，历多时将康成救起，急行施救。康成微苏，睁目睇视。康道这时心地光明，积念尽除，他执了绯兰的手，交给康成说："绯兰表妹是你的。"又自己执了弟弟的手说："哥哥亦是你的了。"这时候康成的心，不知是喜是悲，他勉强用力抱住哥哥说："哥……哥……恕我。"

芝瑛既失意情场，又痛心康道之堕落，悒郁无聊，决离杭他去。坐了马车，载了行李，在路上遇见康道，康道就问伊到何处去。芝瑛回答说："冷冰冰世界，何处可以寄托；天涯海角，漂泊一生而已。"康道默然有顷，求伊宽恕，并告之悔。芝瑛见康道言之恳切，破涕为笑，康道上车同乘。马首回转时，一轮皓月，自云雾中出照送归途。

〔1〕疑为脱字。脱字统一以方括号补之——不再另行注释。

苦儿弱女

出品　明星影片公司，1924 年

编剧　郑正秋

导演　张石川

摄影　王熙昌

演员　王汉伦　郑正秋　杨耐梅　王献斋

《苦儿弱女》电影由郑正秋编剧。其电影本事为郑正秋所作，原载《晨星》第 6 号（《苦儿弱女》特刊，1924 年），以及《电影杂志》第 2～3 期（1924 年 6～7 月）。本篇选自后者。

本　事

郑正秋

于玉娴在上海地方，守寡抚孤，全靠纺纱织布过活。孤儿名小慧，天分很高，可惜环境不良，变成顽皮的孩子了！

小慧跟着许多顽童，作种种嬉戏，被他妈窗前一声叫，只好回去受教训；但停不多时，又被乡儿引诱出外，到处闯祸去了。

当群儿喧闹中，小慧竟用小机谋拿小贩寻开心，闯了祸还得意。小贩恨极，小慧被邻居拖去告诉于母了。

于母以为弄堂不好，就此搬家，叫小慧押着物件车到新屋里去。哪知他在路上，还是寻开心。搬了之后，弄外有一茶馆，小慧弄得赌也会了。

赌钱的事，越赌越要赌。没有钱赌，就此偷钱，被娘看见，窘得不堪。于母知道小孩偷钱，是他将来的大病，对此孤儿，大大失望，不及责打他先自己痛哭起来了。小慧见她哭了，不觉又悔、又急、又恨、又羞、又难受，就走到娘前叫一声妈！也就哭起来，并且说决不再偷。

过了几天，小慧又被赌徒引诱去赌了；不料，拿母亲叫他买物的钱都输了。

于母等儿子买物不来，出门望望，望见小慧又在那里赌，忙把他叫了回来。左思右想，只好再搬。领着儿子去找房子，看到一所学堂旁边的小屋，以为很好，就此搬来。

搬来之后，他母亲叫他上课，他百般赖学。他母亲忧郁之极，立刻把机头割断。小慧从此动心，发愤用功，不再赖学了。

一夜天不做美，待小慧侍母亲做过种种孝行后，邻居忽然起火。小慧把母亲从睡梦中救起，还抢了几本破书扶着娘逃出。逃在路上，小慧解衣替娘遮蔽风雨。火熄后，于寓已经烧去，只好住草棚了。他母亲从此一病不起，小慧百般侍奉，到底还是无用。可怜这寡妇，竟丢了这孤儿长逝了！

小慧哭罢，觉得没钱葬母，看到破书上“卖身葬父”的故事，就此去学古人。

小慧在路上求天拜地，叫卖自身。可恨势利人多，都说小慧是装腔的哀党！这时可激动了一个跷脚的老者。他说：眼见孝子底热泪纵横，一些不动恻隐之心的，哪儿还有人气？他就把小慧带去了。

这老者就是测字先生周一平。跟着小慧到草棚，见他母亲死在铺上非常悲惨，忍不住也陪了几点老泪。一面安慰小慧，叫他跟到自己寓所。

周老也没积蓄，而且欠有印钱。在先已有杨大妈来讨过债，周老还不出，拿了一帧手卷出去兜卖，不料半途便遇见小慧。

周有一女名有容。小慧既来，周老便请杨大妈到家商量。杨说：“目下唯有小姑娘容易出货，男孩子难找主顾。”周老正在为难，有容倒反自愿出卖，她说：“在家加重老父负担，不如出卖可以帮助帮助老子。”周老万般无奈，只好卖女。小慧阻止不成，请求同去，还巴望有钱人家肯买他。

金利森有财有势，然而无情无义，爱买丫头。杨大妈领有容来，利森就看中，小慧求卖，反遭白眼。周老讲价，七折八扣净得八十元［成］交。写卖身文契，泪落地上，写不成字。小慧叫还洋，旁人出恶言：不准反反复复！周老只得咬着牙齿打手印，父女苦苦分别。小慧临走，叫一声姐姐！也惨不可言。从此有容吃苦了。大妈做引见，见金妻叫太太，见金子叫少爷，见金女叫小姐，揩台抹桌，烧火泡茶，都要做到；老丫头还要欺生——但是有容只好忍着。

周老想女成病。小慧从坟上回来，殷勤服侍。周老叫他去看看有容。

小慧到金家私见有容，两人都哭了。有容叫小慧不要告诉父亲，只说很好就是了。

一次周老怕自己活不久，勉强跷到金家厨房门前等待机会。直到人静后，才在窗楞上望见有容，叫了一声有容，她就开了门。父女相会，可把周老伤心坏了。看看她手上都是伤痕，口口声声说：“我做爸爸的害了你了！”有容好心地拿两个馒头给周老，周老想带给小慧吃，不防利森来了，抓住要搜。周老问，难道穷人都是贼？一句话却恼了只多钱财独少良心的主人翁了，硬搜之下，馒头出现，拳打脚踢，撵出门外。有容要追，又被拖回，周老爬不动，幸小慧也来探望有容，就把周老背回家去。

周老因伤成病。气愤不过，小慧总是不睡，轻轻替周老抚摩捶敲，送茶送水。等周老睡熟了，他还在床边念书。可怜周老病深，痰涌气厥，挣执又挣执，吩咐几句话，两眼朝天已去了。小慧痛哭号跳，哪里有用？无可如何！只得去报有容。三转四回头，却舍不得死尸。

半路上有一位何启华大律师，被两恶徒手枪逼住交钱剥衣。剥下小衣，还不罢休。小慧看见不平，暗寻树枝从后用力将手枪击下。律师忙拾手枪，取还衣物，叫小慧喊警察。小慧忽然想起自己偷钱，其母痛哭情形，就对律师道：“他们要是有娘，他娘一定要哭死哩！我不忍去叫警察。”两恶奴被小孩眼泪感动，相互追悔，自请律师开枪。律师也受激刺，出钱劝恶奴改过做卖买。恶奴去，律师问小慧怎会来救我的？小慧如梦初醒，顿时像有周老死状在他眼前，一句都不及回答，忙奔回去了。

利森夫妻虐待有容，小慧适来，哭不可仰。背后警察，以为是贼，前来捉住，问出情由，警察就进去干涉要带人。利森忙请马宛叔律师代理辩护。法庭外何启华忽见小慧，查明案由。

法庭上马律师大辩特辩。小慧判定偷窃罪，有容仍交利森带回。幸何启华起辩，庭判命承发吏：随小慧至家，实地调查。

吏见尸后回复法官，官判利森买婢违法，当放有容自由归去。

何启华为小慧葬周老，领小慧、有容至坟前叩别后，送二人分投男女校，以尽他的责任。

采 茶 女

出品　百合影片公司，1924 年
编剧　朱瘦菊
导演　徐　琥
摄影　经广馥
主演　杨耐梅　王谢燕　林雪怀

《采茶女》电影由朱瘦菊编剧。其电影本事为朱瘦菊所作，原载《电影杂志》第 4 期（1924 年 8 月）。

本　　事[1]

朱瘦菊

富孀钱夫人，有女曰韵琴，雄于财而骄蹇殊甚。其中表杜生伯群者，美少年也。夫人颇属意之，以为东床之选，舍此生将奚属。即生之父若母，亦莫不表同情于亲上加亲焉。会生游山揽胜，邂逅遇采茶女鲍素素，悦之。女父老鲍，渔人也。遇生亦善，行渔放舿，每出必偕，生与女之情愈固结。未几，生得家书，促归祝姑母寿，不得不舍鲍父女言旋。顾情系鲍女，座中对韵琴殊落落。韵琴愤，阴嘱其戚之为生父纪室者季某，密侦生之行动，冀得当以报。某日，生以书付仆寄素素，适为季某得。密告钱母女，给资令季迁鲍父女于他方，所以绝生意念也。

然季亦悦素素貌，非惟不令他迁，且挟鲍父女归，匿于私第。醉老鲍以酒，登楼犯女。女碎窗呼救，适杜生过，闻声赴救。得其颠末，正拟携女求善地，不意季率党徒踪至。仆生劫女去，藏于荒庙。又为傅姓童子救，因至其家，而生与季均不知也。

一日，杜翁需万金偿账务，嘱生谋诸钱夫人，夫人忽以韵琴婚事相要挟。生归告父，父亦以大义为责。生踌躇不能决，徘徊歧路，邂逅又与素素值，惊喜交集。因偕至其居停傅氏家，述所遭。女劝生勉从父命，毋以薄命人为意。生不可，久之意稍动。女又以相片赠生，嘱此后勿再相见。

生归白父，且出素素相片以示。不意开缄忽得万金银票一，父子均诧愕不省从来。驰往傅家质素素，时季某亦侦得女之所在，邀老鲍及钱母女偕来，冀索女走他方。老鲍盛气入门，傅园丁疑为盗，拳之中要害。生父子亦奔至，值钱母女于门次，因邀偕入。时鲍伤且死，自白素素非其女，十五年值匪乱，得之河畔。盖富室乳佣遭匪逼，弃女他遁，因为鲍得，抚为己女。有佩玉一，当年旧物也，亦举以还诸素素。不意傅

[1] 原题名《采茶女剧情》，句读。

女睹玉，亦惊呼失声，谓是傅家物。十五年前离乱中，为弱妹佩去，迄今久为异物矣。老人言若此，素素殆予之失妹乎?

言甫竟，而杜翁已迫不及待，排众前，谓尔辈且慢述故事，此银票果何从来哉?傅女微哂，谓此予之小狡猾也。当生与素素絮语时，傅女窃听得其情，颇怜其遇，因出银票，命弟设计掉取相片，而生未之觉也。此本傅女一念之慈，冀成就二人好事，不意所助者即其胞妹，此亦可谓天道好还矣。又言予所以为此者，盖有愤于一般持富凌贫，有金钱无公理，藉为天下不平人吐气耳。言出而听众皆色飞眉舞，独彼钱夫人母女者，悄然出门，不复以富豪面目向人矣。

爱 国 伞

出品　商务印书馆活动影戏部，1924 年
编导　任彭年
摄影　周诗穆
演员　张慧冲　汪福庆　高梨痕　张惜娟　陈丽莲

《爱国伞》（原名《爱与人格》）电影由任彭年编剧。其电影本事署名商务，原载《电影杂志》第 5 期（1924 年 9 月）。

本　　事〔1〕

商务

民生工厂的经理汪民声，同本厂女工监田秋芳女士，爱情很密。二人豪迈任侠，都是爱国的青年。一日，民声在公事房办公，田女士拿了一本女子工读会的章程，来给民声看，说我想在厂中办一女子工读会，先生的意见如何？民声看了，非常赞同，说我们就发起筹备罢。秋芳辞别民声，就去访她的表叔文敢。文敢有一个女儿，名叫春丽；一个儿子，名叫稽生，皆是富于感情的。这一天文敢夫妇同他们子女，正在厅中谈话，秋芳进来，就将女子工读会的章程，送给春丽及他的父亲看，说我现在正在厂中设一女子工读会，不知道叔父肯赞成否？文敢大加赞赏。他们谈的很有趣味，不觉时已夜深，春丽就留秋芳同宿。秋芳睡了未久，忽梦见自己与民声立在台上，演说女子教育的旨趣。又梦见自己和民声同坐海滨情话，被春丽看见，一吓而醒，连呼春丽妹妹，你吓我一跳呵。春丽也被惊醒，说姊姊甚事？你做的好梦，我何曾吓你呢。

奸商傅卜仁，曾做过外交大员。因运米出洋，发了大财。米价被他弄得大贵，他还是运米不辍。一天，他的经纪人又代他贩了数百万担的米出洋，到他家里来报告。他还要叫他竭力囤米，因为手中又接了五十万担米出洋的好生意了。城中的米价日见腾贵，小民叫苦不堪。一天，有一老妇扶着孙女，到傅卜仁所开的米店内买米。先言二角一升，转身已涨至三角一升。老妇稍有辩论，他店中的伙友竟狐假虎威，把老妇的米倾倒在地。众人不服，几乎动武。幸经民声和文敢经过，调解了事。文敢又去劝劝卜仁，不要囤米，却被卜仁痛骂推出。这时卜仁已是国人的公敌了。

傅卜仁家有仆人民意，本是秋芳家的老仆。因家道中落，荐在卜仁家中服役。秋芳因提倡女子工读学校，得民意的介绍，到卜仁家募捐。无意中看见与某国人订约，

〔1〕 原为句读。

私借大宗款项的电报，心中极为愤恨。而卜仁仍与秋芳调笑。他的爱妾碧云，大兴醋波，不欢而散。

秋芳出门时，却被民声看见，甚为诧异。说不料秋芳好好的一个女子，竟和傅家小老婆来往，真是大伤人格了。

女子工读会成立时，碧云慨助巨款，秋芳提议推举为名誉会长。民声时亦到会，因而更恨秋芳了。

林国魂也，一个热血少年，与文春丽同学。寒假回来，特为到文家访候春丽，并约至公园谈话。二人同坐椅上，春丽撑其国伞曰："我们俩很盼望能够常在这顶伞下，那就满意了。"国魂问道："这伞是甚么地方造的?"春丽道："是民生工厂造的。它的厂长，富有经验。所有出品，人人欢迎。"国魂说："厂长叫甚么名字?"春丽就在地上以伞尖写民声二字。那时却来了一个卖报人，大叫新出号外。国魂就买了一份。看了，是：

国民大注意——京中发见民贼傅卜仁重大卖国密谋。

国魂看见这传单，很为忿怒，说这种民贼，非除去不可，气愤异常。被春丽扶出园门，代雇人力车送他回去。那时汪民声也到园中游逛，忽见椅旁一把纸伞，也看见地上写有民声二字，不知何人所为。正在思想间，春丽进来取伞，看见民声，一笑而去。民声暗想，自己的名字，或者是她写的，难道她也有情于……

某国人看见傅卜仁很为贪鄙，正好利用他，就暗中送一只金刚钻戒指给他的小老婆碧云，用她运动傅卜仁，代买矿产。卜仁本来不肯，被碧云再三苦劝，他就依从了。碧云就用电话通知某国人，来当面接洽。某国人来后，相谈甚欢，定了合同，大家也吃了一杯同心酒。碧云也取出琵琶，弹了一曲，尽欢而散。第二日，某国人就请了钱大忻矿师同卜仁往山中察看地势了。

国魂看见卜仁卖国的传单，久有与四万万同胞报仇的意思。一天在客栈中又接了一封密信：

午后二时，国贼赴黄狼山勘矿。特告。两浑。

次日上午十时，傅卜仁带了一个仆人，并两个卫队，同着某国人的代表钱大忻矿师，坐了一部汽车，同往黄狼山看矿。行到半山，忽有刺客在路旁放了一枪未中。与卫队夺斗数合，当被民意捉着，收入傅家的地窖。当时民意误认国魂是一寻常的仇杀，后听见国魂的言论，知道他是一个救国的英雄，心中反有点懊悔了。

国魂刺卜仁不成，反被拘禁，这个消息已传遍各地。民声很惋惜，说国魂救国受祸，我不救他，谁去救他呢。就带了手枪，深夜走到傅卜仁的后门口。忽看见秋芳也到了门口，民声就掩在门旁的树后。秋芳扣门，民意引她进去。民声看见很为疑惑，说一个好好的女子，深夜到这卖国贼家去，必定没有好事。原来傅家仆人民意，本是秋芳家的老仆，久在暗中侦探卜仁的秘密。今夜秋芳到他家来，已和民意约好，在后门等候。秋芳到了卜仁的房内，卜仁和碧云睡得正熟，就盗取卜仁收藏卖国文件的铁盒，仍由民意送她出去。民声也不问情由，乘机掩入卜仁的后门，暗中摸索路径。民意送秋芳出，回头就入地窖放出国魂。民声见救了国魂，出来与国魂握手，并谢民意。

民意见目的已达，急劝民声与国魂同逃，“说你们快走，什么事都归在我身上”。以后民贼的结局，诸君亦可想而知矣。

文敢听见民声救了国魂，大大钦佩民声。适民声来访，就要将女儿春丽许配他。民声当时未置可否。民声去后，文敢拿了民声的小照送给女儿春丽，并问她：“你赞成他的为人么?”春丽说：“民声先生是个好人，我很佩服他。”文敢与文母背着春丽说：“她既然佩服民声，这亲事就可以定了。”

后来春丽听见父母已将自己许配了民声，就约国魂到花园，告诉他说：“爹爹把我许嫁民声了，怎么好?”国魂沉吟了一刻，就说“我正来给妹妹道喜呢”。春丽听他的话，太觉无情，就怒哭而走。国魂挽回她来，说你我真正的爱情，难道就非结婚不可吗？春丽说：“哥哥我除你以外，决不会再爱第二个人。”国魂就劝她说：“过渡时代的道德，就是牺牲。”春丽不解，国魂说：“牺牲我们的爱情。恋爱是精神的结合，何必定要结婚呢?”因此不欢而散。

一日，黄昏时候，秋芳在花园看见民声和春丽同行，秋芳进前和民声说话，民声不加理睬。秋芳伤恼而归。回想前事，不觉叹气道：“我现在什么希望都断绝了，想起这半生辛苦，好不伤心呀!”正在这时，女工送来文敢的请帖：春丽与民声定于八月十五日结婚，特为请她吃酒。秋芳看了这帖，真是雪上加霜，愈加苦恼。说人生在世，有何趣味？算了罢，就开了抽屉，取出小刀，跪在地上，思欲自杀。忽又掷刀在地，说：“咳，不对，自杀是几千年来的恶习惯，我秋芳立志要取缔它，为何自己倒行这个短见呢?”又说：“我既然想到死，在世还有什么过不去的事呢？民声既然这样看不起我，但我的心意，却不可不剖白。”就作了一封书，并取出傅家的铁盒，检视一遍，叫女工送给民声：叫他知道，我和他的救国心，却殊途同归了。

民声读了秋芳的信，又看见密约，并各种信件，就大为懊悔，说我实在对秋芳不起。

光阴似箭，转眼到了春丽的喜期。文敢父母、稽生、国魂、秋芳，并男女来宾多人，一同在礼堂。赞礼员唱男傧相引新郎民声上，女傧相引新娘春丽同上。春丽秋芳，皆垂头不语。国魂勉强镇定，民声颇为自如。赞礼员报告结婚缘起，证婚人读证书，请民声春丽登台盖印。民声忽然立起，向众演说：“今天这印应该是国魂先生盖的。我主张春丽女士与国魂先生结婚。”文敢瞠视国魂，很为惊怪。民声又说：“我现在知道，春丽女士是爱国魂先生。我应该尽力设法，叫他们成为眷属。”民声下台，请国魂盖印，国魂不肯。文敢国魂都有辩论。民声登台讲说，不能和春丽结婚的理由。又取出秋芳的信，当众宣读：

> 数年相处，眷慕实深。近为卜仁事，与旧仆民意，谋合揭其秘密。不料因此遭君误解。感慨身世，伤恨何极！谨呈密约，藉表心迹。春妹贤惠，洵称佳偶。敬布贺忱，匆匆不具。
>
> 秋芳百拜八月十四日夕

并对秋芳说：“实在对不住你，不独辜负你的好心，并且也疑到你的人格，请你恕我。”这时场中秩序大乱，稽生起立说：“爱情当以人格为根基。听了二位的话，非常佩服。二位的人格，可以爱情的模范。”众拍手。稽生又说：“现在误解都除了，就请民声兄与秋芳姊结婚罢。”众拍手。稽生引民声到秋芳旁，与他握手立在左边；又导国魂到春丽旁，和他握手立在右边。稽生立中央，同唱爱情神圣之歌。

嗟爱之神圣兮，以人格为之基。愿天下有情人兮，勿私其爱，而正义之不知。

弟　　弟

出品　上海影戏公司，1924 年

编导　但杜宇

摄影　但杜宇　但淦亭

演员　但二春　贺蓉珠

《弟弟》电影由但杜宇编导。该电影本事署名上海影戏公司，原载《民国日报》（1924 年 9 月 20 日），以及《电影杂志》第 6 期（1924 年 10 月）。

本　　事

上海影戏公司

陈景谋与弟弟为异母兄弟。景谋浮荡好赌，性又暴戾，待其弟如奴仆。嫂王氏险狠而淫荡，尤视弟弟若眼中钉。一日，弟弟碎一盆，为景谋痛打，嫂又在旁挑拨。适其子麟儿放学归，即上前偎抱，看他如何的亲爱啊！

弟弟为其兄嫂虐待，欲哭无泪。惟其母遗像，少慰悲痛，又为不谅之兄撕作粉碎。麟儿虽幼，尚爱其小叔，见父母侮弄之，私以己食与弟弟，不料又为犬窃食。卖花女芙蓉，本识弟弟之母，见弟弟可怜，有时也来安慰，可是不能时常见面。

弟弟服侍其兄，何等勤恳，可是一不小心，又将其兄之裤落在水中，一场大闹，竟被逐出门外。翌晨，麟儿见小叔终夜未归，独自出外寻之。

有赵公子者，为纨绔子弟。其父富而不仁，敲剥贫苦人家之所得，购一钻石与其女。

陈景谋本识赵公子，勾党与之博。赵大负，无资以偿，陈为担保，始得脱身。陈在总会诱博之时，即其妻与情人私会之际；其间循环，若有天理。

赵既负人资，向父索不得，乃出于窃。夜半入其妹瑛儿室，窃得钻石，交其表兄付之质库。

弟弟自出暴戾之家庭，其幸运即相继而来。糖担上小见其端，无意中又遇其良伴芙蓉，因此又拾得赵公子使人质去钻石之一千余元。弟弟拾得皮夹，呼其人不得，只好暂为收取。芙蓉知弟弟无处可归，即携之返家。

芙蓉携弟弟返后，适二房东索房租甚急，几下逐客令。弟弟检皮夹得银元二枚，狂喜。芙蓉见有许多钞票，询何自来，虽知失主，却恨无处送还。商量结果，究竟芙蓉年长有见，仗着认识几户大家，暂以此款借作资本，开一新式衣店。

“佳运既至，什么都拦不住。”芙蓉与弟弟，悉心经营，刻苦辛勤，居然门庭如市，衣店生涯，蒸蒸日上。失去钻石之瑛儿小姐，即为此店唯一老主顾，只是两个年轻店主，还不晓得是她的资本呢！

麟儿寻弟弟不得，在外受了风寒，恹恹成病。其父沉溺赌场，连夜不归，以至耽误活泼天真之麟儿，竟至不起，临歿还牵挂他小叔叔弟弟。弟弟预备送给麟儿的衣服玩具，成了物在人亡。王氏爱儿已死夫又不还，本是不安分的妇女，便随其情人以去。

景谋自妻去子死，踯躅街头，忽见弟弟衣服华丽，询得其故，随之至肆。究竟野心一时不驯，几次问弟弟讨的钱，到手即完。又逼其开银匮，留备归还失主之一千余元，顿现于景谋目中。弟弟见势不佳，取银而逃，为景谋追获，扼其咽喉，夺银而去。弟弟幸为瑛儿救回，既苏，以此款为人之物，即赶往总会寻兄。时适景谋担保赵公子赌账，久不缴还，大起冲突为人击伤倒地。弟弟追至，见状，抚兄大哭。景谋渐醒见弟弟悲伤之状，一时悔悟，即将银还之。

新衣店资本秘密，后来探得究竟。弟弟以钱还瑛儿，瑛儿赠之作资本。结果，因芙蓉之调停，即以此款作为股份，从此衣店即为瑛儿、芙蓉、弟弟三人合开，营业益为发达。景谋自经此创，伤愈后即在衣店中勤慎供职，淫狠之妻，亦已置之度外了。

侠义少年

出品　新中华电影公司，1924 年
导演　符舜南
演员　赵永利　符南屏　鲍玉卿

《侠义少年》电影本事无署名，原载《电影杂志》第 6 期（1924 年 10 月）。

本　　事〔1〕

王贤乃一思想高尚之爱国少年也。当其卒业于北京大学时，其父乃谦任内阁总理。以贤荣膺学位，故在家特宴宾朋，贤亦归家与宴。正在欢呼畅饮之际，贤忽于无意中，察出乃父与阁员朋比为奸，与某国人密订丧失国权之条约事。于是贤之脑海中，爱国与孝亲两大问题，激战不已；踌躇者再，遂决意入内谏阻尽毁其约。痛愤之余，即弃家他往焉。乃谦固甚爱其子，经此一番激刺，悔恨交并，以致旧病复发，缠绵床第，一息奄奄，乃饬人觅贤归家。贤怅然返，侍于病榻之前。乃父忏悔之余，遂将历年执政时卖国，丧权，纳贿，营私，一切经过，尽以直告；并述最初致富之资财，悉偷窃之张维良者。因当时某处藏有大宗秘密财宝，为张所发见。渠即乘机私窃其半，余则藏于乡间，绘图以志之。又举张维良及其女慕莲在沪住址，一一告之。言毕，撒手而逝。王贤以良心上之主张，欲为乃父补过，遂将原有之家产尽行变卖，以图归还原主；且以其父宦囊所入资财，悉数捐充慈善团体，及教育机关之经费。

贤之未婚妻胡倚云，富宦女也，闻贤家产捐施已罄，愤然往贤家，向贤立毁婚约，并掷婚戒于地，以与贤曰："穷汉速取去。"贤虽聆语怅惘，然终怜倚云眼光浅陋，未尝因此而稍灰其心志也。

一日王贤携地图及资财到沪访张，既至其地，见原主张维良适为恶党所害。方侦探以其形迹可疑，遂拘之而去。贤自思无故被逮，有冤莫伸，且于璧还财产一事，大有阻碍，遂设计脱逃，追寻恶党。

先是慕莲之叔德良，恶其兄之放荡无度，而悯慕莲之困苦无告也。曾将私蓄巨款，以慕莲名义存储银行，并函嘱慕莲俟父没后，签字于信，持向银行领款。不意为盗魁探得，谋毙德良后，盗信以去，并加害维良，迫慕莲签字，以致演此惨剧。

王贤因慕莲认识，乃化装老人，径往慕莲处交还私产及地图。时值慕莲处境寒素，赖卖报度日。今见巨款骤至，喜出望外，于是案陋室置大厦，一变而为富户矣。盗闻其富，时加滋扰，且图掳之。故王贤誓捕恶党以获慕莲而伸其冤。莲有卖报小友，名

〔1〕 原有现代标点，但时见误用，故酌改。

彬彬者，机警敏捷，实为王贤之有力助手也。党人曾三掳慕莲，强迫签字，而迄无一效，彬彬亦有功焉。

王贤进出必蒙其面，以免慕莲之嫌疑，及避警探耳目，而终为侦探所觉察。然两次遇险皆幸得免脱。

王贤屡援慕莲，慕莲心甚感之。患难之交，爱芽渐茁矣。但莲视贤有杀父之嫌；而贤因父窃财事，对莲有抱歉之忱；是以二人爱情，虽挚均未便现之于外也。

党人强迫慕莲签字之计，既不得售，遂乘其不备窃取地图，立往掘取宝物。莲与彬彬欲乘轮尾之，适贤亦至遂同行。遇盗于中途，因众寡不敌，莲为党人所掳，贤与彬彬均坠入海中。迨二人泅抵海滨，则宝物已落党人之手。乃多方设计，党人二次被擒。党魁知难脱逃，遂供认罪状，自甘服法；而王贤之冤得以大白。慕莲敬贤侠义，即以身许之。于是一对璧人，遂成百年佳偶矣。惟倚云因虚荣心重，误嫁浪子，俯仰身世，不禁痛泪暗弹。然大错已成，追悔莫及矣。

人　心

出品　大中华影片公司，1924 年
编剧　陆　洁
导演　顾肯夫　陈寿荫
摄影　卜万苍
演员　王元龙　张织云　徐素娥

《人心》电影由陆洁编剧。其电影本事为陆洁所作，最早刊载于《电影杂志》第 2 期（1924 年 6 月）。因摄成影片有改动，故陆洁编写《改编后之人心》，刊载于《电影杂志》第 6 期（1924 年 10 月）。为保存史料计，将两篇一并录之。

本　事　1[1]

陆洁

时当初夏。在风景清幽之郊外，有半西式住屋一所，建筑甚朴雅。屋外绕以矮篱，花木蕃茂，芳草如茵，乃一绝幽丽之小家庭也。时正午日初斜，和风微拂。屋主人男女二人，方并坐花前，喁喁谈话。男子双眉紧促，似甚有忧者。男子曰余自新，女即其爱妻张丽英也。数年前，自新遇丽英于友人家，得友人介绍，订为文字之交。交既久，爱芽渐茁，于是彼此觉有一种自然之要求，愿由朋友而进为终身伴侣。顾自新之父，性极顽固，嫉西方文明如洪水猛兽。自新慑于父威，不敢请，乃不待父命而与丽英结婚，另组一小家庭于郊外，其父未之知也。结婚以来，已近三载。生一女曰小新，亦周岁矣。一日，自新闻其父将为之择偶，忧甚，因与其妻共商于花下。丽英闻之，亦为爽然，既而谓自新曰："君如不获已而重婚，则将何以处我母女？"自新亦以长此迁延，终非上策，遂决计归与其父说明。

自新归见其父守礼，父告以将为订婚于李氏。自新知事急，但初犹嗫嚅不敢声；既乃鼓其勇气，出丽英之照片，直陈己曾与人结婚，并已生女。翁大怒，立命家中仆役，禁止自新外出。自新与其父争不得直，愤然出。遇其妹月�于廊下，具告之。初自新之娶丽英也，月筠固知之，且与丽英甚友爱；至是乃允为其兄设法，遂密邀余氏诸亲戚来，劝翁承认丽英为媳。翁固执如前，谓此等桑间濮上之淫妇，血脉不明之野种，一旦迎入门庭，行将辱及祖宗，坚不可。月筠百般娇媚其父，力陈丽英之贤，小新之可爱。翁固爱女者，心为动，乃允先领小新归。月筠欣然出。自新知之，欲与同

〔1〕以《人心本事》为题刊载于《电影杂志》第 2 期（1924 年）。原版本除引号外，余为句读。

去，为门房所阻，不克偕，月�乃独往。时丽英因自新去后，信息杳然，忧甚；忽见月筠至，喜出望外。月筠告以来领小新意，丽英不忍舍其爱女，示不可。月筠许其在父前尽力设法，誓必于数日内来接丽英。丽英乃含泪嘱小新随月筠行。

钱畏厂者，制造孽缘怨偶之专家也。一日，来谒余翁，翁以自新已在外结婚之事告之。钱思如李氏之婚姻不成，则将坐失“媒老爷”之厚酬，乃献计于翁，请翁登报否认其子与丽英之婚。翁纳其议，报出，于是此事遂遍传于社会矣。是日，丽英适因事外出，乘电车归。车中人正在谈论报中之启事，痛诋女德不葳。丽英不能堪，半途下车。将抵家时，见一邻妇领一小孩玩于门外。丽英欲抱之，邻妇急携孩子远避，并加以白眼。丽英回首，见远处有顽童四五，方拍手对之嘲笑。丽英受此激刺，知不能容于社会，遂决计远走。至某埠，更名为周素君，在某校任教职。初，月筠来领小新，小新手中适持一玩偶，临去时坠于地，丽英拾之，如获至宝，常藏于怀中，时时取出把玩，吻之偎之，盖视之犹其爱女也。一日，正在教授体操，玩偶忽自怀中下坠，为诸生瞥见，丽英大窘。又一日，在教员预备室中，抚摩玩偶，惘然如入梦。忽校役来报，上课铃已摇过十分钟矣。丽英遂匆匆出，怅惘中误入另一教室，室中已先有一男教员在，于是又大窘。

自新久困家中不得出；月筠亦久病不起，不得与丽英通消息。某日，自新设计自后门逸出，即至前此寓处访丽英。至则阒其无人，召租之牌高揭。询之园丁，始知丽英因不堪社会之指摘，已至某埠访其同学去矣，盖丽英临行时曾告之也。自新闻而大愤，当晚即留一书于其父，亦决然出走。至某埠遍访各校，最后至丽英所在之校中，晤其校长。时丽英已更名，故校长不知周素君即张丽英也。当自新与校长在校长室谈话时，丽英适下课，濒推门入矣。校役告以室中有客，乃退出。是晚，校长偶与诸教员闲话，谈及日间有人来寻张丽英事。丽英闻之，力自镇定，并在无意间探得自新将于今晚离此。散后，即匆匆赶至火车站。至则铁栅已闭，遥见火车蠕蠕动矣，乃怅然返。时在黑夜，途遇流氓数人，拦路调笑。正窘迫间，适有少年黄丙禹来，将群氓驱散，送之回校。自是而后，黄与丽英便成相识，时相往还。久之，黄微露求婚意。丽英恐铸成大错，不得已，乃将隐事告之。自新自寻妻不遇，怅然返里后，即任职于某商业机关以自给，每念爱妻，辄为心灰志颓。

小新年渐长，思母特甚。一日在镜前，以二假发球贴于耳畔，视之俨然一新装少妇，盖正在效其母照中之装束也。小新时向其姑索母，月筠无以答，乃诳以母在天上，不久当归来。某日，偶游门外，见途中有二儿打架，一儿败而哭，声言归诉其母。小新闻之大感动，泫然自语曰：“人有母可诉，奚我独无。”怅怅回至后园中，见一老园丁，方以鸡卵置入鸡埘中，怪而问之。园丁曰：“藉上天之爱，能将卵孵成雏，雏可进为母鸡。”儿闻之，似有所悟。是夕，待家人入睡，持母照潜入园中，以照塞入鸡埘，伏于埘侧，喃喃祝祷上天，速孵出其母。时天忽大雨，儿犹不觉，祷如故。适园丁因雨来视群鸡，见儿大诧，即抱之回。儿于是上床睡，朦胧中梦，见其母，对之微笑，儿即起身随之出。迨月筠觉察，唤众仆四出找寻，得之于屋顶。问之，则曰看见母往天上，故上屋追阿母归也。

余翁设有一工厂，规模甚大，厂中有工人数千。就中有李万全者，家贫儿病，无以为生，而同时众工人亦与有同病。于是共议请厂主酌加工资，以维生计。当推举代表数人，往见余翁，正式提出请求。翁严词拒绝，众遂以罢工要挟，而翁仍坚不肯让步。众乃暴动，集工人数千，蜂拥至厂，断电线，败警察，地方秩序，为之大乱。正危急间，忽有大队宪兵至，遂将众工人遣散。翁出谢军官，军官指身旁一女子曰："若非此妇来报，待我等来时，贵厂早成粉矣。"月�见妇，亟趋前呼嫂，翁始知救己者即其向所否认之媳妇也。盖丽英自黄向之求婚后，不敢再留某埠，当即束装遄回。迨火车至时，适工人暴发，因即赶至宪兵营报告也。丽英既见翁，问自新何在，翁泫然曰："自留书出走，已二年矣，至今音信杳然。"言时，自新忽至，盖亦因闻工人暴动而来视其父也。于是一家团叙。越日，黄丙禹追踪丽英至，投刺造访。丽英即为家人一一介绍。

翁受东方圣人之遗毒，已不知有所谓人类之至爱。至是乃大澈悟，其心灵中之爱火，复熊熊而燃。知茫茫宇宙间，实充满无量数爱之种子，开遍爱之花，结满爱之果。全世界之人类，人同此心，心同此爱。芸芸众生，皆因此人类之至爱而生存也。于是透澈昔日之非，力图今日之是，对厂中工人，大加优待。会五月一日，全厂工人，率其眷属，在厂前举行庆祝劳工节。翁出演说，众鼓掌欢呼。丽英挈小新，以果品分遗诸工人家族。遥见场之远处，月筠与黄丙禹谈话正浓。（剧终）

本　事　2〔1〕

陆洁

《人心本事》，业已在二期本志上披露。嗣以各种关系，未能根据原剧本摄制。现本剧已定于双十节起在卡尔登开始映演，爰将改编后之情节，重述一过，名之曰《改编后之人心》。

余自新与其夫人张丽英默然坐花前，双眉紧蹙，似甚有忧者。久之，丽英谓自新曰："父亲既欲为君订婚李氏，则我侪二年前之婚礼，数年来之相爱，势必从此牺牲。且女儿小新，又将何以处之?"自新喟然曰："此实因我当时太无勇气，致有今日之大错。今兹当归见我父，将我等之婚姻说明，父亲或能谅解我侪之苦衷也。"丽英以为然。于是自新乃归省其父。

自新之父守礼，为邑中巨富。尝独资创办一大中华纺织厂，工人数千，规模宏大。翁性极顽固，嫉西方文明如洪水猛兽。自新既与丽英由友谊而订为婚约，当时因慑于父威，不敢请，贸然与丽英结婚，另组一小家庭于郊外。其父未知之也，故有今日另为择偶之事发生。自新既见其父，翁即告以李氏之婚事，自新知事急，乃鼓其勇气，出丽英照片，直陈已曾与人结婚，并已生一女。翁闻而大怒。立命家中仆役，禁止自

〔1〕 原为句读。

新外出。自新与其父力争不得直，愤然出。自新有妹曰月筠，手《红楼》一卷，坐于园中假山石畔，默然神往。忽闻远处有人争执声，寻声而往，则见其兄方自船厅中悻悻而出。询其故，自新具告之。自新之娶丽英也，月筠固知之，且与丽英甚友爱，时相过从。至是乃允为其兄设法，密邀余氏诸亲属来，劝翁打消李氏之婚议，承认丽英为媳。翁固执如前，谓此等桑间濮上之淫妇，血脉不明之野子，一旦迎入门庭，行将辱及祖宗，坚持不可。月筠百般恳其父，力陈丽英之贤，小新之可爱。翁固甚钟爱其女者，闻之心为略动。乃勉允月筠之请，先领小新归。月筠既获父命，欣跃而出。时自新适踱蹀于室外，月筠出，告以往领小新事。自新欲与同往，为仆人所阻，不克偕，月筠乃独往。

丽英因自新去后，数日不归，心甚忧之。忽闻有汽车止于门外，以为自新归，即欣然理其蓬乱之发，伏身门侧，拟乘自新不备，与之作迷藏之戏。既而见来者非夫婿而为小姑月筠，不觉笑容顿敛，索然以悲。月筠告以来意，丽英不忍舍其爱女，示不可。嗣经月筠一再将其苦衷说明，始忍痛以小新授月筠。丽英既送月筠领小新去，见小新向日所玩之玩偶，遗于睡篮中，人去物留，抱偶大哭。

沉沉深夜中，远离母怀之小新，啼哭甚哀，月筠自新均无法止之。时余翁方默坐书室中，翻阅案头照相簿中之诸先遗像，闻隔院儿哭声，凄切而哀。默念此呱呱之儿，固属余氏嫡血；然绳以礼教，则何颜对此遗容，不禁心弦为之震荡。小新啼哭终夜，月筠疲极而眠。而斯时之丽英，则东方将明，犹坐守于摇篮之侧，朦胧中似见小新对之微笑；俯身视之，则一玩偶而已。

钱畏厂者，为我中华特有之人物，专以制造孽缘怨偶为业。一日，为李姓婚事，重谒余翁。翁以自新已在外结婚之事告之，钱大失所望。正迟疑间，自新忽入。见钱方与其父议婚事，大怒，痛詈钱之多事。迨自新去后，钱即献计于翁，请翁登报否认其子与丽英之婚。翁纳其议，且沿用自新名义，指丽英为失德之妇。声明与之脱离关系。自新不知也。

月筠领归小新之后，因不惯母亲之苦役，数日劬劳，因而致病。当月筠去领小新之时，本力任在父前调剂，允于日内去迎其嫂。不意其父固执如前，挽回无望，而病魔即乘机来侵。自新知其妹之病，因己而起，然亦相对无策，徒呼负负而已。丽英自小新去后，日盼月筠不至，疑为受绐。正悲切间，忽见报中自新声明与丽英脱离关系之启事，益滋疑窦。当斯之时，丽英有女友名蕴娴者，偕其新婚夫婿来访，约赴公园中之音乐会。丽英即将手中之报藏过，同至公园。行经绿荫深处，有男子二人，方并坐读报。一人忽废纸叹曰：“女德不藏，于今为烈。一般女子，因金钱之诱惑，及欲念之冲动，竟甘心于干出种种伤风败俗之行，恬不知耻。今日报中所载之张丽英，即其一也。”时丽英等适经其处，闻之綦详。蕴娴之夫，即毁音乐会之约，与蕴娴别丽英而去。丽英归途踽踽，将抵家时，见一邻女立于门外，丽英即与之握手闲话，为女母所见，急携女去，并责女曰：“汝孰不可与之谈话，而偏欲与此等无耻妇人携手。”丽英回首，见远处有玩童四五，方拍手对之作鄙夷之嘲笑。是晚，丽英立窗前外望，繁灯如雪，夜凉袭人，当年隐事，尽上心头。因思人生原是一梦，今既不能容于社会，则我复何恋，于是决计远走。

一日，自新自家中潜出，至郊外访丽英。至则双扉紧闭，阒其无人。询之近处一种园人，始知丽英因报上之启事，备受社会指摘，业已去锦城教读去矣。自新愤然归，与其父又起冲突。当晚即留一书与其妹，只身出走。

自新至锦城之日，丽英已在育英女学任教职矣。为避免社会之指摘计，名曰周素娟。是日在室中玩弄小新所遗之玩偶，致忘其上课时间。忽校役来请上体操课，匆促间将偶藏入怀中。不意体操时偶忽自怀中下坠，为诸生瞥见，拍手大笑。自新往访育英校长时，因丽英已更名，故未得要领。常校长与自新在客室谈话时，丽英适下课。濒推门入矣，校役告以室中有客，乃退出。散学后，校长偶与诸教员闲话，谈及自新来访丽英事，且谓自新因寻妻不遇，将于今晚离此。语为丽英所闻，即佯病退出。匆匆赶至火车站，则火车已蠕蠕动矣，乃怅然返。途经荒郊，遇流氓数辈，拦路调笑。正窘迫间，适有少年黄丙禹驾车过，将群氓驱散，送之回校。是晚，丽英惊魂甫定，勉阅课卷数本，正拟闭窗睡，见对街一少年送其恋人归，止于巷口。少年尤依依不忍舍去，与之絮絮语休。丽英睹此，不禁旧事重提，悲不自胜。

某日之夜，月明如昼，某氏私园中，有弦声凄切，飘荡于沉寂之夜中。时黄丙禹正河边蹀躞，信步而前，不意与丽英相遇，盖丽英亦因寻弦声而来也。是后，每值假期，辄与丽英相晤。见丽英面似有隐忧，因以达观之义劝之，丽英亦甚感其厚意。

自新离锦城后，任职于有丰公司。其同寓者为一无家室朋友之孤独者，人咸以怪人呼之。一日，怪人谓自新曰："君发财之机会将至，有丰主人因君任事谨慎，将以其独生女婿汝。果尔，则君将坐拥巨赀矣。"自新似不闻，凝神视丽英之小影。怪人续曰："我知君犹未忘情于君夫人，然人生一切，尽属虚伪。妇女则更甚。"言毕，出一妇人之小影掷于地，戟指骂曰："余之一生事业，尽为此荡妇所牺牲。余誓必杀尽天下妇人！"自新知其偶受刺激，旧病复发，即劝之睡。越数日，有丰主果授意其书记，为自新执柯。自新力却之。

大中华厂中有工人李万全者，家贫母病，无以为生；而同时众工人亦与有同病。于是共议请厂主酌加工赀，以维生计。当推举代表数人，往见余翁。时翁方与其司帐人结算帐目，桌上钞票累累。月�乘翁不备，戏攫数叠以去。工人入，提出请求，翁严词拒绝。工人退出后，即召集众工人于李万全家中，共议对付之法，遂议决以罢工为最后之要挟。

夜色沉沉，凄绝之弦声又起。丙禹会丽英于园中，微露求婚意。丽英曰："我之一生遭遇，已为此弦声曲曲诉出。我弃妇也，幸勿误会。"丙禹曰："我所爱者为现在之你。往事已成过去，何必重提?"丽英示不可，即匆匆别。归后，独坐室中，一手持小新之玩偶，一手持黄之名片，心殊犹豫。忽见对街一对恋人，又立于灯下。少尔面殊冷淡，不如往日之亲热。继而猝然问女曰："卿非昔日在红新里之老七乎?"女曰："是。当时因年幼无知，致被诱惑。但君曾言之，真正之爱情，不咎既往。"少年曰："此不过口头之闲话而已。自来理论与事实，未必能相符也，我决不能牺牲我之地位与名誉而娶一失贞之女!"丽英闻之，似有所悟，碎名片，怀玩偶，毅然决然，收拾行囊。东方甫曙，即遣人遗一书与丙禹，一叶扁舟，飘然归去。

在丽英离锦城之同一早晨，自新同寓之怪人，亦被召去受其最后之审判。弥留之时，举目不见亲人，深悔向日所持无家主义之大误。自新既殓怪人毕，细味其临殁之言，大为感动，因亦束装归省其父。

工人罢工后，翁仍不肯让步。众乃暴动，集工人数千，蜂拥至厂，断电线，败警察。地方秩序，为之大乱。而厂门紧不可破，一部分工人，乃渡河袭厂之后门。当斯之时，丽英适自锦城至，见全厂已处危境，即回车至十里外之驻防军本部报告。斯时自新亦回，为众工人围住。幸大军已至，即将众工人驱散。翁出谢军官，军官曰："保护地方与人民之安宁，乃我军人之天职，何足言谢。"继见丽英方与自新携手谈话，因指谓余翁曰："设非此妇来报，则贵厂早成粉荠矣。"月筠即上前呼兄嫂，翁始知救己者即其向所否认之媳妇也。

水火鸳鸯

出品　大陆影片公司，1924 年
编剧　周瘦鹃
导演　程步高
摄影　张　伟
演员　汪曼丽　汪小达　陆韫贞

《水火鸳鸯》电影由周瘦鹃编剧。其电影本事由汪仲贤撰写，原载《电影杂志》第 7 期（1924 年 11 月）

本　　事〔1〕

汪仲贤

少年李自新，潜心美术，雅善丹青。日至郊外写生，矻矻孜孜，无间寒暑。有富家女曰王慧珍者，天性雅淡。每于夕阳西下之时，驾舟一叶，山水流连，侣清风而友明月，极人世之乐矣。一日，偶以失桨，几遭灭顶。自新闻声，趋救得苏。

慧珍之父竹书，以女久出不归，命仆踪迹之。珍甫自水出，惫不能行，仆因以柴车载之，新亦躬送之归。竹书知而深德自新。自新以已饥已溺，不让当仁，绝无德色。翁以是而益重其人，特肆筵设席总以酬之。轰饮剧谈，为欢无艺，不觉烛之见跋，夕将午矣。

自新有弟曰自振，候兄不归，烹茶以俟。人静宵深，隐几思卧。遗火茶灶，突肇焚如。自新闻耗救之，已无及，仅夺得父母遗像于浓烟烈焰之中。于是李家昆季，身外无长物矣。翁力请止其家，辞不获命，遂栖于王。自振则于役泉唐，依其故人。

慧珍与自新因有重生之德，由感生恋，由恋生爱。重以晨夕相从，遂订白头之好。王母以得婿如李，快慰平生，深喜之。翁则病其贫薄不之许，自新慨然辞去。

婚事不谐，慧珍郁郁而成疾。床褥呻吟，不获送李之行。乃贻书慰之，且勖其自立。

无何，李艺日之一进，声誉日益起。会万国美术博览会开会于某地，李画与赛，得列优等，获万金奖。王母闻之，大喜，乃慰其女曰："若父之不容婚于李者，以李之无成也。今既成名，且获重赏，吾将有以说之。"于是自新、慧珍，卒谐伉俪。遇覆舟之所，经烬余之础，自新辄指而谓慧珍曰："此吾二人成婚之代价也。"

〔1〕 原为句读。

松 柏 缘

出品　商务印书馆活动影戏部，1924 年

编剧　杨小仲

导演　任彭年

摄影　周诗穆

演员　汪福庆　徐素贞

《松柏缘》（又名《江浙大战》）电影由杨小仲编剧。其说明书原载《电影杂志》第8期（1924年12月），以及《申报》（1924年12月15日）。

说　明　书〔1〕

本馆摄制是片费款万余，筹备经年，布景百余幕，演员数百人，正式军队加入者千余人，其情事则忠孝节义兼而有之。其衬景则有浏河之战场，北京之裁兵运动，苏州之天平山枫桥等。其重要演员均历演多片之明星。共分十二本，实中国影片巨作也。

女士秦松贞学绣姑母韩氏家。韩氏夫故子亡，视松贞如己女。其侄柏恒，在陆军学校供职。暑假来视姑母，遇松贞于韩氏园中，一见倾倒。柏恒因托其姑母作伐，遂定婚焉。

假后柏恒返校，松贞亦久客倦归。不意土匪忽起，攻城劫地焚掠无所不至，松贞家亦遭难。身为匪掳入巢穴，匪首强迫之，几不免。幸匪首有妇，河东狮，反作护花，铃因得无事。后匪为国军击散，松贞获救，乃荷资遣回籍。

时柏恒闻信赴难，途中遇散匪，亦被掳。责以苦役，柏恒图遁，跃入水中，伏而不起。水深河阔，几遭溺毙。幸李军长船过，拯之得以不死。

柏恒闻秦家被劫，松贞失踪，不得已，留营办事。黾勉从公，为李军长所器重。同营有谈人虎者，极贪鄙，得人贿赂谋逐军长。以柏恒新至，引与之谋。柏恒以救命大恩，故密告军长。军长命捕人虎，银证具在。人虎愤其卖友，因以头猛撞柏恒，柏恒晕绝。

松贞被救回籍，亲友亡散，房屋焚毁，无家可归。乞食至一乡妇老王婆家，王婆留养照顾门户。同里有流氓赵阿毛者，见松贞艳之，以洗衣为由，时往挑引。一日王婆送衣外出，阿毛强犯之，松贞与之力抗。乘间逃逸，冒风雨投入何姓别墅。何母怜而留之，松贞方庆爰得我所矣。

---

〔1〕《申报》版以及《电影杂志》版后两段为句读。

柏恒既入医院，适看护妇莲芳，即李军长女，深感柏恒救父之功。军长亦以二人年相若，有以女许柏恒意。柏恒伤愈，军长乃挽人作伐。柏恒以已有妇对，坚执不可。军长爱其不欺，益重其为人。

是时匪乱渐平，人民以兵多赋重，不堪担负。商学各界，发起裁兵运动大会。李军长因该会函约，派柏恒为代表。

松贞寄居何家，转瞬三载。追念父母，怀想柏恒，忧郁不已。何母有侄名人杰者，商界巨子，丧偶逾年。何母属意松贞，乃做主以松贞强配人杰。适当裁兵运动会成立之日，柏恒为军界代表，人杰为商界代表，二人折冲会议席上，志同道合，互相默契，结为知己。

何母初意松贞女子，言及婚事，不免腼腆；乃迎娶之日，松贞仍坚执不允，何母乃怒斥之。松贞知不得免，夤夜逃遁。彳亍中途，适为钱阿毛所见。松贞欲避不得，被强拽入林中，缚之树上，肆意威逼，松贞誓死不从。王二偶过其处，窥见一切，知非阿毛敌，奔告警署。

是日柏恒往访人杰，人杰示以喜帖。柏恒见秦松贞名，深讶之，亟邀人杰同往何家，探询究竟。时何母以松贞失踪，正欲报官追缉。柏恒因偕人杰，往报警署，适王二亦至，同往救出松贞，人杰亦自愿退婚。柏恒松贞，夫妇始复团圆云。

孝女复仇

出品　百合影片公司，1925 年

编导　管海峰

摄影　周诗穆

主演　陆剑芬　刘金标　王英之

《孝女复仇》电影由管海峰编导。其电影本事原载《电影杂志》第 8 期（1924 年 12 月）。

本　　事〔1〕

督军武尚读，拥师万众，威镇一省。其部下卫队长刘彪者，骁勇多谋，盖武督干城之倚也。一日，刘队长方与其夫人胡氏家居闲谈，忽卫兵引一谍者至，传督军命，谓有奸人谋不逞，令队长速往掩捕。刘欲行而夫人尼之，云君此行颇辛苦，宜少进饮食，果腹后再往未晚。刘伉俪素笃，不忍拂夫人意，因如言食已始行。讵抵目的地而奸人早已闻风逸去。队长怏怏而回，夫人慰之乃已。时又有退职武员王某者，以年迈不胜戎马，被屏于武督，而求官之念弥切。审督军丧偶久，后房婢媪多愚鲁不能任驱策，颇思物色佳丽，献之下陈，藉以为进身阶梯。偶过刘家泄其意，刘笑令好自为之，毋学孙仲谋赔了夫人也。王去，刘举其事告夫人资标笑，夫人亦笑谓求官之难乃如是，无怪得官者非刮尽地皮不愿罢手也。

数日后，忽有邮书来致队长夫人者，刘拆阅则夫人之母病垂危，速其归宁一诀。以示夫人，夫人惨然谓相从十余年，母女音问久绝，虽欲宁家而不知转迁何处，久疑二老为异物矣，不图犹在人间也。今既相召，势非遄归一有不可，刘亦韪其言。次日，夫人摒挡就道矣。

武督于刘队长外，又有总管倪胖者，亦倚之如左右手。其人腹巨如五石瓠，府内外事无巨细，莫不在其掌握。王某即奔走其门下者也，然以屡进佳丽俱不当督军意，大受胖呵之斥。归家郁郁，殊无聊赖。忽媒妪又引一女至，云是贫家儿，今日甫来投靠，姿首转发者为优，或不致再遭屏弃欤。王视之，国色也。函引以见胖，胖亦赞为绝代。入面督军，果蒙嘉许，惟不愿草草纳之，将择吉大宴僚属，以行其纳小星之嘉礼焉。

以赫赫督军之威权，虽纳一小星，而其部下团旅长乃忙如逢大典，连袂进贺。武督笑逐颜开，皓首蛾眉，其乐无极。仅期乐极悲生，方督军洞房解带之时，正新娘自

---

〔1〕 原为句读。

白刃出鞘之候，霜锋下而碧血飞，叱咤万众之督军，竟毕命于婀娜女郎之腕下。于是新娘遄解吉服，缒窗遁去。红灯影里，贺众方兴高彩烈，不知惨剧之起于俄顷也。

尔时胖总管方以燕窝汤付小婢入媚新主妇，睹状惊呼，宾客毕至。然以变起仓卒，都木然无所措手足。刘队长排众前，审遗迹知有人越窗出，因追踪往缉。且令骑队入出兜捕，已则循迹前进。渐入荒郊，忽睹道旁芦苇微动，疑而侦之，一女子蜷伏其中，督军之新夫人也。刘叱向何得在此，女诡言逐刺客来，彼已入芦苇深处，予此以待耳。刘知其妄，亦不深诘，亟鸣笛召侦骑来，系之入狱，以待来日之审鞫焉。

次日，军法会审开庭，女直供手刃督军不讳，自言武督为其杀父仇。当有清末叶，女父为民党要人，清廷购之急。武本女父同志，而贪功卖友，竟出告密，执付有司拟死罪。武则以此获功，得有今日。女蓄志复仇，十余年无隙可乘，今以卖身入府，得到刃其胸。父仇既复，虽死无慊矣。

女供至此，又顾刘队长曰："若盖手捕予者，亦知予为何如人。"言已，去假发化装，则固其宁家省丹之爱妻也。队长骇极，不知所措。女续述当年因欲近武督不得，知刘队长为武心腹，故与老仆设计，伪作父女赚入队长家。两情相慕，遂成夫妇。然女志在复仇，凡有反对武督者，虽有人告密，必设计暗通消息，令其蚤遁。曩队长之所以劳而无功者，皆其夫人为也。嗣闻王某献美之议，乃伪书省母，改妆投媒妪卖身自荐。今夙愿已偿，杀人自当抵罪。尔我夫妇，爱情未泯，容当待之来世耳。言竟突出利刃自刎，众奔救已无及矣。

黄土一坯，长埋香骨，过此者已无复忆及侠女刃仇故事。惟彼刘队长犹日以鲜花莅此，洒其一副多情之泪焉。

苦 学 生

出品　百合影片公司，1924 年

编导　管海峰

摄影　周诗穆

演员　郑逸生　杨静我

《苦学生》电影由管海峰编导。其电影本事无署名，原载于《电影杂志》第 8 期（1924 年 12 月）。

本　　事〔1〕

茅屋一楹，前有广场。一童子方据盆洗衣，高歌自得。童子年十龄，蒋其姓，介明其名，孤儿也。家无担石，赖其母沈氏，以缝纫资膏火，含辛茹苦者垂十稔矣。顾童子何知，方以为竹篱茅舍间自有乐趣，虽南面王无以易也。

然介明年虽稚，而天性孝友，有非常儿所能及者。见母氏操作颇劳，力劝少息。沈氏微喟曰："儿抑知若父当年死况乎？"盖介明之父，本一小贩。某日，得暴疾归。家无余资，日惟以典质易饵药。顾疾终不起，而蒋氏家赤矣，使针神而不能救荒者。母子久填沟壑，更安得今日之温饱耶。沈氏语至此，又指墙隅竹筐谓介明曰："此若父当年恃为衣食之物，今物在人亡。赖以衣食者，仅若母一针一线耳。且若年事渐长，我方焚膏继晷之不暇，更何能轻言休息哉。"

介明聆至此，奋然曰："母乎，勿自苦。儿年已长，正可继父业分阿母忧。儿自有立身术，何待母之操劳为。"沈氏聆言，忧且喜，盖善介明之有志，而忧其年稚易受人欺也。

数日后，市中发现一髫龄小贩，或止桥畔，或徘徊于学校之侧，挟果篋待沽于人，时辗然露笑容者，即介明也。众喜其廉，多乐与交易，故日未晡而介明之篋已空。则易粟奉母，习以为常，家庭之乐怡怡然。而介明尤知大义，见道旁遗物，辄呼失者而还之；遇溺者入水拯之无德容，以是人尤重之。某日介明负贩于某小学校之外，睹彼莘莘学子，闻铃声咸趋课堂，顿启求学之念。归白诸母，母以不能筹束修对。介明翌日径叩阍见校［长］，白来意且求学费。校长悯其诚许之。于是介明日则负芨从学，晚则携篋贩果，归家后犹一灯自课，辄至夜午。母勤女红而子力学，识者早知其有昌大门庭之一日焉。

三年之后，介明以初小毕业而入高小，更力自奋勉。果也有志竟成，卒取得商科

---

〔1〕 原为句读。

毕业文凭而回。时介明以母子辛勤之力，已积得微资，不为小贩而自设果摊。颜其额曰蒋自新，盖其建设之志，已流露于言外矣。时适有校长之友银行家某，以函来嘱校长物色一书记人才，校长即以介明荐。沈氏虽不愿介明远离膝下，然以其前程无限，未能以慈母之爱而阻贤儿进取之阶，因挥泪送之行。当母子临歧分袂之时，其一副伤心之泪，殊有非吾人笔墨所能形容者焉。

介明既入银行，勤于职务，颇为行主所器重。行主有女方妙龄，时来省父。介明同事有某甲者，无赖之尤也，时窃行中资购饰物以媚所欢。犹得陇望蜀，见行主女来，辄趋与语。女鄙其儇薄不之理，转与介明语，盖器其庄重也。而某甲以是嫉介明，移花接木，竟以己之所窃者诬介明，几坐罪。幸女素知介明诚，力白于父，愿为保证。且设计伪与甲周旋。甲惑之，微泄其谋。女更搜得甲行窃证据，因告父逮甲，而释介明。沉冤既白，行主尤推重介明，升任协理，且以爱女属之。介明既迎母同居，不一年而含饴弄孙。视昔之食贫茹苦者，诚不啻天壤之判矣。

弃　妇

出品　长城画片公司，1924 年
原作　侯　曜
编剧　侯　曜
导演　李泽源　侯　曜
摄影　程沛霖
演员　王汉伦　甘雨时　濮　儁　胡彩霞　陈疑梦

《弃妇》电影由侯曜根据其同名舞台剧改编，为我国第一部摄成影片的电影分镜头剧本。其电影本事原载《电影杂志》第 7 期（1924 年 11 月），以及《申报》（1924 年 12 月 21～22 日）。电影剧本原作为侯曜《影戏剧本作法》（泰东图书局，1925 年）第 11 章发表。

本　事

月儿含羞的躲到云里去了，因为她在杨柳梢头，偷偷地听见了一对恋人的情话：

“月凤妹！我和你恨不相逢未娶时”，一个少年执着他爱人的手说着。那个女子听了这句话，很不愿意的，把她的芙蓉笑靥靠在少年的肩上回答道：“其伟哥！我很不愿意听见你这句扫兴的话。”其伟又急急的说道：“只要你是真心爱我，我可以把妻子弃掉。”月凤笑眯眯的点了一点头，于是一出悲剧就开幕了。其伟心满意足的时候，正是他的妻子芷芳望穿秋水的时候。可怜芷芳，好像一朵鲜艳的葵花，她虽捧心向着太阳，谁知太阳已经偷偷的转移了他的方向了。月凤既偷了其伟的心，其伟便失了人性，他回到家中和他的母亲狼狈为奸的，就借故要把芷芳弃掉。

芷芳当被无理地赶逐的时候，自然是痛苦万分。但是一想到自己在家庭中一向是处在奴隶和玩物的地位，就是其伟不赶她，她也应该走的。她就对她的同学素贞说道：

“我与其做万恶家庭的奴隶，不如做黑暗社会的明灯！”她觉悟了，她就毅然的和她的活泼忠厚的陪嫁丫头采兰一同走了。

芷芳和采兰脱离了人间地狱之后，芷芳就到了光明书局做书记，采兰就到了自强女子中学去念书。她们这两片飘荡于人海中的浮萍，以为可以暂借芦荻之荫来安息了，不知何处吹来的一阵怪风，依旧把她送到急流深处。才貌双全的芷芳，竟然因才高貌美的原故，而招同事的妒忌和总理的垂涎。天真烂漫的采兰，竟然因出身微贱的原故，而招同学的嘲笑和校役的欺侮。同病相怜的主仆，只有相依为命，互相慰藉罢了。芷芳离了家庭到社会上，又受了这许多痛苦，于是觉悟女权的重要，她就辞了书记之职，去从事女权运动。

王其伟既逐了芷芳之后，就把杨月凤接了回家。月凤是一个好虚荣的女子，她的一生大半消磨在装饰上面。她的装饰愈好，其伟的欠债愈多。其伟渐渐不能供给她的挥霍，她因此和其伟的感情也就渐渐的淡下去。有一天竟因一点儿小事情，便和其伟决裂，跑回娘家去了。月凤走了之后，其伟不惯孤独生活，就去找芷芳，哀求她回去。这个时候，芷芳正做了女子参政协会的会长，她尽心尽力的去谋女界的幸福。争女子参政权啦，提倡平民教育啦，轰轰烈烈的干了许多事业。她既做了社会上的明灯，当然不肯答应其伟再回到家庭的牢笼里做奴隶。其伟因羞成怒，就跑去勾结劣绅王大年，破坏她的事业。可惜一个为女界谋幸福的女子参政会，竟被诬为过激党机关，横遭解散。可怜一个热烈心肠的芷芳，竟被诬为逃妇，不得不离开那黑暗的社会。她既为家庭所弃，又为社会所不容，她不得已就和采兰隐居到空谷去。她临走的时候，给她的同学素贞一封信，说明她所以要离开社会的原故。

素贞姊：我明明是一个弃妇，而法律偏当我是逃妇。我拿赤裸裸的心去谋群众的福利，而社会反当我是公敌。我进既不能成功，退当求其快乐，从此放浪形骸于青山绿水间，消磨这忧患余生罢了。素贞姊！我们走了。倘若你记念我们，请向冷月孤云一问我们的消息罢！

芷芳和采兰往到空谷之后，和明月为朋，和微风为伴，她把从前一切都丢开，直欲渔樵过此生了。谁知盗贼来了，又把她的衣物抢掉，房子烧了。日暮途穷无家可归的时候，幸遇着一个相熟的老尼姑，把她带到白云庵去。她在尼庵住不到几天，又生起病来。她以一个热烈心肠的人，竟致与古佛青灯为伴，因此愈加伤心，病势愈加沉重。几声木鱼，又把她的痛苦的回忆从心里敲了起来。可怜她临死的时候，还执着采兰的手，幻想着女子参政的成功啊！

剧　　本

侯曜

［纲要］

弃妇宗旨，在表现妇女之悲哀，使之自觉而谋解放。剧中主人吴芷芳乃一有为女子，无故被家庭所弃，又为社会所不容，不得已隐居深谷；忧患余生复遭贼劫，流离失所，病殁尼庵。

［剧中人］

吴芷芳　是一个受过中等教育的女子，年约二十三四岁。

王其伟　芷芳的丈夫，年约二十五六岁，是一个轻薄少年。

王老太　芷芳的婆婆，年五十二岁，是一个刁恶的老妇人。

采　兰　芷芳的陪嫁婢，年约十八九岁，是一个聪明忠直的女孩。

杨素贞　芷芳的同学，自强女子中学校长，年约二十七八岁。

杨仲甫　素贞的伯父，光明书局的总理，年约四十余岁，是一个圆滑奸险的资本家。

陈　奇　光明书局的编译员，年约三十余岁，是一个口是心非的人。
何　勇　光明书局的书记，年约三十余岁，是一个拘谨迂滞的人。
杨月凤　其伟的情人，年约二十三四岁，是一个水性杨花的女子。
杨　母　月凤的母亲，年约五十余岁，是一个溺爱不明的妇人。
王大年　是一个顽固劣绅，年约五十余岁。
王舜娥　大年之女，女子参政会会员，年约二十余。
悟　虚　老尼姑，年约五十余。
女子参政会干事　十余人，皆二三十岁左右的女子。
女子参政会会员　数十人。
自强女子中学学生　数十人。
张　妈　自强女中的校役，年约四十余。
省议会议长　年约四十余，是一极其圆滑的政客。
平　民　数百人。
平民学生　妇女老少皆有，约数十人。
警区长　一人。
警　察　五人。
土　匪　二人。
樵　夫　二人。
农　夫　一人。
女　仆　一人，王其伟家里的。
小　婢　一人，杨月凤家里的。
议会工役　一人。

取景表

内景	
景的名称	景的次第
1. 王其伟卧室（中式）	1，14，16，18，22，26，28.
2. 杨月凤的家内	3，31，67，69，71.
3. 王家大厅	5，7，9，11，13，15，17，19，21，23，25，27，29，63，127.
4. 杨素贞的家内	32，97.
5. 编辑室	36，38，43，45，47，49，51，56.
6 总理室	37，48.
7. 庶务室内之一角	42，44，46，50，53.
8. 王其伟卧室（西式）	57，75.
9. 省议会应接室	60.

续表

内　景	
景的名称	景的次第
10. 女子参政会事务所	61，66，73，77，79，87，91，93，95.
11. 王大年的书房	74，81，83，85，92.
12. 王舜娥卧室的一角	76.
13. 茅屋内	106，109.
14. 尼庵内芷芳的卧室	119，121，124，126，130，133，136.
15. 佛堂	122，135.
16. 警察局内	131.

外　景	
景的名称	景的次第
1. 杨月凤的家门口	2，4，12，68，70，72.
2. 公园	6，8，10.
3. 王家门口	20，24，64，125，128.
4. 杨素贞的家门口	30，33.
5. 自强女子中学门口	34，40，55.
6. 光明书局门口	35，39.
7. 庶务室门口	41，52，54.
8. 女子参政会门口	58，62，65，78，80，82，86，88，96.
9. 省议会门口	59.
10. 空旷大地	84.
11. 一条不繁盛马路	89.
12. 近着王大年的家门口的马路	90.
13. 女子参政会后门口	94.
14. 茅屋外	98，100，102，104，108，110，112，114.
15. 山径	99.
16. 另一山径	101.
17. 树林深处	103.
18. 茅屋附近	105.
19. 小溪边	107.
20. 山林中	111.
21. 又一山径	113.
22. 大树下	115，117.
23. 大树附近	116.
24. 尼庵门口	118，123，134.
25. 佛堂外	120.
26. 警察局边的马路上	129.
27. 警察局门口	132.

景 1[1]王其伟与吴芷芳的卧室。室中陈列中国式的大床、衣橱、箱笼。右边为通大厅的门，左边有一通街的窗。窗下有一张写字台。右边近门处有一张梳妆台。室的正中有一张小圆桌。

开圈，放大[2]吴芷芳坐在小圆桌边缝纫，王其伟站在梳妆台边结领带。

半放大 芷芳望见其伟结领带，梳头发，像要出门的样子，就在架上取了衣帽给他，问道："你到什么地方去，什么时候回来?"其伟听说，夺过衣帽作不悦状，恶狠狠[3]地答道：

对话 我的行动，用不着你管！什么时候回来，连我自己也不知道！

其伟说完就出去了。芷芳望着他去了，作无可奈何状；站了一会儿，走到右边窗前，推开窗，怅然痴望，等其伟走远了，就坐在窗下，黯然神伤。(闭圈)

景 2 杨月凤的家门口。

远摄 一所洋房门口，王其伟走来。

半放大 其伟按门铃。有小婢出开门，其伟就和她一起入内。

景 3 杨月凤的家里：是一个小康之家，室中陈设得很整齐。左有楼梯达月凤卧室。

远摄，渐现 杨老太正在摇着留声机，小婢领王其伟进来，与杨老太为礼坐下。小婢送茶。

半放大 杨老太叫小婢去叫月凤出来，一面与其伟闲谈。一会儿月凤下楼来。

放大 月凤在半楼梯上倚栏望其伟的情形。

半放大 其伟见月凤下来，即上前与她握手，即坐下说笑。其伟就对杨母道：

对话 伯母！我要和凤妹到公园去步月，你能同去吗?

杨母答道："你们去罢，我走不动，不去。"

月凤复上楼修饰。其伟与杨母继续谈话。

远摄 月凤下来，和其伟挽手而出，小婢跟出去关门。

景 4(同 2) 杨家门口。

远摄 月凤和其伟缓步而去。

景 5(夜景) 王家的大厅，厅中陈设中国式的桌椅。

开圈 挂着中国字画。厅的正面有门通内室。左侧有门通其伟卧室。小婢采兰在厅上收拾东西。

说明 夜深了，王家之婢采兰还在候门。

---

〔1〕 原版中，"景的次第"为常规字体——与正文相同。现统一改为黑体。

〔2〕 原版中，画面或镜头提示以文字框强调。现将带框文字统一改为黑体。

〔3〕 原文均作"恶很很"。现统一改为"恶狠狠"。

远摄 她略收拾了厅上散着的书报，见有一本妇女杂志，就拿来翻阅。

半放大 采兰在灯下拿妇女杂志细读，有时看看桌上的时钟，有时倾耳作听门状。

景6 公园（夜景）

远摄 王其伟与杨月凤挽着手自花木出来，行到一张长凳旁，就一同坐下。

放大 其伟与杨月凤并肩坐着，绵绵情话。一会儿其伟拖着月凤的手说道：

对话 凤妹！我和你，恨不相逢未娶时！

月凤听说，把头靠在其伟的肩上，以媚眼斜望着他，不经意的拍着其伟的手，懒洋洋说道：

对话 伟哥！我不愿听你这句扫兴的话。

其伟听说，心中大喜，不绝的拿话来谄媚月凤。

景7（同5）王家大厅。

远摄 采兰还在看书候门。芷芳自内室出来，采兰见了，就站起来，向芷芳问书上的一个名词道："少奶奶！请你告诉我，什么叫做'德模克拉西'？"

半放大 芷芳接了她的书来看：

插入 一本杂志上有"德模克拉西"五字，芷芳和颜悦色的告诉她道：

对话 德模克拉西，就是民主主义。采兰！你这样好学，我很欢喜你。

放大 采兰笑嬉嬉的拿着书，很诚恳的答道：

对话 我现在能够看书，完全是少奶奶平日教导我的恩惠，我应该谢谢少奶奶。

说完，就让芷芳坐在她坐的椅上，自己站在芷芳旁边。芷芳就拿着书漫不经的翻着。

景8（同6）公园。

半放大 其伟与月凤还在绵绵情话。后来其伟对月凤道：

"我希望你能到我家里去，和我住在一起。"

月凤摇头不话，其伟再说道：

"只要你真心爱我，愿意把妻子弃掉。"

月凤听了，笑了一笑，表示同意。

远摄 他们俩就起来，到各处步月。

景9（同7）王家大厅。

远摄 芷芳满面愁容把书翻了几翻，有时回头望望时钟，有时听见脚步声，以为其伟回来，面上微现笑容，又听听不是其伟，就失望了。采兰就劝她道：

对话 少奶奶！夜深了，你去睡罢。我候少爷回来就是了。

芷芳听了，懒洋洋的站了起来，进房去了。采兰望着她去了，复坐下看书，一面留心听着门。

景 10（同 8） 公园。

远摄 王杨二人在园中各踏着月色闲游。其伟就拿出一个表来看，又给月凤看。

放大 那表表上正是十二点。

远摄 二人遂慢慢地走去。

景 11（同 9） 王家大厅。

半放大 采兰看书眼倦，渐渐入睡；忽然书掉在地上，把她惊醒，急拾起来；看看时钟。（放大时钟，已十二点五分）知道其伟不会回来了，就熄灯进去。

景 12（同 2） 杨月凤的家门口。

说明 第二天早上。

半放大 月凤送其伟出来。他们执着手，现出依依不舍的情态。月凤对其伟说道：

对话 伟哥！我希望你时常到我这里来！其伟含笑点头，就告别而去。

远摄 其伟顺着马路去了，月凤还倚着残栅望着他。（渐隐）

景 13（同 11） 王家大厅。

开圈 采兰拿了鸡毛帚和抹布出来，收拾大厅。王老太从厅的左门出来，采兰不觉，仍旧打扫地方。

半放大 老太恶狠狠的叫了采兰一声。采兰忙回身，恭恭敬敬的答应。老太问道：

对话 采兰！昨夜少爷回来没有？

采兰小心翼翼的答道："老太太！昨夜我等门等到十二点钟，少爷还不回来，我就去睡了。"

王老太走近采兰几步，指着她的脸骂道：

对话 懒骨头！谁叫等到十二点钟就去睡的？多等几点钟就会死吗？

采兰答道：

对话 老太太！少爷每晚过了十二点钟不回来就不会回来了。

老太气极了，顺手拿起桌上的鸡毛帚向桌上用力一拍，恶狠狠的骂道："好大胆的贱东西！你居然敢和我强起嘴来。"说完拿起鸡毛帚就打。（放大老太的恶相和采兰的可怜相。）芷芳闻声从卧室里出来，很和顺的样子劝老太。

半放大 芷芳很和顺的样子对老太说道：

对话 婆婆！为什么一早起来就生气呢？丫头有什么不好，让我来管教她。

老太睁着眼望着芷芳，并且伸手指着她骂道：

对话 哦！你的陪嫁丫头，我就不能打吗？我的儿子我也管，何况你们这些贱东西！

芷芳仍旧和颜悦色的答道：

对话 婆婆！我并不是说你不能打她；不过怕你生气，气出毛病来。

老太不理，继续骂道："我是你们家里的一条老狗，连丫头也看我不起。"芷芳没法，只得责骂采兰道："采兰！你为什么一早起来就得罪太太，快过去向老太太叩头赔罪。"采兰就向前，给老太赔罪。她真跪下的时候，老太飞起一脚把她踢倒在地。

远摄 采兰正跌倒在地上的时候，其伟刚刚进来。他东歪西倒故作酒醉的样子，不提防绊着采兰的脚，几乎摔了一交。

半放大 回首指着采兰怒骂道："常言道，好狗不挡路。你好好的爬在地上干什么？"采兰被骂，不敢作声，从地上起来。老太就问其伟昨夜为什么不回来？其伟吞吞吐吐的说道："我昨天没有……呵！回来的。我十一点钟回来的；因为打不开门，就到同事家去睡了。"老太听说就过去揪住采兰的耳朵骂道：

对话 采兰！你说昨夜等门等到十二点钟，为什么少爷十一点钟回来，就打不开门呢？

芷芳忙劝往，一面对其伟说道：

对话 昨夜我到一点钟还没有睡，总不听见敲门。你在外面干些什么，我全知道，何必扯谎累人受打呢？

其伟被她说出心病，老羞成怒，指着芷芳骂道：

对话 哼！我要怎样就怎样，你有权来管我吗？

芷芳一肚子的委曲，含着眼泪不作声。其伟假作呕吐状。老太就对芷芳道："你的丈夫喝醉了，你还不扶他进去歇歇吗？"芷芳含悲忍辱的走近其伟，要去扶他。其伟把她推开骂道："你不配服侍我！"芷芳很悲痛的说：

对话 谁人才配服侍你呢？其伟洋洋得意的说道：

对话 自然有人服侍我。没有你，难道我就不能过日子吗？

老太恶狠狠的望了其伟一眼，又望了芷芳一眼，以手指着她骂道：

对话 你看！你这种难看的样子，难怪你的丈夫不喜欢你。

芷芳泪流满面，欲言不敢言的样子。其伟接着又拍案大骂："妈的话对的。你应当好好的修饰一下，讨我的欢喜。我叫你怎样，你就应当怎样。"芷芳掩面而泣。老太又接着大声的话道："我从前做媳妇也是这样的。你规矩道理一点也不懂。"芷芳含泪道："婆婆，规矩我是懂的，就不知谄媚丈夫。"其伟拍案骂道：

对话 三从四德，你一点也不懂！

芷芳慷慨的说道："三从四德，我是懂的；但是我以为应当从的就从，不应当从的就不从。"其伟听说更怒道："哼！你哪里懂得三从四德，你只知不从不德。"芷芳悲愤的走近其伟责问道：

对话 我究竟哪一样不从？哪一样不德？

其伟大怒，一掌把芷芳推倒在地上，指着她骂：（放大，加圈其伟的恶相。）

对话 你不听我妈的话，就是不从。我喝醉了，你不服侍我，就是不德。岂有此理！你这贱东西，快给我滚出去！

芷芳倒在地上，采兰急忙去扶她。（放大她们主仆俩的可怜相。）

远摄 其伟假作大吐状，老太忙扶他入内。采兰把芷芳扶了起来，扶她坐在椅上。

景 14（同 1） 王其伟卧室。

半放大 老太扶其伟入室。其伟即现笑容，急把门关上。老太劝他睡睡。他摇头急从袋里拿出一张相片给老太看说道：

对话 妈！我刚才是装醉的。你看这个女子的相好不好？你愿意有这样的媳妇吗？

老太接着，细细的看，（放大月凤的相片）现出很欢喜的神气对其伟道：

对话 这样又有钱，又漂亮的小姐，谁不喜欢？但是你怎样处置芷芳呢？

其伟笑着向老太耳边细细的讲。（渐隐）

景 15（同 13） 王家大厅。

半放大 芷芳坐在椅上哭泣。采兰也立在她旁边垂泪。一会儿采兰安慰芷芳道：

对话 少奶奶！请你不要哭了！这都是我的不好，累你受了一场冤枉气，我去打水给你洗脸罢。

远摄 采兰说完，就走到芷芳的卧室门口，想进房去拿脸盆；但是门已经关了。

放大 采兰把门推了几推。听见里面有说话声音，就把耳朵贴在门上听。又向锁匙孔偷看里面的情形。

景 16（同 14）（是采兰从锁匙孔里看见的景。）

远摄 其伟把大橱打开，将芷芳的衣服捡出放在一个手提箱里。老太也忙忙碌碌地在帮助他说道：

对话 我们赶这贼人出去，只能把她的嫁妆衣裳给她。我们家里的一根草也不要给她。

景 17（同 15） 王家大厅。

远摄 采兰急把所听见的话，所看见的事，回去细细告诉了芷芳。她听了大惊，忙挥手使采兰再去听。采兰又到门边去偷看。芷芳就伏案大哭。（采兰未到门边，即换下一景。）

景 18（同 14） 王其伟卧室。

远摄 其伟母子二人，忙忙地把衣服捡好了，放在一只手提箱里，其伟就提着箱开门出去。

景 19（同 17） 王家大厅。

远摄 采兰正到门边向锁匙偷看的时候，其伟忽然开门出来，见她着急的样子，知道她在偷看，大怒，就指着她们主仆俩大骂道：

对话 你们这两个贱东西，快给我滚出去！

说完，恶狠狠的把箱子向地上一掷。采兰忙把箱子拾起，同时芷芳已从椅上站起来，奔向其伟，他急把房［门］关了。芷芳拍门大叫道：

对话 你有什么理由，赶我们出去！

半放大 芷芳拍门，责问其伟。采兰也帮着拍门。

景 20 王家门口。

远摄 老尼姑在马路上走着，经过王家门口望了一望，立定脚想了一想，就去敲门。

说明 老尼姑悟虚，是王老太的朋友，她下山化缘，顺道去找王老太谈心。

门开了，老尼就走进去。

景 21（同 19）王家大厅。

半放大 芷芳与采兰正在拍门拍得利害的时候，悟虚进来，见二人泪流满面的样子拍门，就惊问道："阿弥陀佛！你们为什么哭呢？"芷芳见问，说不出话来，就回身伏在案上哭泣。悟虚见了，现出可怜的神气，就向采兰问她们哭的原因。采兰向悟虚耳边把刚才的一切情形告诉了她；言时一面用手势表示，一面频频回头向里望着，恐怕给老太听见的样子。悟虚听了，低头微喟，劝芷芳道：

对话 少奶奶！请你不要伤心，等我去劝劝老太太，这件事我想总可以挽回的。

说完就去拍门口里叫道："老太太开门，悟虚来了。"叫了二三声，开门了。悟虚进去，门仍关上。芷芳和采兰含泪望着她。

景 22（同 18）其伟卧室。

远摄 其伟正写信去告诉月凤。老太并门接悟虚进来。她们就让坐谈心。其伟回头看了悟虚一眼，仍旧继续写他的信。

放大 写了一半，就拿起来念念，现出得意的样子；念了又写下去。

半放大 悟虚把方才的事情，略为问了一问老太，然后劝她道：

对话 老太太！你们能够成为一家人也是前世缘分。我劝你大发慈悲，不要赶她们去罢。

其伟听见这句话，把笔停下来，走到悟虚跟前。悟虚就劝他道："少爷！俗语说'一日夫妻百日恩'，你好好的怎么要少奶奶出去？"

其伟听说大怒，骂道：

对话 你是出家人，用不着你来管我们的家事，出去罢！

远摄 悟虚还欲有言，其伟把门开了，一把把悟虚推出去，把门关上。

景 23（同 21）王家大厅。

远摄 芷芳和采兰正在等尼姑的好音，只见房门开了，其伟把尼姑推了出来，几乎跌在地上。采兰忙把她扶住，扶她坐在椅上，芷芳也站起来问她的话，尼姑摇头道：

对话 少奶奶！我现在没有法子劝他们回心转意。请你们到我庵里暂住几天，等他们气平了，再送你们回来罢。

芷芳听说，想了一想，垂泪答道：

对话 多谢老师父好意！但是他们没有理由赶我出去。

老尼又劝了芷芳几句，见她不愿到她的庵里去，只得念声阿弥陀佛就走了。

景 24（同 20） 王家门口。

远摄 老尼姑正出门口的时候，芷芳的同学杨素贞女士正来探望芷芳。

说明 杨素贞，自强女子中学的校长，到王家探望芷芳。

她和老尼招呼了一下，就进王家去了。

景 25（同 23） 王家大厅。

远摄 芷芳扶住采兰的肩，采兰提着箱。二人欲行不行的样子。芷芳泪盈盈地无限哀怨的样子对采兰道："采兰！我们女子处在这种地位，怎……怎叫人不哭呢？"采兰听说也泪下如雨。此时杨素贞进来，见二人哭着，不觉惊疑起来，芷芳就过去握着素贞的手痛哭。

半放大 素贞忙抱着她问道：

对话 芷芳！我来十回，有九回看见你以眼泪洗脸的。唉！你这种生活，以后怎样过呢！

芷芳被她道着苦处，更加咽呜起来。素贞问道："今天究竟为什么事，你们二个都哭起来？"芷芳呜咽得答不上话来。采兰就附她耳细细地讲给她听。素贞愈听愈气，很慷慨激昂地指着芷芳的手说道：

对话 他们叫你走，你走就是啦！我介绍你到我伯父的书局里去做事。这种人间地狱，还有什么可留恋的呢？

芷芳沉思了一会儿，很悲愤而又慷慨地对素贞说道：

对话 素贞姊，我觉悟了，我与其在万恶的家庭里做奴隶，不如到黑暗的社会里做一盏明灯。

说完就站了起来。

景 26（同 22） 其伟卧室。

半放大 老太坐在椅上，拿着月凤的相，微笑着细细的看。其伟在门缝里向厅堂里望去。

景 27（从门缝里看出来的王家大厅。）

芷芳挽了素贞的手，招呼采兰拿着提箱一同出去。

景 28（同 26） 其伟卧室。

半放大 其伟在门缝里见她们走了，笑容满面地告诉了老太。老太听了也很欢喜。

其伟就去拿了寄给月凤的信和老太一同去开门。

景 29（同 25）王家大厅。

远摄 其伟和老太开门出来，其伟就拿着信对老太说道："妈，我快把这封信寄出去，也好叫杨小姐安心。"老太点头，其伟出去。

景 30 杨素贞家门口。

远摄 素贞和芷芳采兰坐了马车到来，素贞付了车钱就挽芷芳进门去，采兰提着箱，跟在她们后面，一同进去。

景 31（同 3）杨月凤家内。

半放大 月凤正和她的母亲闲谈，小婢送信来。

放大 月凤拆信细阅，不觉喜形于色。

插入

> 凤妹爱鉴
> 糟糠之妇余已驱之此后只见新人笑不闻旧人哭矣重新金屋以待阿娇谨烦青鸟预报好音即颂
> 刻安
> 其伟谨上　即日

半放大 月凤把信里的意思告诉了她的母亲，她的母亲也喜形于色。（渐隐）

景 32 杨素贞的家内。

远摄 一间小巧而美丽的屋子。

说明 一月之后，芷芳在光明书局做书记。采兰到自强女子中学念书。

杨素贞坐着看报，采兰女学生的装束进来对素贞道："杨先生！快要八点钟了，你到学校里去吗？"素贞点头道："让我看了这一段新闻，我就去。"她就继续看报，采兰也走拢看着。芷芳就进来道："我们去吧。"素贞正看完新闻，三人就一同出去。

景 33 杨素贞家门口。（同 30）

远摄 素贞、芷芳、采兰三人缓步出来，顺着马路走去。

景 34 自强女子中学门口。

远摄 一个女子中学门口，上面有一块匾，写着"自强女子中学校"七个大字。有几个中小学生陆陆续续进学堂去。芷芳等三人走来。采兰和素贞走进学校去。芷芳独自向前走了。

景 35 光明书局门口。

远摄 一间西式门面的书局，上面有光明书局的招牌。芷芳走了进去。

景 36 编辑室。

远摄 光明书局的编辑室。前面有门，是通街的。右面有门通总理室。室中摆着两办公桌和活动椅，桌旁有一个衣架。室之右壁处，摆着一张长方形的办公桌，桌旁摆着一架打字机。正中的壁上，挂着一个时钟。右壁安置一架电话机。

陈奇与何勇在室中之办公桌上办公很忙。芷芳进来，向陈、何二人点了一点头，就到自己的办公桌上去办公。陈奇走过去对她说道："杨先生的两封信，请你快些用打字机打好送给他。"芷芳点头，把信稿拿到打字机旁，陈奇仍回他的座位去办公。总理杨仲甫口含雪茄从总理室出来，到陈奇的面前。

半放大 仲甫向陈奇道："女权运动号的稿子编好了没有？"陈奇从椅上站起来把稿子一篇一篇地翻给他看，回答他说道："稿子差不多编好了，都是很有价值的文章。"杨仲甫看了，得意洋洋地说道：

对话 我们在文字上鼓吹女权，事实上也是提倡女权。即如聘吴女士来做书记，就是职业解放的第一声。

陈奇点头，仍坐下编辑他的稿子。仲甫离开陈奇向芷芳坐处去。

半放大 仲甫立在芷芳的旁边，看她工作，并对她说道："吴女士！我叫你打的那几封信，打好了没有？"芷芳回答道："还差一点儿。"仲甫又吩咐她道："你把信打好了，送到我的办公室。我还有话和你商量。"他说完了，又四处巡视了一会儿，口含雪茄，又摇摇摆摆回总理室去。此时室中三人仍忙着工作。芷芳把信打好了，小心翼翼地拿在手中，离开自己的座位，轻轻脚步人总理室去。

景 37 总理室。

远摄 总理室之一角。仲甫坐在写字楼旁沉思。芷芳进来，将信送到他的写字台上。

放大 仲甫很欢喜的把信接了。他接信的时候，顺势抚摸芷芳的手。芷芳很气的样子急把手缩开。仲甫歪着头，斜着眼，微笑着对芷芳说道：

对话 吴女士！自你就职以来，各同事都不满意于你，我总替你解释。我这样好意的待你，你拿什么报答我呢？

半放大 芷芳听了这假话，正色回答道：

对话 杨先生！职业开放女禁，是很应该的。你给我工钱，我替你做工，这不是最好的报答吗？

她说完，气愤愤地掉头就要走，仲甫急忙再过去拖着她的手。她拼命挣脱了。仲甫仍絮絮不休，向她说些不可人耳之言。

景 38（同 36）编辑室。

远摄 陈奇仍埋头阅稿件。何勇搁下笔，打一个呵欠，站起来伸一伸懒腰，走到陈奇面前，拿出一盒烟来，自己抽一支，给陈奇抽一支，他们抽着雪茄闲谈着。

半放大 何勇对陈奇说道：

对话 陈先生！她来了之后，总理待我们不如从前了。我们总得想一个法子才好啊！

陈奇靠在椅背上很得意的回答道：

对话 是呀！现在谋生实在是不容易的。如果再开放女禁，不知道要饿死多少男子呢！

二人大笑。彼此耳语许久。

说明 陈奇、何勇二人议定了一个捉弄芷芳的方法。

他们把计策商定了，仍继续谈笑着。芷芳从总理室出来，他们急忙装出很正经的样子。芷芳对陈奇说道："杨先生叫我告诉你，稿子编好了，送给他看一看。"陈奇很骄傲负气的样子，把编好的稿子拿出给芷芳看，说道："编好了，拿去罢！"说完向何勇使了一个眼色。何勇会意，把他没有抄完的一篇稿子交给芷芳说道：

对话 这篇小说，请你誊清之后，连同这些稿子拿去给杨先生看罢。我们有事情要出去。

芷芳不得已接了稿子。陈、何二人把桌上的东西稍为整理一下，便出去。

景 39（同 35）光明书局门口。

远摄 陈奇、何勇自内出。到门口，陈奇立定问何勇道：

对话 老何？我们到哪里去借电话呢？

何勇想了一想回答道：

对话 到自强女子中学去。我的姊姊是那里的教员。

陈奇听了，把何勇的肩膀一拍。二人向前行去。

景 40（同 34）自强女子中学门口。

远摄 陈奇、何勇二人大摇大摆的进去。

景 41 庶务室门口。

远摄 陈、何二人进去。

景 42 庶务室内之一角。

放大 陈奇打电话，何勇在旁边狞笑。

说明 他们接二连三的打电话去找芷芳浪费她的时间，使她误了事，好唆耸总理辞退她。

景 43（同 38）编辑室。

半大 芷芳伏案抄写那篇小说。

放大 电话铃振动。

半放大 她急放下笔去接电话。

对话 喂！哪里？……光明书局。什么？找陈奇？他有事出去了。

她放下听筒又急忙回座位抄写。

景 44（同 42）庶务室内之一角。

半放大 陈奇笑容满面，放下听筒对何勇说道：

对话 妙极了！陈奇打电话去找陈奇！老何！你也打电话去找何勇罢！

陈奇说罢，替何勇摇电话。何勇执起听筒来。

景 45（同 43）编辑室。

半放大 芷芳赶忙抄写着。

放大 电话铃又振动起来。

半放大 芷芳听见电铃又响，很不高兴的放下笔去接电话。

对话 喂！哪里？……是的。……何勇出去了。……

她仍执着听筒听着。

景 46（同 44）庶务室之一角。

半放大 何勇执着听筒，极力把笑忍着问道：

对话 何勇到哪里去了？……他是你的好朋友，你怎么不知道？……什么？你现在不爱他了？哼，你真是一个水性杨花的女子。

陈奇在旁听了拍掌大笑。何拿着听筒笑不可仰。

景 47（同 45）编辑室。

半放大 芷芳执着听筒愈听愈怒，骂道：

对话 没人格的东西！我不屑教训你！

她放下听筒，气愤愤的又回去抄写。

景 48（同 37）总理室。

半放大 仲甫慢慢从椅上站起来，推开门到编辑室去。

景 49（同 47）编辑室。

半放大 仲甫到编辑室，不见陈、何二人，他露出轻薄的样子，行至芷芳之前，对她说道："吴女士，我刚才在办公室对你说的话，你究竟怎样回复我呢？"

说明 杨仲甫见室中无人，又乘机要挟芷芳。

芷芳起立，声色俱厉地回答道：

对话 我刚才怎样答复你，现在也是怎样答复你。

仲甫现出很失望的神气。

放大 电话铃又振动起来。

远摄 芷芳要去接，仲甫止之，他自己去接。

景 50（同 46）庶务室之一角。

半放大 何勇正执着听筒得意洋洋的，忽然面现惊色，急以手掩着听筒对陈奇说道："不好了！总理来接电话了，怎办呢?"陈奇想了一想，把听筒接过去，与仲甫说话。

景 51（同 49）编辑室。

放大 仲甫听电话。

对话 喂！光明书局……我是杨仲甫啊！……

景 52（同 41）庶务室门口。

远摄 采兰手里拿着书包，行到庶务室门口。她推门想进去，见里面有人打电话，她急退回出来，立在门外等着。

说明 采兰想去打电话给芷芳，无意中听见陈奇捉弄她。采兰在门外侧耳倾听。

景 53（同 50）庶务室之一角。

半放大 陈奇有意要捉弄仲甫，他得意洋洋地执着听筒说道：

对话 喂！你是杨仲甫先生吗？……我要找吴芷芳……我是她的丈夫，要和她说几句话。……什么？……她不得空吗？

何勇在旁拍手笑，以手拍陈奇肩头，伸出一只大拇指在陈奇面前摇几摇说道："陈先生！你的计策真是顶瓜瓜了！"陈奇露出一种骄傲的微笑。二人离开电话机。

景 54（同 52）庶务室门口。

远摄 采兰伸首向内窥望。校役张妈过来，见了采兰在那里探视，她就恶狠狠地拖开她，骂道："你在这里鬼头鬼脑干什么?"采兰正色回答道："我正想打电话到光明书局去，见有人用着电话，我就等着。什么叫做鬼头鬼脑?"

说明 校役张妈，无理的欺负采兰。

她们二人正在争辩的时候，同学三五成群的过来围着看。陈奇、何勇出来，看见采兰，很鄙视她的样子望了她一望，就过去了。同学问张妈为什么事吵闹，张妈故意张大其辞。她们听了，都现出鄙视采兰的神气。其中之一指着采兰骂道："我们和丫头在一起念书，真是倒霉极了。"众人拍手，齐向采兰揶揄戏弄。采兰忍不住了哭，避开出去。

景 55（同 40）自强女子中学门口。

远摄 采兰垂头丧气的哭着出门去。

景 56（同 51）编辑室。

半放大 芷芳伏案抄写着。仲甫走到她的身旁，很轻薄的样子对芷芳说道：

对话 原来你的丈夫还没有忘情于你，难怪你不答应我。但是我有……

仲甫笑嘻嘻的以手拍她的肩。芷芳不听他的话，搁下笔，伏案而哭。仲甫见她哭了，便拍她的肩安慰她。

远摄 陈、何二人进来，仲甫急装作拿东西的样子，伸手把芷芳背后的公事柜的抽屉打开，拿出一张纸来。

半放大 仲甫很严厉的样子问他们道：

对话 稿子编好没有？

陈奇答道：

对话 早已编好了，我请吴女士送给你的；难道你没有看见吗？

对话 仲甫说道："我没有看见。"陈奇指着芷芳怒责她。芷芳答道："你们出去之后，编辑室里只有我一个人。那个时候，接二连三的来了三个电话。我要赶着抄写，又要去接电话，因此抄不起那篇小说，连稿子也没有送去给杨先生。"何勇听了，乘机骂道：

对话 你们女子真没用！我在这里三年，从来没有误过一回事。一到你的手里，就把事情弄糟了。杨先生！这件事我不负责任。

仲甫听了说道："算了！我明白啦。请你们先拿这些稿子去给工人排版罢。"陈、何二人拿了稿子出去。仲甫歪着头，拈着须，斜着眼，对芷芳，说道："吴女士！你误了事，我一点都不责备你。我待你总算仁至意尽了，你也应该答应我罢！"芷芳不睬他。仲甫再哀求。芷芳很坚决地回绝他道："杨先生，我请你慎重些！不要对我讲这无耻的话！"仲甫知道绝望了，因羞成怒，骂芷芳道："忘恩负义，好不知抬举的东西！"

说明 杨仲甫求爱不遂，因羞成怒。

仲甫骂了她几句，气愤愤地回总理室去。

放大 芷芳悲愤欲绝，伏案痛哭。

半放大 采兰推门进来，走到她的身旁，见她哭，便问她道："少奶！你为什么哭呢？"芷芳抬头见采兰也是泪痕满面的，她自己止着悲哀问道："采兰！你又为什么哭呢？"采兰回答道：

对话 少奶奶！同学和校役都欺负我。

说罢，把刚才的情形一五一十的告诉芷芳。芷芳知道陈奇何勇打电话捉弄她，气得很利害，执着采兰的手说道：

对话 采兰！我们同是薄命人，到处受人欺负。我的苦楚只有向你诉，你的苦楚只有向我诉。我安慰你，你安慰我就是了！采兰啊！你以后把我当作你亲姐姐罢！

放大 采兰执着芷芳的手，感极而悲。二人互抱而哭。

远摄 素贞进来，见她俩哭，就问她们为什么哭。

半放大 芷芳大略把刚才的事情告诉她，她听了，气愤愤地要去质问她的伯父。芷芳急拖着她，说道：

对话 素贞！待遇不平等还是小事。他还对我……芷芳呜咽哭起来。素贞问道："他还要你什么？"芷芳欲说不说的样子答道："那些话我说不出口，你自己想去罢！"素贞听了，很悲伤的样子，叹了一口气说道：

对话 唉！芷芳！你无处不受人欺负，难道是你的命该如此吗？

芷芳听了，很悲愤激昂的说道：

对话 素贞！到处受人欺负的女子多得很。你说我命该如此，难道天下女子的命运都应该如此吗？我不归罪于命运，只归罪于自己。我们女子为什么自暴自弃，放弃人权而不争呢？

素贞点头，说道：

对话 你所说的话，也正是我所要说的。我们组织的女子参政会，要找你去做总干事。我现在来征求你的同意。

芷芳听了很赞成，马上就回答道："我愿牺牲一切，从事女权运动！"仲甫出来，素贞向他为礼。芷芳对他说道：

对话 杨先生！这里的事我不干了。我应得的工钱，请你算给我罢！

仲甫听了，很冷淡的回答道：

对话 你要走就走，没有人留你。你的工钱，到明年今天来拿罢！

芷芳很严厉的态度对仲甫说道："那是不行的。工钱是用血汗换来的。一文也不能少。"

仲甫大怒说道："我一文也不给你，看你怎样？"素贞上前劝道："伯父！我劝你看在我的分上，不要为难我的朋友。"仲甫回答道："不关你的事！不要多嘴！"芷芳怒目看着仲甫问道："你真不给我吗？"仲甫拍桌说道："不给你就不给你，看你有什么法子！"芷芳冷笑了一声说道：

对话 你今天不给我工钱，我就把你要挟我的行为，一起宣布出去！

仲甫听了，急忙陪下笑脸来，从衣袋里掏出一个银包，拿出三十元来，给芷芳说道：

对话 刚才不过和你说句笑话罢了。怎么就认真起来呢？这三十块钱请你收下罢！一半是你的薪水，一半是我送给你买花粉的。

芷芳接了银，拿起十五元，把其余的掷在地上说道：

对话 这十五块钱，是我劳力换来的，当然是要的。其余的还是请你拿回去，多买几个假面具戴戴罢！

仲甫羞得满面通红，连忙俯首拾银。芷芳、采兰、素贞三人同出。（闭圈）

景 57 王其伟的卧室。（渐现）

远摄 卧室中陈设着新式的用具，月凤在妆柜前对镜修饰。其伟在室中圆桌上算账，面现愁容。

说明 芷芳被逐后，其伟已和月凤同居。

放大 月凤对镜修饰；修饰好了，向其伟走去。

半放大 其伟正露愁眉不展的样子打着算盘，月凤走过来对他说道：

对话 我今天这样装饰，你喜欢吗？

其伟望了她一望，很不高兴的样子，摇摇头又算他的账。月凤拖他一拖，叫他看看她梳的头。其伟很不高兴的站起来，把算盘上记着的账指给她看道：

对话 你的装饰愈好，我的欠债愈多。你看！这一万多块钱的账，叫我怎样偿还呢？

月凤听罢，气极了，把颈链、手钏等物除下，掷给其伟道：

对话 你既然供给我不起，为什么要接我来？说罢，气愤愤地把身向床上一倒，大哭起来。其伟见她生气，急忙过去向她赔罪。（渐隐）

景 58 女子参政会门口。（开圈）

远摄 一间大洋房，门口挂着女子参政会的招牌。

说明 两星期后，芷芳已就女子参政会总干事之职。

素贞、芷芳、采兰等三人自内出。

景 59 省议会门口。

远摄 芷芳与采兰坐了马车到省议会门口下来。

说明 芷芳等为女子参政问题，上请愿书于省议会。

半放大 她们进了大门，在甬道走着，向应接室去。

景 60 省议会应接室。

远摄 一佣人领他们进应接室，拿了她们的名片出去。一会儿议长出来。他们彼此为礼，各就坐。

半放大 议长问道："请问两位女士到来有什么贵干？"芷芳叫采兰把请愿书拿出来，对他说道：

对话 我们为女子参政问题特来谒见议长，并呈递请愿书。

议长连忙点头，接过请愿书，故意献殷勤的样子看了一下，就拿出一条白丝手巾包起来，滑头滑脑的样子说道：

对话 女子参政我是很赞成的，我极力帮忙就是了。

他们再谈了一会儿，芷芳等便告辞出去。议长等芷芳去后，把她的名片看一看，露出鄙视她们的样子，冷笑了一下，随即在手巾包内，把请愿书拿出来看；看不上几行，摇摇头，把它搓作一团；想一想又把它展开，微笑着抽了几口雪茄，放开八字脚步大摇大摆的出应接室去。

景 61 女子参政会事务所。(渐现)

远摄 室中有长方形的会议桌，两旁各摆着一张茶儿两张疏化椅。室之右上方摆着一张芷芳的写字台。台旁有门通后街。室之左上方有一门通大街。芷芳伏在桌上［起］草女权运动的计划。采兰拿了一份报进来交给她，随即坐在她的旁边。二人同看报。

半放大 芷芳看见一段新闻，忽现惊容，急叫采兰看。

插入 报上所载的新闻及新闻旁的芷芳的相。

省议会否决女子参政

省议会昨日开会讨论女子参政问题。议员分赞成与否认两派。双方辩论甚为激烈。结果否决女子参政。女子参政会会长吴芷芳虽多方运动，终归无效云。

看完那段新闻，芷芳对采兰说道：

对话 采兰妹！议会否决女子参政了。你赶快去请各部干事来商议补救办法罢。

采兰点头，匆忙出去。

景 62（同 58）女子参政会门口。

远摄 采兰推了一架脚踏车出来。上车如飞而去。

景 63（同 29）王家大厅。(渐现)

半放大 其伟坐在厅中看报。月凤从房中出来，微笑着轻轻脚步走到其伟的背后，把他的眼睛掩着。其伟问道：

对话 谁呀？赶快放手！我还有一段重要的新闻还没有看完呢。

月凤笑嘻嘻的更掩紧一点。其伟拿手去扳她的手说道：“放手！再不放，我就烧你的手了！”月凤仍然紧紧掩着他的眼睛。其伟举起右手拿香烟去烧她。月凤急把手放开，恶狠狠的打了其伟几下，骂道：

对话 阴毒鬼！我不过和你开开玩笑，你就真的拿香烟来烧我吗？

其伟见月凤生气，急忙向她赔不是。月凤掉过脸去，不理他。忽见报上芷芳的相，她就拿起来看，指着其伟骂道：

对话 哦！我明白了！因为我掩着你的眼睛，你看不见你的前妻的相。你这朝三暮四的人，我恨跟错你了！

其伟急忙陪下笑脸，把香烟递给她说道：

对话 好妹妹！不要生气。我起先以为是旁人和我开玩笑。请你拿香烟烧回我两下就是了。

月凤把香烟拍在地下，说道：

对话 你不要在我面前弄鬼！你讨厌我，我就走。

其伟向她打恭作揖。王老太听见他俩吵闹，就出来看他们，见月凤在厅中向着其伟作威作福，便骂月凤道：

对话 我从前的媳妇，不敢得罪我的儿子，我尚且赶她出去。我劝你不要装腔作势！

月凤听了，拍案与王老太对骂道："我不是你从前媳妇那样的人，谁怕你！你不叫我走，我也要走。"说罢，气愤愤地向大门而去。其伟很可怜的样子在后面跟着她。

景 64（同 24）王家门口。

远摄 月凤气愤愤的走出来，其伟在后面跟着。月凤出门后向东行去。采兰坐着一架脚踏车自东来。其伟见了采兰，觉得很奇怪的样子，他急忙跑上前把采兰的车拖着。

半放大 其伟拖着采兰的车，采兰即下来。其伟问道："采兰！我有话问你！"采兰不理他，推开他。其伟又问道：

对话 采兰！你的少奶奶此刻在女子参政会吗？

采兰摇头，不答，推了车就向前去。其伟又羞又气的望着她一会儿，他又急回头去赶月凤。

景 65（同 62）女子参政会门口。

远摄 采兰骑着脚踏车，至门口下来，推了车进去。一会儿参政会的各部干事陆续而来，有坐黄包车的，有坐马车的，有坐汽车的：下车后进参政会去。

景 66（同 61）参政会事务所。

半放大 芷芳正拿着报凝想，筹思对付的方法。采兰进来把在路上撞见其伟及请各部干事的事情告诉她。

对话 姊姊！各部干事快要来了。我在路上遇见王其伟，他问起你，说不定他要来找你呢！

芷芳听了，很冷淡的回答道：

对话 采兰妹！不要再提起从前的事了。我们现在只知道做个光朔磊落的人。

远摄 各干事陆续来，彼此为礼后各就坐。闲谈了一会儿，人齐了便开会。各人围着会议桌坐着，芷芳做主席，采兰做书记。干事有三五人相续发言。

说明 她们会议的结果，把会务分作两个委员会执行：一参政委员会，二平民教育委员会。

他们仍继续讨论一会儿便散会。（闭圈）

景 67（同 1）杨月凤的家内。（渐现）

远摄 月凤与其母坐在厅中把刚才与其伟口角的情形告诉她的母亲。

说明 月凤回家向母亲诉说。

景 68（同 12）杨月凤的家门口。

远摄 王其伟气喘喘的赶来，到杨家门口叫门。

景 69（同 67）杨月凤的家内。

半放大 月凤愈讲愈气，伏在母怀大哭。丫头进来说道："王先生来了。"月凤气愤愤的回答道："你快去把门关上，我不愿见他！"丫头出去。

景 70（同 68）杨月凤的家门口。

半放大 其伟推门不开，非常焦急。他只得跑到邻街的窗前拍了窗门几下，大声的向内说道：

对话 好妹妹！让我进来给你赔罪罢！

他见没有人应，又回去敲门。

景 71（同 69）杨月凤的家内。

半放大 月凤哭着。其母以手抚她的肩安慰她。她忽听见其伟敲窗门，她就抬起头来，一眼看见其伟的相仍挂在她的厅中，她就把它拿下来，恶狠狠的撕碎，向窗门走去。

景 72（同 70）杨月凤的家门口。

远摄 月凤把窗打开。其伟见她开窗，急忙从门处过去。月凤见了其伟，恶狠狠的把撕碎的相片向他掷去，随即把窗闭上。

半放大 其伟把相片拾起来看。

放大 其伟已碎的相片。

半放大 其伟见自己的相片被她撕碎，就垂头丧气的走了。（渐隐）

景 73（同 66）女子参政会事务所。（渐现）

远摄 芷芳、采兰、素贞、舜娥四人在灯下聚精会神的讨论着一个问题。

说明 芷芳等讨论平民教育事，直至夜深人静。

半放大 她们已经讨论终结了。芷芳站起来对众说道：

对话 我们的计划已经决定了。舜娥妹所认捐的一千元，明天就请你拿来。

舜娥点头。她们散会，各自出去。（渐隐）

景 74 王大年的书房。（渐现）

半放大 王大年坐着看报，看见女子参政被议会否决一段新闻，现出非常得意的样子。其女舜娥回来，大年骂道：

对话 舜娥！你为什么不到天亮才回来！哼！你在外面干些什么好事情？

舜娥把在女子参政会开会讨论平民教育的事告诉他。他听了，摇头摆脑的说道：

对话 什么？女子无才便是德，办什么学堂？我以后不许你再到参政会去，和那班毒蛇猛兽混在一起！

舜娥垂头无语，沉思了一会儿，就回自己的房去了。（渐隐）

景 75（同 57）其伟的卧室。（渐现）

远摄 月光如银的从窗外射进房中。其伟在床上辗转反侧的睡不着。他坐起来，拿起那张已碎的相片看了一看。把它丢在枕边，再勉强去睡，但是总睡不安。他忽听见有人敲门，就爬起身去开门。王老太进来。

半放大 其伟坐在床上。其母侧坐在床旁的一张椅上。老太问他为什么辗转反侧不能睡，是不是有病。他以手搔头答道：

对话 妈呀！我现在才尝出孤独的滋味。

老太以手抚他的肩，安慰他道：

对话 杨月凤走了，可以去找芷芳回来呀！

重摄 其伟坐在床上，想起他赶芷芳，把手提箱丢在地下的情形。其伟好像良心发现的样子，对王老太说道：

对话 妈！我们赶她出去，实在是没有理由的。现在又要她回来，恐怕办不到。但是无论如何，我明天去找她，看看怎样再说。

王老太点头。（渐隐）

景 76 王舜娥卧室之一角。（渐现）

半放大 王舜娥坐在椅上沉思了一会儿，便去开抽屉，把她的首饰拿出来。

说明 王舜娥拿出私蓄，捐助平民教育经费。

她把首饰一件一件放在手提钱袋内，锁好抽屉出房去。

景 77（同 73）女子参政会事务所。（开圈）

远摄 芷芳与采兰忙着预备平民教育游行的旗帜。一面横旗上书“平民教育大运动”。其余的写着各种字样，如“教育救国”、“民为邦本”等等。

景 78（同 65）女子参政会门口。

远摄 其伟到门口，望了一望，踌躇了一会儿，大着胆进去。

景 79（同 77）女子参政会事务所。

远摄 芷芳与采兰忙着做旗。其伟进来，很不好意思的走到芷芳面前。芷芳冷冷地望了他一眼不理他，仍低下头去做旗子。

半放大 其伟装出极谦恭谄媚的样子说道：

对话 好妹妹！原谅我罢！我当日因为喝醉酒得罪了你。请你看两年夫妻的情面，原谅我罢！

其伟说完，向芷芳打恭作揖。芷芳把头掉过去不理他。采兰气极了，把旗子尽力向桌上一放，拍起桌子骂其伟道：

对话 出去！哪个认得你！你敢在这里胡说乱道，我就叫警察拖你出去！

其伟恶狠狠的回头看着采兰说道：

对话 采兰！怎么连你也不认得我？我是她的丈夫，是你的主人。谁怕你叫警察！

采兰气极了，答道："我马上就去叫警察。"说罢愤然而去。采兰去后，其伟见室中无人，向芷芳打恭作揖。芷芳仍不睬他。他厚着脸皮向她跪下说道：

对话 我给少奶奶赔罪罢！你一天不答应我回去，我就一天跪着不起来。

芷芳气极了，以背向着他，仍旧做她的旗子。王舜娥进来很愉快的向芷芳道：

对话 芷芳姊！我拿一千元来了。

她走到芷芳面前一眼看见其伟跪在地下，现出很惊奇的样子望着他。其伟连忙起来，羞得满脸通红的跑了。其伟走后，采兰跑着跳着的拍着手进来，很高兴的样子说道：

对话 我骗他去叫警察，谁知真把他吓走了。她见舜娥来了，便和舜娥谈起来。（闭圈）

景 80（同 78）女子参政会门口。

远摄 其伟又羞又气的出来，在门口站着沉思。

说明 其伟因羞成怒，就到劣绅王大年家告诉其女舜娥捐款事，并乘机中伤芷芳。

他点点头，微微一笑，放开脚步行去。

景 81（同 74）王大年的书房。

远摄 王大年坐着看书。其伟进来。二人对坐着。

半放大 其伟鼓其如簧之舌说芷芳许多坏话。大年听了，说道：

对话 这种无耻的逃妇，你何以不借重法律去处置她？

其伟想了一想，很不好意思的答道：

对话 但是，她也可以告我重婚啊！

王大年想了一想，奸笑了几声说道：

对话 呆子！我们有的是钱，什么事情办不到？

其伟乘机的说道：

但是她也有钱啊！我亲眼看见她骗了你的女儿一千块钱。

对话 大年听了，露出很惊异的样子。

景 82（同 80）女子参政会门口。

远摄 芷芳等与妇子参政会会员数十人拿着国旗及平民教育的旗帜一队一队的出来。

景 83（同 81）王大年的书房。

半放大 其伟絮絮的向他说了许多芷芳怎样骗舜娥的话。大年大怒说道：

对话 什么？她骗我女儿的钱？这逃妇竟敢……其伟你去报告警察，我要去找我的女儿回来。

其伟点头出去。（渐隐）

景 84 空旷大地。（开圈）

远摄 芷芳立在一张板凳上向许多平民演讲平民教育。采兰发传单。

放大（对话）大声疾呼的向众人演讲。

远摄 群众被她感动了，都拍手赞成。（闭圈）

景 85（同 83）王大年的书房。

半放大 大年很气的样子穿了马褂，戴上帽子，出书房去。

景 86（同 82）女子参政会门口。

远摄 平民妇女数十人纷纷进女子参政会去。

说明 平民纷纷报名入学。

景 87（同 79）女子参政会事务所。

远摄 芷芳、采兰、舜娥、素贞和其他会员数人忙着办理平民的报名手续。平民一大堆站在门外，一个一个进来报名。

半放大 芷芳对她们说道：

对话 你们每晚来读一点钟的书，四个月就可以认识一千个有用的字，就能写能读，成为好国民了。

平民都很欢喜的笑着点头。王大年进来，睁大双眼向她们望了一会儿，然后走到其女舜娥之前，骂道：

对话 舜娥！你竟敢拿我的血汗钱来给无耻的逃妇吗？

芷芳听了，对他说道："王先生！请你不要误会。你的女儿是拿钱来办平民教育的。"大年摇摇头，也不去答芷芳，很凶恶的样子拖着舜娥的手说道：

对话 回去！我不许你和这些不要脸的东西在一起！

说罢，推了舜娥出去。芷芳等很伤心的望着他们一会儿，接续把平民的报名事再办下去。

景 88（同 86）女子参政会门口。

远摄 大年拖着舜娥出来，站在门口，大年又教训了她一番，然后一同行去。

景 89 一条不繁盛的马路上。

远摄 大年与舜娥在路上走着。一个肥婆叫作李大妈的迎着他们走去。大年见了她就立定了不走。

半放大 李大妈走到大年的面前，大年对她道说：

对话 那边有一个逃妇开学堂来骗你们。她的丈夫已经到警察局去告她了。你赶快去把女儿领回来！

大妈听了，不管三七二十一，放开脚步向女子参政会跑去。（渐隐）

景 90 近着王大年家门口的马路上。

远摄 大年与舜娥向着家门口走去，大年看见一个警察，便拿出一张名片来。

半放大 大年对警察说道：

对话 女子参政会是过激党的机关，你快去报告区长，把她们解散。

警察接了他的名片便掉头而去。走不上几步，他又回头对大年说道：

对话 王先生！这件事情太大了，请你和我一起去见区长罢。

大年听了，觉得有理，点头与警察同去。舜娥则进家门去了。

景 91（同 87）参政会事务所。

远摄 芷芳等忙着办理平民报名事项。

半放大 李大妈怒气冲冲的在人丛中把人左右分开闯进事务所去，见了她的女儿，拖了便走。芷芳急忙起身止着她，劝道：

对话 我们不要钱的教你的女儿念书，你为什么拖她回去呢？李大妈不听，只把手乱摇着说道：

对话 王绅士说的你们开洋学堂来骗我们。

她不由分说的拖了女儿出去，众人见这种情形也一哄而散，芷芳等气得连话也说不出来。彼此互视了一会儿，把平民所推倒的椅子，所抛掷的东西，一件件从地上拾起来。她们把东西收拾好了，电话铃响了。芷芳接电话，众人很惊疑的样子望着她。

景 92（同 85）王大年书房之一角。

半放大 舜娥很焦急的样子拿着听筒说道：

对话 喂！你是芷芳吗？父亲已经去报告警局，说我们参政会是过激党的机关，同时其伟也去控告你是逃妇，请你快走吧！

景 93（同 91）参政会事务所。

半放大 芷芳放下听筒把舜娥告诉她的话转告了众人们听了，都有一点惊色，素贞劝芷芳道："你暂时躲开吧。"芷芳激昂慷慨的说道：

对话 我们不要害怕！"威武不能屈"才是我们的真精神！

素贞等再苦苦的劝她道：

对话 芷芳！我劝你暂时躲一躲吧！何苦以有用的身体作无代价的牺牲呢？

芷芳还是坚持不走。众人再苦劝她道：

对话 警察快要来了！快从后门走吧！

芷芳不得已从后门去了。

景 94 参政会的后门口。

远摄 芷芳与采兰从后门出来。

景 95（同 93）参政会事务所。

远摄 警察三人进事务所，把各物大略的检查了一会儿，并赶素贞等出去。她们和警察争辩，警察把她们推出去。

景 96（同 88）参政会门口。

远摄 警察赶了参政会会员五六个出来。她们不走，回头仍要闯进会所去。警察把她们推开，关上大门，并把参政会的招牌除掉。（闭圈）

景 97（同 23）杨素贞的家内。

远摄 芷芳和采兰气愤愤的进来，她们坐下，气得连话也说不出来，歇了一会儿，芷芳对采兰说：

对话 这黑暗的社会，我不愿再留恋了。我们还是赶快离开它吧。

采兰听了，入卧室去。芷芳行到一张书桌旁坐下写信。

放大 芷芳很痛苦的写着一封留给素贞的信。

半放大 采兰从卧室提了两个手提箱出来。

远摄 芷芳写完信，糊了信口，放在桌上，与采兰很悲哀的样子匆匆出去。芷芳去后，素贞从另一个门进来。

半放大 看见桌上有一封给她的信，就拆开来看。

插入 芷芳给素贞的信：

> 素贞姊：
>
> 我明明是一个弃妇，而法律偏当我是逃妇。我拿赤裸裸的诚心，去谋群众的福利，而社会反当我是公敌。进既不能成功，退当求其快乐。从此放浪形骸于青山绿水之间，消磨这忧患余生罢了。素贞姊啊！我们去了。倘若你记念我们，请向冷月孤云问我们的消息罢！
>
> 芷芳留言

素贞看了这封信，露出很忧愁的样子。（渐隐）

景 98 茅屋外。（开圈）

远摄 幽深的林壑中有一间小小的茅屋，门前放着一架草鞋机，柴扉上挂着一二双打好的草鞋。门侧有一块光滑可坐的大石，有一架泥炉和一些柴火。

说明 芷芳既被家庭所弃，又为社会所不容，不得已隐居在深谷里。

半放大 芷芳村妇的装束，坐着打草鞋。采兰也是村姑的打扮，手里拿着竹篮，一面赶着鸡从茅屋里出来，含笑对芷芳道：

对话 姊姊！我去拔些菜回来。

芷芳点头应许，采兰就携着竹篮去了。

景 99 山径。

远摄 采兰提篮在山径中走着，有二樵夫迎面而来。他们一见采兰，就停住脚问她。

说明 樵夫们见芷芳等不像乡下女子，就向采兰问她们的来历。

樵夫们向采兰道："小姑娘！我们看你们不像我们乡下的人。你们究竟从什么地方来的？你们为什么要到这里来？"采兰见问摇头不答。

樵夫们又问她，采兰道：

对话 请你们去问我的姊姊吧！

她就走了。樵夫挑着柴，议论着走向芷芳的茅屋前去了。

景 100（同 98）茅屋外。

远摄 芷芳仍旧坐着打草鞋，两樵夫远远而来。

半放大 樵夫们走到茅屋前，就把柴担放下来，上前问芷芳道："大姐姐！我们看你不像我们这里的人，你们从哪里搬来的？为什么要搬来？"

芷芳见问，摇了一摇头，叹了一口气，说道："我实在不愿意告诉你们，因为多说几句，恐怕三天三夜也说不了。少说几句，又恐怕你们不懂，所以不如不说吧。"樵夫们现出急欲求知的神气说道："我们懂得，就请你稍稍告诉我们一些吧。"芷芳被逼不过，只得含悲带愤的说道：

对话 黑暗的社会，逼我们到这里来的！无情的人类，赶我们到这里来的！

樵夫们互相凝视着，作不懂的神气。樵夫甲就问樵夫乙道：

对话 老大！她说些什么？你懂吗？

乙摇头道："我不懂！你呢？"甲答道："我也不懂。多半她所说的是外国话，我们懂不得。我们走吧。"

远摄 他们俩就挑着柴走了。芷芳望着他们叹了一口气。

景 101 另一山径。

远摄 两樵夫挑柴走着。有两个土匪，坐在路旁贼头贼脑的不知谈些什么，见了樵夫，一个就上前问道：

对话 那是你的家吗？

樵夫们摇头道："不是。那是从城里搬出来的一个疯婆子的家。"樵夫们说完就走了。两匪现出得意的样子。

放大 土匪甲狞笑着对土匪乙说道：

对话 喂！我们的买卖到了，她们既然从城里搬来，必定有许多金银财宝。

半放大 他们相对狞笑了一会儿就向茅屋走去。

景 102（同 100）茅屋外。

半放大 芷芳打好一只草鞋，就把以前打好的捆在一起。她觉得坐久了，有些儿疲倦，自己捶了几下腰，走进茅屋去，拿了一本唐诗出来，坐在门前大石上细细读起来。采兰拔了一篮新鲜的白菜回来，拿进屋子里去，转身出来，搬拢一些柴来，找柴刀不见了，问芷芳道："姊姊！柴刀呢?"芷芳见问，想了一想回答道：

对话 嗳哟！我把柴刀放在山上，忘记带回来了。让我去拿吧。

采兰忙道："你看书吧，让我去拿，我想我总找得到的。"说着就向树林深处去了。芷芳仍旧看书。

景 103 树林深处。

远摄 两贼在树林深处出来，窥探芷芳的茅屋。有一个农夫背着锄头走来。贼人心虚，急向树林里躲藏起来。农夫并没有留神，向别一条路去了。两贼又慢慢出来，向茅屋走去了。

景 104（同 102）茅屋外。

远摄 芷芳看书看得倦了，采兰又不回来，就把书拿进屋子里去。把采兰拔回来的菜拿出来，又把刀拿出来切菜头。

半放大 她坐着切了些菜头，就去拿水桶，预备洗菜；一看水没有了，就把门掩上了，拿桶去汲水。

景 105 茅屋附近。

远摄 两贼向茅屋走来。

半放大 他们走到茅屋旁，四顾无人就进去了。

景 106 茅屋内。

半放大 一间小小的茅屋，虽则没有多么装饰，却陈设得井并有条。两贼进来急急地搜刮东西。

景 107 小溪边。

半放大 一条澄清可饮的小溪，流水潺潺。芷芳拿桶到溪旁，汲满了水，提着回去。

景 108（同 104）茅屋外。

远摄 芷芳提着水桶走来，把桶放在门边，正要想进屋子里去。两贼正从里面拿着箱包出来，芷芳一见大惊，忙上前拦住，大声问道：

对话 你们是什么人？

半放大 贼人见她拦住他们，不觉大怒，一拳就把芷芳打在地上。芷芳的手正触着刚才切菜的刀，她此时愤恨极了，从地上起来，拿起刀就砍贼人，贼人大怒道："我们不害她的性命，她倒要杀我们。老大！把她绑起来烧死她！"两个贼就动手把芷芳绑在柱上，芷芳拼命挣扎，大声呼救。

景 109（同 106）茅屋内。

半放大 两贼进来，把煤油灯打翻，拿起桌上的火柴，纵火而去。

景 110（同 108）茅屋外。

半放大 芷芳被绑着，挣扎不脱。两贼从内出，挟着箱子衣包走了。

景 111 山林中。

远摄 采兰在山林中，走到东、走到西的找那把柴刀。

半放大 她找来找去，好容易在一株大树下，被她找到了。她非常欢喜，拾起柴刀，寻路回去。

远摄 她走了不多几步，忽然望见茅屋火起，大惊失色，急忙奔回去。

景 112（同 110）茅屋外。

半放大 芷芳仍旧紧紧的被绑在柱上。屋内火烟喷出。芷芳极力挣扎，大声呼叫。

景 113 又一山径。

远摄 采兰尽力向着茅屋奔跑。

景 114（同 112）茅屋外。

远摄 火势很猛。芷芳已声嘶力竭。

放大 火焰几乎烧到芷芳身上，芷芳垂头待毙。

半放大 采兰飞奔而回，见芳被绑着，就用柴刀用力把绳索割断，扶着芷芳逃开。火已经烧到芷芳被绑的地方。

景 115 大树下。

半放大 采兰扶芷芳在一条山径上走着。此时太阳将下山，月亮新出来。她们走到一棵大树下，芷芳倦极了，就坐下来休息。采兰也坐下。

放大 芷芳很倦的把头放在采兰的胸前，两人紧紧的倚靠着。过一会儿，芷芳很悲苦的对采兰说道：

对话 妹妹啊！日暮途穷，我们到哪里去找归宿呢？

她们两人互相偎抱着哭不成声。

景 116 大树附近。

远摄 老尼姑悟虚手拿念珠缓缓而来。

景 117（同 115）大树下。

半放大 芷芳和采兰互相偎抱着，悲苦非常。采兰偶然回头见一个人远远而来，疑心贼又来了，不觉大惊，跳起来，指着远处叫道：

对话 不好了！那边又有贼来了！

远摄 她一面叫一面急忙扶起芷芳。可怜芷芳已经疲乏极了，听说，连爬带跌的站起来。此时悟虚已经走近她们。采兰回头见是悟虚，不觉大喜。

半放大 悟虚见了她们，反吃了一惊，问道：

对话 王少奶奶，你们怎么在这里？

芷芳在患难之中，遇见了熟人，不觉垂泪道：

对话 唉！老师父！我们被贼劫了，房子也烧去了！现在已无家可归了！

老尼望着她们，现出很同情的神气说道：

对话 阿弥陀佛！你们请到我庵里暂住几天，慢慢再想法子吧！

芷芳听说，叹了一口气，现出感激样子，一面对采兰说道："妹妹！我们现在日暮途穷，只得暂时去打扰老师父吧！"采兰点头，就扶着芷芳跟着老尼慢慢的向前走。

景 118 尼庵门口。

远摄 曲径之中有一所尼庵。月光照在墙上，看见"白云庵"三字。

芷芳扶着采兰，步履艰难地走来。老尼引她们走进庵去。

景 119 尼庵内芷芳的卧室。（开圈）

远摄 芷芳的卧室，板床，竹椅，设备极其简陋。芷芳形容憔悴，拥衾而坐。采兰坐在她的床边，轻轻地替她拍胸。

说明 无情的病魔，也来欺侮这忧患余生的人。

半放大 芷芳闭目倚着床头。采兰坐在床边伴着她。悟虚进来望病，问长问短，又伸手摸芷芳的头，替她拉被。芷芳睁开眼应酬了一二句。悟虚去了。芷芳在床上转动了一会，觉得舒服了一些，就对采兰说道：

对话 采兰妹，我今天觉得好一点，你扶我到外面走一会儿吧！

采兰忙劝阻她道："姊姊！还是坐一会儿养养神吧！"芷芳一定要起来，采兰不得已扶她起来。芷芳用手把散乱的头发掠了一掠，并且教采兰拿镜子给她照一照。

放大 从镜子里看出来的芷芳的病容。

远摄 芷芳看了自己憔悴的形容，不觉叹了一口气，把镜子放下。采兰扶着她，慢慢地走出房去。

景 120 佛堂外。

远摄 采兰扶芷芳慢慢的走来，穿过了板桥，行到一块石头旁边，采兰就扶她坐下。芷芳觉得适意一点，对采兰道："我好久不见天日了，此刻真觉得舒适！"

半放大 采兰攀花折柳，指东划西的叫芷芳开心。

芷芳望望各处，叹道：

对话 人生能够享受这处清福，也是很有趣的！

采兰听说，不觉怀疑道：

对话 姊姊！难道你想在这里出家吗？

芷芳听说，执着采兰的手，正色答道：

对话 妹妹！我虽然受够了痛苦和烦恼，但总不以为遁迹空门是人生的正道。妹妹！我们正在青年，还应当继续去奋斗。

芷芳说完，不觉有些气喘，采兰忙拍着她说道："是的，我们还应当继续去奋斗，我刚才不过说句玩话。"芷芳点头，她们正说着话，老尼姑悟虚拿着念珠，念着佛，走来；见了她们，忙说道：

对话 少奶奶！你刚好了一点，怎么又出来吹风？兰姑娘！快扶她进去吧！

芷芳笑道："老师父！我今天觉得好一点，所以出来呼吸一点新鲜空气。现在我正想进去。"说着，站起身扶着采兰的肩，慢慢的走了去。老尼自己有事情去了。（渐隐）

景 121（同 119）尼庵内芷芳的卧室。（渐现）

说明 一星期之后。

半放大 芷芳神智昏迷的睡在床上。采兰满面愁容的坐在她的床前。注视了一会儿，采兰像想到什么计策似的，就轻轻地替芷芳盖好被角，蹑手蹑脚地开了房门出去。

景 122 佛堂。

半放大 佛堂上挂着慈悲观世音菩萨的像，腊炬辉煌，香烟袅袅。老尼悟虚正在拜佛。采兰开门出来，见她正在拜佛，不去惊扰她，站在一边等她。她拜完了佛，回身见了采兰先问道："少奶奶的病势怎样？"采兰皱眉道：

对话 今天她的病势更加沉重，我想另去请个西医来看看她。

老尼赞成她的提议。采兰就说道："那么就请老师父暂时照顾她一下，让我下山去请去。"老尼忙说道：

对话 让我去请吧！

采兰现出感激的样子，向老尼道了谢意。老尼就出去了。采兰回到房里去。

景 123（同 118）尼庵门口。

远摄 悟虚面带愁容，匆匆忙忙走出门来，下山请医生去了。

景 124（同 121）尼庵内芷芳的卧室。

半放大 芷芳睡着，采兰走近床前，呆呆地立着。芷芳在床上转侧起来。采兰忙挨身坐在床边替她盖好被角。芷芳有气无力的说道："妹妹！你扶我起来坐坐吧。"采兰忙扶她起来，侧身坐在床，一只手衬着芷芳的头，一只手替她拍胸。

放大 芷芳半开着眼，喘着气，对采兰道：

对话 妹！我想我的病是不会好的了。想不到我的结果，就……是……这样。我死之后，……望你好好的保重。

采兰听说，泪如雨下，勉强抑制着悲痛劝芷芳道：

对话 姊姊！安心保养吧！一些儿小毛病是不要紧的。

半放大 芷芳摇头，眼泪不绝的流下来。采兰忙替她拭去。芷芳精神渐渐地错乱，一年经历的痛苦，就一幕一幕的重现到她的脑子里来。

说明 芷芳痛苦的回忆。

重摄 芷芳闭目深思：景的一角忽然现出王其伟丢出箱子来，赶她们出去的情形，芷芳不觉用当时责问其伟的话，悲愤地喊道：

对话 你有什么理由赶我出去？

言时态度激烈。采兰正替她拍胸，不觉吃了一惊，（景角是景不见了）想了一想，才明白她的意思，忙劝道：

对话 姊姊！不要再想起从前的事了！

景 125（同 64）王家门口。

悟虚在街上匆匆忙忙的走着，经过王家门口，想起芷芳终是他们家里的人，她现在病在庵，也当去告诉他们一声，就敲门进去了。

景 126（同 124）尼庵里芷芳的卧室。

芷芳似乎清醒过来的神气，把无神的病眼开了一开，向采兰点了一点头，又闭上了眼。（渐隐）

半放大 芷芳仍旧闭着眼，倚在采兰肩上。采兰忧愁满脸的望着她，又时时侧耳听老尼请医生回来没有，不知芷芳种种痛苦又忆上心来。

重摄 幕的一边现出贼劫的情形。一会又隐去了。

芷芳不觉跃起身来，两手向空乱抓，口里喊道：

对话 狗强盗！世界竟没有一片干净土！

采兰听说，着急非常，忙扶住她，并且扶她睡好了。（渐隐）

景 127（同 13）王家大厅。

远摄 王老太在厅上抽水烟。悟虚进来，就坐下和老太谈了几句，然后说道："少奶奶和采兰一向住在我的庵里。现在少奶奶病了，我想庵里离城路远，请医生不方便，求老太太发慈悲，收留她们回家罢。"

放大 老太听说，把脸放下来道："哦！那两个贱人原来在你庵里。难怪我们……"

半放大 老太还没有说完，其伟从外面进来，看了老尼姑一眼，问道："哪两个贱人？"王老太指着尼姑说道："芷芳和采兰两个贱人在她的庵里。"老尼忙上前向其伟为礼说道：

对话 少奶奶现在我的庵里，病得很重。我想她活着是你们家里的人，死了是你们家里的鬼。请大发慈悲，收留她回来罢。

其伟听说，低头想了一想，回忆到从前的怨毒起来：

闪景 其伟在女子参政会要求芷芳回去，芷芳不理他的情形。

其伟不觉把怨毒发在老尼姑身上，就恶狠狠地指着她骂道：

对话 哼！原来你窝藏逃妇！我和你到警察局去。

远摄 说完，拖着老尼姑就走。老太现惊慌的样子。

景 128（同 125）王家门口。

其伟把老尼姑拖出门去。

景 129 警察局边马路上。

远摄 其伟用力拖着尼姑向前走。走到一株电线杆子边，老尼以手攀着电线杆，不愿到警察局去。其伟猛力把她拖开，向前进。

半放大 他拖她到了警察局前，招呼着守门警察，把老尼拖进去。

景 130（同 126）尼庵内芷芳的卧室。

半放大 芷芳睡在床上，采兰绉着眉头在室中轻轻地走来走去。芷芳转侧了一会儿，对采兰道："我心头发烧得很！再给我一杯水喝罢！"采兰忙倒了一杯水给她，服侍她喝了几口，然后对她说道："姊姊！你觉得心头发烧吗？老师父为你下山去请医生去了。你吃了西药，一定会好些。"

放大 芷芳伸出枯柴似的手，执着采兰的手叹道：

对话 唉！妹妹！我的病哪里还有药救。我并不是怕死，不过还想为女子做些扬眉吐气的事业。……

说完，气喘不止，采兰忙轻轻地替她拍背。

景 131 警察局内。

远摄 警察长问明王其伟和老尼。可怜老尼姑已吓得说不出话来，只是发抖。

半放大 警长随即派两个警察吩咐道：

对话 你们快到白云庵把逃妇吴芷芳带来。

两警察行礼下。

景 132 警察局门口。

远摄 两警察走出门来，一直向白云庵走去。

景 133（同 130）尼庵内芷芳的卧室。

芷芳倚在床上喘气，采兰轻轻地替她拍着。芷芳渐渐的安静了些，她的脑海里不觉起了幻想。（渐隐）

说明 芷芳的幻想。

渐现远摄 一间装饰得极华丽的大会场，上面横着一块大匾，大书“女子参政运动成功庆祝会”几个字，两边挂着国旗。

半放大 到会的老老少少女宾很多。芷芳笑容满面站在台上演讲。后面横匾上的字，看得很清楚。她讲完了，众来宾拍手欢呼。（渐隐）

渐现原景半放大 芷芳从床上直坐起来，两手上伸大叫道：

对话 采兰妹！女子参政运动成功了！

采兰知道她神经错乱了，忙按住她扶她睡下，又侧耳作倾听状，似听见打门的声音，就蹑足走到房门口去；又走回来看看芷芳，见她睡着了，才向房门口走去。

景 134（同 123）庵门口。

半放大 两警察走到庵门口，望了一望，把门推开，走了进去。

景 135（同 122）佛堂。

半放大 采兰开出房门，走进佛堂来，以为老尼请了医生回来，不觉现出欢喜的样子。她正在想着，忽见两个警察跑进来，不觉大吃一惊。警察问道：

对话 吴芷芳在这里吗？

采兰知道不好，忙说道：

对话 我就是吴芷芳，带我去罢。

两警察向她细细打量了一会儿，一个警察就说道：

对话 她的年纪太轻，我想不是我们要拿的人，进去搜查一下。

采兰着急非常，忙阻止他们，喊道：

对话 我是吴芷芳！我是吴芷芳……

景 136（同 133）尼庵内芷芳的卧室。

警察不理她，声势汹汹地要进里面去。

放大 芷芳睡在床上，像听见什么似的，忽然从床上坐起，以手招着，断续的喊道：

来拿我！……来拿我！……我是……吴……吴芷芳！

远摄 两个警察闻声冲了进来，采兰也追进来，芷芳向后倒下便死了。

放大 采兰就上前抱住芷芳大哭。

对话 姊姊！姊姊！你竟忍心丢下我去了吗？

半放大 采兰哭得很利害。两个警察也表示同情。一会儿一个警察作无可奈何状，对其他一个警察说道：

对话 喂！我们把这个小姑娘带去结案罢！

采兰听说气极了，忙止住了哭，很悲愤的样子指着那个警察说道：

对话 好！你不来拿我，我也要去！现在的社会，简直是一个痛苦的深渊；我们女子就是填渊的石头。可怜我的姐姐已经填了下去。……现在我也去做一块石头，填平这个深渊，使后来的姊妹们，可以安安稳稳走过，向光明的路上去！

采兰说完，现出悲哀，慷慨，奋怒和勇敢的神气。

闭圈 全剧完。

1925年

好 哥 哥

出品　明星影片公司，1925 年
编剧　郑正秋
导演　张石川
摄影　董克毅
演员　杨耐梅　郑小秋　郑鹧鸪　王献斋　黄君甫

《好哥哥》电影由郑正秋编剧。其电影本事为周剑云撰写，原载《申报》(1925 年 1 月 3～4 日)。

本　　事〔1〕

剑云

中原俶扰，内乱纷乘，同室操戈，迄无宁日。竭兆民脂膏，涂万人肝脑。为谁牺牲，思之痛心。有刘德胜者，生逢乱世，沦为贫民，无计谋生，身列军籍。妻徐氏，贤淑能持家政。长子大宝，满学龄而无力就学。幼子二宝，继两岁犹需人扶持。月饷所入，不足温饱，此兵士之家庭，夫亦大可怜矣。一日师出无名，动员令下，奉令开拔，惨然别家。此去茫茫，焉知生离死别。诵杜甫之诗，能无使丈夫短气哉。

战云既起，炮火无情，闾里邱墟，室家离散。刘之故居，亦为流弹所毁。徐氏乃挈两子随众而逃。数十里外，猝然病倒。忽遇前敌溃兵，云已全军覆没。徐氏惊恐既甚，希望顿绝，内急攻心，奄奄将逝。指二宝谓大宝曰："善抚汝弟，誓同生死，勿使刘氏宗嗣自汝而斩。吾不及待汝成人矣。"大宝临危受命，草草葬母，抢地呼天，遂长为无父无母之孤儿。

广场之上，万头攒动。大宝行经其地，伫立以观，见彪形大汉挥拳攘臂，舞刀弄枪，固江湖卖艺之流也。一枝演毕，正待索资，而观者已作为鸟兽散，独大宝留而弗行。大汉懊丧之余，瞥见其背负之幼弟，冀利用以猎资，乃劝其入伙。大宝方虑无安身之处，允之。相将投宿于旅店，心思重重，苦不成寐。侧闻大汉密议，拟以二宝入瓮，阻其身体发育。大惊，知已身陷虎窟，潜起负弟而逸。时正午夜，朔风怒号，严霜砭骨，舍命狂奔，始免于难。从此为桥头乞丐矣。

苏陆氏为申江望族，拥资巨万。青年守寡，得遗腹子一，名绍裘。生甫二周，娇躯多病，堂叔克廷、克明、克威，放僻邪侈，不轨于正。心疾巨产，以孤儿寡妇为可欺，谋不利于孺子，幸陆氏精明强干。其账房杨厚斋，为苏家旧人，又能守正不阿，

〔1〕原为句读。

内外卫护。此髫龄之幼主，卒未为奸人所遂。无何，绍裘病重，群医杂进。陆氏芳心欲碎，坐卧不宁。一日车过大桥，遇一童丐，曳梗前驱，背负幼孩，哀哀求乞。陆氏偶一回顾，不禁大诧，盖幼孩之貌，绝似其子。而一则锦衣玉食，珍若掌珠；一则飘泊天涯，餐风宿露。一念及此，意良不忍，因探怀掷一银饼。童丐何人？幼孩伊谁？则大宝兄弟也。

绍裘病渐绝望，医咸束手。一夕，此承袭百万遗产之婴儿，竟舍其一生属望之慈母萎化而去。苏家遭此变故，举室惊慌。陆氏回忆背负之丐，思得移花接木之策，嘱仆佣秘其事，已则翌晨至大桥，以汽车载得大宝兄弟归。夤夜私葬其子，以二宝代之。此孤苦无依之幼丐，固已升为幸运儿。即其生死共命之阿兄，亦可无冻馁之忧矣。

堂叔三巨猾，以绍裘命在垂危，苏氏遗产已如探囊取物，佯来视疾，藉探消息。不料绍裘已霍然而愈，三巨猾大失所望，而谋产之心则愈急。久之见大宝与绍裘形影不离，亲密逾恒，遂招致联络，暗中贿通，出毒药所敷之食物，令予绍裘食之，以为童子无知，不难利用。讵知大宝与绍裘亲兄弟也，闻此恶策骇绝，伪为镇静，走告陆氏。出以喂犬，食之，果毙。陆氏愤此辈丧尽天良，邀得族长来宣布其事，由大宝出面证明，遂逐三巨猾脱离苏氏门庭。

战事初息，盗匪蜂起。三巨猾日暮途穷，不恤倒行逆施，竟与匪通，约期劫苏氏家，杀其幼子。事成许以厚酬，为斩草除根之计。哀哉陆氏！方幸奸人远遁，室家安宁，又乌知人心险巇，有此天外飞来之横祸耶。

匪至苏家，将杀绍裘。时大宝在侧，心胆俱碎。当此一发千钧之际，大宝之一席陈词，竟能使杀人不眨眼之盗匪，感动其心灵，恢复其本性，挥刃以诛三巨猾。陆氏心慈，不忍加诛，代为求赦，纵之使去。慨然出巨资，委盗匪办贫民工厂，俾游民乞丐，各安生业，以为地方造福。于是苏家财产，卒得保全。匪亦放下屠刀，弃邪归正。惟三巨猾害人害己，不得善终焉。

申 屠 氏

出品　未摄，1925 年
编剧　洪　深

《申屠氏》为洪深创作的第一部电影分镜头剧本，作于 1924 年；也是中国最早发表的第一部形式较为完整的电影分镜头剧本，原载《东方杂志》第 22 卷第 1～4 号（1925 年 1～2 月）。篇首有沈钧儒所作“序言”，另有“名辞一览”。新中国成立以后，《洪深文集》第三卷（中国戏剧出版社，1959 年）曾收录该剧作，但略有删改。为保存史料计，本篇以《东方杂志》1925 年初版本为底本，并参照《洪深文集》1959 年版酌情校注。

剧　　本

洪深

序　　言

申屠氏，宋代一奇女子，其本事见于传记者如左：

申屠氏，宋长乐人，美而艳；申屠虔之女也。少慕孟光为人，因名希光。十岁能属文，读书过目成诵。其兄渔钓海上，女作诗送之曰：“生计持竿二十年，茫茫此去水连天。往来洒洒临江庙，昼夜灯明过海船。雾里鸣螺分港钓，浪中抛缆枕霜眠。莫辞一棹风波险，平地风波更可怜。”其父奇爱之，不妄许人。侯官有董昌，以秀才异等为学宫弟子，虔既见昌学宫，因以女许之。女临行作诗纪别曰：“女伴门前望，风帆不可留。岸明蕉叶雨，江醉蓼花秋。百岁身为累，孤云世共浮。泪随流水去，一夜到闽州。”入门绝不复吟，食贫作苦晏如也，居久之，当靖康二年，郡中木豪方六一，虎而冠者也。闻女美，欲得之。使人阴诬昌，罪至族。已复阳为居间，得轻比，独昌报杀，妻子幸全，因使强委禽焉。女具知其谋，廖许之，密托其孤于昌之友人，乃求利匕首，怀之以往，谓六一曰：“赖君高谊，生死人而骨肉之，妾之余，君之身也，敢有私爱？但亡人未归浅土，心窃伤之，请俟葬，乃成礼。”六一立使人以礼葬昌，于是女伪为色喜，艳装入室，六一既至，即以匕首刺之帐中，并杀其侍者二人。昏夜诈称六一病，以次呼其家人；家人至则出不意尽杀之。因囊六一头驰祭昌葬所。明旦，召山下人告之曰：“吾以此报董君也。”遂以衣带自缢死。

综观女一生经过，有足使人注意者数点：其一，早慧能文；其二，安贫；其三，匿孤赚葬，从容有计谋；其四，冒险复仇，匪独贞洁，亦壮烈焉。此数者皆中国女子之所难能，而申屠氏具有之，此其所以可称也。欧阳予倩君采其事实，演为新剧，既博观者赏赞；同时洪深君复编作电影剧本，仍题名《申屠氏》。余侄舜庭在美研究电影有年，与洪君稔，因以是本畀余读之。

余年来喜观电影，以为电影之美之真，不待言矣；而其妙处尤在网罗人情物态之自然，而参以意外之变化。既出意外，而复入于自然。是以猝观之顷，能令万众木然银幕之前，意动身随，惊愕无端，笑啼杂作，失其志意之自主。苟电影而进步者，其感化之力深入而伟大，将世界任何事物，不能比之。无论历史，地理，政治，经济，天文，理化，动植物学，各种文字之表现，皆非代以电影不可。所谓学校教育，社会教育，皆非佐以电影不可。世界如无终极，则音乐医术而外，电影之发展，亦必与为无终极。此则余之所信也。

电影艺术，余绝无研究，不敢妄谈。至于观者经验，则积久所得，亦有可略而言者：（一）不宜过于诞妄，如《赖婚》片彼狭与被欺女子结婚时，戒指坠地，同时远地村人于梦中睹其在地旋转之状。此为事理所弗可通也。（二）前后幕衔接不紧，或不相照顾。（三）主要或次要之点，数幕后忽然失去，如《人心》片婴儿被妹抱归后，卒不复见，亦其一例。（四）表现乏力。凡转捩之处，最关紧要，必至水尽山穷，方能血迸泪出。苟于此处发挥稍有未尽，即易致观者对于前后幕精神为之涣散。（五）说明文字过冗，而内容复少包蕴，不能惹起观众刺激。最近我国制片，颇犯此弊。今洪君是本，关于以上诸点，皆能力避，洵可佩服。

洪君于《申屠氏》本中，着眼“其兄渔钓海上”六字，并刺取诗中“临江庙”句意，以是联想及于收取渔税，及海边种种布景，又因是联想及于水浒故事。度洪君执笔凝注时，脑中必尚涌有阮小七兄弟影子也。梁山泊好汉同为宋人物，合并连缀，遂演成一出绝妙客串，可谓极文人造作之能事矣。方六一一次求婚为申屠氏兄打散，二次为李逵假装作闹，皆本事所无，而节节描写，毫不牵强。本事又有“女具知其谋”一语，洪君因是增出婢告一段。在形容方六一之淫暴不近情理、申屠氏之纯洁方面，均为有力陪衬。文法所谓加倍写也。本事结果，申屠氏尽杀方六一全家，洪君想以其情节过悍而删之欤！

抑余犹有言者，电影可贵，第一在真，不独背景无一可出假借，而《申屠氏》为宋代故事，衣物布置，尤须研究妥贴。假令董昌、吴用、方六一等一流打扮，无异今日剧场小生强盗恶霸，即为新剧而非电影。又令洞房中陈设，有铜床洋镜出现，亦将有宋版《康熙字典》之诮。是皆不可以不审也。又是剧略带有历史性质，我国女子从来与西洋女子不同，西洋女子，一切行为，根据于爱；我国女子则于用爱之间，又另有一种礼的意义，充溢而并行。申屠氏盖即一完全智而明礼之女子也。惟其智，所以能文；惟其智，所以有谋画；惟其智，所以明决而有勇。然而慕孟光，效古男子荆轲豫让之所为，则贞静而浸淫于书史者也。观于“吾以此报董君也”一语，可以见之。摄演时能于此注意表现我国古代女子几分之特性，斯为美耳。洪君以为何如？

十三年十一月九日自杭州还上海舟中

沈钧儒〔1〕

---

〔1〕《申屠氏》修改版（《洪深文集》第三卷，中国戏剧出版社，一九五九年）——后简称“文集版”，改为“沈钧儒　十三年十一月九日自杭州还上海舟中”。

名辞一览[1]

一、换景之法

甲、渐显（Fade in）本为一片黑，渐渐光明，现出事物。

乙、渐隐（Fade out）本有事物，渐渐暗淡，以致一片黑。

丙、化入（Dissolve in）原有事物，渐渐暗淡，化成新事物。

二、著重之法

甲、加圈（Irising）景中大部分事物，均行盖没，所余者只一光圈，引人注意光圈中只事物。

乙、放大（Semi Close up）将照相镜移前，景中事物，略较寻常（放大）也。

丙、特写（Close up）极有关系之表情或举动或物件，不但（放大），且特摄一景，以示其重要。

三、表示目中所见，口中所说，心中所想，念中所幻：

甲、闪景（Flash）已过之景，重现眼前，而为时其速，一瞬即去。

乙、幻景（Vision in Frame）景中黑处，另现一景。

丙、化入（见前）。

楔　　子

一、说明　大宋朝。那时男儿尚侠，女子贞烈。

The Song Dynasty—When men were brave and women chaste.[2]

二、说明　那时路见不平，拔刀相助。

When a man would fight for another man, wronged.

景一 荒郊坟地

(渐现)[3] 剪径贼持棍藏身坟后，张望行人。

景二 荒郊

农夫背着袋，袋内有钱；挑着担，担内有未曾卖完的菜；口里唱歌，从远处慢慢行来。

景三 坟前

那贼待农夫走近，举棍抢出来。农夫扔下担，连向那贼唱喏，那贼只是不理，夺了袋去。

---

〔1〕“文集版”，将“名辞一览”改为脚注，并去除英文。

〔2〕“文集版”中去掉所有英文说明、对白。

〔3〕原版中，句首镜头提示以小一号字体标识。现参照“文集版”统一加上括号。

景四 坟外路

一大汉走过，看见，心下不平，拔出刀奔上去。

景五 坟前

那贼轮棍迎敌，斗到数十合，大汉将贼手中棍打落，贼掉头便逃。

景六 坟外路

农夫仍然背着袋挑着担，大汉挎了刀，唱个喏，各自西东。（渐隐）

三、说明　那时两情相爱，生死不渝。

When a woman would die for her love.

景七 市梢尽头小酒店

（渐现）乡下女子，虽然蓬头粗服，却也秀丽动人。有一浑身锦绣而鄙俗不堪的纨绔，调戏那女子。

景八 酒店门前

女子奔诉情人，不幸情人是个囚犯，手铐足镣，两个解差，正待押着上路。

景九 桥堍

女子跟着情人，一路走，一路说，一路拭泪，依依不舍。后面那恶男子，也同那解差交头接耳，不怀好意。

景一〇 高桥

行至桥上，解差硬将女子推开，逼着囚犯下桥去。恶男缠住女子，尽量调笑。女子见四面无人，又急不能脱身，投河自尽了。（渐隐）

四、说明　此皆闲文也，却说有侠女申屠氏。

In an age like this lived our heroine.

景一一

（特写）渔家女。

五、说明　今将这段故事，敷演出来。

Here her story beginning.

第　一　本

景一二 城门外市集

（渐现）这县市集将散时候，但那赶集人还是不少。提筐摆摊，买卖米粮、蔬菜、食物、铁器、布。那卖鱼的最多，卖完了便挑着担唱着歌回去。（加圈）城门边两乞丐，男的已老，女的尚小，像是父女二人。（渐隐）

景一三 海滨

（渐现）远处停着飘洋航海几艘巨舶，近处歇着渔舟，渔舟上渔人结网，妇女炊饭。（渐隐）

景一四 城内街

（渐现）街上人来人往，颇形热闹。忽然街上人都跑入巷内去，年轻女子争着嚷说。

六、对话 “大虫来了！”

“Tiger！Tiger！”

景一五 同一四

几个女子，取巾掩面，都躲避了。

七、说明 方六一，虎而冠者也。演员△△△

Fang，the “Tiger” —by…

景一六

（特写）方六一面削无肉，数根鼠须。

景一七 城门外市集

方六一摇着扇子，领着一队恶奴，撞出城来。那不识进退的老丐，上前乞讨。方六一生来无善心，抬脚将丐者蹴开。丐者几乎跌倒，幸得他女儿扶住。方六一看见那丐女，便立定不走了。

八、说明 丐女，演员△△△

The begger's daughter—by…

景一八

（特写）丐女却有几分姿色。

景一九 同一七

（放大）方六一眈眈望着丐女，口角垂涎。顾从人笑。

九、说明 奴才方蛟，演员△△△

Fang Chau，a slave and knave-by…

景二〇 同一七

（放大）方蛟会得他主人意，凑到主人耳朵边，口里不住说，眼睛不住瞟那丐女。方六一神情态度，更加骄横，以为丐女得一盼为荣，当不敢抗拒，径走近丐女身旁。

景二一 同一七

赶集的渔人农户，也有放下买卖，来看热闹，但素来怕惧方六一蛮横，不敢甚近，只在远处围定了看。

景二二 同一七

丐女初听得方六一戏言，已是不胜羞惭。后来方六一竟然伸手抚摸丐女头脸，丐女无地可躲，急得向城墙一头撞去，被方蛟等手快拉住。丐者愤极。

十、说明　丐者某，演员△△△

The begger—by…

景二三 同一七

丐者掷去手中盆，一把揪着方六一，不肯甘休。

景二四 同一七

方蛟冲过来，手起一拳，将丐者打倒在地。丐者年已老迈，经不起这拳下得重，在地上滚，挣扎不起。

景二五 同一七

众人纵然心里不平，哪个敢在老虎头上拔毛，也只好叹口气，暗地可怜那丐女。此时人丛中恼了一人，挺身而出，仗义执言。

景二六 同一七

方蛟听得那人只顾数说，不觉怒从心上起，恶向胆边生，转身提起拳头又待打。那人也不惧。方蛟这拳，倒打不下去了。反是方六一上前，一面劝开，一面口里还冷笑着。

十一、对话　“读书人岂值得一打。”

“Blows are too good for these scholars!”

景二七 同一七

他推走方蛟。

景二八 同一七

旁观者纷纷议论，（加圈）也有高兴的，（加圈）也有好笑的，（加圈）有的羡慕那读书人有胆量，（加圈）有的快心那恶霸今天碰着了钉头。

十二、说明　秀才董昌，演员△△△

Dong Chang，a scholar—by…

景二九

（特写）虽是文人，眉宇间颇有义侠之气。

景三〇 同一七

秀才助丐女将丐者扶起。

景三一 同一七

（放大）丐者拾盆在手，盆内无几钱，丐者望众人，似有乞怜意。

景三二 同一七

众人看了不忍，都肯解囊，将钱撒在盆内。

景三三 同一七

（放大）方六一圆睁两眼，大喝道：

十三、对话　“何人敢给丐者钱!”

“Who's brave enough to give money!”

景三四 同一七

众人害怕，缩手不迭。几个十分胆小的，悄悄走了。

景三五 同一七

（放大）董昌指着方六一责骂，声色俱厉。方六一做鄙夷不屑子，并不理他，昂然自去。

景三六 同一七

人群中转出一老者。

十四、说明　申屠虔，演员△△△

Shen-Du Ching—by…

景三七 同一七

老丈放下手中所提的一壶酒、一只蹄，怀里取出钱包，将包内钱尽数倒入丐者盆内。

景三八 同一七

方家主仆，去得不远，回头见老丈舍财，方蛟恨恨，方六一却似不甚介意，挥手道：

十五、对话 “我岂爱一丐女，嬲之以为笑乐耳。吾所悦者，申屠女也。”

“I could not care for that begger girl—no, but for mirth! ‘Tis Shen — Du’s daughter I like.”

景三九 鱼海亭前路

方家主仆向亭去。

十六、说明 申屠希光，演员△△△

Shen-Du’s daughter—by…

景四〇 注意应与景十一相同

（特写）女儿渔家装。

景四一 申屠船泊港中不附岸

申屠氏煮茶炊饭，洗濯两副杯盘，供父与兄晚酌也。收拾毕，向岸瞭望，沿舷走，到船头呼。

十七、对话 “兄长速来!”

“Come，brother!”

景四二 船头

彪形大汉，正在船头理铁锚。此物约重数百斤，那大汉视同无物，随意搬动。

十八、说明 申屠雄，演员△△△

Another Shen-Du—by…

景四三 同四二

（放大）闻呼带笑应，放下手中物走过来。

景四四 同四二

两人向岸边瞭望了一回，申屠雄解小舟，打着桨，摇向岸边。

景四五 望海亭

（渐现）此时方六一，领着从人奔到亭子上。亭子外许多渔夫等候着，见方来，也有欣喜的，也有发愁的。（渐隐）

景四六 白龙庙前

且说几个好事人，直跟那丐者父女，到海滨白龙庙前。

景四七 岸边

申屠雄系了小舟上岸来。

景四八 白龙庙前

申屠雄听得老丈与董昌叙说刚才事情，不胜愤愤。丐者取出罐内日间乞得冷饭。丐女不觉破涕为笑。众人亦叹笑。（渐隐）

景四九 同四八

董昌望海，老丈遥指一舟。

景五〇

（特写）申屠船。

景五一 同四八

老丈指壶酒，邀董昌一同登舟小饮。此时董昌却不免露些秀才本色，再三拘礼辞谢。申屠雄猛地把秀才拖住。

景五二 海滨

申屠雄拖着秀才，一口气跑到小舟边，老丈笑着忙着追去。（渐隐）

景五三 申屠船

（渐现）三人在船上，老丈呼女儿拜见。

景五四 同五三

（放大）秀才与申屠女，乍相见，已不觉互相倾心。

景五五 同五三

秀才忘了坐，申屠雄推他坐下。

景五六

（特写）申屠女添洗一副杯盘，睇着水不禁痴了。

景五七 船头

那水波映着夕阳，一闪一闪的动。三人慢慢地酌那村酒，老丈高兴，话说得多。

十九、对话 “秋风起，我儿海上去矣。”（化入）
“When the autumn wind blows，my son sails the ocean.”

景五八
万顷波涛中一孤舟。（化入）

景五九 同五七
秀才唯唯，老丈又斟巡酒，说道：
二十、对话 “吾家居山，小轩足容客。”
“You are welcome to our home on the hill.”（化入）

景六〇
画一幅 山坳内数人家。（加圈）土墙茅屋中有小楼一角。（化入）

景六一 同五七
秀才心有所思，老丈所说的话，实都未曾听见。老丈愕然，申屠雄仰天大笑。秀才醒来，觉得有点赧颜，低头饮酒。（渐隐）

景六二 望海亭
只见方六一与方蛟高坐亭中，方六一按簿，方蛟数筹，亭前插有白旗一面。

景六三
（特写）白旗上四大字“收付渔税”。（化入）
“Toll for Fishing.”

景六四 同六二
众多渔户按名纳钱，纳足的放过去。

景六五 同六二
纳不足的，遭方家奴才辱骂。渔人敢怒而不敢言，勉强赔笑求情。（渐隐）

景六六 同六二
方六一计算一日所得，大乐。抓一把细碎银子给方蛟，其余的塞在自己怀里。又将几十串钱，交数奴分拿着。店家摆上酒肴。（渐隐）

景六七 海滨
（渐现）渔舟灯火。（渐隐）

景六八 申屠船

（渐现）船头挂一盏灯笼，老丈倚桅看天上斗星。雄卧船板上。秀才尽管枯坐，不思归去。（渐隐）

景六九 望海亭

亭上掌着明烛，方六一与方蛟大碗吃酒，大块吃肉。（渐隐）

景七〇

（特写）忽然宿鸟飞起。

景七一 望海亭

方六一停酒而听。

景七二 申屠船

（渐现，特写）女危坐奏笛。（渐隐）

景七三 望海亭

方六一带醉起，寻笛声。

景七四 海滨

沿海滨走至一处，望见舟中。

景七五 申屠船

（闪景）女吹笛。

景七六 同七五

（闪景）船头三人，听得都出了神。

景七七 同七四

方六一醉中大言道：

二一、对话 “此女终当属我。”

“She belongs to me someday.”

景七八 同七四

方六一此时骄甚，方蛟更以言激之。

二二、对话 “彼有兄，从不纳渔税者也。”
“But she has a brother who pay not any fish toll.”

景七九 同七四
(放大) 方六一瞪视蛟，一腔积愤，陡上心头，手中扇子，撕得粉碎。

景八〇
(特写) 方六一狰狞笑。

景八一
(放大) 方六一远望船上人，近看掌中。(加圈) 他掌中托着一块扇上拉下的玉坠，他手慢慢握拢，握得十分紧，以示申屠总在其掌握中也。

第 二 本

景八二
(特写) 大树枝头，疏疏地还有几片叶子，地上层层落叶，随着风旋舞。(渐隐)

景八三
(特写) 海潮如万马奔腾，滚滚卷来。(渐隐)
二三、说明 飘洋生意。
Sailing the seas for trade.

景八四 申屠船
船上好不忙碌，十来个船户，补篷的、修橹的、漆船板的、理缆索的将船整理得好，可以过海。船头上堆着米桶水坛，三数笼鸡鸭，申屠雄点督着众人，将小舟运来货物，一箱箱搬入大船舱里。(渐隐)

景八五 村中路
董昌拖着筝，叫童子提着豚鸡，到申屠家中来。

景八六 申屠庄院前
(渐现) 矮石桌上，供着香烛，两边摆起几副抬板，满堆杯筷酒肉，申屠雄领头烧了纸，酹了酒，大众齐声祝道：
二四、对话 “保佑一路顺风!”
“For lucky wind!”

景八七 同八六

申屠雄让众人四处坐定，酬酢一番。（渐隐）

景八八 方六一书室

方六一多饮了几杯酒，兀斜着眼，觑着那在旁殷勤侍候的婢子，只要寻事。那婢子早猜得主人意思，也便不即不离的逗引。方六一唤婢坐在身旁，婢摇身不肯，却又坐在对面凳上低头笑。方六一近前搂抱，那黠婢围着桌子逃，却又转过来替主人斟酒。方六一就便取杯在手，必欲婢饮，婢假意不肯，正在闹着。

二五、说明　哪闻旧人哭。

The forgotten love.

景八九 同八八

（放大）一妇人自窗际窥视，不胜哀怨。

二六、说明　方妻，演员△△△

Fang's wife—by…

景九〇 同八八

方妻自门入强作笑容。

景九一 同八八

（放大）方六一见妻来，慌忙掩饰，急缩杯至唇，一饮而尽。婢子见机，即取桌上壶，假托添酒，回身便走。

景九二 同八八

方妻见其做出许多张致，不禁好笑。两眼瞪着婢子，那婢子再也不敢抬头，三脚两步，想溜出去。到门口，被方妻唤住。

景九三 同八八

（放大）方妻从婢子手中取过酒壶。

二七、说明　方婢，演员△△△

A maid—by…

景九四

（特写）婢子此时哭笑不得，只得立住了等。

景九五 同八八

方妻到桌边，在方六一酒杯内，满满斟上一杯酒，看着方六一，摇壶而笑，以示无须添酒，即将那杯酒双手举起，唤婢道：

二八、对话 “请转来饮酒。”

“Please stay and have wine.”

景九六 同八八

那婢子十分羞惭，回身朝墙，藏了脸。

景九七 同八八

方妻只顾劝酒，方六一性起，一掌将那酒杯打落，抬脚将桌子掀倒，其势汹汹。

景九八 同八八

方妻即亦不让，正在无可开交。方蛟从外奔入，只一眼，将前后情景，都看在眼里。却是他装鬼脸，劝方六一息怒，又向方妻打恭作揖，勉强劝走。

景九九 同八八

那婢子正欲诉说委屈，忽然方六一翻转面皮。（看她似乎甚不入眼）大声叱逐，婢失色退去。方蛟亦莫明所以，且不敢问。半晌，方六一道：

二九、对话 “此婢可供笑乐耳，吾所爱者，申屠女也。”

“This girl—for mirth, maybe. But I do care for Shen-Du's daughter!”

景一〇〇 同八八

方蛟寻思无语，蓦地眉头一皱，计上心来。指着盛金子袋，谓金珠可买妇人么，并且怂恿他即去。方六一意尚犹移。经不得方蛟“毛遂自荐”，一力担承。方六一点头允可。方蛟还连灌几大杯酒，壮壮胆气。（渐隐）

景一〇一 申屠庄院前

（渐现）众船户还在畅饮那席酬神酒，几个揎臂喝拳，几个醺然醉了。（渐隐）

景一〇二 申屠院内

院内一席酒，也是杯盘狼藉，只老丈还坐在桌边，其余都离席而起。申屠雄立树下，董昌坐石上，墙脚边蹲着几个闲人。大约乡邻船户，正是自适其适，与世无争。（渐隐）

景一〇三 申屠院内

（放大）那秀才抱着筝，拨动弦索，奏急风暴雨之曲。

景一〇四 同一〇二

（放大）申屠雄拍着铁绰板，与筝应和。

景一〇五 同一〇二

（放大）众人听得意往神移。

景一〇六 同一〇二

（放大）申屠女起舞，飘飘有凌云之姿。

景一〇七 同一〇二

树根坐童子，乐极拍手。

景一〇八 申屠庄院前

只见方家主仆，远远而来，方蛟脚步踉踉跄，像是酒醉样子。

景一〇九 申屠门外（从外望内）

二人到申屠门外，不敢即入。那申屠院内，当门有一丛山树，恰如屏风一般，院内诸事，门外看不真切。

景一一〇

（特写）此时申屠女愈舞愈快，巾，带，袖，旋成一片白。

景一一一 申屠门外（从内望外）

方六一、方蛟逡巡走到丛树边，立定了看。

景一一二 申屠院内

院内觉有人探望，皆回顾。女舞未终，猝然止，即避去。老丈起迎不速之客。

景一一三 同一一二

方蛟既闯进来，退缩不得，硬着头皮，挟着那包物事，摇摇晃晃上前施礼。

三十、说明　那时礼重宾客，不较睚眦。

Then men forget differences to honor their guests.

景一一四 同一一二

老丈笑容迎接，捧茶献客，意思十分恭敬。

景一一五 同一一二

方蛟小人得志，愈加忘形，竟踞上坐。

景一一六 同一一二

（放大）董昌投筝而起，雄目止之。

景一一七 同一一二

方蛟将金珠铺陈几上，大言道：

三一、对话 “员外愿聘令千金为室。”

“My master wishes to wed your daughter.”

景一一八 同一一二

（放大）老丈骤闻此言，色若不豫，但略一筹思，立即转怒为笑，奉还金珠答道：

三二、对话 “小女已字董昌矣。”

“She is betrothed to Tung，the scholar.”

景一一九 同一一二

方蛟听了冷笑，酒盖住脸，胡言乱说：

三三、对话 “绝之，我家员外，亦弃其妇。”

“Disregards him—even as my master disregards his wife!”

景一二〇 同一一二

那夕那方蛟不看风色，尽管说。

景一二一 同一一二

（放大）申屠雄再也忍耐不下，怒气填胸，直冲过来。

景一二二 同一一二

（闪景）方蛟大吃一惊。

景一二三 同一一二

申屠雄将方蛟当胸一把抓住，正待痛打。

景一二四 同一一二

那方六一捺着条板凳，抢入来，兜头便击。

景一二五 同一一二

却是申屠雄耳灵目快，闪身一躲，用手挡过。他不意方六一居然动蛮斗狠。他熟视了半晌，转身走去。

景一二六 同一一二

老丈扶起方蛟，用好言安慰，又将金珠递在他手里。

景一二七 同一一二

方六一掷了手中长凳，以为今日胜了申屠雄，可以惟我独尊，紧逼老丈。

景一二八 同一一二

不料申屠雄从屋后转出，抱着一束兵器，掷在方六一面前喝：

三四、对话 “刀枪但凭尔择。”

“Choose your own weapon.”

景一二九 同一一二

（特写）方六一素知申屠雄神勇无敌，实实不敢动手。

景一三〇 同一一二

（特写）申屠雄心胸阔大，意志豪迈，见方六一这种卑鄙懦怯，真是不屑污刃，喝道：

三五、对话 “去，再来不赦！”

“Then be gone. If you ever come again!”

景一三一 同一一二

方蛟酒已骇醒，知是强不得，连忙收场，对老丈再三告罪，推为醉后失礼，不敢再犯，拾起金珠，劝方六一去了。众人叹笑不置。（渐隐）

景一三二 小楼

（放大）申屠女依栏而望，甚为忧急。今始坦然。（渐隐）

景一三三 郊外路

方家主仆坐树下，思量往事，颇觉无颜。蹀足踱步，恨不钻入地孔。他们不怪自己任情妄为，自寻羞辱，反迁怒申屠雄。

三六、对话 “此贼总有出门时，姑待之。”

“This brute must go away some day. We can wait.”

景一三四 同一三三

主仆相视而笑。（渐隐）

景一三五 海滨

（特写）三秋天气，风满潮高，港内舟船，扯足了篷帆，趁风破浪。

景一三六 申屠船

申屠船即待开行，家人话别，依依不舍，反是申屠雄催他们回去，女牵兄衣问：

三七、对话　“归期？”

“When to return?”

景一三七 同一三六

（放大）雄屈指计算，遥望海天。（化入）

景一三八

极目所见，只是帆樯出没波涛间。（化入）

景一三九 同一三六

雄顾而乐甚，谓女曰：

三八、对话　“不过一年！”

“Before the year is round!”

景一四〇 同一三六

家人先后下了小舟，摇回岸边。

景一四一 同一三七

申屠雄目送小舟去，命开船。

景一四二 同一三七

船头烧着纸马，鸣着金鼓。

景一四三 同一三七

桅巅上点着一串鞭炮，大众努力挂帆。

景一四四

申屠船逐波去。

景一四五

岸上董昌等直望到帆影不见，始回。（化入）

景一四六 望海亭

望海亭上还有两人送客，那是方家主仆，见船愈去愈远了，磨拳擦掌，喜形于色。(渐隐)

第　三　本

三九、说明　梁山泊朱贵酒店。

Village Inn—A Spying Post for Liang Shan Bravemen (Shang-tung Bandits)

景一四七 山下酒店

(渐现) 吴用、李逵，奉将令下山，诸位头领酒店送行，轮流把盏。

四〇、说明　智多星吴用，演员△△△

The Wise Star, one of Liang Shan Bravemen—by…

景一四八 同上

(放大) 吴用头巾道服，扮做江湖上星相卜士，手里拿一副熟铜钎。(渐隐)

景一四九 同上 (加圈) 板斧两把，(去圈) 有人朝板斧唱喏作别。

四一、说明　哑道童，演员△△△

The "Dumb Friar", another of them—by…

景一五〇 同上

(放大) 李逵戗几根松须，绾两枚丫髻，穿一领短褐袍，勒一条短须条，担一条过头木拐棒，挑着个纸招儿，上写 (加圈)"讲命谈天，卦金一两"。(去圈)

景一五一 同上

李逵叫人捧面铜镜，自己对镜仔细照看，不禁哈哈大笑，接连饮了数觥。

景一五二 同上

吴用在前，李逵在后，脚高步低，下山去了。(渐隐)

四二、说明　会试之年。

Literary Examination for the Privince.

景一五三 古庙

几个士子正在用心读书，所谓临时抱佛脚。

景一五四 同上

一士子摇头摆尾，高声吟哦。(加圈) 手中书却是倒捧着。(渐隐)

景一五五
（特写）贡院之门。

景一五六 高桥旁有杨柳
董昌背着包裹，提着考篮，掮着雨伞，上省赶考。（渐隐）

景一五七 村中路
方蛟领着一队人，扛着花红表礼，凤冠花烛，招摇而过，村人跟着。

景一五八 申屠门外（从外望内）
方蛟叫门，柴扉半启，走出一个庄客。方蛟耀武扬威，吆喝了半天，那庄客总不懂。

景一五九 申屠门外（从内望外）
庄客指指耳朵，以示年老人听不真，方蛟将他推过一边，领着众人抢进去。

景一六〇 申屠草堂
老丈见了许多花红茶果，甚觉诧异，急问来由，方蛟施礼道。
四三、对话 “方员外全礼聘令嫒为室。”
“My master to wed your daughter with full ceremony.”

景一六一 同上
老丈再三推辞。

景一六二 同上
方蛟不理会老丈说话，只管陈列礼物，定算下聘，不由不肯，一路打恭作揖，格外谦恭，指挥众人出门。

景一六三 同上
（放大）老丈受如此侮辱，恚怒非凡，己身祸福，早已置之度外，取杖叩桌。

景一六四 申屠门外（从内望外）
门口围了许多人，指手画脚，讲说这件奇闻。

景一六五 同上
（放大）一位近邻，素来贪杯，带三分酒，长七分胆，大声道：

四四、对话 “方老虎抢亲!”
“The ‘Tiger’ nabes a wife.”

景一六六 同上
(放大)旁人急握其口，禁勿多言。

景一六七 申屠门外(从外望内)
方蛟走出门来，众皆默然。

景一六八 同上
方蛟走几步，回头望门，作鸬鹚笑，正是小人得意。

景一六九 同上
众人面面相觑，都替申屠担忧。

景一七〇 同上
忽然门内掷出许多物事，众人细看，当地灰尘里，乃是方蛟送来的礼物，那大门也砰的关上了。

景一七一 同一六八
众人虽怕惧方蛟，至此都熬不住笑。方蛟这一气非同小可，卸了外氅，拾起礼帖，上前捶门，捶不开，更怒，大踏步去。(渐隐)

景一七二 楼上
(渐现)申屠女正在操作，老丈登楼，告其逼婚情形。女大骇，投父怀内，父姑慰藉之。
四五、对话 “勿骇! 老父为尔做主。”
“Fear not! Leave this to me.”

景一七三 同上
父女相对默然，无计可施。(渐隐)

景一七四 方六一书房
(渐现)方六一拥婢作乐。(加圈)桌上棋局已乱。(去圈)那婢子未免有意，正待含情欲诉。

景一七五 同上

方蛟气急败坏奔至，述老丈无礼，且无中生有，造言挑拨。（化入）

景一七六

（闪景）掷礼物于地状。（即景一七〇）

景一七七 申屠门外（从外望内）

老丈顿足怒骂，践踏花红表礼状。（化入）

景一七八 方六一书房

方蛟将那张泥污的礼帖，在方六一眼前照晃，直谓惯常英雄，今日岂能甘受老奴欺辱。

景一七九 同上

（放大）方六一无明火高起三丈，一把推开婢子，提刀即行。

景一八〇 方府门前

方蛟号召数十家奴同去。（渐隐）

（此处须添一景）吴用、李逵行路。

景一八一 小楼

（渐隐、特写）申屠女倚栏而坐，凝思不语，念及意中人。（化入）

景一八二

（特写）董昌赴省会试，正在场中伏案作文。（化入）

景一八三 小楼

（特写）女远望天际。（化入）

景一八四

（特写）那除暴御侮的长兄，还在千里外乘风破浪。（化入）

景一八五 楼上

（特写）不见归舟，低头叹息。（渐隐）

景一八六 郊外路

方家奴竟尔持刀执杖，呼吆而来。

景一八七 申屠门外（从外望内）
到申屠门口，也不说先礼后兵，径行破门而入。

景一八八 申屠院内
申屠家虽有几个庄客，见了明晃晃的刀杖，哪个不惧，只管逃命。

景一八九 同上
那脚慢的，跪在地上，叫“大王饶命”。

景一九〇 同上
还有躲在鸡窝内的，也被揪出来。

景一九一 申屠草堂
那草堂上所有陈设桌椅，打得稀烂精光，落花流水。

景一九二 同上
两个奴才，挟扶着老丈来，方六一踞坐上首，拿刀指着问。

景一九三 同上
方蛟喝众人暂时住手，自己走上草堂来对证。

景一九四 楼梯
申屠女下楼来，蹑足转屏后窥视。

景一九五 申屠草堂
（特写）方六一自己拿着礼帖，叫骂着要老丈接受。

景一九六 同上
（特写）老丈摇头不允，意志疏闲。

景一九七
（特写）拔刀出鞘。

景一九八 同上
（特写）女在屏后张，忽大惊失色。

景一九九 同上
（放大）方蛟拔刀，架在老丈颈上，老丈毫不在意，说道：
四六、对话 “身可杀，女不可妻方贼。”
“Take my life if you wish; but not my daughter.”

景二〇〇 同上
（放大）此老倔强，延颈受戮。

景二〇一 同上
方蛟面上做作凶恶，心里早已没有主意，偷眼望方六一。

景二〇二 同上
方六一夺得一条鞭子，推过方蛟，举鞭便打。

景二〇三 同上
（放大）那鞭子高高举起，未曾下来之时，女从屏后奔出来，伏在老父身上。

景二〇四 同上
方六一倒吃一惊，见是申屠女，那只手不由自主地缩了回去。

景二〇五 同上
（放大）女慢慢顾视方道：
四七、对话 “女愿为虎妻。”
“I am willing to wed this ‘Tiger’.”

景二〇六 同上
方六一闻女当面唤他为虎，不觉失笑，愈想愈笑，将鞭子也扔了。

景二〇七 同上

（放大）老丈若欲有言，女急以目止之。

景二〇八 同上
方蛟在旁看见，疑有诈，呼道：
四八、对话 “轿马迎新人归！”
“Have horses ready. Bride is going home.”

景二〇九 同上
（放大）老丈嗒然。

景二一〇 同上
女对方六一深深万福，婉言道：
四九、对话 “无酒无宾，何以成礼，请斯三日。”
“My lord's wedding and there are no guests and feast! It shall be three day from now.”

景二一一 同上
方六一叙移不定，即时回答不出，方蛟摇手止之。

景二一二 同上
女近前笑问：
五十、对话 “何物为聘，何以征信!”
“And what are your wedding gifts to me?”

景二一三 同上
方六一嘱众奴速献礼物，放起老丈。

景二一四 申屠门外（从外望内）
（放大）在门外灰堆里，翻出花红茶果。

景二一五 申屠院内
（放大）在墙角寻着花烛。

景二一六 申屠草堂
拂去灰都搬上草堂，扶起张桌子，当中摆好。

景二一七 同上
申屠女在自己身上，解下一条丝巾，赠与方六一。

景二一八 同上
方六一大乐，想解物为赠，见申屠女望着他身上常佩的小宝刀，（加圈）即解刀为聘。（去圈）女竟受之。

景二一九 同上

许多庄客，捉住的放开，躲着的出头了。惟怕惧方家奴，屏息侍候。

景二二〇 申屠门外（从内望外）

方蛟指挥着众奴先走，方六一朝申屠父女作揖告辞。

景二二一 申屠门外（从外望内）

方六一大模大样出门去，申屠庄客到门口恭送。（渐隐）

景二二二 申屠草堂

（渐现）老丈坐着愁烦，每见礼物花烛，便急得要跳起来，好似疯了。

景二二三 同上

女上前安慰，劝得他神志安静。

景二二四 同上

女侧身叹息，俯视方六一所赠宝刀。（加圈）那宝刀果是锋利无比。（去圈）女扶刀微笑，自有主意。

第　四　本

景二二五 高桥旁有杨柳

董昌背着包裹，提着考篮，掮着雨伞，从原路归。

景二二六 小楼

（渐现）檐前悬灯结彩。（渐隐）

景二二七

（特写）厨下煮酒烧猪蒸馒头，几个厨子，七手八脚整治筵席。

景二二八 楼上

（渐现）那新房布置得整齐，床上挂着绸帐，桌上供着花烛，也有些赠嫁妆奁。那老丈愁眉不展，女亦黯然无语。（渐隐）

景二二九 城门（此乃西门）

吴用卜士装束，哑道童挑着纸招，对把门军士施礼，混入城门。儿童们见了，追上去看。

景二三〇 街市

吴用摇着铃杆，口里念着口号。

五一、对话 “此乃时也运也命也。”

“To tell your fortune, your fate, your star.”

景二三一 街

又转过一条小街，小儿们哄动愈多，跟在后面指指点点，李逵正待吆喝。吴用慌忙把头来摇。李逵便低了头，脚高步低往前走。（渐隐）

景二三二 方府门前

那门外排满开道执事，门口也挂着灯彩。

景二三三 方府后院

后槽刷洗了高头骏马，备上鞍辔，马头马身也披红挂绿，扎着彩。那后槽开了角门，牵马出去。

景二三四 方府大厅

方蛟持着一把蜡烛，本要分给众人，抬头看日色尚早，叫众人仍然坐下饮酒。

景二三五 方六一书房

（加圈）方六一对着镜子，加意修饰。（去圈）他是杀人不眨眼的魔王，今日学个傅粉顾影的郎君，身上衣服，选了又选，换了再换。

景二三六 方家内室

（渐现）方婢满腹委屈，只能对着方妻哭诉。

景二三七 书房门

方妻径来寻六一。

景二三八 方六一书房

方六一见她来，心里足有十二分不快；但他今夜要做娇客，便不发作，只装痴聋，不理不睬。方妻苦口劝他。

五二、对话 “若尔所为，乃王法、人情、天理所不容！”

“What you are now doing are crimes against Law of the King, Law of Men, and Law of God!”

景二三九 同上
（放大）方六一微哂，听若无闻。

景二四〇 同上
（放大）方妻见他如此执迷不悟，倒觉得可怜，不忍洒了几滴泪。

景二四一 同上
（放大）方六一索性呵呵大笑。（渐隐）

景二四二 城门外市集
（渐现）吴用哑道童，此时穿城而过，出得东门，匆匆还要赶路。

景二四三 村中路
董昌神色改异，奔赴申屠家，正是慌不择路。

景二四四 申屠院内
老丈独坐院内，看着一棵树的影子。

景二四五 同上
（特写）那时一片夕阳，照着树影在地上。

景二四六 同上
董昌见老丈，不改常时恭敬，老丈指着树影，说道：
五三、对话 "日落时，虎来成亲，我辈无噍类矣！"
"When the sun is down and 'Tiger' comes to wed, there shall be darkness for you and me."

景二四七 同上
老丈万分愁苦，将手中杖画指地上树影子。（渐隐）

景二四八 楼梯
申屠女下楼来，领董昌至后园僻处聚话。

景二四九 后园
（特写）那女心地光明，无丝毫愧怍。

景二五〇 同上
（放大）董鼻竖起双眉，原要责备申屠女，不能贞烈从二而终，猛然想起。

景二五一 同上
（幻景）方蛟以刀加颈逼婚的情形。

景二五二 同上
（放大）低头皱眉不语。

景二五三 同上
女拍董昌肩，苦笑道：
五四、对话 “末次相见，而相对哭泣耶！”
“Weeping? Is this how we should meet for the last time?”

景二五四 同上
女忽然回屋去。

景二五五 同上
取来笛筝，女即坐奏笛。

景二五六 同上
董初不动，继亦勉强藏悲寻乐，坐而弄筝。（渐隐）

景二五七 申屠院内
庄客们听得乐声，摇头叹息。

景二五八 同上
老丈听得，尤觉凄然，看那树影，（加圈）树影更斜，已渐移到墙上了。

景二五九 后园
女竭力为欢笑。

景二六〇 同上
（加圈）那筝愈弹愈急。（去圈）曲未终女奔去。

景二六一 同上
（放大）董昌掷碎筝，仰天道：

五五、对话 “誓杀此獠!”
“I swear to kill that beast.”

景二六二 同上
愤然去。(渐隐)

景二六三
(特写)山边落日。

景二六四 郊外路
吴用坐路旁喘息,哑道童拍肚要吃,大唤小叫,吴用指着口说:
五六、对话 “勿忘尔是哑子!”
“Forget not you are dumb.”

景二六五 同上
哑道童鼓着腮不言,吴用遥指前村,同往借宿。(渐隐)

景二六六 申屠门外(从外望内)
老丈点督着庄客,在门外挂起鞭炮。

景二六七 同上
吴用向庄客施礼,说天气晚了,赶路错过市店,愿借一宿。庄客看那哑道童坐地上,形状凶恶,有点害怕。
五七、说明 那时萍水相逢,尊推上座。
Then men were hospitable to give lodging and feast to strangers.

景二六八 同上
老丈听得备细,过来邀二人入内,吴用深深施礼,又叫哑道童唱喏,指指口说他是哑子。

景二六九 申屠院内草堂前
那草堂前高搭席篷,满挂灯彩。老丈即命庄客,在席篷下,放一张方桌,搬来现成的酒肴。

景二七〇
吴用与哑道童对面坐下,老丈打横,举杯相劝。李逵巴不得一声请,狼吞虎咽,大嚼起来。(渐隐)

景二七一 楼上
（放大）此时那申屠女，正在梳妆扎裹，嫁时衣裳，一件件着上去，慢慢的系带。

景二七二 同上
那桌上放着方六一赠聘的宝刀，女拔刀出，抚弄一回，作势欲击。

景二七三 同上
（放大）看她将带重新解下，（加圈）将宝刀小心藏在带内，（去圈）后系好。

景二七四 同上
（特写）一种英烈之气，令人敬畏。（渐隐）

景二七五 草堂前
李逵吃得杯盘皆空，老丈笑叫添酒肉。

景二七六
庄客添来许多酒肉，又掌上一枝烛。

景二七七 同上
（放大）老丈看见那烛，不禁长叹。

景二七八 同上
庄客又点各处灯烛。

景二七九 同上
李逵只顾狂饮，庄客只顾添酒。

景二八〇 同上
（特写）地下已经堆着三个空酒瓮。

景二八一 同上
（放大）老丈看那灯烛辉煌，不禁又长叹。

景二八二 同上
（放大）吴用误会了意，（加圈）在身边摸出一锭银子，（去圈）双手奉给老丈作酒饭钱，老丈固辞不受。

景二八三 同上
庄客又扛了两瓮酒来。

景二八四
（放大）老丈看哑道童如此雄壮，甚为爱羡，看得呆了。

景二八五 同上
（特写）那李逵坐一旁吃酒肉，（化入）宛如他自己儿子申屠雄。（化入）李逵。

景二八六 同上
（放大）细看不是，那老丈对着李逵长叹。

景二八七 同上
惹得李逵性起，跳起来。

景二八八 同上
吴用慌忙拦阻，连连摇头。李逵也使乖，自己指口，装出哑子模样。
吴用动问道：
五八、对话 “老丈何故愁烦?”
“Why are you so sad?”

景二八九 同上
老丈四面张看，无人在侧，始敢说道：
五九、对话 “只为小女出嫁。”
“Because my daughter is wed tonight.”

景二九〇 同上
吴用听见这话奇怪，忍笑再问。

景二九一 同上
（放大）老丈又叹口气，细细说。

景二九一 同上
吴用拈须微笑，告个罪，拉李逵到一边。

景二九三 同上

吴用劝李逵许多话，教他低头闭目，装做斯文，又教他攒拳痛打人。

景二九四 同上

李逵听得叫他打人，自是高兴，但要他低头闭目，垂着手，扭扭捏捏装做斯文，他却不愿。

景二九五 同上

吴用再三劝他，（加圈）又指那两瓮酒，（去圈）李逵才委委屈屈答应了。吴用拉他回席。

景二九六 同上

（放大）吴用在老丈耳边，说如此如此，老丈愕然。

景二九七 同上

吴用瞟了李逵一眼，对老丈拍胸自任。

六十、对话 “小生会说因缘，便是铁心人，也说得他转。”

“I can well use my tongue. Hardened as he may be, I can talk him out of it.”

景二九八 同上

老丈点头，叫庄客领了哑道童去。（渐隐）

景二九九 方府门前

方府人马起动了。

景三〇〇 同上

（特写）方六一骑着高头骏马，好不得意。

景三〇一 方家内室

（放大）方妻独自愁苦一会，心里另有了主意，便收拾衣包行装。（渐隐）

景三〇二 方府门前

（特写）高灯上，一面写着“方府”，一面写着“招亲”，远远去了。

景三〇三 楼上

只见那新嫁娘，重新装束，先着了绣裙，次穿上锦袄，次加上披肩，次系了鸾带，次戴上凤冠，正是秀彩华丽，及至转身过来只见他满面髭须：原来哑道童改扮的，旁人取块红巾，替他盖了脸。

第　五　本

景三〇四 申屠庄院前
开道锣，对子马，到门前，庄客们点放鞭炮。

景三〇五 申屠院内
阶下几个吹手，连忙吹打起鼓乐。

景三〇六 申屠草堂
方蛟等簇拥着新郎，缓步走入，立在花烛前。

景三〇七 方家内室
方妻拴扎起一个包裹，将金钗一支，剪为两段，掷在桌上，悄悄出去。

景三〇八 申屠草堂
（特写）吴用披着红，做赞礼生。

景三〇九 同上
喜娘们扶着新娘来了。那新娘有点强头强脑，吴用在新娘耳边低说。方蛟等看见，觉得奇怪，又不好就问。

景三一〇 方府后院
方妻到马棚边，见无人在侧，私开角门走了。

景三一一 申屠草堂
那时方六一正一团高兴，花烛交拜。新郎新娘，两个都要充斯文，两个都不像。

景三一二 申屠庄院前
董昌在墙外，闻得鼓吹声，又愤又悲。

景三一三 同上
（特写）有人推他，递过一把尖刀。
六一、说明　醉人，演员△△△
A drunken neighbor—by…

景三一四 同上

便是那好管闲事酒醉糊涂的乡邻，叫他报仇，董昌提刀欲行，忽记起——

景三一五

（闪景）女乃舍身救父。（同景二五三）

景三一六 同三一四

董昌手里那把刀，不知不觉落在地上了。醉人拾刀，摇头去。

景三一七 楼梯

院内鼓吹，送新人登楼入洞房。

景三一八 申屠院内

吴用拽住方蛟，同坐一处吃酒。方蛟开怀畅饮，吴用杯内酒，暗倾地上。

景三一九 楼上

洞房内点着雪亮的灯烛，那春台上盛满酒肴，摆着两副杯箸。新娘坐在床上。方六一唤新娘饮酒，新娘摇头，不肯抬身。方六一不敢造次。寻思半晌，才筛了杯酒，端给新娘。新娘先不好意思就接，当不住方六一再三相劝，便接杯过去。送到口边，一饮而尽。举着杯，还要添酒。

景三二〇 同上

（放大）方六一见新娘好酒，大喜。一面筛酒，一只手便揭盖头红巾。只见凤冠霞帔，装扮着一个满脸髭须的黑大汉，不由吃惊喝问：

六二、对话 “你是谁?”

“Who are you?”

景三二一 同上

李逵指口，表示他是哑子，不会说话。方六一大怒，手起一个嘴巴。

景三二二 同上

李逵哪里还忍得，劈面一拳，揪打起来。两个都是大汉，都有千百斤气力，拳来脚往，哪里肯饶让一点。打得那床倒案翻，一片声响。

景三二三 申屠院内

老丈知是弄出事来，不敢声张。

景三二四 同上

方蛟闻声惊起，却为吴用拌住。

景三二五 楼上

李逵骑在方六一身上，拳头如雨点般下，方六一拼命挣脱。

景三二六

两人从楼上滚至楼下，仍扭着不放。

景三二七 申屠院内

方蛟跳上前，想帮凶，却被李逵顶头一拳打昏在地。

景三二八 同上

李逵打得性起，还想动手，被吴用拦腰抱住。方六一勉强爬起，扶墙摸壁想逃走，也被吴用搀了转来。

景三二九 同上

吴用推方六一坐下，替他拭去脸上血污，见他也是一大汉，不觉夸口道：

六三、对话 “大哥铁骨钢筋，须在一刀一枪寻出路，不可酒色。”

“You such stuffs as iron and brass are made of. Sir, do not waste yourself with wine and women.”

景三三〇 同上

方六一听了恧然。

景三三一 同上

（特写）李逵扯脱了女衣。

景三三二 同上

吴用又扶起方蛟，同方六一坐在一处。方六一指着李逵，问是何人。吴用低声道：

六四、对话 “江湖人称黑旋风。”

“Men also call him ‘The Black Whirlwind’.”

景三三三 同上

方六一骇得再也不敢强了。吴用叫请太公，又叫李逵掇条凳，坐在家主奴中间。

景三三四 同上
吴用吩咐老丈一番话，老丈唯唯而去。

景三三五 楼上
却见洞房内，重扶起新床。

景三三六 草堂
草堂上重点起花烛。

景三三七 院内
吹手再作鼓乐。

景三三八 草堂
（特写）吴用再赞礼。

景三三九 同上
又见一对新人交拜天地。

景三四〇 同上
（特写）那新郎是董昌。

景三四一 同上
（特写）那新人是申屠女。

景三四二 院内
方六一、方蛟被李逵握拳监着，敢怒不敢动，瞪眼干望。

景三四三 同上
庄客们至此，都快活饮酒食肉，独老丈郁郁，担着心事。

景三四四 同上
吴用知他怕方六一复仇，特地领方六一到老丈面前说道：
六五、对话　“买妾千黄金，许身不许心。”
“With gold you may a woman mart，she sells her body，never heart.”

景三四五 同上
叫人将方六一带来的金珠聘礼，全数奉还。又从香炉内拔了一把香，递在方六一手内，说道：

六六、对话　“不得怀恨报仇，也见好汉义气。”
“You word of honor not to revenge.”

景三四六 同上
方六一回眸，见李逵又握着拳头紧紧跟随，他便爽然答应，高高举起香。
六七、说明　折香为誓。
The Oath.

景三四七 同上
方六一将香折成两段。老丈这才真放心，委实欢喜，多多拜谢众位去了。（渐隐）

景三四八 申屠庄院前
那方家来的人马，偃旗息鼓回去。

景三四九 申屠门外（从外望内）
方六一走时，一颠一颠，由方蛟扶着。吴用送到门口道：
六八、对话　“改日遣头领迎大哥上山。”
“We will another day welcome you to Liang Shan.”

景三五〇 同上
方六一勉强爬上马，垂头丧气，非如来时耀武扬威神情了。（渐隐）

景三五一 方家内室
方婢捧茶至方妻房内，见翻箱倒箧，又捡着桌上断钗，知是一去不返，大有幸灾乐祸之意，且不免心中暗喜。

景三五二 方六一书房
方六一遍体是伤，浑身作痛，倒在椅上呻吟，叫人包了头，络了手。

景三五三 同上
偏有那不看风色的婢子，急急捧着断钗告诉。（化入）

景三五四
（闪景）那方妻如何偷开后院马棚边角门逃走。（同景三一〇）

景三五五 同三五四
（闪景）又说发觉后，如何领着众人追寻，不见踪迹。（化入）

景三五六 方六一书房

（放大）方六一素来称英雄数好汉，睥睨一切，连经几种出丑，怒气无可发泄，将桌上花瓶，掼得粉碎，拍案大骂。

景三五七 同上

不想盛气跳跃，碰动伤口，痛得跌倒。婢子扶着他，躺卧养伤去了。（渐隐）

景三五八

金乌负着太阳，自东而西。

景三五九

玉兔居月亮内，自西而东。

景三六〇

乌与兔往东飞跃，以示日月如梭也。

景三六一 街市

（渐现）过了数日，方六一伤创逐渐好了，仍旧不安本分，日常领着人在街上撞，人家见他都躲避。

景三六二 街

他踢狗，打乞丐，踏翻小贩的篮子，横行霸道，一如往昔。（渐隐）

景三六三 县衙前

那年梁山盗，甚为猖獗[1]。各处官司，都出榜悬赏捕拿梁山英雄好汉，县门前许多人看榜。

景三六四

（特写）登州蓬莱县依奉本府指挥使司札示捕捉杀人行劫梁山大盗如有人民通同结纳或停藏在家宿食与犯人同罪若有人捕获前来或告到官支给赏钱一千贯文……（化入）

A Magistrate Proclamation（化入） … to arrest anytime any such bandits. And whosoever shall become a friend，host，agent，or spy of Liang Shan，punishment is death. A reward of one thousand strings of cash…（化入）

〔1〕 后《洪深文集》本将其改为“那年梁山泊，甚为兴旺”。

景三六五 同上

方六一看见榜文如此，心里大喜。(渐隐)

六九、说明　恶人心不死。

Nothing can stop man's vicious intentions.

景三六六 方六一书房

(特写、加圈) 案上供烛，飞蛾扑火，着焰自焚。(去圈) 方六一磨墨铺纸，独坐筹思。

景三六七 后院

夜深人静，击柝人正打三更三点。

景三六八 方六一书房

方六一拔剑擎烛，巡视一周，见夜色深沉，杳无一人，下了帘幕，再就案坐。

景三六九 方家内室

那婢子空阶伫立，更觉夜色凄凉。一声长叹，披衣举烛，行向书室。

景三七〇 书房

方六一伏案疾书。

景三七一 书房门外

(放大) 婢子至书室门外，牵幕窥视，戏将烛台放地上，蹑足掩入。

景三七二 书房

方一意写书，丝毫未觉，婢子戏立其身后，窥视所书。

景三七三

(特写) "梁山泊义士黑旋风李逵，多多拜上义士申屠太公，秀才董昌驾前…" (化入)

"From the Black Whirlwind of Liang Shan to Shen Du and his son-in-law Tung the scholar…"

景三七四 书房

(放大) 婢子戏拔方笔。方大惊，侧身按剑而起。

景三七五 同上

婢子笑语殷勤，哪知方六一不暇理会，急将桌上信盖没。且挥婢子速去，掀幕以待。

景三七六

婢子无奈，出门拾烛，怏怏去。

景三七七 同上

（放大）方六一看那书信时。

景三七八 同上

（闪景）申屠字傍，污了一个墨团。

景三七九 同上

（放大）方六一略为踌躇，仍然续写完成此信。（渐隐）

景三八〇 小楼

（渐现）天初晓，树杪乌鸦对窗连连叫。

景三八一 同上

董昌与申屠女，推窗望晓日，融然和乐。董昌取女新缝小儿襁梅戏之。（渐隐）

景三八二 县衙前

那县衙前几个公人。领了牌票，取了铁索，赶办急差。

景三八三

（特写）牌票上写："私通梁山一名董昌。"（化入）

"Tung Chang，Spy for Liang Shan Bandits."

第　六　本

景三八四

（特写）有人将一包金珠，递送与人，那人伸手将包紧紧握住，却三番两次，假意推辞。

七十、说明　押司王琳，演员△△△

A high Constable—by…

景三八五 机密房

推了半天，那包金珠，还是笑纳了。方六一再三嘱托：

七一、对话 “不可伤害申屠女。”

“Spare the woman, I pray you.”

景三八六 同上

押司点头如笑。（渐隐）

景三八七 申屠庄院前

老丈在树下闲步，两个公差上前，不由分说，套了铁索拉着就走。

景三八八 申屠院内

几个公差，驱散庄客。庄客们听说私通梁山案情，都怕连累，收拾得衣包行李，各自远走高飞。

景三八九 申屠门前（从外望内）

偌大一所庄院，不剩一人。公差钉了门，十字道贴上两条封皮。

景三九〇 县官公堂

那董昌与申屠女，早已押到县堂。老丈正欲叙话，被公差禁阻推开。

景三九一 同上

堂上陈列藤条、铁索、夹板、天平架许多骇人的刑具，两边十多个皂吏，拿着棍棒侍候。

景三九二 同上

阶下跪着老丈、申屠女、董昌三个囚犯。

景三九三 同上

厅下拥满了看热闹的人。

七二、说明 知县相公，演员△△△

The Magistrate—by…

景三九四 同上

（放大）知县坐在堂上，颠头播脑问了几句。

景三九五 同上

（放大）老丈爬前跪下，摇头不认，声辩一会。

景三九六 同上

（放大）知县听了，似乎以为有理。

景三九七 同上

（特写）王琳在旁，扯了知县一把袖子。

景三九八 同上

（放大）知县回头一看，立刻会意。王琳就案卷中，检出书信一封掷下。

景三九九 同上

（放大）董昌拾起书信，一句一句朗读。

七三、说明 “梁山泊义士黑旋风李逵，多多拜上义士申屠虔”，此处有墨团（加圈）“秀才董昌驾下，我家宋头领大哥，敬于新正元旦，率领全队兵马，前到贵县借粮，请为内应，开城迎接。”（化入）

A forged letter from Liang Shan Bandits to Tung Chang.

景四〇〇 同上

（放大）董昌读至此处，看出破绽，持信过头，呈还堂上辩道：

七四、对话 “小民等素居城外山上，何由为内应?”

“Your bumble subjects live not in the city but on the hill and therefore could act as spies for bandits.”

景四〇一 同上

那观众中有几个老年人，点头称是。

景四〇二 同上

县官没有了话说，翻转面皮，拔签刑讯。

景四〇三 同上

百姓皆不服，纷纷聚议。

景四〇四 同上

县官连拍惊堂木，叫差役将闲人逐出。

景四〇五 县衙前

索性连大门也掩闭了。（化入）

景四〇六 县官公堂

（特写）两个皂吏，剥去董昌上衣，捉住两臂，另一人恶狠狠攒皮鞭，即待动手。

景四〇七 同上

（特写）老丈骇极，上前叩求，被两役推下。

景四〇八 同上

（特写）申屠女本跪在阶下，忽地神色改变，舍命奔上堂去，亦为衙役拽住。（渐隐）

七五、说明　活地狱。

A Living Hell.

景四〇九 牢狱内

（渐现）这是狱中私刑拷打的所在，壁上挂满刑具，如铁拶子，土布袋之属。一位牢头禁子，不慌不忙，磨一把解手尖刀。

景四一〇 同上

（渐现）地上铺些草，董昌伏草上，想是背上疼痛，不能仰卧缘故。老丈默坐在旁。

景四一一 同上

间壁一室，专监着申屠女。有新搬来的床帐桌椅，虽同是土牢铁窗，便不如寻常阴惨怕人。

景四一二 牢狱门口

丐者向禁子拜揖，指丐女手里所持瓦罐，说是前来送饭，赔了许多小心，才得入去。

景四一三 牢狱内

老丈接了饭，再三称谢，但是认不得了。丐者指着自己说起。（化入）

景四一四

（闪景）在城门口乞讨老丈舍钱一段往事。（同景三七）（化入）

景四一五

老丈告诉了董昌，感激不已。（渐隐）

景四一六 机密房

（渐现）押司取出一锭银子，赏给众牢子，吩咐一番说话，牢子齐声答应。

景四一七 牢狱内

自有众牢子，搬送食物茶水至申屠女处，不时张罗。（渐隐）

七六、说明　归棹。

Returning.

景四一八

（渐现）大海中一帆疾行。（化入）

景四一九

（放大）船上堆满了棕绳、黄糖、烟草、檀香等外洋货物，申屠雄执罗盘立船头。那时，西北风紧，舟行如箭。（渐隐）

景四二〇

（特写）一只公鸡，游树下，徐步觅食。（化入）

景四二一

（特写）一盘熟鸡，置桌上，热气腾腾。

七七、说明　鼓上蚤时迁，演员△△△

Another of Bravemen—by…

景四二二 市上酒店

小酒饭店内，时迁坐在靠街一副座头。徐徐酌酒，食鸡。两只眼睛，不住睃望街上来往行人。

景四二三 街市

街上行人逃避，方六一横冲直撞走过。

景四二四 市上酒店

时迁向伙家问明，急急追上去。

景四二五 小巷

时迁拉方六一至僻静所在，翻身作揖，说道：

七八、对话 “众头领问候。”
“We welcome you to Liang Shan.”

景四二六 同上
时迁从身上解下包裹，打开看时。

景四二七 同上
（特写）内有一块金，一束草。

景四二八 同上
方六一接过包裹，假意大喜。

景四二九 同上
只见几个人，提了棍棒，各处寻看，一见时迁，蜂拥齐上，时迁拔脚飞逃，众人追赶大喊。
七九、对话 “还我鸡来!”
“Stop thief! The chicken thief.”

景四三〇 菜园
时迁爬过一堵短墙逃走，众人追不上，只得罢了。

景四三一 破庙
（放大）时迁藏在一块大石碑背后，听追者已去，喘息渐定，拂去身上尘土，忽然嗅得一阵菜饭香。

景四三二 同上
破庙内聚着几个年老乞丐，支起一只沙锅，丐女烧火煮饭。各人将各人罐内讨来的菜饭，和在一处煎熬。

景四三三 同上
时迁寻来，看他们吃饭，乞丐们也邀他坐地，说起：
八十、对话 “如今讨饭，都不比从前。”
“Even on our trade of begging is not so prosperous as before.”

景四三四
（特写）方六一（化入）如虎。

景四三五
（特写）县官（化入）如狼。

景四三六
（特写）吏与奴（化入）如爪牙。

景四三七 景同四三三
时迁听了，暗暗点头。（渐隐）

景四三八 牢狱门口
恰巧那夜星月稀微，时迁正好施展身手，看他爬上树去。

景四三九 牢狱屋上
时迁到屋顶张牢内时。

景四四〇 景同四〇九
只见那押司，（加圈）指着那封梁山信，（去圈）逼问老丈。

景四四一 屋上
时迁见了那封梁山信，委实不解。

景四四二
牢内老丈不肯招认，牢子捉着他手，套上拶夹。

景四四三
（特写）用力抽收绳子。

景四四四 牢内
（放大）老丈痛极，圆睁二目，因有物堵住了嘴，叫喊不出，但他始终不承认。

景四四五 屋上
时迁恍然明白，不忍再睹，越屋向别号窥探。

景四四六 签押房
（放大）官儿面前，摆着一具天平，桌上摊堆着银子，旁有算盘，他一边称，一边算。

景四四七 屋上

时迁从身边取个芦管儿，从窗楞下眼只一吹。

景四四八 签押房

（放大）官儿正在察看元宝的成色，灯光忽灭了。

景四四九 城墙上

时迁立城墙边，将方才所盗知县相公的元宝，从怀中取出，脱件衣衫包好，先掷下去，自己纵身一跳，连夜越城逃走。

八一、说明　光阴迅速。

As the months fly by.

景四五〇 牢狱中

那申屠女在狱中，产下一子。有官媒稳婆等，伺候茶汤药饵。

景四五一 同上

众牢子得了方六一好处，也来巴结照料。（渐隐）

景四五二 机密房

方六一向押司催问下落，王琳问道：

八二、对话　“无供无招，而杀人一家耶?”

“To put a whole family to death without even his formal confession?”

景四五三 同上

方闻之愕然。

景四五四 牢狱中

（放大）那日丐者送饭来时，老丈言语颠倒，笑啼并作，董昌叹道：

八三、对话　“痛极疯矣！”

“Such torture! He was lost his mind.”

景四五五 同上

那丐者禁不住长号。

景四五六 机密房

方六一只催押司从速下手，说道：

八四、对话　“老丈残废，释之何害。”

"Spare the old fool too—he is harmless now."

景四五七 同上

押司抬头视天，意思不属。

景四五八 同上

丐女时常入监探望，与申屠女已成莫逆。此时方六一来，丐女低头走避。方六一立定了看申屠女，虽囹圄憔悴，而容姿不减，恨不一口吞下去，申屠女抱孩转身掩面。

景四五九 同上

（放大）方六一见老丈痴状，故意装出一腔义愤，抬高喉咙，说得众人听见。

八五、对话 "吾金而有灵也，董昌罪不至族。"

"If my gold has any influence, I'll save this old man and all."

景四六〇 同上

丐者听了，微哂走出。（渐隐）

景四六一 县衙前

方蛟挟着一包，匆匆走入衙门。

景四六二 机密房

（放大）押司解包，见里面全是银子，夹有字帖。（加圈）上写"事不宜迟"，（化入、去圈）看过重复包好，始觉快活。（渐隐）

景四六三 县衙前

那衙前因此多添了一张榜示。许多人围得看。

八六、说明 秋决。

Done in every Autumn.

景四六四 荒场

（特写）犯人背插白旗，上写"就地正私通梁山董昌一名"。左右刽子手各捧虎头钢刀，缓缓行向法场。（化入）

景四六五 同上

荒地上一口白木棺材。（渐隐）

景四六六 郊外路

申屠女几次哭得晕倒，却是那丐女搀扶回去。老丈不会悲伤了，同那醉人指点道旁景物，说说笑笑反如无事，丐者劝他们快走。

景四六七 方六一书房

那晚方六一吃得大醉，痛鞭婢子，喝道：

八七、对话　“速去！吾且娶申屠女为妻。”

“Away! Away! I am going to marry Shen Du's daughter.”

景四六八 同上

婢子有怨色。（渐隐）

第　七　本

景四六九 山下酒店

（渐现）梁山诸头领，陆续下山，李逵、时迁为向导。（渐隐）

八八、说明　遭经患难，亲不以为亲，故不以为故，忠——义——血性——只可向乞丐中求之。

Friends and relatives have no sympathy for one's misfortunes. But beggers! Ah! Yes! They have!

景四七〇 申屠厨下

申屠女回至家中，寻点存粮剩柴，抚养着在抱孩童，痴癫老父，勉强度日，正是室在人非。

景四七一 申屠后园

庄客们久已散了，仅有那丐女情愿依随，洗浣煮扫，甘做那奴仆的职事。（渐隐）

景四七二 村中路

方六一肆无忌惮，奔赴申屠家，路人皆侧目。

景四七三 同上

（放大）醉人跟在后面喊。

八九、对话　“此时尔可为所欲为矣。”

“Do whatever you wish now. She is helpless.”

景四七四 同上

旁人赶紧捂着他嘴，拽过一边。

景四七五 申屠院内

方蛟狐假虎威，骄气凌人，唤申屠女下楼。

景四七六 小楼

女子不畏惧，正言斥之。

景四七七 院内

方六一挥蛟退，自己上前，执礼甚恭，告说。（化入）

景四七八

（闪景）彼已令人收葬董昌，且筑墓立碑。（化入）

景四七九 院内

并无一言一动及于非礼，引人退去。

九十、说明　市恩。

The kindnesses a villain is capable of.

景四八〇 山中

（渐现）过了数日，申屠女上坟拜扫，方六一亦备了香烛祭品，叩头礼拜。（渐隐）

景四八一 申屠厨下

（渐现）又过几时，厨中剩了半碗米。申屠与丐女，勉强淘好，釜内多加水，只可煮粥。

景四八二 同上

幸得方六一使人负米来。（渐隐）

景四八三 申屠庄院前

一日正下大雪。

景四八四 申屠草堂

老丈畏冻，女解己衣衣之。

景四八五 申屠门外

又见方蛟送炭至。

景四八六 申屠草堂

丐女烧了个火盆，让老丈烘火。女子们易被小恩小惠买动，丐女不住称赞方六一好处。（加圈）申屠如此聪明人也不免感激。看着方六一送礼的名帖，出了神。（渐隐）

景四八七 白龙庙前

独有那丐者，只望申屠雄回来。每日在海滨等候归舟。（渐隐）

九一、说明　媒婆，演员△△△

A matchmaker—by…

景四八八 方六一书房

方蛟说了备细，那媒婆愿意前去说亲，方六一大喜。

景四八九 书房门外

（放大）婢子在门外，窃听得就里，急忙退去。

景四九〇 书房

方六一令人取出全副聘礼，计有风冠、玉带、金钗、缎子、花红、茶果等，等媒婆亲手逐件端正，分装四盘。

景四九一 方府后院

婢子趁着热闹忙乱，偷开后门走出。

景四九二 申屠草堂

（渐现）可怜那申屠老丈，知识全丧，如抱中孩童，处处须人照料。

景四九三 村中路

婢子怕人看见，取巾掩面，低头急走。

景四九四 城门外市集

方蛟着人，端了四盘礼物，同着媒婆，取路向申屠家。

景四九五 申屠门口

婢子至申屠门口，四顾无人，急掩入。

景四九六 申屠厨下

寻见女，急以曲折原委相告。（化入）

景四九七

（闪景）当初方六一如何私造梁山书信。（同景二七三）又贿官吏以金，令速下手。（同景四六三，加圈一段）（化入）

景四九八 厨下

婢子指女说：

九二、对话 “方贼必欲得汝，种种祸患，因汝一人而起。”

“He did all these to trap you. All because of you—you alone!”

景四九九 同上

（特写）申屠女听得此言，如梦初醒，愈思愈愤，愈想愈悲，心下暗暗定下主意，即又不慌不忙，反诘那婢子道：

九三、对话 “尔来告我何为，岂见妒耶？”

“What makes you tell me this? Jealousy?”

景五〇〇 同上

婢子被她道着心病，一时无言解说，满面羞惭，变怒而去。（渐隐）

景五〇一 楼上

（加圈）申屠女看那孩子，想到将来，凄然难舍。（渐隐）

景五〇二 白龙庙前

（渐现）那丐者镇日坐在海滨，望归舟不见。（渐隐）

景五〇三 郊外路

婢子没了主意，信脚行去，忽见方蛟、媒婆等来，侧身藏树后躲避。一盘一盘的礼物，偏都在她眼前摇摆而过。

九四、说明 岂肯善罢干休。

A blighted love will defy anything but insists on revenge.

景五〇四 同上

婢子看了怨毒，处心报复，毅然回家去。（渐隐）

景五〇五 村中路

媒婆带了礼物来，醉人看得明白，在旁窃笑。

景五〇六 申屠草堂

媒婆献上礼物并吉帖。

景五〇七 同上
（特写）女俯首微笑，取钗试簪髻上。（渐隐）

景五〇八 申屠门外
媒婆与方蛟，满面笑容，十分高兴回去。

景五〇九 村中路
醉人见了诧异，追上前看时，（加圈）盘内皆是空空如也，（去圈）不禁顿足大骂。
九五、对话 “女子大都无良！”
“Women is heartless，I declare.”

景五一〇 同上
旁人握住他嘴。（渐隐）

景五一一 楼上
（放大）申屠女缝好锦袱一块，包了孩子，不胜爱惜。（渐隐）

景五一二 方府后院
方婢回来。幸喜后槽出外溜马，角门开着，趁无人即掩入。

景五一三 城门外市集
方蛟等回到城门边，见许多人围看没头帖子，上写：
九六、说明 “恶霸诬良为盗，赃官屈打成招，梁山义士今到，刀刀个个不饶。”（化入）

景五一四
方蛟揭一张去。

景五一五 方六一书房
方六一听见说亲成功，大喜，赏了媒婆一包银子。那张无名揭帖，看看抟去，毫不在意。（渐隐）
九七、说明 吉期前一晚。
The night before the wedding…

景五一六
申屠雄在海舶上，举首远望。

景五一七
远处一带黑影，隐约似岸。

景五一八
申屠雄指与众人看了，俱各大喜。（渐隐）

景五一九 方六一书房
书房内挂些灯彩，方六一又是大醉，手里摇着鞭子。那婢子被毒打了，猛然向前扑击，被左右拉住，夺去手内锐利剪刀。方六一喝叫缚了手足。

景五二〇 柴房
众奴将婢子掷在空房内锁起。那房内又湿又黑，（加圈）且多蛇鼠。（去圈）婢子哭叫，以头撞门，不得出。（渐隐）

景五二一 大树林
林后隐隐见有人马旌旗来往。

景五二二
（特写）月光下看大旗上绣着“替天行道”四字。

景五二三 楼上
申屠女以钱一袋，给丐女道：
九八、对话 “事急矣，速将此儿去。”
“Things have come to such a pass—please take the child away.”

景五二四 同上
将孩托丐女，丐女初不肯受；申屠女至哭泣跪求，丐女始允。

景五二五 申屠门外
丐女黑巾蒙头，怀藏小孩，乘夜出门。

景五二六
（特写）申屠女并不悲哀，倒觉脱然无累。（渐隐）

景五二七 县衙前
吴用仍是扮了江湖卜士，从县前过，摇铃三次为号。

景五二八 方府门前

走过方府前，见执事鼓吹，排满一街。吴用摇铃，时迁本装瞎丐，听得暗号，张眼望了望，又闭眼。

景五二九 城门（西门）

李逵扮作哑道童，在城墙根坐地。（渐隐）

景五三〇 海滨

海边到巨舶，有人将着许多物事，乘小舟近岸。

景五三一 同上

（特写）正是申屠雄。

景五三二 白龙庙前

众人吃惊，丐者奔迎上去。

景五三三 海滨

丐者拉着申屠雄，诉说一切。（渐隐）

景五三四 方六一书房

有人报方六一。

景五三五 同上

方六一声色不动，仅附耳细语，授计方蛟。

景五三六 海滨

丐者一一说毕，慨叹道：

九九、对话 “此时恐已为新嫁娘矣！”

“She might have become his bride already!”

景五三七 同上

（放大）雄气冲牛斗，发皆上指。

景五三八 村中路

二十来个做公的，持着牌签刀杖，奔入村中。

景五三九 申屠庄院前
都伏在庄院前后。

景五四〇 海滨
申屠雄将带回土仪礼物，还掷上小舟中嘱咐丐者几句话，即匆匆一人返家去。

景五四一 方六一书房
方六一佩刀坐室内，叫众奴持械围护。

景五四二 郊外路
花轿执事等，亦有众奴持械拥护，仍向村中行。

景五四三 申屠院内
申屠雄入门呼女，速同登舟远飏。

景五四四 楼上
女已盛装，见雄来，似惊似怨。但志已决定，绝不犹移。

景五四五 小楼
女不肯去：凭楼与语。
一百、对话 “再嫁由身，此无与兄事。”
“Tis none of your business.”

景五四六 草堂
那老丈所得自己儿子的声音，忽若梦醒。

景五四七 院内
老丈上前相认，神志居然清了许多。

景五四八 申屠门外（从外望内）
那门外一声锣响，做公的将门围住。

景五四九 申屠门外（从内望外）
但都怕惧申屠雄了得，只在门外呐喊，不敢上前擒拿。

景五五〇 小楼
女从楼上掷下金银一袋，说道：
一零一、对话　“速将老父去!”
“Carry father to safty—do you hear?”

景五五一 院内
申屠雄踢过银袋，折了根树枝作兵器，背负老父，且战且走夺门去。

景五五二 申屠门外（从外望内）
霎时迎亲人到，众奴持刀杖护卫，喜娘等扶申屠女上轿。

景五五三
（特写）高灯上写着“方府迎亲”。

景五五四 村中路
开道旗牌等，对对过去，灯笼火把，照耀同白昼，远看如火龙一条。

景五五五 同上
（放大）道旁醉人摇头，旁人紧握其口。（渐隐）

景五五六 海滨
那丐老丐女，原在海滨等候，见申屠雄到，同跳上小舟，一桨点开，摇向海舶去。

景五五七 同上
做公的在岸边，睁着眼看，无法追赶。（渐隐）
一零二、说明　朔风凛冽。
The bitter icy wind blows.

景五五八
（特写）那面“替天行道”杏黄旗，被风吹得飒飒的动。

景五五九 城墙上
城楼角上，必必剥剥，燃放一串鞭炮。

景五六〇 城门（西门）
便有人偷偷开了城门。

景五六一 屋上

时迁爬在方家屋上，窥探室内动作。

景五六二 方六一卧房

那屋内生着个大火盆，暖着几壶酒，方六一与申屠女，对坐笑语。女起劝饮，方举杯即干。

景五六三 同上

方醉后脱衣除刀，且拽同坐，女笑奔开，一路解带一路舞。

景五六四 同上

（放大）带解，内有利刃。女藏刃身后。

景五六五 窗外

时迁在窗外，取出吹管。

景五六六

（特写）女手中刃，即方赠聘宝刀也。

景五六七 同五六二

女一手握刀，一手旋带，缓缓而前。

景五六八 同上

（特写）方大乐笑。

景五六九 同上

（特写）女突然举刃。

景五七〇 同上

方痛跃起，夺刀，将追杀女。

景五七一 窗外

时迁吹灯。

景五七二 卧房

室内忽暗，方六一拌跌在地，桌椅火盆尽倒。

景五七三 书房门外

申屠女因此未遭毒手，奔出室外。

景五七四 方府大厅

方蛟领着众奴，火把刀杖抢进来，不料黑影中钻出哑道童，大叫：

一零三、对话 “梁山泊好汉全伙在此!”

“Greetings from Liang Shan Bravemen.”

景五七五

手起一斧，将方蛟劈死，众奴才纷纷逃命。

景五七六 方府后院

申屠女乘间，开角门走脱。

景五七七 县衙前

押司王琳，背着许多银子，东窜西逃，连人带银，为梁山捉去。

景五七八 公堂

知县相公，一手抱印，一手执天平，为乱兵所戕。

景五七九 方府大厅

李逵性起，只顾寻人厮杀。

景五八〇 方府后院

时迁点几个草把，放起火来。

景五八一 街市 同景二三〇

吴用骑着马，往来巡唤。

一零四、对话 “只杀贪官恶霸，勿杀好百姓!”

“Do not harm the people.”

景五八二 街市

许多马匹，驮着金珠、细软、粮草等来。

景五八三 城门（西门）

李逵、时迁等押队，陆续出城。（渐隐）

景五八四
（渐现）再说那申屠船，此刻正航行大海中。

景五八五 申屠船上
老丈神志清楚，癫痴痊愈，含泪叙述往事。

景五八六 同上
那丐女解开锦袄，见有血书。（化入）“董昌有后，兄抚养之。”（化入）
“My brother shall take care of Tung Chang's only son.”

景五八七 同上
（放大）申屠雄触动天性，悲呼道：
一零五、对话 “吾妹何在？”
“Sister, where are you?”

景五八八 同上
老丈无言，独那丐者劝道：
一零六、对话 “身虽垢浊同尘土，心地光明高九天。”
“She may live now in dirt and mud, but her soul shall always dwell in heaven.”

景五八九 同上
（特写）申屠雄不禁流下了几滴热泪。

景五九〇 同上
（特写）那丐女抱孩子在怀，十分亲热。（渐隐）

景五九一
（特写）那夜甚冷，雪下不止。

景五九二 山中
天明，山冈上积雪如银。众农户见董昌坟边，有一女子丽服僵卧，相与指点叹息道：
一零七、对话 “此即侠女申屠氏也！”
“Shen Du's daughter she is—A heroic woman!”（完）

不堪回首

出品　神州影片公司，1925 年

编剧　陈醉云

导演　裘芑香

主演　丁子明　严工上

《不堪回首》电影由陈醉云编剧。其电影本事为陈醉云所作，曾先后发表于《进德季刊》第 3 卷第 3 期（1925 年 1 月）、《申报》（1925 年 1 月 29～30 日）、《电影杂志》第 10 期（1925 年 2 月）、《神州特刊》第 2 期（道义之交号，1926 年 2 月）。心冷《中国影片新评：（十二）〈不堪回首〉》（《国闻周报》第 2 卷第 7 期，1925 年 3 月 1 日）亦收录该片本事，但文字略有不同。本篇选自标点完整的《进德季刊》版。

本　　事

陈醉云

有何翁者，隐居郊原，灌园自给。翁有女，字素芸，性温淑，貌端秀，粗娴诗书，善体父意，常担菜入市，售之以资衣食。人或以是讥之，顾女尝自谓："以力自赡，神圣事也！余之为此，视世之妖妆艳服，坐食无事者，高尚多矣，何卑之有！"因坦然安之，不与世俗计短长。

会江浙战起，军旅所至，乘势焚劫，闾阎为墟。有朱生光文者，亦遭兵燹，仅以身免，昏夜奔波，道经何翁门前，晕仆篱下。次晨女出，见之，惊报其父，救之入室。朱以无家可归，遂亦暂止翁家。有时，何翁父女工作于场圃间，朱亦攘臂相助。从此与女灯下问字，篱边看花，两相爱慕，情好弥深。翁见之，亦莞然心许，因是两人遂有婚姻之约。

女之自市归也，常购报以贻朱。一日，朱于报上见有富室丁姓招书记广告，因往试之，取焉。朱欣然归报何翁父女，互相庆幸。翌日，翁置酒相饯，且延两邻老作陪。席终，朱亦行，翁与两邻老殷殷相送。女格于众，虽有满腔惜别之辞，不敢稍吐，惟倚门怅望，黯然神伤而已。

自朱去后，虽相隔非遥，而音讯久虚。女思念甚殷，缄书寄之，亦不得复。一日，有邮者莅于门，女以为赍朱书至矣，孰知为邻家之信，因是良郁郁。翁欲慰之，而苦难措辞，亦为之默默无欢。

丁氏，巨富也。朱既供职丁氏，所触多奢华，颇足移其心志。丁翁有数女，长曰秀娟，年二十许矣，绮罗蔽体，好作艳妆。朱慕其富，迷恋不能自已。丁翁无子，嘉朱能，亦颇有婿之之意。以是素芸数寓书于朱，朱辄抑而不报。何翁父女既候书不至，心滋疑虑，乃径趋丁氏宅，意欲访朱。至则垣宇高障，铁扉深掩，正逡巡间，忽喇叭声格格响，一汽车自后疾驰至，门亦随辟。翁与女亟避门侧，视车上人非他，则正朱也。朱与丁氏二女偕乘，方自市购物归，瞥见女，惊顾之余，便掉首若不识。女方欣然欲与招呼，竟不料其如是也；顾心中尚犹疑。惊顾间，车已进门，铁扉仍砰然阖。隔扉但见尘烟微飏，车已驰向荫道深处。阍者见其徘徊不去，作态揶揄之。女愤且赧，乃与其父凄然而返。

何翁以风烛残年，经此波折，心中不能无耿耿，遂病。当女凄其侍药之日，正朱殷勤向秀娟献媚之时，苦乐之不同，有如是者。无何，翁竟病殁；女亦病，自叹身世，倚枕饮泣。而朱则一帆风顺，已与秀娟行嘉礼，言笑燕婉，早已不复省记旧时人矣！

二人既婚，秀娟恒奴视其夫，朱渐不能堪。秀娟有妹，娴跳舞，善歌曲，天真烂漫，性好戏弄。顾秀娟以成人之年，亦不自检，时与妹辈相戏逐，尝饰假胡，戴便帽，效男子装，令妹拍照，且强朱共嬉。朱因是深鄙之，隐含悔意，与曩时之视若天人者，不复同矣。

秀娟性既骄奢，且好冶游，因之渐有外遇。每出，必午夜始归。朱虽欲劝阻而不敢也。一夕，朱候之不归，又不敢先睡，开窗探望，则黑夜沉沉，音迹俱杳，但见远处灯火历历如繁星而已。钟漏既深，朱益焦灼，愤慨不能复忍，乃扃其门，颓然卧于榻上。渐入梦：梦素芸洗衣河步，已则垂钓于旁，垂杨倒影，驯鹅嬉水，风景滋佳。碓声既起，倏然惊醒，则灯烛昏黄，闻室外叩门声甚厉，启户纳之，则秀娟归矣。朱含恨在心，忍气劝之，语涉诮让；适娟以叩门久，亦颇蕴怒，遂反目，指户使朱出。朱愤极，遂负气下楼，离丁氏宅，示永别。时已过午夜，路灯昏黑，寒气逼人，朱踯躅而前，惘惘无所移止。忆及素芸，追悔无已。及明，乃蹀躞往访。至则蔓草滋径，板扉双锁，门上蓝纸斜黏，似遭新丧。朱惊愕异常，痴立不知所措。适有村童道经篱外，见而异之，乃趋报邻老。邻老至，知为朱，趋前致辞。朱亦迷惘不知所对，但问何翁何往。邻老答："死矣！"又问素芸，亦以"死"对。朱凄然泪下，以身支扉，凄怆不能自振。久之，朱请入视，邻老乃为启匙。朱黯然入，则室内蛛网纵横，尘封四积，所余仅败桌破榻而已！旋于桌上得缝针一，针孔犹曳残线，则素芸物也。又得残书一，则往时与女之所共读者也。遗迹虽存，而音容已渺，往事如烟，不堪回首。朱惨然者久之，举步出阈，觉茫茫天壤，不复有容身之所矣！

情海风波

出品　联合影片公司，1925 年

编剧　吴宝莲

导演　张慧冲

摄影　徐文荣

演员　张慧冲　徐素娥　费伯清　张美烈

《情海风波》（又名《水落石出》）由吴宝莲编剧。其电影本事为王钝根述所作，原载《电影杂志》第 9 期（1925 年 1 月）。心冷《中国影片新评：（十一）〈情海风波〉》《国闻周报》第 2 卷第 4 期（1925 年 2 月 8 日）亦收录该片本事。

本　　事[1]

钝根述

狄志光，少孤，赖母抚养成人。毕业于海军大学，任舰长。以政局扰乱，弃职家居。与女友容如月往来最密，互订嫁娶之约。女母古氏，顽固守旧，不以欧化自由结婚为然，故二人犹豫未敢相告。女有表兄胡礼图者，富而浮荡，涎女美，欲得为妻，恒以珍物馈遗。女母深喜之，而女弗欲也。一日傍晚，女与志光同游海滨，坐石上喁喁作情话。适为胡瞥见，妒火中烧，亟往女家告母。母大怒，奔至，睹状恨极，痛詈志光而拽女同返。志光木立怅望，不知为计。胡自石后出，揶揄之。志光愤推以拳，击胡仆地，乃去。先是志光与女并坐情话时，将剖梨而食。未食，母遽至，仓皇弃梨及小刀于地，不自觉也。及胡被击仆地，乃拾得刀，刀上镌有志光名。胡把玩良久，遂生毒计。乘夜逾垣入女母室，即以志光刀刺杀母，置刀尸旁而遁。法吏验尸得刀，立捕志光，欲治以杀人之罪。志光不承，然无术自脱于嫌疑。女知志光冤，数入狱省视，亦惟相对愁叹而已。志光母忧子成疾，弥留时苦思一见志光，女乃入狱相告。狱吏曾受女父恩，锐身自任，愿纵志光出狱。志光狂奔归家，抱母哀呼。母张目微睨之，溘然而逝。志光抢地呼天，痛不欲生。女劝之遁，乃出。途遇警士，追逐百余里，相与苦战。卒以投海匿伏波涛中，始免。自是变姓名，居村落间。半年，始以函告女。女自志光远遁，索居寡欢。胡常往调之，赠以衣服珍饰，不受，后竟强迫接吻。女大呼，仆役奔至，胡出门。胡知绝望，乃别寻佳丽，卒为一荡妇所惑。妇既嫁胡，而仍

[1] 原为句读。

与他人私。胡适撞见，欲执之。奸夫突出手枪，击胡中胸，遂死。死之前一刻，警士询其姓名履历，并问有何遗嘱。胡言无他牵挂，惟生平曾做一昧心事，刺杀亲长，陷害无辜。临终忏悔不及耳，遂缕述刺杀容母状，志光之冤于是大白。报章腾载其事。女见报，急赴乡村告志光，并请律师投案辩护，得宣告无罪。二人即日行婚礼，并出资为狱吏赎罪，赡其终身云。

情弦变音记

出品　新少年影片公司，1925年
编导　费席珍
摄影　徐绍宇
置景　李元龙
演员　王含晕　王慧仙

《情弦变音记》电影由费席珍编剧。其电影本事为费席珍所作，原载《电影杂志》第9期（1925年1月）。

本　　事[1]

费席珍

城郭之外，有群马疾骋，如风掣，如电闪。怒马奔腾，齐足并驰。初未能辨其驽骏，然路遥知马力，日后见人心，终有得判优劣时。

花丛间有丽人焉，手书一卷，注目书中一少年像，心弦微颤，若甚有感于此者。丽人曰秦衡兰，少年曰陈芷沅，皆剧中主人翁也。

秦衡兰有女友曰冯琤琤，执业于大华贸易公司。衡兰往访之，见公司中有少年若素识，盖即心慕之书中人也。秦以识荆有方，晚五时后，急造冯家，冀一吐衷曲。不料情缘独悭，不获与冯静谈，久坐针毡，只得乘兴而往，败兴而返。方及门而芷沅适来，秦欲返不得，倾谈之机，失之交臂。忽闻唤叫声发于其后，则秦临走时忘携所持钱囊，冯妹莹莹见而唤之。又经琤琤坚留晚餐，得与芷沅互表爱忱。从此卿卿我我，两心相印矣。

芷沅之母，久思含饴弄孙。知子与秦善，颇欲玉成其事。芷则以婚姻为一生幸福所系，当处处出以正轨，审慎周详，免铸大错。秦之才识容貌，果无可议，以交友未久，性情若何，无从详知。乃相约一年后订婚；一年以内，彼此应负牺牲与第三者议婚之义务。

富绅徐渭祥者，原配早经离异，继妇亦亡。有女曰爱珠，秦之旧同学也，曾邀秦至其家。孰知衡兰此行，不啻使情弦之变爱音为哀音。渭祥艳秦之貌，惊为天人，复经西席吕文宇之怂恿，而兴续膠之念。

徐宅有园，富丽壮瞻。内室布置井然，起居之安，可不待言。衡兰之乐不思蜀，固其宜也。夫装束与姿态有密切之关系者也。芷沅惯穿西装，极潇洒蕴藉之致。逮夫

〔1〕原为句读。

秋风报寒，从母命而易华装，则不自然之态度，表显于不自觉间。途次遇衡兰，衡兰注意及之。邂逅略谈，各自分途。秦初乘车，行数武而车忽停。陈以为衡兰有言未尽，急奔返，则秦改乘汽车，此即徐爱珠邀秦至其家之翌日也。一日，芷沅候电车于途，衡兰车经其地，遥呼之。芷沅奔欲近，而路中车马辐辏，不得进，乃登电车而上。秦则停车于路以候之，不见陈来，怒其无情，爱感遂生误会之变化。

吕文宇欲媚其主，托其弟文宙说婚于秦之父。秦父絜卿，市侩之流，得与豪富结为秦晋，喜极欲狂。谋诸女，衡兰心战久之，终为黄金占胜利。

陈秦既相爱，形影不离。衡兰恐陈知己之心许徐氏也，乃设法以远之，亟致函以游杭告。一日，陈忽遥见衡兰途次。衡兰目锐，急智立生，遣婢急奔陈前，妄言以愚之。

结婚之日，芷沅代表其公司道贺于徐家。见新娘，则相约一年内不与第三者议婚之秦衡兰也。对此情境，虽欲自敛其愧恨难言之色而不可。奈大庭广众间，非兴师问罪之所，只得隐恨而退。

从此侯门如海，萧郎路人。然人苟不得志于情者，必永留一创痕于其灵魂之上，此陈生之必欲一诘其究竟以为快也。一日，见徐园中衡兰独在，乃放胆直入。秦鼓其如簧之舌，如泣如诉，反责芷沅之不能助己。陈生秉性笃厚，顿释前嫌。正婉言慰藉之倾，情敌适至。生虽坦白，亦无辞以自圆。执见有司，自知不免，惟束手待缚耳。

人咸知情敌为徐渭祥，而不知徐之与陈又有其他关系，不便宣诸众。而目击情状，忍无可忍，为顾全一己体面计，诬陈以恫喝诈欺之罪，鸣警拘捕。生欲辩不能，仅恳勿使老母得悉其入狱。

生押于司法科之拘留所，忽念慈母，痛极欲狂。忽又闻哭声，扪心自问，犹以为加累衡兰，受徐之责也。殊不知徐方新婚，安忍作煞风景事？所闻之泣声，盖隔室弋获之逃徒耳。

陈母慈爱，夜半不见子归，秉烛达旦以待。翌晨，竚立门次，焦灼万状。不知报端已披露其子之厄，曾拾遗报于手，未过目而置之。卒由陈生同事冯琤琤急切来报，乃偕往询警署，冯又受人奚落。嗣悉生已解厅候办，比雇车赴厅，则法庭已散。旁人有告之者曰："乱党恫喝诈欺，罪当枪决。"陈母闻讯，如痴如颠。冯强之归，俄顷陈生安然返矣。

陈母见子归，惊喜交集。而生尚未知其母之已知情也，痛哀于衷，力自含隐，不忍伤老母心。琤琤速其言，乃节节详禀。盖生虽被诬，而法官公正，查无证据，因释之归耳。

陈母虽庆子无恙，而恨徐渭祥切骨，盖徐即陈生之生父也。当十八年前，夫妇以事反目离异，爱珠归徐，而生偕母出，以外祖姓行，陈生不知也。

当渭祥二次续娶之时，陈母固流泪，犹不知所娶，即其子之情人。今既得详情，恶其无良。冯琤琤尤恨衡兰无义，相约至徐家责问。渭祥不自任咎，琤琤令生出衡兰函以示之，则衡兰手书"一年以内彼此应负牺牲与第三者议婚之义务"之字样，赫然于徐之眼帘。计发函日期迄今，方五匝月耳。因自愧老朽不应与儿子作情敌，毅然与衡兰离婚。衡兰亦莫如之何。

徐爱珠知陈母既生母，娇啼于膝下，母女之爱逾恒。是后，十八年来枯井，是否复涌其波？阖家是否复聚？非我所欲知，编剧者不予叙述矣。

碧水河里，汽艇缓驶，中坐一对璧人，则秦衡兰又与美少年李渊芝欣度蜜月矣。倏闻艇中起争执之声，隐有“汝不能从我，则不能为我夫”，则此伉俪间之幸福，可以想见之矣。

觉　　悟

出品　三星影片公司，1925 年
编剧　李允臣
导演　凌怜影
说明　李允臣
演员　曹剑辉　王鲤冰　赵静霞　沈　强　瞿绮绮

《觉悟》电影由李允臣编剧。其电影本事为李允臣所作，原载《申报》（1925 年 2 月 20 日）。心冷《中国影片新评：（十四）〈觉悟〉》（《国闻周报》第 2 卷第 13 期，1925 年 4 月 12 日）亦收录该片本事。

本　　事〔1〕

李允臣

夜阑人寂，大地如死，荒村孤野中，有高桥焉。颠立一女子，呼天抢地，如梨花带雨，杜鹃泣血。哭语有时，继即纵身入河，与波臣为伍矣。

当斯时也，幸有醉汉途经其间，睹状即命同伴入河援起。啼视之，始悉系程仲清之女，程氏荣贞。乃送之返婆家。噫！青春少妇，受何冤屈，致轻生若是耶。

荣贞因母溺爱过甚，既未受教育，又不谙女红，日惟作威作福，与兄嫂等为难。迨嫁与任家后，仍不稍改前非。其夫国俊执教鞭于上海进修公学，少年老成。对此专制婚姻，本非所愿，因碍于母命，只得强为允诺。婚后同居海上，见往来邻妇，俱盛妆艳服，欣羡不置，时嬲夫购衣置饰，强学时髦。稍拂其意，即起为难，故勃谿之声，时达户外。国俊慑于阃威，只得东贷西借，未几债台高筑。而校中教务，因时迟到故，亦遭停歇。愤恨之余，遂别妻他往，访寻故友，以冀别谋良图。奈命运多蹇，觅友不遇，盘费用罄，流落异乡。时该地匪氛正炽，又见大军赴省会操，盗益胆壮，竟效军队之拉夫，强迫贫苦年壮者流入党。时国俊正落魄街头，贫乏无依，匪徒见其孤弱可欺，强曳之行。然人穷而志则不穷，宁为沟中饿殍，不愿混身匪丛，作此犴犯科事，强词拒绝，致被监禁室中。遇富少林某，系彼匪绑掳来者，索价五万元，才肯释回。国俊与之密谋脱逃，乃设法破屋登颠，一跃而下，疾奔至该处司令部，投报被掳脱逃情形。该军得报，即派队往剿。激战良久，始将匪首擒获，并当场格毙匪徒甚众。后事闻于该师师长，颇嘉其功，遂命其在营中供职。林某之父，以其子得以出险，皆赖国俊之力，乃酬以五千元。

---

〔1〕原为句读。

荣贞自夫出走后，初则毫不为意。继因典质净尽，且腹已便便，势将临盆，不得已返家，向母告贷。讵为嫂氏所讪笑，又受母氏之白眼，乃愤而外出。时正严寒，朔风凛冽，大雪纷飞，只身彳亍，冰窖雪地中，且行且跌。又加腹痛大作，幸为乡妇所见，悯其遭遇，遂扶之返家，令其暂息。讵雪犹未止，而荣贞腹中幼孩，已呱呱堕地矣。

迨元气稍复，荣贞乃怀幼孩辞谢乡人，拟遄返婆家。既念逼走夫婿，见责母氏，罪孽深重，罄竹难书，尚有何面目再居人世乎！乃乘夜深静时，将孩安置婆家门首，疾叩数下而奔。迨至桥上，遂一跃入河。幸为人所见，援起送之回家。经婆再三劝谕，复得国俊来书，谓已在营中办事，始安心抚养幼孩，助婆操作。越二年，国俊荣返故乡，破镜重圆。时荣贞已悉改前非，判若两人。规夫解辞军职，免为涂炭生灵。复令其出资创办平民小学于乡间，以惠平民焉。

妾 之 罪

出品　金鹰影片公司，1925 年

导演　柴晓云

《妾之罪》电影本事有二，一署名朱恨波，原载《申报》（1925 年 3 月 31 日）；一无署名，收录于心冷《中国影片新评：（十五）〈妾之罪〉》（《国闻周报》第 2 卷第 14 期，1925 年 4 月 19 日）。本篇选自后者。

本　　事〔1〕

富室程子卿，早丧偶。纳妾张氏，性奸险。归程时并携其前子大贵同来。大贵赋性复如其母，无赖少年也。翁前妻遗两子。次曰世昌，一活泼可爱之童子。长曰世英，甫结缡，携新妇度蜜月于某处别墅。新妇缦云美而贤，程家人无一不敬爱之。张氏有外遇曰甲生，平素往还，张氏告翁为己之弟，翁果无疑。然碍于缦云之目，于是恶念横生，与甲生共谋阴计。蜜月未终，遽赋骊歌。世英接校中来书，别爱妻远奔京师。张氏见世英去，进言于翁，谓缦云爱大贵，时以言语调之。翁固深信其媳之贤，一笑了之。一日大贵在池畔钓鱼，以手蒙眼，伪言沙尘入眼，见缦云，乞其吹气。缦云天性纯厚，不知用意之诈。时翁适在园，张氏遥指，曰："汝媳强吻吾子矣。"翁老眼模糊，睹状大愤，呼缦云前，加以责言。翌日翁假睡，见镜中一手，将药粉散入茶碗。翁见手上之约指，审为缦云之结婚戒。会将茶叶验之，知为毒药，翁益怒，竟驱缦云出。缦云含冤莫白，四顾茫茫。时适大雪，昏倒中途。旋有马车过，车中人适为缦云昔时同学，援之入医院。既渐愈，缦云求院长留充看护。一日翁见一幼婢指间御一金约指，其式一如缦云者。问于婢，婢惧其责，尽将主妇阴谋吐露。事闻于大贵，奔报其母。张氏知计败，偕甲生大贵遁。翁追悔前情，寓书世英，促其归，觅缦云。时忽接某处庄号来信，促翁去。既抵彼地，询无其事。及归，则门首已高悬出售牌。翁气极昏倒，幸经邻人送入医院。世英接信奔归，询之邻人，急投医院，得见缦云，悲喜交集。时翁病已渐痊。世昌自被张氏驱出后，即随卖花老人售花以糊口。其时院门前适有卖点心之小贩，与人争执，其担翻倒。世昌适旁观，为某甲误执，相与争论，声闻于院内。世英亟出视，固为其弟世昌。复历述其出门时，曾吊于张氏及甲生之汽车后，因得悉其居处。于是世英等偕往捉拿。张氏既被捕，世英语其父，谓家丑不可外扬；资产已归，余不复追究。出门适遇甲生归来，即就捕之。而世英夫妇，经患难庆重圆焉。

---

〔1〕 原为句读。

悔不当初

出品　晨钟影片公司，1925 年
导演　顾孝觉
摄影　竺清贤
演员　顾梦鹤　张秋痕

《悔不当初》电影本事无署名，原收录于心冷《中国影片新评：（十三）〈悔不当初〉》（《国闻周报》第 2 卷第 13 期，1925 年 4 月 12 日）。

本　　事[1]

有富家子骆宾，父母俱亡，遗产丰厚，仅一幼弟同居。表妹傅茜云，家贫，与寡母弱妹，相依为生。宾以亲谊，时资助之。对茜云深加敬爱。茜云则落落，每思自立以赡其家。茜云有旧同学华镜蓉者，平日鲜通音问。会茜云在途坠车，遇之，镜蓉殷勤送其还家，瞯其貌美，视为奇货。越日，赴茜云家，伪称松江县属，有巨绅欲延女师课子女，愿任介绍。茜云欣然允诺。母察镜蓉非善类，劝勿往。茜云自立之念，久蓄胸中，不听。母乃召宾决之，宾亦虑茜世故未深，为人愚弄，力阻其行。不果，乃蓄志改装工人，潜纵之，阴为保护。既抵松江，茜云镜蓉二人入当地著名恶霸王子良家。镜蓉暗鬻茜云与子良作妾。宾传知其情，徘徊门外，懊丧欲绝。茜云既知为镜蓉所卖，复受子良逼迫，宁死不从。恶霸命人囚之空室。夜深人静，宾踰垣入后园，隐闻啜泣声，知为茜云，救之出走。为恶霸党觉，分道穷追。初避入一乡妇家，备翌晨离险地。讵知乡妇亦非善类，乃复逃出。中途遇恶霸徒党，宾奋与之斗，几为所困。夤夜奔弛，举得脱。途过小舟，附往松江车站，相将返沪。惟宾因拯茜时，曾入水避侦者之目，受寒而病，不久竟以不起。茜云痛失良朋，遂矢志不嫁，以报知己。

[1] 原为句读。

后 母 泪

出品　东方影片公司，1925 年
编剧　董血血
导演　任彭年
摄影　任彭寿
演员　沈南琮　任爱珠　丁华氏　汪福庆　王秀贞　沈锡麟

《后母泪》由董血血编剧。其电影本事无署名，原载《民国日报》（1925 年 4 月 11、18 日）；亦收录于心冷《中国影片新评：（廿九）〈后母泪〉》（《国闻周报》第 2 卷第 36 期，1925 年 9 月 20 日）。

本　事[1]

夜色苍茫，晓星落落。司晨之鸡，一声报晓，旭日一轮，自海平线冉冉而升。大地之上，形形色色，同时揭幕。而吾剧亦此时开始活动焉。

秀丽乡村间，华屋一所，直立于晓风习习中。是屋主人张惠堂，家称小康，为一旧式之家庭。其发妻早世，遗有一子一女。子名曰公布，女名曰梅贞。公布有未婚妻曰采芹，未婚过门，俗称为养新妇。

翁自发妻故后，续娶继室冯氏，亦生一子一女。子名曰天宝，女名曰蕙芬。翁奉命赴欧洲调查实业，家政委诸冯氏。顾冯氏性偏窄，对于前妻所遗子女，若眼中钉，稍有失过，则鞭笞立至。对于其亲生子女，尤如掌上珍，以文绣饰身，溺爱逾恒。前妻所生子女，逼令操作苦工，几媪妪之不若。亲生子女，奉之以婢仆，高贵比王孙。同为一父所生之兄弟，贵贱判若天渊。可怜孤儿孤女，形容憔悴，日以泪珠洗面。

晨曦初上，采芹蓬首垢面，洒扫庭事。偶回首见壁间陈伊翁张惠堂之肖像，女对之嫣然微笑，敬爱备至。案头陈一四十许之妇，女对之花容变色，若不胜其恐怖者，盖即伊姑冯氏之像。亦可见冯氏平日之积威矣。其一为年未弱冠之青年，女对之色然而喜。抱像于怀，四顾无人，与像中人潜接香吻，知其为未婚夫张公布之像也。一日冯氏命采芹为之梳栉，女失手坠镜。冯氏引为镜碎钗飞为夫妇分折之兆，怒不可遏，执鞭痛笞，必欲置之死地。梅贞求其妹蕙芬，向母求恕。蕙芬虽为冯氏所出，对于异母兄姊，极为亲爱。闻讯后，由学校奔归家内，抱杖苦谏，且曰母乎：“吾将来出嫁，有姑亦若吾母，日遭鞭笞，吾母闻之，当作何感想耶！”冯氏闻语，即弃杖而去。

张公布年已及冠，因后母不能相容，遂只身遁去。冯氏闻耗亦竟置之。一日冯氏

[1] 原为句读。

病，命梅贞煎药。无意中碎其药碗，倾药汁于地，不能复收。惧后母之痛责，亦遂逃避在外，意欲寻访其兄。讵中途被白蚂蚁所诱，偕来上海，劝女以作工度日。女自计以作工自活，尤胜在家万万倍，遂首肯焉。不料妪与人密谋，将卖女于娼寮。女窃闻其计，乘隙遁去。四顾茫茫，无家可归，徘徊岐路，情殊狼狈。时有年方成丁之劳工，名许鹏飞，在附近工厂中，任货车司机职。日暮自厂归，路经是处，见女踽踽凉凉，状极恐惧，趋前询其来历，并自愿以全力为助。女告以受骗详情，鹏飞慨然引女同返。女将身世诉诸许氏外祖母，妪怜其所遭，乃留女家中。食指既增，鹏飞之负担益重。女不自安，易男装，入工厂，任小车夫之苦役。

冯氏自失女后，私心窃喜，以张氏财产，属诸于嫡系，不复有分润之人。未几为天保娶富家女为媳。新妇系出富家，举止骄横。结婚之日，自命为新派，反对旧教礼，当众演说，旁若无人，且不受其姑之拘束。一言不和，飞碗掷盏，声势汹汹。冯氏至此，惟有忍气吞声，暗自懊悔而已。冯氏有病，惟养媳采芹，衣不解带侍奉汤药。其次媳不但不来伺候，甚且虑其传染，禁其夫不许近前。至是冯氏始大觉悟，方知公布夫妇实为孝子顺媳。暗地颇意念亡子，希冀早归。从此对于采芹视若己女矣。

江浙失和，战事开幕，张氏所居在火线附近，首当其冲。冯氏携其亲属，弃家逃难，仅一老仆留守焉。舟次太湖，为当地无赖所拦劫，天保及次媳，相继殒命。冯氏与蕙芬采芹二人，仅以身免。人亡家破，囊资尽罄。经某庵，老尼怜婆媳之失所，留在庵中。采芹善书法，每日抄写《金刚经》以易钱。张惠堂闻家乡战事，束装回国。抵家时，正在干戈扰攘中，并闻太湖遭劫之消息，益觉肝肠寸断。到处探访，毫无消息。交通阻断，坐困上海，遂在工厂任总理之职。一日，梅贞因坠车受伤，经鹏飞扶入客厅，延医救治。女偶然张目见壁间陈列其父之肖像，大异。移椅接足，近前细审，乃对像大呼爸爸，爸爸！惠堂闻呼声，颇引为怪，自内出视。见褴褛小子，对像接吻，益觉惊异。揭去其帽，则秀发垂垂，居然女也。父女相见于患难中，其愉快为何如乎。女对父备述许氏子扶救之功，翁命鹏飞入厂同居。从此二人衣服丽都，一则亭亭玉立，一则独世翩翩焉。

上海附近，为战事之焦点。不幸工厂陷入战线，被敌军占作前敌司令部，其客厅即司公官之办公室。一日，惠堂出席于市议会，留梅贞鹏飞于总理室。突闻电话机铃声大振，梅贞执筒听之，方知系军用之密电。因军用线附挂商线之杆，以二线互绞，军机遂致泄漏。盖敌方军探之密告，有陆军学生张公布，自告奋勇，牵引决死军五百人间道来袭，请为防备。司令官答以必引官兵过大桥而来，桥下预埋多数地雷，候其登桥，全军歼灭焉。梅贞得此消息，知其胞兄陷入绝地，惶急欲死，自愿拼死救兄。商诸鹏飞窃得特别通行证，驾汽车冲过火线，赶到桥下。遥见其兄已引军登桥，又见桥下有一兵士，正欲扳动电机，轰发地雷。梅贞急不及待，飞身赶到桥下，抱住敌兵之手，至死不释。兵士挣不能脱，迨梅贞力尽，兵始脱手扳机，地雷乃轰然爆发，某号铁桥炸毁数段，而张公布之决死军，已全军过桥矣。

初鹏飞在中途拆断军用电线，为伏军所获，解往司令部。梅贞告知公布，率全军行，冲锋而前。鹏飞正在受军法处裁，执行枪决，于最后一秒钟，以公布赶到，得以保全性命。

彩云缤纷中，忽有绝色天仙，立马空中者，即和平之神也。南北携手，全国统一，和平之光，辉映全球。化干戈为玉帛，凡我无枪阶级之人民，在五色旗下，享和平之幸福，尤为吾人所馨香祝祷者也。当此时也，张公布积功升旅长，驻军是地，办理善后。其父妹相随到任。忽有老尼，献手抄《金刚经》于梅贞。女见其笔法娟秀，颇似嫂氏手笔，到庵过访，乃得全家团圆。翁饬人召公布，讵公布因爱妻失踪，百凡俱灰，决心遁入空门，不别自去。家人回报，赶赴车站，则公布方方上车。陡见爱妻，一跃而下。

最后之良心

出品　明星影片公司，1925 年

编剧　郑正秋

字幕　郑正秋　周剑云

导演　张石川

摄影　董克毅

演员　慵　仙　严仲英　萧养素　王献斋　岑雪琴　黄筠贞　宣景琳　黄君甫　赵慰三　林雪怀　王吉亭

《最后之良心》电影由郑正秋编剧。其电影本事为宋痴萍撰写，字幕说明为郑正秋、周剑云所作，原载《明星特刊》第 1 期（最后之良心号，1925 年 5 月 1 日创刊号）。

本　　事[1]

痴萍

商人王燮堂，假秦仁伯资，别其妻吴氏与女秀贞，而经商于外，积久无音耗。秦疑其挟资遁，时就吴索负。吴忧迫成疾，赖秀贞贤孝，日侍汤药，且慰藉之。一日，王狼狈归，秦亦踵至。王旅次被盗，仅以身免，具告秦，冀少宽假。秦指为谰言，谓不得资必兴讼。时吴病已笃，闻之惊悸，遂绝。燮堂父女之处境，至此已无生趣。而秦曾未因之稍戢其凶焰，犹断断以索负为辞。邻妇三嫂嫂，蚁媒也，诱王鬻女勾阑，偿秦负，余资作殡葬计。秀贞矢不可，秦忽要女为质，允为出资治丧，王不得已诺焉。女至秦家，仁伯微露纳女为妾意。其妻余氏，素悍泼，力梗其议，乃变计留为养媳，日夕役使之，不少假借，小姑春华尤凌践之无人理。呆婿荷生，聪明不足辨菽麦，更何力庇其未婚妻？于是秀贞无宁日矣。

仁伯有友匡裕康，故浑厚商人，尝与秦合资购香槟票，票存秦处。迨中奖，秦竟吞没其奖款。匡证据既失，无以求直，愤而自沉于河。秦骤获多金，意气乃不可一世。讵志得意满间，荷生忽以坠马死。仁伯夫妇，舐犊情深，自矜孤寂。独于秀贞，若憾其命运之未臻于绝地，迫之效俗所谓抱牌位做亲，使毕生无伸眉之日。燮堂适来探女，期期以为未可。秀贞知力不敌，薄命自甘。燮堂亦无术挽救，唯有流涕太息而已。

仁伯夫妇溺爱春华，渐成骄纵。子既横死，转图赘婿以承宗祧。会有刘承德者，因负债逾期未偿，被控于法庭，遣其子家麟乞援于秦。家麟美秀而文，春华窥之当意。请于父母，使三嫂嫂往告承德，但允家麟为赘婿，贷款易耳，否则请另谋。家麟青年

〔1〕 原为句读。

有志，雅不愿为妆台奴隶，徒以拯父于厄，勉允之。婚之日，邻女相约闹房，天未黑，即潜伏床下。鼠斗惊邻女，失声而呼。新妇觉，邻女越窗遁。追出适见秀贞，举家皆诬之。不幸之秀贞，乃复代人受过。

婚姻而以利合，本无爱情，何论久暂。春华奴视其夫，殊非家麟所能忍受。一夕，恋博未归，家麟踪迹得之，竟遭白眼，懊丧而返。见一老人徘徊门侧，入门后见秀贞嘤嘤啜泣，异而诘之。则老人即王燮堂，以贫病求助于女，未遂而为秦家所逐。家麟恻然，出钞币济之。值春华归，睹状大怒，掌秀贞颊，且詈家麟。仁伯夫妇咸左袒其女，家麟不能堪，翌日留书而去。而于秀贞则相怜同病，未免有情矣。家麟既行，春华堕落日甚，为拆白少年田德修所惑，恋奸情热，誓成伉俪。仁伯拒其请，春华乃夜引德修入室，席卷所有而遁。天明事露，仁伯以失物而怒，余氏以失女而悲，夫妇诟谇，至于争哄。仁伯偶失手，余氏颠触椅角而毙。多行不义之秦仁伯，徒拥厚资，而子死女遁，婿去妻亡，一时前尘影事，都上心头。激刺既深，神经遂乱，驯至颠疾大作，医药无功。侍其左右者，仅秀贞一人耳。历数日，神志偶清，嘱秀贞招燮堂、承德来，侃侃述其隐匿，冀自忏悔。二老亟慰之，仁伯始蒙被而卧。一日，报载田德修与春华为炭气薰毙事，承德以示仁伯，仁伯大笑，自谓果报不爽。语次，恍惚若有所见，锐声呼曰：匡裕康来索命！惊跳失措，不能自制。遗嘱以财产悉归家麟、秀贞，俾二人为夫妇。须臾，呻吟而绝。自此有情人竟成眷属。王刘二老，亦否极泰来，各得其所矣。

说　明〔1〕

正秋　剑云

影片之说明，一名字幕。总说明（一）介绍剧中人身份、个性、略历；（二）叙述剧情（篇中用■为记）〔2〕。分说明则剧中人之对白也。本公司前出诸片，总说明用浅显文言，分说明用白话。此次纯用白话，敬祈观者指教。

王燮堂为履行他养活妻女的义务，不惜负债远行；可怜出门虽久，还是狼狈归来。（慵仙）

匡裕康是一个久居当地的普通商人。（严仲英）

王秀贞，母病，父未归，处于经济压迫的环境下，便饱尝种种恶制度的痛苦。（萧养素）

吴氏：〔3〕你又当掉了什么东西，去买这药来，治我不会好的病呢？

---

〔1〕此为原版标题。原版除首段为句读外，均有标点。

〔2〕为排版方便、简洁，以及全书格式统一，现将原版“总说明”所有■标记略去，以不同字体区别之。

〔3〕原版中，对话者均以括号标记，无冒号。现统一去除括号，加上冒号。

秀贞：没有当什么东西，您不要担心，药吃下去，总会好的。

吴氏：你爸爸再不回来，恐怕我不能同他会面了。

秀贞：妈不要急，爸爸总就要回来了。

秦仁伯，具拜金的头脑，作财奴的威福，多行不义，造成黑暗家庭。（王献斋）

仁伯：你老子究竟有没有回来？

秀贞：我爸爸实在没有回来。

仁伯：拿了我的钱去，这么久不回来，你们到底存的什么心？

吴氏：我们也天天望他回来哩，请您再等两天吧。

裕康：我在码头上看见王燮堂也回来了呀。

秀贞：啊！爸爸回来了吗？我们眼睛要望穿了，妈正病着等你哩。

秀贞：妈！爸爸真的回来了。

仁伯：你去了这么久才回来，你替我做的生意怎样了？

燮堂：这回事，弄得真没有交代了，只好请您多原谅吧。

燮堂：不是我苦苦哀求，连性命都难保咧。

仁伯：你这种话，只好去骗骗乡下人；你真遇见强盗，哪里还会活命呢？

仁伯：你不要再说骗人的话了，再不拿钱还我，我就办你吃官司！

秀贞：爸爸！妈死了！

邻妇三嫂嫂，向靠卖珠宝为生，兼理买卖的婚姻。（岑雪琴）

秀贞：三嫂嫂，我妈忽然的急死了。

仁伯：我不管你们死人不死人，只问你还钱不还钱，没有钱还是去吃官司。

秀贞：秦伯伯！求求你做做好事，可怜我妈已经死了，你就放松一步吧。

三嫂嫂：秦老爷，你让他们料理了丧事再算账吧。

燮堂：我两手空空的回来，哪里有钱来料理丧事呢？

三嫂嫂：我倒有个主意，还是把秀贞去卖给人家吧。

燮堂：唉！立时三刻去卖给谁呢？

三嫂嫂：马上要钱用，只好卖给妓院里了。

秀贞：爸爸！如果要卖我去做妓女，我只好跟妈一路去了。

燮堂：那是我无论如何做不到的。

仁伯：你既不肯把女儿卖到妓院里去，那么就给我带回去罢，前账不谈，再给你一百块钱料理丧事，好吗？

三嫂嫂：我看秦老爷这个办法再好没有，除了这样，你也没有别的打算了。

秀贞：妈……

家庭的黑暗，全是这班损人利己的人造成的。

余氏靠她丈夫刻薄成家的势力，就滥用专制淫威，真是旧社会里的怪物。（黄筠贞）

春华不幸为秦氏女，难免受阿娘的陶镕。有其母必有其女，故不良的母教，就

是制造堕落女子的原料。（宣景琳）

荷生有仁伯余氏这样的爹娘，应该非常乖巧；然而偏偏呆头呆脑，可见遗传性也有例外咧。（黄君甫）

余氏：你把她弄回来，打算怎么样呢？

仁伯：我想……

余氏：你想什么？

仁伯：我想你年纪也大了，让她来替替你的手脚。

余氏：哼！我早料到你不存好心了。你想都不要想，赶快把她送回去！

仁伯：哎！我同你说一句玩话，你怎么倒急起来了，我实在是要把她给荷生的。

余氏：荷生年纪还小，现在用不着老婆。

仁伯：现在是用不着，不过儿子终是要娶老婆的，至多养她两年罢了。

春华：哥哥！这个就是你的养媳妇呀。

早晨的养媳妇。

余氏：大清早，又来重手重脚，闹得人家睡不着！

春华：什么事，一大早就大惊小怪的叫呀！

余氏：你这个该死的东西，一早晨工夫，连一点水都烧不出来！

日间的养媳妇。

余氏：怎么这碗肉会这样少呢？

春华：一定是她先在厨房里偷吃了。

春华：替我好好的洗，我看你常常把衣裳洗不干净。

荷生：你只会说别人，自己也是个女人，你为什么不洗呢？

春华：你们还没有成亲，倒已经帮起她来了，不要你的脸！

裕康：我们合买的一张香槟票买来了。

仁伯：那么把这张票子放在我这里吧。

裕康：啊呀！我们中了头彩，好去领钱了吗？

仁伯：不用急，票子还在家里哩，明天托银行去代领好了。

裕康：那么我明天到你家里来分钱吧。

晚上的养媳妇。

仁伯：香槟票倒中了，洋钱有三十多万呢，可惜同匡裕康合买的，你看怎样办才好？

余氏：票子既在我们手里，这么多的钱，我们一定不要分给他。

仁伯：总要想一个好法子对付他才好。

匡裕康这个人，哪里是奸刁狠辣的秦仁伯的对手。一夜工夫，早已把吞没钱财的法子想好了。

仁伯：嘿！笑话！这张票子是我自己买的，哪有你的份。

裕康：天地良心，你也是有儿有女的人，你不能起这样黑心的。

又：究竟洋钱有三十多万呐，你就一个人独吞吗？多少应该派些给我啊。

仁伯：你再要这样无赖，我叫警察来抓你去，办你个敲诈的罪名。

受人侵略，不能奋斗，反而自杀，像匡裕康这种人，真可以代表东亚病夫懦弱的特性了。

刘承德因为是失败的商人，所以天伦的苦乐，便逃不了受经济的支配。（赵慰三）

刘家麟本是个有作为的青年，只为受环境束缚，精神上大感痛苦；但是到底还能同环境抵抗。（林雪怀）

承德：像这样四面受逼，只怕我就要给他们逼倒咧。

家麟：爸爸也不要过于着急，我们做正当生意亏的本，并没有欺骗人家，他们总可以原谅的。

承德：唉！如今的社会，越是欺人越得法，像我们这样失败，恐怕未必有人原谅啊！

狼心狗肺的秦仁伯，俨然是个富家翁了。

仁伯：你们为什么尽欢喜买这种没有益处的东西？

余氏：都像你这样打算盘，那珠宝店只好关门了。

仁伯：唉！你们知道要搁死多少利息啊。

余氏：你不要开口利息，闭口利息，你发的财，照理我也有一半在里头咧。

余氏：像我们这等人家，不戴这些东西，叫什么人家去戴呢。

仁伯：该死！该死！把这么贵的燕窝，烧成这种样子，怎么能吃呢！

余氏：本来这种事情，哪里好叫这般笨牛去做呢，以后还得你自己去做。

仁伯：儿子死了，这个……养媳妇怎么安插呢？

余氏：我们这等人家的媳妇，还有什么安插呢，自然叫她守节哟。

仁伯：未曾成过亲，怎么叫她守节呢？

余氏：这有什么为难哩，就叫她抱牌位做亲好了。

王燮堂一向有女不能相见，已经十二分悲伤，现在女婿一死，尤其不放心女儿了，只好借吊丧来探望一次。

燮堂：谢谢你，我要看看我的女儿秀贞，请你去叫一声。

秀贞：听说他们要叫我守节。

燮堂：呵呀！人都死了，还不肯放过你吗？这是不能答应的。

秀贞：爸爸！总是做女儿的自己命苦，也只好随他们去做主了。

春华：不好了，秀贞的老子来了，要把她领回去了。

仁伯：谁叫你到这里来的，赶快替我出去！

秀贞：爸爸请您自己保重，不要记念你苦命的女儿了。

抱牌位做亲，简直是万恶的野蛮婚姻，把一个好女子的终身，就断送给一块木头了。

老妪：四十年前我也曾做过这么一回事咧。

秦仁伯有了几个造孽钱，家庭中的怪剧，又继续发现了。

仁伯：我们有了家当，可惜儿子命短，总要想法子再有个儿子才好。

余氏：这个容易的，女儿已经大了，招个女婿进来，就好比有儿子一样了。

三嫂嫂：刘承德被债户逼得实在不得了，叫我来求您借些银子救救他的急。

余氏：咦！刘承德不是有个很好的儿子吗？

余氏：银子可以借给他，不过我们要招他儿子做女婿，你看他肯不肯？

三嫂嫂：现在他只要有钱，怎么会不肯，我想一定答应的。

承德：既然他们肯借钱救我的急，不答应也没有别的办法呀。

家麟：爸爸！别的事好答应，这种事我万万不愿意做，人穷志气不能穷的。

承发吏：刘先生，你的案子判决了。

承德：唉！这叫我怎么得了呢？只好去吃官司了。

三嫂嫂：少爷！你就答应了吧，答应就可以救你的爸爸了。

家麟：爸爸！我答应了，您不要急吧。

余氏：只要事情讲好，银子马上可拿，不过招女婿要姓我们姓的。

三嫂嫂：这有什么要紧哩，改一个姓又不会把你人改掉的。

仁伯：你也该问问女儿愿意不愿意。

不幸的刘承德，为了借款的附带条件，就把家麟送到势利人家去了，这也是买卖婚制不能打破的遗患。

邻女：等一下我们去闹她的新房。

喜娘：新姑爷，新小姐，请早些安息吧。

春华：你先去睡好了。

邻女：啊呀！

春华：我当是谁，原来是你啊！

春华：你这个短命的促狭鬼，要吓死我们吗？

春华：她曾躲在新床底下拼命的怪叫，简直要吓死人了。

秀贞：我没有做过这种事呀。

余氏：你这个贱骨头，姑娘好日子你眼红了，就敢这样作怪吗？

没有爱情作基础的婚姻，是靠不住的。春华因为有钱看轻穷丈夫，家麟便尝尽怨耦的痛苦。

余氏：什么原故，他们小夫妻俩这样不要好？

仁伯：只怪穷小子根基太薄，够不上配我们的女儿啊。

贫病交迫的王燮堂，真到了走头无路的地步了，只好再来探望他的女儿，唉！人穷志短，这有什么法子呢？

燮堂：女儿啊！我做人做得苦到极点了，硬着头皮，只好来找你借几文去治病，孩子！你有法子想吗？

秀贞：爸爸！我在这里，连佣人都不如，佣人还有工钱拿，我连一个铜板都拿不到咧。

有钱的人们，欢喜造赌风，久赌遂成恶德，钱，赌，罪恶，相为因果，怎么得了！

田德修是一个堕落的少年，专爱寻花问柳，为妇女界制造罪恶。（王吉亭）

家麟：时候已经半夜了，我看你也好回去了。

赌友：既然你的丈夫来叫，还是回去罢。

春华：我还怕不认得回去吗？要你来做什么，你去好了。

仁伯：你们怎么这样会用呀？大洋钱不是萝卜片啊。

余氏：人在世上有得用乐得用，死了又不能带到棺材里去的。

仁伯：你为什么又跑到这里来了？赶快替我滚出去！

余氏：你这个老头儿怎么不会死的，这么大年纪还现什么世啊！

余氏：你再要叫你老子来见面，我就要你的命！

同是一个女人，所过的生活，竟这样不平等，家麟因此痛恨春华而怜惜秀贞了。

家麟：呀！你为什么夜深不睡，这样悲伤呢？

家麟：你到底有什么委屈，可能说给我知道吗？

秀贞：我的爸爸病得不得了，刚才来问我要钱，我哪里有钱帮助他哩。

家麟：你父亲有病来要钱，是很要紧的，我这里有三十块钱，你拿去给他老人家罢。

秀贞：多谢你的好意，我怎好拿您的钱哩。

家麟：你何必拘这点小节，耽误你父亲很要紧的病呢。

秀贞：那么，我只好领受你的恩惠了。

家麟：我在门口看见有个老人，想必就是你的父亲，你还可以追上去给他咧。

春华：你们两个不要脸的东西，今天居然给我自己看见了。

家麟：我因为他老子有病，不过借几个钱给她，你说话要留神一点！

春华：她老子有病，要你给钱吗？你的钱哪里来的？

春华：拿了我们的钱，倒去做他的人情，这里面不是一定有花样吗？

余氏：你拿我们的钱做人情，是有些对不起我们呀？

仁伯：我的钱又不是抢来的，要你……

家麟：你总是个女人，不该同男人坐在一起，一点不避嫌疑，像什么样子哩。

春华：现在男女平权，社交公开了，你可以来干涉我的自由吗？

家麟：可惜你们把平权自由误解了，无论如何，做丈夫的总可以管得你的。

春华：哼！你倒摆起丈夫的架子来了，你自己还要靠人家过日子咧！

父母大都偏听儿女的话，所以总不会有真是非的，家麟当然没有余地了。

余氏：你不要弄错，我们女儿决不会干这种败坏门风的事的。

仁伯：你放心，我们这样的人家，不会有伤风败俗的事；不像你们穷苦人家，才会有这种事咧。

家麟到这步田地，再也忍不住，只好出于一走了。

家麟：这封信，你等一下子交给老爷。

秀贞：咦！今天怎么这样早就起来了，要到哪里去呢？

家麟：唉！我受不了这里的气，只有一走了事；你的痛苦比我还要多，我很替你可惜啊。

秀贞：唉！照你这样说，你去了不回来了吗？

家麟：像这样黑暗的家庭，我又何必回来呢；请你自己也要格外当心才好。

德修：你爹娘要是不答应，你便怎么样呢？

春华：如果他们不答应，就照你的法子办就是了。

家麟：像奴隶一样的姑爷，不是人做的，从今以后，就是穷死也不愿意离开你爸爸了。

余氏：女儿的意思，穷鬼既然不来了，她想嫁给田德修，你看怎么样？

仁伯：这是不可以的，马上就要嫁人，我们面子有关，一错岂能再错呢。

这个势利老儿，到现在刚才有些觉悟，可惜已经来不及了。

第二天早晨。

余氏：她怎么有这样黑的心，连我的东西都拿去了。

仁伯：都是你平常养得她这样坏，今天才会闯这样大祸！

余氏：我不怪你，你倒怪起我来了；全是你不答应她嫁人，她才逃走的，现在你该替我把女儿找回来。

仁伯：这种人还要她什么用，倒是卷去的东西，我很心痛咧！

余氏：你要是不把女儿找回来，我就同你拼老命！

秀贞：啊呀！公公，婆婆跌……死了！

这势利老儿，儿子死，女婿走，女儿卷逃，老婆惨死，自身也痴颠成病，这就是恶人种了恶因，结的恶果啊！

仁伯：唉！可怜的孩子啊，你快去请你爸爸，寻家麟同他父亲一起到这里来。

春华：我为你得罪父母，抛弃丈夫，跟你过日子，不知道你将来要变心吗？

德修：你放心好了，我同你生同衾，死同穴，天长地久，死也不会分开的。

仁伯：哎！我觉得以前种种事情，都做错了，很对不起自己的良心，可惜懊悔也来不及了，请你们原谅我吧！

燮堂：你好好的静养要紧，我们都是自己人，不要伤心吧。

车夫：他们总归不开，我们打进去罢。

女佣：啊呀！怎么都死了，你快去报警察局吧。

仁伯：我知道报应是一点都不会错的。

仁伯：我总不会好了，我死之后，所有的家财，都给秀贞同家麟两个人承受。

仁伯：以前“养媳妇”“抱牌位做亲”“招女婿”，都是不幸的婚姻，以后不应当再有的了。

仁伯：你们两人，倒是很好的一对，就做了夫妻吧。

仁伯临终忏悔的话，倒成就了家麟秀贞的美满婚姻，黑暗家庭的势力圈，靠此才得打破，不幸中还有幸咧。

（完）

摘星之女

出品　长城画片公司，1925 年
总监　刘兆明
编剧　侯　曜
导演　李泽源　梅雪俦
摄影　程霈霖
置景　李乾初　朱容生
配光　李公直　李乾初
剧务　顾雪梅
洗印　李晃林　程泽霖
翻译　韦　荣
中英文说明　李如棣　张会缘
演员　雷夏电　王汉伦　刘继群　伍影湫　火美丽　陈疑梦　顾　影　包梦蛟　邢少梅　沈　强　丁　芳　王慧冰

《摘星之女》由侯曜编剧。其电影本事、说明均为侯曜所作，原载《长城特刊》摘星之女专号（1925 年 5 月）。《民国日报》（1925 年 5 月 31 日）、《国闻周报》第 2 卷第 21 期（影戏谭，1925 年 6 月 7 日）及第 2 卷第 26 期（1925 年 7 月 12 日）亦收录该片本事。

本　　事〔1〕

侯曜

繁星闪着，明月照着，大地沉沉的睡着。一美丽如安琪儿的女郎，独立于烟水苍茫中之孤屿上。满开着芙蓉笑靥，望着天末的明星，她伸出纤纤素手要摘天上的星斗。这种情景，何等的神秘！何等的美丽！这就是画家冯月影所绘的《摘星之女》的画境。他作这幅画，是请他的爱人白秋霞作模特儿的。他以意中人而作画中人，这幅《摘星之女》简直可说是“自然之美”与“精神之爱”的结晶品。这幅画的意思在表示人生之希望，也就是表示他们俩的希望——希望作永久的伴侣。

有一天，他们俩刚从海滨回来的时候，在路上遇着两个少年。一个是陆军第一师师长武虎威之子武能，一个是民财银行行长之子金通。武能见了秋霞，差不多连灵魂儿飞上半天。他回家之后，就和金通密谋。金通替他想了一条妙计，他也就答应把其

〔1〕 原版除引号、破折号外，均为句读。

妹碧如介绍给金通作为报酬。第二天武能就依计而行装起病来，把他的父母吓得手忙脚乱。金通就乘机把他的心事告诉武虎威。虎威听了不很赞成这件事。因为秋霞的父亲白楚臣是他的下属，他以为与下属联婚，是一件很不体面的事。后来经他的妻子力劝，他才答应。他就请副官陈茂做媒。陈茂欲博师长的欢心，遂竭力奔走，鼓其三寸不烂之舌，以权势利禄引诱楚臣。但是楚臣是一个光明正大的人，不愿以儿女的婚姻当作营业的专利品，不愿以儿女的幸福当作情面的牺牲品，他就婉辞谢绝。虎威以师长之尊，欲与下属军需科长联婚而不可得，他情面难下，遂大发虎威。陈茂乘机献计，叫他去检查军需处的账目，如果查出有什么不清楚的地方，他就可以借故要挟楚臣。虎威大喜，依计而行，果然发觉楚臣亏空了五万元军饷，他立刻就把楚臣看管起来。楚臣本是个一介不取的人，怎么会亏空起军饷来？因为他的妻舅是某县的一个绅士，要维持地方的安宁，不得不筹款来遣散溃兵。他一时拿不出许多钱，就向楚臣暂借五万元，并说明三日后归还。楚臣是一个见义勇为的人，他自己拿不出许多钱来，他就冒险挪了五万元军饷借给他的妻舅。当虎威查账的时候，他就把这件事情告诉他，并且把他的妻舅来电给他看。虎威对于这件事本可以通融的，但是他想迫婚的原故，就利用这件事情以为要挟。

楚臣被看管之后，陈茂便到白家去对秋霞和她的继母说道："你们老爷，因为亏空军饷，听说明天就要枪毙。如果小姐肯答应做师长的媳妇，就可以保存他的性命。"她们听了焦急异常。秋霞尤其难受，她就打电话把这件事情告诉月影。当夜他们俩的心中，都充满了痛苦和冲突。在秋霞方面，她不知道要怎样才好，究竟牺牲父亲好呢？还是牺牲月影好呢？在月影方面，他既不忍秋霞被别人夺去，然而也不忍秋霞因他的原故，负了一个见父死而不救的罪名。他们俩的心中，竟夜的这样冲突着。第二天早上，月影鼓着勇气到白家去见秋霞，一定要秋霞去救她的父亲。秋霞这个时候，心已碎了，不得不忍痛离开月影到司令部去救她的父亲。月影回家收拾行囊，携带了《摘星之女》就离开故乡，飘流到天涯海角去了。

楚臣自从被迫牺牲爱女之后，忧愤成疾，一个多月便死了。楚臣死后，秋霞就向法庭起诉，请求与武能解除婚约。后来法庭判决，秋霞败诉。她愤极了，就在晚上自杀。但是她自杀不死，医好之后，脸上还留了许多伤痕给她作痛苦的纪念。武能见她已变成一个缺月残花之貌，就自动的和她退婚，另外和他的表妹发生恋爱去了。

秋霞的婚事解决之后，她就要去找寻月影，但是这个时候，不知萍梗飘零的月影到了哪里去。后来她从月影的朋友处知道月影卧病在六桥三竺之间，她就赶到杭州去。可怜他们见面的时候，月影已奄奄一息了。月影与秋霞相会之后，他的病也渐渐的好了。他的生命之火被爱神再燃了起来。一星期之后，他们俩就从黑暗的、烦恼的、痛苦的恨窟愁城之中跳了出来，再尽量享受他们的光明的、快乐的、幸福的生活。

说　明

侯曜

美术家冯月影。（雷夏电）

月影的爱人白秋霞。（王汉伦）

陆军第一师师长的儿子武能。（刘继群）

民财银行行长的儿子金通。（伍影湫）

武能：不知道谁家的女儿，长得这样漂亮！

武能：哦！原来她就是白楚臣的女儿。

月影：明天八点钟我们再到海边去，继续画那幅《摘星之女》。

武师长的女儿碧如。（火美丽）

武能：请你快点替我想法子罢。

金通：只要你在令尊面前替我说些好话，把令妹许配我，我一定替你把秋霞弄到手。

金通：你明天就装起病来，吓你的父亲，叫他和楚臣商量，包管一说就成功的。

武能：当面叫父亲替我娶亲未免难为情，请你代我说罢！

金通：你的心事我代说，我的心事你代说。我们交换罢。

第二天早晨。

武能的母亲王氏。（陈疑梦）

武能：妈！我近来精神恍惚，今早不知为什么原故忽然心痛起来。

太太：秋菊！马上去叫阿茂请老爷回来。

陆军第一师师长武虎威。（顾影）

副官陈茂。（包梦蛟）

武能：秋霞……秋……霞。

金通：前天我和他在马路上遇着白楚臣的女儿秋霞，能哥很爱她。今天叫着她的名，我想一定为这个缘故。

虎威：哼！笑话！楚臣是我的下属，怎能降格娶他的女儿。

太太：老爷！官的大小不要紧，救儿子的性命要紧。

虎威：那么？我叫人去对楚臣说一声就得了。

虎威：内人劝我早些替能儿娶亲。我听说军需科长白楚臣的女儿很好，要劳烦你去做媒。

陈茂：师长有意栽培楚臣，我想这件事情不难办到。

军需科长白楚臣。（邢少梅）

楚臣：陈先生！我有什么喜事？

楚臣：承师长的美意，我是很感激的。但是我对于儿女的婚事，是让她自由的，请你替我婉词回复罢！

陈茂：这种有钱有势的人家是不可多得的。你今天把机会放过，恐怕要后悔呢。

虎威：楚臣这不受抬举的东西，太藐视我了！你看用什么方法处置他呢？

陈茂：前几天我听说他私下拿公款借给人家。明天请师长到军需处检查一下，如真有亏空，就可以处置他了。

秋霞：影哥！我真要叫她去摘两颗星儿来，佩在我们的心上。

文学家杜梦白。（沈强）

梦白：你以意中人作画中人，这一幅画可说是“自然之美”与“精神之爱”的艺术结晶品。

梦白：我想请你替我的诗集《希望》画一幅封面。

希望

人生路上的旅客啊！
希望之灯已亮起来了。
一刹那也莫延迟！
一刹那也莫延迟！
趁着这一线光明，
勇敢的向前进！

月影：你的诗意，就是我的画意。

白楚臣的继室方氏。（丁芳）

楚臣：昨天师长叫陈副官拿金钱权势来引诱我，要我把秋霞给他做媳妇。我已经回绝了他。

楚臣：你懂什么，只晓得升官发财是好的，儿女的幸福你就不问了。

电报：楚臣：来电悉，款准三天后汇到。心鹤

楚臣：前几天秋霞的舅舅，因为要维持地方的安宁，向我借了五万块钱去安顿溃兵。我一时胆大，私从军饷里拿出来给了他。他现在来电，要迟三天才能汇到。但太迟了恐怕……

方氏：你待前妻的兄弟就这样好。我的兄弟就……

虎威：我要查一查军饷。

虎威：哼！你亏空军饷，该当枪毙！

陈茂：求师长念楚臣平日办事勤劳，暂时把他看管起来。让我去通知他的家属限他们明天缴款。

陈茂：白先生因为犯了亏空军饷的罪，明天就要枪毙……

陈茂：……倘若小姐答应，肯给师长做媳妇，就可以把你父亲的性命保全，款项也可以缓期归还……

陈茂：小姐肯与不肯，请明天当面去回复师长。

秋霞：把方才的事情告诉月影。

月影：我爱秋霞如同爱你一样，怎忍让人把她夺去！

月影：你爱秋霞，难道愿她因为你的原故，见父死而不救吗？

秋霞：影哥！我的心碎了！

月影：秋妹！我有一句不忍对你说，势又不得不说的话，你……还是去……去救你的父亲罢！

秋霞：天啊！天啊！我不知怎样才好，今天的事情，就是一死也不能了的。

陈茂：我劝了楚臣许多话他仍旧不肯。

陈茂：在秋霞的面前，把楚臣捆绑起来。如果他们不答，就推楚臣出去枪毙。

秋霞：我先要见一见父亲，才能决定。

楚臣：你们来干什么？

方氏：老爷！你赶快答应师长罢！

秋霞：爹爹！你还是牺牲女儿罢！

楚臣：我死也不愿把自己的骨肉，送进火坑里！

虎威：把他推出去枪毙！

秋霞：请师长放了我的父亲，我答应就是了。

楚臣：不要！不要！还是牺牲我！

陈茂：楚臣！你不要固执，你的女儿已经答应了。

陈茂：让我去请少爷来和小姐交换戒指罢。

陈茂：恭喜！恭喜！成功了！快去和她交换戒指。

月影：《希望》的封面，我已经替你画好，这或许是我留在人间最后的作品了。

月影：马光！我马上要出门去了。不知什么时候回来，也没有一定的去处。家里的东西都给了你。每年清明的时候，请你替我去看看我父母的坟墓，我就很感激你了。

马光：少爷！你到什么地方，我跟你去。

秋妹！

我走了，我带着《摘星之女》走了！从此茫茫人海中，多了我这一片飘零的浮萍了！倘若春风多情，把这一片浮萍时常吹到你的梦湖里，那就是我的幸福了。

月影

武能：我看如妹的貌，配得过通哥之才。武家的势，也配得过金家之富。

萍梗飘零的月影从此将放浪形骸于六桥三竺之间了。

楚臣悲愤成疾。

武能欲博秋霞的欢心，时来探访。

秋霞：妈！不必叫他进来，免得爹爹更加生气罢。

武能：我来十次，秋霞有九次不见我，未免太对不起我了。

方氏：小姐！武少爷每次来，总送你许多好东西。

秋霞：我的心不是虚荣所能引诱的，更不是金钱所能买去的。

武能的表妹王月娟。（王慧冰）

月影：美丽的东西，总是遭劫的！

楚臣：早知我……我……死得这样快，那天就……就……就牺牲了我多……多么的好呢。

报纸：

武白婚案之结束

白秋霞女士请求与武能解除婚约案。详情已志前日本报。昨经法庭判决不准所请云。

方氏：救命啊！救命啊！救……救……救命啊！

方氏：你快去把黄医生请来。

一星期之后。

武能：她的伤不要紧吗?

医生：伤痕是去不掉的。

武能：她的伤不要紧，但是我听说她是一个不贞操的女子。爹爹！从前她要和我退婚，现在我倒要和她退婚呢。

虎威：那个女子我本来也不大欢喜她，不过当时要和楚臣争一口气罢了。你要退婚，我也不阻止你。

佳人已属沙吒利，义士今无古押衙。

月影：金钱与武力，断送了我们的爱情。

方氏：退婚的事情，我不能做主，我去叫秋霞出来，你们当面和她说罢。

陈茂：如果双方愿意，彼此把戒指交还，再由丁律师代表登报声明就得了。

方氏：这样有财有势的人家，你没福消受。我看你将来嫁什么好姑爷！

可怜失恋的月影，竟忧伤成病了。

冯月影君鉴：见字请即回里，有要事面商。秋霞启

三天后。

秋霞：杜先生！我正想去找你。问你知不知道月影的行踪。

梦白：他的行踪，我一向不知道。前天忽然接到他从杭州再生医院寄来的信，又看见你所登的报，所以来告诉你。

梦白：

我的希望已经绝灭了。我的前途是黑暗的。有人笑我是个狂人，我自问却是个活尸！

我只希望这一枝生命之烛，赶快把痛苦之泪流尽。梦白！我的事情，你都知道的。愿你把我的伤心史，取作悲剧的材料罢。

月影最后上言

秋霞到杭州。

秋霞：影哥！影哥！秋霞来了！影哥！秋霞来了！

月影：秋妹……你真是我的秋妹吗?

秋霞：影哥！我的事情解决了。我们的理想快要实现了！

一星期之后。

秋霞：影哥！你的《摘星之女》现在把她千辛万苦去摘下来的明星完全贡献给你。

醉乡遗恨

出品　商务印书馆活动影戏部，1925 年

编导　杨小仲

演员　马可亭　张野云　周文俊　余福康　周文素　沈化影　孙志成　沈谙世　钮笑狮　李文虎　张露如　唐梅芳

《醉乡遗恨》电影由杨小仲编剧。其电影本事署名商务，原载《新新特刊》第 1 期（1925 年 7 月 1 日）。凝冰《中国影片新评：（十七）〈醉乡遗恨〉》（《国闻周报》第 2 卷第 20 期，1925 年 5 月 31 日）亦收录该片本事。

本　事〔1〕

商务

刘子明有酒癖，饮辄醉，醉则狂乱，略有薄产。妻吴氏，贤，家事悉赖之。有子女各一。女名爱贞，子名克勤，皆活泼天真可爱。吴氏并在本地义务学校充教员。

里人赵珊，无赖小人，常向刘家告贷。不允，中心怀恨。市中有酒肆，为市人觅醉之所，子明亦常为座上客。一夕，赵珊在邻座，思窃取一老者之钱囊，为子明所见，大声斥之。珊窘甚遁去，于是愤恨益深。子明在酒肆，每至深夜不返。寒天雨夜，吴氏枯灯残照，坐候其归。陈居敬为子明好友，常劝戒酒，子明不能听从。

一日，赵珊偕友游公园，见吴氏与一男子，并坐密谈，以为可藉机报复，乃至酒肆，倡言吴氏不贞。子明已醉，疑及晨间吴氏不告而出，又校长来信，只见信封而无信，愤怒乘醉意，奔还家中。吴氏方自外来，子明不待分辨，痛殴之。更以铜香炉掷击，误中要害。继发见校长之信，系邀往公园，照料学生游行，子明方知误会，懊丧无及。赵珊于此时走入，要挟子明，将告发杀人之罪，诈索巨款。子明不得已，允之，盖珊尾子明至家，悉见其暴行也。

吴氏因伤殒命，子明悔恨终身，戒酒不饮。每见小儿女啼母索母，及见他人儿童之有母将护者，辄悲痛刺心。而赵珊时来敲诈，勒索无厌，子明遂消磨其暮境于悲愁闷苦中。时日如逝，忽忽七年，爱贞克勤，长大成人，美秀英俊。子明对此，差可自慰。

时当秋令，子明见菊伤情，率其子女，登吴氏之墓，一写悲思。归途，遇黄志琅赵珊之游骑。黄为里中恶少，恃富骄横，赵珊谄奉之。子明相逢狭路，为黄骑所蹴，微伤仆地。识为子明，盛道歉意。黄见爱贞，艳之。归后，想念不置。赵珊窥悉其意，

〔1〕 原为句读。

以成此事为己任，往为黄媒。子明不从，怒遂赵珊，珊复事恫吓要挟。子明愤恨成疾，势甚危殆托孤与陈居敬，及老仆王妈，并谓克勤曰：“毋忘汝仇！”遂愤恨以殁。

子明死后，克勤尽知前事，存心报复。一日，独至酒楼，访寻赵珊，诟责之，为珊所殴归。爱贞立阶前，见鸡鸽生感，忽克勤涕哭而来，询知大痛，谓之曰：“非汝刻下所能行者。”赵珊既知子明死，要挟无所施，而黄志琅必欲得爱贞，因与黄计议，劫之来，诱变其志。早晨，克勤往姊室，仆物零乱，窗户洞开，园地足迹累累。复见地下遗一帽，视之乃赵珊者。克勤愤恨填胸，取刃往刺赵珊。王妈力止之，报警往查，而赵家已于前数日举家迁去。

爱贞被困黄家，志琅有妻，因被志琅厌弃而病痴。意恐女夺其爱，私纵爱贞。时雪夜，克勤亦潜出访姊。爱贞奔走终夜，昏卧雪中，克勤过其旁而不知。翌日赵珊自新迁之屋出，见女卧雪地，大奇异，挟之还家，急走报志琅。晚间，克勤仍出外寻访，途中见一汽车疾驰来，止于一家门前，疑之，伏壁窥视。志琅赵珊拽爱贞出门登车，克勤惊骇万分，乃跃登车后，随车至黄家，返奔告警。志琅禁爱贞于卧室，为痴妻所见，愤妒交集。返室中，取结婚之纱球及照片焚之，燃及别物。火势甚猛时，志琅尚劝诱女。赵珊留黄家饮酒已醉。火延及卧室，志琅不暇顾女，急取银箱走出。将下楼，克勤已率众警人掩捕。志琅力斗，终被擒。赵珊避火将逃，遇克勤，两不相舍竭力凶斗。珊酒醉力弱，踣于火中。时火焰已满布卧室，爱贞冲突不出，昏迷倒地。克勤觅姊不见，询志琅，知在卧室，急冒火入室，救出爱贞。大仇已报，茕茕双孤乃于夕阳斜照中，哭告父母之墓，不知泉下人亦知之否。

小 朋 友

出品　明星影片公司，1925 年

原作　包天笑

改编　郑正秋

字幕　郑正秋　周剑云

导演　张石川

摄影　董克毅

演员　宣景琳　姚志刚　王献斋　邵庄林　王吉亭　黄君甫　李莳苑　郑小秋　文少如　傅绿痕　马徐维邦

《小朋友》电影系郑正秋根据包天笑原作《苦儿流浪记》改编。其电影本事为宋痴萍撰写，字幕为郑正秋、周剑云所作，原载《明星特刊》第 2 期（小朋友号，1925 年 6 月 5 日）。《新新特刊》第 1 期（1925 年第 7 月 1 日），以及心冷《中国影片新评：（十八）〈小朋友〉》（《国闻周报》第 2 卷第 25 期，1925 年 7 月 5 日）亦刊载或收录该片本事。

本　　事〔1〕

痴萍

华阳富孀唐沈氏，一子小棠，才两岁。夫弟仲珊，素无行，识荡女梅占春，欲娶之。梅嫌其贫，仲谓兄死产当属己，乃阴遣其党劫小棠。追者将及，仓卒置儿于路旁夏日施茶之木架间，为圬者乔福森所得，径抱之归。乔阘茸嗜利，妻姜氏贤，得小棠，爱之若己出。乔察儿衣饰，识为富室所遗，惟日盼其家属以巨金来领取。

沈失子，痛不欲生。仲乘间来谋产，各延律师，集族人共议。沈之律师某，力持正谊，谓失子未必无珠还之日，况沈有遗腹，亦安知其不生男？仲不能难。届期，沈竟举一雄，仲大失望。占春于仲，徒以利合，别有所恋，固优伶也，闻耗殊不措意，仲则日夕伺隙，图不利于此茕茕之母子。

小棠经乔姜氏十年抚养，不知身所自来，易名来发，于姜至有恩意。蚕嗜博如故，尝与其曹哄，违警被拘。既释，益患贫，竟以二十元使来发随搬演傀儡戏之盛世鸣以去。盛故伶工，得来发，试之颖悟异常儿，大喜，罄己艺授之。夕投旅舍，则教之识字。一日，盛以戆直犯法，被判拘留旬日，嘱来发自寻生活，俟刑期满，来就狱门相见。来发怅然而去。

〔1〕 原为句读。

沈之遗腹子小棣，自幼多病，医生劝以转地疗养，沈遂挈子舟行。会来发以盛系狱，独就河滨作歌。沈见而诧曰："汝小小年纪，乃江湖自求食耶?"来发具告所以，沈怜之，进诘其家世。来发耻承为弃儿，仅称父母以贫故，使从老伶流转于外。小棣悦来发，请于母，留之舟中，同食息，若小朋友。及盛出狱之日，来发往迎之，别沈母子将行。小棣遮留不得，于是母子兄弟以无意遇之者，仍以无意而别。仲亟欲得梅，谋产之心亦愈切。沈母子旅行，仲遣其党踪迹之，将劫小棣。幸舟行无定向，未为所得。

姜自失来发，积想成痴，以来发来时之衣，裹偶孩而哭。适沈经其地，见衣心动，叩之，知曩所遇即其长子。予姜资，使乔往觅盛，并告以己之居址。乔得金，惟恣饮博，弗觅盛。盛老病侵寻，客死荒店，来发益流浪无所归。沈遣仆求其长子不得，乔复因资罄来请益。仲值之，诘得其故，诱以巨金，令得子即偕以来，意在邀杀之，勿使母子相见。来发孑身谋食，渐获羡余，念姜之恩，遂作倦鸟归巢，讵料一刹那间，复投罗网。乔竟引姜及来发见仲。仲悉缚之，将为灭口计，乔虽悔悟，复何及哉。

仲囚乔夫妇及来发于高楼，自庆奸谋得售，欣然往告梅。伶适在室，仲大怒责之。梅亢辞以报，伶尤攘臂而前。仲不能敌，隐忍而出。车将及己宅，蓦有人自空际坠车中，视之即来发。盖三人彼囚，来发不甘坐毙，撬窗破之，结带缒出，带绝，复为仲获。乔凭窗望见大惊，扑而下，撞仲出车外。乔稍受夷伤，仲竟以创死。大憝既除，母子兄弟于是团聚。乔亦得律师辩护力，以正当防卫宣告无罪。

字　幕〔1〕

正秋　剑云

世界上最能支配人的，要算黄金与美色，多少财迷和色迷，良心往往因此变成黑心了。

唐沈氏是华阳富人唐伯禹的妻子，丈夫才死，儿子还小，家财越多，生活越苦。（宣景琳）

其子小棠，才两岁。

唐仲珊就是伯禹的兄弟，自已家财已经败完，哥哥一死，他便来谋夺产业了。（王献斋）

龙生是仲珊的心腹，为虎作伥，是他拿手，不务正业，专靠帮闲度日。（邵庄林）

女仆：啊呀！小少爷到哪里去了?

沈氏：你们这许多人，连一个小少爷都看不好，还不快快的找去！

仲珊：你们一定要把小少爷找回来呀！

乔福森是贪吃懒做的泥水匠，也是个穷凶极恶的无用黑心人。（黄君甫）

---

〔1〕原说明字幕前有■标记，对话者有括号。现统一略去，将说明以不同字体区别之；并在对话者后加冒号。

仲珊情人梅占春的私宅。

梅占春虽是仲珊的情人，但是她和仲珊是利的结合，不是爱的结合。（傅绿痕）

仲珊：哥哥已经死了，家产不久就是我的，你不是说过我一得家产，你就嫁我吗？

占春：你哥哥虽死，还有你的侄子呀！

仲珊：哼哼！区区略施小计，侄子已经不翼而飞，家产是可以稳取荆州的了。

仲珊：你幸亏没有给他们追到，现在把小孩子放在哪里？

龙生：强盗遇到贼爷爷，因为追的人近了，把小孩子放在茶棚内寄一寄，不知道给谁抱去了。

唐氏家族会议。

章公达是代表沈氏的一位大律师，凭他法学知识，行他保障人权的天职。（赵慰三）

潘志方是代表仲珊的律师，但求公费到手，不问什么事都愿受理。（马徐维邦）

志方：伯禹病故，长房无子，唐氏家财，应归二房，当然由仲珊管理。

公达：长房之子失踪，或者就能寻到；况且沈氏有孕，或者是个遗腹子，所以家产管理权，绝对没有转移的理由。

志方：等沈氏生产后是否遗腹子再说，还成一个理由；至于失去的孩子，那就毫无理由，如果一辈子找不到，便怎么办呢？

公达：那么，继承问题必须等沈氏生产后才能发生呢。

乔姜氏完全是个好人，做了乔福森的妻子倒也不变本性。（李萮苑）

福森：这个小孩子，一定是有钱人家的儿子，我们可以在他身上发一票财咧。

岌岌可危的沈寡妇，居然生下一个遗腹子了。

优伶童怀玉，是梅占春的情人，不过和占春在爱的结合当中，还免不了利的结合哩。（王吉亭）

怀玉：唐家的寡妇，居然生一个遗腹子，他想娶你，一时哪里办得到，这也是你我的运气啊。

公达：现在沈氏已经有了儿子，家产当然由亲子继承，别房不能发生异议了。

志方：儿子虽有，年纪太小，家财归年轻寡妇执掌，恐非唐氏之福；在遗腹子未成年之前，应当由叔父代行保管。

公达：父产子得，法权所在，等他成年，当然由他娘把家财交给他执掌，未成年之前，无论何人也不能干与。

十年之后。

来发就是十年前富室唐沈氏家所遗失的爱子小棠。（郑小秋）

来发：妈，今天卖掉很多，只剩四个了。

福森：这只发财你不应该打，要你赔的！

甲：呸！输不起来赌什么钱，赔……两个换一个！

唐小棣就是沈氏的遗腹子，自小多病，幸亏他娘十年中时时刻刻尽心保养，小性命才留到于今。（姚志刚）

医生：宝宝的病虽然十去其九，不过还要让他到多山多水的地方去旅行旅行，吸些新空气才好。

仲珊：我有一个很好的名医，可以请他来看看侄儿的病。

沈氏：现在请的医生很好，不必更换，多谢叔叔，倒累你费心了。

乔友：福森因为打坏了人，局里罚他五块钱，没有钱不晓得要押多少时候哩，你们该赶快设法救他出来呀。

来发：妈不要着急，我去押在局里，换爸爸出来吧。

姜氏：叫我哪里去弄这许多钱呢，只好把七只鸡，几个蛋，一起卖了去救他。

占春：你说那孩子要死，怎么说了十年还没有死呢？

买鸡客：咦！说好七只鸡，怎么少一只咧？

来发：爸爸怎么还没有来呢？

姜氏：局里答应放的，总就要来了。

福森：你赎我出来的钱是哪里来的？

姜氏：唉！七只鸡和许多蛋都卖光了。

福森：为什么还不去睡呀？

姜氏：他还没有吃饭哩。

福森：吃饭本钱都卖光了，他还想吃饭吗？

福森：我想把这孩子卖掉了吧。

姜氏：我十年心血养他到现在，已经很会做事了，你忍心卖掉他吗？

福森：十年工夫吃掉我们多少钱了，拾来时候，想在他身上发大财的，哪知道到现在还没有人来领哩。

姜氏：他同我们亲生的一样，你就把他当自己的儿子吧。

福森：我主意已经决定了，不要多说。

福森：我到茶馆里去去就来。

来发：妈，你们的话我都听见了，我决不肯离开你的。

姜氏：孩子，你既听见了，我不能不告诉你了，你不是我们亲生的，你是十年前拾来的。

来发：妈，我总当你是我的亲娘，你替我求求爸爸，不要卖掉我吧。

姜氏：你不要哭，我总不让他卖掉你的。

第二天早晨。

姜氏：我已经替你说好了，他不会卖你了。

福森：你跟我出去。

来发：妈，我不去。

姜氏：你不是答应我不卖他吗？

福森：不卖他也可以，跟我出去呀。

姜氏：你跟他去好了，他决不会卖掉你的。

盛世鸣是个过时的老伶工，当年大名鼎鼎，现在靠着傀儡走江湖了。（文少如）

福森：喂！我想送个孩子到孤儿院去，不知有多少钱好拿？

茶客：这个买卖倒没有做过。

世鸣：哼！送孩子到孤儿院去，不出钱已经好了，还想拿钱吗？

福森：我养这孩子十年功夫，难道院里连饭钱都不贴还我吗？

世鸣：你要想用几多钱呢？这个买卖我来替你做吧。

福森：我也不想卖多钱，只要贴还我十年饭钱罢了。

世鸣：我并不要买他，只要押几年给我做徒弟好了。

福森：茶馆里的事，你要回去说一句，我就打死你！

第三天早晨。

福森：你赶快把你自己的衣裳拿出来。

世鸣：你说他衣裳还值几个钱，这几件东西值多少呢？

福森：一共二十块钱的交易，还要多少行头哩。

来发：爸爸，让我等妈回来再去吧。

来发：老伯伯请你让我在这里歇歇吧。

来发：妈……我在这里呀。

世鸣：你要是好好的跟我学，我可以把一生本领都传给你，将来总比在乡下有出息些。

沈氏：医生叫我带小棣出门去，你看有什么妨碍吗？

公达：一路上格外小心些就是了。

世鸣：孩子真可教，将来一定可以成功的。

占春：晓得你要来的，老早替你预备好杯筷了。

傀儡戏登场了，一肚子好材料，只能寄托在几个木头人身上，这就是老伶工埋没江湖的生涯了。

看客：唉！嗓子坏透了！

看客：这种曲子，把我耳朵都听坏了，还要我给钱吗？

聪明的小来发，学不多时，便能胜过他的师傅，真是青胜于蓝了。

看客：你以后还是专叫你徒弟做的好。

一老一小，走过一村又一村，这叫做江湖卖艺吃饭难啊。

世鸣：这个地方没有生意，咱们另换别处去吧。

老伶工非但教小来发学艺，而且还教他念书识字呢。

账房：这里规矩要先付两天房金的。

世鸣：今天刚来，还没做生意，明天一定可以付给你的。

警察：这个地方不能做。

世鸣：木人头戏又不是犯禁的，请您赏口饭给我们吃吧。

警察：不行，赶快替我走！

世鸣：公门里面好修行，老弟何苦狐假虎威，要打碎我们过路人饭碗呢。

警察：混账东西！谁跟你称兄道弟呀！

世鸣：四海之内，皆兄弟也。

法官：无论如何你打警察总是有罪。

世鸣：我打警察有罪，警察打我们老百姓没有罪。哼！太不公道！

法官：你在这里都敢这等强横，在外面可想而知，罚你拘留半个月！

世鸣：我要坐半个月的监牢哩，你在外面自己想法子吧，等满期到此地来会我就是了。

账房：你师傅房钱还没有付，已经吃官司了，你是一个小孩子，不能住在这里，快替我搬出去。

来发：谢谢你，今天再让我住一夜吧。

来发：你可以让我进去对师傅说几句话吗？

隔日。

仲珊：我看你好像有心事吧？

占春：你倒猜猜看。

仲珊：光景是你又把钱用完了吧？

占春：你到底是聪明人，一猜就猜着了。

师傅坐牢，生意又不好，只能在河边上自拉自唱，消消小肚子里愁闷。

沈氏：你怎么小小年纪，倒会做这种生意呢？

来发：这种吃饭家伙，是我师傅的，他因为得罪警察，关在牢里去了。

沈氏：你叫什么名字，有没有爹娘呢？

来发因为要顾全面子，恐怕人家看不起他，所以不愿意说他自己是一个弃儿。

来发：我叫来发，因为爹娘穷得很，所以把我押给师傅的。

小棣：妈，我很喜欢他，不要放他去，留他住在船上，我们做一个小朋友吧。

娘不认得儿子，儿子不认得娘，亲兄弟变成了小朋友，这是谁造成的？

饭时。

小棣：小朋友不要客气，只管吃呀。

睡时。

来发：好给我洗洗脚吗？

沈氏对于儿子，真是百依百顺，唯有教他念书，便丝毫不肯放松。

小棣：妈，我实在读不出。

沈氏：你怎么这样不用心呢？再读不出，我就叫来发走，不许你们做小朋友了。

小棣：妈为我读不出生气，我实在也着急。

来发：你怎么还读不出呢？我已经背得出了。

小棣：你在几时读过这本书的呀？

来发：我在旁边听会的。

小棣：你的记性怎么这样好呢？

来发：这个不难，只要你一懂诀窍就记得了。

来发：最要紧的，就是你读到那一句书，就该想到那一句书里的事情。

小棣：妈，我现在背得出了。

沈氏：你怎么一会儿就会读了呢？

小棣：这是小朋友教我的一个好法子。

仲珊：我现在想到一个最好的办法，要和你商量商量。

志方：这种事情电话里不必讲，晚上我来看你罢。

仲珊：现在他们母子在外边旅行，我想弄一班人去把小棣劫掉，你看可好？

志方：好却没有什么不好，可是千万要小心，这到底是法外行动啊。

来发：我在这里很久，多蒙你们待我很好，不过师傅快出狱了。他和我有约，我是要去接他的。

小棣：妈，我不让他去，你也不要放他走。

沈氏：你不要急，我自有办法。

盛世鸣出狱的一天。

世鸣：你在外面等我就是了。

沈氏：我想留你令高徒在这里，你要多少钱，我可以给你。

世鸣：那是做不到的，他是可以传我衣钵的徒弟，我不愿意留他在富贵人家吃闲饭。

小棣：你是一个恶人，你不肯把来发留在这里，我不答应。

沈氏：人家有人家的难处，不能由你一厢情愿的。

世鸣：你进去辞别一下，我们就要赶路了。

小棣：小朋友，你不能去的，那老头子是个恶人呀。

来发：他总是我的师傅，我虽然舍不得你，也只好跟他走了。

沈氏：这是没有法子的，你小心跟你师傅去罢。

龙生：我派人四面去找，都找不着，问问人家，都说几天前是有这么一只船过去的。

自从来发去后，可以给乔姜氏望梅止渴的，只有来发拾得时穿来的衣服了。

沈氏：你为什么抱着假孩子哭哩？这里头有什么缘故呀？

姜氏：太太啊，我十年前拾着这么大一个孩子，养到现在，这会不见了，你想心痛不心痛呢？

沈氏：你十年前在什么地方拾来的，是不是穿这套衣服呢？

姜氏：是的，是我丈夫在华阳县地方拾着的。

沈氏：那孩子叫什么名字，怎么不见的呢？

姜氏：他叫来发，有人说是我丈夫把他卖掉的，不知道卖到哪里去了。

沈氏：你不要哭，这个孩子并没有卖掉，是你丈夫押给一个老江湖的，我已经遇见过了。

姜氏：啊呀，好太太，谢谢你告诉我在哪里遇见的，我要去找他啊。

沈氏：我懊悔没有把他留下来，现在我才知道他就是我的亲儿子，也就是他的亲哥哥啊。

沈氏：你先拿些钱去，叫你丈夫去找那个老江湖，赎回我那孩子，要多少钱，只管问我来拿，我还要重重的酬谢你们咧。

沈氏：你一有什么消息，就到华阳县家来告诉我好了。

姜氏：你现在赶快去找那老江湖吧。

男仆：我们四面去找，都没有那个老江湖的影踪。

盛世鸣自从出狱之后，到处不得意，真到了穷途末路了。

乔福森得了钱，并不去找来发，反而往牌上送，输光了，又来找唐家骗钱。

仲珊：你在这里鬼头鬼脑做什么？

福森：我为你们十年前不见的那个小孩子来的。

仲珊：你到底可能够把那个小孩子找得来吗？

福森：只要有钱做路费，我一定可以找得来的。

仲珊：我现在给你两百块钱，你去找，找到了，我再给你两千块。

盛世鸣病倒在小客栈里。

世鸣：我不放你留在唐太太处，很懊悔的，我死后丢下的东西，给你拿去找饭吃吧。

来发：我师傅死了，求求你们帮我买棺材来收殓呀。

茶房：半夜里哪里去买棺材，等天亮再说吧。

来发承受师傅的衣钵，从此江湖流浪，自己解决他的小生活了。

来发省吃俭用，又不忘旧恩，积下钱买了鸡，买了蛋，去找那抚养他十年的老娘。

仲珊：嫂嫂带了侄儿，出去很久，路上可好？

沈氏：托福很好。

沈氏：我看他神色很不好，你们格外要当心照顾小少爷！

来发：妈，想煞我了。

姜氏：啊呀，你来了吗？我本来要找你，你的亲娘也在四处找你咧。

来发：我的亲娘究竟是谁呀？

姜氏：就是你在她船上住过的那位太太。

来发：她是我的亲娘吗？现在哪里，我想就去见她。

姜氏：地方说是很远的，等你爸爸回来叫他领你去。

姜氏：不要怕，他也在天天找你呢。

姜氏：你亲娘说你跟着一个老江湖去的，怎么现在倒回来了？

来发：那是我的师傅，他已经死了，把东西都传给了我，妈，你要看看我的吃饭家伙吗？

来发：妈，我肚子饿了，我想吃两个鸡蛋。

姜氏：唉！自从那回卖掉了七只鸡，家里不曾有一个蛋见过面，弄点饭吃吧。

来发：我想看看从前养鸡的地方。

来发：因为妈卖鸡卖蛋的时候很心痛，所以我买来让妈开开心的。

福森：我来领你去好了。

小来发刚刚以为喜气临头，哪里知道又是羊入虎口。

仲珊：哥哥，请您再借些钱给我吧。

伯禹：你怎么可以常常来问我要钱呢？

伯禹：他自己把家产都败完了，偏会常来缠扰，我要是死了，倒是个后患哩。

福森：唐老爷，你说给我两千块钱，我的孩子，现在来了。

福森：这就是你的亲爸爸。

姜氏：啊呀，错了，你亲娘说过，你的亲爸爸已经死了。

福森：你知道什么，不要瞎说！

仲珊：把他们三个人一齐捆起来！

仲珊：一个已经弄到手，赶快想法子再把小棣弄来，就成功了。

姜氏：你这个没有心肝的东西，害人又害己，叫我们怎么得了哩？

福森：你也不要怨我了，我也上了这个狗贼的当呀。

来发：妈不要哭罢，赶快想法子出去才好。

仲珊：哼！你一向说，等我得了家产就嫁我，原来你是玩我的花头啊。

占春：咦！本来大家玩玩哟，你们男人可以玩女人，我们女人就不能玩男人吗？

仲珊：亏你说得出口，不要你的脸！

占春：谁不要脸，一天到晚起黑心，谋人家的家产倒要脸吗？

姜氏：这样高，开了有什么用呢？

来发：让我来跳下去。

姜氏：使不得，跳下去不要跌死吗？

来发：把我们三个人的带结起来吊我下去。

仲珊：我打死你这个贱东西！

怀玉：哪一个王八蛋敢动一动，老子要他的命！

仲珊：好，你们不要走，等一会看我的颜色！

汽车夫：啊呀！死了！

姜氏：救命……

遗失十年，相逢不相识的孩子，一朝回来，母子兄弟重相见，这是何等的快乐啊！

公达：我替他辩成正当防卫，庭上已经宣告无罪了。

公达：你们小朋友，成为亲兄弟了，谋产的人已死，我的责任已了，希望你们后福无量。（完）

花好月圆

出品　神州影片公司，1925 年
总务　汪煦昌
编剧　裘芑香　陈醉云
导演　裘芑香
摄影　汪煦昌　裘逸苇
布景　裘逸苇
场记　刘　燊
会计　王宽甫
接片　徐攸倩
美工　裘逸苇
演员　丁子明　李萍倩　原侠绮　严工上　王　昭　黎明晖

《花好月圆》电影由裘芑香、陈醉云编剧。其电影本事、字幕为陈醉云所作。前者原载《国闻周报》第 2 卷第 21 期（1925 年 6 月 7 日）、《神州特刊》第 2 期（道义之交号，1925 年 7 月）；后者原载《神州特刊》第 1 期（花好月圆号，1925 年 7 月）。

本　　事

T. Y.

环境足以左右人生，故湖山幽秀之区，每多佳人。有张氏女素珍者，性幽娴而貌娟秀，一年青学优之好女郎也；学校中已卒业，方随母妹居于山中。山距湖不远，盖又与水为邻也。

母张夫人，体弱多病，素珍恒追随左右，温慰有加，而妹则年幼无知，惟耽玩弄而已。时老仆持一信进，信为一少年所寄，述校中假期将届，不日即可返里与彼等相晤。此少年名叶元俊，方在一大学中肄业，盖即女之情人，而又深为张夫人所期许者也，故其母闻此消息，亦为之展颜而喜。

少年之父名叶景善，一和蔼之老人也；前妻已死，为之主持家政者，乃其后妻王氏。元俊，则前妻所生。王氏性阴狡，思操纵家政，颇欲以己之内侄女配元俊。内侄女名王佩英，习性骄奢，亦颇爱羡元俊。是日，闻元俊将归，彼亦在叶宅相候。正问时视钟，计算归程间，元俊忽至。王氏慰劳备至；佩英则目灼灼旁视；元俊不甚措意，未之觉也。

次晨，佩英盛妆而至，王氏往取糖果相款，谓系元俊携归，特以饷彼者。佩英闻之，甚喜。时元俊挟一纸裹下楼，佩英见之，以为赠己，即趋前伸手往接；孰知元俊仅与彼一点首，即挟物匆匆出门而去。佩英失望，懊丧之状溢于辞色。

同时，有一人方欣欣伏于窗上，盼望元俊之至，则素珍是也。元俊即至，疾趋入室，以所携之物赠之素珍，复与其母妹相周旋，欢然若家人。

一日，景善与王氏乘车往亲友家，道经公园门前，则见元俊与素珍姊妹，正在园内游览。王氏命车夫停车；元俊见之，乃趋前相候，并介绍素珍见其父。景善见素珍娴雅可爱，亦不禁为之心折焉。元俊伴素珍姊妹返，则张夫人已倚闾而望。元俊与素珍在门前立谈片刻，即告别而行。行后忽忆一事，又逡巡而返，适与素珍相值，乃以已之戒指纳诸素珍掌中，复翩然趋出。素珍低头含羞，抚弄戒指，迨四顾觅彼时，彼已去矣。

假期已满，元俊整装返校，王氏殷殷嘱彼顺道往表妹（佩英）处辞行，命仆人阿福驾车伴其往。既至中途，元俊置表妹家于不顾，命车夫策马背道而驰，盖往素珍家也。既至，乃与素珍略叙离情而别。阿福自车站归，以其状告诸主母。王氏闻之，知元俊无意于其表妹，心殊戚戚。逾日，忽得一计：乃检元俊照片，矫为元俊所授，挟之以赠佩英，复命阿福为导，往访素珍。次日，素珍往答访，驾扁舟，撑彩纸伞，飘飘然有出尘之态。既至叶宅，王氏乃邀彼共过佩英家，小憩于佩英之妆楼。时佩英家适有宴会，佩英因事趋出；少顷，王氏亦托故辞出。素珍独坐无聊，起视室中，则于镜奁间见元俊之照片赫然在焉。因之心滋疑虑，郁郁窥窗外，则见暮霭沉沉，遂悄然生其归思。时则有人方隐于室外，就门隙中相窥。窥者谁？王氏也。素珍之所忧，盖正王氏之所喜也。素珍不待就宴，既辞归。王氏见目的已达，听其去，佩英亦不复坚留。

光阴如箭，元俊已届毕业之期矣，方彼欣欣然行毕业礼时，素珍则愁思正深，盖其母已死矣。母死时，素珍曾致电报告其舅母。舅母闻讯，来视其甥，见素珍等孤寂无依，欲携之俱去。素珍以舅母家道远，且恋恋于元俊，故未允，但嘱其妹珠儿随往暂住，于是舅母行而珠儿亦去。

元俊毕业归，往访素珍，方晤谈间，忽王氏与佩英亦来访素珍。佩英见元俊在素珍家，甚含妒意，乃故与元俊亲昵以苦素珍。略一坐谈，又欲挟元俊俱归。元俊殊无行意，正迟疑间，王氏亦从旁敦劝，元俊因碍于后母之敦促，于是遂不得不与彼等偕行。素珍凄然视佩英挟元俊俱去，知胜利已属之他人，反身掩关，不复自持，遂失声而哭。

元俊与王氏等共载一车，向归途而趋。佩英见道旁山岩上有野花，乃停车往采，且呼元俊相助。元俊攀登岩上，往撷一花，偶一失足，遂堕岩下，伤其头颅。众乃扶之登车，送往医院疗治。适为一素珍之邻人所见，乃归而语之张氏之老仆。

元俊经医生治疗，安寝于床。佩英坐榻旁，为之任看护；王氏则先归，以此事告其夫。王氏去后，佩英为元俊折叠衣服，忽于袋间得小金盒，启之，则内藏素珍相片。佩英大妒愤，取而纳诸已囊。时元俊方熟睡，未之觉也。

老仆以元俊受伤事告知素珍，素珍乃趋往叶宅探问。遇景善，告以在医院调治，乃又急往医院。至则见佩英方为元俊任看护，状殊密切。佩英见素珍至，益妒愤，乃径前阻其进，谓之曰：“病人方熟睡，不能惊扰。”素珍心悲色馁，凄然退出。方出院门，已清泪盈眶！

时王氏复来医院，佩英即以其事相告，且探囊出小金盒示之。王氏踌躇久之，即毅然曰：“吾必以此盒还诸素珍！”语毕，即携小金盒趋出。时元俊渐醒，已隐约闻此语，迨转身外视，则王氏已行。乃索衣探袋中，金盒果失。追问佩英，佩英诿为不知。元俊愤极，披衣欲起，适为院中看护妇所见，再四劝其睡，元俊不能抗，乃勉强就枕，顾心中则灼焦莫可名状。

素珍既归，正凄怆不知所为，忽叶氏仆衔王氏命，将小金盒来，曰：“小主人已与表妹订婚，此物无所用，谨璧还。”言毕，委之而去。素珍经此，心益凄苦，颇欲离此他适，藉遣悲怀。忆舅妗曾约彼往，乃立整行装，携老仆偕往。老仆知元俊非负心者，乃乘女不觉，书一小简嘱邻人转至元俊，盖以舅家之地址相告也。离素珍家不远，有船埠焉，素珍遂偕老仆下船，扬帆而去。

元俊伪为安睡，以事谎看护妇出，乃匆匆着衣下床，乘隙驰出。佩英羞愤不言，目视其去；院中亦未受阻，元俊遂出医院，狂趋张氏之居。至则门外竖巨木，已加匙其上。问邻右，亦无知者。惊悸之余，奔回家中，不禁失声痛哭。父询知其故，痛斥王氏，但亦束手无挽救策。以素珍音迹既杳，茫茫天壤，将向何处寻来耶？正惶急间，忽邻人持简至。元俊得简，惊喜如狂，遂离家奔驰而去。

元俊既追踵至素珍之舅母家，遂庆重晤。疑隙既除，情好益深，于是乃携之返家。王氏见之，心滋惭悔；元俊等亦放弃前，与之和好如初。

狂飙已息，花复娟好；黑云已去，月又圆皎！元俊与素珍，乃于此“花好月圆”之境，并肩泛舟于湖中，良夜未央，其乐无涯！

字　　幕

醉云

张素珍。

素珍之母张夫人。

叶元俊自校归。

王佩英， 元俊之表妹也。

元俊之父景善。

后母王氏。

次晨。

佩英：俊哥，这东西是送给我的吗？

王氏：阿福！

王氏：阿福！拿点心来！

王氏：阿福！你简直是一只贪嘴的猫。

阿福：我没有偷吃，猫也不要吃鸡蛋糕啊！

王氏：没有？你的嘴巴……

湖畔。

王氏：你看，那女学生是谁？怎么跟元俊一块儿走？

元俊：这位是张素珍女士。

日暮倚闾。

假满返校。

景善：元俊！你正当青年有为的时期，应该勉力求学！

王氏：表妹来了好几趟，你今天要到校里去了，总得去看看她呢。

阿福：向左边！

元俊：胡说，向右边！

张夫人：元俊！我的病恐怕难得好了，你要好好的看顾她们！

张夫人：我希望你和素珍，要始终这样亲睦。

元俊：伯母！你放心，我总不负你的嘱咐；你只要好好的养病！

珠儿：喔唷！那只虫爬到你身上来了！

阿福：少爷！少爷！火车快开了，还要上王家去呢！

素珍：谁在外边叫？

王氏：王小姐家里去过吗？

阿福：王家没有去，张家倒去过了。

王氏：后来怎么样？

阿福：要不是马跑得快，火车也几乎赶不上……

王氏：元俊又到那女人家里去，几乎连火车都赶不上。

景善：你管他做什么？

王氏：听说你的母亲有点不舒服，前天我特地叫元俊来问候，并且辞行，他来过吗？

素珍：不敢当，谢谢你，他来过了。

王氏：我想请张小姐到我们家里去玩玩。

张夫人：她是不大懂礼节的……

张夫人：素珍！你去吗？

素珍：好的；本来早该到叶伯母府上去请安。

王氏：明天就请过来，好不好？

一枝烟中，袅出无数阴谋。

王氏：我送你一样东西，你可猜得着它是什么？

王氏：这东西你一定很喜欢的。

王氏：是元俊特地从校中寄给你的。

女佣：小姐！汽车预备好了。

答访王氏。

张小姐，我们一同去罢。

王氏：这位是我的母亲。
王氏：你坐一坐，我到外面去招呼一下。
王氏：吃了饭再去呀。
天丧慈母。
素珍：妈妈！妈妈！妈妈！……
珠儿：姆妈！姆妈！
舅母之家。
舅母：唉！张太太死了！我晓得她的病是不容易好的。
毕业礼之后。
抚慰。
舅母：你不要过于伤心。
舅母：珠儿呢？
珠儿：舅妈！
舅母：你们这里太寂寞了，我想邀你们姊妹俩倒我家里去住几天。……
素珍：我不……
舅母：这是谁的照相？
素珍：是叶先生……
舅母：那么，我先带了珠儿去罢。
元俊欣欣来访。
元俊：怎么素珍！怎么？你的母亲呢？
素珍：我的母亲呀，你见不着她了！
元俊：死……死了吗!？我竟不料她去得这样快，她怎么舍下可怜的你啊！
佩英：这样子不堪入目，我可要走了！
王氏：表妹在外边，你去同她谈谈。
元俊：你为什么生气？
王氏：少爷！一块儿去罢，父亲有要紧事情等着你……
素珍之邻。
老仆：小姐，叶先生跌坏了，听说跌得头破血流！
素珍：真的吗!？
医院中。
王氏：我回家告诉姑丈去，你在这里陪伴他罢。
逡巡不敢入。
景善：你为什么装出这种怪样子？
王氏：少爷从山上跌下来了，现在在宏济医院。
素珍：叶老伯！
素珍：叶先生在家吗？听说他跌了一交。
景善：是，他跌坏了！

景善：他在宏济医院……

佩英：他睡着啦，医生说过的，不能惊动他。

王氏：我一定把这东西去还给素珍！

元俊：一定把这东西去还素珍？

阿福：是我家少爷叫我送来还给小姐的。

素珍：很好，我本来想自己来拿还的。

老仆：这一定不是叶先生自己的意思……

老仆：叶先生是很好的……

素珍：不要你管。

百感交迫，离家他适。

元俊：他……他……他们到哪里去了？

乡邻：他们？谁晓得！

舅母：你为什么这样难过？

景善：你到底为什么事情？

元俊：你问母亲！

景善：这张字条哪里来的？

阿福：是一个乡下人托一个乡下人送来给少爷的。

景善：你是为素珍的事情吗？

元俊：素珍你不要误会！

元俊：我是真爱你的！

归帆。

思子。

懊悔。

元俊：妈妈！

狂风已息，花复娟好！

黑云已去，月又圆皎！

一双有情人，在湖上逍遥！

祝观者诸君：有愿都偿，恩深义好！

南　华　梦（上下集）

出品　郎华影片公司，1925 年
编剧　何笑尘
导演　张普义
摄影　经广馥
助手　张振维
说明　陈慕梁
置景　叶一声
化装　李一鹤　李　倩
演员　张无知　钟扶东　蒋耐芳　张凌云　姚觉僧　王英才　谢梅痕　尤光照

《南华梦》（上下集）电影由何笑尘编剧。其电影本事署名心冷、何笑尘，原载《国闻周报》第 2 卷第 22～23 期（影戏谭，1925 年 6 月 14 日、21 日），以及《朗华特刊》（1925 年）。两版本文字略有差异。本篇选自前者。

本　事[1]

心冷　何笑尘

上

议长伍守仪，于贿选告成后，大肆增华，声色犬马，畅所欲为。妇知之无如何也。生一女，名映秋。豆蔻年华，丰姿绰约，肄业于某女校，晨出夕返，家庭间融融如也。有门人尤伯良者，登徒子而工心计者也，涎守产非一日矣，苦无其门。见映美，思得脔之而袭家产也。于是不惜金钱，结好于秘书钟汝祺，嘱代吹嘘，且许后酬。尤于守之一举一动，莫不先承意旨，以博欢心。于是守渐坠其彀中，大有快婿东床匪尤莫属之概。以是伍氏变故自是兴，而映秋惨剧，于是乎开场矣。先是伯良知映秋之可欺也，乃一再肆其引诱手段。不知弄巧成拙，反为映秋所鄙视。然为老父所嬖，敢怒而不敢言。其一旦闻以身许，尤其愤恨，又当何如者。故一气而出走舅氏家，以避老父之锋，意冀挽回成命。不知九州铸错，一误而再误也。

舅氏同里有蒋金福者，以吝啬称。生一子名平霖，不事生产，好渔色。藉乃父荫，勾结羽党，招摇撞骗，无所不为。里人多侧目，不敢撄其锋。一时村中无赖，咸利而归之，盖周处之流亚也。会山汛，妇女游春者履相接。映秋亦于是日偕表妹淑贞出游，

[1] 原为句读。

贪餐春色。信步所之，不觉日薄崦嵫，游人星散。正觅归途，适与蒋值。涎映美，遂尾之。及麓，群逼益甚，淑映急入茆屋以避。蒋亦随入，欲加非礼。映疾呼无应者，盖淑贞见势急脱逃，意将乞援也。映秋且呼且拒，不意撞倒油灯，遂遭焚如。蒋知肇祸，返身遁。映于浓烟弥漫中，一蹶几绝。在兹千钧一发时，黄衫客突由天外飞来。噫！然亦险矣。

有欧阳光者，吴门生族，世代簪缨。至光家渐中落。盖视宦途崄巇，不屑为也。性好侠，每遇不平事，辄拔刀相助。济人之急，虽千金一掷无吝色。事母孝，居恒默默，古朱郭不多让也。

明媚春光，花香鸟语，不觉游兴勃然。遂请于母，携一苍头而行，不知此去沉沦于爱河苦海中。谁实为之，造化弄人亦可哀已。初淑贞之被脱也，众知不妙，追之急，至丛林，卒被获。系诸树，时火势熊熊，大有燎原之概。众畏祸及，群作鸟兽散。淑贞力挣不得脱，惟大声呼救而已。时适欧阳光弋猎归，道经山麓，闻呼声甚厉，且见火光烛天，知有故，急趋援。见淑状，解其缚。问所以，淑略告之。急奔救，适蒋仓惶出，扭付仆，己乃冒火救映出。既脱险时，映已昏迷不省人事，灌救移时始苏。询得居址，扶送归。薄责蒋而遣之，盖不欲多事也。

蒋于被辱后，有所不甘，亟图报复。乃于光返棹时，驾舢板遥尾之。议于中途扑杀之，以泄愤。事不果，被逸，怅然返。思有以陷之，乃伪以光书招映。映审系光书，不之疑，径诣之，遂坠其奸计，囚禁深山中。先是映秋感光相援，意欲赠以巾。然格于礼教，未便公然授与，乃暗置其衣袋中，光不知也。翌晨，辞去，伍遣仆送之行。彼登舟，光出片付仆，嘱归致谢意，且以番佛相酬。仆欣然返，中途亟出睇视，不意附卡坠地，为蒋党拾得。继侦知映秋居址，不啻获异宝焉。讵映秋手帕，辗转亦为蒋所得，致重罹厄劫。其映秋命宫之魔蝎欤？抑彼苍有以示虐耶？盖不可知矣。映秋去后，家人久待不归，心窃疑之，四出探询，不得要领而返。旋于映秋衣袋中，发见光邀柬，遂报警请缉，搆光于法。顾光颇坦然，若知蒋之计陷也，乃言之凿凿。且以破案为己任，请于厅，许之。卒被获，事乃白，置蒋于法。可谓天网恢恢，疏而不漏者矣。（上集完）

下

伍妾魏楚娟，本拆白人也。徐娘丰韵，楚楚堪怜。五陵裘马，颠倒于石榴裙下者，不知凡几，顾不屑一盼也。既归伍，俨然以贵妇自居，性傲不能容物，以是家庭间诟谇时闻。继思所以大权独揽也，谋结羽党相攻讦，旋与秘书钟汝祺通，不啻虎而翼矣。然以人数众多，诚恐物议蜚扬，为伍所觉。欲弭之，苦不得计，乃商诸心腹邱胜泉，悉将旧时佣仆，淘汰无余。虽然贼子心虚，犹恐有失，谋所以万全之策。于是映秋夫妇，遂为彼等惟一障碍物，思有以芟除之。乃激怒于伍，随被逐。盖映秋迫于父命，已与伯良偕嘉礼。正鸳鸯帐里，金谷春浓，孰意鸠鸟中翔，寻赋阳关之曲。此去，映秋遂再陷于愁虑惨雾中。噫，亦云惨矣。

伯良既被逐，初恒以花鸟自娱，继与地方稔，渐与浮浪伍，日事征逐于樗蒲场中。

前者爱护备至之花鸟，乃弃之如敝屣。不经年映秋私蓄，尽填无底壑中。不足，继以簪珥，旋复告罄。映秋虽屡规之，不啻东风马耳也。寻与舒姓妇结不解缘，大有此间乐不思蜀之概。嗣为索款不从，夫妇遂反目，弃映不顾而去。时映大腹便便，行将分娩，不得已附舅家产焉。胎坠即毙，盖积郁使之也。继遭二竖虐，小病恹恹，黄花人瘦，薄命红颜之句，不啻为映秋今日咏也。疾既愈，母氏劝使返，映以无颜复归却之。一再劝导，拒益力，家人莫之何。继念欧阳光有出生援死之谊，若得彼一言，事或有济，乃遣使邀光。既至晓以大义，感而允焉。及返，老父已望眼欲穿矣，遂为父女如初。所异者，惟各人心目中，频添一番沧桑之感耳。盖先是楚娟于映秋被逐后，障碍已除，于是畅所欲为。不族踵偕钟汝祺席卷所有而遁，及觉已鸿飞冥冥矣。伍以颜面故，秘而不宣，一任其逍遥法外，抑所谓天道好还欤。

一波未平，一波又起。孰知伯良诱奸舒姓妇，旋被告发，系狱瘐毙。一时报纸宣传无遗。消息传来，映秋恸不欲生。盖伯良虽不肖，然分属夫妇，衷心能不耿耿，是以一恸几绝。乃请于父，收其尸骨，检而瘗之。自是居恒郁郁，意甚簫然，时抱出尘之想。母氏睹其抑郁寡欢也，时以温语慰遣之。间或以宗祧无人为词，且微露青春不再，有劝以再醮意。映秋对之，虽无愠色，然未尝不太息母氏之不我谅也。

蒲团贝叶，古佛青灯，匪世之伤心人不克出此。映秋以劫余残生，其抑郁悲怀，已不能自胜。矧益以母氏喧聒，大有不可一日之概。映秋虽感光为知己，惟不欲以不祥身而重累他人。不若斩绝六根，皈依三宝，以资忏悔，藉祝生我爱我者无量寿也。虽然，天下之事避之愈亟，趋之愈急。映秋斯时，可谓万念俱灰，一尘不染；孰意烦恼撩人，欧阳光复乞浆而至。映秋明知之而不欲再惹闲愁，致魔障。虽然一点芳心，不知是悲是苦也。方寸辘轳，忐忑心头，两人心绪，正复相同。光虽有万语千言，无那佛门清静，未敢遽出冒昧。继念男儿当以身许国，血战沙场，何戚戚作小女子态，乃毅然而行。时值国家多事，光乃投笔从戎，寻作沙场雄鬼。殉国殉情，两得其所。不几时映秋亦香消玉陨。从此情天恨海中，又添一双新鬼矣。（下集完）

小　公　子

出品　上海影戏公司，1925 年

编导　但杜宇

摄影　但淦亭

演员　但二春　贺蓉珠　陈祝三　陈璞云　谢采贞　史匡韶　谢云卿　王殿臣　余省三　但谈民　马瘦红

《小公子》电影由但杜宇编剧。其电影本事无署名，原载《上海》第 1 期（重返故乡号，1925 年 6 月），以及《国闻周报》第 2 卷第 28 期（1925 年 7 月 26 日）、第 45 期（1925 年 11 月 22 日）。

本　　事〔1〕

虎山之阴有蓉村者，村尾小屋，有母子居焉。母名霞珍，幽娴贞静。夫侯姓早故，遗一子方七龄，活泼可爱，即小公子也。霞珍恃十指为活，子入学以年小性善，常为同学欺凌，惟忍受之而已。

是村有老皮匠曰胡山，酒肆主曰王庆，为小公子之好友，亲热若一家人。少年许俊，异乡落魄，王庆怜而留其佐理店务。每遇夕阳西下，四人共坐闲话，或擎杯酒，或食果饵，怡如也。

小公子祖父侯鸣皋，富甲一乡，而刻薄性成。其子不善父之所为，弃家出外谋生。父亦与之绝，而以甥沈畸为嗣子。妻施氏通其夫友陆本仁，夫妇日事游荡，侯颇有悔意。老友潘斐，说其迎小公子母子归，侯许之。为施氏所闻，与夫商而遣陆尾潘行，将不利于小公子也。

会小公子母病，至医生处取药，资不足，匆匆返家。行至途中，忽一指环自楼上掷至街心，滚入沟中。物主令其取出，许给银元。小公子因可补药资，从之。忽一瓶又掷下，中小公子颅，血流满面。警察见而干涉，屋主人出名片示之，并给小公子一元。小公子持往取药，途中见酒肆中之恶徒迎面来，小公子骇而逃，步急头痛，遂倒地，银元为顽儿窃去。幸胡山救之，询得其故，出银为之购药，抱其返家。霞珍感激，至于泣下。

潘访至小公子家，告其意，霞珍允与小公子归。

翌日，陆本仁伪称潘病，诱小公子母子至盗窟。陆阻其随潘往，初则恫吓，继则威迫。得许俊之援，擒陆及其党徒，始得脱。

---

〔1〕 原为句读。

越数日，小公子母子随潘入城，沈与施氏知计不售，谮于侯曰："贫家女岂能谙吾家规？不如令其暂居于外，以定去留。"侯然之。

小公子天真可喜，颇为侯所爱，故沈夫妇无隙可乘。小公子生长乡间，不惯繁华，时与乡人共游。恤老怜贫，对儿童尤亲爱。故小公子之名，哄动全城。沈夫妇愈忌之。某日，侯得一匿名信，言霞珍有秽行，大怒，持信往诸霞珍。将及门，忽一男子踉跄奔出。侯愈怒，逐霞珍而留小公子。

胡山等闻霞珍消息，知为陆本仁之计，三人相约入城，代为剖白。比至侯家，见崇楼大厦，庄严灿烂，三人不觉胆怯。向之怒气勃勃，今则趑趄不前。后鼓勇而进，方欲申诉，忽内室轰然一声，许俊疾入，见一人跃窗逃。追而获之，则陆本仁也。侯等随入，见沈畸倒地死矣。盖陆与施氏幽会，为沈撞破，陆出枪击沈而逃。至是胡山等告侯，以陆在乡间威迫小公子母子事，陆亦供诬霞珍者即沈夫妇及陆所为。侯乃将陆与施氏并交警察。侯始知为奸人所弄，愧惭之至，迎霞珍入城归，并邀乡人痛饮，兼谢潘与胡山等保全骨肉之惠。席间宣布深悔前非，致子出外谋生，发生不少事故，从今当大返素行。并出乡人借据数册，悉毁于火，乡人欢呼如雷。自此胡山等三人皆为侯宅上宾矣。

重返故乡

出品　上海影戏公司，1925 年

编导　但杜宇

监制　管际安

摄影　但淦亭

布景　陈璞云

英文　徐维翰

绘图　史东山

演员　殷明珠　贺佩蓉　贺佩瑛　谢采贞　韩云贞　徐维翰　史东山　王殿臣　陈宝琦　金省三　但子久　雷美丽　曹尧和　赵宛梅　江汉桥　谢芸卿

《重返故乡》电影由但杜宇编导。其电影本事为但杜宇所作，电影说明无署名，原载《新新特刊》第 1 期（战功/重返故乡合编，1925 年 7 月 1 日）。《上海》第 1 期（重返故乡号，1925 年 6 月）、心冷《中国影片新评：（二十）〈重返故乡〉》（《国闻周报》第 2 卷第 26 期，1925 年 7 月 12 日）亦收录该片本事。

本　　事〔1〕

杜宇

有乡村女子名“素女”者，明眸皓齿，碧玉年华。暇则濯足清流，垂钓为乐。其母曰“光阴”，生女五曰“虚荣”“贞节”“青年”“美丽”，而“素女”居长。“虚荣”慕都市之繁华，欲入城一游。说“青年”“美丽”，均为所动。又约“素女”，亦允之。白于母，初不许；继则令“贞节”同往，寄寓姨母家，以三十日为期。四女大喜，因共邀“贞节”料理衣装，相偕至姨母家。

姨母曰“溺爱”，姨父曰“懦弱”，为城中巨富。姨母好交际，居大厦，服饰奢华。子曰“金钱”，尤挥霍无度。其子之友曰“谄媚”，曰“引诱”，终日随之征逐，过从至密。惟犹子曰“诚恳”，家贫志洁，为一西洋派画师。月恃乃叔之津贴，补其不足。

当五女至姨母家时，“金钱”等彻夜饮博，高卧正酣。五女以姨父之介绍，得识“诚恳”。“贞节”因与之臭味相投，颇器重之。及“金钱”出见，惊五女之美，倍形亲热。“谄媚”等其喜可知。

姨母以“素女”慧，欲娶为媳，款待周至。惟以村妆不入时，为之广置衣饰。自此浓装艳抹，大非昔比。“贞节”则仍淡装粗服，不随流俗。“懦弱”素惧内，奉妻命

〔1〕 原为句读。

惟谨。“溺爱”放纵“金钱”，任其所为，因之俱乐部中时有“金钱”与“素女”等之足迹。有老人名“色欲”者，日在俱乐部，其目的则猎艳也。见“素女”大喜欲狂，力挽“引诱”等为之介绍，许以重酬。时“虚荣”与“引诱”两心相印，“青年”亦为“谄媚”所惑。虽有“贞节”持正不阿，殊不能制止其姊妹之行动。

某日五女参观“诚恳”画室，从“贞节”之主张也。“虚荣”等嫌其寂寞寡欢，联袂欲去。“贞节”与“素女”玩赏不释，“诚恳”乃约“素女”迟日为其绘像。及期而往，“素女”化妆为嫦娥，“诚恳”正对之描写，忽“金钱”踵至，怒斥“诚恳”，并云将绝其津贴，扶“素女”等俱去。时“诚恳”有友曰“侠义”，在座阻之，亦为所辱。

“素女”为“金钱”无理干涉，颇滋愤怒。经“金钱”甜言蜜语，复为所惑。“金钱”又允为“素女”大开寿筵，“素女”益悦。越数日为“素女”诞辰，宾客满堂，纸迷金醉，备极热闹。

旋“美丽”因饮酒过量病卒。“贞节”力劝“素女”勿太放纵，为“金钱”所闻，密嘱“虚荣”诱“素女”出外，而将“贞节”幽禁于后园小室中。“素女”乃益孤。

“金钱”以“美丽”既逝，心殊郁郁，颇有厌弃“素女”之意。俱乐部中有一女曰“妖冶”者，媚之，乃愈轻“素女”。适“懦弱”以营业失败，与“溺爱”弃家而逃。“素女”等见姨父母他去，“金钱”又不归，正彷徨无主，而其母“光阴”以限期已届，五女不归，乃亲入城召之。适三女出外，于途上瞥见其母，“虚荣”因谓“素女”曰：“‘美丽’逝世，‘贞节’失踪，何颜见阿母面？不如暂留城中，只须觅得‘金钱’，仍可徐图欢乐。”“素女”然之。惟“青年”见其母“光阴”来召，不敢强留。“虚荣”乃乘闲与“素女”遁入道旁二屋中。屋主人曰“阴险”，佯佯欢迎，心实暗蓄不良之心。而“虚荣”等懵懵，殊不知也。“素女”乃请其觅人招“金钱”，“虚荣”亦阴托其招“引诱”。及返报则“金钱”不至，“引诱”约夜间来晤。“素女”悲甚，“虚荣”貌虽为慰藉，其意亦已别有所属。旋“引诱”来，密约“虚荣”同逃。“阴险”知之，乃预使邻人“强权”要之于路。入夜“虚荣”并席卷“素女”所有而行，在途尽为“强权”所劫。讵料“阴险”乘“强权”不备，又尽取饰物而去。“强权”追之不获，四出寻访，夜以继日。

“素女”既失饰物，因惘惘出门。值天适大雪，忽遇“金钱”与“妖冶”同游，上前哀之。“金钱”不顾而去。翌日“金钱”始知其父破产之事，彼犹略不为意，信步至赛马场，见“谄媚”与“妖冶”同行，上前诘责。而“妖冶”“谄媚”以“金钱”失势，恶声报之，致起冲突。“金钱”与“谄媚”互殴受伤同毙。“引诱”适来，不之顾，挟“妖冶”而去。“强权”因觅“阴险”不得，顿成狂易。株守道中，遇“引诱”与“妖冶”突前诘之，一言不合，因致互殴。“妖冶”惧，弃之而遁。

“素女”孑然一身，俯仰身世，倍增凄惘。因思入山避世，以终其身。至一古庙，蓦睹佛像，顿觉心地光明。回首前尘，都如梦寐，一旦大觉。而幽室中之“贞节”亦得脱险而出。“素女”经此一番教训，恍然知都市之不可久留，乃重返故乡。

说　　明[1]

第　一　卷[2]

幽静的村落，真是世外桃源。不要说住的人们是无忧无虑，便是鸡犬在那里，也沉沉欲睡。

从来闲谈，就可以生出是非来。

动了虚荣的念头，任你有多大权力，也止不住他。

虚荣：妹妹，我昨儿听得蓉村的张姐姐说起城里的繁华，煞是好听。

青年：可惜我们没有机会，不然也去见识见识。

虚荣：我也这么想，总得要想法子去一趟。

她的性灵儿，像水一般的清洁，好比优游自在的鱼儿，本不会上钩的。

嫩绿的柳叶，映着那玫瑰似的脸儿，越显得娇艳可人。

虚荣：你瞧美丽在那边，我们去和她商量商量。

虚荣：我们想到城里去逛逛，和母亲只说姨妈托张姐姐来接我们去。

青年：倘若你答应了，就去和母亲说。

美丽：我是没有主张的，听青年姐姐说就是了。

虚荣：素女姐姐，城里不是你常常羡慕的么？我们现在打算要去，只等你的同意。

素女：你又来捣鬼了。上回姨妈来接，我都不去，你忘了么？

虚荣：老实说，城里不可不去，衣食住三项多舒服呵！

虚荣：还有交际界的少年，柔情蜜意，说不尽温存熨贴。就是假的，听听也有趣。

咳！无论你聪明绝顶，只要被虚荣诱惑，便要受其支配。好比深渊的鱼儿，被香饵所引，便不由自主的上钩了。

素女：我去是未尝不想，只怕人地生疏，要闹笑话。

虚荣：姐姐，有了青年、美丽倍伴，凭你走遍天涯，还怕些什么！

她这里穿针引线，恰就是日月如梭组织成一部古往今来的历史，消纳了许多美人英雄。（光阴）

静寂书斋，恰合她幽娴的身份。（贞节）

贞节：好好养的鱼儿，用手掏它作什么？

美丽：它的颜色好，拿起来玩玩，打什么紧！

贞节：掏起来就要死的，养在缸里不是一样的好看么？

美丽：稀罕些什么！我的鱼比你大得多呢！

---

〔1〕 原说明字幕前有■标记，对话者有括号。现统一略去，将说明以不同字体区别之；并在对话者后加冒号。此外，原说明文字除问号、感叹号外，余为句读。

〔2〕 原版无“第一卷”题名，疑似遗漏。

素女：妈妈，张姐姐说姨妈念我们的很，我想去看看她老人家。
光阴：城里风俗不很好，还是不去吧。
素女：妈妈，城里要是真不好，怎么住的人比我们乡下多呢！
光阴：小妮子你懂得些什么！
素女：姨妈家，哪来的坏人来引诱呢。

第　二　卷

虚荣：妈妈，大姐的话不错，有我在一块儿包不会上别人的当。
青年：对极了，虚荣姐谁也骗不了她，你老人家放心罢。
光阴：你们一定要去，我也拗你们不过。只许住二三十天就要回来。
光阴：还有贞节妹妹，叫她陪你们去，到底她有点主意。
素女：母亲叫我们到城里去，你自然是赞成的，快去收拾东西。
贞节：家里住的多自在，好好要到城里去作什么！
素女：你还是这般古怪脾气。虚荣说你城里不配去，不是妈说，谁稀罕你来。
贞节：姐姐你要去我总得要跟着的，不过生地方总有点害怕。
虚荣：妹妹答应了，我们赶快去收拾吧。
巍巍大厦也，不知换了多少主人。
现在居住的主人，是个最精明最惧内的实业家。（懦弱）
他除了怕夫人之外，就是怕营业失败。
溺爱这位就是实业家夫人。
她最爱交朋友，最爱她的儿子，单是最不爱她丈夫的钱。
这是实业家的侄儿。（诚恳）
气度从容，一望而知是个诚恳少年。
溺爱：你总说诚恳好一点，交际都不会。你瞧金钱那孩子，一天到晚，都有人找他。
懦弱：别说了，他哪里有什么正经朋友？我看他们连字都不识呢。
溺爱：只要外表好，不识字打什么紧，多用几个书记好了。
你又识得多少字呢？不是大名鼎鼎的实业家吗？
一个最漂亮的绣花枕头。（金钱）
他在家庭中的地位，是母党。因为他最表同情于用钱主义。
这是一位勾引专家。（引诱）
这是一位胡调博士。（谄媚）
造成纨绔少年，全亏这班朋友。
溺爱：这不是诚恳托你卖的吗？
金钱：谁替他办事，是人家送我的。
料量服装，自然是虚荣最起劲的。在她以为装束入时，城里人总不会笑了吧。
富家儿的家庭教室。

仆人：太太说，今天乡下小姐来到了，叫少爷早点起来。

谄媚：那班东西，昨夜把帽子都输掉了吗？

第　三　卷

懦弱：这是你的表兄，诚恳。

谄媚：哎唷，哪里来的许多标致姑娘？

溺爱：你娘好？我也常常惦记她。望你们到城里来，真比登天还难呢！

谄媚：喂！你再不起来看，便要抱恨终天了！

谄媚：怎么你们的衣服还是这样土头土脑的！她妈也太省俭了，这么大的女孩子，早该要打扮打扮了。

金钱：妹妹，你们要装饰，我来包办。我于修饰一道，是很有经验的。

溺爱：你陪妹妹到卧室里去看看，她们喜欢哪一间。

第二天的早晨。

素女：快十点钟了，姨妈还没有起来吗？

仆：早呢，太太要三点钟才醒。

素女：老爷出去了没有？

仆：太太没有醒，老父敢起来吗？

引诱：昨儿金钱家里来的乡下姑娘，听说很有钱，想想法子才对。

谄媚：她们到了这里，还怕飞上天去吗？

色欲：你们又在那里转哪个念头？

色欲：在金钱势力之下，你们只好空想罢。

谄媚：有我这般巧言令色，不怕她们不上圈套。

引诱：况且她们是阅历很浅的女子，格外容易上手。

素女：表哥！你画的同真的一般。

素女：过几时，我来看你画。

金钱：妹妹，妈妈说叫我替你们办办衣服。

溺爱：我多拿点出来也不打紧，侄女们打扮的好看，也是你的面子。

溺爱：我出去总得带着他。你们不晓得，姨父在外面太靠不住了。

第　四　卷

脂香粉腻，把一个干净女儿迷了本性。

贞节：姐姐，平常出去何必穿得这般华丽！

素女：姨妈说衣服要尽时式的时候穿，一回儿就要成古董的。

虚荣：我们都穿好了，你快些换罢。

贞节：这样招蜂引蝶的，我穿不惯。

虚荣：像这样出去，别叫人家笑话。

金钱：妈，今儿和妹妹们去玩，我自己来开车。

引诱：老太太，你不是一向说给我介绍个漂亮女朋友吗？
谄媚：你真糊涂，老太太的意思还不明白吗？
溺爱：可惜我几个侄女都是乡下人。
色欲：真不错，个个那都像嫦娥一般！
引诱：你晚上来，我和你谈谈可好？
懦弱：你婶母真把我当做贼一样，寸步也不许离开。
懦弱：从前几个旧相知，都是好几个月没有会面了。
沉沉酣睡，谁晓得暗中有人算计她呢！
色欲：你真长得像嫦娥一般！
色欲：你能够把素女介绍给我，我当重重谢你。
富人的家庭，大概都是晏起的，素女也就传染了这种习气。

［地］方扰杂，空气污浊，易致人病。如妹妹之向惯乡居者，尤当慎自珍重。明日请过一视画室，我当为妹妹写生，而秃笔亦可生色不少。祝你康健多乐，诚恳上言。

溺爱：你表哥哥今天要同你到跳舞会去，别的地方少去罢。
素女：我去看看就来。
溺爱：你哥哥待你真好呢！

第　五　卷

贞节：姐姐何必这样浓装艳抹的出去呢！
色欲：妙极了，个个像嫦娥一般！
第二天果然如约而至。
诚恳：这位是我的好朋友侠义。
素女：我明日请你替我画张像。
美丽：表哥你这里怪寂寞，闷人得很。
金钱：妹妹，你昨儿不会喝酒，被人家笑话。
素女：吃醉了，怪难看的。
金钱：常常喝，就不会醉了。
谄媚：我和你的事，姨妈已经点许了。
青年：我也明白，不然哪有这般自由。
引诱：我心坎里只有个你，连父母都把他全忘了。
素女：虽然住在黑暗家庭中，还有一点爱美的天性。
金钱：素女妹妹呢？
金钱：她哪里有功夫在家里。这几天跟诚恳多亲热啊！
金钱：现在她到哪里去了？
虚荣：我怎么知道呢？大约总在诚恳那里。
虚荣：我们打扑克的姿势太外行了，趁这时候大家练习练习。

金钱：你借着画儿的名义，要来引诱表妹吗？
素女：你瞧我穿的古装好看吗？
金钱：果然你在这里。
金钱：介到这种地方来，也失了身份。
素女：你怎样说出这样话来！
金钱：回去罢，写生总写不出什么好事！
素女：你胡说！我回去告诉姨妈。
金钱：小子仔细点，我告诉母亲停止你的津贴。
诚恳：那是叔父的好意，本来我很能自立。

第　六　卷

金钱：你不要心念着诚恳，他待你全是假的。
素女：我又不是专为诚恳而来的，你不要胡说。
他果然就此不睬，倒可省掉许多烦恼。
但有她终究舍不得金钱。
贞节：姐姐，你不要上船，中流很险恶的啊。
素女：这里水平如镜，哪有什么危险？
贞节：姐姐，你真的要去，等我一同去。
金钱：带贞节去没有趣味，快上船罢。
素女的寿辰。
爱交际的朋友，只愁人家没有喜庆宴会。今天个个兴高采烈。
他非是不爱热闹，不过消耗了他可爱的金钱，心中总有点难受。
溺爱：你瞧瞧热闹啊，你也来喝一杯。
金钱：谁跑了头马，得这个银杯。
美丽得香槟了！
这瓶香槟酒，应该得香槟的喝完！
贞节：美丽哪里喝得许多酒。
金钱：你还是静坐在房里罢，免得在外边彼此都受气。
贞节：我们姐妹都被金钱所害。
金钱：老实说，到了这时候，你贞节早没有发言权了！
金钱：妹妹，你是我的灵魂，美丽是我的生命。
素女：你不过爱我们稍有点姿色罢了！等我们老了，还是如此相待，我才相信呢。
金钱：你能够离开了贞节，不要说我爱，你也讨了众人的喜欢。
贞节：姐姐，美丽和青年玩的太不像样了，只怕要惹出是非来。
金钱：我和素女情爱很热，倒是贞节从中作梗。
虚荣：是的，我也嫌她讨厌。我们想法叫她离开，可好？

第　七　卷

夜色已阑，游兴未艾，又换了捉迷藏之戏。

虚荣：外边有个客，说跟你有要事谈谈。

虚荣：哄你的，外边有好玩意儿，快跟我出去。

金钱：素女同一个客人吵嘴，你快出去瞧瞧。

过分的欢乐，处处都有忧患隐伏在那里！

金钱：你一向孤芳自赏的，这个所在，请你住下罢。

素女：美丽呢！

素女：啊哟！美丽是害不得病的。

虚荣：不要使金钱知道，失了他的欢心。

金钱：贞节虽然离开了，没有美丽也是徒然的。

姹紫嫣红，不过一时的香艳，转眼变成泡影了。

弃旧怜新，男子的心脑大都如此。何况姿容失衰的女子，怎不遭人白眼呢。

金钱：你还是等美丽的病好了，再出去罢。

素女：啊呀！不是医生说的，美丽的病，是无药可治的吗！

金钱：哼！美丽的病不会好，你也不必到外边去了。

虚荣：姊姊，这值得什么悲伤，金钱哥哥瞧我们不起，我们可以去找第二个金钱的。

侠义：打听得贞节被金钱幽禁了，终得要想法救她才好。

溺爱：后天张家的宴会是盛极一时的，我们也得预备预备。

懦弱：你倒高兴，还要预备赴宴。我只好预备吃官司了。

懦弱：老实告诉你罢，我的营业完全失败，债户逼得要起诉了。

素女：姨母，我们想出去瞧瞧朋友，顺便访问贞节的下落。

素女：你们爱到哪里去便到哪里去好了。

溺爱：我们自己打打主意罢，也顾不得他们了。

你们再坐着，也乏味了，还是让我罢。

第　八　卷

乘兴而来，败兴而归，谁晓得以后更要失望。

仆：老爷太太到牯岭避暑去了。

素女：笑话，这样的天气，还说什么避暑。

仆：小姐，不要诧异，老爷太太实在是去避债的。这所屋子的新主人，听说下半天就要来了。

素女：呵呀！怕金钱还不晓得呢，我们也得知照了他从长计议才好。

金钱还是沉迷酒色，哪里料得到他父亲已经破屋[1]。

---

〔1〕“破屋”疑“破产”之误。

虚荣：贞节美丽都没有了，怎好去见母亲？不如快走。
青年：姐姐我的期限已到，只好和你们分手了。
青年：母亲等我去找他们一同回去。
光阴：不必了。她们回去的时候还没有到呢。
青年见了光阴，只能俯首贴耳跟她回去。
阴险：你们不要怕，有什么为难的事，都有我呢。
虚荣：请你找个人替我送送信。
阴险：这是便当的，我去找隔壁做信差的阿三来。
虚荣：请你到销魂总会里找金钱来，我重重的谢你。
引诱：素女租了一间很精美的房屋，叫你就去。
阿三：金钱说，他要的时候不必你去找他。
又：倒是那位引诱先生好，听我说你穿戴得多，说回头就来看你。
阴险：我家里住了两个不知来历的女子，趁早今晚下手。
阴险：他们首饰多的很呢！
虚荣：金钱家里破产了，我们回去不得，替我想想法子。
引诱：我和色欲去商量商量。
引诱：你和金钱腻得也够了，现在让他们出出风罢。
引诱：晚上我准来候你，不过你总要多带点首饰来。
是夜。
堕落的女子，处处都是荆棘。

第　九　卷

他忙碌了半夜，仍旧作了别人的傀儡。
任你如何横行，总逃不了阴险的掌握。
金钱：我们三人都是好友，老实说你爱哪一个？
冰天雪地，孑然一军，都被虚荣所误，但是她还想重找金钱。
金钱：你认错了吗！我生平没有这样的穷亲戚。
谄媚：偌大的跑马厅，厅长一席，我最有希望。
他虽然晓得家中破产，尚以为金钱万能，无往不利。
谄媚：你破产了，问他还认得你么？
妖冶：走罢，不要理他。
强权：你瞧见阴险吗？
引诱：咦！谁晓得！
强权：你为什么不晓得？
到此穷山绝壑，万念俱消，心地渐渐光明。
邪正之间，相距不过一发，只消一念返真，自然还我贞节了。
烟雾迷茫，城郭依稀，还有许多人在那里醉生梦死，兀是不醒。
难得有几个悬崖勒马，悠然而返。（完）

战　　功

出品　大中华影片公司，1925 年
总监　陆　洁
编剧　陆　洁
导演　徐欣夫
摄影　经广馥
布景　施彬元
剧务　王元龙　汤　杰
英文　苏公隽
化妆　张织云
绘书　徐　进
演员　王元龙　张织云　黎明晖　胡　蝶　汤　杰　赵　琛

《战功》电影由陆洁编剧。其电影本事署名豪，说明、对话无署名，原载《新新特刊》第 1 期（战功/重返故乡合编，1925 年 7 月 1 日）。心冷《中国影片新评：（廿十）〈战功〉》（《国闻周报》第 2 卷第 26 期，1925 年 7 月 12 日）亦收录该片本事。

本　　事〔1〕

豪

王艺华，世家子。曾隶军籍，今已退职家居，以丹青自娱。一日，独坐画室中，方展弄其女友童懿涵所赠之鸡心表记一枚。是物以绢制，中嵌王与童之小影各一，童特制以赠王者也。王展弄有顷，忽忆及今日为秀中女学冬假之日，其妹丽华与童方在校中候其驾车去接，乃匆匆命车往。至则童等已在校门前等候多时矣。既至家，其父励庭谓之曰："适接汝姑母来信，嘱汝等乘冬假余暇，至姑母村中小住。"正约童同去，童因急欲归省其母，却之。兄妹既至其姑母家中，日惟写生骑猎，以遣永昼。一日，方写生池畔，忽有一被击之鸟，坠于丽华身上。王起视，则见有一少年猎人，方跨马绕池而来，知坠鸟即为少年之猎物，因返之。时已近晚，兄妹收拾画具，携手而回。归途，见一人驰马自对岸来，将道旁一担菜乡人踢倒，而骑者反持鞭将乡人痛击。王大怒，上前诘责，夺其鞭，将还击之。乡人阻之曰："此为村董之子汤子刚，其虎威震乡里，幸勿撄其怒。"王不听，坚欲锉其威。汤自知不敌王之勇，愤愤跨马去。二日后，汤子刚率佃工二三人，骑马出猎，久之无所得，而枪弹已罄，将无颜归见家人。

〔1〕 原为句读。

时适有一乡人肩负猎物无数走来，汤强买之。共坐芦苇中休息，其同伴某甲，擎一雉鸡而舞，恣意笑乐。时少年猎人张逸君亦单骑出猎，遥见芦苇中有一雉，擎枪击之，而适中汤同伴某甲之子。汤等跨马猛追，张知又闯祸，回马奔逃。濒追及矣，适王艺华匹马出游，设计引汤等入歧道，将张自马上抱下隐入芦苇中。迨汤等去远，回首视张，则长发垂肩，乃一好女子也。张自言与老母居村中，性喜骑猎，因易男装，藉避人之耳目也。王乃送之归家。王自救张之后，便成知己，时相往还。一日，忽得父书促其归。王读信后，心滋懊丧。良以乍逢佳丽，倏又言旋，辗转思维，情何以堪，乃走访于张。忧郁之状，见诸颜色。张见王颓唐之状，莫悉其故。此时妹亦踵至，谓张曰："姊乎，我等赋归在即，此来盖言别也。"张至是始明王不豫之由，已而妹劝张迁居入城，张母不欲。惟天下事往往出人意料之外，而天故欲促成之者。盖王至张村时，中途为汤子刚瞥见，乃蹑行其后，及于张之门而止，因默识之。归召其党徒，拥至张处寻仇，恃众行凶，室中器具，泰半为之捣毁。幸王以智得胜，汤率众狼狈去。至是，张母以乡中终非福地，乃不得不携其爱女，重返喧嚣之城市。

王返城后，仍理其画业。一日，正描摹一模特儿，忽张来访，并携花为赠。妹闻客来，亦殷勤入室，相与周旋。已而王忽见远处有童之照相，惧为张见，因亟起藏之，张未之觉也。后张与王娓娓清谈，久而弗止。妹睹两人相悦之状，潜绘男女二人作拥抱状，更书"哥哥""张姊姊"等字于画上。王见而欲毁之，妹亟藏之身畔。此时其画友赵小薇来访，王亟为张介绍，已而张即辞去。王取视赵手中所携之皮包，中有裸体画片无算。王讥笑之，继而在包中得一照片，赵谓系彼之旧同学朱卓夫，从戎三载，近始省母归来，彼将往访之。正谈话间，闻叩门声，视之，则童懿涵也。童亦捧花一束，顾桌上瓶中已有张逸君所赠之花，王欲去之，心又不忍。赵知其意，亟至室隅捧一金鱼缸来，以代花瓶。

天祸中原，水旱为灾，秀中女校特举行一游艺会以赈灾黎。童与妹以善舞闻于同校，乃预制舞衣，先事练习。一日，童与妹正试穿舞衣，忽张以电话来，为妹所得，及告其兄。王接电话，以碍于童面，不能畅所欲言；而张则情话绵绵，无或稍停，于是王乃大窘。秀中开会之日，童职司售花，赵小薇与朱卓夫亦同到参观，遇王于场中。赵亟为朱介绍，继而赵复遇张，亦为朱介绍。张朱相见，各呈惊愕之状，但两人均力自镇定，鞠躬作相见礼。幕启，各归座，张心绪如麻，不待会毕，即匆匆归。新愁旧恨，一时并作，欹坐椅上，甚无聊赖。不期而又触及王所赠之小影，时窗外画眉声声，益复令人惆怅。

数日后，王正在室中读张来信，约往公园散步。忽闻室外细步声，以为张至，随手将信置于沙发上，匆促出迎。顾来者非张，乃童也。童行近沙发前，见一信，欲取视。王大窘，情急智生，即取一手杖，将案上金鱼缸推倒。童闻声回视，王亟藏其信。谈有顷，王踝躞室中，状殊不宁，推窗外望，张果蹒跚而来。王复大窘，正在无可如何之时，妹适走出，在廊下与张问话，已而携手入室。则见室中寂静，阒焉无人。少顷，王自内室走出，始相与寒暄，欢然话别后状况。其时童独居一室中，翻阅架上画件，忽检得妹曩日所绘男女拥抱图，且因其上有张姊姊与哥哥数字，于是大疑。欲入室向王伸说，而王已他适。童返校后，复阅所得之画，不禁悲从中来。孰知其同舍一女生，方嚼其情人所赠之糖，乐正未央。忽闻有饮泣声，回首见童，询何所苦，童以头痛答之。一日，童俟王于石栏杆畔，王久不至，益滋疑虑。已而王徐徐至，童不与周旋。王叩其故，乃愤然出画相诘。王虽作巧辩，顾不能坚童之信，于是争执移时，不欢而散。是夜，王坐室中，与张观画，状殊狎昵。童亦适至，不禁勃然，亟取案上胆瓶，向两人足下猛掷。王大惊跃起，始知顷间所遇，乃脑中之幻想也。因念及前途，知此终非了局，乃毅然作书绝童，并璧其前赠绢制鸡心。书竟，亟以役送去。有顷，妹入，谓其兄曰："父适得军中来一公文，速往一观。"王遂与妹同朝其父。翌日凌晨，晓色凄清，秀中女学尚杳然无人踪。童懿涵手提行囊，眼角含愁，匆匆自校出，返其故乡，似有无限心事者。

天灾未已，兵祸又来。王艺华既得爱国军司令部征彼从军之公文，乃毅然动男儿报国之志，决意重出从戎。出发之日，其妹为之整理军装。赵小薇亦来送行，并携赠物，以壮行色。妹睹状，忽有所感。意谓阿兄今日行矣，吾亦当有所馈赠，以志纪念，因匆匆出室。去时，张自另一门入。赵殷勤招待，王强笑迎之。张以别离在迩，心殊怏怏。意欲有所慰藉王者，顾以赵在，未便多言。王乃示意令赵出室，时妹亦自园中采花归室，盖将以缀诸兄之襟上者也。及于门际，赵适在门隙窥探，见妹来，亟阻其入。后闻室内电话声，始相偕入室。时朱卓夫正以电话致王，约至车驿偕行。此际王父亦自内室出，晓王以大义，王乃毅然行。张与妹送诸门首，忍裹清泪，悲恸可知。王登车后，将行矣，赵忽跃至车上，与王耳语，请以王之模特儿相假，王笑诺之。

王从军后，赵小薇实践其临别之约，俨然画室主人，手持画版，配颜料，执画笔，嬉皮笑脸，一若为模特儿摆姿势者然。迨模特儿露其色相时，则雪肤花貌，较前益觉美丽。

自王出征以后，战事消息，日益紧张。而战场之上，尤极惨酷。黑夜中但见猩红炮火，满天爆发。王以连日剧战，异常疲乏。某日之夜，月明如昼。王坐战壕中，举首望明月，不胜家园之思。既而脱去军帽，则帽中贮有张之小照，倩影依然，倍增伤感。而不知同此凄凉之夜中，与王感同一之凄凉者，正大有人在也。

是夜也，张逸君独坐房中，披读战报。忽闻窗外狂风着树，沙沙作声，因起立掀帘，则月儿依旧胧明，伊人何在。于是百感交集，正拟归寝，又闻树上枭声，怪鸣不已；回首室中，花影满地，不禁为之毛发悚然。

是夜也，王父及妹，默坐室中。王父膝前堆报纸一叠，读倦而眠。妹则伏于沙发上，昏然亦似入梦，沙发上留泪痕甚多。久之，妹忽微扬其首，泪痕被面，隐约间见其兄自门中隐出，身负重创，状殊凄楚。妹起而迎之，将抱其身，则倏失所在，乃大惊而号。父闻声亦醒，相与唏嘘。

是夜也，月射茜窗，童懿涵坐故乡卧室中，榻前满置曩时王所寄之书函数十通，照片数帧。童中宵静坐，旧牍重翻，读至缠绵悱恻处，不禁引起旧情。回首室偶，见其同学所赠之新婚俪影，赫然悬壁上，益觉难堪。

是夜也，朱卓夫之卧室中，人去楼空，寂如鬼域。其老母因爱子远征，思之深切，永夜不眠。蹒跚入朱室中，但见杂物凌乱，乃一一为之整理。后得朱之小影，更增思子之情。启抽屉，又得一镜架，架中无所有。往事重提，不禁老泪纵横。

某日之晨，妹往视张，谓适得兄信，言战事已平，不日将归，故特相约预备欢迎阿兄。张诺之。明日妹与张率诸婢在室中悬彩，父闲坐观之，甚以为乐。已而妹回首窗外，见赵小薇已接其兄归，不禁忻跃狂呼，强拉父与张迎出。相见默然，妹趋抱其兄，王作忍痛状。已而父问同往从戎之朱卓夫，曾否偕归？王初不忍告，继乃详述其经过。盖某日之役，朱在战壕中，饮弹倒地，王适冲锋过其旁，不期亦中一弹。王言至是，掀其斗篷，则左臂已断。张闻言，色大变，顾其时众方注意于王，未遑及张。妹至是问其兄曰："兄抛弃老父，远出从戎，冒万险而受创归来，究得何种功勋？"王乃出示其勋章。张视勋章，忽勋章幻为千万骷髅。张起立问王曰："这便是你的战功么?"

凯旋之夕，王与张坐沙发上，情话正浓，王微露求婚意，并示以戒指。张睹状惊拒，凄然述其往事。曰："明告君，我卓夫之妻也。卓夫曩日饮酒冶游，弃我如遗，我以是避居乡中。此恨绵绵，其何能已？君之见爱，吾心滋感，然而我卒不能嫔于君也，我等盖始终朋友耳。"言已，张大感叹。正悲伤间，朱卓夫忽匍匐入，手足各毁其一。见张王情话，即欲别去。张立止之，曰："君今已手足残废，还想如二年前之孑身远游耶?"王退坐椅上，见其妹引童入，大惊，惘然如入梦。妹睹状，推知其意，因拉之入隔室，出示一信。启视之，即王与童之绝交书也。妹曰："畴昔之夜，父得军中公文后，奉命来邀兄。适见兄方盛怒，捷笔作书，因蹑足室后，从仆处取得此书，秘而藏之。而翌日之晨，童适因母病归其故乡，此信固未之知也。前日得兄凯旋之报，始去书招之来。"王至是，乃恍然大悟。妹因将兄力推至童处，而已则隐身帘畔，探首窥室中。时朱卓夫与张逸君，王艺华与童懿涵均在室中也。妹窥探有顷，忽以帘遮面，赧然俯首。(豪)

说　　明[1]

(一) 王艺华——陆军学生，曾隶军籍。今已退职家居，以丹青自娱。(王元龙)
(二) 冬假日——
(三) 王丽华——艺华之妹。(黎明晖)
(四) 童懿涵——丽华同学，与其兄艺华甚友爱。(张织云)
(五) 认错了——这并不是她哥哥的车子。
(六) 王励庭——艺华之父。(易荫峤)
(七) 艺华兄妹应姑母之招，来乡村小住。日惟写生骑猎以涤城市之烦嚣。
(八) 张逸君——村中猎人。(张织云)
(九) 汤子刚——村中一霸。乡人畏之如虎狼。(汤杰)
(十) 二日后——横行村中之汤老虎，又出横行。

---

[1] 原说明字幕句末均为逗号，现统一改为句号；演员加上括号。

（一一）莽撞之逸君，砰然一枪，又闯下祸来。
（一二）张逸君正在危急之时，适值王艺华匹马出游。
（一三）慈祥之母，正盼其爱女归来。
（一四）一度患难，便成知己。
（一五）赵小薇——艺华之友，多宝美术会会员。（赵琛）
（一六）王接父书后，去与张逸君志别。
（一七）“相逢狭路”。
（一八）王之友爱，汤之虎威，便促成张逸君弃其乡村清福，重尝城市烦嚣。
（一九）旧课重温“模特儿”，在王艺华家中。
（二〇）赵小薇来访其同学朱卓夫。
（二一）朱卓夫——赵小薇之同学，从戎三载，近始省母归来。（王元龙）
（二二）跌蹀翩跹试舞衣。
（二三）天祸中原，水旱为灾。秀中女学举行游艺会以赈灾黎。
（二四）相见一惊。
（二五）心中有事，虽妙舞当前，也不值一顾。
（二六）心中有事，虽妙舞当前，也不值一顾。
（二七）无情盛会，多情鸟语。旧恨新愁，都涌上心头。
（二八）张逸君伤心失意，而会场中乐正未央。
（二九）一柬传来，伸游园之约。
（三〇）童未去，张又来，艺华窘矣。
（三一）猫虽小，力却甚大，金鱼缸也被他翻倒了。
（三二）艺华因逸君来访，将童懿涵遗在另一室中。
（三三）快乐欤，忧愁欤，都是自寻烦恼。
（三四）闲来无事学烹调。
（三五）一纸疑云，参商顿起。
（三六）童因久候艺华不至，愤愤而去。
（三七）脑中之战——理想中之未来之烦恼。
（三八）原来是幻想。
（三九）晓色凄清，含愁归去。
（四〇）天灾未已，兵祸又来。
（四一）他正在细细地尝他爱人所赠之糖。
（四二）丽华因不见懿涵上课，故来宿舍访之。
（四三）从戎。
（四四）丽华思觅一纪念物，以壮其兄之行。
（四五）艺华从军去，小薇实践其临别之约，俨然此画室之主人。
（四六）他在五十年前，也是一位很美丽的模特儿。
（四七）大地如死，了无生气。连天烽火，血肉横飞。

（四八）声声刁斗，永夜无眠。家园何在，倩影依然。

（四九）在此艺华望月思家之夜，与艺华抱同一凄凉之感者，固不止一人已也。

（五〇）月儿依旧胧明，漫天烽火新闻，如此凄凉境地，又闻枭语风声。

（五一）父怀其子，妹思其兄，沉沉凉夜，魂梦时萦。

（五二）旧牍重翻，中宵静坐。情海茫茫，能有几人跨过。

（五三）夜阑人静，睹物伤怀，白发老母禁不住老泪纵横。

（五四）此镜架在三年前，乃供着他一位美丽而贤德之媳妇，今则空矣。

（五五）观其状似悲，按其实实乐——丽华接其兄信，不日凯归，因特来报知逸君。

（五六）凯旋。

（五七）是夜。

（五八）夜深矣。

对　　话〔1〕

（一）懿涵：这是我们友谊的纪念，你和我的友谊疏淡时，必须还我。

（二）艺华：我们的友谊，永永没有疏淡的一天，所以这鸡心也永永没有还你的一天。

（三）丽华：哥哥说三点钟来接我们，怎么这时候还不来？

（四）丽：快快走上去，哥哥的车子来了。

（五）丽：你怎么到这时候才来接我们？

（六）艺：因为我的表走得太慢，所以来得迟了。

（七）王父：才刚你姑母来信，叫你陪着丽华到他乡村里去玩几天。

（八）懿：我已写信给母亲，说明天就回去……明年春假里，再和你们同去罢。

（九）艺：你怎么这样莽撞，把人家孩子要骇坏了。

（一〇）逸君：真对不住，因为在隔岸没有瞧见你们二位。

（一一）丽：哥哥，我们回去罢。

（一二）汤子刚：瞎眼的畜生！大爷的马脚被你瘟担子踣伤了。

（一三）乡人：先生，这是村里的汤老虎汤大爷，请你不要得罪他。

（一四）汤：好！我记着你，下次再见。

（一五）汤：真倒霉——出来了半天，一只麻雀也没打着，枪子倒放完了。

（一六）汤：看！那人打了许多飞鸟来了。

（一七）汤：拿一块钱去，通通把来卖给我。

（一八）汤：我们回去可以说，这些鸟都是我们自己打来的。

---

〔1〕原版中，对话者与对白均有括号，对白则多以逗号结尾。现去除所有括号，在对白前加冒号，句末逗号均改为句号。

（一九）艺：你前天把鸟打在我妹妹身上，怎么今天又闯祸了？

（二〇）逸：我在芦苇中打鸟，误击了一人的手，所以他们追来了。

（二一）艺：我送你回去罢。

（二二）逸：母亲，这位王先生，没有他，儿早被害了。

（二三）张母：你老是欢喜一个人到外面去，我哪一次不心惊肉跳地在家里等着你。

（二四）艺：追你的那人是谁？这人真凶恶。前天我也见他把一个可怜的乡人痛鞭一顿。

（二五）逸：我也不大认识，好像是西村里汤董的儿子。此人仗着他父亲的势，专在村里欺侮乡民。

（二六）艺：你化妆真像——要是你的帽子不丢下来，我至今还不知道你是女子呢。

（二七）逸：我常欢喜到乡野里去玩，母亲又不放心，所以出去时改了男装觉得利便些。

（二八）你又在预备去打猎么？

（二九）逸：不，那枝枪前天在马上丢了，这枝是旧枪。

（三〇）丽：哥哥，我看你一个人向这里走，我便骑着你的马跟在后面，你怎么没有知道？

（三一）赵小薇：艺华去了这许多日子，还不回来……我一个人在家里研究艺术也没有心思了。

（三二）王父：少年人贪玩乡景，便乐不思蜀了……我昨天已去信促他们回来。

（三三）赵：告辞了，等艺华回来后再来拜访。

（三四）丽：哥哥来过没有？爸爸来信，教我们快回去。

（三五）丽：哥哥，找了你半天不见，我知道你一定在这里。

（三六）逸：你们明天就要城里去么……什么时候再来？

（三七）丽：张姊姊，在这种荒村里住着，怪可怕的，你们何不也迁到城里去住。

（三八）张母：我们因为避免城中的烦嚣，才迁到乡下来的。现在乡居已惯——况且你张姊姊也未必再愿意到城去住。

（三九）艺：你不记得那天……

（四〇）汤：好……今天可被我都找到了。

（四一）汤：你前天击伤我朋友的手，我今天也击你的手。

（四二）汤：你们等着，终有被我收拾的一天。

（四三）丽：这小照还是哥哥当时在陆军学校毕业后被派到军中见习时摄的。

（四四）艺：这都是我当时的战利品。

（四五）赵：我们艺术家的脑子很宝贵，所以要戴二顶帽子。

（四六）逸：我去了，母亲在家里等着，她老人家很欢喜你们去望望她。

（四七）艺：你的公事包竟变做化装箱了。

（四八）赵：这是我的旧同学——他在三年前情场失意，弃了老母，远出从戎，近才请假归来。我今天还想到他家里看看他。

（四九）赵：金鱼的鱼，水仙花的水，这叫做如鱼得水。

（五〇）朱卓夫：这狗的记忆力真好，我前天回来，他还能认识我。

（五一）赵：我倒几乎认不得你了。

（五二）朱：母亲，小薇说，他的记忆力还不及我家阿黑呢！

（五三）朱：给我看，你公事包里装些什么宝贵东西，一刻不离的捧在手里。

（五四）赵：不要翻了，刚才已经被王艺华翻得一塌糊涂。

（五五）逸：这样沉闷的天气，你现在家里做些什么。

（五六）艺：是，周先生……你的那张画还没有画好哩。

（五七）逸：什么……周先生的画没有画，与我什么相干！

（五八）艺：好，好……我马上就画。

（五九）赵：这是朱先生——是我的旧同学，他新从军中回来。

（六〇）逸：我来看你哥哥……

（六一）朋：他现在里面，我们一块儿找他去。

（六二）懿：我访了你几次不见，今天可被我找到了。

（六三）艺：妹妹，你的手套为什么不收拾好呢？

（六四）艺：时候已不早，我们去罢。

（六五）懿：你哥哥呢？

（六六）丽：他……爸爸唤他去了。

（六七）懿：今天在外面吹了些风，此刻头痛得很。

（六八）懿之同学：不要哭了，吃些糖罢。

（六九）丽：张姊姊，你等一等，我去做蛋糕给你吃。

（七〇）丽：你在这里等着，待我去给你吃。

（七一）丽：这叫做印度玫瑰糕。

（七二）逸：煤炭一般的东西，吃了不怕受毒么？

（七三）丽：这呱呱叫是我新发明的——其色虽黑，其味甚佳。

（七四）艺：为什么我来了你反要走？我今天觉得很闷，所以到外面去骑了半天马。

（七五）懿：你既然觉得很闷，何以不去找张……

（七六）艺：什么？

（七七）懿：这样便不会使你觉得很闷了！

（七八）丽：这……这是妹妹闹着玩的……你……

（七九）丽：哥哥，爸爸接到军中一封公文，叫你到他书房里去看。

（八〇）赵：不得了！不得了！开火不一天，已经败得一塌糊涂。那些混蛋，真是只会吃饭！

（八一）赵：你也想去应征爱国军么？

（八二）艺：那是责任所在……我已与朱卓夫约定，明天我们一块儿动身。

（八三）赵：你们都是呆虫……在家里研究研究艺术多么写意，却要跑到战场上去送死。

（八四）艺：倘世界上人人像你这样心理，倒可以免去一切战争。

（八五）艺：战场上也有艺术可以研究，你明天和我们同去罢。

（八六）丽：懿涵姊姊呢？

（八七）同学：昨日她家乡来信，她母亲有病，所以今天请假回去了。

（八八）丽：咿！怎么我没有知道？

（八九）丽：这糖是人家送给你吃的，我哪里有资格吃呢！

（九〇）赵：听说军中的面包，硬而且黑，不能下咽，所以我定制了些奶油面包，给你带到军中去。

（九一）赵：慢，里面不能进去。

（九二）艺：好！好！我们直接到车站上相会罢。

（九三）王父：儿，你行罢，为国牺牲，是男儿的职志。国不在，家亦难存，你倘爱你的家，应当先去救你的国……

（九四）王父：……现在正当国家多难之秋，正是男儿保家救国时，你去吧。

（九五）艺：爸……你进去吧。

（九六）丽：哥哥，你到了战地，马上就要写信给我……你去了没有人和我玩了。

（九七）赵：你自己要仔细些，炮弹是没有眼睛的。

（九八）赵：慢，慢。

（九九）赵：你去后，那个模特儿请你借给我。

（一〇〇）赵：喂！预备好了没有？……时候不早了。（声自屏风后出）

（一〇一）赵先生，快要预备好了，请你先走到那边去。

（一〇二）赵：向左边侧一些，右脚再高些……对了，对了。

（一〇三）丽：哥哥，哥哥。

（一〇四）懿之婢：小姐，太太醒了，请小姐去替伊配乐。

（一〇五）逸：妹妹。

（一〇六）丽：我等了你老半天，怎么这么早就出去了？

（一〇七）逸：我在买些东西，你怎么来得这样早？

（一〇八）丽：哥哥今天来信说，战事已平，他快要回来了。

（一〇九）逸：我也接到他一信……也许他后天就可到家呢。

（一一〇）丽：爸爸在家里等着我吃饭……你明天到我家里来，我们预备欢迎哥哥。

（一一一）赵：艺华，我倒忘记问你了，我送给你的面包不是比军中的好吃么？

（一一二）艺：果然很好吃，可惜不到二天便吃完了。

（一一三）王父：和你一同出去的朱卓夫，这回也一块儿回来么？

（一一四）艺：他……他……不回来了。

（一一五）丽：哥哥，你抛弃了老父，冒了万险，现在弄得残疾归来，你到底得了何等的功勋？

（一一六）逸：这……这就是你的战功么？

（一一七）逸：不……不，我只能和你做一个朋友……

（一一八）逸：青年是人生最宝贵的时代，应该努力前途，替社会国家做些事业。你终日沉湎酒色，不务正事，不免太辜负你的青年了。

（一一九）朱：谁要你多嘴，你不来侍候我，反来干涉我的自由。

（一二〇）逸：酒毒可以戕生，你已经这样醉了，少喝些罢。

（一二一）朱：走……快给我走出去！

（一二二）艺：他……抛弃你的他，现在已……

（一二三）艺：你……你怎么回来了？

（一二四）朱：我负人太甚，天不愿我速死，要留我这残肢废体，在世上受尽诸般痛苦。

（一二五）朱：我负逸君太甚，再无颜见她。我去了……祝你们幸福永永无疆。

（一二六）逸：你现在手足已废，还想像三年前一样，弃了家庭，出外远游么？

（一二七）朱：我实在无颜见你……那年我弃你之后，不到几月，那妇人也照我弃你一样的把我弃掉，我遂愤而从戎。

（一二八）艺：怎么我白天没有见她？

（一二九）丽：她因母病回乡……她昨天接了我信，此刻才赶到这里。

沙场泪

出品　大陆影片公司，1925 年

编导　程步高

说明　周世勋

摄影　张伟涛

演员　周文珠　汪曼丽　顾影怜　顾振声　吴亦玄

《沙场泪》电影由程步高编剧。其电影本事无署名，原收录于心冷《中国影片新评：（廿一）〈沙场泪〉》（《国闻周报》第 2 卷第 27 期，1925 年 7 月 19 日）。

本事[1]

西山日暮，风烛年残，陆翁焕章病将死矣。命老仆王贵趋召幽兰文浩来，但未及见而气已绝。仅留有遗嘱，授诸其女慧如，嘱将家产之一部分给幽兰与文浩，俾免冻馁失学。二人者，翁之私生子女也。文浩尚幼，不识人间忧患事；幽兰年二八，已通世故，皆出自翁之外眷方氏妇。妇早死，故唯由翁赡养之。个中秘密，知之者第王贵与慧如耳。翁濒危，尝嘱慧如勿为外人道。慧如娇养成性，母亦早死，囿于习俗，嫉视私生，遂侵吞幽兰文浩应得之产。阿翁尸骨未寒，即弃苦儿弱女。噫！忍矣。邻有吕和卿者，涎慧如资，恋之。数月后，慧如不惯家庭寂寞，就姑母处居之。姑丈赵仲衡，一退伍军长也。有子曰志刚，慧如竟钟情于其身焉。虽和卿犹时过从，不顾也。志刚率兵乡间，得暇出猎，失足受伤。乡女救之，送归营帐。及愈踵谢，渐生情爱。因由精神结合而缔婚焉。乡女为谁，即幽兰是也。约成，志刚驰书报父母。母亦思以慧如匹志刚者，今则此愿莫能偿矣。慧如于是复与和卿重修旧好。良缘既合，情好历久勿衰。不料战祸重兴，志刚因身先士卒，中弹负伤，乃寄通行证二纸与幽兰，嘱伊乔装至医院一面。幽兰得书，不敢骤惊翁姑，仅托慧如乘机转送，乃偕王贵以行。讵至中途，王贵中流弹死。幽兰则不得已，而附孤舟以言旋。幽兰至家，岂知慧如已谮于姑母，诬伊私奔，且泄伊为阿父私生事。姑怒，逐之。幽兰欲白于翁前，而翁已见报载志刚阵亡而暴死。无如何，负儿去。临行，但告小婢以所往。后志刚奔丧返，既痛阿父，复念幽兰，询小婢得其详，亟出迹之。幽兰负儿行于荒郊，失足堕沟中，志刚车过未遇。可怜无知之麟儿，则死于沟壑。忍痛归家，而家已毁于炮火，乃怀死儿投宿古庙，则又见拒于老僧。更前行，误入火线，致遭枪击。及志刚寻至，已气息仅

---

〔1〕 原为句读。

属，强语良人曰："君自珍重，我将随麟儿去矣。"志刚以车载死妻亡儿归，适值慧如送和卿出，痛斥之。慧如直认为情报进谗，志刚尤怒，遂出手枪击之。弹未发而和卿已挺身出，竟饮弹死。枪再发，慧如亦倒。警士声寻来，志刚遂入狱。当战火弥漫之际，文浩已流为卖报童。后悉志刚入狱，因往赵家，随志刚母探姊丈于牢狱。志刚丐于其老母曰："请自今日始，阿母当视文浩如亲生子，而慰幽兰在天之灵焉。"战事终了，和平之神巍然矗立，万民欢呼声中，其知剩有几许人为沙场流泪耶。呜呼！

上海一妇人

出品　明星影片公司，1925 年
编剧　郑正秋
字幕　郑正秋　周剑云
导演　张石川
摄影　董克毅
演员　马徐维邦　宣景琳　黄筠贞　程宫园　王吉亭　邵庄林　严苏真　严仲英　王献斋　文　姬　赵　琛

《上海一妇人》电影由郑正秋编剧。其电影本事为宋痴萍撰写，字幕为郑正秋、周剑云所作，原载《明星特刊》第 3 期（上海一妇人号，1925 年 7 月 27 日）。心冷《中国影片新评：（廿二）〈上海一妇人〉》（《国闻周报》第 2 卷第 28 期，1925 年 7 月 26 日）亦收录该片本事。本篇选自前者。

本　　事[1]

痴萍

距上海二百里之某村，有乡女吴爱宝者，幼字同村赵贵全。赵驯谨自好，田间工作，辄遭诸少年戏侮。一日，又以细故争哄，赵不敌，大声呼援，爱宝奔至，奋臂抵诸少年。众四散，爱宝慰赵同归。行次，遇其寄母林氏，林固沪上著名鸨妇，方附车归省其家，出所携物分赠亲邻。爱宝之父云生，羡其多资，托以己女。林大喜，允与俱行。爱宝不识沪行何作，以告赵。赵亦茫然，而惜别之情，见于辞色。及林挈爱宝登程，赵逐诸人之后，潜就僻处与爱宝言别，谆嘱早归。车既行，犹循轨道逐车而东，至于不见始已。赵自爱宝去后，长日郁郁，若不自聊，颇怠于所业。母询其故，黯然曰："渠去，人益侮儿，儿将踪迹渠。"母曰："予老病侵寻，儿忍弃予而去耶?"赵故孝，闻母言，不复作远游想。既母以病卒，赵治丧毕，别墓而行。顾上海者，东方第一都会也，人海茫茫，将安从得其处哉。

爱宝（即花淡如）初堕平康，动止乖忤。然林氏之诱引，环境之薰陶，未几而爱宝姚冶一时矣。豪宦李叔香艳之，和酒征逐，殆无虚夕。及爱宝膺花国总统选，李掷二万金脱其籍，且允娶爱宝后不再纳妾或冶游；更允存十万金于银行，为爱宝私产。爱宝回念贵全，踌躇不能决。林招云生至，共赞其成，爱宝遂无力自脱。嫁之日，李亲驾汽车迎之。爱宝登车，忽见有乡人立道旁，目灼灼向己。车行，自车窗返顾，其

[1] 原为句读。

人盖故夫赵贵全也。赵觅爱宝久，陡见，不敢猝认。即审其果爱宝，则飞步从之。经路口，为侧面驰来之另一汽车撞踣。入市立医院求治，幸无性命之虞。其事辗转为爱宝所闻，潜视之医院，睹赵一足已残，恻然伤之，为任医药资。及赵伤愈，复赁屋为之另娶。顾所娶妇薄赵庸懦且跛，渐多外遇。赵偶诘责，便反唇相讥。赵不能堪，屡诉之爱宝。爱宝亦以李娶己之后，即置前约弗践，别眷一妓，恒外宿不返。询其究竟，辄藉辞搪塞。故与贵全相见，各有愁怀，惟劝以忍耐而已。

李娶爱宝，原属一时豪举，责以践约，事安能济。于是爱宝下李氏堂，以原名（花淡如）应征。李之友更怂恿李设宴其家，李坦然而往。宴半，赵来告爱宝，谓所娶妇以妒奸凶杀于旅馆，两男立死，妇亦伤重垂毙。爱宝闻之，相持痛哭失声。事后将为赵更娶，赵力却之，愿得数亩田，度安乐余生。乃为之置产，遣之归。曩日狎侮赵者，皆来谢罪，且争承其田。赵自是年收租谷，俨然村中小康之家也。

一日，林氏复自乡间携一女子至，矢志不欲操贱业。爱宝询其身世，则与己当日之所处正同。是时女之父适以伴女偕来，爱宝遂出私蓄为女偿身价，而自送女于女子职业学校，举学膳诸费一身任之。校中教职员以曲中人具此风义，咸为惊叹，叩之曰："君拯他人出火坑，不知自身归宿，又在何时？"爱宝强笑答曰："既堕孽海，超升匪易，得拯一人，差作一度忏悔耳。"言已，车动尘飞，竟载此伤心人去矣。

字　　幕[1]

正秋　剑云

离上海二百里之乡村。

农夫：快逃！给女人打了要倒霉的。

农夫：不要脸，还没做亲就帮男人。

赵贵全，诚实之田舍郎。（马徐维邦）

吴爱宝，贵全之未婚妻，有虎名。（宣景琳）

鸨妇林氏，新自上海归。（黄筠贞）

爱宝：呀！寄娘回来了。

林福根靠着妻子吃碗安乐饭。（严仲英）

吴云生，爱宝之父。（程官园）

林氏分赠礼物与乡人。

云生：阿福哥有这样能干的嫂嫂，真好福气。

林氏：上海是容易弄钱的，可惜我老了；像爱宝这样年纪，正好去发点财咧。

云生：你说爱宝好发财，那就要靠你寄娘照应她了。

林氏：只要你愿意，我就带她上海去。

---

〔1〕 原说明字幕前有■标记，对话者有括号。现统一略去，将说明以不同字体区别之；并在对话者后加冒号。

云生：哪有什么不愿意，你肯带她去，真是我们祖上积德哩。
爱宝：寄娘在上海带来许多好东西。
贵全：最好我们几时也到上海去玩玩。
爱宝：哎！寄娘是要带我到上海去呀。
爱宝：你不要不快活，将来寄娘也可以带你去的。
贵全：哼！她真不会带我去哩。
林氏：我们先小人，后君子，你女儿跟我去，应该写一张凭据。
云生：这是应当的，听凭你写就是了。
贵全：你去了，几时来？
爱宝：我想总就要来的。
赵毛氏：儿呀，你近来怎么总不高兴做工哩？
贵全：我想到上海去找些生意做做。
赵毛氏：啊呀！我这么大年纪，哪舍得你出远门呢。
三日不见，刮目相看，习俗移人，何其速也！
花国总统欢迎大会。
李叔香，北里中之阔客也，三十年来，常罗致名花，藏诸金屋。（王吉亭）
刘芝田，乃初出茅庐之嫖客。（邵庄林）
游客：哦！花国大总统来了！
胖子：喂！我也来捧捧她！
叔香：我想娶花淡如，要多少身价？
林氏：李大人要娶，再好没有，身价总好说的。

叔香除下堂求去者不计外，尚有一妻五妾，今又有娶花淡如消息。于是群雌粥粥，大起恐慌。

妾：家里有这么多人，已经闹不清了，你还要再娶吗？
叔香：你们没有本领叫我不去嫖，还吃什么连环醋呢？
林氏：阿珠，怎么好进来哩！
林氏：啊，是李大人，请这里来坐吧。
爱宝：啊，你们是认识的，前天在会场里都见过了。
林氏：阿媛啊，李大人一定要娶你，他肯另外替你存开十万块钱，给你做私房的。
林氏：而且答应娶你之后，再也不娶别人了。
爱宝：你们怎么常说这种话，我哪有这样的福气哩。
叔香：你能够替我办成这件事，我一定重重的谢你。
林氏：你肯化钱，事总好办，让我把她老子叫来做主就是了。
贵全：妈，我到上海去，你要保佑我一路平安哟。
贵全：我想到上海去，请你告诉我爱宝住在哪里？
云生：你到上海去做什么？我也不知道她在哪里。
云生：爱宝，有这样的阔客要你，乐得嫁给他，况且有十万块钱的存款给你哩。

林氏：好在还答应你再也不娶别人了。

爱宝：那末，赵家的亲事怎么办呢？

云生：他从娘死后，不知道跑到哪里去了。

云生：就是他来的话，我只要给他几个钱就完了。

林氏：你无论如何，总不能再嫁给乡下人的了。他怎么养得活你呢。

云生：阿媛，你就答应了，让你老子享享福吧。

李叔香居然以二万金为花淡如脱籍。

爱宝：爸爸，这是我做女儿的卖身钱，请你省吃俭用，不要浪费。

爱宝：将来贵全回来，请你多给他几个钱，我们到底是对他不起的。

云生：阿媛，我不送你了，以后得便寄封信给我，免得我记挂你。

花姊妹：恭喜李大人！恭喜李大人！

龟奴甲：阿水金，倷赏着几铟？

龟奴乙：三十块，倷呢？

龟奴甲：五十块。

村儿赵贵全，遍访爱宝不得，适于此时始探得其居址。

翌日。

爱宝：这是什么事？

叔香：汽车碾死的，总是这种曲辫子的乡下人。

叔香：你为什么不快活？

爱宝：他们为什么要把我的照片登出来？

爱宝：阿珠，你陪我到市立医院里去。

爱宝：你怎么会弄得这个样子的？

贵全：我昨天只顾追你，想不到横里头来一部车子，撞得这种样子。

看护：医生说，身体还不碍，不过脚骨已断，总是个残废的人了。

爱宝：你替我把他搬到上等房间里去，一切费用，向我算就是了。

二姨太：你倒还想得着回来吗？

三姨太：恐怕这两天给花总统迷昏了！

五姨太：哼！只怕是新箍马桶三日香啊！

爱宝：我爸爸今天动身，我想去送送他。

医生：好了，再隔三天，就可以出院了。

爱宝：我想替他娶一房亲，你替我去托托人，可有规规矩矩的小家姑娘，做一个媒。

叔香：姨太太刚才到哪里去的？

汽车夫：啊！到码头上去的。

爱宝自以负疚于贵全，故到处物色相当女子。久之，始得一人。

媒婆：大小姐，你放心，我做媒人不会错的，这一个真是规规矩矩的人家人。

贵全：我何必一定要娶老婆呢？

爱宝：传宗接代是要紧的，你总是早些成家的好。

爱宝：这是她的儿子，带来托托您，可有什么生意照应照应他。

曾几何时，而李叔香又弃旧怜新，重入勾栏，依然花天酒地矣。

杨小青又是一个青楼尤物。（文姬）

嫖客甲：恭喜你，就要做李八太太了。

叔香：好啦，你要嫁了，你的债我可以替你还清，你还有什么心事呢？

小青：上您府上去做太太不是容易的，我在这里想，要怎样做法才合您的意呀。

贵全以一残废者，而能娶妻成家，爱宝一人之力也。

黄二媛，贵全之新人也，本小家女，为上海之恶浊环境所薰陶，乃日渐堕落而不自觉。（严苏真）

爱宝：我也知道你们不会滥用，以后每月的开销，我会送来的。

贵全：你怎么一点不懂做人的道理？人家好意来看我们，你怎好阴阳怪气哩。

二媛：大家都是女人，为什么我要去奉承她。

可人：我告诉你一件事，你们老爷又要娶杨小青了。

爱宝：我想不会有这种事情吧。

可人：你不信吗？那末，他昨天晚上回来了没有？

爱宝：像你这般老爷们，专会骗骗我们女人，十万块钱到现在还是一句空话！你倒又要娶别人了。

叔香：你不愁吃，不愁穿，乐得享享福，何必多争闲气哩。

徐大龙，黄二媛外遇之一。（王献斋）

二媛：茶水都烧好了没有？

贵全：哪里有像你这样的女人，深更半夜在外面玩，倒要男人在家里伺候！

二媛：咦！你又不是从今天做起头的。哼！这话是谁教你说的？

贵全：你倒反而冤枉人，你瞧瞧这是什么东西？

二媛：这有什么希奇，你为什么也有这张照相呢？

贵全：该死该死！她是我们的恩人，你好糟蹋她吗？

二媛：恩人卖几个钱一斤？

叔香：好喽，算喽，有话明天再说，去睡觉吧。

爱宝：哼！没有这么容易！你们这种有钱的人，太不把我们女人当人，要怎样就怎样吗？

二媛：我不知道倒了几百年的霉，才会嫁着你这样一个男人！

解铃还是系铃人。

爱宝：当初是你原经手，如今两件事都做不到，这种样子我受得了吗？

贵全以夜来怨恨诉诸爱宝，而爱宝之满腹含冤，反不便伸诉，其隐痛尤甚。

爱宝：我想不到她是这样一个人，现在你先忍耐些，等我去看看再说。

贵全：那末你终要着着实实的骂她一顿才好。

林氏：李大人，您要是一定欢喜娶杨小青，那只有让她走的好。

林氏：我想用法子办到你出李家的门。不过出来了，你仍旧要同我一起去做生意的。

爱宝：只要你真有法子办得到，我就答应你。

收租人：房钱怎么样？

贵全：你等一等，我去拿来给你。

二媛：房钱多约几天有什么要紧，这几个钱我有别的用处。

贵全：请你过几天来收吧。

收租人：你早该说实话，为什么要装佯。

赌客甲：三输独赢，应该你请客。

赌客乙：要末到你那位出来的七姨太花淡如那里去请。

叔香：这个有点儿不好意思吧。

赌客丙：吓！你怎么丈二豆芽菜倒老嫩起来了。

王老九，二媛之又一外遇。（赵琛）

二媛：我不是有心失你的约，实在是我家里有事。

老九：你家里有屁事，我知道你天天同徐大龙在一起。

老九：老官今天带好家伙在这里，预备去找徐大龙，同他犯一犯。

二媛：你还冤枉我。我为你这张照片，给跷脚看见了，这几天把我关在家里哩。

老九：老二，跟你闹着玩的，你怎么认真起来了。

如李叔香者，藏娇惟恐其不多，既纳之，又舍之，舍之又复嫖之；而为其妾者，既去之，又复重张艳帜而客之，如此人物，惟上海有之。

九未犯龙，龙已先来犯九，色胆如天，危乎殆哉！

嫖客：前度刘郎今又来，恭喜恭喜！

贵全：巡捕房把我捉去了。

贵全：二媛有两个姘头在栈房里吃醋，现在都打死了。

贵全：她自己也打伤了，现在也抬到医院里去了。

贵全：明天还要叫我去上公堂，怎么得了，我只好去死了。

爱宝：事情已经到这个地步了，好在不是你打死人，你也不必害怕。

叔香：咦！你在那里哭吗？

爱宝：瞎说，几时哭过的。

嫖客：她同你夫妻相会，把眼泪都笑出来了。

第二天。

贵全：堂上说，是他们自打自才打死的，不干我的事，把我放出来了。

贵全：二媛在医院里也死了。

爱宝：你不要伤心，我再替你娶一房好好的妻子就是了。

贵全：多谢你，我再也不要娶了。

爱宝因贵全不欲再尝娶妻滋味，乃于故乡购置田亩畀之，使其归乐余生焉。

老农：贵全，你有了这么多田了，他们都想来求你分点种种。

老农：从前有几个欺侮你的，现在都知道错了，请你肚量放大些吧。

贵全：从前那些小事，我早已忘记了，大家都是乡里人，准定让他们来分种好了。

贪得无厌之七十鸟，又物色一小妮子来矣。

乡女：爸爸，我不愿意在这里，还是回乡下去吧。

爱宝：你的女儿对过亲没有？

爱宝：既然对过亲，就不该带她到这里来呀。

乡人：乡下人对过亲不要紧，只要给几个钱就好了。

爱宝：你倒底愿意不愿意在这里呢？

乡女：不愿意。

爱宝：我想这种有夫之女，既然不愿意，还是让她回去吧。

林氏：这是我的事情，不与你相干。

爱宝：你一定要拖人下水，害这个姑娘，我马上同你分开。

林氏：不愿意为什么来，我这里有规矩的，拿我的定洋要加倍还我。

乡人：她是愿意的。

爱宝：应还的钱，都归我来还好了。

爱宝：我另外给你钱让你回去，你女儿留在上海，由我出钱，给她读书，你们愿意吗？

乡女：愿意的。

爱宝亲送乡女入学。

教员：青楼如君，不可多得，但是你自己几时才能脱离火坑呢？

爱宝：我只求能多送几个薄命女子来读书，已经心满意足了，我自己真是孽海茫茫，不知哪里是我的归宿地哩。（完）

劫后缘

出品　联合影片公司，1925 年

编剧　王钝根

导演　张慧冲

摄影　张云山

演员　张慧冲　徐素娥　张美烈　费柏青

《劫后缘》电影由王钝根编剧。其电影本事无署名，原收录于心冷《中国影片新评：（廿四）〈劫后缘〉》（《国闻周报》第 2 卷第 31 期，1925 年 8 月 16 日）。

本　事[1]

流氓吴半笑，拦路调戏妇女，为邑绅白省三所见，扭交岗警严惩，以是恨之。既而被赦出狱，遂约徒党报仇。白有戚曰张元冲，曾卒业陆军学校，服务军队中，以扫墓来居其家。吴半笑率徒党午夜越省三卧室，欲杀之。元冲力敌四五人，捕半笑。于是怙恶不悛者复幽于狱。

白有二女，长曰玑，次曰璇，皆有殊色。随张往扫墓，女因追蝶为钱詠青所见。钱本纨袴，见女神夺，欲肆非礼，元冲痛殴之。钱[2]羞愤而归，与其友金德新商。知吴被执，而其徒党正蠢蠢思动，因往说之，欲收为己用。

元冲扫墓既毕，别白氏而归，赠省三以照相。玑见之，携之入室，对之痴视。璇亦慕元冲英俊，别后顿感无聊。夜梦盗劫其家，赖元冲力救得脱，醒而异之。时适有客至，谓县长请其父有所商。省三去半时后，从者复至，在县病急，命二女速往。二女匆匆随之去。中途伏贼，尽出缚女等去。继而玑得脱逃，因救妹亦被缚去。

元冲船行竟日，帆为风断不能行，于是登岸闲步。适见盗缚女过，乃往救之。夺得贼马乘，追之入贼窟。钱得璇欲逼之，为元冲所救。时玑见张为贼所围，往告警，贼乃悉就缚。元冲见玑，携之入别室，互倾爱慕意。璇亦入，见二人嬺状，恍然悟，闭门自去。元冲等归■[3]觅璇不得，怅怅去。明日则得之尼庵中，已削发矣。

---

〔1〕 原为句读。

〔2〕 原为“费”。据上下文改。

〔3〕 原文中凡无法辨识字符以■标识，不再一一注释。

真　　爱

出品　新大陆影片公司，1925 年
原著　周瘦鹃
编剧　周世勋
导演　陈　天
摄影　徐文蔚
说明　丁锡庆
绘题　张云鹏
置景　陈镜缘
演员　程竞雄　符曼丽　黎趣星　苏鹤侨　丁锡庆

《真爱》电影由周世勋根据周瘦鹃小说改编，其电影本事为周世勋撰写，原载《新大陆特刊》(1925 年)。心冷《中国影片新评：(廿五)〈真爱〉》(《国闻周报》第 2 卷第 32 期，1925 年 8 月 23 日）亦收录该片本事。

本　　事〔1〕

周世勋

邹如兰，是茫茫情海里经过许多波浪、受着无数打击的一个小女儿。可怜她那一腔真爱，到底做了残暴者的牺牲品。幸而在那凄凉悲哀之中，能得着一个同情者的安慰，虽牺牲了一个躯壳，灵魂却受着无数的快乐。她的同情者就是音乐家汤小鹤。在汤小鹤的眼里，并不以为个个女子是可爱，也不以为个个女子皆不可爱。不过邹如兰的行为、学识和容貌，正是他不可不爱的一个女子。然而在邹如兰的心目中，也觉得在这滥爱潮流里，像汤小鹤这样高尚的少年，也似乎不能不爱他，做一个苦海中的知己。唉！可恨他俩相见太晚。邹如兰在未识汤小鹤之前，便由她父亲将伊的终身许给了同里的李国勋。

李国勋和汤小鹤是一样一个人，不过灵魂的清浊，品行的优劣，是不能在人的地位上作平等观。汤小鹤觉得除邹如兰之外皆不可爱；李国勋以为是女子皆可爱。所以同是一个人，在爱情上却成了一个反比例。

汤小鹤识如兰在伊订婚之后。小鹤以为这么的一个女子，决不可供男子作玩物。所以他处处保护伊，敬重伊，不愿伊受别人欺侮，别人轻视，希望伊永远的做一个高尚纯洁的女子。在邹如兰以为这样有人格的少年，很愿始终做伊的保护者。因此他俩

〔1〕 原为句读。

精神上的爱情，便愈结愈深。

如兰嫁了李国勋以后，很不愿将这个伤心的消息告诉小鹤。然而小鹤从报纸上看了新闻之后，也并不为他不能得如兰为妻子而痛恨。不过替如兰前途的命运，未来的幸福，抱着极大的悲观。

李国勋在新婚蜜月中，认定他的妻子是个绝代佳人。等到如兰遇险受伤之后，减损了伊的姿色，便觉得他的妻子是他眼中一根钉，非拔了不可。绝代佳人和眼中钉，同是李国勋的妻子，为什么时而受他玩弄，时而受他抛弃？唉！女子的命运有这么的危险。

弃旧恋新，是李国勋的本性。邹如兰既变了他的眼中钉，于是日夜的计谋要驱逐伊，把伊的新欢张素英来抵如兰的缺。

吴良、桑英杰是国勋平生的知己，也可说是国勋的参谋。凡是国勋良心上不忍做的事，他的知己都可以替他代劳。邹如兰被逐，也是李国勋知己的良策。

邹如兰被逐之后，既觉羞辱，又感悲痛，便决心自寻短见。

日落西山，怒潮澎涨，孤山的上面，画家何忍斋和他的未婚妻林雪梅，正在那里描写湖山美景。忽然看见对岸有一个女子，纵身投水，不觉恻隐心生，便急投水往救。何忍斋是汤小鹤的知己，再加投水的是知己的爱人，为知己而救知己的爱人，忍斋真可算是小鹤的知己。

当小鹤得着如兰受伤被逐的消息以后，非但不替如兰悲，而反为如兰庆，更为他自己喜。以为从此以后，不致再有人来夺他的心爱的如兰了。如兰投河，为忍斋所救，生命虽不致于丧失，然而身体竟从此病了。

小鹤得忍斋的报告，便把如兰接到他家里来调养，更时时拿梵亚令的乐声，去安慰伊病中的寂寞。李国勋自引张素英入室后，依旧把玩弄如兰的手段对待素英。素英是何等人，怎能受他的欺弄？所以不久便随国勋的知己吴良卷逃了。为知己设法以逐知己的妻子，更占知己的新欢而卷逃，真可算是国勋的知己。江浙一战，满地烽烟，李家的高堂大厦和国勋的父母兄弟，也都做了炮弹的牺牲品。可怜无独立生活能力的李国勋，只得去哀求他平生的知己吴良、桑英杰。

吴桑在国勋得意的时候是知己，到如今国勋家破人亡的当儿，谁还认他是知己！当国勋去吴良求乞时，忽然看见他自己的新欢，气愤已极。正想和吴桑讲理，吴良忽出手枪示威。国勋夺之，机动，吴良遂中弹倒地。一生罪恶，从此结果。平生知己，如此收场。吴良之死，虽然是咎由自取，然国勋的心也可算狠毒极了。

国勋杀吴良，邻人闻声聚集。可恶的李国勋到此也良心发现，向大众宣布自己的罪恶，言毕以枪自杀。

邹如兰到小鹤家养病，虽然能得着小鹤的安慰，然而元气已伤。小鹤的爱心，终难挽救他爱人的病根，不数月如兰竟死了。临死之前，紧握小鹤的手，含着一点枯泪，向小鹤说：“哥哥，我辜负你了！”小鹤说：“兰妹，我起初爱你，现在还是爱你，到死也是爱你！”如兰死的夜里，正是大风大雨，似乎上苍有意，把这凄风苦雨来送那情海牺牲的邹如兰。

夜深人静之时，万籁俱寂之际，小鹤常常独坐如兰墓旁，好像是陪伴他那墓中的爱人，以慰伊的寂寞。有时痛哭长叹，有时如痴如狂，哪里还有从前那么精神快乐哩！

伤心如同伤命，失恋几如失魂。小鹤的处境如是，他的悲哀也可想而知。如兰死后一月，小鹤伤心过度，竟死在他爱人的墓前。点点心血，滴滴不止。这滴滴的鲜血，似乎表示他俩真爱的洁净。

冯大少爷

出品　明星影片公司，1925 年

编导　洪　深

字幕　洪　深

摄影　董克毅

演员　赵　琛　宋忏红　舒　芸　傅绿痕　高梨痕　郑小秋　马徐维邦　张敏吾　朱舜芳　黄筠贞　赵慰三　陈乐瑞　王献斋　沈文君　萧　声　周空空　王吉亭　邵庄林　朱　飞

《冯大少爷》（又名《纨绔子》）电影由洪深编剧。其电影本事为宋痴萍撰写，字幕为洪深所作，原载《明星特刊》第 4 期（冯大少爷号，1925 年 9 月 12 日）。心冷《中国影片新评：（廿六）〈冯大少爷〉》（《国闻周报》第 2 卷第 33 期，1925 年 8 月 30 日），以及《洪深文集》第三卷（中国戏剧出版社，1959 年）亦收录该片本事。因《明星特刊》、《洪深文集》所载本事多讹误，所选本事以《国闻周报》版为底本。

本　　事[1]

痴萍

三吴冯生家耀，秉性温厚，习于豪奢。其父慎安，以勤俭起家，设钱肆海上。生居肆中，所交多损友，以猎艳饮博为乐。识荡女老五，资用不给，辄乞助于肆之经理张某。张忠谨人也，偶有所济，亦零星不足供挥霍。乃书待父天年借据以偿博负。一日，老人自苏抵肆，得生浪费状，艴然不悦。遣学徒索生，责以必得。宵深，始速之归肆。老人犹危坐以待，盛气诘责，且逼令翌日归苏州。生自知无以对父，则俯首无辞而受命。越数日，老人亦返，自荷伞裹，踯躅街头。将抵家，突有乘舆出其旁者，撞老人几踣。舆中人，生也。而老人未之知，转叩后户而入。生妻陈氏闻老人归，挈子来起居。老人见孙色霁。移时生至，状似弗宁。老人诫之曰："毋与官场通候，彼之亲吾，利吾资耳。"

生之情妇老五，以生久归，生计渐困，丐金六保为作青鸟使。金无业，素以谄事生而资其生活者也。受老五书，转托商人李子青携之苏州。李方规划裕兴商业银行招股事，有所希冀于冯氏，径允之。李至苏，先谒老人，劝认银行股份，老人婉却之。李请见生，老人自就私室治事。生出，李授以老五之书，且进忠告。生欲乘机补过，延李少坐，自请于老，愿入得二千金附银行股，且告之悔。老人必不可，父子驯至争

〔1〕 原为句读。

哄。李闻声入劝始止。李既行，生归己室，悲愤不自聊，竟遗书其妻，挥泪弃家而去。

老五故居其姨母家，生至沪，就五同栖。五病生无资，嗾其姨母藉端辱生，生亦忍弗与较。会张经理奉老人书，怀金踪迹至。劝之归不可，予之金不受，张计穷，太息而去。至苏，告老人以状。老人方病，闻耗力疾赴沪，息装己肆，内忧外损，势且不起。生得其狎友王胖子贷款，移居逆旅。幸学徒寻至，匆匆面老人，则既届弥留之际矣。

生服阕后，举家移居海上。居室服用，务极华侈，狎友淫朋，一时俱集。进宅时，尝置酒高会。金六保忽引老五至，生大窘，私责六保。六保曰："彼自欲来，我力阻未能也。"且告生外室已妥，约次日偕往相宅，生允之。席终，乘兴偕诸人寻乐去。女宾亦散，惟胖子之妻独留。是人故无行，见陈之寂寞寡欢也，讽之曰："人生行乐耳，浪掷青春奚为哉。"

陈以生驰逐于外，不恒相见。适王胖之妻乘机来蛊惑，于是陈之艳影，亦时见于洋场十里间。其子自学校归，辄不克面其父母，怅无所之，遂与厮养为伍。

生之旧御，以生购新车与金六保哄，致失生欢，遂挟嫌向陈发外室事，婢仆复从旁怂恿。陈愤甚，率众驰往寻衅，转为老五所辱。幸生适至，斥五而携陈同归。陈痛哭求离异，生无法慰藉，举家事界陈，而自匿于旅馆。

久之，寂寥寡欢，则悄然宁其家。时陈既日从王胖之妻游，子亦渐事饮博。生入宫不见，折而往视老五，五方匿王胖于室。事破，胖遁。生痛责五，五不服，于别室呼六保。六保故通于五，至是五竟承六保为夫而逐生。生怒极，干笑而已。

陈为王胖之妻所诱，偕浮滑少年止于逆旅。少年举止忤陈意，陈遂绝裾行。生先陈归，久待妻子不见，孑身复出。甫离家，陈接踵返，见生行箧，易衣下楼，既失望，陡忆生与老五相昵状，大愤，竟电约少年，且作书绝其夫，图偕遁。及梯次，值生率其子归。谓遇子于总会，子效己当日所为，书待父天年据与人，因深引为己咎。是时婢以陈书上生，陈大惭窘。生阅后，还书于陈曰："今夕眼昏，异日更观可也。"陈感极而涕。适少年之电又至，生持听筒大声询谁何？少年闻男子声，惊极，听筒失手而坠。

厥后，生以子托张经理，使习商业。己则偶入总会，藉博自遣。美色当前，不遑瞻顾，亦无复逾子夜归矣。老五既绝生，日为六保所虐，卒招王胖来，冀稍苏其贫困。然盛极之后，难乎为继，自作之孽，夫复何尤哉！

字　幕

洪深

（一）诸君有了钱不会享福，不妨跟我学学。冯家耀启

（二）享福。

（三）"五小姐借住阿姨家，终非长久之计。"

（四）"不必性急，老太爷只有你一位少爷，将来由你享福。"

（五）“老太爷从苏州来，就查账，动了真气。”

（六）“我的话你为什么一句不肯听。”

（七）“明天快回苏州去。”

（八）“替我重买一张头等票来。”

（九）数日后，其父……

（一〇）“替我换一张三等票来。”

（一一）冯大少爷拜客回来。

（一二）冯宅侧门。

（一三）“爷爷。”

（一四）“坐轿子来的是谁?”

（一五）“少同官场来往，捐捐借借，无非算计我们的钱。”

（一六）谁是享福人？无钱的发愁。

（一七）“有封信托金先生带到苏州去。”

（一八）谁是享福人？挣钱的辛苦。

（一九）谁是享福人？财主的儿子么？

（二〇）上海有客来。

（二一）“有封信金六保转托我带来。”

（二二）“他们无非是想沾你的光。”

（二三）“将来还是做些正经生意。”

（二四）“等我问声父亲。”

（二五）“我也近三十岁了，从前事，我知错。”

（二六）“我只要两千块钱做生意，——算再浪费一次，这是末一次了。”

（二七）“不要抢，将来我死了，这几个钱都是你的。”

（二八）“爹爹我要吃茶。”

（二九）“冯大少爷到上海半个多月了，见过没有?”

（三〇）“这张待父天年票，我想向你抵借几个钱。”

（三一）“不是不信用冯大少爷，他的老子丁丑生属牛，我黄胡子属狗，大三岁。请问谁先跷辫子?”

（三二）“王先生在么？冯大少爷托我转向他借钱。”

（三三）“冯大少爷不是同他老子呕气，是同他自己的财产呕气。”

（三四）“我哪会有钱，除非拿我破衣裳去当。”

（三五）“我姓张，我们是源丰钱庄送钱给冯大少爷。”

（三六）“一事未成，誓不回家。”

（三七）“我不能再用父亲的钱。”

（三八）有钱无儿。

（三九）“你病到如此，还是我们去劝。”

（四〇）“登报总是这样说。”

(四一)“老太爷的病好没有?”
(四二)“冯大少爷的老子死了，恭喜老兄财运亨通。”
(四三)“大家发财。”
(四四)“待父天年票不该抵给你。”
(四五)服阕之后。
(四六)“把少爷替我新买的珠花拿来。”
(四七)“只那四颗钻石，每粒要值千把块钱。”
(四八)“我来介绍，这位王胖子，这位王夫人。”
(四九)“她自己要来见见冯奶奶。”
(五〇)“小公馆已经租好，明天请你去看。"
(五一)“后门要多几个，溜起来便当。”
(五二)“哪个的老子有钱，老得快死的，我敬他一杯。”
(五三)“胡子醉了，乱放胡屁。”
(五四)“酒不吃了，看西洋跳舞。”
(五五)“有的是钱，何不看穿些，也享享福。”
(五六)父。
(五七)母。
(五八)子。
(五九)“老爷不在家。”
(六〇)“太太也不在家。”
(六一)“冯大少爷有时偶而回家。”
(六二)“这两天事忙，所以不常回家。”
(六三)“要钱用，可以随意去取。”
(六四)“冯大少爷出外的时候多。”
(六五)“大爷外面有了小公馆。”
(六六)“金六保经手买贵了两千元。”
(六七)“这个号码就值两千元。”
(六八)“汽车开回去伺候家里那位奶奶，此地不许来。”
(六九)“本月可以赚到两万多。”
(七〇)意中事。
(七一)冯奶奶为礼貌所拘，一时发作不出。
(七二)“这样客气的客人，也不请在客堂里坐。”
(七三)“你们寻什么?”
(七四)“恐怕弄错人家了。”
(七五)“叫汽车夫来对证。”
(七六)“你们寻男人寻到这里来，混账极了。”
(七七)“去请老爷来。”

（七八）“接着便是许多哭——闹——下作——不雅观之事，说他做甚。”
（七九）“现在可以行得的，我们离了婚罢。”
（八〇）“我要出门几天，家里请你当心好了。”
（八一）有了钱要享福，所以一处大公馆，一处小公馆，如今都是烦恼。
（八二）“冯大少爷好久不来了，电话都不来一个。”
（八三）“这笔金子生意，亏蚀我不少钱。”
（八四）“赚钱真难。”
（八五）“你赚我这五千块钱，也费了一个多月心血。”
（八六）“太太出去了。”
（八七）“小少爷也出去了。”
（八八）“这根手杖原是你的。”
（八九）“这件马褂原是你的。”
（九〇）“我是同你闹着玩的。”
（九一）“去请老爷来。”
（九二）“叫他写张纸，房子——首饰——人——都归姓金的。”
（九三）“你这个忘恩负义的东西！”
（九四）“跑跑跑，随便哪里去。”
（九五）“大少爷回哪个公馆？”
（九六）“少奶奶还没有回来。”
（九七）“小少爷也没有回来。”
（九八）“这一点点都不肯，还说什么恋爱。”
（九九）才知道凄凉滋味。
（一〇〇）“半点钟之内必来。”
（一〇一）“他的父亲年纪还不老，你们等得及么？”
（一〇二）“打个对折，抵卖给我，我倒不怕等。”
（一〇三）“务必交给少爷。”
（一〇四）“都是我自己的罪恶。”
（一〇五）“今天我眼睛昏了，看不清，你改天给我看罢。”
（一〇六）“奶奶有电话。”
（一〇七）结局。
（一〇八）又是一天。
（一〇九）“我不能教育他，只好拜托你了。”
（一一〇）“冯大少爷是我们衣食父母，你偏要得罪他。”
（一一一）“这位女士学堂出身，比老五好。”
（一一二）“请你代叉几副，我要回家了。”
（一一三）诸君有了钱不会享福，不妨跟我学学。冯家耀启

春闺梦里人

出品　长城画片公司，1925 年
总监　刘兆明
编剧　侯　曜
导演　李泽源　梅雪俦
摄影　程沛霖
置景　李乾初　朱容生
接片　李文光
配光　李乾初　程泽霖
化装　邢少梅
洗印　李晃林
翻译　刘庐隐
字幕　鉏　云　张会缘
照相　李锡金
演员　雷夏电　王汉伦　黄惕余　沈丽霞　蒋海伦　蒋杏莺　王松泉　刘继群　翟绮绮　潘月珍　黄志怀　包梦蛟　邢少梅

《春闺梦里人》电影由侯曜编剧。其电影本事由侯曜编写，原载《美晶画报》第 2 期（1925 年 9 月 5 日）；电影字幕为侯曜所作，原载《长城特刊》春闺梦里人号（1925 年 9 月）。心冷《中国影片新评：（廿七）〈春闺梦里人〉》（《国闻周报》第 2 卷第 35 期，1925 年 9 月 13 日）亦收录该片本事。

本　　事〔1〕

侯曜

中国靡乱到现在的地步，最大的原因自然是内政不修，尤其是军阀的争权夺利。有志之士打算从根本解决，竟投身军界作内部改造的工夫，这确是值得我们钦敬的。但是，长夜漫漫，爝火一瞬，改造不成，反倒牺牲了许多志士的生命。这又使我们于哀感记念之余，不能不鼓舞勇气，努力去继续奋斗的。

陈时英是上述志士当中的一个。他从美国陆军大学校毕业归国后，便投身在军界作团长。他很努力的提倡军工教育，一年的光景，成绩已经斐然可观。不幸，在他进行正顺利的时候，他的督军因为同邻省起衅，决定宣布开战。他抵死的劝阻，竟不成

〔1〕 原为句读。

功，同时他又不能不服从长官的命令。可怜！他竟不得不生离了慈母、爱妻、娇女、弱妹，去赴自相残杀的罪恶战场了。

他去后，一家都极焦躁的悬念着。明月楼头，夕阳闾闬，都是他家人梦魂萦绕的所在。可是枪林弹雨中的陈时英却在他的督军玩赏着帐下美人酣歌醉舞的时候，身受重伤了。他受伤后，神志昏迷，错认医生、看护妇等为他的家人，展转凄恻的同他们倾诉衷曲。最后他知事已不济，便将他临行时夫人送他的颈练，交与他的护兵带回家去，并嘱咐他叫家人不要挂念。他便与世界上一切——一切爱和一切事业——长辞了！

家中得着他的死耗之后，悲痛欲绝。风烛残年的老母，还在回忆中，温理她儿子幼时是怎样的被她提携捧负着；入学时是怎样被她希望掖导着；学成归国时是怎样的使她欢慰至于流涕。唉！老母已碎的心，何堪再忆起辛酸的往事！他的活泼无忧的女儿宛转娇啼向他的夫人索爹爹，这又是何等悲楚的事！他的夫人既然丧失一生的幸福，又要忍痛去安慰老的和小的，她的悲哀只有在她的内心里冲流激荡着。她抑制她自己的悲哀，但是使她愈加悲哀。爱的伤痛，终于使他的夫人得到报酬了！

——白骨河边。

——春闺入梦。

——战争的结果如此！内乱的结果是如此！！

字　　幕

侯曜

陈时英——留美陆军学校的毕业生。（雷夏电）

蔡婉仙与其弟人杰接她学成归国的夫婿。（王汉伦、黄惕余）

时英的母亲沈氏。（沈丽霞）

时英之妹时芳，幼稚园的教员。（蒋海伦）

时英的女儿雪影。（蒋杏莺）

沈氏：英儿！我六年不见你，你知道我每天是怎样的记挂你。

中国学生协会会长朱俊。（王松泉）

朱俊：令姐丈学成归国，本会想在后天开会欢迎他。

夕阳无限好。

别后的相思，一句句从头细说。

雪影：我一定要同妈妈睡！我一定要……

朱俊：陈先生留学外国多年，对于军事学极有研究。今日学成归国，同人是应欢迎的。我们希望陈先生能本其所学，改革军制，捍卫国家……

时英：裁兵废督，是鄙人素来的主张。然而空言是无补于事实的。“不入虎穴，焉得虎子。”所以我决定入军界，去改造军界。诸位所勉励的话，鄙人必谨记在心。

黄金标——是一个失业的工人。（刘继群）

他的妻子李氏。（翟绮绮）

李氏：米吃完了，快起来想个法子罢。

金标：简直没有法子可想，我想耕田没有田，想做工又没有工。

金标：岂有此理！难道叫我去做强盗不成。

金标的母亲。（潘月珍）

金母：别呕气罢！你不想法子，叫谁去想法子？

金标：我想除掉当兵，没有别的方法了。

时英已任陆军第一师第一团团长。

时英提倡军队职业教育。召集属员，分配职务。

本团职业教育计划

宗旨：尽本团所能，供给本团所需，兼给兵士以职业的基本知识及技能。

组织：暂分四部（一）园艺部（二）畜牧部（三）纺织部（四）建筑部

一年后军士职业教育的成绩。

两省失和。军署连开军事会议。

督军莫国仁。（黄志怀）

督军：我们为公理起见，为保境安民起见，为先发制人起见，不得不与邻省开战。

时英：我以为这次没有开战的必要。我们都是同胞，怎忍自相残杀？国家养兵原以保国卫民，不是……

督军：军人以服从为天职。你竟敢违抗命令，屡次扰乱军心，应当军法从事！

时英：倘若我这一死，能使你良心发现，免除这次战争，就死也值得！

参谋长黄德。（包梦蛟）

黄德：时英年少气盛，且新从外国归来，不明白本国军情，所以出言冒犯。请大帅原谅，我愿保他出去打前锋以赎其罪。

婉仙：昨晚他告诉我。他说这几天连开军事会议，大多数的人主张开战。他今天出席，还要去阻止这种为少数人争权夺利的战争。

时英：我要去打仗了。

雪影：爹爹！打仗是好玩的吗？我要跟你去玩玩。

沈氏：嗳哟！英儿！你真忍心离开我吗？我只有你这一个儿子，死也不放你去打仗！

金标投军后，做了时英的卫兵。

时英：妈！我去也是死，不去也是死。只恨我当初走错了路。望你老人家只当没有生我。

命令　四月十三日五时发于第一旅司令部

为训令事项奉总司令部第九号令开敌人逼近三镇本军有攻击之任务着该团于明晨五时出发到达该地时候令处置等因奉此相应通知此令

旅长萨寅政

沈氏：出去！我的儿子不比你们这些贱骨头。你们要打仗，你们自己打去！

婉仙：婆婆不要错骂人，他们自己也是不情愿去打仗的。

金标：我明天要去打仗了。

金标：你们妇人家不知道军营里的事，不打仗就没有饭吃。

第二天早上。

时英：妈！我去了。请你好好的保重罢！

时英：我去之后，家里一切事情都要你主持了！妈妈年老，望你好好的侍奉她。雪影年幼，望你尽心教养她。

婉仙：这里面有我的小照，请你带去，就如我伴着你一样。

悲莫悲兮生别离。

一星期之后。

举头望明月，低头思故乡。

甲兵：得胜！我们这次打仗是为的什么？

乙兵：我也不晓得。只听说不打仗就没有饭吃。

骨肉流离道路中。

两军触兮生死决。

古来征战几人回。

战士军前半死生。

美人帐下犹歌舞。

婉仙：报上说，昨天前敌已经开战了，我方大胜。想来此次的战争，不久可以结束了。

沈氏：但愿他早早的回来就好了。

后方红十字会医生余醒之。（邢少梅）

金标：你尽管摇头，是什么意思？是说大人没有救呢？还是说不要紧呢？

时英：妈啊！我死之后，你千万不要伤心。还有媳妇侍奉你，孙女陪伴你。妈啊！你好好的保重罢！

时英：婉仙啊！想不到今天和你永别！请你不要悲伤！替我侍奉老母，抚养女儿，我在九泉之下，也是感激你的。

时英：金标！我不能活了……你把这个东西带回去交给太太。叫她们不要伤心……你回去之后，不要再当兵了。我的结果，也不过是这样！

雪影：妈妈！爹爹为什么不回来呢？

雪影：我不要去，我要爹爹！妈！你快去把爹爹找回来。

梅香：太太！老爷……的卫兵黄金标回来了！

雪影：爹爹买了洋囡囡回来给我没有？

婉仙：你回来啦！老爷呢？

金标：太太！这就是老爷叫我带回来的。

雪影：……爹爹回来了！

沈氏：我刚才正梦见他回来，现在可真回来了。

金标：老爷……已经……给一颗子弹送……送了命，他死……在后方红十字会里好……好惨啊!

金标：太太！我要回家去了。家里的人还不知我是死是活呢?

婉仙：你跟了老爷一场，一点也没有好处。现在老爷死了，我送你五十块钱。以后好好的去找一个正当的职业罢。

三岁时的时英。

十二岁时的时英。

可怜阿母已碎的心，何堪再忆起辛酸的往事。

金标：添一个宝贝，多一分累赘。

金标：团长临死的时候，已经叫我不要干了，我就要回去辞差的。

犹是春闺梦里人。

一张照片

出品　新少年影片公司，1925 年
导演　陈志振
演员　王慧仙　唐　琳　夏　威　钱士英

《一张照片》电影本事无署名，原收录于心冷《中国影片新评：（廿八）〈一张照片〉》（《国闻周报》第 2 卷第 35 期，1925 年 9 月 13 日）。

本　　事〔1〕

有纨袴子尹谷人，一日郊游，值一曼妙女郎，偕村姑采花田间，艳之。顾以素昧平生，晋接无由，只得怅然而去。旋于途间，值一翁，以名叶井方，谷人之父执也。翁见尹，便邀临存。既抵家，而田间所遇女郎，亦姗姗入。翁为二人绍介，于是知彼安琪儿，盖翁之掌珠文玉也。谷人既识文玉，百般媚之。文玉本肄业于沪上景秀女学，每休假日，必归宁。谷人恒驾车迟文玉于校前，护送至车站。某日，玉逢假期，文玉预置己之小像于皮箧内，备赠谷人。乃同学戏而窃之，文玉不知也。及晤谷人，发箧取像不得，命车返校。经种种周折，致误时刻。迨抵站时，车方蜿蜒去。谷人因乘机邀文玉幸其家，复施其诱惑手段。以一初解恋爱立志未坚之女子，安能不为所其所欺？于是谷人之罪恶成，文玉之劫运至矣。无何，文玉忽感呕吐，校医诊治之，审有娠，乃为请假返家，俾资休养。文玉离校时，默念今日之事，彼谷人有以致之，与之谋，当可设法，乃趋尹家。至则尹方拥一荡妇，并坐沙发中，谑浪调笑，盖视文玉已如秋扇之捐矣。不觉愤恨出。

文玉蛰居家乡，其事惟阿母知之。无何，娩期将届，腹忽剧痛。翁以为病，延医诊治，遂悉底蕴，大怒，逐去。文玉含泪出，踽踽孑行，至一桥巅，忽回首前尘，恚愤万状，痛不欲生。既见对岸，稚羊依依，不觉心有所感，仍折返家。讵翁复不容，又逐之。时文玉腹痛益剧，乃匍匐至一草棚内，权作产房焉。翌晨，乡女来饲畜，闻儿啼声，瞥见文玉，文玉求勿声扬。时饥肠辘辘，向索果腹，乡女怜而予之。于是文玉数日之饭食，咸由乡女供给。一日，乡女盛饭厨次，碗为狸奴所碎，遂被乃母所觉，蹑踪至草棚内，见文玉在，逐之。文玉处此，茫无所之，而怀中一块肉，又复累赘，因啮指题巾弃之，已则至沪谋生。时有富家子张枕石者，伴母郊游，闻啼哭声，下车寻觅，得一婴孩，乃怜而抱家抚养。遵血书之嘱，仍名曰玉儿。文玉抵沪后，佣于王家。一日，方据桌澣衣，谷人忽至。见文玉，故态复萌，戏挑有加，文玉怒掴其颊。

〔1〕 原为句读。

声哄于内，王妇出劝，知文玉有丑行，再逐之。

校医兼中华医院院长梁仲雄，为人和蔼。文玉际此途穷日暮之秋，忆此君或可援手，乃径往谒之。方果怜其遇，留任看妇。双丸跳荡，倏又数年，枕石忽病，入中华医院调治。由文玉看护之，日见起色。枕石殊心感，乃请母延文玉至其家。盖张母年事已高，衰弱多病，而彼文玉，媪婉谦和，待服甚周也。

挥霍无度，铜山易尽。谷人此时，已潦倒穷途，流为乞丐矣。一日，行乞张宅，忽见汽车一轮，呜呜而至。惟车中有一姝，识为文玉。谷人顾影自惭，即避去。斯即文玉从张母之请，随至张宅之日也。

文玉既驻张宅，见玉儿貌酷肖己五年前所业之儿，颇疑焉。一日，正与张母闲谈，玉儿忽失足坠池中，枕石援之起，然已衣裤淋漓。文玉乃为沐浴。更衣时，见臂有一黑记，遂决为己子。

枕石倾爱文玉，屡欲向之求婚，顾羞涩难以启口。会文玉与玉儿浴罢来园中，时见荒园寂寂，阒其无人，不期为热情冲动，脱口而出。讵意文玉，曾坠孽海，此念已灰，婉辞拒却。枕石见不谐，颇用懊丧。时谷人正病亡客栈中，栈主遵其终之言，来见文玉，求稍资助。而文玉且羞且愧，觳觫无言。枕石见状，雅不忍，为出钞币数纸。栈主拜谢去。

残更向尽，万籁俱寂，文玉回溯日间事，羞恨交併，倚床悲泣。念寄人篱下，终非久计，乃决意遗书离去。迨天晓，张家发觉，四出追寻，已踪迹杳然矣。

文玉去张宅，造访旧同学沈明霞。沈任华光学校附设幼稚园主任，如文玉极友善。今悯其遭际，畀任助教焉。

玉儿年事渐长，庭教乏人。枕石慕幼稚园名，乃送往求学。蓦见文玉，惊喜交集。文玉见玉儿来，尤喜出望外，于是母子遂赋团圆矣。

立地成佛

出品　天一影片公司，1925 年

编导　邵醉翁

说明　郑正秋　铁　樵

摄影　徐绍宇

置景　董天民

演员　傅秋声　张大公　魏鹏飞　王无恐　洪婷婷　高梨痕　吴素馨　王凤坡　周文娟

《立地成佛》电影由邵醉翁编剧。其电影本事由郑正秋撰写，原载《道路月刊》第 14 卷第 3 期（1925 年 9 月 15 日）、《明星画报》第 3～5 期（1925 年 9～10 月）、《国闻周报》第 2 卷第 37 期（1925 年 9 月 27 日）；电影字幕为郑正秋、赵铁樵所作，原载《天一特刊》（立地成佛号，1925 年）。

本　　事[1]

郑正秋

废督裁兵，国人望之久矣。惜无明哲，身先倡之。邵君醉翁，深冀兵工政策，早日兴行，为编是剧，用代鼓吹。正秋佩其立意纯正，为救时良药；剧情简明，大足发人深省；英雄不气短，儿女却情长；亦高尚，亦通俗，良构也，因记此以告同胞。

彤云密布，天日为昏。黑暗中忽有光闪闪，射目不已。此何光？人民脂膏之结晶，妇女人格之代价，乃将军曾效棠借此取悦如夫人之钻石珠宝也。诸姬妾之笑颜为开，大妇人肝肠寸裂，不甘作活寡，忍弃富贵门第，挈女就食母家，不见不闻，较为清净。

将军有子曰少棠，请父下勒捐令。可怜窭人等，宪令不敢违，甚至倾其所有，典质成数，勉强缴纳焉。

一日，曾少棠驾言出游，汽车疾驶，伤途中一老者。棠下车，不视人而视车，见老百姓之血肉，幸未污及乃公宝车也。复行，驰益疾。乡村少女陈阿梅偕母行，避稍迟，棠怒，下车挞之。陈母女正危急，突来一少年吴凌云，见而不平，直前挫其锋。棠不敌，受重伤，归令大队，搜捕凌云。

凌云闻军署索之亟，即致书阿父淡厂，请父暂勿回家，免波及。已行后，书未达，父已归。而缇骑适至，竟捕淡厂去。

---

[1] 本篇以《道路月刊》版和《明星画报》版为底本，原为句读。

凌云几为追骑所获者屡矣，幸得捕者马，乘之而逃，上山。追者继至，爰攀登树颠，跃入山凹。卒至一水车下，屈身蜷伏，追者不察，始得脱。

渔翁李长福，偕女翠姐，荡舟而过，适凌云奔至，翠姐仗义渡之。询悉前事，心义之，延之归家。二小相处，敬爱备至，情意生焉。但其父淡厂，仍在缧绁。

曾少棠因伤身死，将军哭之痛，至寺设忏，超度亡魂。寺中方丈，随缘施教，为将军说一一法。不但生老病死，诸般苦恼，尽活现于将军目前。且说杀盗淫妄酒五戒，求其大澈大悟。将军至是果为“成一将枯万骨”、“美红颜即骷髅”之指点所感动。

渔家女未识凌云时，先有恶少陈桂生，常戏侮之。一日，女与凌云网鱼归，桂生见之，妒甚。击凌云，反为所辱，归而纠伙谋复仇。时其妹阿梅，见报端凌云照相，以告其母及兄，谓渠曾拯母女于危，当往访而谢之。恶少至是，乃变复仇为报恩，引母妹至渔家访凌云道歉，并示以报纸。凌云阅报，知父已下狱，决往军署请罪，以赎父。凌云投案之日，即将军悔罪之时。效棠非特不加罪，且引为己过。谓纵子殃民，咎无可辞。因释淡厂父子，并尽遣诸姬妾，给资命改嫁。更以巨财，散给部伍，实行“化兵为工”政策，而移兵筑路，厥功尤伟。部署既毕，即乘间遁去。称雄一时之将军，一变而为度己度人皈依三宝之和尚矣。

淡厂既出狱，感渔家父女恩义，偕子凌云诣乡，访渔翁长福，订为婚姻，打破贫富阶级，成就美满良缘。一对有情人，终成眷属。

久之，交通便利，农工业勃兴，地方人民，咸欣欣然有喜色，以纪念此“放下屠刀、立地成佛”之元勋。

记者曰：如曾效棠者，即不剃度，亦已成为万家生佛矣。愿吾国南北军人，皆凭大智慧，求大解脱，立大誓愿，行大牺牲，发大慈悲，为民众谋大快乐。接踵兴起，以化兵为工，化兵为农，为国家造无量福。则编者与记者，皆将为诸君诵万遍功德无量也。

字　幕

黑暗时代，一片青天，堆上了层层的乌云，哪里还有一线的光明。

暴敛苛征，民不聊生。

将军曾效棠之私宅。

光明灿烂，是将军买笑的东西，也是人民脂膏的结晶。

曾效棠，拥兵自卫，搜括无厌的军阀。（傅秋声饰）

三妻四妾，这种侮蔑女性的坏风气，几时可以改革。

曾少棠，靠老帅威权，搭少帅架子，地方人民畏之如虎。（张大公饰）

少棠：爸爸，特别捐的成绩太不好，我想限警察厅立刻收清。

效棠：行，你去办罢。

益三：阿毛娘，捐钱就要来收了，怎么好？

阿毛娘：值钱的东西，都卖尽当光了，再捐除非剥皮。
黄益三当物未回而收捐人已至。
阿毛：爹爹，我的肚皮饿得唧唧叫了。
少棠：有没有碰伤我的车子？
马弁：没有。
少棠：走。
吴凌云，一血性男儿也。（魏鹏飞饰）
凌云：你为什么打倒那个老婆婆？
马弁：吓！你敢管吗？
凌云：我偏要管一管，不许你仗势欺人！
少棠：你敢在太岁头上来动土吗？
凌云：我只晓得公理，不懂得强权。
甲：今朝太岁不利。
乙：倒是百姓吐气。
吴淡厂，凌云之父，乐善好施的绅士。（王无恐饰）
慈善会干事募捐。
马弁：报告！少爷给这个人打伤了，现在医院里。
效棠：快把这凶手拿来。
吴绮云，凌云之妹。（洪婷婷饰）
绮云：哥哥，你为什么不快活？
捉凌云之兵疾驰而来。
凌云：妹妹，今天我路见不平，打伤了将军的儿子。
两个兵由后门而来。
陈仁：不……好，兵……来了。
凌云：快快送去给老爷。
凌云欲携妹同逃而兵已至。
凌云由树跃至屋顶越墙而去。
陈仁送信未遇即回。
李长福，与其女翠姐，捕鱼为生，人穷良心不穷。（高梨痕、吴素馨饰）
翠姐：那边有人叫船。
副官长：据回来的兵报告，吴凌云就是吴淡厂的儿子。他已经逃走了。
效棠：你把吴淡厂拿来。
钱生：老爷，有个队长要见你。
队长：你的儿子哪里去了？快把他交出来！
队长：没有他，就拿你去。
淡厂：让我进去同女儿说一声。
队长：不行。

绮云：爸爸。
凌云与翠姐等同归。
凌云以为老父得信，定可无恙，故安然为渔翁家久住之客。
绮云至狱探望其父。
淡厂：你不必常到这里来，反使我见了伤心。
凌云与翠姐相处既久，由敬生爱。
凌云：我在这里洗手哩。
凌云：老伯伯，我替你去买罢。
陈桂生，他爱翠姐，翠姐不爱他。（王凤坡饰）
翠姐正思凌云。
曾少棠之妻屠氏。（周文娟饰）
少棠死后，效棠思之痛。
屠氏：公公呀！他死了，叫我怎么做人哩。
十年前事，恍惚又到眼前来。
效棠亡妻：我死后不放心的就是这亲亲的一块肉，请你要格外留心才好。
屠氏：公公，我想到寺里去替他拜忏超度。
桂生：我挨打弟兄们都下面子，我们去打个还复阵。
阿梅：哥哥，母亲来了。
阿梅：母亲，这好像从前在路上救我们的恩人。
桂生：我认得这个人，他住在李长福家里。
赵氏：我们应该过去谢他救命之恩。
凌云：你们怎么知道我在这里？
阿梅：我在这张纸上看见你的照相，问了哥哥才知道的。
凌云：老伯伯，我要立刻告辞了。我年老的父亲为了我坐牢受苦，我决意去替他出来。
翠姐：爸爸，他身上个钱都没有。
凌云：回去罢，你送得太远了。
效棠：愿请大方丈为我说法。
了凡：（老）青春好，青春好，转瞬年老，耳聋眼花了。
了凡：（病）风流好，风流好，病魔来时，受尽苦恼了。
了凡：（死）容颜好，容颜好，如花似玉，变作骷髅了。
了凡：（戒杀）武力好，武力好，杀生害命，天谴逃不了。
了凡：（戒盗）抢劫好，抢劫好，横财虽得，国法难容了。
了凡：（戒淫）淫欲好，淫欲好，淫人自淫，报应免不了。
了凡：（戒妄）闲谈好，闲谈好，播弄是非，口孽造下了。
了凡：（戒酒）饮酒好，饮酒好，狂饮过量，性灵泯灭了。
效棠：多蒙方丈点化，可惜我造孽不少，现在回头迟了。

副官长：吴凌云自己投案，来赎他的父亲。军法处现把他父子解送过来，请大帅发落。

淡厂：淡厂教子不严，请将军依法治罪。

效棠：教子不严，是我不是你，我还你们父子的自由。

效棠：唉！一将功成万骨枯。

次日将军决意裁兵。

效棠：请秘书长来。

效棠：地方有了督军，人民要添多少担负。废督裁兵，请自我始。

秘书长：废督裁兵固为救国良策，但不善为之谋，则兵散为匪，仍将为地方之害。

效棠：我愿将私财散给兵士，移兵筑路，以利交通，而兴实业。赶快为我起稿，一面辞职，一面通电下野。

秘书长：将军牺牲权利，力谋救国，倘邻省督军能一一效法，便是中国之福。

行路难，行路难。

效棠：我一向把你们当玩具，现在很觉懊悔。这是给你们的赡养费，请你们各自去寻正当的生路罢。

翠姐于凌云去后，常至临别处盼望。

长福：你休要这样痴念，跟我到你姨母那里去一趟罢。

淡厂偕子访李长福。

凌云：这就是李老伯。

长福：快去冲茶。

凌云：累你为我急瘦了不少。

翠姐：不妨事，你来了我一定就会胖的。

淡厂：听说令嫒还没有人家，我意欲为小儿凌云求婚。

长福：要是不嫌我们乡下人，那是再好没有。

淡厂：蒙你允诺，有点薄礼为聘。

各军长官演说兵工政策。

崎岖变为康庄。移兵筑路之大功告成。

庆祝兵工路成功之纪念会。

总司令邢士廉演说。

十年以后，商业勃兴，成为繁华市区。

重见天日，共庆升平。

苦海无边，回头是岸。放下屠刀，立地成佛。

火里罪人

出品　太平洋影片公司，1925 年
编导　黄梦觉
摄影　文锦浩
演员　康佩珍　朱耀宗　刘汉钧　路腾九　梁梦松　吴丽如

《火里罪人》由黄梦觉编剧。其电影本事无署名，原收录于心冷《中国影片新评：(三十)〈火里罪人〉》(《国闻周报》第 2 卷第 36 期，1925 年 9 月 20 日)。

本　事[1]

商人王西鸿，偕其友李云生出外营商。濒行，西鸿嘱其妻何婉华善视其母及子少鸿，谓一年即还也。于是黯然别。

西鸿有弟西林，逸居无所事。一日，携影机在公园中摄取景物。正选胜就光，忽有女郎自旁至，谓西林已将其倩影摄入，欲夺影机投池中。西林力白其无。顾女郎殊荡冶，娇嗔腻叱，若不胜情，西林不觉为之神动。稍与语，女竟邀林往其家。林为所惑，不自持，惘惘随之去。

既至，则屋宇陈饰，颇极瑰丽，类富者居。女引林入密室，室内有多人正喝雉呼卢。林亦入局。移时别，女郎尤殷殷订后约。由是西林时至，至必博，博恒败。盖女名刁秀云，其父刁信卿，设局诱人入博，而使其女四出为饵也。

西林既沉溺此中，百计谋金以为母。日久无所得，乃乘夜窃取其母房中所藏屋据，将作孤注。翌日往，持据押千金，期以半年。金多胆壮，博亦豪；然不转瞬间千金随手尽。林懊丧万分，惧为母知窃据事，不敢归家。其母不见儿返，恐有不测，颇为焦灼。觅之又不获，心虽遑遑，无如何也。

一日，与王西鸿同出营商之李云生至，语王母曰："事毕归来，途中过草丛，忽有巨熊扑出，噬西鸿，喉断即死。幸吾奔而捷，不尔者，儿同尽矣!"云生述竟，举室惊悲。母哭儿，儿哭父，而妇哭其夫，哭声震瓦屋。云生亦为之酸鼻，遂辞去。

不数日，刁信卿率健者数人入鸿家，声称三日内迁地为谋。王母愕然问故，始知屋据已为西林盗去。格于威严，含泪迁陋屋中。王母以风烛残年，既悲鸿遇，又恨林恶，忧伤劳瘁，遂恹恹病卧，既而转剧。婉华命少鸿往速医者来。

少鸿出，独行踽踽，途遇西林，少鸿曰："祖母病革，吾今往速医者。叔久不见祖母，盍归视之?"林曰："甚善，吾将偕侄命良医来。今当先与侄往友处假资。"少鸿无

[1] 原为句读。

知，随之行。讵林携之至前之赌窟，罄余资以冀一胜。又败，且囊金不抵所负，窟中人强将少鸿押质，并殴逐林出。

林出窟后，踟蹰街衢，百无聊赖，偶觉衣袋有物隆然，取出视之，赫然手铳也。狐疑未定，不知何所从来。细视其衣，知仓卒为人错换。抚弄间，误触机钮，辟然发声。适为警者闻，迹声来，知声发自林，捕之去。

先是婉华既着少鸿命医来，讵久候不归，而病者已溘然逝。弥留鸣咽，万种凄凉。婉华待子不归，寻子不得，草草殓其母。出门漫步，过小桥，见四无人迹，奋身跃下。适有船过，身坠船中草上，得不死。船中人见有人投下，惊疑交集，一人忽惊呼曰："非吾妻耶!"时婉华稍苏，睁目见旁坐者即夫与友，疑云冥中相见，大恸曰："岂李君方已死耶?"西鸿曰："吾侪皆生，胡得云鬼？然卿泪痕被面，缟服素衣，果何以至此?速语我，家中人无恙否?"婉华心略定，徐曰："别后事非一言可尽。母死叔逃儿失踪，如是而已。"因复缕述往事。鸿大悲，婉曰："李君谓君已为恶兽噬，今又安得生还?"鸿曰："吾心绪已乱，归后再为卿言之。"

回家后，鸿历言脱险事，盖已备尝艰阻矣。且语婉曰："吾劫后归来，至故居，已桃花人面。见门上揭示此屋出卖，请至某处接洽字条，惊异无措。旋于途中值李君，方运稻草下舟。吾从之谈，不意未数语，即见卿从桥上跃下也。"

二人悲喜之余，拟往赎取故宅。乃按址觅往。将至时，闻人声鼎沸，红光烛地天，知正被火。远见三层楼上，窗内有童子，大声呼救；救火人方架梯接援。下地后，西鸿婉华细辨，知即为其子少鸿，疾趋抱之。

初信卿有仆，窃烟狂吸，不期信卿至，命之寄札，匆惶间遗烟沙发上。信卿已入室，久之，觉有异，启门视之，已浓烟扑面。秀云欲下楼，立为闷倒。信卿情急，寻钥匙，欲启银柜，不可得。时火势已及信卿身，信卿紧抬银柜而死。

鸿婉二人既得少鸿，携手同归。百武外三人徐徐回首，见焚处火势尚炎炎也。

柳　絮

出品　上海影戏公司，1925 年

编导　史东山

摄影　但淦亭

演员　韩云珍　王乃东

《柳絮》（一名《杨花恨》）电影由史东山编剧。其电影本事署名东，原载《申报》（1925 年 9 月 20 日）。心冷《中国影片新评：（卅三）〈柳絮〉》《国闻周报》第 2 卷第 39 期（1925 年 10 月 11 日）亦收录该片本事。

本　事[1]

东

邢蜀华者，小家女也。适一小说家郑实，家贫而性笃，爱妻之情，无微不至。夫妇唱随之乐，有甚于画眉者。蜀华有友曰桃影，徐娘虽老，丰韵犹存，好与惨绿少年游，有时下新人物社交公开风。一日，蜀华往访桃影，将同出游，二少年闯入。一曰汪伟成，即桃影之夫；一曰庄介[2]，其狎友也。桃影为蜀华介绍，介羡其美。汪要梅芬赴餐馆，桃影邀蜀华偕。情不可却，遂允之。介举止阔绰，至餐馆，屡以财炫蜀华而挑之。汪与桃影又从旁怂恿，蜀华虽无所表示，然因慕虚荣，不觉怦然心动。

次日，蜀华要其夫购耳环。夫方草小说，未之允。蜀华强之，夫厌其烦，避而他适。蜀华亦愤愤出。途遇介，同往桃影家，不遇。介便曰："恐是已往我家，曷不俱去。"蜀华从之。既至，汪夫妇不在，介家仆婢甚多，侍待殷勤。忽见桌上有首饰数盒，介云系新购自肆中者。以示蜀华，爱不释手。介遂以钻环赠之，于是渐相亲热。

次晨，蜀华在房中出介所赠钻环玩赏。夫在外室得介来信，道昨宵事，且订新约。骇疑入室，则见灿然之钻环于桌上。怒责之，蜀华不相让。夫愈怒，遂致决裂。蜀华至桃影家，桃影慰解之，且曰："何惧之有？爱汝有人焉。"

曾几何时，蜀华已与介共处。华生活尚称满意，然待遇之如娼妓，毫无夫妻相互敬爱之情。介更常就外宿，蜀华独守空闺，寂寞寡欢。一日，因阻介出而勃谿，介指

[1] 原为句读。
[2] 《申报》版为"何宽容"。

蜀华为玩物，无干涉物主之权。讥讽之语，极为难堪。斯时，适介母与旧妻寻踪至，责介半年不归，置老母弱妻不顾。蜀华方知介实一轻薄子，大悲愤。知不能留，悻悻而出。中途怅惘，顿念前夫。及至其家，一老媪自内出。问之，始知前夫已死。媪自言为佣妇，受之人托，将以遗物赠邢。蜀华闻之，大为伤感。幸有旧同学，悯而留之，课其子女以终。

小　厂　主

出品　大中华百合影片公司，1925 年

编剧　王元龙

总监、导演　陆　洁

摄影　徐志岩　周诗穆

分幕　三　三

布景　王雪厂

剪接　汤　杰

翻译　徐维翰

书幕　张渭天

绘图　秦立凡

化装　崔天生

照相　田芝青

演员　汤　杰　萧　英　张庆升　王元龙　何丽珠　邢半梅　黎明晖　童连甫　翁曼倩　王兰英

《小厂主》电影由王元龙编剧。其电影本事由周瘦鹃撰写，字幕由藜君、三三撰写，原载《大中华百合特刊》小厂主号（1925 年 10 月 4 日）。周瘦鹃根据影片另撰有同名小说，发表于《半月》第 4 卷第 20 期（1925 年 10 月）。心冷《中国影片新评：(卅二)〈小厂主〉》(《国闻周报》第 2 卷第 39 期，1925 年 10 月 11 日）亦收录该片本事。本篇选自《大中华百合特刊》。

本　事〔1〕

周瘦鹃

尊华造船厂主人黎宏，性孤僻而暴戾，曾因一怒逐其子。子曰大光，殊不为屈，遽挈其妻俱去，隐居新柳村中，自为生活。如是多年，消息遂杳。黎晚年颇感孤独之苦，时念其子，尝以此语其秘书王一平。王少年英俊，慨然以出觅小主人自任，聊为老人慰。黎翁有远房侄大荣者，在厂中任工程总监，乘间结欢于老人，乃得握厂中大权。平日喜营投机事业，屡经失败。一日，复折阅十二万金，索之黎翁。翁却之，大荣怒曰："伯父无后，坐拥巨资何为？"遽悻悻去。一平闻之，出觅小主人之志益决。

一平去城赴乡，一再问道，始得新柳村所在。访大光，获见其妇，谓大光远出谋

〔1〕 原为句读。

生，已十年不归。问有子否？则以仅有一女对。叩其名，曰爱芳。时女适自山中归，抱羊为戏，憨态可掬，宛然一天真烂漫之小女郎也。是夕，一平留宿村中。因不得大光，苦无以报老主，月下徘徊，惟有嗟叹而已。怅怅归寝，见芳戏御其外衣，因大悟，立商之妇，为芳截发易男子装，挈以入城。

大荣既折阅巨金，而黎翁复靳而不与，因以未来之嗣子名义，潜将造船厂出押。先收定洋十五万金，云俟翁去世后，再行过户成交。即夕订立合同，而以其心腹童礼华为证人。其事甚秘，固无他人知之也。

一平挈爱芳入城之日，甫入门，即得一柬，文曰："有人盗卖船厂，请速设法防止。"下无署名，惟以仝为记。一平甚怀疑，顾碍于爱芳在侧，未便追询。当即挈芳见翁，翁大悦，折柬宴戚族，俾介见其爱孙。顾翁以体衰不便行动，即属一平为代表。芳甫自乡来，不知仪式，动成笑柄。人喜其天真未凿，不为意也。阅日，一平复引芳参观造船厂，并介绍于各部工头。有一工头曰李达光者，相见殊昵。而大荣则对之落落，盖以翁既得爱孙，则嗣续有人，于己殊不利耳。退而召其徒党，共谋所以去芳之策。大荣主联络一平，使翁孤立，小主童稚，去之甚易。其心腹童礼华因献议，谓欲联络王秘书，则非如慧小姐不为功。盖大荣有妹曰如慧，并擅才貌，与一平素相爱悦者也。大荣以为善，即以甘言进如慧，令劝一平，勿助黎翁，而以婚媾为条件。如慧不能却，修函面致一平，嘱于夜中九时后归寝时读之。是夕，一平读函，不能无动。顾权衡轻重，宁割情爱而忠于所事，誓为小厂主助。且彼自挈爱芳来后，常得匿名之书，以仝为号，书中亦谆嘱爱护小厂主也。

黎翁年迈多病，卒以不起。临终，颇以不见爱子为憾，而托爱芳于一平，一平毅然许之。厂中工人闻翁死，多泫然流涕。而大荣则私心窃喜，以为后此但去爱芳，则厂归已有矣。夜半，复与其徒党谋，以明日厂工辈将于工会中欢迎小厂主，决令二人往劫之。翌晨，一平在厂中视事，忽又得一匿名之书，谓有人将劫爱芳，勿令赴工会。一平大惊，亟奔黎宅，而芳已独以汽车赴工会矣。途中遂被劫，至于一草屋中，荣党加以凌辱，将裂其内衣。芳亟自承为女，遂止。立延大荣来，荣大悦，扭芳赴工会。

一平闻芳已独赴工会，大惊，立以车往追。过大荣家，忽见楼窗中有人剧斗，一人将堕楼，亟下车奔入，力格三人。别一人已负伤仆于地，视之则厂中之工头李达光也。达光以一敝旧之信封授一平，谓中为大荣盗卖造船厂之合同，请速赴工会，并于信封上画一仝示意。一平悟，夺门驰去。既至工会中，则大荣方以爱芳乔装白众，谓女子无继承遗产权，厂主一席，理当属已。一平立前，出信封中合同，宣布大荣罪状。讵信中乃一空白之纸，他无所有。荣意得，诬一平意在谋产。一平气沮，无以自白。而如慧陡自人丛中出，出一纸示众，则赫然一盗卖船厂之合同也。大荣困兽犹斗，仍以女子不能继承遗产为言。而爱芳此时，忽大呼爸爸。李达光冉冉排众人，亟与相抱。众始知此工头李达光者，盖即黎翁斥逐之子黎大光也。大荣丧气而退，而尊华造船厂中，遂得一新主人矣。

字　幕〔1〕

黎大荣——厂中工程总监，厂主之远房侄。（汤杰）

李达光——厂中工程头目之一。（萧英）

大荣副手："今天市面大跌，收盘缩去四两八钱，我已经替你算过，要亏折十二万元了。"

黎宏——尊华造船厂主人。（张庆升）

王一平——黎翁之秘书。（王元龙）

黎翁："我年纪老了，渐渐感到孤独的痛苦，尤其是在衰病的时候！"

王一平："只要身体健康，精神快乐，便是人生的幸福，何必定要儿孙绕膝！"

翁："谁说我没有儿子……"

翁："当时我因一朝之忿，把他逐去，后来……"

王："后来他没有回来吗？"

翁："他十分倨傲，在新柳村耕读自谋生活，已经有十五年不通消息了！"

王："我不妨去找找他。"

大荣："我近日做了一笔生意，不料市面大跌，竟亏折了十二万！"

翁："不必多说，银钱不是烂泥，你要钱，今天休想！"

荣："伯父，请您看破些罢，您又没有儿子，留下银子传给谁？"

黎如慧——大荣之妹。（何丽珠）

如慧："我哥哥来看伯父，他教我在车里等候。"

王："我正想写信告诉你，我明天要往乡下去。"

慧："你明天往乡下去吗？那末后天顾小姐家的跳舞会，我只好不去了！"

王："你尽管去罢，倘若你也不去，毛小姐她们又要闹玩笑了！"

空谷幽兰。

王："请问新柳村在哪里？"

大光之妇。（邢半梅）

王："请问这里是黎大光家吗？"

王："大光先生在家吗？"

王："大光先生不在家，几时可以回来？"

黎妇："我丈夫出外谋生，已有十年不曾回来了！"

王："你令郎呢？"

妇："我们没有儿子，只有一个女儿……"

黎爱芳——大光之女。（黎明晖）

爱芳："母亲，阿梅越发淘气了，在山上玩了半天，还不肯回来。"

---

〔1〕原版中，对话者以【】括之，无冒号。现统一去除括号，后添冒号。

妇："见见王先生……这是我女儿爱芳。"

芳："我刚才看见他在田岸上走，走马灯般，来来往往滴溜溜的转！"

村舍月，月下尽徘徊；想天涯游子未归来，何以慰老人怀？

王："你欢喜装扮男人吗？"

王："爱芳倒可以扮作你的儿子，跟我到她祖父家里去。"

妇："咳！祖父未必欢喜她，她是他老人家认为不肖之子的女儿啊！"

王："他现在正寂寞得很，要是知道儿子失踪，更要伤心。若见了爱芳，一定可以给他不少的安慰。"

同一月明之夜——在黎大荣家中。

新柳碧，传到春消息。

翁："王师爷要带孙少爷来了……你看，以后你们要好好的伺候孙少爷！"

剪发易装。

荣："……您又没有儿子，留下银子传给谁呢！"（在王回想时）

妇："王先生，爱芳到上海，时时要请你照顾。"

妇："你到上海去，一举一动，都要跟着王先生学习，不要露出女子的马脚来。"

王："时候已经不早，我收拾行李去。"

妇："你到厂里见了他，千万不要向他招呼！"

芳："阿梅对我说，她也要到上海去。"

妇："我刚才叮嘱你的话，不要忘记！"

翁："你去问问秋香和张妈，孙少爷的房间收拾好了没有？此刻孙少爷快要到了。"

雇女夏兰："小鬼头，不害羞！听说孙少爷来了，便拼命的擦起粉来！"

雇女秋香："你为什么也擦粉？难道是跟老爷出门吗？"

芳："我们乡下，没有这样的长毛狗，啊呀！好长的狗尾巴！"

仆："王师爷，这是您出门以后，外面寄来的信。"

秋香："老爷，张……张妈说，王师爷已经领孙……孙少爷来了！"

王："这是丫环，你祖父在里面，仔细些！"

翁："他生得很好——比他父亲聪俊得多！"

王："是，他在乡下倒很活泼！"

芳："他是，在乡下倒很活泼！"

夏兰："慢慢进去，再擦一点粉罢！"

黎翁初试含饴之乐事。

翁："时候已经不早，等孙少爷喝一杯茶，你就领他睡去。"

翁："不要忙，里面还没有加糖！"

芳："这里的东西都比乡下大呀！我们乡下田里的螺蛳只有这么一点儿大。"

秋香："这螺蛳还不算大，顶大的螺蛳壳里还可以做道场哩！"

芳："这样冷清清的屋子，我一个人睡在里面，仿佛有点害怕！"

芳："我在乡下是和母亲住在一间屋子里，你不要去，在这里陪着我罢！"

秋香："您是少爷，我是丫环，怎么可以陪您呢？"

黎翁设筵延享亲族，藉以炫其爱孙。

翁："你哥哥呢？"

慧："哥哥在家里，他叫我先来。"

翁："这是大光的儿子——我儿子的儿子！"

仆："老爷，客已到齐，酒席也预备好了。"

翁："我与我儿大光分别十余年，受尽孤独的烦闷；今日祖孙相聚，想众位一定也替我快乐……"

翁："……今日是快乐的宴会，可惜我年老体衰，行动不便，特请王先生代表我，多敬诸位几杯酒。"

王："请诸位尽此一杯，祝主人欢乐无疆！"

小厂主初临造船厂。

王："那边便是你荣叔父的住宅。"

王："这是工厂里的办公处，现在我们先去参观工场罢。"

工头："厂主没有儿子，哪里来的孙子？"

王："谁说厂主没有儿子，不过不曾住在一起罢了。"

芳："荣叔父，这里尽是些奇奇怪怪的玩艺儿，真好玩呀！"

荣："放手，别弄脏了我的衣服！"

王："那就是你祖父的办公室。"

阴谋。

童礼华："这个乡下孩子，知道是哪里找来的小杂种？谁也不能承认他是厂主的孙儿！"

李达光："我也这样想过，不过新柳村的人，可以证明他是大光的儿子。"

荣："废话少说，我们只要把王一平笼络起来，一切事情都好办了。"

童："要笼络王一平，不必我们费心，只要请令妹想法子好了。"

爱女音书到，慈亲笑靥开。

汛爱众，小厂主分糖。

芳："王先生，请您替我们拍一张照罢。"

无名氏之赠品。

芳："再来一回，再来一回！"

芳："今天早上，有一个不认识的人在后门教秋香交给我的。"

慧："他们说你们在这里玩……"

芳："我去给祖父看看，说是我们厂里新发明的。"

王："你祖父精神不大好，你说话少说些，去去就来！"

慧："你的信都收到了——这几天，我家里来了几个亲戚，所以不便出来！"

王："这一回，我们已有一个多星期不见面了，要没有爱芳在这里，真要把我闷死啊！"

慧："我早料到你要说这句话的…… 一平，我今天特意带来了一封信送给你。"

慧："慢慢的，这封信须要等到今天晚上九点钟以后，在你房间里独自拆阅，不可违背！"

有约不宜背， 坐以待久时。

一个慰安。

一个怅惘。

南极星沉。

翁："您……您放心罢……"

李达光："我是厂里一个工头，来看看厂主的病。"

仆："主人已经去世了，现在楼上正忙乱，你不必上去罢！"

达："我……我与厂主十年宾主，请……请你引我上去见一见他的面罢！"

诡计。

荣："明天工人们要在工会里欢迎那乡下孩子，我们想个什么法子去阻止他们？"

童："阻止他们，反露痕迹，我们只要阻止那孩子明天不能到会，以后再好慢慢想法。"

荣副手："好极啦！明天我们把他拦路接来，他们那劳什子的会也开不成了。"

达："好，好，明天我去办……"

荣："不，明天我要你同我到元记去，这件事让他们俩去办罢。"

仆："老爷，晚饭预备好了！"

惊耗。

王："您……您放心罢……"（王回想）

荣党："我们代表工会向人来欢迎小厂主，他们都在会中恭候。"

芳："你回去罢，我坐他的车去。"

仆："小主人在五分钟以前，到工会里去了。"

夺证。

达："那孩子已被我们留住了，现在大荣先生要到元记去移交船厂，他教我来取那张合同。"

童："慢！"

童："我跟你一块去。"

堕阱。

草屋主人。 （王元龙）

芳："我是女子，我是女子，不……不要撕我衣服！"

荣党甲："你早说是女子，我们不必费一翻心思了！"

荣党乙："你快去报告大荣先生，请他快来！"

工人："现在已经一点多了，怎么小厂主还不来？"

荣党："哼！一点多了，等到晚上一点多，小厂主也不来了！"

芳："荣叔叔，快救我！"

荣："女人冒充男子，该当何罪？不要多说，快跟我到工会去！"

达："你……你别管我，快……快把这个拿到工会里去！"

王："这是什么东西？"

达："这……这是大荣盗卖船厂的合同！"

王："你是谁？"

荣："你们都受了王一平的欺骗。这是一个女孩子，他把一个女子冒充我伯父的孙儿，想来谋夺遗产！"

芳："爸爸，爸爸，您在哪里？"

芳："爸爸，爸爸，您怎么到现在还不出来认你的女儿？"

荣："列位，你们向来爱护本厂，决不忍眼见老厂主的遗产，落于奸人之手，现在我便是你们的厂主！"

王："这是黎大荣盗卖船厂的合同，列位不除此獠，何以对你们去世的老主人！"

荣："你这混帐东西！一张白纸，怎么可以当作合同！"

慧："合同在这里！合同在这里！"

王："这就是黎大荣盗卖船厂的证据！"

慧："有话好说，列位不要动武。"

荣："无论如何，她是一个女子，照例不能承受遗产！"

芳："爸爸，爸爸。"

芳："他是我的父亲，因为祖父不喜欢他，所以一向没有说出来！"

王："现在，你还有什么话说，亲儿子接受父亲的遗产，照例，似乎很够资格罢！"

王："列位，现在的新厂主，是老厂主的亲儿子，是列位的好朋友，又原来是一个工人，亲尝过工人之生活，一定明公理，顺人情……"

王："……至于那盗卖工厂谋夺产业的小人，自有法律来处分他！"

半月后。

盲孤女

出品　明星影片公司，1925 年
编剧　郑正秋
字幕　郑正秋　周剑云
导演　张石川
摄影　董克毅
监制　麦君博
置景　董天涯
绘图　马徐维邦
演员　宣景琳　郑小秋　岑雪琴　赵琛　赵慰三　黄筠贞　舒　芸　王献斋　周空空　王吉亭　严仲英　黄君甫

《盲孤女》电影由郑正秋编剧。其电影本事为宋痴萍撰写，字幕为郑正秋、周剑云所作，原载《明星特刊》第 5 期（盲孤女号，1925 年 10 月 5 日）。心冷《中国影片新评：(卅一)〈盲孤女〉》(《国闻周报》第 2 卷第 38 期，1925 年 10 月 4 日）亦收录该片本事。

本　　事[1]

痴萍

商人李炳生，无锡人也，赋闲日久，困于贫病。后妻陈氏，生一子海山，钟爱甚，而虐遇前室女翠英。炳生疾革，诏其子曰："若二人虽异母，苟念老父，善事若姊。"海山泣受命，女哭尤哀。陈自夫死，驱女入丝厂为打盆女。女故有姿，一日为管车者王长根所调，女峻拒之。王老羞成怒，竟当众辱女，扣其工资，扬言将并除工籍。女流涕归，以资绌为陈所责。女不敢告陈停工事，乃阴语其弟，海山竭意慰之。次日，伴其姊行，将乞情于王，使仍入厂工作。王误谓果可以利劫也，益肆非礼。海山愤，挺身与斗，不敌，姊弟逡巡而返。不意行时大门未扃，遂为小窃所乘。陈穷诘得实，憾其女，更痛抶之。自是女中怀郁郁，日夕以眼泪洗面而已。

浙绅赵衡甫，娶朱氏。一女映娟，适褚生国栋。褚被任上海地方厅检察官，来辞行，且请携眷之任。赵喟然曰："斯世焉用仕宦为。"褚大讶，朱亟为之解。盖赵于十三年前，亦尝得官。治装将行而爱子失踪，遂绝意仕进，杜门谢客。闻婿言，顿触前情，不觉其言之激也。褚力任至沪后代为侦访，于是赵意少释。

江湖巨猾毛金奎，与伙陆阿三，浮家泛宅，以略拐为业。尝过杭，串拐赵氏子，

[1]　原为句读。

惧追缉严，养为己子，呼曰小奎。既因争利与陆哄，陆离毛他去。临行，举前事告小奎。小奎疑信参半，而苦于孤立无援，则姑依毛度日。过锡，夜泊僻处。时女以痛哭失明，陡萌死志，夜出就桥上投河图尽，适落毛舟，亟救之。女不愿归，毛亦养为义女，教之歌唱。小奎与女，朝夕一舟，渐生情爱。毛亦知之，至沪僦居小旅馆，日走街头，卖唱为活。

海山失姊，痛不欲生，逢人辄询，几成心疾。未几，以积欠房租为房主所迫，陈携子潜行赴沪，投其戚串之业小经纪者。海山就堆栈为童工。陈自谋为佣未成，苟延残喘，饱受其戚白眼，末如之何也。

小奎与女日亲。一日，从毛至一宦家，即赵婿褚生之所。既出，彳亍衢路间，突为海山撞见，狂呼姊姊。女闻声不见，毛掖之而奔。海山情急追逐，忘去其肩头所负之物。司警察者，以为窃也，则擒而送之官。毛得脱，念女且弗为已有，给小奎至远处购物，而以游辞挑女。小奎夙疑其不良，留而伺之，得状大怒，跃入戟指詈毛。毛不服，亦互扭之官。

高坐堂皇者，褚生也。连讯两案，疑不能决。会陆阿三已悔过自新，方充庭丁，慨然出作证人，毛之罪状乃实。

小奎归见父母，复其本名中玉，顾恋恋不能忘女。赖医生之力，女得复明，良缘美满，众无间言。陈亦以海山之故，得享其温饱之余生焉。

字　　幕[1]

正秋　剑云

无产阶级中人，以一身负全家之赡养，本非易事；李炳生赋闲日久，乃陷于贫病交迫之境。

翠英为炳生前妻女，自幼即在量窄心辣之后母前讨生活。（宣景琳）

海山为炳生后妻子，既爱其母，亦爱其姊。（郑小秋）

陈氏乃炳生之继室，狃于积习，擅施后母之威权。（岑雪琴）

炳生：我的病不会好了，你们俩虽不是一母所生，总是同胞骨肉，应当格外要好才是。

老父死后，孤女之苦益甚。

陈氏：家里一点没有进账，怎么得了，你替我到丝厂里做工去。

王长根乃工厂职员中之败类。（赵琛）

王长根：喂！放了工跟我去玩玩好吗？

翠英：我不是好玩的人，我不去。

长根：哼！好不识抬举，你这种东西倒搭起架子来了。

---

〔1〕 原说明字幕前有■标记，对话者有括号。现统一略去，将说明以不同字体区别之；并在对话者后加冒号。

女工：你怎么不答应跟他去玩呢？他一生气，就可以扣你的工钱，停你的生意的。

陈氏：向来是三角一天，今天怎么会扣掉两角呢？一定是你自己用掉了。

陈氏：你这贱骨头，今天不给你晚饭吃。

海山：妈，给姊姊一点饭吃吧。

翠英：我饭倒不要吃，那个管车的人，扣了我的钱，明天还不准我去上工，弟弟，这便怎么好？

海山：明天我陪你去求他，姊姊，你饭总要吃的。

可怜孤女，其何以遣此长夜。

海山：先生，请你做做好事，让我姊姊去上工，因为我们一家人都靠她吃的。

长根：哼！昨天为什么搭架子呢，要上工可以的，你肯答应我吗？

长根：答应了，我马上给你上工。

海山：你这样毛手毛脚的做什么？

长根：放你妈的屁！你自己送上门来，给我毛手毛脚的。

海山：我们送上门来是寻饭吃的，不是给你寻开心的。

长根：不给我寻开心，就不要想吃饭，滚你妈的蛋！

邻妇：阿海娘，你们一个人都不见，怎么把门开着呀？

陈氏：不得了，三件衣服没有了。

陈氏：你这个贱东西，为什么要拖你兄弟一同去呀？

赵衡甫，有产而乏嗣，有所激而淡于名利。（赵慰三）

朱氏，赵之贤妻也。（黄筠贞）

映娟乃赵家女。（舒芸）

褚国栋为衡甫婿，从妻常居岳家，新得上海检察官之职。（王献斋）

映娟：他想到上海去就职，请爹爹妈妈准他带我一同去。

衡甫：现今做官，有什么意思，何必丢了我们二老出门去呢？

国栋：我想为人应当替公家做些事，闲居在此，总觉得于心不安。

朱氏：你岳父并不是反对你做官，十三年前他也几乎要去做官，因为……

来宾：恭喜恭喜，官运亨通，指日高升。

朱氏：后来四面八方去找，总没有她兄弟中玉的下落，所以你岳父气得连官都不要做了。

朱氏：今天听见你离开我们，所以他触动前情，也不愿意你去。

国栋：事已如此，不必再悲伤了。中玉弟弟吉人自有天相，将来也许可以团圆的。

国栋：等我到了上海，也可以探听他的下落。

翠英：弟弟，我怎么看不见你？

海山：姊姊，我在这里，你怎么看不见呢？

翠英：啊呀！我……什么东西都看不见……

海山：妈，姊姊眼睛瞎了。

陈氏：这样大的眼睛会瞎吗？装什么死呢？

陈氏：死鬼，你真瞎了眼吗？

毛金奎，以人为傀儡，社会之蠹也。（周空空）

陆阿三，为金奎十余年之老伙计。

金奎：该死的东西，等到你这么久才回来，你把这笔钱弄到哪里去了？

阿三：对不起，我一时手痒，都输掉了。

毛小奎，社会中之不幸儿。（王吉亭）

小奎：爹爹，你就饶他一次吧。

陈氏：你这短命鬼，眼睛再不亮，一家人都要被你害死了！

阿三：这个老贼，他拿这样辣手待我。我老实告诉你，你不是他的儿子，你是……

阿三：本要把你卖掉，因为那时风声太紧，不能出手，老贼看你聪明，就把你当做他的儿子了。

阿三：信不信由你，从今天起，我就同他分手了。

小奎：爸爸，她是一个瞎子呀。

金奎：你为什么投河呢？

翠英：我是天下最苦命的人，不能再活了；你们是谁呀？

小奎：这条是过路的船，你家在哪里，我们送你回去。

翠英：送回去也是活不了。

金奎：好死不如恶活，你既不肯回去，就留在这里吧。

海山因爱姊失踪而痛哭。

金奎：听你这番话，你确定不必回去了。我们有粥吃粥，有饭吃饭。你放心就是。

海山：请问你可曾看见我的姊姊吗？

海山：可怜她是一个瞎子呀！

海山：请问你可曾看见我瞎眼的姊姊吗？

毛金奎已将翠英收为义女，教之歌唱，藉以谋利。

小奎：妹妹，我们已经到了上海了。

翠英：我早听得上海是好地方，可惜我眼睛瞎了，一点也看不见。

小奎：妹妹，你也不要难过，我们俩好比一个人一样，我看得见的，处处都可以告诉你的。

翠英：哥哥，你待我这样好，我怎样才能够报答你哩？

金奎：小姑娘瞎说些什么！

金奎：这里离开买卖的地方太远，我们赶快收拾收拾，搬到市上的客栈里去。

映娟：我们可要再打四圈吧。

褚友：不来了，还是回去吧。

国栋：这么早就回去么，再谈一回儿。

友妻：呀，外面好像是卖唱的，我们去叫进来唱唱。

映娟：你看这两个年轻的是夫妻呢还是兄妹？

友妻：我看不像是兄妹，一定是夫妻。
褚友：喂，他们俩是你的什么人呀？
金奎：一个是我的儿子，一个是我的女儿。
映娟：哈哈，你猜不着。
收租人：房钱好几个月不付，今天一定要赶你们出去！
陈氏：谢谢你，再放松三天，我一定付给你。
邻妇：你们就做做好事，再宽限三天吧。
陈氏：三天是很快的，我们还是带些好拿的东西到上海去找亲戚罢。
海山：我们怎么好走呢？姊姊要是回来，怎么样？
陈氏：许多日子不回来，她一定不会回来了。
收租人：都是你劝一劝，现在人逃走了。
伙计：我们追到上海去。
母子二人至沪，暂依戚家，仍各自谋生，以图糊口。
荐店主：倒霉，这几天一些生意都没有，一定白虎上了门了。
海山：啊！姊姊吗？
稽查：吓！小瘪三偷了东西跑了！
稽查：这还了得，非办你不可！
杨阿福，乃陈氏之表姊夫。（严仲英）
阿福：自己的日子已经不好过，还要弄两个人来吃闲饭。
杨妻：你不要这么说，好在总是亲戚，况且他们答应过要贴还我们饭钱的。
杨妻：今天可曾上着生意吗？
陈氏：姊姊，我等阿海回来，凑凑数，先付你几天饭钱。
杨妻：你何必这样性急，都是自己人，慢几天有什么要紧。
报信人：这里有个李海山的娘吗？
报信人：你的儿子偷东西，捉到局里去了。
阿福：那末该死，吃吃闲饭吃出官司来了。
陈氏：局在哪里，可以带我去看吗？
送信人：今天太晚了，明天一早你到检察厅来，可以见面。
送信人：拿几个车钱来。
送信人：这么许多路，只有四角钱吗？
陈氏：请姊夫借两角钱给我吧。
翠英：听得你有病，我真不放心，今天好些吗？
小奎：病是好了，你看我脸瘦了些吗？
翠英：你说笑话了。我怎能看得见你哩？
小奎：啊呀！我生病生糊涂了。
翠英：今天半路上有个人叫姊姊，好像是我兄弟，后来爸爸拉了我就走了。
金奎明知翠英已遇弟，恐此一株摇钱树将不克永保，乃亟施狡计以劫夺之。

金奎：你替我到城里老永泰去买二毛钱鼻烟，别家的不要。

金奎：翠英，我待你好不好?

金奎：我很爱你。

小奎：你这样的行为.是人干的事吗?

金奎：反了反了，你管起老子来了!

小奎：你有这种心肠，我相信你决不是我的老子。

金奎：小忘八蛋，你再敢胡说，我就打死你!

金奎：各位请看，天下有儿子打老子的吗?

金奎：你再敢放肆，我就送你个忤逆不孝。

陈氏：不论怎样穷，贼是不能做的呀!

海山：我哪里是偷东西，我是看见了姊姊，去追她的。

陈氏：啊呀!阿翠呀，你倒来了，你弟弟为追你在这里吃官司哩。

稽查：幸亏我追上去把他捉住的，不然早给他偷去了。

陈氏：冤枉，他是追他姊姊的，现在他姊姊在这里。

警察：她是总局里解来的，犯的是奸案。

金奎：庭上明见，他说的全是诓话。我同他是父子，在无锡救到一个瞎眼的姑娘，昨天被他调戏。我责备了他，他怀恨在心，所以来诬告我。

小奎：我不是他的儿子，是从小被他拐来的。

金奎：你诬蔑生身父亲做拐子，你真丧尽天良了!

国栋：法庭上口供，不是儿戏的事，你说他从小拐你，有什么确实的证据?

小奎：是帮他拐骗的陆阿三亲口告诉我的。

国栋：现在陆阿三在哪里呢?

小奎：他告诉我之后就走掉了。

国栋：你知道他在什么地方拐你的呢?

小奎：这个……陆阿三倒没有告诉我。

金奎：庭上明见，可见这小子无中生有，瞎造谣言。

阿三：我就是陆阿三，我完全知道这件事。

阿三：十三年前，在杭州绿杨村，金奎叫我抢一个奶妈的金簪，他趁势就把小奎拐来了。

国栋：你说杭州绿杨村。这小孩一定是赵家的了。

阿三：一点不错，因为后来赵家四处捉人，金奎不敢出卖，就收做儿子。

国栋：一切人等都押起来，听候再审。

国栋已接岳父母来申矣。

衡甫：究意是不是，我自己也认不真了。

朱氏：我想起来了，中玉儿背上有一块红记的，是不是一看就明白。

小奎：有没有我自己也不知道。

海山：姊姊，这件案子断清楚了，我念给你听。

阿福：我……不认得字呀。

褚仆：我们老爷太太要请翠姑娘带她兄弟同娘到公馆里去。

衡甫：你一定要瞎子做妻子，总有些说不过去，况且她是个卖唱的出身哩。

小奎：爸爸，你说她是卖唱的出身，我何尝不是卖唱的呢。

映娟：瞎子人倒不错，等她来了，爸爸同妈妈看过再说吧。

朱氏：把她配给中玉，确是配得过，可惜眼睛一点看不见，总是美中不足啊！

国栋：我有一个朋友，是很好的眼科医生，不是天生的瞎子，或者可以治得好。

衡甫：对了，她如果眼睛亮了，还可以做我们的媳妇。

中玉：你擦了这个药，可觉得怎样？

翠英：啊呀，我看见你了！

中玉：你看见我在哪里？

翠英：弟弟快来，我眼睛亮了。

秋声泪影

出品　凤凰影片公司，1925 年

编导　蒋绿影

演员　陆一清　刘汉民　林剑雄　丁觉影　李秋心　高仰山　黄锦镳　钱雪帆　王梅仙　陈文生　王秀娟　杨文斌　夏连良　黄锦云

《秋声泪影》电影由蒋绿影编剧。其电影本事由沈天梦撰写，字幕由沈天梦、黄锦镳撰写，原载《凤凰特刊》第 1 期（秋声泪影号，1925 年 10 月 27 日）。

本　　事[1]

沈天梦

韩伯谋，藉遗产，喜游荡。妻华氏，名秋声，质美而贤，精于绘画。常规夫恪循正道，反受苛责。母方氏，溺爱不明，亦嫌其媳之多事，于是伯谋更流荡无度矣。

秋声不为夫爱，复见恶于姑。处此黑暗家庭中，日以眼泪洗面而已。所赖以稍解愁闷者，只其女秀娟耳。秀娟年七岁，聪慧秀美。时见其父呵责阿母，心中亦不以为然。地棍张志廉，机诈狠毒，口蜜腹剑，人每被其惑。伯谋反倚为心腹，言听计从，而不知其谋己也。韩母亦被其蛊惑，且以为其子之益友也。

秋声鉴于夫之不务正业，挥金如土，深以为忧。更深夜寂，珠泪暗弹，犹守候其夫归也。而不知伯谋此时，正呼么喝六，豪兴未艾。更漏四下，始趔趄归。见妻泪痕界面，大加怒骂，秋声忍气吞声而已。

翌日，志廉偕姚萍生曹逸超同往访伯谋。姚曹亦无赖辈，不啻为志廉之助手，而伯谋亦引以为好友者也。至则见伯谋怒容满面，问之则以妻每无理取闹对。志廉平时本忌秋声，见机有可乘，恶计陡生，劝其不如乘机休之，别缔良缘。姚曹亦从旁怂恿之。优柔寡断之伯谋，岂能逃其圈套哉。韩母以秋声无所出，亦不之怜。嗟呼秋声，竟无辜而被逐矣。秀娟不忍离母，遂亦同去。

秋声幼失怙恃，门衰祚薄。大归势所不能，毕命亦不忍舍其女，于无可奈何中，惟有投奔其妹耳。妹名丽云，习于骄奢，独不念姊妹之情，竟拒其请。其夫高子卿，亦雅不愿加增食指，以重担负。噫！人情纸薄，可胜浩叹。于是茕茕母女，不得不另谋安身之所，鬻画度活。回首前尘，未尝不泪湿盈幅也。寻以手病辄画，度日更艰，徒唤奈何。

伯谋逐妻后，向母索得巨款。名为出外营业，一出数月不归。斯时家用更匮乏，

〔1〕 原为句读。

而店账房租，群相逼索，韩母一筹莫展，无以应付。仆人顾义，久佣于韩氏，劝其变产偿债，迁居乡间，己亦可以负贩赡主。韩母大为感叹，遂从其言。其后幸赖赡养，藉延残年。此仆奴其身而儒其行，亦可嘉矣。

路旁一卖画女孩，时向路人兜售，盖秀娟也。俄而一汽车疾驰而来，至此而停，下车买画。伊何人斯？仁惠医院院长冯诗庭也。冯慷慨好义，每喜济人之急。问秀娟何多日不见，则对以侍奉母病，未能出售，只以衣食驱迫，勉绘数纸，以飨于市，言时几至泪下。冯恻然怜之，授以卡片，嘱将此来院医治，无需医资，并赠以十元钞币一纸。秀娟即归家奉母就医。愈后，冯悯其遇，怜其贫，畀以医院看护之职，又送秀娟入学读书。冯之义侠，可以风矣。

伯谋流荡忘家，寄寓旅馆。志廉复串通掮客骗去巨款。遗产虽多，至此已竭；欲归家而已无家可归矣。曩之所谓好友者，今亦冷嘲热讽，无复见从前胁肩谄笑之状。至此悔悟，惜已迟矣。一日，志廉等复迫以同劫冯产；伯谋矢不可，群殴之于途，受童伤。时童子军数人，适野操归，见状力擒凶。志廉逸入水，寻亦被擒，交警法办，而尝铁窗风味去矣。又将伤者车送医院医治。看护妇来，一见伤者之面，不觉一惊。而伤者见看护妇面，亦清泪夺眶而出，并道悔悟。之二人者，一望而知为伯谋与秋声也。斯时秋声亦不禁凄然，颤声问曰："堂上康健否?"伯谋更泪如潮涌曰："久不相见矣。"秋声遂大怒而出，深悔顷时不该与此不孝无情者相交语也。

伯谋伤愈出院，行经看护休息室前，忽见秋声，移步入内，立誓痛改，以冀重好。时适院长进室，睹状恍然曰："是必上次所谈之薄情郎矣。"伯谋遂历陈前非，并愿悔改。冯察其情真，谓之曰："汝既醒悟，我可为汝介绍一职业。一年内如无不法举动，明年今日，由我证明为汝等团圆。"秋声亦俯首应允，不忍负冯之隆情也。但约伯谋必寻亲奉养，无亏孝道而后可。伯谋唯唯应命。无何，伯谋已入裕华实业公司办事，薪水颇优。以公司不备膳宿，遂独赁屋居焉。竟能服务勤慎，一洗旧习，判若两人也。

一日顾义卖豆至一学校前，时正学校放晚学，瞥遇秀娟于马车中，匆匆以其祖母住处告之。而欲转询秀娟，则已与同学冯女雪珍驱车去远矣。拟明日再来，而顾义忽感病，俟其病愈再往则学校已放暑假，徒唤奈何。

先是秀娟忘将途遇顾义事告母，及开校后听讲常识"孝"之一课，始猛忆及，归家即告于母。秋声遂函致其夫。伯谋接信，亟冒雨赴乡，母子相见，悲喜交集。感顾义之忠尽，至于泣下，乃迎其母归。是后，秋声亦常来定省。夫妇间虽时相过从，爱情重笃；但遵守成约，仍各分居，以重人格。

光阴迅速，已届明年今日之期矣。是日，冯兴高采烈，特设礼堂，为韩氏庆重圆。宾客如云，喜气盈门，琴韵悠扬，舞衣翩跹，倍极一时之盛也。

字　　幕[1]

天梦　锦镳

韩伯谋，藉遗产，喜游荡，择交不慎，卒为奸小所逞；直至穷途末路，悔已迟了。（陆一清）

华秋声，早就丧了父母，受旧式婚姻的支配，遇人不淑，便尝尽种种的痛苦。（刘汉民）

秋声：现在家里没有进款，你用途要节省些才好！

秀娟年纪虽小，倒是一个很有志气的女孩。（林剑雄）

韩母方氏，是个一味溺爱，不明是非的无用人。（丁觉影）

张志廉，机诈狠毒，损人利己，万恶社会正是此辈造成的。（李秋心）

志廉：我因为被债户逼得很紧，要问你借五十块钱。

逸超：我近来也穷困得很，你看裤儿破得这样，请你也借十块钱给我做条新的好吗？

萍生：伯谋兄！我实在和志廉一样的为难，也请你借十块钱给我怎样？

伯谋：可以！明天到我家里来拿吧。

沉沉午夜，轻寒透幕，夫婿流荡未归，难乎其为闺中人了！

秋声：家境一天不如一天，应该想想法子，不然怎样维持得下呢？

伯谋：你为甚一见我面，定要胡闹，所以我做事总是不利，真倒了八百年的霉了！

“良药苦口，忠言逆耳”，这句话真是不错的，可怜秋声，只好饮泣吞声了！

高子卿，是当地的一个商人，性极悭吝；但是妻子爱奢华，他又会帖然就范的。（高仰山）

华丽云，和秋声虽是同胞，性情绝对不同，是一个骄恣无义的女子。（陈文生）

顾义是一个忠心的仆人。（黄锦镳）

女佣：奶奶！韩家奶奶来了。

不幸的秋声，到这日暮途穷的地步，只好投奔她的亲妹妹了。

秀娟：姨母！妈妈并没错处，总是爸爸上了坏人的当，就把我们赶出来了。

子卿：这里地方很小，对不住请你到别处去想法吧！

丽云：姊姊既然到了这里，只好暂住几天，等到有相当的地方再搬吧。

唉！人情纸薄，虽亲如同胞，也是不相干了！

方氏：你在外营业，总要勤慎；须知我们家产，只有这些！

秋声：我房子已经租定，所以来关照一声。

丽云：本来不应该叫你出去；实在这里房子太小了一些。

---

〔1〕原说明字幕以□标识，对话者有括号。现统一去除，并在对话者后加冒号。

伯谋寄寓旅馆，日事游荡，无非消磨他的遗产罢了。

志廉：他是我的好友陈友棠，专营掮客生意。现在有一批便宜洋货，所以请他来谈谈。

方氏：少爷好久没回来，端节却快要到了，债户四逼，怎好对付？你设法去找他来吧！

收房租者：三个月不付房金，还要迟延，亏你说得出的！

方氏：小儿现在外间营业，总要等他拿钱来才有。

收房租者：你的儿子假使遭了不测，难道房租我就不要了吗？

收房租者：明天再不付给我，等到钉门，你不要怪我！

方氏：现在债户逼得要命，少爷还不回来，怎么是好呢？

顾义：我想还是拿些东西去当来还债，然后搬到乡间去，让我做做小生意来度日吧。

志廉：如其这桩事情成功了，所得的钱，照数三七折。

茶房：先生！房金越欠越多了，你总得付些，我可以交账哩！

茶房：现在请你多少付些怎样？

掮客：韩先生！你拓的洋货，因为现在市面不好，所以照原价已经跌价十分之七了。

掮客：恐怕这些货色越搁越浅哩！

志廉：倒运！倒运！我看还是早些脱手吧！

优柔寡断的韩伯谋，哪里弄得过奸刁巨猾的张志廉；有限的遗产，怎么教他不完呢？

为了衣食的驱迫，只得叫她的爱女上街卖画了。唉！到这地步，还有什么法子呢？

邻儿：姊姊出来做兵操。

秀娟：妈妈手痛，我要帮助烧夜饭哩！

秋声：你做了一天的买卖，此刻你去玩好了！

秀娟：妈手痛，我来烧火，不去玩了。

可怜韩母，局处荒村，幸赖顾义赡养，今方卖豆归来。

冯诗庭，是仁惠医院的院长。慷慨好义，人所敬仰的。（钱雪帆）

诗庭：你为什么好几天不出来卖画啊？

秀娟：妈妈手痛不能画。因为没有钱用，勉强画几张卖卖。

诗庭：余的钱给你买糖果吃。……现在你拿这张卡片，快去叫你妈到我医院里来医治。

乞丐：妹妹你的钞票落在我的手里了，不信摸你自己的袋。

秀娟：捉强盗！捉强盗！捉强盗！

院长冯诗庭的私宅。

邻人：你府上搬在哪里？现在到这里来有什么事？

伯谋：你可知道我家搬在哪里？

邻人：奇了！自己的家，倒问起别人来了！

伯谋：我在外营业，家中信息，好几个月不通了。

诗庭：我看你出身不是卑贱，怎么会沦落到这地步呢？

秋声：……婆婆也恨我多年不生儿子……他竟听信朋友张志廉的谗言，把我赶出来了。

诗庭：可怜可恨！但是不必悲伤了！现在我想请你在这里做个看护妇怎样？

方氏：饭烧好了，你先去吃吧！

顾义：太太！也来吃了再做吧！

方氏：你在外面，可晓得少爷和奶奶的消息吗？

志廉妻：一个人总要做些事情；这大米饭，老天不是叫人白吃的呢！

志廉：去了吗？……再会！……夜饭跑来吃！

“谁是交情？ 钱是交情。” 像现在的韩伯谋， 莫怪要受人白眼了！

茶客：今天我请客，就是对过吧。

伯谋：呀！这是犯法的事，我决不干！

志廉：你倒说好漂亮的话！现在时候到了，快走！快走！

顾义：喂！喂！一个铜元不能拿两包的！

学生：是给你两个铜元，谁说一个。

顾义：咦！你是秀娟小姐呀！你的祖母很想念你。……现在你爸爸在家吗？

秀娟：爸爸不在家。

顾义：你的祖母现在卧薪村，尝胆路，你住在……

秀娟：再会吧！

志廉：没用的东西，还要自杀，想害我们吗？

童子军野操回来。

伯谋：救命！救命！救命！

这班人平常每喜图便宜， 到头来又何尝便宜了！

邻家子经商归来。

邻女：妈妈！爸爸回来了。

方氏暮境萧条， 已是十二分悲苦； 偏又看见这种情景， 叫她何以为情呢？

顾义：今天我在一个学校门口，碰着秀娟小姐。

方氏：你问她们的住处没有？

顾义：我要问她的时候，有个同学叫她上马车去了。

方氏：唉！少爷是不是在她们一处？

顾义：听说不在一处，我明天再去问个明白。

伯谋：贤妻呀！我悔了！我悔了！

秋声：你既已赶我出来，当然断绝关系；怎么还称我妻呢？

伯谋：贤妻！请你原谅！当时误听坏人的话，弄得家破人散；现在我已省悟，愿听你的吩咐。

秋声：婆婆现在好吗？

伯谋：唉！母亲已经好几个月不见了！

秋声：哼！不孝无情的浪子。以后不许再来见我！

他自从碰见秀娟回去，偏偏病了；等到病愈再来，学校已放暑假了。

看护妇：你的病好了，现在可以出院！

秋声：此地不是你进来的地方！

伯谋：唉！……我真的悔悟了，总要请你原谅！

诗庭：你的意思怎样呢？

秋声：他的罪孽实在太大，我也无力照顾；只好各顾各吧。

伯谋：我实在不好，所以她不肯答应，还得请你劝劝她！

诗庭：你既已省悟，那么我替你谋一个职业。一年里没有不法举动，明年今日，由我证明使你们团圆。怎样？

伯谋：那是感激得很了。

诗庭：你的意思怎样呢？

秋声：既承冯先生的美意，我只好答应了。

秀娟本已把遇着顾义的事忘了，现在听得校师讲“孝”，才把前事忆起。

学校秋季始业。

韩伯谋以前的种种荒荡，简直是遗产害他；还算能够彻底痛改，现在居然可以自立了。

伯谋：妈！不肖儿害母亲受苦了！

方氏：你倒还在世上。……唉！立起来说吧！

方氏：我所受痛苦，你所看见的，只有这一部分罢了！

伯谋：儿子寻访好久，没有消息；今天接到媳妇的信，儿就冒雨赶来的。

方氏：好媳妇！

伯谋：你是我家的恩人。

顾义：少爷不要这个样儿，那是我应该这样的。

伯谋迎母归家，菽水承欢，多么可敬！

伯谋：你看枝头上的好鸟，鸣上鸣下；花丛里的粉，飞去飞来，好像祝贺我们重聚似的。

秋声：我们今日重聚，真是意想不到的！

媳妇和孙女常来定省。

方氏：我们应该要感激冯先生才是！

秋声：时候不早，我要回去了。

他们夫妇俩，经这番挫折，爱情重笃；但遵守成约，还是分居的。

重圆。

贺客：吓！我辈穿洋装的先生，哪里来的铜角子！

华筵方撤，明灯初上，双双舞侣，乐正未央。（完）

红 姑 娘

出品　朗华影片公司，1925 年
编剧　李允臣
导演　张普义
摄影　罗洪义
说明　陈慕梁
译文　周惠克
置景　叶一声
冲洗　张振维
演员　李曼丽　龙光照　袁益君　周渭客　王谢燕　江宝君　胡慧英　钱似莺　凌云仙

《红姑娘》电影由李允臣编剧。其电影本事由何笑尘撰写，字幕无署名，原载《朗华特刊》红姑娘号（1925 年）。

本　　事[1]

何笑尘

在一间被愁云惨雾笼罩着的幽暗沉寂的斗室里，但听得那药炉中的腾沸声，和病榻上老妪喘哮声和成一片。其间有一女郎玉手纤纤，擦着她母亲的药碗。不时移她一双秋水似的眸子，瞧着绳床上命在喘息的母亲。

女郎是谁，就是那濒危老妪的爱女小梅。她虽是荆布钗裙，然而不能掩没她固有娴静和妩媚的流露。不情的太阳和月儿，比平时加快了速度升降不止。而病榻上母亲的命运，也随着太阳光渐渐的沉寂。在这沉闷空气里，一阵橐橐革履的声音自远而近，推门走进一个肥大魁梧西装少年。少年走近床侧，瞧着老妪默默无言。三人脸上顿时都笼罩着一层浓霜。斗室里的空气，也就渐渐复归沉静。

约历五分钟光景，病榻上老妪似有所觉，睁开深刻无光的双眼，瞧了一瞧少年，复瞧着爱女，伸出枯柴似的手，搀住少年和小梅，好似表示亲爱不忍分离的样子。一阵气喘，那慈祥的母亲竟脱离了苦海向极乐世界去了。

康道生，小梅未婚夫，天生怪癖，性好植物，每得一草一木，莫不珍如供璧，俨然以植物家自命。自从他父母去世之后，遗下家产虽不能称富有，但也不失为小康之家。他家庭的组织也很简单，除了自己本身之外，便是他继母陈氏和族叔康敏斋。至

〔1〕 原为句读。

于敏斋，本无赖一流的人物，与陈氏有私。藉管理会计的名义，其实明修栈道暗度陈仓，和陈氏接近罢了。家务既由他继母和族叔掌管，他也就乐得偷闲，百事不问，一心研究他的植物学，家庭间的丑史，竟毫不觉察。

小梅自从她母亲死后，影只形单，茕茕孤立，不久即过门康家实行她新媳妇的生活。小梅虽是克尽孝道，但是在陈氏方面频添了一个障碍物，反不如以前来得自由，渐视小梅为眼中钉，不过说不出口罢了。光阴一天一天的过去，小梅的蹇运也就一天深似一天。那万恶的恶魔康敏斋竟视小梅为禁脔，百端引诱。有一次，竟被陈氏撞见。带着酸意的色彩，借题发挥，逼着道生硬将小梅驱逐。可怜小梅有口莫辩，只得忍气吞声含冤而去。

孙氏小梅的姨母住在软红十丈的上海地方。她既不是富商，又不是大贾，所操的职业，也就不可闻问。小梅正适无家可归的当儿，也就急不暇择，暂且投奔。此去不妨事，白白将身子葬送在万丈深渊里。唉！可叹啊。

金福森是孙氏姘夫，见小梅姿色过人，居然心怀叵测，视为奇货，暗中和孙氏串通，不惜工本百端笼络，以声色华丽引诱她，启发她的虚荣心。小梅是个初出茅庐不谙世情的乡下女子，怎禁得他们的诱惑，也就堕落在不知不觉中。这也是虚荣的驱使和万恶社会的造成啊。

小梅既落平康高树艳帜，一些堕鞭公子，走马王孙，趋之若渴。不多几时，小梅的声誉，也就渐渐鹊起。捧场子的不是政海名流，便是有名大老。于是小梅的艳名一天响似一天，就大红而特红起来。不过小子有句话要声明在先：小梅虽是落溷，仍旧是白璧无瑕的干净身子；她虽处身在绮罗锦绣场中，一颗芳心却时时惦记着她的藁砧康道生。这倒是很可钦佩的一点。但是一班醉生梦死之徒，争着量珠下聘，闹个不休。小梅处于虎威力之下，当然没有反抗的能力。但是要跳出这个樊笼，倒很不容易。后来居然被她想出一个极严苛的解围法，向众宣言曰："凡欲得余者，某日在某跑马场人各一骑，能在三分钟绕场一周先驰到者，则此身属谁。"因为小梅预算极快的马在三分钟当中，决不能跑到。这个特别香槟得彩办法，倒是别开生面呢。

小旗一举，万蹄腾飞。正适千钧一发的当儿，忽然旁边斜驰出一骑马来。小梅眼快，跑下看台，两人紧抱，四目对视。若不相识此人是谁，就是小梅刻不忘怀的丈夫康道生。道生突然而来，诸君必定很奇怪。且慢着慌，待小子一一道来。

原来道生自小梅出走之后，书空咄咄，梦想为劳。康有婢女名叫春花的，眼看小主人抑郁态度，很想去安慰他长宵的寂寞，有一次竟半夜里闯进道生的卧室。道生正适睡眼朦胧，误认作小梅上前拥抱；后来省系春花，大声怒叱。春花怕事泄漏，急藉口有要紧事情报告，于是将陈氏和敏斋的勾当和盘托出，并且领着道生窥探。道生属目之下怒不可遏，竟要动刀；经春花拉劝始罢，次日竟不辞而去。陈氏和敏斋不但不去追访，反而乐得清静，没人碍眼，于是畅所欲为。敏斋竟为食欲过度发急病而死，这也是天理昭彰，不去说他。单说道生出走，除了一身之外便是他惟一生命几枝树根和一些秧苗的植物罢了。"茫茫前路家何在？"这句诗好似替道生写照。他身边既不明一文，沿途闹了许多笑话。好容易被他混到上海，实在是饥无可奈，随处攫食，被人追赶得无路可走。刚刚凑巧，路旁停着一匹马，他一时情急，也就不问青红皂白，跨上马背就跑——常言说得好，叫做无巧不成书，正适小梅在危急当儿。这也是天作之合，从此鸳衾再暖，破镜重圆。倒是一班醉生梦死的军阀官僚们，平白地空忙了一场，被一个弱女子玩弄于股掌之上。唉！世间安得亿千万个小梅，重重的搜刮他们一下，替我们小百姓出一口冤气啊。

字　幕

林小梅天生丽质，颖悟过人，幼年失怙，一乡间可怜女子。（李曼丽）

林金氏，小梅母，病在危笃，一息仅存。

林氏：儿呀！妈的病恐怕不会好了。

小梅：妈请安心静养，不妨事的。

康道生，小梅未婚夫，乃一自命不凡的植物学家。（尤光照）

陈氏，道生继母。（袁益君）

康敏斋，道生族叔。（周渭客）

陈氏：这两天租米的收数怎么样？

敏斋：今年四乡闹灾收成还不见起色。

道生：妈有什么事？

陈氏：你丈母病得很重，刚才派人来叫你，赶紧就去一趟。

道生：妈的病势，怎么样了？

林氏：咳，我不能够见你们成婚了！但愿你们俩日后相亲相爱，我虽死九泉，也含笑瞑目。

小梅：妈！妈！妈！妈！

道生：不要着慌，料理后事要紧。

射影含沙，鬼蜮之弄人，亦云甚矣。

陈氏：为什么鬼头鬼脑的？

小梅自母死后，孤苦无依，唯有任人宰割，草草了事的解决人生惟一问题。

道生：现在社会太坏了，不如研究我的植物，倒有一种天然乐趣呢。

小梅：照你这样说，将来农林大王的位置，要给你占据了。

陈氏：事情不去做整天和男人厮混，有这种规矩吗！

敏斋：新小姐，请你替我缝个钮子好吗？

陈氏：不要脸的东西！你同叔公鬼混些什么？

敏斋：不……我请她缝个钮子。

陈氏：满嘴唇的胡子，还要干这下作的行为。

陈氏：这些东西，是不是你买的？

道生：我……我……没有买。

陈氏：好不要脸下贱败坏门风的东西！

道生：妈不要过于生气，嚷出去怪难听的。

道生：这东西究竟哪里来的，不妨说给我听。

小梅：我想一定是妈有意捉弄我的。

道生：妈为什么捉弄你呢，我看不至于吧。

小梅：怎么你也疑我有不端吗？

道生：妈又为了什么事呢？

陈氏：为什么事去问你那贱东西去！

道生：妈不要哭，待儿去责备她。

陈氏：哼！不听老婆的话已经算好了，还敢责备她呢！

道生：你怎么又惹妈生气呢？

小梅：我怎敢惹她生气，无非是讨厌我罢了。

道生：妈要气坏了，快些去赔个罪吧。

小梅：今天的罪，是赔不中了，该你硬着背跪一辈子吧。

陈氏：你来做什么？替我滚出去！

道生：妈不要生气，我叫她赔个罪，饶了她初次罢。

陈氏：触眼睛的东西，滚出去！

含冤莫诉的小梅，竟被黑暗家庭摈弃。

道生：你到上海，好好儿住在姨妈家里。

小梅：你只管放心，我不会错的。

小梅：这块手巾，你留着做个纪念。我誓同此巾洁白无瑕就是了。

道生：话长得很，一时也说不完，一切你自己珍重吧。

上海社会中无聊人之生活。

孙氏，小梅姨母。（王谢燕）

福森：小丫头怎么还不包出去？

孙氏：现在的一班人们都不欢喜小脚色了。

福森：那么你这副手镯先拿下来派用度。

孙氏：你不要吃转了，老实对你说，就剩这副手镯撑撑场面啦。

勾栏中必经之阶级。

小梅：姨妈！

孙氏：这就是姨夫。

孙氏：我们到里面谈罢。

孙氏：当时你母亲去世的时候，我正在生病，否则早已同你出来了。

小梅：姨妈待我们好，妈临死还说过呢。

孙氏：听说你已经过门康家，怎么今番你一个人出来？

小梅：咳！婆婆待我刻……

社会上敛财最易者，莫若神女生涯。孙氏夫妇为金钱所驱使，竟视小梅为禁脔，不惜工本，百端挑络，以图厚利。甚矣道德人心！甚矣金钱魔力！

孙氏：当手镯的钱，就买几件东西，想法子叫她快些做生意。叫化子等不及粥冷，这事不要你管，我自有办法。

虚荣本妇女所好，孙氏一再诱之，以一未经世道之小梅安得不堕其术中哉。

孙氏：阿媛，姨夫做给你的衣裳，你拣着穿罢。

小梅：姨妈不必浪费，我的衣裳，还可以将就呢。

孙氏：不！我想和你坐汽车到外面去逛逛，乡下衣服穿着怪难看的。

小梅：出去闲逛，不妨走走，何苦又糟蹋钱叫汽车呢！

孙氏：不打紧，汽车行你姨夫也有股子的。

孙氏：说妥了，快去叫部车子来。

福森：车子等在弄口，快去罢。

孙氏：这就是大世界。

孙氏：我们夜里来玩罢。

小梅：上海果然好玩，若是常住在这里，真是和神仙一般。

孙氏：阿囡，上海地方，只有年轻的女子，做人最便宜。

小梅：怎么呢？

孙氏：你不晓得吗？上海是一个极大的保险箱，一班军政财阀刮地皮卖国权弄着钱就溜到上海租界上做安乐窝，除了堂子里的人骗得到他们几个造孽钱之外，其余是一毛不拔的。

小梅：照这样说来，堂子里的人，便宜得多了。

孙氏：像你这样身材容貌，若肯出来交际交际，出风头是容易极了。

近朱者赤，近墨者黑。况孙氏之循循善诱，其不堕落者几稀。

春花谋继小梅衣钵，百端修饰，以冀小主人之垂青。丑人之多作怪信矣。

春花：少爷不要缠错，我来是好意啊！

道生：什么好意歹意，你不怕难为情吗？

春花：不要呱喇呱喇，我告诉你听呀！

春花：不相信我同你去看。

春花：像你这样闹出事来，被人家晓得了，不怕丢人吗？

翌晨。

春花：少爷没处找，桌上有封信，在这里。

陈氏：信里写些什么？

敏斋：没说什么，他说到外边去玩几天就回来的。

陈氏：哼！据我看找老婆去了，这种笨虫随他去。就是回来，也不许他进门。

道生：喂！这里有个姓孙的阿姨吗？

福森：什么阿姨不阿姨，怎么你问姓把门乱踢，难道你嘴生在脚上的吗？

事到无可如何，惟有向天默祷。

乐极生悲，天演公例，斯人斯疾，其得也宜。

一个营业萧条愁眉不展的女管家。（吴太太）

垫款阿姐老六。（江宝君）

以火炕为乐土小阿囡。（胡慧英）

管家：人相好吗？

孙氏：身段面相，倒不错，不过有些乡气，呆头呆脑的。

管家：佛要金装，人要衣装，踏进了堂子，黄毛丫头都会变活西施的。

孙氏：那么我明天带她来看吧。

孙氏：待我叫她进来。

孙氏：可对径吗？

管家：人倒摆得出，不过是生东瓜，顶好来充充场练练曲子，改日来吧。

时也来运也来，斗大元宝跟进来。

管家：客人都来咧，你们俩还在这儿鬼混，快些走罢。

陈晋：前天托你的事，可曾同她姨妈说过？

管家：说是说的，她说还要做两节呢。

陈晋：这事全仗你帮忙，我完全托付你了。

老六：不要性急，来多做几打花头，包你总可以成功。

陈晋：这对钻圈，权作媒敬，事成之后，再重重的谢你。

管家：我们到下边去谈吧。

小阿媛：阿姐来打扑克。

灯红酒绿，玉软香温，姹紫嫣红，翩然戾止。

裘马王孙多笑语，环肥燕瘦玉堂春。

国斌：咦！你来了吗？

小梅：好，你昨天玩得有味，就不到我这儿来咧。

国斌：今晚和你到安乐宫去玩好吗？

小梅：今天什么风吹到你老肯同我去玩，那么我还得去换件衣服呢。

国斌：对面房间那户客人做花头。

小梅：就是杨大块头和一帮胡调朋友。

小梅：我还得去敷衍一会就来。

国斌：若是嫌这胡子讨厌，我就马上光复他好吗？

小梅：大人的威风，全靠这几根小胡子好玩。

国斌：那么我就凭你玩吧！

国斌：喔唷喔唷。

管家：阿媛堂差王何陈。

小阿媛：晓得了，我们就来咧。

楚湘：好容易咱大人看得起，这是你的造化，我看你还是收了那张支票再说吧。

孙氏：大人美意，我未尝不明白，但是这张支票，还不够敷衍姑娘的欠债身价一层，凭大人赏赐吧。

少卿：你别推三阻四，我们是帮你的忙，挑你发财。别当我们经手这笔肥买卖，你就搭起架子来了。

孙氏：哼！唐老爷什么话，顶好你俩老光顾我们一辈子才好呢！怎敢在你前说假话。

管家：阿媛，王大人这件事你不答应，岂不是叫我们为难吗？

金钱问题的龟头会议。

孙氏：冒失鬼有话到里面去讲，用不着在这里怪声叫喊。

福森：既然陈、王两户争娶阿囡，是再好没有的机会，为何看着饭不去吃来挨饿呢！

孙氏：急煞鬼有时髦姑娘，落得板板俏价，况且也得探探阿囡的意思。

管家：这话很不差，不过现在时局不定，这班大人老爷们都是随波随浪，我看还是嫁陈爷呢。

孙氏：只要尺寸够得上，管他张三李四，既然性急，只好和阿囡商量商量，三天给你回信吧。

管家：阿囡吃堂子饭，不过寻寻户头。有了好客人，还是早些嫁做太太奶奶，多么舒服。

老二：况且这位陈爷有的是钱，又没有癖气，倘使看中了我，老实不客气，早跟他享福去了。

小梅：我到堂子里来，因为要见识见识社会上的形形色色，现在脚跟还没有站热，怎好就嫁人呢！

管家：你倘使舍不得堂子里，那末嫁后再好出来，这回总算你挑我们赚些钱吧。

老二：堂子里的人，嫁得我数愈多愈红，像我已经嫁过三次了，据我看落得去滚几万花头。

小梅：那么我滚的法子都不知道，请你教我学会了，才滚得来呢。

楚湘：前天讲好五万块身价，今天大人带来了，可是姑娘要随车同去的。

孙氏：呀！这是我姑母且说着玩的，还没有和阿囡商量。你这张支票，且慢给我吧。

少卿：我们大人马上就要晋京，不是慢慢儿和你闹得玩的。

孙氏：出嫁要姑娘自己情愿，我又不能做代表的。

孙氏：倘使大人就要……要她的话……还得……还得……

小梅：你们围作一团，讲些什么？

孙氏：你别管闲事，快进去陪大人吧。

国斌：还债不还债，何不早说，你们岂不是敲竹杠吗！

管家：汪老爷你去劝劝大人，别发脾气啦。

楚湘：我早同你们说过，武家伙不好弄的，你们偏偏要这样。

福森：啥事情究竟怎样了？

孙氏：别性急，给你看阿囡写的条件，叫你就去登报。

福森：噜噜嗦嗦，看钱份上就替咱走一趟吧。

卖艺者：眼睛一霎，老婆鸡变鸭。

道生：你的种植法倒快呀，肯教我吗？

一个自命不凡的植物家，竟拜倒于江湖卖艺者。

卖艺者：你们学仙人种瓜的秘诀，先要练这两套东西。

卖艺者：好好儿练，练好了再吃饭。

小店主正屠门大嚼，洋油灯也垂涎光顾。

店伙：咦！洋油灯洋油灯！

小店主：哪个混帐忘八羔子抛的镖？

店伙：走去打他这王八娘养的。

闲情逸致的康道生，能在喧嚷中而大研究其霉菌组织，此正植物家迥异常人处。

卖艺者：喂！朋友进庙门，也得问问菩萨，怎么招呼都不打一个，就动手打人，你懂得道理吗？

小店主：他打翻了洋灯，还是小事，连一桌没有动筷的鲜鱼大肉，弄得都是洋油不能吃了。

小梅：今天跑马，还请诸位格外小心才是。因为诸位都不善于骑马的，第一有什么危险，我可担不起这个责任啊！

小梅：现在挥旗为号，预备跑啦。

孙氏：你瞧跑头马的好像杨大块头。

孙氏：头马快到了，你拿去替他披披红落得从中赚些外快。

福森：喂老枪弄着了，大家哈富哈富。

小阿媛：下来吧，下来吧。

孙氏：咦！是谁？我们客人当中没见过这样的人。

福森：屈死猪猡，到处都碰得着你这赤老。

孙氏：不识事务的东西，还吵些什么！

龟奴：咳！运道不好，处处碰着赤老，房钱米钱欠债，全靠今朝排头，那末拆空老寿星。

小梅：他是我结发丈夫康道生。我前因遭家庭的变故方不得已，才落籍平康。今幸天鉴苦衷，使我们夫妻团聚；但也是诸位促成的。至于诸位一向的盛情，自当终身铭感。

狎客：你们倒夫妻相会，我们可大触霉头。

小梅：现在我们应当谢诸位促成的盛意。

可怜的闺女

出品　明星影片公司，1925 年
编剧　包天笑
字幕　郑正秋
导演　张石川
摄影　董克毅
置景　董天涯
绘图　马徐维邦
演员　王吉亭　宣景琳　王献斋　张织云　黄筠贞　朱秀英　宋忏红　马徐维邦
赵慰三　文　梅　严仲英　朱　飞　黄君甫　陈乐瑞　赵　琛

《可怜的闺女》电影由包天笑编剧。其电影本事为宋痴萍撰写，字幕为郑正秋所作，原载《明星特刊》第 6 期（可怜的闺女号，1925 年 11 月 12 日）。心冷《中国影片新评：（卅四）〈可怜的闺女〉》（《国闻周报》第 2 卷第 44 期，1925 年 11 月 15 日）亦收录该片本事。

本　　事〔1〕

痴萍

群囚方就广衢引重填石，得间絮语，互述其生平，若不胜惋惜者。一青年之囚，作而言曰：“谈个人之经历而不感枯燥者，其惟我汪小莲之往事乎。虽然，胜会无常，华年易逝，言之丑矣，悔何及哉！”

汪小莲幼无庭训，长好冶游。纠其党人，时入剧场餐馆以弋致妇女，败其节，劫其资，世所痛恶之拆白党也。众奉黄大桂为魁。汪行六，尤狡黠多智，尝诱杨姓女七姑。七姑坐是见绝于家庭，汪招与同居而情无专属。七姑不得已，随波逐流以自度其浪漫之生活。汪则任其自谋，且向索资供挥霍焉。一日，汪于剧场解后粲者，珠钻照眼，识为富家弱息，亟诏其党，驾汽车俟于门次。剧散，驰驱踪迹之，识其门巷而去。粲者沈姓，字慧英，富人沈玉山之女也。

次日，汪驱车止于沈氏后楼之下，使其党向途人寻衅而致斗殴。沈之眷属，方就后楼作方城戏，闻声倚窗而观。慧英与焉，见汪若甚讶异。汪见女，叱其党，温语慰途人，且频以目盼女。女既退，汪犹逡巡弗去。女频来窗口，睹江状，益异之。久之雷雨大作，汪衣履尽湿，痴立如故。女大不忍，密作蝇头字，团而掷之。汪得字大喜，

〔1〕 原为句读。

悠然而逝。噫！一念之仁，实为他日身败名裂之因，夫岂慧英始料所及哉！

汪自喜大功将成，越日，趋门外俟之。女果出，登车。江密予一纸，约就某公司屋顶相见。既见，盛诩其家世，谓己实某大学学生，且邀女同餐。女堕其玄中，以为果有志青年也，允于次日践同餐之约。自是女之清白被污，而汪之恶孽，又进一层矣。

七姑知汪别有佳遇，向之索资。汪设辞缓之，而自就旅馆与女幽会。情语喁喁之际，大桂突至，与汪絮絮谈商业，皆饰辞也。大桂去，汪藉口筹款将行，女尼止之，许为代筹。黎明送女归，果自楼窗掷钞币千金，汪拾而返。众议瓜剖，大桂不可，曰："必还之女，以坚其信，则他日所获，自有大于此者。"

女幼字秦氏，亦望族，至是以婚期来告。女得耗大惊，亟商之汪。汪知事急，以虚辞慰女，而诱其金。女坦然以三千金畀之，且益以钻饰之属。是时七姑翩然入室，汪以目示意，乃强忍而去。女询为谁，汪诿称为友之未婚妻，奸谋幸未露也。

某报思发拆白党之覆，虽知汪与沈女事，苦无证据，因遣访员携快镜至旅馆，伏于隔室。汪来，女启户迎之，一刹那间，镁光明而照相成矣。汪出不意，往集其众，图劫还相片。访员尤机警，众未至，其一已携相片行，一留于室。众至无所得，则胁使作书索之报馆。书中措辞有特异处，馆中人觉之，报探捕而往。众知不可抗，逡巡自散。次日，拆白党之罪恶史，乃并此相片赫然见于报端。

秦氏见报，遣媒来毁婚。玉山大怒，欲死其女。其妻不忍，纵女私遁。女出，访汪于逆旅，不值。再访之于某大学，则学籍并无是人。女大恸，暂依戚家，历半年不得汪耗。一日遇诸途，汪不能脱。虑途人属耳目，则邀女入旅舍。七姑适经其地，讶二人之仍合也，踵其后窥之。女入室，流涕举别后事告汪。汪意不属，谎称有要事须勾当，一小时即至。女不得已纵之行。移时，馆役告女，汪以电话来，事集不复践约，因索旅资。女大失望，且囊资不充，无以偿，窘极。姑命馆役退，独坐筹思，百感纷集。辗转达六小时，汪卒无耗，女之芳心已碎。而馆役复狺狺向人，女不觉附膺长恸。七姑居隔室，徘徊窗外，得其隐，闯然而入，揭汪生平以告女。女知受绐，跃栏图尽，七姑亟止之。为偿旅资，殷勤劝之归。女谢曰："感君指引。"行且入某庵，藉蒲团经卷以忏宿孽耳。

七姑既拯女，欣然而归。室中一少年方枯坐以待，见七姑，怼其迟。七姑举手中报纸示之，且告之故。少年泪眦莹然曰："负吾妇矣。吾固彼未婚夫秦敬亭，闻彼失足，因来沪侦狡童之迹，不意乃于剧场中遇汝。聆汝言，于吾妇乎何尤！"遂偕七姑赴某庵。女已先在，且定入关虔修之约。敬亭大恚，破关掖妇出，惨然曰："吾恕汝矣。"汪怙恶不悛，又入剧场，诱某宦之妾。妾泄其谋，汪与其党七人皆被逮。汪及大桂，科罪尤重，日就广衢充苦工。一日，敬亭夫妇偕七姑同车过市，适为汪见，不禁望尘零涕曰："言之丑矣，悔何及哉！"

字　幕〔1〕

正秋

小莲：早知今日，何必当初；从前造孽太多，眼前懊悔不及！我是……

汪小莲，一拆白少年也；所交非人，为其堕落之大原因。（王吉亭）

杨七姑，小莲之恋人。失足容易回头难，已经堕落，乃无术以自拔。（宣景琳）

七姑：我同你的行为，外人一天知道得深一天了。我们还是弃邪归正，离开此地罢。

小莲：知道的知道，不知道的，还是不知道——我们做什么勾当的，你担什么忧呢？

七姑：你这样滥用，叫我哪里来得及去寻瘟生哩。

小莲：你放心，等我弄到了好户头，加倍奉还就是了。

黄大桂教青年子弟狎邪，败良家妇女名节，拆白之首领，人间地狱之活无常也。（王献斋）

旅馆本系利便客商者，今每供拆白党据为大本营；馆主人果利市三倍矣，其如社会风化何！

老大：老六，今天乐舞台有好戏，应该去上上生意。

小莲：哼！这种行头，在今天这种日子，还可以摆得出去吗！

大桂：好的行头有，只要拿票子去换哟。

大桂：大约贴二十块钱够了，老六，你拿二十块钱出来。

沈慧英大家闺女，罔知世故人情，不幸身处上海之繁华场所，致不免于失足。（张织云）

沈李氏，慧英母也。（黄筠贞）

陈沈氏，慧英之姑母。（朱秀英）

小莲：你替我想法子，在末厢里找一个座位。

小莲：老八赶快去开部汽车来，等在外面。

大姐：七小姐，电话打着了——六少说，今夜没有空，不来了。

第二天。

沈玉山，慧英之父，一旧式之富商也。（宋忏红）

七姑：你要就一去不来，一来就问我要钱。

慧英：妈，我想出去买一点东西。

李氏：那末叫汽车开你去。

小莲：前晚一见女士，就想趋前谈谈，可惜屡次没有机会。今天承蒙惠临，真是

〔1〕 原说明字幕前有■标记，对话者有括号。现统一略去，将说明以不同字体区别之；并在对话者后加冒号。

一生最有幸福的一个纪念。

慧英：你说的话，何必这样客气呢——还没有请教贵姓？

小莲：家父在北京财政部有差使，家母也住在北京。

慧英：你在学堂里，怎么常常可以出来的呢？

小莲：大学里的学生，教习不来拘束的，所以我们很自由。

慧英：昨天那样大的雨，你只管冒雨不走，我真为你急煞。

小莲：我因为想望女士的心很热，倒不觉得雨水的冷了。

小莲：此地不能畅谈，我想请女士一同去吃饭。

慧英：今天我推托出来买东西的，明天再出来同你去吃饭罢。

数日后。

七姑：今天什么风吹你来的，你又糟蹋一个好人家的闺女，这种孽要作到几时呢！

小莲：咦！你算吃醋吗？还是怎样？

拆白党人之媚术，无所不用其极；未经世故之闺女，因入迷途而失足。

慧英：我到赵家妹妹家里吃寿酒，要是夜深，我想不回来了。

茶房：汪先生有客来会您。

小莲：啊呀！怎么到此地来的呢——回报他说不在此地。

大桂：啊！小莲兄，我寻得你好苦啊。

大桂：幸亏我有个朋友，刚才看见你进来的，不然，无论如何也寻不着你哟。

小莲：什么事情，你这样着急的，要寻我呢？

大桂：我替你做的廿秤金子，明天一定要介一千块钱，不然面子有关，以后就没有信用了。

小莲：这个时候，叫我哪里去拿，你替我垫一垫罢。

大桂：明天我自己要介三千多块钱出去，实在垫不出，不然我也不来寻你了。

小莲：那末，只好我自己想法子去，明早一准送到就是。

小莲：对不起，今夜不能奉陪了——我要到一个亲戚家去干一件事。

小莲：不瞒你说，我一方面求学，一方面也做些生意。现在为一票金子，明早要一千块钱，不得不去想法子。

慧英：这一点数目，何必还要去寻亲戚呢？明早我拿一千块钱给你就是了。

小莲：唉！这是难为情的，我怎么可以借你的钱呢？

慧英：这有什么要紧，你到亲戚家去借，才难为情哩。

夏立民乃《上海画报》之总主笔，嫉恶如仇，不畏强御，颇能口诛笔伐，维持风化。（马徐维邦）

访员：现在这般拆白，越闹越厉害，甚至于敢引诱良家妇女，到旅馆里去了。

主笔：只有探得他们的证据，无所顾忌的，宣布他们罪状。

老七：好了！大家可以换换新行头了。

大桂：慢来，这一千块钱还不能动。

大桂：拿去换一千别家银行的钞票，完全去还她，让她相信了，下回才可以弄大数目。

老七：像你待老六这样好，他还要出去做这种事。我要有你这样好的人，那就再也不会去胡调了。

七姑：哼！我想你们这般男子，都不是好人。

小莲：谢谢你，我北京的钱，汇得来了，还你一千块钱。

小莲：这一些东西送给你，聊表我的心意。

慧英早经许与浙绅秦氏，今乾宅已选定吉日，迎娶有期矣。

沈玉山：日子是过得很快的，女儿的嫁妆，应当赶快预备好才是。

沈李氏：嫁妆是早已预备好了，只要添办些零碎东西就完全了。

陈沈氏：啊！恭喜你！男家喜期已经选定，那总要吃你的喜酒了。

万恶之拆白，破坏闺中少女之贞操，抑且骗取其多金。

大桂：有钱赶快再弄，没有现货，首饰也是好的。

小莲：这个自然，今天她答应拿三千块钱来的。

小莲：吓！你这只钻戒，翻头真好极了。

小莲：你能借给我戴几天吗？我也想照样去买一个。

小莲：啊！你来找伯涛兄吗？他好几天没有见了。

小莲：我要是看见他，叫他来看你就是了。

慧英：她是谁呀？

小莲：她就是我同学曹伯涛的未婚妻哟。

小莲：坏了！坏了！有人在对面房间偷拍我们的照，大家快去动他的手。

小莲：咦！怎么只有一个人了，拍的照片呢？

小莲：你为什么要拍我们的照，你是谁？

记者：我们是《上海画报》，因为你们的照片，很有些价值，所以要拍。

老七：《上海画报》最不是东西，专门同我们作对。

大桂：你赶快把照片拿回来，不然就对你不起。

记者：好！让我马上去拿回来。

老七：哼！你想溜吗？

大桂：你快赶写个条子去拿来，不然叫你试试我们的手段。

老四：我是旅馆里的伙计，客人叫我来拿照片的。

主笔：你回去好了，我马上派人送来。

主笔：你们赶快到旅馆里去等，侦探马上就要来了。

侦探：怎么，你们这般小鬼在这里造反吗！

大桂：啊！他们只为一点儿小事，没有什么大不了，我本来在这里叫他们走了。

杨七姑因小莲既不见面，又不还款，于是乎来访。

七姑：你总说弄到钱，就还我。现在弄到了钱，反而连人都不见面了。

小莲：你还要来缠不清楚——这两天输掉好几千咧，还有什么钱还你。

七姑：你有了钱不来还我，情愿去输掉，倒还要说我缠不清楚。

小莲：不还末怎么样——你要逼死我吗？

七姑：你这样的对付我，还有一点良心吗？

小莲：哼！我是没有良心。你有良心，你也不见得发财呀？

大桂：好了！好了！是小莲不好，你先回去，我叫他来还你就是了。

慧英与小莲在旅馆被摄之照相，竟揭诸报端矣。其乾宅见之，即据此以退婚焉。

秦叔和，一富绅也，即慧英所字之阿翁。（赵慰三）

秦周氏，乃叔和之妻。（文梅）

魏子硕为慧英作伐者。（严仲英）

叔和：该死！该死！你怎么替我们做这样一个媒，非退掉不可！

子硕：我做媒的时候，确是很好的一个小姐——这当中不要是弄错了罢？

叔和：什么话！姓名同照片都是她，还会错吗？你可以把你当初拿来的照片，对一对哟！

子硕：唉！这位小姐会变坏，真是梦想不到的事——不过面子有关，要从长计议才好。

叔和：没有什么话讲——无论如何，不能要这种败门风的人，来做我家的媳妇！

子硕：叔翁不必动怒，我总遵命去办就是。

沈玉山为媒妁来退婚，忿怒至于不克自持。

女佣：老爷，小姐出去还没有回来。

玉山：你养得这样好的女儿，拿我的老面皮，都刮尽了，叫我怎样再去见人哟！

大桂：给他这么一登，倒是把我们的一条财路斩断了。

小莲：这倒是件好事，她手里的钱，本来也完了。

玉山：该死的贱东西！你赶快替我去死！

玉山：谁要你跪，我不是你的老子！

玉山：我把人交给你，快叫她死——她要不死，你就替她去死！

沈李氏：唉！你闯这么大的祸，连你娘都不能做人了。

沈李氏：我养到你这么长大，哪里忍心看你死呢？

沈李氏：我也没有别的法子，再包庇你——只有放你走了罢。

陈沈氏：我看还是不给她爸爸知道，到陶家伯母那里去住一时吧。

慧英虽经家庭大创，然自以为犹有真情真义之恋人在，终身犹可恃也。可怜之闺女，毋乃梦梦！

茶房：汪先生好几天不来了。

静修庵住持，闻施主沈氏之变，特来劝慰。

玉山：你究竟把她藏到哪里去了？

玉山：你再不把她交出来，我就要你的命！

住持：老爷不要生气，好生之德，阿弥陀佛。

慧英：我要见在这里读书的汪小莲。

门房：这里的学生，没有汪小莲的。

狼心狗肺之拆白，又在快乐逍遥，寻欢猎艳矣；殊不知被害之痴女子，犹在遍觅情人也。

慧英：姑母，我妈可好吗？

陈沈氏：唉！你妈一天到晚在那里哭——你爸爸还是逼着她，要你这个人。

陶氏：她本来已经很伤心了，你再跟她一说，不是更叫她伤心吗。

小裁缝：七小姐，你自己不算，单单汪小莲身上已经要三百多了，总要付一点给我才好。

七姑：小裁缝，我今天一定再去找他——要是他真不还，我就是当掉东西也要来付你的。

秦敬亭乃一初来上海之富少年。（朱飞）

七姑：谢谢你。

敬亭：不必客气！请教贵姓？

七姑：敝姓杨——尊姓呢？

案目常福，即戏院中之接客，为三百六十行外，一种特殊之营业。（黄君甫）

数月后。

慧英：哎！小莲！

慧英：啊！我找你好久，而且到学校里去，也找不到你。

小莲：我学校哩，并不用这个名字，所以你找不到了。

七姑今已知小莲终非己偶，惟见此薄幸郎犹与慧英相偕，乃不胜其疑异，不得不于邻室一探焉。

慧英：我为这一张报，登了我们俩的事，被男家来退婚——我父亲为此把我赶出来了。

小莲：我早已看见过了。

慧英：我现在虽然无家可归，但是还有你可靠哩，所以我只好忍辱不死了。

小莲：这件事是要有父母准许的，我自己不能做主。

慧英：啊呀！从前不是你一向说可以自由的吗？现在怎么又说要父母之命了。

小莲：这种大事，总要告诉老人家之后，再做才合道理。

慧英：你为什么一刻不停的要看时表呀？

小莲：我实在还有一件非常要紧的事情，要去干哩。

慧英：我们这许多日子没有会面，难道还有比这里更要紧的事情吗？

小莲：这里的事，果然要紧——不过那边是一桩关系银钱的事，所以更加要紧。

小莲：我去一点钟就回来，你在这里等我好了。

慧英：那末你准去一点钟就回来。

茶房：汪先生有电话来关照说不来了。

慧英：呀！你说什么？

茶房：他说不来了。

慧英：电话在哪里，我要同他说话。

茶房：电话已经摇断了。

慧英：他在哪里打过来的？

茶房：倒没有说呀。

茶房：不过他说这里的房钱要你付的。

慧英：要多少钱呀？

茶房：大账是五元，小账随你给。

慧英：他总要来的，等他来了，给你就是。

茶房：他说是不来了末？

慧英：他要是真不来，我再给你好了。

茶房：这里的规矩，没有行李，要先付房钱的。汪先生一定不来了，请你付了吧。

慧英：你再等一会儿，我付给你好了。

此情此景，适为相与同病者目击，能无伤心耶！

慧英：啊呀！你怎么进来的？

七姑：我在这里，看着你有七个钟点了。

七姑：你已经上了很大的当了！你所遇见的，就是败坏人家名节，拆散人家骨肉的拆白党啊！

七姑：以前的我，就是现在的你，不过我的家庭不如你，所以一上当就做了一个堕落的人了。

七姑：像你这样的身份，万万不能跟我一样堕落的。你还是不要痴心妄想等他，赶快回家去吧。

七姑：唉！你何苦要走绝路呢？

七姑：一个人死，也要死得值得。这样的一死，你的冤枉反而没有人知道了——还是赶快回头，总有法子想的，千万不要再寻短见。

慧英：承蒙你救我，我很感激——但是我已经是一个不能回家的人了，虽然不死，也只好去出家为尼，了我残生了。

七姑：出家也不是容易的事，像你这样青春年少的姑娘，到哪里去出家呢？

慧英：西乡静修庵，常有青年去修行的，同我家很相熟，我只好到那里去了。

七姑：你去好了，这里的房钱，我会替你付的。

敬亭：你怎么约了我会失信——我等你有四个钟头了。

七姑：对不起，我不是有意失你约，我在那里救了一个可怜女子的性命。

七姑：她是很有名的富人家小姐，因为上了拆白党的当，被男家退婚，被老子赶出来的。

七姑：她当拆白是真心人，所以今天在路上碰见了，才同他到华洋饭店去的。

七姑：我因为……从前有一点关系，所以也跟进去偷听的。

七姑：女的倒是一片真情对待他，男的却是始终欺骗她，掉上一个枪花，一去不来了。

七姑：我偷看她七个钟头，见她悲伤得肝肠寸寸断了；所以我实在忍不住，只好进去告诉她受骗了。

七姑：她听了，心痛得像发狂一样，懊自己失足，气起来就自杀了。

敬亭：有死没有死？

七姑：没有，我当时苦苦的劝解，她总算忍痛不死了——但是已经无家可归，所以决意到西乡静修庵里出家去了。

七姑：咦！你为什么伤心？

敬亭：你可知道，你救的是谁？

敬亭：你救的就是我未婚妻呀！

敬亭：我有心再告诉你罢。我父亲因为看见这报张，才叫媒人去退婚的。我从学校里回家，我妈就告诉我……

秦周氏：你也不必难受，你爸爸已经说过，再好好的替你定一家亲就是了。

敬亭：父母做的主，我决没有什么难受。不过我想到上海去，看看究竟那般拆白，有什么本领，能够诱惑良家闺女呢。

秦周氏：啊！你这样年轻，怎么可以一个人到上海去呢？

敬亭：妈只管放心，我有许多同学在上海，我去决不会有什么为难的。

敬亭：我虽到了上海，同学当中没有一个认得拆白的，叫我到哪里去寻呢——后来在戏馆里就遇到了你。

敬亭：万想不到，今天你所救的，就是我的未婚妻。

敬亭：听你的话，我非但不能怪她，而且我很可怜她。我现在要求你，可能够陪我到西乡庵里去找她吗？

七姑：此刻这样夜深了，怎么去呢？明天我准陪你去好了。

住持：我也知道你实在不能再回家了——不过坐关是要坐三年工夫哩，你要自己打定主意才好。

慧英：我是已经一失足成千古恨的人了，不要说坐三年，就是三十年，也不会有贰心的。

带发修行者坐关，例须延高僧说法。

七姑：啊呀！你怎么已经坐了关呢？

七姑：你的丈夫来看你了。

七姑：你们哪一位是当家？

住持：阿弥陀佛，就是我。

七姑：你怎么可以给她坐关？她是有丈夫的。

住持：好小姐不能怪我，我算得劝的了——她一定要坐，我也没有法子呀。

敬亭：你不要多说，快替我开就是了。

住持：啊呀！菩萨！菩萨！关是不能开的呀。

吴三姨太太，亦人间之尤物也。（陈乐瑞）

吴世杰，军阀派中之佼佼者。（赵琛）

世杰：这种戏没有意思，我先走了，你们等散戏后回来好了。

世杰：来！替我把这般小子都拿下！

敬亭：爸爸，妈妈，她实在是上了恶人的当，境遇真是可怜——求您老人家，格外宽容了吧。

周氏：儿子既然有这样好心，我们就成全了他们吧。

七姑：老爷，太太，肯这样原谅她，真是宽宏大量。

住持：阿弥陀佛，功德无量。

万恶之拆白，终难逃乎法网。

如此结合之夫妇，其相爱之超越乎寻常也必矣。

敬亭：七姑明天要回去了，我想送她二十两银子。

慧英：你能够多送她一千两，那是我非常之感激你哩。

慧英：姐姐，明天你动身，我们要送你去，我也好去看看爹娘——他已经预备了三千两银子送给姐姐，表我们一点敬意。

七姑：我本来不能受你们这许多钱的——不过与其去堕落拿人家买笑的钱，我还是受领你们的情意，回去过安分守己的生活吧。

翠艳亲王

出品　未摄，1925 年
编剧　田　汉

《翠艳亲王》电影本事由田汉根据自己先前四幕话剧《环峨嶙与蔷薇》(《少年中国》2 卷 5～6 期，1920 年）改编，原载《醒狮》第 58～59 期（《南国特刊》，1925 年 11 月 14 日、21 日)；后收录于《田汉全集》第 10 卷（花山文艺出版社，2000 年)。两个版本文字略有差异。为保存历史原貌计，本篇选自前者。

本　　事

田汉

新少年影片公司的唐琳君，甚倾倒我五六年前在《少年中国》上发表过的《环峨嶙与蔷薇》，要把它演成电影。写信来问我的意见。我因为那个脚本的作意与手法都异常幼稚，情调又过于伤感，不主张演。乃就旧有主人公改成现在这个脚本。五六年前在北京新世界的柳翠，现在到上海大世界来了，居然封了“翠艳亲王”了，而且演出这样的活剧来了。这固然是柳翠的进步，也算是她的创造者的进步。今天发表的是这戏的本事，因为要它简单，用了文言。读者请当影戏馆的说明书看，不要当小说看。

秦信芳者，一青年音乐家也。于乐无所不窥，尤精弦索，以童时随其父居京津，校课余暇，辄好为之也。尝读书东京，以丧偶归国，郁居故里，不能自聊。以友人之劝，思一游巴黎，借以遣其愁怀，并精研西乐，因整装来沪待船。其至友叶庭波在沪上某银行任事，居法租界某里，信芳因舍焉。庭波夫妇皆甚同情信芳，多方求所以慰其寂寞者。邀之作种种娱乐，皆未足以解信芳忧。偶与游大世界，听鼓娘柳翠之京韵大鼓而喜之。盖柳翠寂寞悲忱之声容，适与信芳之心弦共鸣也。信芳激赏柳翠之歌，而于其琴师殊不满，谓其所奏不足以和之，反足以累之也。一日者信芳又以庭波邀听柳翠大鼓。至则柳翠乞假，信芳意其病，殊念虑，偕庭波访之其家，乃知柳翠固不病，而其琴师病。庭波戏以信芳荐，信芳亦力任，试之则贤于前日之琴师万倍。庭波怂恿柳翠当晚即销假。因偕往，相继登台，则柳翠慷慨之歌，佐以信芳凄切之弦，壁垒旌旗，焕然变色。观者听者，皆大叹赏，后此再令前日之琴师奏之，柳翠几不能成歌，彼女心中似亦感不满，前此特未觉耳。信芳因时时为之代，乐而忘倦。

当时大世界鼓娘中同时有盛誉者，一为柳翠，一为黄金凤。一以苍凉抑郁胜，一以婉丽柔媚胜。捧之者，各为社。捧翠者名鹂鸣社，林筱斋为之主；捧金凤者名朝阳社，张甲三为之主。林一老名士，尝为某省督军之秘书；张则上海之阔少也。女伶与鼓娘旧有为之封王者，两社诸观客亦欲封柳为翠艳亲王，封黄为金艳亲王，议以某夜同时披露。会某省政变，督军李幹堂携其随员避居沪寓，以形势颇非，死灰不易复燃，因日以酒色为乐。林尝为其秘书，过从甚密。偶邀之作大世界游，并介绍其所捧者，李亦激赏。柳翠平时于观客叫好，初不置意，悲寂之颜，未曾稍解。信芳以此善之，以此乐为之操弦。乃自见李某，常有所酬答，信芳殊不谓然。偶规之，翠微笑答曰："我尚未与先生有婚约，似可不必相妒，且我系有重大责任之人，此时不愿舍弃其自由，先生谅之，异日必能知我之心也。"信芳无如何。

柳翠系一孤女，初时偕母居沪上，后其母亦弃此可怜之女以去，家中尚剩一儿时相伴之奶妈，形影相依，不啻以主仆而兼母女也。柳翠所居近旁有一广场，境地清幽，富于花木，柳翠平居除赴大世界奏艺外，常爱于午后暇时与吴妈散步于此。

一日，距所谓封王大典之期近矣，柳翠同时得两缄：一自林筱斋，告以当夜有伟大之后援，典礼之后并于一品香张祝宴，务当盛装临席；另一缄则为匿名恐吓信，谓当晚如欲到大世界受封，当速以三千元交某处，否则当取非常手段。柳翠以示信芳，信芳劝伊当日以不去为好，以为忠于艺者，此种无谓之浮名初不必贪，且与黄金凤竞，胜之不足为荣也。但柳翠则以为必照常奏技，且必须赴宴，谓良机不可失。信芳心虽鄙之，而以爱之笃，于其安危殊系念也。信芳之至上海，本为赴法，以一时无船，故盘桓至两月之久。会法邮船"包尔都斯"抵沪，将某日开，即柳翠等封王之翌日也。其友叶庭波所服务之银行有旅行部，叶已先期托该部将一切手续办妥。适有同乡某女士亦将渡法，并拟托信芳照料。但信芳以柳翠事心殊忧虑，封典之前夜，即法邮船将开之前夜，信芳又将偕柳翠赴大世界。庭波询之曰："君将贯彻初志赴法乎？抑此间乐，且不他适乎？今晚非决定不可。若至明日则船票不能退，至后日即船开，再欲赴法，又须待数月后始有便船，且印度洋风波险恶矣。"信芳曰："我此时方寸已乱，不知所可，姑俟明夜，如不能去，则船票不能退亦不悔。"

翌日，信芳为能动身计，略拼挡行李，并往亲友处辞行。但心殊系念柳翠，恐有危险，拟再泥其行。至其家，则娘姨云："已偕吴妈出外。"信芳大惊，急循其平日散步之迹寻之。遇吴妈于途，哭云："小姐被贼人绑入汽车。"——并遥指一将开行之车，曰："即彼车也。"时该车已开行，信芳急跃入一脚踏车店，驾一脚踏车追之。几经挫折，卒达目的。但亦卒为所擒。缚信芳楼下，缚柳翠楼上。信芳伺其备稍懈，自断其缚，寻踪至楼上，见柳翠方侮于群小，因奋拳击之。众寡不敌，乃与柳翠并缚于一室，反锁其门。盗作书通告大世界，托转告鹂鸣社，意爱之者必来赎也。

午后七时许，柳翠本应出演，捧之者亦大集。但柳翠未请假而缺演，观者颇失望，犹意其晚十时必来也。鹂鸣社中人兴高采烈，铺张扬厉，无所不至，务与朝阳社竞美。至晚九时许柳翠尚未至，鹂鸣社人始慌乱，急命以汽车迎之其家，意其至十时且华装盛饰，翩然莅止矣。金艳亲王盛典既过，社中人以至场中茶役皆纷纷移去金艳亲王之镜额，棹幔，鲜花，易以翠艳亲王之镜额，棹幔，鲜花。翠艳亲王以有更伟大之后援，则其镜额，棹幔，鲜花之较金艳亲王者更大，更美，更多，又观众所啧啧称美，而朝阳社中人自叹不及者也。金艳亲王下场去，翠艳亲王之盛典筹备已陈，观众无敌无我，其耳目所要求者，则翠艳亲王之芳姿与清歌耳。其想象中所充满者，素朴无华之翠艳亲王今晚当衣何衣，悲凉抑爵之翠艳亲王，今晚当歌何歌耳。但翠艳亲王乃无消息。有之则一使全场全世界之耳目皆为耸动之消息，使朝阳社为之称快，而鹂鸣社为之含愁之消息——即翠艳亲王被人绑票之消息也。鹂鸣社中人观大世界所得之书，犹未敢遽信，谓待汽车夫归，必有确息。已而汽车夫来，告以吴妈所言，则知琴师亦因救女未归。如是皆大惊骇，懊丧。好奇者设为种种幻想，关心者设为种种计划。场中茶役又将移翠艳亲王之桌幔代以他人。然正当此时，场后忽人声纷乱，拥一男一女而来，男则其英俊之琴师，女则将封亲王之柳翠也。

先是柳秦既被缚斗室，相视无计。而无情之时钟，轧轧不已，无间分秒。由黄昏而黑夜，由八时而九时，门外之戒备稍疏，柳秦乃得渐次移近。秦先以齿咬断柳缚。柳乃出其腰间所藏小刀断秦缚，合两人缚，成一长绳，先缒柳下，秦继之。但柳下复为贼所劫，秦知不敌，遁去。急呼巡捕，乃得破获贼巢救出柳翠，急雇汽车送至大世界，正十时也。

柳翠于观客欢呼声里，唱完“马鞍山”。李林以汽车邀赴一品香谳，信芳与偕。一品香亦先期有所设备，并邀海上名士不少。席间社员于柳翠备致谀词。李幹堂使柳翠坐己侧，尤多为难堪之表示，信芳至不愉快。李谓翠曰：“吾妻欲一见卿，今晚可偕往敝公馆耶？”信芳知李无好意，以目阻翠，但翠伪为无觉，答曰：“太太见召，敢不请安。”李大喜，然而信芳苦矣，离席欲辞去。翠起送之，谓有事托其琴师，因入别室，问信芳曰：“先生归耶？”曰：“然，将于今晚上船赴巴黎，永与姑娘别矣，祝姑娘幸福也。”翠曰：“我亦祝先生旅途无恙。相处两月，报先生如此，死不瞑目，然将期之来生耳。治学之暇，愿常忆此不幸之女子。”信芳曰：“姑娘从此餍膏粱，披绮罗耳，安有所谓不幸！”女曰：“区区之心，且不能为先生告，有一信，托庭波先生转交，当告先生一切。今晚如能有成，亦可谓大幸，……虽然别矣，永别矣……”言未已，泪下如雨，吻信芳而别，仍入座，陪李笑语。谳罢，李邀林等重饮其家，李与翠坐一汽车，林与他客分乘黄包车。信芳别女后且未遽归，阴欲观其究竟，见翠与李坐汽车去，嗒然若失，亦急坐车归寓。庭波谓之曰：“君究将上船耶？亦留上海耶？决于此时矣。君若不去，则此次损失甚大，以同乡某女士，今日接家中急电，祖母病危，亦不能赴法，将于明日归乡也。君与翠姑娘相爱甚，此时如何能舍，以我观之，君将仍留上海也。”信芳曰：“决赴巴黎，上海不可一日居矣。今且趁此数时间余裕，托尊纪速将我行李送上船去，我到街上略购食物。”庭波曰：“我已为君购好矣。”庭波夫人谓其夫曰：“适间吴妈送一信来，谓系其小姐托叶先生转交秦先生者。”因出缄与其夫，其夫转交信芳曰：“君爱人有信阻君之行矣。”信芳曰：“彼速我之行耳，我已不欲再读其人之书。”庭波曰：“前日之相爱如彼，乃又相恨至此，君等之情海有何风波耶?”信芳曰：“莎士比亚先我言之矣：‘弱者啊，你的名字是女子’。”庭波曰：“何以言之?”信芳曰：“明日者，柳翠姑娘成某军阀之宠姬矣。”庭波曰：“乌有是！以翠姑娘平日之态度观之，其性格与行为之矛盾决不至此。”信芳曰：“我初亦作此断言，但奈事实何?”庭波曰：“盍不拆阅其来书，看作何语。”信芳本不愿，强而后可，拆阅之，则绝命书也。书云：

信芳先生：

两月以来，多承你的好意，人非木石，谁能不感激图报。但我说过：我是有责任的人，我的父亲怀忠抱义，见害于豺狼之军阀，虽生为女子，然复仇之志，未尝一日或忘。因乱世无正义，既天与人皆不能代我复仇，欲复仇不能不依自力也。沦落歌场，四五年间，至昨始发现我不共戴天之仇。但凡能杀仇人，则一切牺牲，皆我所甘。故以此引起先生之猜疑鄙视，呜呼，以先生知我之深，岂谓我不识羞耻一至如此？今者复仇之事，已开始矣。先生即不别我，我亦不能不与先生永别。人而真有未来之生，当结永好。

柳翠敬上

信芳阅罢，急怀手枪乘庭波汽车而出。林筱斋等呼黄包车时，言某街某号，乃驱车至其地，逾垣而入，见后园一室电灯未灭，蹑足至窗下窥之，则见柳翠方劝李酒，李已大醉，将无礼于翠，举手将拥翠。信芳举枪欲杀李，而恐伤翠。乃见翠一手拥李，一手出其平日所藏之利刃，刺李之胸，李发吼声而倒，翠恐其不死连戮之。见大仇已报，仰首望窗外曰："信芳信芳，吾侪来生相见也。"举刀正欲自戕，信芳急从窗外跃入止之，负此半失神之弱女子，自园门入汽车驶归友人寓。以某女士不去，船有空位，庭波夫妇乃共乘汽车，驶至江岸，送之登舟。明日清晨，吴淞口外，有一巨舶，破朝雾而去，双筒中吐长烟若垂天之云，渐远渐淡。船舷上诸客中有一英俊少年，与一优美之女郎，相扶相好，回首故国生无限感慨者，即信芳与柳翠也。

女侠李飞飞

出品　天一影片公司，1925 年

导演　邵醉翁

编剧　邵邨人　高梨痕

摄影　徐绍宇

说明　赵铁樵　陈攸序

置景　董天民

演员　粉菊花　魏鹏飞　傅秋声　林雍容　谭志远　吴素馨　张玲棣　张大公　丁华氏　张霞虹　洪婷婷　张冶儿　周天悲　王玉泉

《女侠李飞飞》电影由邵邨人、高梨痕编剧。其电影本事、字幕无署名，原载《天一特刊》女侠李飞飞号（1925 年 12 月 10 日）。《游艺画报》第 19 期（1925 年 11 月 26 日），以及心冷《中国影片新评：（卅八）〈女侠李飞飞〉》（《国闻周报》第 2 卷第 47 期，1925 年 12 月 6 日）亦收录该片本事。

本　事〔1〕

（一）一弹破空，宿鸟惊飞。有美一人，徜徉林薄，藉铁丸雕弓，以舒胸中郁勃。伊何人斯？女侠李飞飞也。

（二）洪诚甫，苏城巨绅，性迂执。一子名玉麟，由宋玉珊、陈叔安执柯，聘同邑郭厚斋长女慧珠为媳。儿女婚姻，唯父母之命、媒妁之言是从，固中国之旧礼教也。

（三）慧珠偕妹玲棣，就学邻塾。一日，有同塾蒋淑英之兄益民，来塾探妹。乍睹慧珠，遽生艳羡。适玲棣摘花赠珠，珠挟花就师前问学，经益民侧，花偶坠地。益民疑珠有意，遽拾而怀之。及归途询妹，始知珠已受聘，行且出阁矣，顿失所望。唯喃喃默诵恨不相逢未嫁时而已。

（四）益民自见慧珠，寤寐思之，如醉如痴，百无聊赖。适其友李俊卿、钱敏甫来访，偕之出游。至一旷场，见有女郎卖艺，因伫足以解愁怀矣。

（五）玉麟在宿舍温课，同舍刘筠生，戏出赠所爱金环示玉麟；麟嗤以鼻。继而筠生匆促赴约，误衣麟之外衣而去。迨麟欲外出，觅己衣不获，知为筠所误衣，乃亦勉衣筠衣以行。

（六）筠生既至公园，晤女友，遍索衣袋，不得其环。方知误衣麟衣，与女友不欢而别。

---

〔1〕 选自《游艺画报》版（较它者略详）；原为句读。

（七）玉麟在途，目被尘迷，出巾拭之，环落地而不自觉。适慧珠与妹自塾归，见而拾之。为警察瞥见，上前盘诘，迫令赴署。正争执间，麟觉环失，返身觅之，慧珠即持以归麟。正授受时，适益民及友尾卖艺女郎后，行经是处，心异之，遽出摄影机僭摄一影去。盖益民固不识麟为何许人，即慧珠亦不知麟为其未婚夫，而麟亦不知归环者为其聘妻也。

（八）益民自摄影后，欲以计夺慧珠，又惧破人婚姻，有亏私德。思潮起伏，良心与欲念交战于中。最后良心为欲念征服，于是慧珠与玉麟之婚事乃起波澜。

（九）一日，洪诚甫忽接匿名函，述慧珠丑行，并附照片作证。诚甫睹照愤甚。因玉麟衣筠生衣，且系背影，不识为己子，而疑珠有外遇，立召媒妁至，嘱持函片质厚斋。斋睹片，愧甚，不加深察，遽信为真，痛责慧珠。珠羞愤交并，万喙莫辩，惟雪涕而已。斋遂允离异，索回庚贴。迨玉麟归，闻而骇诧，遄赴岳家，索阅照片，俾释疑团。

（十）益民友李俊卿与郭氏有旧，闻洪郭毁婚事，走告益民。益民知计已售，大悦。即央李赴郭宅，乘机谋女。

（十一）益民随俊卿至郭宅，踯躅门外，伫待佳音。倏见慧珠自侧门出，踽踽独行，似怀重忧。益民潜踪之，至中途遮道相迫。适玉麟奔至，见面干涉，益民设词遣之。麟去远，复追珠，则珠已投河。乃一跃入水，拯之起，以舟载返别墅。方幸珠入掌中，夙愿可偿，殆不知蹑踪其后者，尚有人在也。盖益民恶业，固历历在女侠李飞飞目中也。

（十二）玉麟至郭宅，睹片，始悉系当时归环事。知为奸人所卖，因详告厚斋。斋恍然悟，急唤女，已失所在。麟陡忆途中所遇，知有异，亟偕厚斋出觅之。至河畔，见珠遗帕，疑已投水死，只得同声一恸。

（十三）慧珠被囚后，益民屡胁之，不为屈。是夕珠乘隙图自尽，忽卖艺女郎越墙入，救之。复作警告书，以箭射致益民。民阅书，心胆俱裂，恶念顿消。盖彼卖艺女郎者，即女侠李飞飞之游戏三昧也。

（十四）厚斋恸女惨亡，为设奠，家人环集痛哭。忽慧珠自外入，厚斋骇以为梦。女因详述颠末，举家惊喜，破涕为笑，咸感李飞飞之德不置。

（十五）吁！世路崎岖，人心险恶，安得千百李飞飞，一一平除之耶。

字　　幕

1. 李飞飞挟绝技走江湖，能锄强以扶弱，女中之侠也。（粉菊花饰）
2. 张坤，李飞飞之师。（魏鹏飞饰）
3. 绅士，洪诚甫。（傅秋声饰）
4. 洪玉麟，诚甫之子。（林雍容饰）
5. 郭厚斋。（谭志远饰）
6. 郭慧珠，厚斋之女。（吴素馨饰）

7. 玲棣，慧珠之妹。（张玲棣饰）

8. 蒋益民。（张大公饰）

9. 一弹飞去，群鸟四散，李飞飞正行猎于丛林间也。

10. 洪诚甫为子玉麟行聘。

11. 洪吕氏，诚甫继室。（丁华氏饰）

12. 郭厚斋为女慧珠受聘。

13. 周郭氏，慧珠之姑母。（张霞虹饰）

14. 周芸贞，周郭氏之女。（洪婷婷饰）

15. 蒋益民来访其妹淑英。

16. 益民：妹妹，她是谁？

17. 淑英：她叫郭慧珠。

18. 益民：她有多少年纪？

19. 淑英：今年十七岁了，已经许给城内洪家，不久就要出嫁了。

20. 益民拈花痴念慧珠。

21. 益民忆及其妹言珠业已字人颇为懊丧。

22. 益民回忆慧珠书馆落花时误为有意。

23. 李俊卿、钱敏甫，益民之友。（张冶儿、周天悲饰）

24. 俊卿：今天天气甚好，我们来约你们同去逛逛。

25. 刘筠生：我约个女朋友在公园里，要把这副环子送给她。晚上到海天春吃饭，你去不去？

26. 李飞飞偕其师藉卖艺以游历各埠。

27. 洛神：你买给我的环子呢？

28. 筠生：在这里。

29. 玉麟因筠生穿错马褂前往海天春寻筠生。

30. 玲棣：咦！这东西到很好玩的。

31. 慧珠：妹妹，人家的东西不能拿的。

32. 警察：你怎么好拿这个东西？局里去！

33. 慧珠：这是她在地上拾起来的。

34. 警察：拾人东西是违警的。

35. 玉麟：嗄！这东西是我的，请你不要难为她。

36. 玉麟不知慧珠为未婚妻，慧珠亦不知玉麟为未婚夫，夫妻相逢不相识，乃媒妁制度之恒有事也。

37. 益民仅识慧珠而不识玉麟，以为有机可乘，遂潜摄一影。

38. 海天春菜馆。

39. 欲胜于德，益民乃写信破坏慧珠婚姻。

40. 照上之玉麟因衣既非己衣，而影又系背影，故其父见之不知其人之为己子也。

41. 吕氏：只有叫媒人去退婚呀！

42. 媒人宋玉珊。

43. 诚甫：你把这封信拿去查查看，究竟是一回什么事。

44. 吕氏：这种败门风的女人，哪里可以做我家媳妇！是你来做的媒，就请你去退婚。

45. 厚斋：今日到此有何见教？

46. 厚斋：有什么为难的事请你快说。

47. 玉珊：这个……

48. 厚斋：这件事只怪我自己家教不严，准定退婚就是了。

49. 厚斋：你这样放荡，把我的面子丢完了，从此不要再来认我做老子，也不必再去读书了。

50. 慧珠：什么事？女儿一点都不明白。

51. 厚斋：你自己做的事你自己去看。

52. 慧珠在父亲盛怒之下，欲辩不能，以致含冤莫伸。

53. 可怜的慧珠念及其亡母在世时之疼爱，愈觉伤心。

54. 玲棣：姐姐你来睡罢。

55. 品月华，洪吕氏之侄女，即玉麟之表妹。（王玉泉饰）

56. 吕氏：郭家女儿不贞洁，有人将她同男子拍的照片寄来。现在已经退婚了，将来我再替你配一个贤德的。

57. 玉麟念及表妹月华曾向求婚，疑为月华捉弄，乃决意赴郭宅查问，以明真相。

58. 益民：承你打听得洪家已经向郭家退婚，现在再托你将我与慧珠的事代为设法。

59. 俊卿：可以可以，你要多备几桌酒菜谢谢我。

60. 益民欲听好消息，候于郭氏门外。

61. 俊卿：令嫒与洪家的事已经过去，我想女大当嫁，愿替她做个媒人。

62. 厚斋：小女做了丢脸的事，我决意不把她许人了。

63. 益民：我从书房里见了你，天天无时无刻的想你，不知你的心怎样？

64. 慧珠：我与你并不相干，你不应该对我说此无礼的话。

65. 玉麟：她是你的什么人？

66. 益民：她是我的妹妹。

67. 玉麟见益民与慧珠情形，因不知慧珠为其妻，遂不深究。

68. 益民雇舟载慧珠赴别墅。

69. 李飞飞纵览湖山风景。

70. 玉麟：前天的事很抱歉，不过我要来问一个明白。

71. 厚斋：惭愧得很，这是小女自取其咎，我是一点不怪你们的。

72. 玉麟：说是有个照片，请给我看看。

73. 玉麟：哎呀！这个小照上的人就是我自己呢，冤枉冤枉。

74. 玉麟：那天我失了一副耳环，被令嫒拾着还我，不料就有人拍照，会造成这件公案的。

75. 厚斋：哎呀！慧珠不见了。

76. 玉麟：我在河边上看见的就是她。

77. 厚斋：快快我们一路去找。

78. 玉麟由晤慧珠处踪迹至河滨，见埠头有手帕，疑而拾之归。

79. 益民：你去劝她从了我，我决不会亏她的。

80. 慧珠清醒之后。

81. 益民：我这样求你，你还不能允许我吗？我总算是你的救命恩人，就不能报答我救命之恩吗？

82. 慧珠：什么话！乘人之危，夺人之志，就是趁火打劫的强盗！

83. 慧珠：我死也不答应的。

84. 玉麟：只捡到这条手巾，不知道是不是她的东西？

85. 厚斋：是的是的，那是或女儿一定冤枉死掉了。

86. 厚斋：快去通知洪家，并把姑太太请来。

87. 李飞飞至蒋氏别墅谋救慧珠。

88. 慧珠拟吞金戒自尽。

89. 飞飞：不要怕，是我。

90. 慧珠：你……是……

91. 飞飞：我是来救你的。

92. 飞飞：你在此稍等，我去警告他一下。

93. 飞飞越墙出，后至西首山石上，以带援慧珠出。

94. 益民：你们前前后后都去搜查一下。

95. 益民：好了，不要找了。

96. 早知今日何必当初，益民于是觉悟矣。

97. 玉麟：咦！

98. 厚斋：哦！好女儿，你怎么回来的？

99. 慧珠：我去投河被人救起，哪里知道救人的还是害人的。幸亏一个自称李飞飞的搭救，总得回来。

100. 慧珠述飞飞送回情形。

101. 厚斋：这是你的丈夫。

102. 厚斋：这是你的公公婆婆。

103. 玉麟慧珠新婚之后。

佳　　期

出品　五友影片合作社，1926 年
导演　裘艺香
摄影　裘逸苇
演员　丁子明　李萍倩　张健尔

《佳期》电影本事无署名，原收录于心冷《中国影片新评：（卅六）〈佳期〉》（《国闻周报》第 2 卷第 46 期，1925 年 11 月 29 日）。

本　　事[1]

阮翁有女，字淑兰。一日，烟缕袅于炉上，淑兰方焚香弹琴，忽一花自窗外飞入，落弦上。淑兰拈花起立，凭栏外视，则遥见其表兄芷春，在对楼临窗吟诗。女唤之，遥与问讯。正语时，忽一花又中女面。女惊诧，俯首下视，则其姑氏子曼先，方向己掷花为嬉也。曼先年少而性浮滑，女心恶之。见其然，昂首不理，仍遥与芷春语。曼先不怡，遂掷其手中余花于地，愤然他去。时晚风渐拂，庭园间景滋清丽。淑兰乃下楼，与芷春同步花下。两人且行且语，状至亲密。芷春欲为淑兰折花，乃纳书衣囊。囊已穿，书落地，覆于鞋上。淑兰见之，急为拾取，则见芷春履端已破。芷春见女视其履，颇羞赧；而女则甚怜之也。二人返时，行经客室门外，芷春举步欲入，见曼先与阮翁在室内坐谈，则又露趦趄态。淑兰自后掣其衣，二人乃相偕而去。曼先见之，益妒愠，遂悻悻然辞归。阮翁多藏书，芷春家故贫，为便于进修，乃寄寓翁家，辟一小室为读书之所。淑兰亦时至其室，与芷春研讨文字焉。阮夫人见彼等二人甚相得，心滋喜悦。而阮翁则嫌芷春贫，颇欲以其女妻曼先，故甚不慊于彼二人之所为。

阮翁有一侄女，名珊娜，与淑兰甚亲密。淑兰乃倩珊娜至芷春书室取鞋样，将为购履。曼先适来，窥于窗隙，颇以为异。时淑兰方坐于水阁之上，默眺风物，曼先见之，乃又转躯趋往。既近淑兰，遂比肩坐于其旁。淑兰不悦，偏挪其身让之。曼先见彼让，仍移坐密傍其身。淑兰再让，曼先仍暱近如前。淑兰窘甚。适遥见芷春解岸旁系舟，将作湖游，乃高唤其少待，奔跃而往。芷春含笑相迎，遂与之偕泛湖中。湖上荷花盛开，荷叶田田，扁舟双影，略一容与，便没入碧荫深处，杳不可得。曼先仅能痴立怅望而已。一日，淑兰将与其母往亲戚家，濒行，至芷春室中作别，告以日暮即归，慎毋相念。适为父所见，愿蕴怒。女行，阮翁遂怒斥芷春，促其归。芷春恐女致念，颇踌躇，欲俟女归而后行。翁命仆代治行具，绝不宽假。芷春不得不行。及门，

[1] 原为句读。

适与曼先相遇，于是芷春悲而曼先喜矣。曼先欣然入门，行经庭除，适有盆水下倾，溅及其身。曼先略事拂拭，乘机登楼。见窗内有人影，以为淑兰，乃推门入，则仅一女仆在焉。曼先嗫嗫问阮翁何在，女仆答以此为小姐卧室。曼先乃大惭而退。淑兰归，往觅芷春，则已室空人去矣。此惊时怆之怀，殆有非言语所能形容者。女寻悉其事，且知翁将以己许字曼先，乃悲痛欲绝。于是遂罹重病，一缕芳喘，凄残残灯，濒于危殆者，盖屡矣。芷春自被逐归后，亦复感慨身世，眷念淑兰，恒深宵不寐，咄咄书空。虽有慈母殷殷慰藉，而怛怛之怀曾不少已。女病几经救治，始渐就痊可；而阮翁之心，则仍顽梗如故。一日，曼先来候女疾，翁持己意，命之登楼省视。女闻曼先来，乃伪为酣睡。曼先就榻前问讯，女充耳若无闻。其母唤之，亦不答。再唤，仍寂然如故。曼先乃坐榻畔，以手撼之。女佛然不悦，仍转首卧如故。此时，方有人徘徊于阮宅门前，则芷春是也。芷春因忆女甚，颇欲进省，顾慑于翁威，逡巡不敢遽入。适为珊娜所见，急趋前谓之曰："奈何迟迟其行？阿姊病，念汝甚，速往视之!"遂导芷春往淑兰之室。芷春既进室内，则见曼先正坐于女之榻畔。以为淑兰爱彼，妒愤之念不能自遏，不发一语，返身趋出。淑兰见芷春来，如获至宝，方喜不自胜；及其不辞而去，乃大声唤之。顾芷春似不闻，履声橐橐下楼去。女唤益急，其声凄厉，惨不忍闻，然芷春已去矣。女色变，抓母衣，呜咽不能成声。曼先见状，亦震恐，遂悄然避去。芷春自阮宅归，以为淑兰弃己，中心益悲郁。其母慰勉之，多方譬解，嘱其复往。芷春意稍释，亦以为然。明日，遂携盈束之花，遄往候女。及门，以手按铃，适风来，吹落其帽，芷春趋往拾帽。待起身回顾，时曼先适来，已先彼而入，门亦随阖。芷春嗒然，失望而归。越日，遂别其慈母，离家远适。盖将谋事于异乡，且以戢其悲怀也。

逾年，兵乱骤作，炮火及于阮翁之居。翁与其妻女，仓皇出走，避于山冈之上。时方暮夜，回望故居，火光烛天，惊悸之余，使人不而慄。劫火之余，闾阎悉成焦土，翁资产尽丧，僦居乡村一陋舍中，穷困不可言状。曼先乃乘匮乏，故馈衣食以市惠，累累满担，仆从之不能胜其躯。而彼则挥杖押随于后，趾高气扬，自以为胜利可期矣。既至翁寓，翁果德之。而淑兰则淡漠如故，不以是而贬其节操也。嗣后曼先时复资助，翁益感之，遂决以其女妻曼先。嫁有日矣，淑兰不能抗，乃寓书芷春，向之诉苦。时芷春方执业于京华某印刷公司，颇有令誉。得女书，衷怨凄恻，不堪卒读。芷春茫然若失，哽咽者久之，乃决星驰而归，谋所以救济之。婚期既届，曼先部署礼堂，将行婚礼。淑兰无限伤心，饮恨啜泣。卒被阮翁所迫，被拥于礼堂之上。礼方半，忽芷春已自千里外遄归，寻踪而至，夺门直入。女见之，惊且喜。曼先大怒，挥众阻其前。方纷扰间，忽又一异事发生。则有一少妇，抱其乳儿，自外直入，戟手詈曼先，责其负义。妇自承与曼先夙有婚约，乳下儿即彼所生。今弃故而取新，实所不甘云云。于是来宾知曼先已曾私娶，俱鄙薄其人，相率引去。珊娜见状，乃直前引淑兰出，与芷春相晤于幽廊之上。于是苦尽甘来，二人乃欢然叙其情好矣。

谁是母亲

出品　大中国影片公司，1925 年
编剧　夏赤凤
导演　顾无为
摄影　卜万苍
说明　朱双云
演员　林如心　叶文英　顾无为　刘玉珊　张啸天　陈秋风　翁梅倩　朱剑灵　赵笑佛　陈蕙芳　顾宝莲

《谁是母亲》（又名《私生子》）电影由夏赤凤编剧。其电影本事为夏赤凤所作；电影字幕无署名，原载《大中国影片公司特刊》谁是母亲号（1925 年 12 月 5 日）。心冷《中国影片新评：（卅七）〈谁是母亲〉》（《国闻周报》第 2 卷第 46 期，1925 年 11 月 29 日），以及《戏剧电影》第 1 卷第 1 期（1926 年 1 月）亦收录该片本事（文字略有差异）。

本　　事〔1〕

夏赤凤

孙芳兰，孙振鹏之次女也。诗书旧族，豆蔻芳年。自幼失母，而聪明俊爽有丈夫风，故不屑于女子生活。姊芸兰，柔弱寡能，善怀多欲，盖《石头记》中尤二姐一流人物。早字王氏，未迨佳期。振鹏暮岁萧条，赖二女婉娈承欢，聊宽老景。以故晴窗研墨，邺架翻书。掌上双珠，不啻随园女弟子也。

芸兰多病，每就诊志新医院。院长施志新，伪君子也，外诚朴，而实奸滑，工内媚，善得妇女欢。芸兰无识，竟为所诱，辄假养病，久住院中。某日芳兰奉父命往探姊恙，且促之归。适施在芸兰病室情话，闻叩门声，仓皇匿屏后。芳兰入室纵谈，移时方去，固未知此间尚有人在也。芳行施始出，整冠纳履，从容而去。

芸兰行虽不贞，要非荡妇，春风初度，已结珠胎。其临去医院时，犹与施指石要盟，欲同生死，固未尝计及将来如何收煞也。

振鹏内侄周慕莲，与芳兰同学叶国英，年少多才，都非凡品。日出入孙氏之门，情场奋斗，皆集于芳兰。而芳兰心中，则颇倾向于叶。一日，慕莲求书联语于振鹏，适国英亦在。偶步室中，见芳兰小影，二人咸欲得之。国英以手腕灵活，竟占先着。芳兰恐慕莲懊丧，乃另以与父合摄者相赠。慕莲得此，聊可自慰。而国英则踌躇满志，

〔1〕 原为句读。

喜极忘形，手中小照，误撞于椅角，架面玻璃，顿成齑粉，急以纸裹之，匆匆遽去。

芸兰自医院返家后，与施时通音问。偶尔不慎，其情书为芳兰所得。正展视间，国英适至，力索一观。芳兰不欲扬姊之丑，毁书中署名处与之。国英以芳兰为不贞，颇露讥讪，一片疑云，由斯而起。消息传来，嫁期将近，芸兰本无济恶之勇，乃求计于施某。岂知造访之时，正是新婚之候。人心已变，盟石不存，施某早将芸兰置之度外矣。芸兰嫁后，腹部日见膨胀。伪托病蛊以饰其丑。而旦夕分娩，急不可待，乃商诸妹。招乳母张媪来，妄言乡间有神医，足愈此疾；但可就诊，而不可招致，乃偕往媪家。小住数日，产后始返。其私生之儿，则寄养于媪。一天祸事，方以为泯于无形矣。

张媪好事，闻人言私生子多贵显，乃召瞽者来，为之推算命造，并及芸兰。而王氏父母望孙弥切，亦为芸兰推命。岂知所招之瞽，亦即张媪之所招。瞽者闻王氏以子息为询，以为相戏，具言前状。王氏大疑，证以芸兰前此之大腹不便。事更征实，因命瞽者导之以往张氏室，则芸兰方抱子而乳。事已不虚，词无可遁，遂控振鹏父女于公庭。芳兰闻变，惊骇失措，谋所以全姊者全父。庭谳之日，坌息而往，慨然自承，为己与施某通奸所生，乃传施对簿。芳兰复怵之以利害，施某亦承与芳兰有私，盖以和奸无夫之女，可冀邀末减也。是时国英亦列旁听，顿忆前此秘函，出呈堂阅，证为芳兰不端。比谳既定，芳兰见逐于父，乃以私生子托姊抚字，飘然一身，凉凉竟去。徘徊海上，忽邂逅慕莲，询悉讼事，深悲其遇，偕归，暂住己家。周父则怒女不贞，摈而不齿。慕莲情有独钟，转欲得之为妇，乃迓芸来，使说其妹，芳兰亦首肯。适国英以情场失意，来诉于慕莲，无意中具闻姊妹花间秘语，恍悉前情，悔已无及。而芳兰忧患余生，至此得一归宿矣。

岁月匆匆，私生子已五龄矣。芸兰姊妹，偶携之出游，误践一富人足，其人遽挥拳击之。其人为谁？盖即医生施志新。已别与一丽人同行，方肆其蛊惑之手段也。

字　　幕

孙芳兰访姊于医院（林如心）

其姊芸兰。（叶文英）

孙芸兰：我明天一定回家。

医生施志新，道德之贼，妇女之魔。（顾无为）

芸兰病愈出院。

施志新：石烂海枯，我心不变。

孙芸兰：我等你的信罢。

种因。

芳兰之父孙振鹏。（刘玉珊）

同学叶国英。（张啸天）

表兄周慕莲。（陈秋风）

芸兰乳母张妈，由乡间来探其主。（翁梅倩）

情场逐鹿。

周慕莲：我也要一张。

慕莲回家。一团高兴看小照。

王家催娶。

芸兰未婚夫王伯笙。（朱剑灵）

情芽。

一个是良缘自许。

叶国英：你看这一对鸳鸯。

一个是片面相思。

周慕莲：芳兰……芳兰……

慕莲之父，中将周树功。（赵笑佛）

疑云暗起。

叶国英：芳兰。

叶国英：今天特来约你去游湖。

叶国英：难道我不能看吗？

孙芳兰：请你等一等。

叶国英：我不去了。

孙振鹏：这是王家送来的喜期贴子。

将与施志新结婚之张韵笙。（陈蕙芳）

施志新：石烂海枯，我心不变。

门外天涯。

但见新人笑，哪闻旧人哭。

看护妇：小姐，你来吃喜酒吗？

孙芸兰：你今天很忙。

施志新：应当……应当。

昔日的盟言，已随着石头，被流水冲去了。

孙芸兰：你教我怎么样呢。

施志新：我也无法可想。

施志新：我们再会罢。

嫁后。

王母：她到底是什么病？

王伯笙：连我也不大明白。

王伯笙：你的病何妨告诉妹妹。

孙芳兰：他就不管了吗？

孙芸兰：从前一时糊涂。好妹妹，你救救我。

孙芳兰：姊姊保重。总有法子好想的。

芳兰问计于张妈。

张妈：大小姐得的是臌胀病。

张妈：太太放心，只要到我们隔壁何仙姑那里去，一看就好。

孙芳兰：姊夫，我看只有这个法子。

此亦人子也。

腕底风波。

张妈：二十一岁，七月十八，午时。

王母：请你再算一个。

王母：二十一岁。

王母：七月十八。

王母：午时。

王母：女命。你算算，几时可以养儿子。

瞽者：奇怪！连小孩子的命，都算过了，还来问我几时养儿子。

王母：你在哪里算过的？

王母：你该听明白了。怪不得到乡下去看了好几天的病。

王父：叫她带我们去。

王母：原来你就是何仙姑。

张妈：这孩子是我生的。

承审员：你的丈夫呢？

张妈：已经死了十五年。

孙芸兰：我……没有……

孙芳兰：这孩子是我生的……是我生的。

承审员：你同谁生的。

孙芳兰：施志新。

孙芳兰：我去找他来。

孙芳兰：你害得我姊姊好苦。

孙芳兰：姊姊被王家的人，拖到衙门里去了。

孙芳兰：都是你的罪恶。

孙芳兰：你也不必抵赖。我已经在堂上承认这孩子是我生的。

孙芳兰：同你生的。

孙芳兰：你快同我到堂上去证明。好在我是没有夫家的，与你无害。

孙芳兰：你不去吗？我姊姊性命不保，你的罪名也难逃。

施志新：好商量，好商量。

承审员：这孩子是你生的吗？

施志新：是……是的。

承审员：你同哪一个生的？

施志新：我同……

施志新：我同芳兰生的。

承审员：你们的事，还有别人知道没有？

叶国英：我知道，我有凭据。

叶国英：这是施志新给芳兰的情书。

官判，事与芸兰无涉，原案注销。

孙芳兰：姊姊，你回家之后，他们怎样对待你？

孙芸芸：我倒还好。妹妹……你怎么样？

孙芳兰：姊姊，这孩子我要拜托你了。

孙芳兰：姊姊，从前他是我的儿子，以后你是他的母亲。

云海茫茫，这一片飘萍，浮沉何处？

穷途邂逅。

周慕莲：姑丈一时之气，妹妹，何妨到我家里去，暂住几天。

孙芳兰：先去见见舅母。

孙芳兰：我自己不好，辜负父母教养之恩。现在父亲一人在家，还求舅舅去安慰安慰。

周树功：你有这种行为，连我也要生气，你还是去罢。

周慕莲：她虽然有错，也是被恶劣社会的引诱。我们应当原谅她，扶持她，让她有改过的余地。万不可以随着众人，苛责这可怜的女子。

周慕莲：你不要走，年纪大的人，总是这样的。

情环。

一个是花底温存。

周慕莲：你看这一对鸳鸯。

一个是无情有恨。

叶国英：芳兰……芳兰。

叶国英愤懑之余，不料又遇芳兰，因戒慕莲，毋蹈己辙。而慕莲情有独钟，不为所动。

孙芳兰：何必又害表兄多惹烦恼。

为情颠倒。

周母：派人去请她姊姊来。

孙芸兰：我来劝妹妹，答应表兄的亲事。

孙振鹏：有我这样的丽质吗？

孙芳兰：我很感激他。但是……你要原谅我不能答应的苦衷。

孙芸兰：表兄待你一片真情，妹妹，你答应了吗？

孙芸兰：妹妹，你保全了我的名誉，误了你自己的终身，我不安得很。

孙芳兰：过去的事情，何必再说，不要被人家听见了。

叶国英：我现在才知道你是……

孙芳兰：叶先生不必多说。

叶国英：我很愿意你答应你表兄的亲事。

昔日情人今日媒人。

施志新与芸兰私生之子，今则依芳兰而居。慕莲爱之如己出。

孙振鹏：你想气不气。

叶国英：墨磨好了，还是回去写对子吧。

五年后。

私生子。（顾宝莲）

私生子：我做老爷，你做当差的。

私生子：来呀……混账东西。

私生子：喂……抱我坐上去。

施志新：石烂海枯，此心不变。

私生子：对不住，对不住！

施志新：你是哪一家的孩子，没有父母教养的东西！

私生子：妈！……妈！

爱神的玩偶

出品　长城画片公司，1925 年
编剧　濮舜卿
导演　侯　曜　梅雪俦
摄影　程霈霖
置景　李乾初　朱容生
化装　邢少梅
演员　张秀影　邢少梅　邢半梅　翟绮绮　刘继群　易荫峤　陈疑梦　雷夏电　王曼瑛　包梦蛟　火美丽

《爱神的玩偶》电影由濮舜卿编剧。其电影本事、说明由濮舜卿编写，原载《长城特刊》爱神的玩偶号（1925 年 11 月）。

本　　事

濮舜卿

“唉！我们都是爱神的玩偶啊！”这句话是剧中主人翁处于“强不爱以为爱”和“有爱而不能爱”的境遇时的痛苦的呼声。本剧所发挥的，也就是注重在这两点上。明国英是一个聪明果敢的女子。她的父亲明群，继母余氏，仗着父母绝对的权威，强迫她和平素无爱情，性情不相合，志趣不相投的表哥余仁——余氏的内侄——结婚。她屡次反对，终无效果。她为争她的幸福与自由起见，就愤然离家，到杭州民本小学校做教员去了。

逝水韶光，转瞬就到了暑假。国英此时所特别感触的，就是有家归不得的痛苦。不解事的小学生偏向她问长问短，使她的脑海的思潮更卷起许多不堪回首的辛酸往事。民本小学校长罗人达是她的好友，因她有家归不得，就请她到自己的家里去住。国英到了罗家后，不知不觉的就和人达的弟弟人俊发生了恋爱。但是她因为余家的婚事，没有解决，心里总觉得她不能爱人俊。有时明知人俊向她表示爱，她却故作不知。她的精神上，既受了一种“强不爱以为爱”的痛苦，现在又加添了一种“有爱而不能爱”的烦恼。人俊明知国英是定过婚的人，但是他却不因此而减少他爱她的热度。

有一天，罗家来了一个不速之客，客名秦笠翁。他是人俊的岳丈，但是人俊从来是不认识他的。这件离奇的公案，是二十余年前所成立的。秦笠翁与人俊的父亲，在二十年前，是很好的朋友。他们曾指腹为婚，后来因乱事，彼此分散。传闻秦氏全家遇难，所以罗老太也就没有向人俊提及这件事。其实秦氏与罗氏分散后，就避居远方。后来笠翁打听得罗家仍迁回杭州，所以特自送他的女儿玉贞来完婚。人俊对于这种儿戏的婚姻起初是极力反对的，无奈他的老母以死来要挟他，他只得暂时承认来安慰老母。人俊此时所处的境遇，正和国英所处的一样。爱神把他们这样玩弄，未免太恶作剧了！

明群自从国英出走后，自然是非常焦急。余家因体面的关系，也想替余仁另娶。但是余仁贪恋国英的美貌，不肯答应。他本是一个口是心非，朝秦暮楚的纨绔少年，对于国英并无真心恋爱。后来他结识了一个比国英更美的荡妇，因此就把国英放在脑后。有一天他领了荡妇到一家珠宝店去买首饰，刚刚给明群看见。明群发觉他的劣行后，就叫他到家里去教训了一顿。余仁因此怀恨在心，回家就对父亲挑拨是非说明群看余家不起，他愿意与国英退婚。他的父亲信之本来是主张替他另娶的，听了儿子的话，果然就到明家去把他们两家的婚约解除。明群因此也气愤成病，后悔他当时不应把女儿逼得太甚。

有一天国英在报上见了父亲病危、找她回家的广告，就匆忙整装，与罗家作别。人俊与国英是同病相怜而又相爱的人，他们话别的时候，除泪眼相看之外，竟找不出一句话来互相安慰。那时的情景，只可以“流泪眼观流泪眼，断肠人送断肠人”两句诗来形容他们的万一。国英正回到家，已是明群最后的呼吸的时候了。明群见了国英只说了半句话：“英儿！你回来了。余家的婚事……”就死了。

余家既和国英退了婚，国英本可自由。不想明群遗嘱上，国英得享受二万元的遗产。余家因此就和余氏密谋，否认退婚的事。他们恐怕国英第二次逃婚，就买通疯狂院的医生，诬她是狂人，生生把她关在疯狂院里，以便将来等她的丧服期满后，实行逼婚。

星月将沉，夜深人静，有一男子救国英逃出疯狂院。这个男子就是罗人俊。人俊自从与国英别后，许久没有得着她的消息，所以他就到上海找她。他到了明家之后，从明家的忠仆王升处探知她被关在疯狂院。所以他就装作一个疯子，故意使警察送他到疯狂院去。等到夜里，他才把国英救出。他们出了疯狂院后，国英就向人俊道：“我们到哪里去呢?”人俊就毅然说道：“我们到新社会去找新生活去!”国英点头微笑。他们就携着手向光明的路上前进。他们是有志的青年，终归是不肯做爱神的玩偶的！

说　明

濮舜卿

民本小学校教员明国英。（张秀影）

学生：明老师！放假你回家去吗?

国英：小朋友！你的明老师是不能回家的。

明群——国英之父。（邢少梅）

余氏——国英的继母。（邢半梅）

国英：爹爹！我已经恳求你不止一次了，你如果可怜女儿，请早些把我和余家的婚约解除！

余氏：我的侄儿有哪一件配不上你？

余氏：老爷！如果你听她的话，可真把你的老脸也丢尽了。

国英：强不爱以为爱，是最痛苦的事情！我宁死也不……

明群："在家从父"古有明训。不要无理取闹！

父亲大人膝下敬禀者女宁负不孝之名免贻终身之戚从此远离故土寄迹他乡婚约不除无相见也肃此敬叩

金安

不肖女国英拜上

国英：妈啊！你不死，我何至……

民本小学校长罗人达——国英的好友。（翟绮绮）

人达：英妹！我劝你把烦恼去开罢！

人达：到处能安就是家。你到我家里去不是一样的吗？

余仁——国英的未婚夫。（刘继群）

信之——余仁之父。（易荫峤）

信之：国英出走已经半年了。我屡次要把婚约解除，替你另娶，你总不肯，究竟是什么意思？

余仁：我总要想法把她找回来。不像她那样漂亮的人我不要。

王氏——人达的寡母。（陈疑梦）

罗人俊——人达之弟，醒华大学学生。（雷夏电）

余氏：你要一千块钱干什么？是不是又赌输了？

余仁：我有正经用处，请你暂时借一借罢！

荡妇贾琴。（王曼瑛）

余仁：我到银行拿钱的时候，和总理多谈了几句，所以来迟了。

明群：明天差人去叫他来，我教训他一顿！

余仁：她是……是我的姑母。

明群：哼！你以为我还不知道你干的好事吗？

余仁：你不要摆臭架子！谁是你管的？

人俊：英妹！我送你一个爱神，愿他常常伴着你。

国英：感谢你的厚意，我却不能领受。

人达：你知道他送你这个爱神是什么意思？

国英：别开玩笑罢！你要知道，我是一个被爱神所忘却的人。

人俊：我不因国英是定过婚的人而不爱她。

余仁：爹爹！姑丈太瞧我不起。我现在听你的话，愿意和国英退婚。

信之：对啦！我另外替你娶一个好的。

国英：唉！爱神！你明知我没有权利爱人，为什么偏叫人爱我？

明群：你也太不会管儿子了，让他在外面胡闹。

信之：哼！你太会管女儿，所以让她逃走了。

明群：好！好！好！我的女儿配不上贵公子，我们把婚约解除罢。

信之：求之不得。我已经把庚帖信物带来了。

秦笠翁。（包梦蛟）

玉贞——笠翁之女。（火美丽）

笠翁：玉贞！你快要做新娘了，怎么还不脱小孩子的脾气。你夫家的消息给我打听着了，他们新近才迁回杭州，我打算明天就送你去。

国英：鱼没有水是怪可怜的！

人俊：人没有爱，也和鱼没有水一样的可怜！

明群气出病来。

信之：不要胡闹！国英我尚且不要，怎能让你娶这种无耻的妇人？

明群：我不该逼英儿太甚！

王氏：哎哟！自从遭乱，我们分散后，听说你全家被贼杀了，怎么还……

笠翁：我们逃难之后，就在山东省的乡下住了十几年。现在因为玉贞大了，所以送她来和人俊成亲。

王氏：俗语说："是姻缘棒打不开"，我们就早些选日子替他们完婚罢。

笠翁：我们住在宇宙旅馆。人俊回来请他去见我。

律师金明法。

明群：我要请金律师代写一张遗嘱。

余宦囊薄涩，有田百亩，房屋十间，以遗吾妻余氏。有现金万元，股票值万金，留付吾女国英。余身后事，务求简朴。此嘱。

立遗嘱人　明　群

代 笔 人　金明法

证 明 人　明余氏

信之：听说你的姑丈病危，请律师立遗嘱，我要去看看他。

人俊：我什么时候定过婚？和什么人定过婚？

王氏：说来话长。我以前以为秦小姐被贼害了，所以没有告诉你。

罗秦两家指腹为婚，满月行聘。

人俊：父母一时高兴，断送儿女终身幸福。这种儿戏的婚姻，我誓不承认。

笠翁：什么话？哪有把二十多年婚约废除之理。你莫非嫌我穷吗？

人俊：无论老伯答应不答应，我一定不与没有爱情的人结婚。

玉贞：爹爹！他要退婚……我……将来还有什么面目做人？

笠翁：孩子！不要怕！有我在这里。

信之：可惜仁儿已和国英退了婚，不然这二万多块钱，也属余家了。

余氏：退婚的事情，只有我们三人知道。他病到神志都不清楚了，如果国英回来，我们可以把退婚的事情瞒过。

王氏：你看！你这样害人。如果你再闹，我就死在你面前。

王氏：我白养了你一场。

人俊：罢了！罢了！我答应就是了。

人俊：我要对你声明：这是我母亲娶媳妇，并不是我娶妻子。

第二天。

明国英鉴自汝离家余日夜思念今抱病甚危望见报速归

明群

人达：弟弟！事已如此，望你不要有意糟塌身体。英妹的父亲有病，她立刻就要回去。

人俊：英妹！我们都是爱神的玩偶啊！

人俊：你为什么强不爱以为爱，使有爱而不能爱？

流泪眼观流泪眼。

断肠人送断肠人。

以爱情当谐剧来演的荡妇，又与第二个配角合演了。

贾琴：你化装起来，简直是一个美女。

国英：爹爹！爹爹！国英回来了。

明群：英儿！……你回……来了……余家的……婚事已……

国英：爹爹！什么？余家的婚事怎样？哎哟！爹爹！爹爹……

一星期后。

信之：国英有丧服在身，强迫她成婚是不合礼的。

余仁：迟了，恐怕她再逃走。

余仁：姑母！请你千万看守着她！

余氏：但是家里没有铜墙铁壁恐怕关她不住。

张媒婆。

张婆：本城倪副官家里有财有势，和府上门当户对，我想替大小姐做媒。

人俊：你这种人不知害死了多少青年男女！滚出去！

国英：王升！我回家后今天才有机会和你谈话。我走后，家里的情形怎样？

王升把退婚的事和余氏的阴谋告诉她。

王氏：人俊一定要等到大学毕业才肯结婚。

闲坐悲君亦自悲。

断肠人访断肠人。

第二天。

王升：罗少爷！小姐被关在疯狂院里。

人俊：好好的一个人，怎么会发狂？

余仁：胡医生替我想了一条妙计，由胡医生签字，硬说国英有病，把她软禁在疯狂院里；等她丧服满了，才接她出来成亲，这样我们就可以人财两得了。

余氏：小姐有病，我们现在送她到疯狂院去。

王升：他们的诡计我全知道，只恨我没有能力去救小姐。

她是一个因失恋而疯狂的人。

疯妇：没有爱就没有生命！没有爱就没有生命！没有爱就没有生命！

余氏：大小姐！请你安心住在这里。医生说你的病快要好了。

疯妇：贼婆！快把情人还我！

佣人：胡医生吩咐的，谁也不许见明国英。

人俊："不入虎穴，焉得虎子。"

人俊：还我国英。

警长：他是一个疯子，我奉区长的命把他送来。

国英：俊哥！俊哥！我们是梦里相逢吗？

人俊：不！不！英妹！快跟我逃出疯狂院去！

国英：我们到哪里去呢？

人俊：我们到新社会去找新生活去！

有志的青年终归不肯做爱神的玩偶。

风雨之夜

出品　大中华百合影片公司，1925 年

编导　朱瘦菊

摄影　周诗穆

布景　王雪厂

演员　王英之　汪国琦　王谢燕　杨静我　韩云珍　严秉衡　微　微　包梦蛟　周文珠

《风雨之夜》电影取材于林纾翻译小说《红礁画桨录》，由朱瘦菊编剧。其电影本事、字幕原载《大中华百合特刊》风雨之夜号（1925 年 12 月 13 日）。心泠《中国影片新评：(四十)〈风雨之夜〉》(《国闻周报》第 2 卷第 48 期，1925 年 12 月 13 日）亦有该片介绍，但文字不同。本篇选自前者。

本　　事[1]

风雨之夜，小说家余家驹自校归。至家则爱女在床，娇妻外出。盖其夫人庄氏，爱修饰，好社交，是夕方赴友人之宴会也。

余伉俪素笃。知庄氏挥霍巨，不能不多任职务，以丰所入，而应不时之需。不意积劳致疾，赴乡养疴，庄氏及爱女娇娜从焉。居未几，庄氏不耐寂寞，舍夫女先返。幸居停卞道士之次女玉清，爱娇娜，将护备至，余颇心德之。村有钱大伟者，富家子也，素爱玉清，而玉清对之殊落落。惟其姊玉洁，则慕大伟富而爱之，然大伟未之知也。某夕雷雨交作，娇娜惊啼，余犹熟卧。玉清闻声奔视，仓卒未能避瓜李嫌。玉洁见之，疑有秽行，然亦未敢泄诸人也。

嗣余疾愈返城，大伟设席宴卞道士父女。提及婚事，玉清却之，谓抱独身主义。大伟疑其妄，次日自请于卞老。卞老久冀高攀，闻之惊喜。而玉洁则虑大伟为妹夺，迫不及待，侃侃述雨夜所见，诬妹不贞。卞老阻之不得，而大伟则谓予爱玉清甚得，之于愿已足，他事弗遑问聚。讼时，适为玉清闻进，谓大伟曰："予本不愿为人妇，今以余君名誉故，或将改初志。请以三日期，当有报命。"大伟喜而去，玉洁则懊丧万状矣。

斯时家驹方埋首故纸堆中，而庄氏则旧友新知，纵游甚乐。此日之颠倒石榴裙下者，即为家驹之姊丈孙乃温。乃温夙畏妇，其行动盖出之以秘密者。

玉清既抱牺牲主义之决心，乃寓书家驹，明心迹。拟亲携赴城投之，犹冀与家驹

---

〔1〕原为句读。

一面为诀。抵门，逡巡不敢入，窥窗适为娇娜见，呼阿姨，因亟遁归。遗书邮筒中，投送时又落庄氏手。辗转多日，始为余见，急赴乡访玉清消息，则已与大伟行结婚礼矣，盖玉清急于自表清白也。家驹闻之，怅怅而已。

当家驹仓皇就道之日，亦庄氏兴高彩烈之时，盖乃温约之往游郊外新置之别墅也。在庄氏不过视为一种寻常游乐，孰意乃温包藏祸心，阴图非礼。幸庄氏悬崖勒马，力拒乃温，仆之，伤其腿；己面亦为指甲划伤。夺门而返，已过午夜。幸家驹留乡未归，庄始心安。数日后，孙乃温夫妇造余氏家。余见其腿伤，问所由来，孙支吾以答。其夫人亦问庄氏面伤之故，庄亦饰辞为对。嗣询家驹是夕未归，究宿何处，家驹不敢实告，张口结舌，未及置答。而本剧亦于是告终矣。

字　幕

夜色已沉，更兼风狂雨骤。这时候家家都闭着门，个中情形，哪许局外人轻窥。

如此深宵，栉风沐雨，端的为着何来。（余家驹）

佳人才子的结晶品。（娇娜）

一颗交际明星。（庄氏）

他这里刮肚抽肠，呕枯心血。

伊这里涂脂抹粉，卖尽风流。

他看见这嫩藕似的玉臂，恨不得一口吞了下去。（汤杰）

男友：我们发起跳舞如何？

男友：庄女士是跳舞大家，我们不可辜负了这个盛会。

余：你回来了么？

一个快乐家庭。

你看他秋霜罩面，表面上多么严肃啊。（孙乃温）

似这般笑靥生春，还有人吓得倒躲倒躲。（余氏）

余氏：今儿你好勤俭。

孙：这丫头收拾得一点儿不干净。

余氏：如此我换个人来服侍你吧。

余氏：春香。

余氏：她做事很勤，可以令你称意。

余氏：我弟家驹的病，不知痊愈没有。今儿你也无事，陪我去探望一遭。

余氏：春香！拿老爷的马褂、帽子来。

砚田可耕，脑汁果能常灌溉乎！

庄氏：医生，多谢你想个法子，给我马上看好了。我为他的病，心里急得什么似的。

庄氏：别的还不打紧，这几天夜夜有跳舞会，他病了，教谁照顾门户。

娇娜：姨夫同姨妈来了。
医生：此病乃用脑过度，非旦夕可愈。最好出门静养几时，方有效验。
半月后，山村中忽来贵客。
这是他们极和善的地主。（道士卞子明）
皎如月，冷如冰，莫笑他出身微贱，却胜似闺阁千金。（卞玉清）
余：你看那边也有个游山的来了。
余：此人仿佛是我们房主人的女儿。
这孩子貌似痴呆，心地却很纯洁。（钱大伟）
只求利己，哪顾损人。伊与玉清一般父母，两样心肠。（卞玉洁）
钱：方才同你妹妹一起进去的男子，是什么人？
玉洁：这是我家新来的房客，与你不相干啊！
钱：请将此书交与令妹，说我亲自送来。因见府上有客，不敢奉扰。
玉洁：可怜这单相思，害杀了他。
庄氏：上山下山，跑得人两腿生痛，哪及得上海出门就是汽车的适意。
余：天生胜景，都要人自己寻觅。若处处汽车可到，那就不足为奇了。
庄氏：几块顽石，一带浊水，难道胜过了跳舞场里的热闹吗？
玉洁：这是姓钱的令我带给妹妹的书。
卞：他又买书送给你妹妹吗？真是难得。
玉洁：一个闺女常受别人的礼物，可是应当的？
卞：痴孩子又小器了，将来自然也有人送礼物给你的。
卞：这包书是大伟叫你姊姊带来给你的。
次日。
钱：昨天托令姊带上的书，可曾收到？
玉清：多谢！收到了。
玉清：再会了！
庄氏：烦杀了，阿翠带她出去玩。
卞：傻孩子，别碰坏了人家东西。
卞：自从少夫人住来之后，村里一班人，都当我们这里有个天仙下降呢。
一个脂粉狱中的罪囚。
孙：适间太太对你怎样说的？
婢：太太说今晚她要看戏，教老爷陪着同去，不可走开。
孙：来人快倒一盅开水给我。
余氏：你有什么不爽吗？
孙：肚子里觉得怪疼痛的。
余氏：可要请个大夫，或者我不去看戏了，在家里陪你吧。
孙：那倒不必，你先到戏馆里去，我肚子好了就来。
余氏：如此你要仔细，倘若肚痛利害，不到戏馆里来也好。

在俱乐部中。
友：今儿你来怎晚？
孙：因为贱内在家肚痛，所以出来晚了。
友：足见你们夫妻恩爱。
孙：你俩也未尝不肉麻呢！
友：老孙，你的舅嫂庄女士，因何许久不见？
孙：他夫妇俩赴乡养病，大约不久就回来了。
何来雁帛报平安。
钱：你妹妹近来同那房客爱情如何？
玉洁：我哪里知道，你何不问她自己。
是夜。
庄氏：乡村里的生活，我实在厌烦极了。你可以让我先回去吗？
庄氏：你一个人怕寂寞，我可以留娇娜在此陪你。
庄氏：如此我明儿就动身回去了。
翌日。
玉洁：你看我妹妹不是同那人过去了吗，为甚不问他们好不好？
玉洁：休悲伤，放下工夫，何求不得。看你们将来有情人都成眷属罢。
有一天，卞老急匆匆似有大事。
卞：你来甚好，我正要出去讨欠款呢。
余：令尊日常事务，倒也很忙碌的。
玉清：正是。他除却替人家做法事之外，最忙的就是讨欠款了。
讨欠款。
卞：你好勤俭。
卞：几天不见，应该亲热一些，怎地气吼吼的？
妇：你倒想得到还要来的。
卞：只为家里来了客，没工夫之故。今儿特地送月费给你来的。
妇：你今天可要喝酒了。
卞：倘你预备着，喝两盅也好暖暖肚。
这一个情场失意。
钱：我必得彼，虽死无憾。
这一个失意情场。
玉洁：适间路遇大伟，教我候候妹妹。
玉洁：大伟这人，我看他用情倒颇专一。
孙太太视为最重要的一件事。
孙：好极好极。
孙：我有十万金的大买卖，约在今晚谈判，须要出去一会。
余氏：如此须得早些回来。

孙：那是一定。

十万金大买卖之谈判。

庄氏：今天姑太太缘何没来？

孙：她身子不爽，所以我独来探望你的。

庄氏：多谢姑夫的美意。

孙：彼此至亲，何用客气。你乡居已久，独自回来，又很寂寞，明儿我陪你同去玩玩可好？

水媚山明，恰宜他情投意合的人们玩赏。

玉清：我看世间小说家，都是无中生有。即如今日我们俩散步空山，到了你的腕下，何尝不能化作绝妙文章呢！

余：小说家言，贵在情生文，不贵文生情。以女士才高情洁，写入我们笔底，自然是洋洋大观了。

一场活剧。

卞：你少我五元八角房租，非还不可。

房客：老子没有钱，看你怎样！

卞：此人欠我五元八角钱，还要打我。

钱：快还老先生的钱。

钱：不必谢！请你寄语玉清女士，说我问候她。

卞：是是，遵命。

卞：今儿幸亏大伟，不然我几根老骨头，哪禁得那人拳头。……大伟倒又提起玉清，惜乎我家门第，高攀他们不上罢了。

卞：适间有人欺我，幸得大伟相救。我家若和他做了亲戚，一定没人敢少我们的租钱了。

大约他又是讨欠款来的。

妇：风雨如此，你今天不必回家了。

妇：橱中还有瓶好酒，你今儿既不回家，无妨喝个畅快。

卞：不好不好，我一定要回去。

余：你……怎得到此？夜深人静，孤男寡女，有瓜李之嫌，如何使得！

玉清：啊哟！我也见不及此，听得娇娜啼哭，故而进来安慰的。

玉清：外面门响，恐是爹爹回来，这便如何是好！

余：事不宜迟，快些随我来。

卞：太上老君急急如律令敕。

鸡偷狗摸的筵会。

庄氏：家驹有电，今夜十点钟回来，我不便多饮。

庄氏：时候不早，我要回去了。

庄氏：快把橱里我平常穿的衣裳拿出来。

余：多晚了，你还作什么活？

庄氏：这几天懒出门，所以拿点儿活计消遣消遣呢。

明日。

旧地重游，素心人远，未免有情，谁能遣此。

钱：玉清女士一个人上山么？

玉清：是。

玉洁：这字笔法很好，可是你写的？

著作家最得意的一天。

心血的代价。

余：何故生气？

庄氏：你不晓得的。

余：这是书局里刚送来的，你拿去随意用罢。

虽非觌面，也慰相思。

卞：钱家往来的，都是绅董，居然请我们父女吃酒，实在是不容易呢。

卞：今夜钱大伟请我们父女晚膳，这真是难得的荣典呢。

卞：你别害羞，少停随我去，不去他要当我们不受抬举的。

钱大伟家之盛筵。

钱：女士何不多饮一杯？

玉清：量窄不能多饮。

钱：女士可晓得我今天奉迓的意思么？

玉清：不知。

钱：我……我意欲与女士订百年之好，不知……

玉清：住了，先生的美意，非不感激，其奈我已抱定独身主义何。

翌日。

卞：昨天叨扰，至今口齿还香，多谢多谢。

钱：那算什么，今天我特地同老先生来商量一件事的。

钱：请问老先生，你二小姐玉清女士，将来可要嫁人么？

卞：这个……这个……不瞒钱先生说，只为我家寒，置不起庄奁，高不攀低不就，所以迟至今日呢。

钱：然则似我这般身家，可以配得上做你的女婿吗？

玉洁：且慢。

玉洁：你娶我妹妹，是你终身大事。我有一句话，不能不告诉你。

玉洁：我妹妹已不是闺女了。有夜……

卞：放屁！玉洁，你敢是痴了，这都是一派胡言。

玉清：父亲，姊姊所说乃是真的。

玉清：姊姊，可惜你只知其一，不知其二。当初我虽然到他房里，却始终光明磊落，至今还是清清白白的闺女。

钱：不妨事，我爱你。只消你肯答应，无论她怎样说，我都不管。

玉清：你的心事，我都知道。我的心事，昨夜已告诉你，但今天可以取消，隔两天再给你答复。

玉清：我本预备独身以终，不料今天受此打击，为着保全余先生和我的名誉起见，令我不能不牺牲初志了。

破碎芳心，惟有诉之楮墨耳。

次晨，玉清决赴城，亲递此函。

卞：你今天怎早出门？

玉清：我今天要伴送学生进城，隔一宿方能回来。

卞：你自己小心一点。

卞：这孩子聪明多劳，很可人怜的。

婢美妾娇，非家庭之福。

余：以后切不可再教丫头带娇娜出去，适间险些儿惹了大祸。

庄氏：你看我这套衣裳好不好？

庄氏：你回来正好，我要出去了。

余：以后不许到外面去，只许里面玩。

尽一日舟车之劳，玉清已至城中。

娇娜：阿姨！

余：你记阿姨，隔一天我带你往乡下去看他。

此刻她仍托了绿衣使者。

孙：今天怎的来迟？

庄氏：自然有事才来迟呢。

孙：明天你答应我同到城外新买的别墅中去，可一定吗？

庄氏：自然一定。

孙：我不相信。你把这手袋留下给我，做个押信。

余氏：现在什么时候，你知道么？

孙：今天有许多客人，讲交易，所以时候久了。

余氏：何以你交易都在夜里讲的？什么我都不管，今晚你回来迟了，罚你三天不许出门。

第一天。

第二天。

孙：你可晓得太太打扮好了，要到哪里去？

婢：不知。

孙：你要出去么？

余氏：不错，这是你的马褂，快穿了陪我出去买东西。

第三天。

婢：太太，王公馆里来电话。

余氏：今天吃晚饭吗？……我马上就来。……再会再会。

孙：今天有人请你吃晚饭吗？

余氏：正是。……但是我出去之后，你把这二十套小曲，另抄一套副本，限你在我回来时候交卷。

解放虽解放了，然而闻令难违，哪里告诉得人。

孙：休生气，实为这几天交易忙，失了你的约。明儿一定派汽车来接，这手袋也还了你。

庄氏：我不相信了。

孙：再失约，我就是你养的。

庄氏：你看什么？

余：是一封书局里催稿子的信。

欢迎佳宾的预备。

一个儿喜溢眉宇。

一个儿愁上心头。

余：我要下乡望个朋友，也许今夜不能回来。

卞：余先生来得真巧，请坐，吃杯喜酒。

余：谁的喜酒？

卞：今天玉清出阁，我本要写帖子请你……

有美同车，乐不思家中母大虫矣。

孙：这一所屋子，是我特地为你预备的。

孙：今天我要与你商一件事，不知可能见许？

这里如此如此，但她的保护人，此时……

卞：玉清约大伟三天答复，不料进城回来，就要求第四天成婚，否则作罢。事出仓卒，你那里未发请帖，得罪得罪！

庄氏：请你休得无礼！

孙：你为什么今天忽然拒绝我？

庄氏：为我丈夫和女儿的名誉故。

孙：到此时也顾不得许多了。

一个夜游人。（叶仲芳）

庄氏：少爷回来过没有？

婢：没有。

有一天，六亲聚会。

余：乃温兄，你腿上的伤势不轻呢！

余氏：不错，他是汽车走在坍墙头旁边压伤的，所以汽车也压坏了。

余氏：妹妹的面上怎样受伤的?

庄氏：是被一只野猫抓伤的。

余：为什么不捉住这野猫捽杀他?

庄氏：那夜你不在家，教我怎敌得过这野猫。

庄氏：但是那一夜你说宿在朋友家里，究竟是哪一个朋友家，你还没告诉我呢。

余：这个……这个……

在家驹自然要捏造出一番话儿来，对答他夫人。然而我们却不敢欺骗列位看客。（完）

情　天　劫

出品　商务印书馆活动影戏部，1925 年
编剧　董血血
导演　任彭年
摄影　廖恩寿　余茂庭
绘图　余万蟾
布景　刘旭升　洪警铃
演员　汪福庆　陈锦屏　任爱珠　邬丽珠　马雅芗　陈宝善　吴畹生　柴晓云　翁霞仙　包桂荣

《情天劫》电影由董血血编剧。其电影本事无署名，原载《国闻周报》第 2 卷第 48 期（1925 年 12 月 13 日）、《妇女杂志》第 12 卷第 1 期（1926 年 1 月），以及《银幕评论》第 1 卷第 1 号（1925 年 11 月）。诸版本略有不同；本篇选自《妇女杂志》。

本　　事

陶心仪，浙东文士，在沪鬻文为生。妻史氏湘君，虽小家女，勤于操作，家庭间晏如也。

心仪鉴于国势之衰弱，草救国十策，洋洋洒洒都十万言。因劳思过度，伏案休息。其母问故，心仪备述此书之功用及将来之希望，颇得意。

孀妇史张氏家贫苦，生二女。长湘君，适心仪。次湘云，尚待字，性好游荡，为富家子朱季棠所诱，与之狎匿。季棠展询里居，湘云托言家教谨严，不以实告。

苏州富商潘颂阁，在沪筑有别墅，与季棠友善。语季棠欲纳妾，为湘云所闻，以姊湘君介绍。湘君惑于其妹之言，竟堕魔网。于是歌舞场中，时有二人踪迹。心仪虽有所闻，以证据不足，未敢即时发表耳。

一日，潘颂阁托湘云送湘君新衣两袭，误入心仪之手。见衣中夹有城区董事潘颂阁名片，大讶，急问湘君。答曰："此乃舍妹所赠，何怪之有。"心仪持片示之曰："此城区董事潘颂阁名片，亦令妹所有耶?"湘君曰："此予妹夫也。"心仪曰："令妹何时出嫁？予何以不知?"湘君曰："日前行聘，免君为难，固未奉告耳。"言毕携衣入，心仪终怏怏。

越数日，湘君正在理妆，心仪接省长回批，略谓："所纂救国十策，纸上谈兵，无裨实用。"湘君闻之笑曰："日日望发财，今可梦醒矣。"心仪殊愤愤，适湘君复忤其母，心仪曰："卿有所怀，尽可直言，不必苦吾母也。"湘君曰："离婚。"心仪曰："诺，卿即自便!"湘君乃出。

湘君昔为寒士妻，今作富家妾矣。越年，值龙华香市，湘君与潘颂阁同车游龙华。甫抵寺门，颂阁扶湘君下。适心仪布服素冠，随香会僧众而出。盖心仪母方逝世，为作佛事而来。不是冤家不碰头，不知若何感叹也？

湘云与季棠偶因细故，负气归宁，数日未回。季棠亟欲觅之，不知湘云居址，商之颂阁。颂阁曰："曷不约湘君同往？"并授以计。季棠即遣女仆至潘宅，告曰："史太太有病，望即往省视。"湘君信之，急归，季棠尾其后。湘君至家，见母安好，知有异。而季棠已追踪至，见湘云母宅极卑陋，与昔言不符。并见湘云蓬头垢面，方与三五无赖作竹床游，愤不可遏，因碎所怀湘云照片而去。湘云母适出，见地上照片，取问湘云。湘云大异曰："此予赠季堂者，今被彼撕碎，予事无望矣。"并语其姊曰："汝与潘氏已有婚约，殆无碍，应速去。"言时适潘仆至，曰："老爷今晚即回苏，请即归。"

心仪出妻后，得同学王子磐之介绍，任省公署科员，所入足以自赡。惟以家庭变故，郁郁不乐，常至公园小憩。遇某女士凭栏赏荷，团扇堕池畔，心仪代拾之，某女士称谢而去。时子磐亦在此游园，因谓心仪曰："君视彼美何如？女名杜鹃，善书画，性高尚，阁下得之，名士佳人，可称双绝，为子介绍可乎？"心仪曰："命途多舛，心志已灰，请勿谈此。"子磐曰："男女居室，人之大伦，吾当为子图之。"

潘颂阁既移居苏州旧宅，大妇钱氏颇凶悍，与湘君时起冲突。颂阁不能堪，忧困成病，医者束手。一日，钱氏至白衣庵求药方，颂阁自知不起，私与湘君钞币三千元，以备不测，卒为女仆窥见。仆即预承大妇命，暗中监视湘君者。钱氏归，已知一切，因索湘君钞币。颂阁扶病与争，一蹶不起，而湘君自此被逐。

翠楼别墅主人杜氏，养女杜鹃，为白下才女，以择婿太严多不成。子磐见公园拾扇事，特引心仪至其家。杜鹃素性高傲，一见心仪，则欢若平生。养母及子磐见之，颇为欣慰。杜鹃答谓心仪曰："久读大作，钦佩无似，今日相见，何幸如之。"心仪闻之，颇以为异，曰："鄙人有何著作，曾寓芳目乎？"杜鹃曰："前在旧书肆，以铜元念枚购得一书，名《救国十策》。卷端有大名，以是知之。"心仪曰："此予精心结撰之稿，不得当局一盼。而知音在此，可以无憾矣。"此后心仪与杜鹃来往甚密，因托王子磐作伐，惜杜氏索聘太奢未成。子磐愤甚，复取《救国十策》代呈北京政府，纷托知友，设法优与奖励。

时有所谓扬州富商钱新甫者，以三万金娶杜鹃为妾。议已成，因畏王子磐势力，乃利诱杜鹃之母，烧香为名，挟杜鹃同往扬州。心仪闻之，忧愤成疾。

湘君自出潘宅后，无以为生。至南京访亲又不遇，卖曲度日。某日挟弦索行街中，过心仪所居。心仪审音调，似湘君，出视果然。急呼其名，遽尔昏晕。而湘君已不知去向矣。真所谓自作孽不可逭也。

未几，子磐得其友复书，谓政府甚赏救国十策，奖金万元，交示心仪。心仪曰："晚矣！感谢故人，请代收藏，为交杜鹃可也。"

钱新甫与黄少卿，皆翻戏党领袖，向以使用伪票，犯案累累，官厅正悬赏缉捕。自骗杜鹃往扬州时，侦探已暗随其后，方二人与杜氏商交杜鹃时，侦探即上前捕之。

新甫犹抵赖，侦探示以悬赏照片，并揭其假须，始伏罪。

是时杜鹃与婢兴宝，方在亭中游玩，见钱黄被拘，趋询其母，始知二人乃翻戏党，未为所骗，深自庆幸。

杜氏深自悔悟，决以杜鹃许配心仪。杜鹃亲往询之，及至王宅，则心仪已于二日前逝世。

子磐遵心仪遗嘱，以救国十策奖金畀杜鹃。杜鹃坚不肯受，属为心仪营葬费及捐助慈善事业，挥泪而去。

杜氏方预备杜鹃婚事，久候不归。忽得杜鹃来函，知心仪已殁，杜鹃已在燕子矶殉节，悲悔不置，急与王子磐同往，迹其下落。惟见江流浩渺，而名士佳人，俱已千古矣。

剑胆琴心

出品　新大陆影片公司，1925 年

编导　陈　天

摄影　徐文蔚

画图　张云鹏

置景　陈镜缘

说明　丁锡庆

演员　符曼丽　黎趣星　丁锡庆　程竞雄　苏鹤侨　彭可泉　陈　超　张必达　陆美玲　陈素娟　懊　侬　徐秀夫　张云鹏　符云台　陈镜缘　陈　飞　徐志新　陈学舜　黄志刚　陈瑞麒

《剑胆琴心》电影由陈天编剧。其电影本事、字幕由周世勋撰写，原载《新大陆特刊》（1925 年）。《游艺画报》第 28 期（1925 年 12 月 23 日）亦刊载该片本事。

本　事〔1〕

周世勋

娑婆世界，某处某乡，有以下三个自小的好友。

一个是文质彬彬的书生张琴声。

一个是豪侠好义的壮士殷爱群。

一个是不学无术的浪子施友渔。

俗语说："江山易改，本性难移。"这句话就可拿下面一段惨史，做个铁证。

张琴声满腹经论，可惜怀才不遇，始终困守家园，埋头用功。

殷爱群浑身傲骨，不愿随波逐流再投身军界。后来经女友刘剑英再三的恳求、殷母大义的申斥，方才允许辅助剑英的哥哥剑锋，共负剿匪重责，离别了老母与剑英，向枪林弹雨里去讨生活。

少女骆天珍与张琴声、施友渔均相识。张爱之真，施爱之假。到底真情战胜假情，骆天珍竟和张琴声由友谊结为夫妇。不料施友渔用情失败，居心不甘，便用强权将天珍从老友手里夺去。

一天，殷爱群凯旋归来。殷母含笑相迎，一面杀了一只肥鸭，预备犒赏他那杀场回来的英雄。这里爱群脱却征袍，便想起他的老友张琴声。

久别重逢的老友，一旦相见，自然另有一番快乐。怎料到张琴声见了殷爱群，顿

---

〔1〕 原为句读。

觉得有无限凄凉涌上心来，含着眼泪把友渔夺爱事告诉爱群。爱群是什么人，怎忍耐得住，立刻就抱着一腔疆场杀敌的勇气，去夺回天珍。哪知道心与愿违，反而受了重伤倒地不起；天珍亦被击中要害奄奄一息。最可怜爱群虽仗义受伤，哪里知道家中老母，还虚座以待爱子归膳呢。

剑英得着了爱群、天珍受伤的消息，立刻报告剑峰，带着军队捕友渔和他的余党置于法。从此友渔辈沉沦万劫，更不知何年月日再得人生了。

自此后，茫茫情海里只落得一个孤苦失伴的张琴声，常对着一片汪洋凭吊他那爱人骆天珍。

刘剑英虽没有和殷爱群结婚，但是双方精神上的爱已达极点。到如今一生一死，也觉得了无生趣。于是便同着殷母投身孤儿院，为孤儿服务，藉着孩童们的天真，聊慰她俩一生的寂寞。

字　　幕

周世勋

张琴声，温文尔雅，倜傥不群，怀才未售，潦没风尘之名士也。（黎趣星）

殷爱群，愤纪纲不整，无意仕途，隐于乡，躬耕养母。乃一孝勇兼备之少年也。（丁锡庆）

施友渔，富豪子也。性浮荡，好冶游，结交狐群狗党，一恃强凌弱之恶霸。（苏鹤侨）

刘剑英，侠义女儿也，长武术，诗歌，乃爱群之挚友也。（符曼丽）

剑英：殷先生在家吗？

殷母：他到田里去了。

剑英：你何必这样辛苦呢。

爱群：这叫做不劳不得食啊。

爱群：大好河山，弄成这样黯淡无光，这是谁的过呢。

剑英：你我都是国民一分子，理当努力整顿。勿再放弃责任才是啊。

华仁强，血性男儿也，愤国事蜩螗，阋墙不息，有救国之心，无救国之力，徒负一腔热血耳。（张必达）

爱群：唉！可惜一个爱国的男儿。

剑英：人们若是从此觉悟，他虽然死了也还值得。

骆天珍，年少未经世故，乃待字深闺之少年也。（程竞雄）

骆妹：姐姐，施先生来了。

友渔：骆小姐，你近来生得格外好看呀。

天珍：你又来讲笑话了。

天珍：妈！我好看吗？

骆母：你常常这样破钞，我怎样谢你呢？

友渔：些少微物，何必客气呢。

骆母：辰光还早，请你坐坐再去吧。

天珍：我常常做梦亦梦见你。

琴声：噫！奇怪我亦是这样。

天珍：我爱你，我真正爱你。

骆母：辰光不早了，你还不转去。

琴声：骆小姐，无谓的嗜好，无谓的装饰，请你不……

天珍：不觉得。

天珍：张先生，何必这样呢，我遵从你的话就是了。

天珍：妹妹，你替我把钓渔竿拿来。

骆妹：噫！他们哪里去了？

张妹：你看，你姐姐同我哥哥，多么好呀。

天珍：小鬼头，我的心险些被你吓碎了。

孙大胜，黄金彪，乃为虎作伥之徒也。（彭可泉　陈超）

友渔：哼！为什么同他钓鱼，还是同我去玩吧。

天珍：不！在这里钓鱼好。

大胜：他真没有用，把一个女子就欺住了。

张妹：滚！我的鱼也把你钓去了。

剿匪司令刘剑峰，剑英之兄也。（张云鹏）

剑锋：我军节节败退，实属危险万分。

参谋：若得殷爱群前去，那么不至于这样了。

剑峰：恐怕他不肯来。

参谋：他事母最孝，若得他母亲同意，那就不愁他不来了。

剑峰：前方战事危急，我想托你去劝殷爱群前来帮助。

剑英：等我去做做说客着。

翌晨。

剑英：家兄想请爱群哥，共劝国事，又恐你老人家不……

殷母：什么话，国家兴亡，匹夫有责，令兄现有这般盛意，我就着他前去效力就是。

爱群：我怎样舍得远离你老人家呢。

骆母：我盼望你为国家的栋梁，不愿你为家中的孝子。

爱群：我尊从你老人家的吩咐就是了。

剑锋：你真片言好比春雷动，能使南阳起卧龙。

爱群：老弟，琴声素来懦弱，如若彼人欺负，还望你帮助帮助他。

殷友：但愿你，旗开得胜，马到功成。

小友：祝你努力救中国。

小友：望你多杀几个坏人回来。

素素，小玉，剑英之友也。（徐秀夫 黎璧城）
秀夫：张琴声和骆天珍结婚你知吗?
剑英：知！他俩可算是一对璧人。
剑英：人生最苦是“别离”了。
爱群：我俩几时才可见面呢?
剑英：等你凯旋归来。
琴声：小卒既敢在界内横行，大将何妨扰乱大局呢。
天珍：我明天和你姐夫回家探望你。
慈母望子，倚门倚闾。
友渔：来到嘴里的一块肥肉，却被他夺去了，你说可气不可气呢。
孙大胜：笑话，我们替你夺来。
大胜：喂！不准喊。我们奉施……来请客的。
友渔：你的心到底敌不过我的力。
天珍：你们这样强横，不怕法律么。
剑锋：殷指挥，确是将才，已将敌人杀得一败涂地。
凯旋。
爱群：这次战事，胜了也不算得荣耀。
殷母：好儿子，再莫离开我了。
爱群：我决不愿再出去了，沙场生活哪有菜饭香呢。
殷母：你快点回来，我炖着肥鸭，等你回来一块吃饭。
爱群：我去看看琴声，一刻就回来。
琴声：施友渔半夜使人来将我妻子夺去。
爱群：岂有此理，我去找他。
爱群：我们都是自少在一块儿的，何必做出这种不义的事情呢。
友渔：我的事情用不着你管。
金彪：我们还是躲避躲避才好呀。
大胜：不要怕，有我。
爱群：唉！想不到我殷爱群这样的结果。
剑英：为朋友牺牲，亦是荣耀的。
爱群：别的我都不顾虑，只可怜我母亲无人孝养了。
剑英：请你放心吧，你母亲就是我母亲一样。
作恶者之结果如此。
长恨！
为善最乐。
殷母：你为平民造福，实在是难得的。
剑英：帮助人家就是帮助自己啊。
（完）

孤雏悲声

出品　南星影片公司，1925年
编剧　卢祖同
导演　谢采真
演员　谢采真　蒋志鹏　余云卿

《孤雏悲声》电影由卢祖同编剧。其电影本事无署名，原收录于心冷《中国影片新评：（四十一）〈孤雏悲声〉》（《国闻周报》第2卷第50期，1925年12月27日）。

本　　事[1]

富翁刘世芳，为工厂厂主。妻早亡，遗一子，曰明堂。少年有作为，任职厂中。翁续娶何氏，不育，性嫉忌，视明堂若眼中钉。何氏兄大成，性阴狠，以外戚掌工厂之管理权，然其野心犹未已也。一日故与明堂冲突，大成乃与其妹谋逐明堂。谮于刘翁，翁信之，怒斥明堂蔑上无礼，令向大成谢罪。明堂欲加辩护，翁厉声谓不肯谢罪者，即非我子。明堂知父子之情已决裂，遂留书而去。翁亦以明堂固悖，心甚恨恨，誓不问其生死。明堂既别其乡井，乃力图奋发，立志非得意者，决不归故里。然怀才不遇，则亦不得不屈就于牛奶厂中。客中寂寞，幸有同事顾玉生，与之友善。一日，明堂与玉生驾车归厂，偶见河畔少女，失足坠水，明堂设法救之。女得不死，由是感之。女朱姓，宝贞其名，家本小康，以遭兵祸，父母尽丧乱军之中，飘泊至此，盖一孤苦零丁之女子也。天涯沦落，同病相怜，两人遂由友谊而进为夫妇。明堂离家数载，固无日不念其老父。老人初虽盛怒，至斯已渐悔。大成兄妹逐明堂后，大成益得刘翁信任，掌厂中财权，因得以公款供其挥霍，已而为数日巨。刘翁亦微有所闻，因欲查账。大成知无法弥补，遂挟款卷逃矣。明堂与宝贞结褵数年，生子女各一。长女曰雪贞，子曰小堂，家庭融融泄泄，极尽人伦之乐趣。斯时顾玉生已任职于他厂，与其情人结婚后，偕至明堂家告别，两人遂互祝前途胜利而别。不谓明堂以劳悴过度，一病竟以不起。临卒，以遗嘱付其妻。妻亦以日夜操劳故，相继去世。孤儿弱女，乃饱受金钱之困逼。雪贞不得不弃其乡井，而受雇于富翁陆姓家。陆翁赏其明慧，使为己女之伴侣。一日，翁微醉，见雪贞外归，欲强行非礼。女怨斥其无耻。陆子英为人极无赖，恃富凌人，专以欺辱清白女子为乐事。其姘妇唐影，与子英相随可数年，嗣以唐影年事渐老厌而弃之。影以清白之身，无辜为子英污辱而弃之，乃愤而携手枪来陆寓。盖此时子英适欲强行非礼，影见之，即开枪击之，中子英要害，当即毙命。后唐影自

〔1〕原为句读。

首被捕。雪贞知不能再留，遂往工厂作工。以星期假日，归视其弟小堂。此时何大成已丧尽其资，流而为乞丐，作苦工于马路矣。一日，雪贞自厂中放工归，途中遇无赖子数辈，百端调笑，将加以污辱，幸为一胖人所救。胖人询其究竟，女乃自述其身世，并出示亡父遗嘱。胖人大喜曰：“我顾玉生也。吾新主人刘世芳，即为尔之祖父。”乃急往报知刘翁。时何氏已故，翁念子綦切，闻讯大悦。祖孙团圆，悲喜交集云。

秋　扇　怨

出品　友联影片公司，1925 年

总监　陈旭如

编导　陈铿然

摄影　周　克　郭超文（助手）

说明　顾醉萸　徐碧波　范佩萸

布景绘图　方梁雪清

接片　看尚约

场记　关缉五

演员　胡　蝶　文逸民　徐琴芳　林雪怀　赵颠生　赵静霞　袁益君

《秋扇怨》电影由陈铿然编剧。其电影本事由顾醉萸撰写，总说明与分说明无署名，原载《友联特刊》第 1 期（1925 年 12 月）。

本　事〔1〕

醉萸

夜阑矣，长街寂寂，惟游戏场之电炬，犹上烛宵汉。斯时剧中人许玉辉，甫酕醄归去。许为人好色而奸，有外遇唐，以是恒薄待其妇。妇系出名女，门沈氏名丽琼，身世伶仃，无期功强近之亲，只一表弟吴毅，与之对门居。媠婳端丽，秉毋违夫子之训，犯而不校，每守至子夜，未尝有忤色。思所以谏之，苦不得当，乃以身体精神为辞，冀玉辉之能少悟焉。用心之苦，可谓至矣。讵知郎心匪石，终不可转。痛詈之不足，复加以殴辱，甚且强之下堂。至是此温婉之丽质，遂占脱轮之爻。夫女子之心，固而专，一经失意，辄以死自期。矧丽琼之遭际，为尤甚耶。于是忿极自沉于水，以为可以了此孽障矣。然属垣早有耳在，吴毅知事急，亦从水救之，载沉载浮，久之始出险。时天已曙，两人几昏瞀不省，卧于路隅，幸为陈氏兄妹所救，得庆更生。

陈文义者，操律师业。早岁失恃，侍母家居。其妹淑贞，则擅岐黄术。一存锄奸之志，一得济世之想。现援琼毅于危，乃询自溺之因。琼不忍暴玉辉之丑，但言厄于家难。陈母与贞深怜之，遂留之居。情意殷渥，骨月不如也。时毅得调治，精神已复，即辞陈而归。顾伤琼之飘泊无依，因时临存问，其热肠义勇，尤为淑贞私衷所佩。心

---

〔1〕 原为句读。

弦既动，情苗斯茁，毅偶此腻友，亦心神俱快，以为天下女子舍贞外，更无足偶我者。于是由缟纻之交，进而求伉俪之好。鸳牒方证，过从益密，比翼连理，乐乃融融。然福兮祸基，祸兮福伏。毅贞何人，宁能逃此？盖斯际兵匪四起，旱潦频仍。营米业者，悯贫民之生计维艰，特发起平粜会，筹议救济。玉辉袭父业，固为此中巨擘，于时偷运剥蚀囤积居奇，劣迹罪状，擢发难数。又复大言炎炎，饰词欺人，谨愿者动辄受愚，至是更鼓其如簧之舌，慷慨陈词，闻者无不动容。时文义亦在座，尤为钦倒，深愿缔交此商界英俊，遂坚邀过其家。玉辉益巧言令色，伪为端人。文义不察，复为乃妹绍介。玉辉登徒子耳，目逆丽质，遽色授魂与。繇是日造陈处，以访文义为词，藉伺美人色美，竟以媚唐之术，转媚淑贞。安知彼糟糠之妇，亦托庇陈氏宇下耶。殆造物哀人，特构斯玄虚。俾薄倖浪子，一睹故剑蕉萃之状，或能由怜生悔，则乐昌之镜，不难重圆。然吾知玉辉，猎艳方亟，唐且不顾，遑论丽琼。天之为此，适足以增丽琼之悲，而重玉辉之罪耳。

一日下午，毅贞相约驰马郊外。辉适至，方殷殷出其珠饰，以献淑贞，为状至狎昵。已而知毅贞之有宿约焉，妒乃不可遏，暗以刀断鞍带，复向阍人索朽绳以续之。毅贞不知也，驰未半程，贞遽堕马，仆地而晕。毅援之起，见附近有茅屋数椽，乃抱贞注叩乡人马成龙之门。马非善类，目灼灼似贼，初不纳。继见贞衣服丽都，项链灿灿然，贪念既炽，杀机顿萌。于是佯为慈悲，诱之入室。假买沸浆为由，反扃出，邀一无赖至，而劫贞饰。无赖命马复出鸠徒众，乃与毅斗。毅垂危，幸贞以缶击无赖顶，晕绝。毅贞方欲去，奸徒已苏，逸出，扣门而纵火焚厥屋。一刹那间，烈焰飞腾，势成燎原。此被锢之毅贞，自分无生理，不禁相向汍澜。俄而火益炽，贞旁皇四瞩，瞥见屋有天窗，一足可容。令毅速接桌近梁，毅乃挟贞由窗中登屋，跃于地，蹒跚遁。无赖复乘虚劫贞至旷野，而夺其饰。是时忽有某校童子军远足过斯，无赖遂逸去焉。二人至是，遂彳亍行。继在途中获所失马，始狼狈而归。丽娘抱秋扇之怨，兴寄食之感，分鸾别鹄，飘泊无归，举目言笑，难与为欢。陈氏虽遇之不薄，然一腔幽恨，讵可告人。以是心如膏火，独夜自煎，思等流波，终朝不息。人但见其幽娴贞静，安知弃妇之心，片片碎矣。文义目接婉娈之姿，心仪慎淑之行，以为小姑居处，未必有郎，遂有倚玉之想。陈母亦深悉其贤，于是渐露求凰之意。就知丽娘竟以薄命之身，不能再累君子辞之。陈母逆知难谐，心殊疑悔。而毅贞亦于此时踉跄归矣。众睹状大惊，二人乃缕述所遭，相与骇然。文义立召家人，遍询谁曾近马身者。门人不敢隐，遽以许先生告。义贞深为愕眙，初不意此道貌岸然之许玉辉乃为是祸厉之阶也。琼至是恚极，不复可忍，尽吐前事，声泪俱下。文义更义愤填膺，代进禀有司，控以宠妾虐妻之罪，并胪举其媚外劣迹无数。毅复出而证之。鞫谳既实，爰书遂订。于是此丧心病狂之徒，始俛首入狱。阅日琼往探之，触景生情，凄婉不胜。其时忽许氏家人入报，唐碧英已席卷所有，偕御人宵遁。辉一痛几绝，深自忏悔。噫身没有余忘缩手，眼前无路想回头，其斯之谓乎？虽然世之如玉辉者，亦可以已矣。

总　说　明〔1〕

嗟夫！父母之命，媒妁之言，上下古今，屈杀几许红颜。剧中人沈丽琼，其尤者也。

时逾子夜，许玉辉方兴尽归来。

玉辉妻沈丽琼，婉婳端丽，好女子也。

镗镗镗。

琼表弟吴毅，美丰仪，有古侠士风，与辉对门居。

至是丽琼，既痛郎心之匪石，复伤己身之薄命。女子恒情，大率以一死了孽障。其行似愚，其志堪悯。

生命。

义。

夜色凄其，寒风砭骨。吴毅本不谙泅术，骤撄此浮沈，已疲不能兴矣。

律师陈文义住宅。

陈文义读律十年，常以锄奸为己任，时方待其妹早餐。

义妹淑贞，擅岐黄术，具济世世想。

玉辉既驱丽琼，即就其所昵同居。鹣鹣鲽鲽自以为极生人艳福，故剑之存亡非所问也。

唐碧英。

数日后。

李白诗云，名花倾国两相欢，喻花喻人，可谓相得益彰。天下唯惺惺乃能相惜。故女子爱花，是其天性。

米业公会。鉴于各地之兵连祸结，水旱频仍，人民流离失所；而米价飞腾，民不聊生，特发起平粜筹备会，开会讨论，藉资救济。

玉辉之言可取，玉辉之行不堪问。听其言而信其行，至圣尚受其愚，矧吾亢爽磊落之陈先生乎。

翌日。

是日为星期，毅特洁其衣冠，以赴淑贞之约。

玉辉纨绔子耳，爱憎无常，惟色是嗜。丽质当前，食指又动矣。

语曰贤而多财，则损其志；愚而多财，则益其过。许父历年剥削民食所入，只供乃郎刹那媚宠之需。吁！悖人者悖出，造孽钱之下场，如是如是。

怨偶重相见。

冷冷一笑，伏下如许祸根，故世上惟以冷笑为最可怕。

乡人马成龙，素无赖，贪而狠。

---

〔1〕原为句读。

贪。

某校童子军远足过此。

强梁者不得其死然。

吾本世家女，不幸为蹇修所给，遂谬然嫔许。初尚相安，继而与荡妇有染，乃弃我如遗。横逆之来，有加无已。夫妇道苦，蔑以加矣，于是忿而投水。前所以未告者，徒以缔交未深，且言之滋痛耳。

呈文既上，下令缉玉辉。

儇薄子亦有今日乎。

夫爱情之为物，可高可卑，可洁可秽。用而当，白圭明珠不足比其洁；用而不当，则桑间濮上无以喻其丑。剧中之吴毅与玉辉，已有云泥之判矣。

弃妇之心，片片碎矣。

分　说　明〔1〕

（一）琼：外面好冷天气，你怎么这般时候才回来？

（二）玉：我有我的事，不用你管。

（三）琼：我哪里是管你？不过天天这样，于精神身体都有妨碍的。

（四）玉：精神是我的，身体是我的，妨害不妨害，和你什么相干。

（五）琼：咳！你动不动便生气，也该明白我的话，到底是好意还是恶意。

（六）玉：哼！多承你的美意，但是我却无福消受。我和你牢实讲了罢，你以后休来管我的事。

（七）琼：你不听也罢，又何必这样呢！

（八）玉：你絮絮叨叨，说些什么，给我滚出去。

（九）毅：深夜吵闹，是有妨公安的啊。

（一〇）玉：我们家事，不用你来干涉。

（一一）琼：这也不是，那也不是，看来你非要逼死我不止。本来像我这样活着，还不如早死一天的干净。

（一二）玉：好呀，你怎么不去死呢。

（一三）琼：天哪！可怜我们女子，要到哪一日，才不走这条自杀的末路呢！

（一四）毅：姊姊醒来，姊姊醒来。

（一五）淑：快把窗帘挂上，就去预备洗浴水。

（一六）淑：母亲呢？

（一七）文：老人家正浓睡呢。

（一八）陈仆：哎哟！哪里来的两个落水鬼。

（一九）陈仆：少爷不好了，大门外躺着两个死尸。

---

〔1〕 原为句读，对话者与对白之间为空格，现统一改为冒号。

（二〇）文：怎么说，淑妹我们同出去瞧瞧。

（二一）淑：哥哥瞧他二人，还可以救治，何不抬他俩进去医治呢？

（二二）文：那么阿福赶快把他们抬进去。

（二三）淑：快快将架上第二隔里的两瓶药水拿来。

（二四）淑：女士现在觉得怎么样？

（二五）玉：谢谢你，现在觉得好些了。

（二六）淑：女士想这位先生，便是救你起来的人了。但是女士，你怎样好端端的轻生呢？

（二七）琼：咳！一言难尽。我是个为环境而牺牲的人。不料表弟多事，将我援起，而今偏劳府上了。

（二八）袁母：他们两位，虽已清醒，但是衣服透湿，快些扶他们上去换衣裳。

（二九）文：男女两套衣服，已吩咐他们预备好了。

（三〇）碧：哼！你这狠心的，到这时才来，叫我等得好不心焦！

（三一）玉：你别生气，我报告你一桩天大的喜事：就是昨夜，我已将那贱人撵走了。

（三二）碧：这又何必呢，要是旁人知道了，还得冤枉是我的主使咧。

（三三）玉：眼中钉，早拔去一天好一天。

（三四）淑：先生你怎么这样要紧回去呢？不妨在舍间多盘桓几天啊。

（三五）毅：因为家中多天没去，要回去探望探望。

（三六）淑：那么姊姊，不妨在这里多住几天。

（三七）琼：承蒙款留，感激得很。

（三八）淑：吴先生倘有空闲时候，请常来谈谈。

（三九）毅：当然时常要来拜访，并且叩伯母的安好呢。

（四〇）淑：花已种好了，请你浇水罢。

（四一）毅：我们还是到客室里去。

（四二）淑：还不快去取面水来。

（四三）毅：我表姊呢？

（四四）淑：她和家母，出去买东西了。

（四五）毅：我们方才一同栽植那丛玫瑰花的时候，这也算我们合作的起点吗？

（四六）淑：作事当然都要合作，才会成功。现在环观国内，都因为不肯合作的缘故，所以弄得这样四分五裂。

（四七）毅：那么女士你明白了这个旨意，我们胡不想一细法儿，使得永远合作呢。

（四八）毅：女士是很聪明不过的人，当然已经了解我的意思了。

（四九）淑：你忙什么，快将那盆面水倒掉。

（五〇）淑：母亲和姊姊还来了。

（五一）文：今天米业公会开平粜会议，我是他们的法律顾问，必须去走一遭。

（五二）毅：如此我们就一同出走罢。

（五三）主席：现在兵灾之后，人民生计艰难。根本解决，当先整顿米价，取一致行动，俾救贫民而杜流弊。

（五四）玉：以兄弟愚见，平民生计，既经困难到极点，不如以最低价，再减五标准，诸君以为怎样？

（五五）主席：许君的提议，是为平民生计着想，我很赞成！

（五六）书记：提议已经通过了，可以散会。

（五七）文：先生有暇可请到舍间谈谈。

（五八）玉：本当奉访。

（五九）文：先生府上，可是历代经商？

（六〇）玉：先父在日，曾任显职。后来为国殉难。

（六一）玉：咳！现在的军阀，是穷兵黩武，祸国殃民，不顾国家的安危，只知夺地盘争权利，所以频年内乱不息，真是可叹可恨！

（六二）淑：哥哥外边有位客人进来了。

（六三）玉：这位是令妹吗？

（六四）淑：许先生请拍球。

（六五）玉：我们不要拍了。

（六六）淑：我们已忘记了姊姊了，去请她来同吃。

（六七）淑：姊姊我和你到园中去介绍一个朋友。

（六八）琼：我觉得头痛得很，对不起，缓一天再见罢。

（六九）玉：叨扰叨扰，我还没有他约，改日再来奉访罢。

（七〇）马夫：吴先生，马来了。

（七一）毅：晓得了。

（七二）碧：你拿这些东西出去做什么？

（七三）玉：是朋友托我照样代串的。

（七四）玉：好，你原来躲在这里。现在我常要到此走动，你自己放知趣一点，还不替我滚出去！

（七五）玉：这点菲物，请姑娘哂纳。

（七六）淑：这算什么，我无端哪里可以受这样重礼，只好心领了。

（七七）玉：这算不了什么一回事，不过大家留一个纪念罢咧。要是姑娘今天不领情，就是瞧不起我许玉辉这个人，那么也一辈子没有脸再来了。

（七八）淑：先生言重了，如此我只得权且收下。

（七九）玉：姑娘要到哪里去？

（八〇）淑：去骑马。

（八一）淑：我等你好久了。

（八二）毅：有劳姑娘久待，抱歉得很。

（八三）淑：这匹马很好，让我骑罢。

（八四）毅：很好！

（八五）毅：贞妹……贞妹……贞妹……

（八六）马：干吗？

（八七）毅：请问这里可有空房间，让他歇息一下子。

（八八）马：这里并不是客寓，怎能够留下你们。

（八九）马：有……有……有……

（九〇）毅：还要请你去弄些开水来。

（九一）马：家里来了一个受伤的女子，颈项上挂着一串挺大的珠子，我们合伙儿去发财可好？

（九二）毅：外边门已锁上了。

（九三）宋：你去叫人。

（九四）毅：你受惊么。

（九五）童子军：这恶徒已溺水死了，二位府上在哪里？我们可以送你们回去。

（九六）毅：承蒙诸位相救，感谢之至。舍间离此不远，在锦纨路。

（九七）童子军：你二人送他们回去。

（九八）陈母：小姐你怎么这样，一天到晚，现着不快活的神情，好像有心事似的。

（九九）陈母：你和我们相处已非一日，两下感情，也都很融洽；但是你当然也晓得我上了些年纪，很感觉得现在的寂寞。文儿虽则智识浅陋，却喜能够自立了，所以我很想替他找一房妻室。小姐你倘然不嫌这里门第和人品末，请你……

（一〇〇）琼：薄命之身，今生不能再累人家了。

（一〇一）陈母：女士此语怎讲？

（一〇二）琼：妹妹为何这等模样？

（一〇三）文：你们怎会如此狼狈！

（一〇四）毅：你们可有人见过，近我马的身旁。

（一〇五）阍人：我看见许先生，在马旁站了好一回。

（一〇六）琼：咳！玉辉害了我不算，还要害他人。他到底揣的是什么心肠！

（一〇七）琼：他是绅士其外，而佥壬其内的一个奸商。

（一〇八）文：既是这样，我愿代具禀出庭，控他一个虐待发妻之罪。

（一〇九）毅：我也愿作证人。

（一一〇）法庭推事报告：为许玉辉虐待发妻，威迫处死事，传集原被告及证人，开庭审讯。

（一一一）原告律师：本律师代表原告沈丽琼。为许玉辉虐待发妻，威逼自尽，实属惨无人道，有犯刑律第一三一条之所为，请庭上查究。

（一一二）被告律师：本律师代表被告许玉辉。查被告系体面绅士，向来安分，并无越法行为，可见原告所言，尽属子虚。

（一一三）原告律师：查被告虐待威迫之所为，有证人亲见，请庭上质问。

（一一四）被告律师：查沈丽琼有不规则行为，曾串通所欢卷逃。被告以颜面攸关，所以并不追究。现在他勾结表弟，反来诬蔑被告，请庭上彻查。

（一一五）被告证人：王律师所言属实，我可以作证人。

（一一六）裁判官：瞧被告系体面绅士，决无原告所言被虐情事；且原告证人，有亲戚嫌疑，证据不能充分，碍难受理。

（一一七）原告律师：被告非但虐待发妻，并且还有贩卖鸦片的重大罪恶，有铁证在这里。

（一一八）原告律师：被告虐待发妻、贩卖鸦片，两罪俱发，依照现行法律第二六六条，应处以三等有期徒刑。

（一一九）裁判官：被告贩卖鸦片罪成立。刑律第二六六条之所为，今依据法律，判以四等有期徒刑。所控虐待发妻，威逼自尽一案，证据不足，免予置议。

（一二〇）玉：我如今别无他念，但是我的内人，暂且请你照顾一下，感激不浅。

（一二一）玉友：你也不必担心了，她已经跟你的汽车夫席卷所有逃走了。

（一二二）玉：咳！咳！咳！

（一二三）玉：我现在已经觉悟往日的不是，但是懊悔也来不及了。

人面桃花

出品　新华影片公司，1925 年

编剧　严独鹤

导演　陈寿荫

摄影　经广馥

演员　黄玉麟　王慧仙　毛剑佩　严工上　黄筠贞

《人面桃花》电影由严独鹤根据同名戏剧改编。其电影本事无署名，原载《戏剧电影》第 1 卷第 2 期（新年号，1926 年 1 月）。

本　　事〔1〕

富家子何梦钰，钟情于乡女林韵芳，欲娶之。梦钰，父何赞庭，病韵芳之不学，格其议。会林父病殁，梦钰遂挟韵芳入城邑，令读书于模范女学。有钱素秋者，亦模范女学之生，喜修饰，工交际。韵芳从之游，渐习奢靡，费用不赀。又以素秋之介绍，识某大学学生张志远，两情甚洽。已而梦钰以事赴他邑，其父检校帐籍，其得梦钰以资供韵芳状，大怒，立趋女校谒校长白其事。校长遂除韵芳名，斥逐之。韵芳疑梦钰与己绝，乃从张志远去，赁室同处，相约为夫妇。不意志远已前娶李氏女，且有子周晬矣。李氏有兄曰家堃，素无赖，悉其事，藉端索志远金。不得，相与哄斗甚烈。家堃挥拳殴志远，中其要害，仆地遽绝。献定，家堃论抵，韵芳茕然无所依，乃归故乡，独居老屋中。初，韵离校之日，梦钰适自他邑归，追之不获，废然而返，仍苦念韵芳不置久之。父母为订婚钱氏，即韵芳同学钱素秋也。结婚之日，梦钰忽忆韵芳，驱车至乡间。入其家，尘封满屋，触目凄凉，徘徊久之，恻然泣下。时韵芳已归，方在内室，户隙窥见之，具悉梦钰初无弃己意，悔且悲。自顾业无颜见梦钰，卒匿不出。梦钰既行，韵芳亦离其家，乘舟他去，烟波浩渺，不知所往。

---

〔1〕 原为句读。

疑　云

出品　大亚洲影片公司，1925 年

导演　高西屏

演员　梁梦痕　郑逸生　过达俊　孙梅轩　陶言草

《疑云》电影本事无署名，原收录于心冷《疑云的批评：中国影片新评之四十二》（《国闻周报》第 3 卷第 1 期，1926 年 1 月 3 日）。

本　事[1]

柏玉霜，幼失怙恃，赖叔母抚育成人，曾毕业于浙江女［子］师范学校。其未婚夫杜志芳，乃《浙江周报》记者，与玉霜爱情甚笃。

林汉强，乃民党巨子。妻李氏，长舌妇也。生子女三人，延玉霜教读于其家。一日，汉强在楼室翻译电报密码，不意被风吹出窗外，适落于玉霜前，为玉霜拾得，因悉所谋。汉强恐其泄漏，恳守秘密，玉霜指天为誓。讵料为李氏所见，遂生疑窦。

杜志芳，素性多疑。日前闻玉霜与汉强参观游艺会，已呈不豫之色。此次来接玉霜，又遥见汉强与之絮絮，且指天发誓，于是不禁愤火中烧，悻悻而返。然玉霜不知也。

玉霜讲与汉强交涉事竣，久候其未婚夫不到，乃独自往访。相见之下，志芳默然不怿，而玉霜则莫明究竟。

李氏既疑汉强与玉霜之举动，乃严诘其夫。汉强情急，虚与周旋。未几，玉霜课毕，汉强急将适间诳妻之语告之，并嘱切勿泄发誓事，玉霜唯唯。不料李氏隐立屏后闻二人言中有意，遂疑为有恋爱事情，忿怒之余，立将玉霜教席辞退。汉强无奈之何也。

玉霜自罢职后，悒悒家居。汉强念其为己守秘密，致遭意外故，时往劝慰且有所赠馈。不料既为志芳所见，又为李氏侦悉，于是飞短流长，而无瑕之玉霜，竟冤含不白。

志芳自疑玉霜不贞后，神思恍惚，甚至幻出种种不可思议之奇梦。辗转反侧，饮食不进，变为知觉简单之人。母颇为忧。时袁氏称帝，志芳得友人书，招入民党，共图攻抗。志芳当百念俱灰之际，骤得此书，毅然以身许国。

玉霜处此荆天棘地之中，了无生人乐趣，于是留绝命书，以贻志芳，自寻短见，奔河边投水而去。汉强静思玉霜为己而被未婚夫所弃，心甚不安。每欲剖明此事，苦

[1] 原为句读。

无机径。适志芳突然入党，惊喜非常。恐志芳为日前之误会，而误及党事，乃将前事解释一番。志芳大悟，满空疑云，一旦涣散。志芳痛悔之余，急与汉强往访玉霜，负荆请罪。比至，则闲亭寂寂，人面桃花。痛读绝命之书，柔肠寸寸断矣。汉强乃挽之出外寻觅，幸玉霜自杀未成，相见之下，得汉强居间调解，各释前嫌，爱好如初。正是一夕西风起，浮云次第开。银河清似洗，明月自徘徊。

新人的家庭

出品　明星影片公司，1925 年
编剧　顾肯夫
顾问　陈寿荫
字幕　包天笑
导演　任矜苹
摄影　卜万苍
置景　董天涯
题绘　马徐维邦
演员　张织云　张美烈　黎明晖　王素筠　杨耐梅　王汉伦　傅绿痕　汪福庆　王元龙　张慧冲　王献斋　黄君甫　邵庄林　宣景琳　徐素娥　傅文豪　赵静霞　黄筠贞　王吉亭　赵　琛　文少如

《新人的家庭》电影由顾肯夫编剧。其电影本事为顾肯夫所作，字幕为包天笑撰写，原载《明星特刊》第 7 期（新人的家庭号，1926 年 1 月 1 日）。其电影本事曾以《新人之家庭》为题名发表于《电影杂志》第 13 期（1925 年 9 月前后[1]）。

本　　事[2]

肯夫

繁盛之区，必有巨大之金融机关，以调剂市面，而隐然执市场兴衰之枢纽焉。华中银行居市之中心，为往来车马所必经。石阶百级，华屋千仞，厥状甚伟，市场金融之总机关，亦银行界中首领也。凡驱车过其地者，见此巍巍高楼下，支以大理石之巨柱，虽妇孺无不知其为华中银行者。银行总理曰刘池龙，年事才二十许，少年而跻此高位，可以知其为非常人也。其人办事勤慎而有胆略，故银行之营业日有加，而池龙之英名亦日盛。以故知华中银行者，无不知刘池龙。

池龙妻杜氏文波，殊艳，爱池龙尤爱其子敏生。敏生时方学龄，则往往离母而就学。池龙又银行事繁，办公时间每较久于恒。文波无以怡其情，则以电话致其夫，问文艺剧场剧目，将偕池龙于晚间往观之。时池龙公事房，适有贵客二人在，铃声忽震，取而聆之，审系其妻，则忸怩漫应曰："会当归来告汝耳。"文波初未知佳客之在座也，则坚询之。池龙无奈，置其听筒，为之检自报纸。接线者闻线中寂然，以为谈话已毕，

〔1〕 原版权页未标注出版日期——仅根据所载文字与广告推测之。
〔2〕 原为句读。

遂分其线。待池龙自报纸查得，而线已中断，颇疑文波不怡。而时文波久询不得复，亦以池龙为轻蔑，怒甚。欲再摇铃诘责，而敏生适挟书包跳跃而来，于是怒始冰释焉。

钟鸣五下，办公之时间已过，池龙于银行返家。入门，文波方与敏生嬉，见池龙而不理。池龙知顷间事拂其意，心故弗怿，因坐其旁昵之。不意误触敏生所支木屋，敏生哭而文波心痛矣，谓池龙曰："汝独不能就他椅坐耶?"

晚餐后，敏生既睡，文波独凭栏，意良寂寞，因下楼视其夫。池龙方治银行事甚勤，斜睇文波，陡忆顷间事，因指一椅谓曰："汝独不能就此坐乎!"文波闻言似微愠，姑就之坐。椅上有小喇叭一事，戏取吹之，池龙以其故扰，谓之曰："我方治公，请暂勿吹。"文波始怒，吹之愈急。而池龙亦怒，携文件入别室去。文波见其夫愤愤而去，亦愤然掷喇叭于地。

跳舞场者，城中不夜地也。音乐杂奏，士女如云，衣香鬓影，使人忘返。社会好交际之男女，每会于是。六小姐者，尤驰芳誉于个中。是日为星期五，明日例有大集，厥会更盛，座客咸纷纷定座。六小姐因请其友唐群，亦定一座。唐群允之，并告之曰："明日将约其友刘池龙来。"语闻于章伯华，伯华六小姐情人也，其人好货利而性阴险，遂与六小姐谋，欲设计诱池龙而谋其财。

明日，池龙于公事房见文波像，颇悔其昨日事，因以电话至家，将偕其妻作山野游，以消此星期六之下午。而文波方浴，仅以意达其佣。既晚，池龙方欲离，而侍者持信入，为唐群约赴舞场函，随手弃去之，匆匆返家。文波沐犹未毕，仆人已张餐具。敏生来，因饥欲食，池龙曰："讵不能稍待尔母耶。"言时，色稍厉，敏生于是哭。文波于浴室闻敏生哭声，披衣急出。池龙笑谓曰："日影将西，儿饥欲啼，汝犹故迟迟，何以尽游兴乎!"文波曰："嘻，汝既弗爱汝儿，更何有于汝妻。"言已，抱敏生径入他室。

池龙邑邑出室，取报读之。见繁华旅馆舞会广告，因复忆唐群约，思不能偕妻作山野游，何如赴唐群之约。遂往舞场，因见六小姐。六小姐既识池龙，曲意媚之。章伯华复推波助澜于其旁，六小姐遂与池龙共舞。夫以六小姐交际之手腕，池龙有不堕其术中者乎！于是次日有游剑岗山之约。

剑岗之为山，以风景著。游客之踵，无时或绝。池龙本拟携文波来此，今不携文波而携六小姐来，此池龙之所不及料也。二人并坐山巅小亭中，厥伏殊昵。六小姐曰："剑岗之湖山，美丽如美人。今得君，湖山为逊色矣!"刘闻语不知所答，久之始曰："斯言殊过，当然恨不相遇未娶时耳。"六小姐曰："嫁娶名义上事，得其精神可矣，名义何足贵?"始相与一笑而罢。方二人之喁喁于亭中也，山背有女子三四人，联袂而过，其一为文波之妹杜文景。文景见池龙，告其同侪曰："此坐亭中者，我姊丈刘君也。"其又一见之曰："彼女殊窈窕，我固亦识之，盖大名鼎鼎之六小姐也。"

文波方与儿戏园中，其妹文景来访，告之曰："名盛一时之六小姐，我识之矣，我顷于剑岗见之。"曰："是何足异?"曰："我适见姊丈旁之坐，是以异之。"文波闻语，因疑池龙日来之所为，悉出乎此因。是夜，文波遂伏椅上以待池龙归。待池龙归而文波已入睡，欲唤之醒，见钟已指四时，因复蹑足下楼。池龙去而文波醒，见池龙衣冠，觅其人，不得。又见衣上有粉痕，下楼视之，见其手执绛帕，帕角刺六小姐字，大恚，阖扉登楼。

明晨，池龙上楼，文波栉发犹未竟。池龙曰："钟指九时，又将作一日别矣。"文波曰："汝日来大变常度，归必以深夜，卧必于楼下。汝虽厌我，我实为汝心痛。"池龙急曰："我二人之芥蒂，起于前日之电话，我将为汝解释之。俾芥蒂永消，弗为我二人之情爱梗。"文波曰："汝更何必假惺惺作态哉，我之爱情，已不复期其复热，仅祝汝与六小姐，永守其志耳。"池龙闻言，莫知所措。文波又曰："我二人曷谋离异，俾人各得其天赋之自由，奚郁郁终日，使身心不快为。"池龙见文波坚决，忿忿而去。

不数日间，离婚之约定，文波略整行李，欲离其家。敏生问曰："母将何之？"文波曰："将往外家。"敏生乃整其玩具，随母而出。至书室，见池龙，文波授以钥曰："我今所取，悉随身衣服，凡金银珍饰之属，悉储保险箱中，今以钥归汝。"于是携敏生欲去。池龙止之曰："敏生我子，已六岁，按诸法律当归其父，汝不能携以俱去。"言已，携敏生入室而阖其门。文波出门，闻敏生之哭声，肠为之寸寸断矣。

池龙与文波离婚之消息，既扬于外，六小姐乃来华中银行访池龙。华中银行有行员曰郭史明者，尝以慕六小姐艳名而一至繁华旅馆，以友人介，与有一面，日沾沾自喜，以夸耀于侪辈。见六小姐，告其侪辈曰："此大名鼎鼎之六小姐，与我甚媛。今来此，必系访我。"于是欢跃而出。见六小姐趋池龙，颜色顿沮，侪辈皆匿笑。史明无以自掩其忸怩，则振笔疾书，低头不复敢仰视。六小姐入室见池龙曰："汝昔恨相见之晚，今既与杜氏离异，当有以弥此憾矣。"池龙思之有顷，笑目："此诚不过男女间无意识之名义耳，斤斤奚为哉。"六小姐闻而愠之，颓然坐沙发上。池龙见之，意亦良弗忍，乃温慰之曰："今夜舞后，汝可以即往我家，居于是，凡主妇事悉由汝为之，是则不斤斤于名而惟精神是尚矣。"六小姐始转怒为喜。

文波自居母家，苦念其子，终日邑邑。日者，方与其妹文景治针黹，见邻家儿蹶门前，文景驰出扶之起，饷以糖类，儿始弗哭去。文波见之，因忆其儿失母之痛，伏栏杆而泣。其母闻声出，见而怜之，谓文景曰："汝姊终日忧伤哭泣，是非计，姑父时有书来，欲汝姊妹往，今盍往乎，或足稍杀汝姊悲怀也。"于是遂行。

是时，敏生亦苦念其母，尝捧文波像而泣于园中。婢来见之，强拽之行。经一鸡栖，老园丁方持鸡卵人孵。敏生问曰："若以鸡卵何为哉？"园丁戏曰："此神鸡也，能造万物。今园中鸡将空，我故令造鸡以供日用。"敏生不信，问婢曰："丈言确耶？"曰："确也，书不有鸡能孵雏之文耶。"是夜敏生乃取文波像，置鸡栖中，跪于地而祷曰："神鸡，愿若速孵我母成，俾得与我戏。我得我母时，汝得縠矣。"祷词甚修，俱小心之天籁也。以反复祷而疲，昏昏思睡，则强张其目以祷。当敏生方祷之时，正池龙与六小姐舞场热闹之时。逮二人归而敏生已入睡矣。

池龙见敏生卧园中，深以为异。问之，敏生以实告，池龙心大恸。六小姐则以衣裹之而入。

越数日，章伯华来视六小姐，谓之曰："汝今珠饰焕然，不复曩时矣。然汝富且贵，亦曾一念我之凄凉乎？"六小姐曰："日来池龙每念其子，以及其母，则我之能否终居此，尚为一问题。而汝何遽作此言?”章笑曰：“前戏言之耳，我岂小不忍而肯乱大谋者乎。”曰：“婴固可虑，足败我事。然处之亦易，杀之可矣。”六小姐曰：“是太残忍，最好移之往他埠。”章曰：“是亦不难。”章语才毕，汽车声止于门外，池龙归矣。章惊欲遁，六小姐笑曰：“子何胆小如鼠也，居此毋恐，我自有术。”池龙入，六小姐因曰：“我表兄章伯华，近方赋闲，数数来相扰，欲丐汝代觅一枝栖。然我未尝语汝，今复来刺刺，殊中厌也。”池龙曰：“此易事耳，汝可允之。”于是章致谢而去。

章伯华欲去敏生，俾弗为六小姐行事累，于是出重金求助于一匪人，曰戚一青。戚乃日候刘门前，见敏生出，趋前谎之曰：“汝母念汝切，嘱余来携汝。”敏生闻言，即随之去。及婢出，敏生已失所在，四顾失措。正惊骇间，池龙偕伯华归，询得其实。伯华谓池龙曰：“速以电话告警署。”未几，侦探长偕二探至，颇疑及伯华。池龙曰：“此我之亲戚，且旦夕未尝离跬步，讵是人所能作哉?”于是侦探长携敏生照像去，以备侦查。无何得报，谓敏生为匪拐，已入船。于是急驰至船，喘息初定，船已启椗。侦探长乃见船主，欲搜查旅客。船主曰：“船未出港，即行搜查，惧乱秩序。请以明日，我当事前为布置，以助君成。”探长然之。侦探长之来也，戚一青已见之矣，阴使其徒党一人监视之。是夜月明如昼，侦探长方蹀躞于甲板，戚之党徒遽施狙击，探长力扑之。既又遇戚一青，探长乃跃登船顶。一青出手枪，探长知不可斗，又跃之入海。浮沉久之，得一小舟。舟人载之至火车站，谓之曰：“若搭火车往，当可先船抵轮埠。”

文波居姑父家，阅报纸得知敏生失踪事，乃急理行装，将搭轮归询其实。马车将抵埠，忽一汽车掠而过，车中有人呼阿母，则敏生声也。戚一青见敏生真遇母，令汽车驶加疾。文波追之不得，废然而返，无如何也。幸也，侦探长已乘汽车来，得其状，急命追之。弗及，旋又得之，遂书纸条予汽车夫，命求助于警署。而己则只身入贼巢，徒以众寡悬殊被缚。敏生乘贼不备，为之去其缚，遂复殴。未几，警察驰至，匪悉就捕。

文波有表兄曰赵骏，知警署已得敏生，乃偕文波往询之，则敏生已由探长伴赴车站矣。乃又驰至火车站，而车已行，于是只得坐待半小时，以待下次之火车。

探长既领敏生去，到时已黄昏。知池龙在跳舞场中，因往访之。不意敏生误为群客挤入花园中，适闻六小姐方与章伯华密谈。六小姐谓曰：“今晚汝可命人来劫池龙去，而以书来勒巨款备取赎。我既为主妇，则钱出我之手，入汝之囊，必无阻碍。”语闻于敏生，敏生亦不言。池龙既至，六小姐佯为欣喜，与同归。六小姐既归，托词头晕，径自登楼。池龙询敏生以所经，敏生遂并以顷间所闻告之，池龙于是急为秘密之计划。夜午后，章伯华率匪人三人至，门不加键，昂然直入。入卧室，电炬忽明，则室中所坐者，非池龙而为侦探长及其助手，于是悉皆就缚。未几池龙至，以人命六小姐下，告之曰：“我待汝表兄不薄，而汝表兄以此报我。”六小姐遂亦佯詈其无义，声色甚厉。池龙又曰：“若曹谋，我尽知之，何必作态。”命警吏缚伯华去。六小姐乃作媚态，求赦而留之。池龙曰：“我知悔矣，我因汝而知所悔矣。汝速去此，我不罪汝也。”

明晨，文波偕妹其并坐廊下，而池龙、敏生至。夫妇相视，各各默然。敏生遂引其父母手而近之，文景乃往告其母。其母闻之，方推门入，退谓文景曰："此恢复爱情之时，我侪其慎毋扰之。"于是一日以后，文波已偕池龙游于园中，敏生以千里镜遥瞩而图其像，并注其旁曰："六小姐去矣。"以示其母。母以示池龙，相与一笑而罢。

字　　幕〔1〕

天笑

自来夫妇间之爱情，以生育而渐移情于子女，且因是发生误会，因误会而生种种错迕。故夫妇间爱情，第一须解除误会，庶克葆家庭幸福。

繁盛都市之银行，其行长正在工作忙迫时。（王元龙）

当刘池龙工作忙迫时，其夫人杜文波正在无所工作之时。（张织云）

文波：我身体虽闲，心里很忙，忙的是想你，不知你也想我吗？

池龙：我吗？也在想……

文波：今天我想到文艺剧场看戏，请你告我今天的戏目。

池龙：停刻我回家来告诉你。

文波：我不要，我要你现在告诉我。

世间多少情场变化，往往以一局外人造成之，此电话接线生其一也。

此夫妇间第一次之误会。

敏生：娘！我回来了。

刘敏生。（任潮军）

当刘池龙工作已毕之时，正其夫人工作忙迫之时。

此夫妇间第二次之误会。

池龙：你不能坐在别个椅子吗？

弄儿以寄其忧愤。

散步以舒其积郁。

对于爱儿之爱已休息，对于爱夫之爱又滋生。

池龙：我事甚忙，你不能坐在别个椅子吗？

池龙：我方办公，谢谢你可以弗吹吗？

军人之喇叭，催动两军之战争；儿童之喇叭，催动夫妇之战争。

此夫妇间第三次之误会。

此灿烂繁华之跳舞场，为高等社会士女之长夜娱乐地。

一对浑蛋。（黄君甫）（邵庄林）

史明：为什么她还没来？

自安：这地方有趣极了，明天我还要来咧。

---

〔1〕原说明字幕前有■标记，对话者有括号。现统一略去，将说明以不同字体区别之；并在对话者后加冒号。

六小姐为交际明星，无一宵不临此繁华娱乐地。（杨耐梅）
六小姐之情人章伯华。（王献斋）
管事：明日跳舞节目，更比今天佳，请各位早些来。
唐群为一纨绔子，携其女友常游于此。（汪福庆）（宣景琳）
唐群：明天我想约我友刘池龙同来。
唐群：这一位是很有面子的银行家，想与你做个朋友。
伯华：刘池龙听说很有钱，我们可以得一个机会。
夫妇间虽有争执，事过后辄生悔心。
仆人：少奶奶正在洗浴。
池龙：你告诉少奶奶，我回来后想同去剑岗山游玩。
半点钟后。
池龙：等少奶奶洗浴舒齐后，再开饭。
敏生：快拿点心来。
敏生：肚里饿来。
池龙：急什么，不能等你母亲浴罢同吃吗？再吵，就不许你吃饭！
池龙：你已浴好吗？饭后我们去剑岗山游玩吧。
慈母之心弦，忽为爱子哭声所震，急来探视。
文波：算了罢，孩子尚不喜欢，何必假惺惺说爱我！
刘池龙因对于爱妻之失望，遂赴唐群之约。
六小姐：刘先生何必拘于服装，失却眼前跳舞的快乐。
六小姐：我一向倾慕刘先生，今后又多一好朋友。
六小姐：明天可有功夫，陪我往剑岗山？
伉俪之间，时起龃龉，刘池龙遂不觉情有所移。
六小姐：剑岗山风景美丽，有你刘先生来，更足使湖山生色。
池龙：你这话未免过奖了，蒙你如此推爱，可惜相逢已晚，否则……
六小姐：爱好重在精神，原不必拘拘于名义上。
剑岗山士女如云，杜文波之妹杜文景与其女伴亦游于此。（王素筠）（傅绿痕）（殷佩贞）
文景：这坐在亭子里的，就是我姊丈刘池龙。
女伴：这坐在你姊丈旁边的，不是大名鼎鼎的六小姐吗？
文景既游剑岗山之后，便道来访其姊。
文景：你们等一等，我看看阿姊，五分钟就出来。
文景：阿姐，我在剑岗山看见这位名盛一时的六小姐了。
文波：这有什么希奇。
文景：我看见她坐在姊丈旁边。
杜文波疑丈夫近日之龃龉，有六小姐从中作祟，乃深夜待其夫归。
明晨。

池龙：我现在又要到行里去了，停刻儿再见。

文波：你近来态度大变，回家这么晚，又不愿到楼上来睡，想你心里是讨厌我，何必装出这个假意来。

池龙：前天吾们两人的误会，全由于那天一个电话，我现在可以解释明白，不要叫我们爱情上生障碍。

文波：我也不希望你再来爱我，但愿你与六小姐能始终相爱就是了。

池龙：男女交际，现在已经通行。我与六小姐也不过通常一种男女交际罢了。

文波：你既见了我讨厌，我也见了你痛心，我们两人不如离开，使各人得各人的自由。

池龙：你既如此说，离开就离开好了。

律师之友：近来离婚的一天多一天，增加你们律师生意不少。

律师：不差，你瞧华中银行刘行长也和他夫人离婚了。

离婚契约既签字后，杜文波与其婢，正整理衣箱。

敏生：娘！我回来了，你预备到哪里去？

文波：我……回外婆家去。

敏生：娘！我要同去。

文波：我所带去的全是随身衣服，凡是你家的珍饰，尽在铁箱里，我把钥匙交还你。

池龙：慢慢！敏生不能带去，法律上六岁之儿应归其父。

爱子之哭声，引起杜文波临别之悲痛。

六小姐得此刘杜离婚消息后，以为有隙可乘，径访池龙。

史明：你们瞧这位大名鼎鼎的六小姐，特地来访我了。

行员：只怕癞虾蟆想吃天鹅肉。

史明：六小……

六小姐：刘先生，从前你说相见恨晚，现在听说你与夫人离婚了，这不是我们天假之缘吗？

池龙：爱好在精神上，何必拘于名义。

池龙：唉！你不要动气，今晚跳舞会散了，请你同归我家，执行主妇的职务。

因良好夫妇屡次之误会，刘池龙遂为六小姐之占有物。

以母性最深挚之杜文波，闻邻儿颠仆之哭声而心痛。

文景：不要哭，我给糖你吃。

杜文波之母，为一慈爱之中年妇人。（黄筠贞）

杜母：你阿姊终日忧愁，不是道理，表姊有信叫她去，你陪着她旅行一次，散散心吧。

杜母：你身体单弱，不可过于悲伤。

敏生既失其母，借照片以寄其孺慕之思。

婢：敏生少爷！敏生少爷！

婢：你怎么又哭啦，我们去玩去。

此白须垂胸之老者，为刘宅之园丁。（文少如）

敏生：你为什么把鸡蛋放在鸡肚皮下？

园丁：这是一只神鸡，能创造万物；现在因为没有鸡了，所以教它创造些出来。

敏生：他说的话真吗？

婢：咦！你教科书里，不是也读着鸡能孵蛋的一课吗？

敏生因感动于日间老园丁之言，竟欲于鸡埘间造出其母，故深夜伺婢去后，捧母照至鸡埘来。

敏生：神鸡！神鸡！快造出吾娘来，她是最爱我的。

夜已阑矣，歌舞未散，客有倦归者，六小姐与刘池龙则兴犹未已。

敏生以待母不至，久久渐入睡乡。

池龙：敏生！敏生！怎么睡在这里？

敏生：我在这里等神鸡造出我的娘来。

六小姐住居刘池龙家两星期后，章伯华来访。

伯华：我们的计划，竟使你成了一位行长夫人；但抛得人太寂寞了。

六小姐：近来池龙因为他儿子常想到文波，尚然他们爱情恢复，我们的计划，全然失败，你还说那种话。

伯华：那是一句开玩笑的语，小孩子有什么难办，结果了他就完了。

六小姐：这未免太残忍了，最好把他骗到哪里去。

六小姐：啊呀！池龙回来了！

六小姐：你不必慌且坐着，我自有办法。

六小姐：今天回来得早啊，吾表兄屡次想请求你代谋一事，我还没有说过，今天他又来托我说项。

池龙：这容易办，可以答应他。

戚一青为一拐匪，尝教被拐小儿鬻技于市。（王吉亭）

伯华：我现在托你一件事，你办得到吗？

伯华：我托你把刘行长的儿子骗到别处去，我先给你一百块钱，事成后再谢你。

一青：这容易办，包在我身上。

戚一青受章伯华之托后，每日伺于刘池龙之门。

婢：你等一等，我去拿了你的帽子来，同往游玩。

一青：你就是敏生少爷吗？你母亲来托我领你去。

敏生：真的吗？我娘在哪里？

婢：敏生少爷！你又躲起来吗？

池龙：什么事？如此惊慌！

婢：少爷不见了！

池龙：怎么说！少爷不见，你怎么照看他的！

伯华：快打电话报告警局去。
池龙：你们是警察局吗？我们是刘公馆，走失了小孩，快请侦探长来！
池龙：敏生不见了。
六小姐：你到底管些什么事，怎么把少爷丢去！
婢：我上楼给少爷取帽子，出来就不见了。
伯华：骂她也没用，横竖一刻儿工夫，侦探长就来了。
杨璞为当地警署之侦探长，其人颇精明强干。（张慧冲）
杨璞：你们的小孩，什么时候失去，有多少年龄？
池龙：在一点半钟以前失去，年方六岁。
杨璞：我有一句话和你外面说去。
池龙：你把少爷的照片，取一张来。
杨璞：这戴眼镜的是谁？我有些疑心他。
池龙：这是我们一位亲戚，今天并且同在一处，那是你疑心错了。
杨璞：你们到各车站去侦查，我现今到轮船码头去。
侦探长于各处码头侦查后，又到此间码头来。
杨璞：你们见有这样一个小孩上船吗？
警察：是的，好像同三个男人一同上船的。
一青：侦探长怎么也上船了，我们两人快监视他的行动。
一青：你快躲在被内，等他们回来，我寻他们的开心。
侦探长尚未觅得小孩，而轮船已开行。
船主正执行其开船之职务。（张慧冲）
杨璞：船主！
杨璞：鄙人是侦探长，刻因有一拐匪，在这儿船上，请船主允许搜查。
船主：船还没有出港，一搜查了要乱船上秩序；待明天布置好了，你再搜查。
一青：他终要溺死了，何必把枪声再惊动船上人。
杨璞：我是侦探长，被船上拐匪打入水中。
船人：我载你到那边火车站，你趁火车往，可以比轮船先到码头。
杜文波在其姑丈家，时时与其妹盘桓，得略减其忧思。
赵忆兰为杜文波之表妹。（徐素娥）
以报上爱子失踪之新闻，又引起杜文波之惊痛。
敏生：娘！娘！娘！
文波：这汽车里，是我被拐的孩子，快追上去。
敏生：我要到娘那里去。
一青：不许响，多响就要打你了。
一青：那边没人照管，我先回去，我们买了酒菜就回来。
杨璞：你把这张条子，快送警察局去。
杨璞：你要命，快把敏生交出来！

杨璞：你就是刘敏生吗？

敏生：是的！我是被他们拐来的。

杨璞：轻声些讲，不要被他们听见。

此掳人作恶之匪徒，到底难逃法网。

杜文波遇子折归，知爱子确已被拐，然未得爱子踪迹，心更悲痛。

赵骏：既然在此地遇见，想决不离远，我可以代你去探听，你不要悲伤。

赵骏：拐敏生的匪徒业已破案，现在敏生及匪徒都在警局。

赵骏：她是才破案的小孩之娘，现在来探视其子。

警察：小孩已由侦探长搭火车带他往本地去了，此刻或尚火车站。

文波急欲见爱子，警局既未遇，火车又开行，慈母之心，痛如刀割。

赵骏：小孩已经寻获，你也不必悲伤了，下班车仅隔半点钟，我们静坐等一等吧。

侦探长领敏生归，知池龙在跳舞场，即领敏生来访池龙。

伯华：你到刘池龙家已久，也没有弄到多少钱，这不是枉费心机吗？

六小姐：今夜他睡在楼下，可照你从前计划，带人来将他掳去，然后再写信来勒赎。

六小姐：我在他家，都已承认我为主妇，由我出钱赎取，最为妥当，不惹人疑。

伯华：跳舞场中，我还有几位朋友，须再游玩片刻。

六小姐：我略头晕，须上楼先睡了。

敏生：爹爹！我听得这个戴眼镜人说，今天晚上，要带人来捉你。

敏生在父前述其被拐之经过。

扰害社会之徒，今日均自投罗网矣。

杨璞：刘先生！你今天应当相信我从前的疑心是不错的了。

池龙：请你暂时把章伯华留下来，停刻儿再带去。

池龙：我待你这表兄不差，他竟这样对付我，你现在有什么感想？

六小姐以池龙尚未知其与章伯华同谋，乃伪为詈骂伯华。

池龙：你也不必骂了，你们的奸谋，我已尽知了。

六小姐：过去的事，我全上了人家的当，请你饶恕吧。

池龙：现在我对于过去一切，也全都觉悟了，请你离开我吧。

事败身逐，为堕落女子之下场。

文景：阿姊，姊丈的车子来了。

胸中万千言，不知从何处说起。

文景：敏生！你把你爹爹的手，和你娘的手，拉过来吧。

杜母：此刻正在他们爱情恢复的时候，我们不必去扰乱他们。

刘池龙与杜文波破镜重圆之第二日。

文波：你瞧你的儿子，也正在笑你咧。

（完）

1926年

空谷兰（前后部）

出品　明星影片公司，1926 年
原作　黑岩泪香
改编　包天笑
字幕　郑正秋
导演　张石川
摄影　董克毅
置景　董天涯
题绘　沈延哲
演员　朱　飞　马徐维邦　黄筠贞　杨耐梅　宋忏红　黄君甫　张织云　周空空　严仲英　陈乐瑞　王吉亭　任潮军　王献斋　小　星　郑小秋　赵　琛

《空谷兰》电影系包天笑根据日本黑岩泪香译本小说《野之花》改编，分前后两部。其电影本事为宋痴萍撰写，字幕为郑正秋所作，原载《明星特刊》第 8 期（空谷兰号，1926 年 8 月 15 日三版[1]）。该片本事亦单独刊载于《申报》（1926 年 1 月 18、22 日），《国闻周报》第 3 卷第 7 期（心冷《评明星两张新影片（一）〈空谷兰〉》，1926 年 2 月 28 日），以及《益世报》（1929 年 5 月 12～20 日）。

本　　事[2]

前　　部

痴萍

纪兰荪，武林世家子也，偕陶生时介留学新大陆。陶病甚，势且不起，以遗物授兰荪曰："身死异域，命也夫。是戋戋者，以君之惠，致之老父弱妹，瞑矣。"兰荪泣而受之，陶卒。为妥其丧葬，仍附轮归国以完诸责。

兰荪早岁失怙，家惟老母。有中表妹柔云者，以曙后孤星，幼养于纪氏。慧黠得纪母欢，因有使匹兰荪意。及兰荪自新大陆归，姑侄大喜，以为婚媾之约，可以从容而定。不意征尘甫卸，复有嘉兴陶氏之行。陶翁正毅，故治法家言，而性不近名利。女纫珠，憨跳多姿，善承色笑。尝以久不得兄书，絮絮问其父。比兰荪至，宛转陈凶耗，父女大恸。翁尤老泪纵横，不能自已。纫珠因延兰荪小住，借解父忧。异日，翁

〔1〕 初版当在 1926 年 2 月。
〔2〕 原为句读。

与兰荪语，深契其学识，西河之痛，为之少减。纫珠感兰荪之有造于父兄，亦敬佩之。兰荪则初见纫珠，已惊其明艳。晋接既久，益钦其婉淑，爱念油然而生，乘园游自输诚悃。翁闻之，谓有婿如此，于愿已足。兰纫婚约遂定。

以豪族而匹清门，兰荪几不获谅于萱帏。幸纪母爱子，仅小致谴责而止。柔云则大不怿，顾空言不足以翻成局，则姑自隐忍。婚之夕，纪母见新妇美，前嫌稍释。越日，群宴新妇。纫珠误服嫁衣，且进退多不中礼，座众目笑之，柔云尤揶揄尽致。兰荪大窘，目睹纫珠归房而泣，惧失其意，力劝慰之。自是柔云测纫珠易与，渐侵其主妇之权。虽黜陟臧获，亦径行之无所顾忌。兰荪不能甘，讽其妇曰："是汝责也，奈何让之柔云？"纫珠曰："我固不习此，何为相强？"兰荪闷闷而出。一日，春海夫人盛宴延宾，纪氏一门皆集。座中某伧，潜以情诗投纫珠。纫珠大怒，碎之。柔云与众讥其失贵妇人态，兰荪亦深致不满，觉纫珠之太璞无华，不如柔云之工于肆应矣。

乡女翠儿，家贫，投纪氏为婢。柔云以其貌似纫珠，力主弗录。纫珠忽抗声曰："今日之事我为政。我欲录，斯录矣。"柔云不虞其骤振，默然讶异而退。厥后兰云之迹日密。纫珠惟督翠儿裁治褓褓，为临蓐计。既生子，名曰良彦，夫妇之爱，因之稍复。及良彦周岁，大宴戚友。纫珠亦纳春海夫人之劝，应对周旋，不肯示人以弱。席半，柔云粉墨登场，以娱来宾；纫珠及陶翁继其后，来宾咸大鼓掌。

当陶氏父女演剧之际，座中某氏子，素垂涎柔云，乘闲引之入园，花荫情话，要以婚约。兰荪踵至，柔云觉，斥某氏子而输情于兰荪。纫珠剧终，寻踪亦至，遂尽窥兰云之隐。强忍入室，抚良彦而哭，命翠儿速请陶翁。翁方酬酢甚欢，翠儿逡巡退。纫珠作书别其夫，携翠儿潜出，将归嘉兴。抵车站，忆良彦照片，亟遣翠儿还取。以风利，解外氅予之，而自登车厢以待。及翠儿重返，前车已逝，不得已附后车行。半途肇祸，翠儿罹于浩劫，面目俱损，不可辨识。站中人察外氅，且得所藏刺，于是纪夫人遇难之耗，哄传遐迩。

兰荪闻惊，与陶翁趋车站，抚尸大恸，以为果纫珠也。营葬毕，陶翁别婿而归。时纫珠宁家已久，翁猝睹大惊。互述所遭，始知其误。纫珠虽悲翠儿之因己而死，而又深幸其自此可绝纪氏之念，请于父，愿侍终老。翁度其志不可夺，听之。

兰荪对子思妻，形神交瘁。母慰之曰："纫珠逝矣，何自苦如此？有柔云在，为汝继妻，则良彦亦无母而有母。"兰荪重违母命，黯然曰："儿之不德，媳死非命，焉忍其骨未寒而谋重娶，待之三年可乎？"

后　部

痴萍

既兰荪践三年之约，续娶柔云。日对新人，辄思故剑。又三年，深感柔云之锋芒必露，不似纫珠之婉淑可亲，视未婚时，顿形落莫。柔云则异是，方欣欣然日以沽名为事，从金博士之请，独资创柔云学校。纫珠依父而居，日度其无聊之生涯，因服务于禾郡之孤儿院，为安定身心计。院中人佩其学养深沉，而无有知其往事者。更八年，院长将荐纫珠往柔云学校主任教务，商之陶翁。翁转询之女，纫珠闻语怦然。念良彦且十四龄，襁褓失母，训育可虑，遂变妆御黑色镜，易称幽兰夫人，应召而往。时柔云生子柔彦，因虐遇良彦益甚。纫珠既任职，众果不复辨其本来面目，良彦尤昵就之。纫珠见其英俊逾常儿，私心大慰。然自身秘密，仍矜持不敢稍泄。

柔彦周岁，柔云商于兰荪，将开盛宴以招戚友。兰荪阻之不可，则姑听之。柔云穷极奢丽，务胜当日之施于良彦者。纫珠本不欲行，苦为良彦所嬲，允焉。良彦导纫珠抵家，经一室，室悬纫珠像，指曰："此吾慈母之遗容也。"纫珠心大动，背拭泪痕，佯为弗觉而已。既见诸人，仍强抑情感，悉与周旋。有顷，良彦忽以细故忤柔云，大遭诟责，往哭于母像之下。柔云恶其哭，谓将不利于其弟，追而杖之。纫珠目击心伤，惟百计慰良彦。逾日，良彦导纫珠展其母墓，会兰荪携鲜花一束亦至。纫珠心益动，顾力持镇静，不欲自宣如故也。

柔云知兰荪之不能忘情于纫珠，徒以有良彦在，隐蓄异谋，将伺机一逞。适良彦患病，渐就危殆，谵语喃喃中，惟呼阿母，且及幽兰。兰荪忧心如捣，延纫珠来任看护，以安爱子之心。一日，医以药来，谓吉凶恃此一剂耳，饮之以时；失时将不救。是夕，柔云图窃药死良彦，纫珠惊觉，追入长廊，纠结甚苦。柔云怒曰："若外人，何与吾家事?"纫珠去黑色镜，亦为恶声报之曰："若谛视之，吾固外人耶?"柔云审视大惊。兰荪闻声至，睹状大诧，询纫珠，纫珠已得药，不顾而行。询柔云，柔云也愤然径去。兰荪木然不知其故。柔云念奸谋悉露，纫珠复归，遂趋马厩，驾车他适。马未驯，柔云猛鞭之，性起狂奔，触于枯树。车翻，柔云受重创，舁入医院将死。时良彦依时得药，病象果安，举家引为大幸。忽闻柔云噩耗，兰荪与纫珠立往视之。柔云自白前告，逾时而逝。于是此睽隔十余载之夫妇，翳障潜消，复归于好。

柔云新墓既成，曩日错认为纫珠埋骨之所者，亦易碣为义婢翠儿矣。纪氏合家临墓凭吊，纫珠抱柔彦祝于柔云之墓曰："我必善视若儿，以慰若在天之灵也。"

字　　幕〔1〕

前　　部

正秋

美国蓝市恩医院。

纪兰荪，一贵族少年也，为武林世家，拥有巨资，现在美国留学。（朱飞）

陶时介为兰荪最莫逆之同学，不幸抱病异域，行将垂危。（马徐维邦）

时介：我只怕不能再见我最亲爱的老父和弱妹了，这一些东西，等你回国，请你替我带回去，给他们吧。

兰荪：你不要说这种话，等你病好了，我和你一同回国去。

---

〔1〕 原说明字幕前有■标记，对话者有括号。现统一略去，将说明以不同字体区别之；并在对话者后加冒号。

呜呼！陶时介！

青柳夫人，为兰荪之母，早寡，性偏，有时虽知维新，独惜未能彻底耳。（黄筠贞）

柔云为伊内侄女，自幼即失怙恃，故向倚纪氏；外聪敏而内险诈，遂得姑母之信任，且钟爱之。（杨耐梅）

柔云：啊呀！是兰哥来的电报。

青柳：啊，你天天想念的兰哥要回来了，等他到家，我想就替你们成全婚事吧。

青柳夫人久以柔云为未来之爱媳，柔云亦久以兰荪之未婚妻自居。

柔云：那时我们到车站上去接他呢，还是到上海码头上去接呢？

陶正毅为时介之父，世居禾郡，一老律师也。（宋忏红）

服役陶家之朱义生。（黄君甫）

纫珠乃陶正毅之女，生长乡间，不慕贵族虚荣，外和蔼而内诚直，虽富情感，但有时仍不能见谅于人。（张织云）

纫珠：怎么哥哥好久没有来信呀？

正毅：好几次邮船来，没有得他的信了，我也不知道什么缘故。

青柳：你出洋四年，家里非常纪念，你的表妹，没有一天不想念你的。

兰荪：和我一同出洋的陶时介，可怜死在外国了，托我带来点遗物，过几天，我还要上嘉兴走一趟哩。

柔云：你何必自己去呢，派个人送去就是了。

兰荪：他临终亲口托咐我的，所以我一定要自己去才好。

兰荪：令郎已经死了，这是他叫我带来的。

纫珠：我的哥哥是在什么地方死的，怎么学校里，没有来通知呢？

兰荪：先是病在学校里，后来看见他病重，就送进蓝市恩医院，想不到就死在这医院里。

兰荪：身后一切，都由我料理舒齐，已经在万国公墓买地安葬了。

兰荪：时介兄死，实在可痛；不过生者还要保重，请勿过于悲伤。

纫珠：纪先生料理哥哥丧葬一切，定替我们垫出许多钱的，我们应当算还纪先生。

兰荪：这一点算什么，替至好朋友费些财力，也是应当的。

正毅：我现在神智昏乱了，纪先生从远道而来，今天请不要回去，就留住在这里，我还要细细的请教哩。

纫珠：家父老年丧子，一时非常伤心，还要请纪先生原谅。

纫珠：纪先生能够留在这里，或者可以安慰安慰他老人家，我就更加感激了。

兰荪：那是应当的。

陶家父女与兰荪相谈甚洽，故留之已逾数日。

纫珠：自从你来了，我家很不寂寞；只怕你一去，就要处到凄凉的景况了。

兰荪：是呀，别时容易见时难，姑娘如能答应我永远不分离，我们就可以常在一块儿了。

纫珠：什么法子可以使我们永远不分离，我倒很愿意，请你告诉我？

兰荪：你可以答应我吗？

纫珠：这件事，我可不能答应了。像我生长在乡下的人，哪里做得惯贵族人家的媳妇哩。

纫珠：你现在果然很看得起我；将来万一你心里一懊悔，以为不该娶这乡村女子的，那时叫我怎么样呢？

兰荪：噢，你是怕我将来变心啊，那我就发个誓，无论几百年几千年，都不会变更我们夫妇之爱的！

正毅：我已经都听见了，只要你们能够永远相爱，我也并不反对。

兰荪以婚事告阿母，青柳夫人深致不满，而柔云尤为失意。

青柳：你怎么没有得我的同意，就和人家订婚呢？

兰荪：路远，时间又局促，所以未曾征求母亲同意，还请母亲恕罪。

青柳：无论如何，你该把这件婚事，赶快去取消。

兰荪：婚姻自由，是母亲所赞成的，这事情许我自主吧。

兰荪与纫珠婚后归家。

李醉翁：啊！新郎新娘来了！

李醉翁为纪氏至戚，日在醉乡，时露狂态，而人皆谅之。（周空空）

青柳：虽然是乡下姑娘，长得倒很美丽。

青柳：你们辛苦了，请到里面休息去吧。

新郎为新娘引见诸亲友。

李醉翁：呵呵，你在哪里物色得来这样的美人，艳福真不浅啊！

兰荪：她不很知道礼节，请妹妹处处指点她才好。

柔云：这话你太客气了，是人总知道礼节的，动物才不知道礼节哩。

婚后数日。

兰荪：今天母亲请客，打扮得好一点，不要给柔云妹胜过你才好。

女仆：新奶奶，你为什么要穿这套礼服呀？

纫珠：少爷关照我要扮得好一点的。

纫珠因良人之叮咛，乃刻意求工，而误衣礼服，致贻笑大方。

柔云：你们请看，新嫂嫂今天还穿结婚的衣服，多么漂亮啊！

青柳：好在都是自己人，还不要紧，我们去坐席吧。

女宾：新奶奶，请坐席吧。

兰荪：啊呀！这是主位，你怎么就坐了呢？

纫珠因不惯贵族虚文，而酿笑柄。故一终席，即退归寝室，中心为之不怡。

纫珠：叫我打扮也是你们，叫我先坐也是你们，穿错了，坐错了，笑我的也是你们，这不是要难煞我吗！

兰荪：这是些小事，也算不得错呀，你何必多心哩。

纪氏亲友，集议赈济灾民。

男仆甲：你算会拍马屁，常在主人跟前说我的坏话，今天要同你犯一犯了。

男仆乙：老子也不是好犯的。

男仆丙：你们闹什么，里边已经听见了。

男仆甲：听见了怕什么，大不了歇生意滚蛋。

柔云：你们俩都不是好东西，一起替我滚蛋！

柔云：这两个东西太放肆，我已经把他们的生意都歇了。

兰荪：你为什么只顾放弃主权，不肯来管呢？

纫珠：这种断人家饭碗的辣手，我是下不来的。

一个儿不愿争权，步步放弃；一个儿得步进步，着着争先。

纪家司帐，禀承柔云指挥，赏罚男女仆役。（严仲英）

兰荪：你为什么要做这种事情哩。

纫珠：那是我向来欢喜劳动的。

兰荪：柔云在外面发工钱哩，这种主人应分做的事，你倒让人去做，自己反在里面做佣人的事。

纫珠：你动不动就说着柔云，当时你为什么不娶柔云做妻子呢？

柔云：兰哥近来觉得消瘦了，前天吉林带来的人参，我自己来弄给你吃吧。

兰荪：那是不敢当的，怎么要你自己费心呢。

柔云：那有什么要紧，这种贵重东西，佣人哪里托得下，只有我自己弄才放心。

春海夫人家之宴会。

春海夫人，一富孀也，与纪氏过从甚密，与纫珠尤为相得。（陈乐瑞）

李醉翁：夫人不弹此调，甚好甚好，我们来谈谈吧。

纫珠：你做出这种下流的行为来，太不要脸了。

李醉翁：逢场作戏，是斯文常事，你怎么出口伤人呀？

柔云：他向来是一喝醉，就欢喜寻开心的，你何苦要认真起来得罪他呢？

兰荪：贵族妇女，不该这样得罪人的。

纫珠：难道贵族里的妇女，应该尽人调戏吗？

因将生产，思欲得一贴心女佣人，今果物色来矣。

翠儿本良家女，因父母双亡，至于零丁孤苦，来做侍儿焉。（张织云）

柔云：咦！这个人长得同主人一模一样，用了只怕人家要误会是姊妹，还是不用的好。

纫珠：不要紧，我看她倒是忠厚老实的一路人，用下来很好。

柔云：她身上穿得这样破烂，哪里配做我们家的佣人呢。

纫珠：这个容易，我拿几件旧衣服，给她穿就是了。

兰荪夫妇之爱，因柔云中隔，至于日渐淡薄。今见纫珠产一佳儿，爱情仍复归于浓厚。

兰荪：我替这孩子题好一个名字叫良彦，你们看他像我呢，还是像他娘？

柔云：你已经有了儿子了，还来同我要好做什么？

兰荪：我们要好，于儿子有什么相干呢。

一年之后。

纫珠：良彦周晬，我想热闹一下，请你帮帮我的忙。

春海：这一次你该诸事自己上前，不要给柔云当权才好。

正毅：小姐要替儿子做周晬，请我到杭州去，你赶快替我预备行李。

陶仆：让我跟主人一路去，看看杭州的景致。

正毅：你要替我看守家里的，怎么好去，等下次有机会，再带你去吧。

良彦周晬，盛极一时。纫珠、柔云，演剧助兴，并陶正毅亦粉墨登场焉。

鲍志裕，富家子也，颇钟情于柔云。（王吉亭）

柔云与郭彬表演女党员为情牺牲。

志裕：咦！你也上台去演戏吗？

纫珠父女表演卖花女雪下遇仙。

李醉翁：啊！您看纫珠做得真好，一点不矫揉造作。比刚才柔云演的，自然得多了。

柔云：哼？她做乡下人，哪里会不好呢，这原是她的本来面目呀！

春海：倒看她不出，也会做戏哩，却做得很好啊。

志裕：这种穷酸戏，看得人要气闷死了，我陪你到花园里去散散步吧。

志裕：这般人太没有眼光了，她做得哪里及得上你呢，还说比你好，岂有此理！

志裕：我看你演到拒婚的一段，倒吓得我有点汗毛凛凛咧。假使有个人真来求婚，遇见你这样对付，可怎么得了呢？

柔云：这不过是做戏呀，真的哪里会有这种事呢。

鲍志裕：以前你不答应，为的是兰荪。现在兰荪已经有妻有子，你总好答应我了。

柔云：你再不放，我要翻脸了！

兰荪：呀！表妹怎么一个人在这里？

柔云：我因为里边太热，到外面来透透空气。

柔云：嫂嫂演那么好的戏，你为什么不看，也会走出来呢？

兰荪：嗳！她做的哪里好算戏呢；像你做的才是真正的艺术哩。

醉翁：啊！你做这样好的戏，我有生以来，从未见过。

纫珠因受观众赞美，窃自欣幸，唯欲一听兰荪奖语，亟往觅之。

兰荪：唉！当初同你柔云妹结了婚，岂不是免了一切烦恼，现在真是懊悔不及。

纫珠：你赶快到戏厅里去把老太爷请来。

纫珠：千万不要给别人听见。

纫珠既知兰荪属意柔云，乃宁苦己之一身，而免三人隐痛，不得不离夫别子以去矣。

翠儿：老太爷有许多人在那里陪他喝酒，我不能上去请。

纫珠：孩子，娘为你是纪家的嫡血，不能带着你一同去吃苦，只好丢下你走了。

纫珠：啊呀！小少爷的照片，忘记在他的床上了，你赶快替我去拿回来吧。

纫珠：这一张车票你拿着吧，钱袋也带去好给车钱。

纫珠：天气很冷，你就穿了我的外衣去罢。

翠儿：不要了，您自己也要冷的。

纫珠：我要是不在这里等，就在车上等你了。

纫珠：啊呀，我还有一个人没有来，可以让我下去吗？

查票员：车开了好久了你怎么还好下去咧！

翠儿：啊呀！嘉兴去的车，是开掉了吗？

职员：车是早已开去了，不要紧，你趁下班车去好了。

来往客车，因时间错误，至于相撞。

兰荪沉湎醉乡，兴犹未阑。

是役也，死九人，轻重受伤者三四十人。

小站长：这里还有一个人吗？

小站长：啊！这是杭州纪兰荪的夫人！

小站长：我们快去打一个电报给她家里，你把她尸首移到站上去。

陶仆：咦！大小姐，怎么你回来了，老爷呢？

兰荪从醉乡中，得此惊耗，若为晴天霹雳所震，立挟陶来矣。

兰荪与陶正毅，见死者已血肉模糊，而所衣所携，又皆系纫珠之物，故莫明其为李代桃僵也。

噩耗传来，举家哀悼；唯有一人，私心窃喜。

正毅：她会半夜里出去，这是你一定有对不起她的地方了。如今死得这样惨，你问心安不安哩？

兰荪：为什么要走，我实在是不知道，不过她这样的结果，总是我的罪过。

兰荪：请您老人家再留几天，无论如何，等我把她安葬好了，你再回去。

柔云：亲家老爷过了安葬走，也可以放心些。兰哥待嫂子一向很好的，决没有对不起她的事，请你不必多心。

兰荪为纫珠营葬，大肆铺张，殊不知却为侍儿忙也。

正毅：我所剩只有这一个心爱的女儿，如今要看她，只能看这块石碑了，你怎么对得起我这大年纪的人呢！

正毅：唉！想不到为小姐喜事去的，反而变成办了小姐的丧事回来。

正毅：你可知道小姐死得多惨啊。

正毅：纫珠，你……不是死了吗？

纫珠：爸爸，我还没有死。因为当时我来不及请你一同走，所以一直先回到家里来了。

正毅：咦！我明明看见你死在车站里的呀。

纫珠：我就是要死，也不会死到车站里去的。爸爸，您怎么说这个话呢？

正毅：火车出事，死的人很多。我们到车站里，看见你的尸首，你的钱袋和良彦的照片。

纫珠：爸爸，翠儿为什么不来呢？

正毅：你走过之后，翠儿也就不见了。

纫珠：呵呀！翠儿，你替我死了！

正毅：这一错，错得太大了，兰荪把你的坟都做好了。

正毅：明天我送你回去，声明这件事才好。

纫珠：爸爸，我不能再回去了，我的精神上已经痛苦到极点了。现在翠儿既然替我死了，我只好借此将错就错的隐掉了吧。

青柳：你为什么总是这样不快活呢，我看你还是同表妹结了婚吧，你看怎么样？

兰荪：妈，我良心上觉得和纫珠的婚姻已结错了，一误岂能再误呢。

青柳：你这个样子，倒叫我心里很不安了。

兰荪：妈，我有我的苦，你不要为我不安。

青柳：那末，你到底可能够答应和柔云妹结婚吗？

兰荪：答应是可以答应，不过我要等满了三年之后，才能结婚。

后　　部

正秋

兰荪因守三年之约，与柔云成婚。今则续弦后，又越三年矣。

此三年中，兰荪精神上，殊鲜乐趣，而中心耿耿，常念念不忘于纫珠。

良彦即纫珠子，已六岁矣。（任潮军）

金信之，一教育家也。（王献斋）

信之：此地女学堂太少，我想再办一个女学校，请老夫人做个校董，捐一点经费。

青柳夫人：我已经年老无用，捐一点钱还可以，做校董就不敢当了。

青柳夫人：金先生，要添办一个女学校，要我去做校董，我年纪大了，还是你们年轻人去尽点力吧。

柔云：可惜我没有亲生儿女；不然，就自己独办一个学校也可以。

信之：新夫人，你要是独办一个学校，那就造福不浅，上帝一定保佑你早生贵子哩。

柔云：这也容易，大概办一个学校，要多少钱呢？

柔云：我决计自己出钱，给金先生替我办一个学校，你赞成不赞成？

兰荪：能够替社会上做公益事，总是好的，我怎么会不赞成呢。

纫珠居家无聊，已在孤儿院中服务，唯其老父时来探望。

院长：自从令嫒到这里来服务之后，本院得到帮助的力量，实在不少。

纫珠：小孩子是成人的根本，自小学好，根基才坚固，将来才可以做社会上伟大的人物。

柔云所办之学校，业已成立。

人生宝贵之光阴，一去不归，岁月如流，又过八年矣。

院长：杭州柔云学校，缺一位教务长，我友金信之来信，托我邀请，束修从丰。

我想荐令嫒去，聊报她在敝院服务之劳。

陶正毅：您的意思很好，容我同她商量过后，再给回音吧。

陶正毅：院长不知道你的经历，要荐你到杭州去，我想想倒有些好笑哩。

纫珠：爸爸，我有十四年未曾看见自己的儿子了，我去倒是一个机会，可以见我的良彦了。

陶正毅：话是不错，但是去到那里，你自己的地位，怎么处呢？

纫珠：唉，照我这般模样，他们还会认得我吗？

陶正毅：模样固然不同了，不过两个眼睛，总归看得出来的。

纫珠：这倒容易的，我常常带副黑眼镜好了。

陶正毅：你若一定要去，我就去请院长写信吧。

陶正毅：小姐就要到杭州去了，你赶快去把她的行李，收拾收拾好。

陶仆：从前您说有机会，给我到杭州去玩玩。现在机会来了，我可以跟小姐一同去了。

陶正毅：小姐这一回去，她自己都不能出名，你怎么好跟她去呢？

陶仆：这样看来，我一辈子没有到杭州去的机会了。

日夕希望得子，柔云居然得一佳儿矣。

柔云子，名柔彦。（小星）

信之：当初我说夫人热心教育，必定早生贵子，这句话不错吧。

信之：教务长一定辞职了，我已经托人物色，大概总可以请一位相当的人才哩。

马夫小龙宝。（王吉亭）

十四岁之良彦。（郑小秋）

柔云：一天到晚的爱骑马，总有一天要跌死的。

纫珠更名幽兰夫人，应聘而来，就任教务长矣。

信之：前任教务长去了，现在请到一位幽兰夫人，学问品性，非常高超，望大家都要热心受教才好。

女教员：今天欢迎新教务长幽兰夫人。

母子相处一堂矣，惜乎其相见不相识也。

纫珠：我来担任教务，我看待你们，当作自己家里人一样，希望大家一天亲近一天，一点不要怕我，我一定尽力的引起你们读书求学的兴趣。

良彦：这个教务长倒不错，比去的那个好得多了。

女教员：这里的校主，就叫柔云，是本地名人纪兰荪的继室。听说兰荪原配夫人，是给她用手段逼走的，死在火车里，有十多年了。

纫珠：是呀，我也听得说过的。还有那旧夫人生的儿子，现在不知道怎么样了？

女教员：哦！这个是良彦，常常到这里来的。花园那里个皮球，就是他的。

女教员：良彦这孩子很聪敏，那天您演说，他还大拍其手哩。

良彦：您就是幽兰夫人吗？

纫珠：是的，你就是良彦吗？

纫珠：你在哪里读书，怎么有工夫到这里来呢？

良彦：我在立群公学读书，今天放假，所以有空闲来的。

良彦：幽兰夫人，您的脸很熟的，我好像常常看见的咧。

纫珠：你可要到我里面去坐一回吗？

纫珠：你家里还有几个人，什么人最欢喜你？

良彦：最欢喜我的是爸爸。可惜我的亲娘已经死了，不然，一定还要喜欢我哩。

良彦：我亲娘活着的时候，很好看的，比我现在的娘，要好看得多咧。

纫珠：你怎么知道的，你几时看见过的吗？

良彦：我天天晚上在梦里头看见的。我很想念我的娘，不知道我娘可想念我。

纫珠：你闲时常到我这里来，我很欢喜你的。

柔云：柔彦下个月要做周晬了。你看怎样热闹一下的好？

兰荪：现在市面很苦，外头穷人很多，还是省下热闹的钱来赈济赈济苦人吧。

柔云：咦！苦人是他们自己命苦，于我们什么相干，万不能因此就不要热闹呀。

良彦自与幽兰相见后，得暇辄来，过从甚密，其亦天性使然欤？

纫珠：哦！今天又是你放学的日子吗。

良彦：幽兰夫人，你的手很软，我娘的手比你硬得多了。

纫珠：你娘也常常摸你的手吗，你怎么知道她硬哩？

良彦：她哪里会摸我的手，她常常打我的头，我觉得很痛，所以我晓得她手硬。

信之：这一回校主的儿子做周晬，非常热闹。我们学校也要放几天假，而且要请您过去吃酒哩。

纫珠：小孩子做周晬，何必学校停课呢。我一向不会应酬的，请你替我谢谢吧。

良彦：幽兰夫人您去呀，您去了，我还可以给您看看我亲娘的照相呢。

柔云因亲子周晬，穷奢极侈，百戏杂陈。幽兰夫人为良彦所挟，竟亦莅止。

良彦：这个人是我家亲戚，有时候会痴头痴脑的。

纫珠：你不可以这样子说人家的。

女仆：幽兰夫人，主母请你上楼，看看她的小官官。

信之：你那大的文郎，同幽兰夫人真亲昵，常到学校里来的。

兰荪：小孩子的性情，遇着谁待他好，他就同谁亲昵了。

良彦：这就是我亲娘的照相，您看可是很好看的吗？

柔云：你要阴损他吗，谁叫你抱的呀！

柔云：快替我滚出去！

柔云：这孩子总管不好的了，到底他的种不好，才会这样坏的。

良彦：娘，亲娘，你要是活在世上，我哪里会这样苦哩！

良彦：娘，苦命的儿子，在这里告诉你，你知道吗？

纫珠：好孩子，你不要哭了，你娘总……知道的。

柔云：今天你兄弟的好时好日，你故意的要哭吗？人小，心倒很毒呀！

兰荪：你这孩子，我平常怎么同你说的。既然知道没有娘的苦，为什么不听话呢。

柔云：都是你平时宠坏了他，现在还说他没有娘的苦，难道说我虐待他吗？

信之：为着小孩子，大人何必生气呢。

良彦导幽兰夫人，参观其亲娘坟墓。殊不知纫珠伤心人，别有怀抱也。

良彦：爸爸，我领幽兰夫人来，看看娘的坟。

良彦：我们等你一同回去好吗？

良彦：爸爸差不多天天要来的。

又过了好多时候。

良彦：爸爸，我们学校里开运动会，你一同去好吗？

柔云：我们一同到游艺会去玩玩。

兰荪：我不去了，要同良彦去看他学校里的运动会哩。

柔云：咦！你早先答应我同去，现在怎么又不去了。

兰荪：你们去就是了，何必一定要同去呢。

柔云：我们也不去了。

凡人处无聊境地，往往思前想后。

兰荪：我想叫律师把我的遗嘱做好它。

柔云：什么话，你这样年轻，做什么遗嘱呢？

兰荪：一个人哪里说得定，像纫珠年纪还要轻哩，一死已经十四年了。

纫珠不见良彦来校，已一星期有余矣，心窃虑之。

医生：病势很凶，第一不能有响动来惊吓他，要紧要紧！

柔云因兰荪处处爱良彦而疏己，乃决计以对纫珠之辣手对良彦，欲去之而甘心焉。

柔云：啊呀！谁叫你们抱他来的，这里有病人呀，病是要过人的，快出去！

兰荪：医生关照要静些，请你声音放低一点。

柔云：知道的，话不能不说呀，何必这样大惊小怪呢。

柔云：你们大家轻一点，说响了，生病人要吓死的。

纫珠以良彦久不至，故时时倚门望子。

良彦：亲娘呀！亲娘！

兰荪：良彦，我是你爸爸呀。

良彦：爸爸，幽兰夫人呢，我要幽兰夫人呀。

兰荪为良彦病中时呼亲娘及幽兰夫人，不禁悲从中来。亲娘已矣，不能复生，不得已特来躬请幽兰矣。

兰荪：幽兰夫人，你知道良彦病了吗？

纫珠：啊呀！他怎么会病了呢？

兰荪：他病中常常叫幽兰夫人，所以今天特来奉请，可否过去看看他。

兰荪：夫人，可怜他没有亲娘。你肯过去，非但我感激，就是他亲娘，一定也衔感于地下哩。

纫珠：你请先回，我马上就来好了。

女仆：良彦的病，愈加厉害了，嘴里不住的在胡说咧。

柔云：要他这样才好，望他早些死。

良彦：亲娘啊，亲娘，你来了吗！

兰荪：良彦，这是幽兰夫人呀。

兰荪：一切要费幽兰夫人的心，在这里看护这可怜的孩子吧。

青柳夫人：我看幽兰夫人真面善，好像什么地方看见过的。

兰荪：是呀，我倒也想不起来了。

良彦之病，迄未稍减。兰荪忧心忡忡，百无聊赖。

纫珠看护良彦，衣不解带者已数日。母之爱其子也，可谓至矣。

兰荪：夫人这样辛苦，我们心里不安得很。

纫珠：我倒没有什么要紧，只要巴望他病好就是了。

名重一时之梅医生。（赵琛）

梅医生：病照这样的不减轻，太危险了，还是再请两位高明的来，斟酌斟酌吧。

良彦病危，虽集多数名家以处方，其如群医束手何！

梅医生：我们再三斟酌，只能用那种冒险一救的药了。不过那种药，一定先要他安眠六小时，才可以服哩。

梅医生：等安静之后，先把这瓶安眠药给他吃。吃了真能够安睡，那末六小时后就给他吃那种药，九死一生，在此一着了。

梅医生：那种药，我马上去配了打发人送来。如果不能安睡，那种药就不能给他吃了。

素工心计之柔云，处此紧要关头，又复恶向胆边生矣。

男仆：梅医生那里送来的药。

兰荪：幽兰夫人，良彦的一线生命，单靠这一瓶药了。请你照梅医生的吩咐，预备给他吃吧。

柔云：幽兰夫人已经好几天没有睡了，只怕精神太疲倦，不便再熬夜哩，今天还是让我来看护一夜吧。

纫珠：那可不必，我已经看护惯了，我自信决不会疏忽，请放心就是。

兰荪：这事还是让幽兰夫人费心吧。你只要去关照上下人等，一律在九点钟前息灯，不能有一点不安静。

良彦服安眠药时。

数小时后。

柔云：哼！你不过是我雇的一个教习，敢来干与我的家事吗？快把药交出来！

纫珠：你看看我是谁，我不干与谁干与！

柔云：啊呀……你是纫珠呀，你还没有死吗？

纫珠：你的心太毒了，我让你到这步田地，你还要断送我儿子的性命呀！

兰荪：呀！什么事？

兰荪：到底是怎么一回事？

柔云：马夫，小龙宝，快下来！

柔云：赶快替我配马车，我要出去！

小龙宝：太太，老马病了，新马没有教熟，不能用哩。

柔云：呸！管它熟不熟，你替我配起来就是了。

兰荪：良彦可曾睡熟过吗？

纫珠：已经睡熟过六个钟头，我已经给他吃这种药了。

柔云经此绝大打击，人乃如中病魔焉。

柔云：快跑呀，为什么这样慢呢！

小龙宝：鞭不得了，再鞭要闯祸了。

良彦已有转机矣。

良彦：唉！我的病全亏你幽兰夫人看护好的，不然，只怕我已经死了。

纫珠：嗳！你怎么能死呢，你的前程远大，将来还要做大事业哩。

良彦：我死倒也不怕，死了，我好去看我的亲娘咧。

青柳夫人：良彦，你么也来了。

纫珠：我叫他不要来，他一定要来看看。

柔云：以前种种，请你原谅。不过世界上爱兰荪的人，就是我和你两个。你让过我了，唉！我现在要让你了。

可怜翠儿替主身死已十四年矣，迄至今日方有人知。

纫珠：翠儿是为我死的，一向没有人知道，我所以格外伤心哩。

兰荪：我常常来吊爱妻，哪里知道吊的却是她哩。

良彦：总算她福气，她做了我十四年的亲娘咧。

人生何必苦相争，终局无非归黄土！

一串珍珠

出品　长城画片公司，1926 年
编剧　侯　曜
总监　刘兆明
导演　李泽源
摄影　程霈霖
置景　李乾初　朱容生
接片　李文光
化装兼剧务　邢少梅
洗印　李云山
翻译　刘庐隐
西文字幕及绘图　张体仁
中文字幕　李如棣
演员　雷夏电　刘汉钧　翟绮绮　朱凤美　姚觉僧　邢少梅　黄志怀　蔡毓飞　刘继群

《一串珍珠》电影取材莫泊桑小说《项链》，由侯曜编剧。其电影本事、字幕均为侯曜所作，原载《长城特刊》一串珍珠号（1926 年 1 月）。该片本事亦单独刊载于《申报》（1926 年 1 月 21 日），以及《国闻周报》第 3 卷第 4 期（心冷《评〈一串珍珠〉》，1926 年 1 月 24 日）。

本　　事

侯曜

在现今狂热的崇拜物质文明的时代，一般人们的头脑里，充满着浮华的虚荣心。而尤以女子为甚。男子欲博得女子的欢心时，更常常利用这个虚荣心而演出奇异的悲剧。

当福民人寿保险公司的会计王玉生从办公室回到家里的时候，他的妻子秀珍告诉他，说是有一个朋友，叫做傅美仙的，今晚要请她去玩玩元宵的热闹。她因为没有首饰不好去赴会。玉生为了夫妇爱情，不忍拂其心，便到他的朋友珠宝商周全那里借得一串极贵重的珍珠——这串珍珠是某妇托周全修理的——拿回去给她装饰。

秀珍挂着这串贵重的珍珠，意气洋洋的到了傅美仙的家里，美仙就将这位贵客介绍给她自己的朋友马如龙认识。当他们谈论到得意的时候，秀珍就夸耀着她这串珍珠的宝贵。美仙看了这样光辉夺目的珍珠，也颇露羡慕之色，赞赏不已。

夜深人静，带着骄傲和快慰的秀珍又复挂着这串贵重的珍珠，得意的回到家里。不料一时的虚荣，便闯了一场大祸：次日玉生问她要这串珍珠去归还周全的时候，这件贵重的东西，不翼而飞。这一惊使他们夫妇两人，神经几乎失去知觉。同时周全被某妇催迫来转催玉生归还珍珠。他们夫妇急得没有办法，不得已向亲友去借贷，预备去购买一串来赔偿某妇。但是向亲友借钱不是一件容易的事，他们夫妇奔走了一天，仅仅借到一千元，而那种珍珠，非一万多买不到。他们无奈，只得再尽力去奔走。当玉生第二天再出去向亲友借钱去的时候，在路上遇着他的公司里的当差，持着总理黄国光的信催他到公司去。玉生到了公司里即坐下办公，没有时间给他再去向亲友借钱。他情急智生，就私挪公款一万五千元买了串同样的珍珠去归还周全。

某妇得珠，细认之后，知非原物，即去责问周全。周全不得已就把实在的原委告诉了她。某妇就迫周全要去同见玉生，索还原物。这个时候玉生正在公司里办事，总理黄国光因他的同事说他侵吞公款，就查他的账目。当周全与某妇找着他的时候，他知事已无可隐瞒，就照直的说了出来。他一面告诉某妇，说是原物遗失，现用一万五千元买得此珍珠还她；一面向总理求情，说是不愿连累朋友，暂时移用了公款。将来一定设法还清。某妇听到这串珍珠，比她自己的还贵五千元，就说了一句俏皮话回去了。然而总理却不肯讲情，一定要依法来办他，就叫警察把他带去。玉生被警察从公司里带去的时候，就打了一个电话去通知秀珍。秀珍接了玉生的电话，非常伤心，非常懊悔，然而已经太晚了。

秀珍因一时的虚荣，就累丈夫做了囚犯。玉生入狱后，秀珍受生活的压迫，就缝衣度日，在破屋星光之中，过她的凄凉岁月。可怜一个美满的家庭，被一点虚荣轻轻的破坏了。实在可惜！在监牢里的玉生，饱尝了铁窗风味之后，刑期满了，他就出狱。夫妇相见，悲喜交集。他们经了这番痛苦，心中已经彻底的觉悟到虚荣的可恶，勤俭的可贵了。玉生为维持生活计，东奔西走，找寻亲友，请他们替他介绍职业。但世态炎凉，人情薄似春冰，亲戚朋友都视他如路人。幸赖邻人张三，介绍他到振华纱厂里做一个工人，得以暂时维持生计。

一日，玉生从工厂里放工出来，在门口拾着一张字条，上写：

“如龙先生：明日四时送一千元到小石桥来；否则宣布你的秘密。张怀仁二月初二。”

玉生看完这张字条，不知是怎样一回事？他因此起了好奇心就照字条上所写的地点，跑到小石桥去看是怎样的一出戏。玉生到了那里，初则见一个无赖与如龙口角，继则看见他们俩厮打起来，后来看见如龙被那无赖打倒了，他就跑上去打退了无赖救出如龙，送他到普救医院去。正当玉生送如龙到医院时，被他的邻人张三看见，他以为玉生被人打伤，就跑到玉生家里去告诉秀珍。秀珍得了这个消息，立刻跑到医院去看她的丈夫。到了医院正遇美仙也得了电话来看她的丈夫如龙。美仙看见秀珍那种穷苦的样子，就问她何以弄到如此。秀珍就简单的把她的经过告诉了她。如龙听了心里非常难过。他于是振起忏悔的精神，把那个一向怕人宣布的秘密，在众人之前亲自宣布出来，他说道：“那年元宵我因为美仙见了秀珍那串珍珠露出羡慕之意，我就想买一串去博她的欢心。但是没有钱去买，就出了一个下策，先以五十元买通了窃贼张怀仁，叫他把秀珍的珍珠偷了来。我就以这串贵重的珍珠向美仙求婚，美仙也就答应了。谁知张怀仁就因此来要挟我，我先后酬谢了他八千元，他还不满足，今天他又要我给他一千元，我不答应，他就和我厮打起来。若不得玉生之救，我的性命恐怕也没有了。玉生有恩于我，而我以前竟负了他，累他夫妇过这样穷苦的生活，我的良心怎能叫我不忏悔呢？唉！我用虚伪的手段来骗取美仙的爱情，自知是很不道德的。而又做了这件损人利己的事，怎能不受良心的责备呢?”同时美仙也自认那时不应该把虚荣心流露出来，以致铸成这样的大错。于是她立刻把那串珍珠交还秀珍。秀珍此时已明白虚荣的害人，不愿收回那串珍珠。如龙与美仙心内觉得极其不安，如龙就把振华纱厂会计之职让与玉生，美仙也为秀珍赎回故居。这场因一串珍珠而起的风波就此告终了。

字　　幕〔1〕

侯曜

世界更无宝贵的物，比一个美满的家庭。

王玉生。（演员雷夏电）

其妻秀珍。（演员刘汉钧）

傅美仙。（演员翟绮绮）

美仙：今晚元宵，请到我家里去玩玩！

美仙：你嫁了丈夫，居然连老朋友也不要了！

傅老太。（演员朱凤美）

美仙：妈！今晚有许多客人来。

傅凤笙——美仙的父亲，振华纱厂总理。（演员姚觉僧）

玉生：那么，你打算去不去？

秀珍：我想去，但是没有首饰。

秀珍：没有好的穿戴，就要给别人看不起的。

玉生：你如果一定要去，我可以替你向朋友去借。

珠宝商周全。（演员邢少梅）

周全：当然可以的，你要哪一样呢？

周全：这一串珍珠是客人拿来修理的，她明天十点钟就要来拿的。不能借给你。

玉生：我只要今晚借用一下，明早就可以归还。

妆罢低声问夫婿，画眉深浅入时无？

秀珍：今晚请你暂时尝一尝做母亲的滋味。

美仙：这位是我的朋友马如龙先生。（演员刘继群）

---

〔1〕 原说明字幕前有■标记，对话者有括号。现统一略去，将说明以不同字体区别之；并在对话者后加冒号。

秀珍：这一串珍珠是我的丈夫买给我的，他说值八千块钱。

苦煞一个代理的母亲。

第二天。

玉生：为了要出风头，就闯了这场大祸！

玉生：我们就是连身体卖掉也不够赔偿。

周全：修理好了，请你等一等，我去拿来。

珍珠一串祈交来人带回。

玉生：怎办呢？

玉生：请先回去，我就送上。

周全：那串珍珠请还我！

玉生：对不起！内人在亲戚处还没有回来。等她回来，我立刻送上。

周全：那么请你准在明天十二点钟还我！

玉生：现在没有话讲，只好赔偿他。

秀珍：但是一时到哪里去筹这许多钱呢？

玉生：我们只好向亲戚朋友去借。

周全：对不起！还没有修理好，请明天十二点钟来拿罢。

仆人：老爷出去了。

亲戚：我看亲戚的情面，只能借给你五十元。

秀珍：最好再多一点！

仆人：大少爷还没有醒呢。

第二天。

玉生：奔走了一天，只借得一千块钱，那串珍珠非一万多买不到。现在时候又急了，怎办呢？

玉生：在这两点钟内，只好再尽力去想法子。

总理黄国光。（演员黄志怀）

君昨无故旷职，今又迟到何故？祈见字速来！此致玉生君鉴。

黄国光即日十时

周全：嫂嫂？请把那串珍珠还我！

秀珍：那串珍珠已经……

秀珍：……交给玉生送去了。

玉生：我急得没有方法想，就把公司的公款暂时挪用。花一万五千元，才买一串同样的珍珠。

玉生：这笔亏空，我们只好节衣缩食来填补。

国光：玉生近来的行为确是使人怀疑的。你说他侵吞公款有什么证据？

同事：我的话对不对，请总理一查他的账目就明白了。

某妇：这一串珍珠不是我的。

周全：太太，对不起！你的那串珍珠，我曾经借给了朋友。恐怕他还我的时候弄错了。

某妇：快和我一同去找他，要回我那一串珍珠！

玉生：对他说我不得空，请他在客厅里等一等。

国光：怎么把客人带到办公室里来了？

玉生：我老实告诉你罢，那串珍珠前晚已经失掉了。我不愿失信而连累朋友，所以花了一万五千元买了这串珍珠还你。

某妇：这一串珍珠既然比我的贵了五千元，我就算做一点人情，不追究就是了。

国光：没有情讲。

国光：去喊警察！

玉生：让我打电话回家通知我的妻子一声！

眼泪虽不能从电线上流过去，

哭声却可以由听筒里传出来。

秀珍：唉！我的虚荣害了他！

一星期后。

秀珍：我因一点虚荣心就累你做了犯人，现在后悔也迟了！

美仙的寿辰。

用人：秀珍小姐的家，不知搬到哪里去了。

缝衣复缝衣，朝自鸡鸣起。缝衣无已时，得值能有几？

指痛无人知，目肿难为哭。一针复一针，将此救饥腹。

独念忧患多，小哭聊自唁。又恐泪珠儿，湿却针与线。

刑期已满，玉生出狱。

玉生：我们以后从“勤俭”二字努力做去就是了。

秀珍：这二十元是我一年来所节俭下来的。

第二天。

玉生：我去找亲戚朋友，请他们替我介绍职业。

有钱是亲戚。

无钱不相识。

有酒有肉是朋友。

世态炎凉，人情薄似春冰。

邻人张三，振华纱厂工人。

张三：我们厂里还招工呢，你愿意去吗？

工头章杰。

如龙与美仙结婚后，在振华纱厂任会计之职。

如龙先生：明天四时送一千元到小石桥来。否则宣布你的秘密。

张怀仁二月初三

如龙先生：速送五百元来。否则宣布你的秘密。

张怀仁十月十四

张怀仁。（演员蔡毓飞）

如龙先生：你所以有今日，完全是我的力量。速酬我三千元！否则宣布你的秘密。

张怀仁九月八日

如龙：我的事，请你守秘密。

第二天。

如龙：你替我做了那件事之后，一共酬谢过你八千元，你也应该知足了。今天只能给你三百。

怀仁：不给我一千元，就宣布你的秘密。

怀仁：我马上就宣布！

如龙：好！一个钱都不给你！去宣布罢！

如龙：你救了我的命，我不知道要怎样感谢你！

张三：王大嫂！不好了！我看见你的丈夫血淋淋的进了普救医院去。

美仙：你和那个贼有什么仇恨？

美仙：你有什么秘密？告诉我罢！

美仙：秀珍！你怎么变成这种样子？

秀珍：我自从那年元宵，从你家里回去，失了一串珍珠，就受苦到这样。详细情形改天再谈罢。

如龙：来！告诉你们！现在我的良心不许我再守秘密了。

如龙：事成之后，我重重的谢你。

如龙：先谢你五十元。

如龙：我把我的心，和这一串珍珠一齐送给你。请你接受！

如龙：我因见你欢喜那串珍珠，而我又没有钱去买，所以才出了这个下策来博你的欢心。谁知怀仁就因此来要挟我。

如龙：用虚伪的手段来骗取爱情，我自知是很不道德的。

如龙：我做了这件损人利己的事，现在很受良心的责备。

美仙：你的以前种种，完全是由我做成的。我当时把虚荣心在你面前流露出来，才会铸成今日的大错。

秀珍：说得对！好虚荣，的确是我们女子的大毛病！

秀珍：我不愿再要这种虚荣的东西。

数日后。

玉生代如龙为会计。

美仙代秀珍赎回故居。

道义之交

出品　神州影片公司，1926 年
造意　黎锦晖
编剧　汪煦昌　刘　澡
总监　周　克
导演　刘　澡
顾问　李萍倩　万籁天
摄影　周　克　汪煦昌
布景　王玉书　孟君谋
演员　潘奉详　原侠绮　孙鸿鹄　刘　先　严工上　丁子明　汪乃清　万籁天

《道义之交》电影由汪煦昌、刘澡编剧。其电影本事为刘澡所作，原载《申报》(1926 年 1 月 25 日)，以及《神州特刊》第 2 期（道义之交号，1926 年 2 月)。心冷《评神州新片〈道义之交〉》(《国闻周报》第 3 卷第 8 期，1926 年 3 月 7 日）亦收录该片本事。

本　　事

刘澡

王克成有远行，以其家托好友守政按时济以家用。行后年余，成妻周氏及弟克安，咸以居食有恃，旋习于奢侈游荡，家用渐以不敷。事为守政所知，遂止其供给，克安往商，亦拒不与。至是索帐者齐集，不得已，典质偿之；家况乃益据拮。克安以有外恋故，又失其执业，于是益窘。合家无策。成有妹淑蕙，甚贤，平日对兄嫂之游荡，尝加谏止，然皆不之听。此时既忧家境之艰窘，复怨守政之险奸，乃奋然告嫂兄他人之不可恃，宜谋所以自立。嫂兄亦翻然悟前非。于是蕙及周氏，日从事于纫绣，以博糊口。有洪仲山者，时来其家收买绣件，不计高值，其意若甚厚者。见克安无业，则又代为介绍入一工厂司帐牍；所负屋租，亦解囊为之代偿，举家称感戴焉。如是者经年，虽工作辛勤，久而遂亦安之。居无何，克成有电至，告家人克日返。至日，家人迓诸车站，相见备道别来悲苦；且告以守政之阴谋。成始而疑，继亦怒；遂共诣李家，见守政即数其罪。而周氏及安，势更汹汹，守政悉听受之。待诸人辞毕。乃呼："仲山！"仲山出，诸人方大惊讶，盖此人即素日感戴之洪仲山也。仲山携一箱俱；开视，则所贮者悉为周氏淑蕙历来手制之物。守政乃缕告克成以往事；更告以怠惰由于晏安，生活基于勤作，故不辞罪骂，藉止付家用以促使自悟。向君所托之产，除以营谋获利外，即以其余收购此针凿。今积且盈数箱矣。所以不使君等知之者，盖欲君等自食其力，不欲使知吾之惠及君等也。时仲山亦白于众：谓为克安谋业及代偿屋租，皆李翁之意，密使余为之。克安周氏闻言憬然悟，既愧且悔。向所以感仲山者，今乃移以感守政。克成亦深自引咎。昔日之嫌，涣然冰释。道义之风，播遐迩焉。

忠孝节义

出品　天一影片公司，1926 年

编剧　邵邨人　高梨痕

导演　邵醉翁

说明　赵铁樵　董血血

摄影　徐绍宇

置景　董天民

剪接　邵逸夫

绘题　郑逸生

演员　吴素馨　朱咏芬　谭志远　易方朔　张玲棣　张大公　丁华氏　张铎声　魏鹏飞　周空空　张霞红　张丽蓉　甘小琳　慎丽媛　魏张氏

《忠孝节义》（又名《四贤士》）电影由邵邨人、高梨痕编剧。其电影本事为邵邨人、高梨痕所作；电影字幕为董血血撰写，原载《天一特刊》第 3 期（忠孝节义号，1926 年 1 月 31 日）。

本　　事〔1〕

邵邨人　高梨痕

星月皎洁，人影在地，四远寂寂，万籁无声。惟一可怜孤女，犹踽踽凉凉，独行街市间，盖为其婶氏所驱使，方出外沽水也。

女姓苏，名节芸，本富家女。有妹曰灵芸，年尤稚。因幼丧父母，姊妹相依为命，寄居于其叔道洁家。老仆程忠甫，恋恋故主，随与俱。婶戚氏，性奇悍，嫉女甚，时施凌虐。忠甫欲护不能，唯时时饮泣而已。

先是芸父病终之前，因无子，拟立道洁子为嗣。曾缮遗嘱，以遗产半授嗣子，半给二女。又以二女年幼，嘱道洁保管之。讵道洁居心叵测，以弱女可欺，竟匿遗嘱，图吞其产。忠甫虽微知其事，因乏左证，未敢究诘。

一夕，道洁夫妇，密谋毁遗嘱以灭迹。忠甫适从窗外过，尽闻其语，乃设计获得已毁之遗嘱而去，而道洁不知也。惟戚氏久有绝女之心，然机无可乘。会节芸偶碎花瓶，戚氏竟逐之。芸不敢抗命，泣涕出门。其时漫天风雪，严寒贬骨，芸奔走雪地，弱不禁风，颠踬于途。

忠甫自外归，知女被逐，急出觅之。而雪地足印，依稀可辨。循踪而前，见女冻

〔1〕 原为句读。

僵于竹林间，一息仅存，急解衣覆之，少顷始苏。主仆相扶前进，茫茫无所之。忠甫因年衰衣单，不胜寒，猝倒于地。女更仓皇失措，悲恸欲绝，拟向附近村人乞援。行未数武，力竭晕去。

邻村有孟孝鲁者，家赤贫，事母至孝，藉卖文供甘旨。是日由市镇购米归，瞥见有女倒路旁，抚之尚温，知有救，负女返家。未几复苏，向孟母泣陈颠末。母怜之，嘱孝鲁伴女往觅忠甫。至原处，已失所在。更至道洁处，复被摈，怅然而返。

先是忠甫僵卧河畔，适有榜人金义生，负纤过其侧，仗义拯之去。

孟母怜女孤苦，又爱其贤淑，留女暂居其家。女事母甚谦，且代母操井臼，事纺织，以助家用。生爱慕綦切，偶涉遐想，辄废吟哦。女正色规讽，略无逊让。生敬惮之，为学益力。

生有同学友张云峰，供职京华，专函邀生。生得书，别母就道，女相偕至轮埠送别。途遇邻友陆引才，生告以出征故。陆羡女之姿色，藉口迎送，追随于后。俟生登轮解缆去，陆乃殷殷伴女返。自后，陆频频过访，粮粟财物，馈赠极厚。女渐知陆之用意，惟家景困穷，不得不暂时仰给于陆。一日，陆投情书于女，女掷书不顾。陆大失所望，恼羞成怒，诉诸律师，伪称节芸始则许婚骗财，继则悔约赖债，欲讼之于法庭。律师何义斋，致书质女。女亲诣律师所，具白始末。律师责陆欺诳，陆计无可售，向女逼索欠款。女无以应，忧急万状。何律师灼知其情，慨然为女代为理结。

忠甫由金义生救归家中，久之始愈。回见道洁，求一睹灵芸，又为道洁所摈。盖道洁欲独吞遗产，必欲绝兄后人，已将灵芸给乡妇邢吕氏为养媳。忠甫以节芸既无下落，灵芸又未晤面，忆念故主，痛不欲生。金义生深悯之，转商邻人凌学坚，图为忠雪冤。坚引忠往见律师何义斋，备述幼主受屈状，拟控道洁于公庭。义斋告以节芸所在，忠始大喜过望，当时与忠甫至孟家。适孝鲁由友保举，授任为县知事，奉檄赴任，顺道省亲。母与节芸，惊喜交集。孝鲁以义斋之还债，义生之救仆，感谢不遑。后又迎灵芸归，一家团叙，度其快乐之岁月。而道洁卒受法律制裁云。

字　　幕〔1〕

董血血

1. 关圣帝君觉世真经，帝君曰：人生在世，贵尽忠孝节义等事，方于人道无愧，可立于天地之间。若不尽忠孝节义等事，身虽在世，其心已死，是谓偷生。

2. 故忠孝节义为人类应具之美德，亦为处世立身之要素，是即吾剧激劝末俗之微旨也。

3. 月也凄凉，影也凄凉。

4. 寒夜寂寂，万籁无声，惟此可怜女郎踽踽街市，供人驱役。

---

〔1〕 原字幕序号为中文数字加括号，对话者亦有括号。现统一去除括号，序号改为阿拉伯数字；对白前加冒号。此外，原所有字幕除省略号外，均无句读或常规标点。

5. 苏节芸本富家女，幼失双亲，依叔度日，备受虐待，是人世间最不幸、最可怜之孤女。（吴素馨饰）

6. 苏道洁，节芸之胞叔。（张大公饰）

7. 苏戚氏，道洁之妻。（丁华氏饰）

8. 戚氏：泡水泡得这样慢，茶冷了也没有人来倒。

9. 程忠甫，节芸家之旧仆。（谭志远饰）

10. 孟孝鲁之母，孟周氏。（魏张氏饰）

11. 孟孝鲁，高洁好学之青年，事母至孝，以卖文供甘旨。（朱咏芬饰）

12. 天寒矣，宁冷儿子身，莫冻阿娘体，孝鲁至孝，为母温被。

13. 苏灵芸，节芸之胞妹，稚龄弱息，依恶叔以求生。（张玲棣饰）

14. 戚氏：枱子没有揩好就来扫地，灰尘飞上去还不是同未揩一样吗！

15. 戚氏：你还敢装腔吗？

16. 道洁：这一纸遗嘱留在家中必有后患，毁灭了可以永绝后根哩。

17. 戚氏：你说得很是。

18. 隔墙有耳泄漏机密。

19. 道洁：咦！这是什么声浪呀？

20. 程忠甫故烧信封以去主疑而掩其盗遗嘱之迹。

21. 苏道洁以为遗嘱吹入火盆中焚去矣。

22. 孝鲁虽在撰文，而心固无时不在老母身上，故一闻母咳，即打断文思。

23. 戚氏：贱骨头！这不是你有心打碎的吗。

24. 戚氏：你这害家精，这里不配你住的，快出去！

25. 节芸：婶婶，我下次不敢了。可怜我是没有爹娘的，还有哪里可去呢？

26. 灵芸：我要同姐姐一路去呀。

27. 四顾茫茫无家可归。

28. 忠甫：这花瓶是你打碎的么？

29. 灵芸：姐姐打碎花瓶，被婶婶逐出去了。

30. 雪印鸿爪，芳踪宛在。

31. 忠甫：朋友，你看见一个十七八岁的小姑娘吗？

32. 乡人：方才是有一个小姑娘过去的，不知是不是。

33. 忠甫：小姐。

34. 节芸：忠甫……忠甫。

35. 走雪护主至于解衣衣之，忠甫忠矣！惜乎天寒寒彻骨，卒不免于僵仆。节芸见前村，欲往乞援焉。

36. 金义生驾舟为业，平日仗义济危，为良善之劳工。（易方朔饰）

37. 孟孝鲁负米归家。

38. 孟母：你是谁家的姑娘？

39. 节芸：老太太，我是被婶婶逐出，没有爹娘的孤女呢！

40. 节芸：先生，与我同行的还有老仆程忠甫，冻倒前面雪地，你可瞧见吗？

41. 孝鲁：妈妈，可要去救那位老人家回来吗？

42. 孟母：当然要去救的。

43. 孝鲁偕节芸急来寻程忠甫，苦已不见。

44. 孝鲁：她是我在雪地里救起来的，特地送她回来，望先生收留她罢。

45. 戚氏：这里没有她驻足的地方，快些滚！

46. 节芸：婶婶，让我看看我的妹妹。

47. 孝鲁：哦，你婶婶这样可恶吗？小姐，还是到寒舍再作商量。

48. 孝鲁恐母闷损，为讲故事以娱之。

49. 邢吕氏是苏戚氏在乡亲戚。

50. 戚氏：都只为小东西淘气。

51. 戚氏：最好给你领去做养媳妇罢。

52. 吕氏：给我吗？我们乡下苦得很哩！

53. 昔为侄女，已不堪其苦；今为养媳，更雪上加霜，命薄灵芸乎！抑薄俗之，薄灵芸也。

54. 邢小毛是邢吕氏之子，即灵芸之未婚夫。（甘小琳饰）

55. 邢小宝是吕氏之女儿。（张小聪饰）

56. 吕氏：你们要同她去玩吗？她是要去做事的。

57. 忠甫：你们待我这样好的恩义，叫我怎样报答你们呢？

58. 金妻：怎样好，钱又没有了！

59. 义生：低声些，救命要紧，找几件衣裳到高墙头里多当些钱，替他请医生吃药。

60. 是孝子必多情，故孝鲁爱慕节芸，以致废读也。

61. 节芸：你不去读书，站在这里瞧着我做什么？

62. 节芸：你为了我无心读书，我还是离开这里罢。

63. 孝鲁：你千万莫去，我下次决不瞧你了。

64. 节芸：你要我住在这里，必要认真读书，从此不许再瞧我。

65. 一对小夫妻发生天然恋爱。

66. 小毛：我不要打你的手心，我要亲一个嘴哩！

67. 吕氏：叫你看羊你来看人，羊呢？逃走了都不晓得吗？

68. 吕氏：贱东西，坐在这里做什么？快去做生活。

69. 好消息来了。

70. 孝鲁：同学云峰来信说，有很好的机会，叫我到北京去，但是我去了没有人侍奉母亲，怎样好呢？

71. 孟母：不妨的，有节芸在家。男儿志在四方，你应该去的。

72. 孝鲁：既然如此，儿就决意去了。他寄来四十元川资，我留三十元作家用。

73. 孝鲁：苏小姐，我去了，只有烦你看顾家母了。

74. 节芸：你母就是我母，我一定小心侍奉，你只顾安心去罢。

75. 陆引才是孝鲁同村之友。（张铎声饰）

76. 引才：孝鲁兄，你现在往哪里去？

77. 孝鲁：我往北京去。

78. 引才：这位是谁呢？

79. 孝鲁：她是苏女士，暂寓寒舍，与家母作伴的。

80. 陆引才时以银物赠孟母，在表面上为好，其居心实叵测。

81. 陆引才投情书与节芸。

82. 孟母：咦！这信是谁寄来的？

83. 引才：这封信吗？是你家里的旧信哩。

84. 有此一对尖嘴小姑，而灵芸身上不知增添多少棒痕。

85. 小宝：妹妹不要叫醒她，告诉妈去，使她挨一顿好打哩。

86. 吕氏：叫你看牛你倒睡觉，懒骨头，比牛还要懒！

87. 引才：我费了这许多苦心，你还是不答应吗？

88. 节芸：你这话全没廉耻，岂应该对我说的？

89. 引才：你不从就罢，但是平常给你财物怎样还我？

90. 节芸：这钱等孝鲁回来当然还你。

91. 引才：不行，现在要还的，否则你立一张借据。

92. 忠甫：二小姐呢？请你让我见见。

93. 道洁：不许见。

94. 忠甫：求求二老爷，你容我看看她罢。

95. 何义斋慷慨好义，为乡中著名律师。

96. 引才：苏节芸是我聘妻，寄寓孟家，今欲翻悔婚约，图赖借款，敢请大律师为我控告。

97. 节芸：老太太，陆引才托何律师写信来讨债了，我要去向律师声明呢。

98. 节芸备数陆引才之恶。

99. 节芸：他所说的话都是假的。他曾写过情书给我，现在这里，你看了就可证明他的为人。

100. 义斋：陆先生，你听见么？这里不能说谎的，究竟怎样你老实说。

101. 引才：这个……

102. 引才：既然如此，借我钱总该还我的。

103. 义斋：借据既是你写的，钱就应当归还。

104. 何义斋怜节芸孤苦，来孟家访问。

105. 孟母：现在我们家里实在没有钱还，求大律师宽限。

106. 义斋：你们既这样为难，我准代你们设法。

107. 义斋：你敢仗金钱的势力，逼迫可怜的女子，这种不法的行为，已经要受刑事的处分。

108．义斋：要不追究你也可以，这钱也不许再讨了，作为赔偿苏女的名誉损失，以赎你的罪恶。

109．义生：老伯伯，这位是此地教书的凌先生，你的冤枉告诉他，他可以替你伸冤呢。

110．忠甫：凌先生，苏道洁把侄女都赶出，要吞没遗产。有了这遗嘱，你看可以告他么？

111．学坚：可以。此地有一位何义斋律师，人很公正，是我的朋友，我想同你去向他商量。

112．节芸以所畜之鸡赴市求售，以资糊口。

113．孟孝鲁入京后由其友保举新任为县知事。

114．孟母在路口候节芸回家。

115．孟孝鲁返里省亲。

116．节芸：咦！好奇怪，警察兵站在我家门前做什么？

117．孟母：恐怕又是陆引才在那里捣鬼呢！

118．警长：站开点，有官长在这里，不要瞎闯。

119．节芸：这里是我家里呢！

120．孝鲁：妈妈，我现在做了知事了。

121．忠甫：大律师，这件案子没有我家小姐节芸同灵芸到场，可以告他么？

122．义斋：咦……苏节芸……是不是住在孟家的一位小姐么？

123．义斋：这样罢，我同你到孟家，看是不是你的小姐，再定办法。

124．何义斋与忠甫来访节芸。

125．忠甫：小姐！

126．节芸：忠甫！

127．孝鲁：贵律师慷慨仗义，我很感激。

128．忠甫：小姐，怎么会到这里来的？

129．节芸：是孟先生救我到这里的，你失散后一向怎样？

130．忠甫：那时幸亏金义生救我到他家里，又托人陪我见何律师，才知道小姐在这里。

131．节芸：金义生这样好人，我想去请他来谢谢他。

132．节芸：忠甫，可晓得我的妹妹可好吗？

133．忠甫：我被二老爷赶出后，他不许我见二小姐，不晓得她现在怎样？

134．忠甫：小姐，老主人本有遗嘱，几乎被你叔叔烧毁，幸喜为我所得。我请这位何律师告他了。

135．节芸：他是老家人程忠甫。

136．孝鲁：苏家事还仗贵律师办理。

137．逮捕苏道洁之法警来矣。

138．戚氏：这是你去告的吗？

139. 忠甫：哼！是我告的，再不告，我的肚子都要气破。
140. 法警：快走罢，不要耽搁我们的公事。
141. 义生：哦！老伯伯今天穿这样好看的衣裳。
142. 忠甫：我家姑爷做了官，回来叫我来接你去。
143. 义生：老伯伯来请我到他们姑爷那里。
144. 金妻：你这样寿头寿脑好去吗？
145. 义生：不要紧的，你去把我出客的好长衫拿出来。
146. 义生：你看这样不是很好看的吗。
147. 吕氏：咦！大小姐怎么回来的？
148. 节芸：我来看我的妹妹的，你叫她出来。
149. 吕氏：啊，她看牛去了。
150. 灵芸：牛逃了！牛逃了！
151. 节芸：妹妹！
152. 灵芸：姐姐！
153. 节芸：邢家嫂嫂，我要带妹妹回去。
154. 小毛：我也要同你一路去。
155. 灵芸：姐姐，我要带他一同去的。
156. 节芸：吕家嫂嫂，我把他带到我们家里住几天。
157. 苏道洁意图侵占之结果。
158. 孝鲁：妹妹，你从前不许我瞧你，现在可许我畅畅快快的瞧一瞧吗？
159. 节芸：你要瞧吗，就请你多瞧一瞧就是了。
160. 节芸：你看，老太太在那里睡着了。

上　海　花

出品　国光影片公司，1926 年
编导　汪福庆
摄影　余茂廷　廖恩寿
布景　洪警铃
绘图　万古蟾
演员　曹元恺　席芳婧　王　氏　朱　氏　黄海帆　贺志刚　时觉非　李　氏　洪警铃　贺一鸣　庄天一　马书箴

《上海花》电影由汪福庆编导。其电影本事为汪福庆所作，字幕无署名，原载《国光特刊》第 1 期（上海花特刊，1926 年 2 月 1 日）。《申报》（1926 年 3 月 20 日）以及《国光特刊》第 2 期（不如归号，1926 年 9 月 1 日）亦刊载该片本事。

本　事[1]

汪福庆

谭根者，幼年遭匪劫，父死于难，偕母避居近上海之某村，家贫失学，务农有年。邻有少女张爱珍，自幼相亲，及长，益相爱。谭张二老皆默许他日同偕老也。一日，谭自田中返，闻爱珍呼救声，亟奔视，则爱珍溺河中。谭跃入水，救而送之返。张德之，益倾心焉。继谭母病，谭根废寝忘食，侍奉左右。爱珍亦时来省视，代为料理家事。顾未几，母病不起，弥留时嘱爱珍好视其子，母亦知能慰谭者惟爱珍耳。

谭根自母逝后，终日哀思。爱珍怜之甚，爱之愈深，时常过慰，以解其忧。谭心感激，要其永久相助，张许之。谭乃赠以祖传之玉镯，而订婚约。

爱珍有中表杨志芳，纨绔子也。其父富新，经商沪渎，拥巨资。一日，志芳以转申之便，往访张家。见爱珍年少娇憨，颇爱好之。会富新寿，邀张家来沪。志芳更为爱珍置新衣，百计引诱。爱珍身入繁华场，迷于虚荣，未久，即忘其旧好，失身于志芳矣。

谭根自爱珍去后，日夕思恋，诚爱自守。恒于工余之暇，研究田事，以寄寂寞，心得颇多。上其计划于乡董，村绅皆重其为人。乡董愿代为集资助其成功，并欲妻以女。谭则必以俟爱珍归辞之。

志芳之游荡，其恶友林惠生实主使之。林巨奸大滑，恒诱志芳赌博。赌必败北，负债累累。则命志芳窃取田单，质金以偿债，而林则从中取利。事为富新悉，屡戒志

[1] 原为句读。

芳。不悛，逐之门外。于是志芳偕爱珍别赁屋居于外。相处一年，爱珍举一子。志芳携金已尽，处境日窘。而志芳仍昼夜沉湎于赌窨，复为债户所困，告贷于惠生。惠生无以应，怂恿志芳鬻去爱珍，足偿负而有余。盖惠生久有欲得爱珍之心，至此乃谋为己有，乃转托友人以重金购爱珍。志芳不知，惑其言，从之。顾为谋不密，爱珍得间而遁。爱珍跄踉途中，四顾茫茫，哀悔之余，计惟有回归故乡，乃冒雨怀子而去。阅二昼夜，始抵家，已奄奄一息。时爱珍父痛失女，已焦忧死，惟母独居。谭根犹时相慰问。至此爱珍得见谭根，寸心皆裂，以儿授托而卒。后志芳悉惠生阴谋，愤刺惠生，己亦被擒。谭根见爱珍之遭遇，痛悲身世，心念俱灰，奉养其老母，抚育其遗孤，终身不复言娶。每于黄昏斜照中，抱儿凭吊爱珍之墓，以写无量之悲思。

字　　幕

谭根，幼遭匪劫，父死于难，奉母迁居此村（曹元恺）
邻女张爱珍（席芳婧）
谭根之母（王氏）
爱珍："救命呵！"
张母（朱氏）
张父功叙（黄海帆）
功叙："蒙你搭救真是感谢不尽。"
日常的工作
数日后
爱珍："我已好了，怎样答谢你呢？"
谭根："天已经黑了，不要做了。"
谭根："妈这样辛苦，儿子心里很不安。"
为子劬劳
爱珍："啊呀！跌坏了吗？"
谭母："谭根快要回来，饭还没有煮咧！"
爱珍："你睡吧，我去煮就是了。"
谭根："我妈呢？"
儿心碎
爱珍："不要苦恼，想来不碍事的吧！"
忧心如焚
谭根："妈怎样？"
杨志芳，张家亲戚，顺道来访（贺志刚）
功叙："爱珍来见见你的表兄。"
志芳："多年不见简直不认识了！"
谭根："求上天保佑我的母亲！"

志芳："妹妹你太辛苦了！"
告别
志芳："请常到上海来游玩。"
志芳的家庭
父富新　（时觉非）
志芳母　（李氏）
弟志刚
爱珍："这几天病怎样了？"
谭母："我怕不会好的了。"
谭母："我死……可怜谭根……"
谭母："……请你常常……照顾他。"
城市人的挥金如土
赌场主人　（洪警铃）
志芳好友林惠生　（贺一鸣）
功叙："你妈可好些？"
城市人的花天酒地
主人："你真是……"
谭根："妈……妈！"
谭根："妈竟丢了儿子去啦！"
见遗物兴悲
爱珍："我想时常帮助你。"
谭根："爱珍妹妹能容许我的要求吗？"
谭根："妹妹在此更使湖山生色！"
爱珍："上海我也要去的！"
爱珍："明天我要到上海去吃寿酒。"
谭根："并非不愿意你去，不知你几时回来？"
别有一番天地
出游
爱珍："上海真真大呀！"
爱珍："这声音好像羊叫。"
伙计："这衣料是顶时髦的。"
寿宴
养尊处优，今非昔比
爱珍："穿了这衣服，叫我路都走不来了。"
志芳："我走给你看。"
志芳："这种不值钱的东西，要它做甚！"
戏中人："你结果了他，我俩才得做永久夫妻。"

爱情被虚荣征服了
志芳："妹妹，你总不能不允许我吧！"
谭根常和化学师研究田事
化学师："这种泥土，宜于种麦。"
惠生："饮此一杯，祝你俩多福！"
杨友："她是谁？"
惠生："什么？志芳又交结上几个朋友了！"
谭根研究所得，上计划书于村绅
村董庄国屏（庄天一）
国屏："谭先生的计划很是，我们应当帮助他。"
富新："他每月用了许多，还要欠了这许多？"
富新："去唤少爷来！"
富新："这笔账不许付！"
惠生："抱歉得很！我自己也十分困难。"
志芳："请你替我设法，债户实在逼得不得了。"
惠生："你太呆了，府上的田单不能想法吗？"
富新："你浪用了许多钱，还要偷田单去抵押！"
富新："你这种儿子，我养不起！"
志芳："养不起为什么生我出来！"
富新："逆子，替我滚出去！"
志芳："我受不了这种穷气，我要去了。"
志芳："你同我一块去吗？"
庄国屏招谭根讨论兴农事
国屏女绮芬（马书箴）
谭根："还请庄先生鼎力相助。"
国屏："我总尽力助你成功。"
爱珍："你累我见不得父母！"
志芳："哼！有什么希罕，谁能一世不离开父母！"
谭根："老伯，你们都回来了，上海好玩呀！"
功叙："请你不必再提起上海罢。"
功叙："咳！爱珍沉迷在上海了！"
一年之后
志芳："懒人！白天睡觉，不顾小孩！"
惠生："你有什么不如意事？"
惠生："这倒是很受累。"
化学师："庄先生有意把女儿许配给你。"
谭根："抱歉得很，我已经和张爱珍订下婚约了。"

化学师：“听说她在上海不回来了。”

谭根：“我想她一定要回来的。”

寒夜孤灯，凄凉滋味

惠生：“你托我的事，已经成功，明天在我家里会面。”

秘密的秘密

志芳：“好，我们明天就这样办。”

林惠生的诡计

志芳：“他们来接了，我们去吧。”

志芳：“你先去，我迟一步就来。”

爱珍：“这里不像办喜事？”

恶妇：“还在里面咧。”

贵福：“哼！你已经是这里的人了！”

惠生：“那个女人呢？”

第二日

往事何堪回忆

虚荣的结果

爱珍：“请你记着，这是我的儿子……好好照顾他。”

谭根：“妹妹放心。”

谭根：“我天天望你回来。”

爱珍：“唉！我对不起你了！”

爱珍：“爸爸呢？”

张母：“你爸爸为你抑郁死了。”

志芳：“看你有什么好结果！”

贵福：“你的妻子是林惠生买去的。”

奸人的末路

纨绔公子的收场

绵绵此恨何日休

透明的上海

出品　大中华百合影片公司，1926 年

编剧　王元龙

导演　陆　洁

摄影　周诗穆

分幕　三　三

布景　王雪厂

剪接　汤　杰

演员　王元龙　黎明晖　韩云珍　张庆升　周文珠　王英之　王雪厂　钟扶东　汤　杰

《透明的上海》电影由王元龙编剧。其电影本事为陆洁所作，原载《申报》(1926 年2 月 2 日)，以及《大中华百合特刊》透明的上海号（1926 年 2 月 10 日）。心冷《看了〈透明的上海〉以后》(《国闻周报》第 3 卷第 15 期（1926 年 4 月 25 日）亦收录该片本事。

本　　事〔1〕

陆洁

晨光熹微中，达威将军之子王少珊，方挟其舞伴，从卡尔登舞罢归家。甫及门，小婢秋华，已俟于门次，引近告之曰："夫人以主人又达旦不归，方掩泣未已。特婢已设词诳之，谓主人昨晚睡于书室中也。"时王已沉醉，闻婢言，即踉跄入书室，倒身入睡。婢则探手以入王之裤袋，出其防身之手枪，置之枕畔；复为去履弛衣，此常例也。

当是时，在一不为社会所注意之家庭中，一须发皤然之老人，严蹙其眉，默坐斗室，似有无限心事者。老人曰黎仁甫，有子死于江浙之战。家中有贤媳爱女，及一四龄之孙，均赖老人赡养，因之家境日窘。时忽有索债者登门，老人不愿令家人知其贫窘，因恳索债者勿扬声，约以午后设法归偿。索债者既去，其爱女芙芬出，向老人索车资，将往访其情人伍景曦。伍为画师，与芙芬交甚厚。是日芙芬因校中放假，特往访之。伍出所绘绒线半臂图样一纸，请芬为之按图织造，芬允之。

老人因践债主之约，背家人，挟衣裹往质肆。途中为王少珊之汽车所撞，幸无伤。王送之归，时索债者已坐守于家。老人耻为王知，因嘱其媳延王入内室。老人出所质钱计之，归偿尚不足，以展期请。债主不允，大哗，声达于内。王闻之，出为排解，

〔1〕 原为句读。

并代偿余欠，翁媳均感之。自是王时来老人家，常济以金，并以玩具馈文儿。久之，乃渐与妇稔。妇以绮年守寡，不免有身世之悲，顾心如古井，始终以礼自防。某夕，芙芬自同学处假得新衣一袭归，妇询之，芬谓后日为某夫人结婚，将趋贺。妇问夫人何可再嫁？芬曰："今日之世，恋爱自由，夫既死，固可再嫁。彼美国威尔逊总统之夫人，居孀期年，今又适某医生矣。"妇闻之，久寂之心弦，不期震震欲动，而古井之波澜起矣。

星期六之下午，正大华女学散学之时，门前车马如云。芬随众出，立于门畔，见诸同学一一登车去，芬目为之炫。某同学见状，因拊其肩曰："我有汽车在，盍偕我归乎?"芬大喜，随之登车。车中已有一少年在，某同学立为之介绍曰："此为我友，欧阳总长之公子也。"芬见少年服御丽都，指上御钻戒，光芒烨烨四射，心窃羡之。已而某同学出卡尔登舞场券示芬，并邀以偕往。芬虽久闻卡尔登名，而未尝一至，因婉却之。须臾，车已抵家，芬辞其同学下车，见门前亦有一油碧车在，深讶家中何来贵客。既入门，果见一华服少年，方与老父语。老人睹女入，即为介见曰："此达威将军之公子也。"芬审视贵客，则见其指上钻戒，奇光照眼，似更胜于欧阳公子所御者。

一日，妇得王书，约妇赴舞场。妇临行，以往省姑母绐共翁。讵是晚姑母适来视妇。妇在舞场，思儿甚，因不待舞罢而归。迨至门首，则见芙芬方送其姑母出，妇大骇，乃不敢归。王夤夜为赁华屋，陈设布置，叱嗟立办。翌日，妇不能忘其儿，嘱王往视。老人见王至，即告以昨宵子妇失踪事。王矫为慰藉，复出钞票一叠授老人，无意中遗卡尔登券二纸于地，王不知也。

王所遗之券，为芙芬拾得。因忆及前日车中某同学相约事，欣然往访伍景曦，约伍同赴舞场。至则见少珊亦在场中，芬即谓伍曰："彼与三数丽人共桌之少年，乃达威将军之公子，我父之至友。我之券，即彼所赠也。"伍唯唯。王见芬至，亟起迎。芬即为伍介绍，伍见场中人均鲜衣服，不免自惭形秽，因不愿久坐。而芬则与王刺刺话不休，伍无如之何。先是，王尝以电话致妇，嘱妇来舞场。妇以心绪不宁，以不愿外出对。王不为意，因与其旧识之舞伴共坐。不意妇深宵独处，苦念其儿，因思潜归一视；中途胆怯，折至舞场寻王。舞场建筑，梯分左右二座，妇由左梯入场时，伍与芙芬适自右梯而下，幸未相值，然而险矣。

王自识芙芬，每晚必约之出，流连金迷纸醉之场，而渐与妇疏。芬亦耽于繁华，乐此不疲，而与伍亦不复如前此之亲昵。某星期六之晚，芬与伍坐窗前，对月弄琴。正感寂寞，遥见卡尔登屋顶之电灯市招，光耀如白昼，想见此中之热闹，因要伍同去。伍却之不得，而阮囊羞涩，又不敢往，因商之同寓。其同寓为一穷音乐师，时亦囊空如洗，无以相助。伍不得已，乃佯为牙痛，以报芬。芬殊怏怏，出以电话致王，时王方频以电话致其女友。讵女友虽多，而均相左，王既得芬之电召，乃欣然更衣出。

芙芬为景曦所织之绒线半臂完工矣，盛以锦盒，复以玉版纸剪成心形，上书"芙芬手织"四字。人方健羡景曦之艳福，而竟有出人意料者，盖受此美人之礼物者，非伍景曦而为王少珊也。少珊既得芙芬之赠，乐甚，即将入内室试服，遗其心形之纸于地。初不自知，而适为其夫人所拾得，持以责其夫。王反以言讥夫人。夫人幽娴贞静，以贤淑闻里闬间。见其夫藉乃父之势力与金钱，日沉迷于交际场中，所行多不义，心甚忧之。而规之复不听，惟有自嗟命薄，遇人不淑而已。至是，乃弗能复忍，竟留书出走，不知所之。

妇自离家后，思儿不止，每于深夜潜归，至窗外私窥其儿。虽可望而不可即，顾亦差可自慰。某夜，妇又潜至窗外，则其儿方病，奄奄垂毙，老人掩泣于侧。妇闻之，悲不自胜，挺身直入。翁媳相见愕然，维时文儿已气绝。妇哭之恸，偶在芙芬枕畔，得王书数通，因知芙芬亦被诱，心痛如割，立趋王处，就窗隙窥之，则见二人方围炉共话也。妇突入室中，芬已敛避入内。妇见案头遗有芙芬之帽，顾亦不欲明言，惟扬声历数王罪，且以沉痛之言，用激内室之芙芬。芙芬闻之，中心欲碎，无意间得王所藏手枪，即持之，愤然掀帘出。妇见其将击王，立上前夺枪。枪发，误中壁上镜架。此架外观为朱子家训，实则乃一壁橱，其父向某国所运军火之样品即藏于此中者，枪贯壁橱，立炸裂。初，妇至窗外探儿之时，伍景曦亦来窃探芙芬。见妇人而复出，即踪之至王所。及闻炸声，乃破门入视，则见王倒卧于地，双目已盲。而其亲手绘样之绒线半臂，则赫然御于王身也。

翌日之晨，妇既痛爱子之夭，复自悲失身于匪人，刺激过甚，因以痫发。见王所赠文儿玩具，以为儿也，大喜前扑，破其脑，死焉。老人以芙芬背伍景曦为不义，令乞恕于伍，出华服令易之。芬不忍更御，卒易布衣以往。时伍以失恋于芬，不欲复生人世，将引刃自杀。而芬适排闼入，去其刃，乞其谅解。伍大悦，遂相爱如初。

老人以子妇死，女又被诱，其罪胥在少珊一身，恨甚，欲得当以报。已而至伍景曦家视芬，瞥见案头有利刃，攫取之，急至王宅，欲得少珊而甘心。先是少珊适得京电，谓达威将军遇刺，家宅财物，亦被毁一空。少珊闻耗，神经立错乱，以为一家被此奇祸，实由于多金为祟，因尽毁其所藏珍宝银钞，纵火自焚。迨老人等趋至，第见室中烟雾弥漫而已。

神 仙 棒

出品　开心影片公司，1926 年
导演　汪优游
摄影　川谷庄平
演员　汪优游　徐卓呆　欧阳予倩　夏月润　周凤文　方红叶　张冶儿　秦哈哈

《神仙棒》电影本事无署名，原载《申报》（1926 年 2 月 23 日）。

本　　事〔1〕

债台高筑之汪志宏有舅父曰徐润身，面团团之富家翁也。月杪，徐知汪为债主所迫，必来借贷，乃嘱仆人，严守其门，勿使汪入。然仆人终为汪所绐，而汪竟入徐之书室，徐无奈与以银十元。汪归途，见一马车碾伤老翁于地，马车不顾而去。汪乃扶老翁起，为之雇车，且以怀中之十元与之，嘱其速赴医院治疗。

翌日，叩门声急，汪知债户至，惊惶欲避。则门忽自启，昨日之老翁突至。汪讶其速痊。老翁感谢之余，以手中杖赠汪，倏忽之间翁不见矣。未几，债户陆续来，汪乃对众陈述，谓昨日确已筹得十元，第已变为此杖矣。言时，以杖击地，忽杖端出银币一枚，屡击则屡出不穷。汪大喜，悉以与债户。债户既去，汪闻空中神语，嘱汪以此杖扶弱济困，汪唯唯。

贫叟周子卿，有女曰爱珠。子卿负人二十元，债主于借据上改为五十元，强索不得，乃欲夺其女去。周拒之，竟为债主蹴毙。汪志宏适经门外，见之，大抱不平，以杖指债主，则债主顿如木偶，一举一动，须听汪之指挥。汪以杖指借据，则五十元忽变成二十元。汪大怒，以杖指空中，空中飞来一绳捆债主身。再击地，则出现警察二人，押债主去矣。

偷儿见汪杖击地可得钱，乃窃之去。初击果得钱，再击则钱隐灭不见。三击汪志宏直立于其前矣。

小儿顾宁儿因病而窃取他人之药，为人痛殴。汪见之，令还其药。再以杖击地，得同样之药，以赠宁儿，且与以金钱。宁儿归，母疑之。少顷，汪来，以杖击顾母，顾母病立愈。

无赖某，垂涎某妇，俟其外出时，故意撞之。妇手中之碗，坠地碎矣。汪见之，以杖指地，碎碗忽复原。再击，无赖飞来，对妇赔罪。汪以杖挥之，无赖翻觔斗而去。

仙人既变老翁以试汪志宏之心，复变一乞丐，向汪乞钱，汪与之。乞丐以金钱一

〔1〕 原为句读。

钵，向钱铺求兑，为侦探所见。追之，忽不见，误捕汪。警官与一巡警，皆戏迷也。汪乃以神杖之力，命之合演三本铁公鸡。再以杖击彼等头，现银钱若干，盖赏钱也。汪遁，众追之，汪至墙下，步行而上，如履平地，追者瞠目大惊。

汪往来道上，见汽车马车，疾行如飞，心殊不怡。遂以杖指之，忽一切车辆行人，悉行止步，呆呆如木人。再指之，则徐行如牛。汪复见纨袴子弟，挟二美人乘汽车，思有以惩之，即用杖一指，汽车两旁，忽波浪滔滔，三人大惊。汪至高桥处，见一货车不易登桥顶，亦指之以杖，则数百斤之货车，轻如叶而行如矢矣。

汪忽忆及一贫友，乃访之。以杖击其身，破衣顿变狐裘。更击其桌，则山珍海味，瞬息而至。友人取其杖，试击其旁，忽现妓女二人。汪大怒，亦以杖叩之，二妓悉变骷髅。汪谓之曰："尔饱暖思淫，已不可救药，别矣。"临行，一击而室内状况，仍复旧观，友人悔甚。

汪以杖替天行道，扶弱济困者数年，普天下已无凶恶之人矣。一日，欲归还此杖，即上升天空，而入月宫。遇二仙弈于山上，汪乃献杖。仙人飨以仙果，并导之观天女舞。汪大乐，仙人以手叩其顶，汪醒，知仍在已室。舅父微笑，立其左，谓之曰："余年老无子，久欲退隐，今将以财产归尔。"汪喜甚。见身旁立一美人，细视之，即昔日所救之女子周爱珠也。舅父复曰："此即尔父在日为尔所订之未婚妻也。"汪闻之，惊喜欲狂。

碎 玉 缘

出品 亚美影片公司，1926 年
编剧 黎锦晖
导演 戴霞君
演员 伍爱莲

《碎玉缘》电影由黎锦晖编剧。其电影本事无署名，原载《申报》（1926 年 2 月 24 日）。

本 事〔1〕

宝龙自幼飘失，为一寡妇所得，抚之若己出，爱之如掌珠。而宝龙亦自信为其真子也。有爱莲者，深嗜美术，与宝龙发生爱情。在美术展览会中，宝龙之画，竟为美术会长选为第一。该会长前曾作宰相，而为爱莲家属之挚友。宝龙爱莲闻之，因极愉悦。爱莲欲介绍宝龙于会长，不幸适患心痛病，未果为憾。后宝龙返家，其母逝世，始知己为无名漂泊者，心中悲伤，不可言喻。将所有之物，无论贵贱，尽数变卖，不告而别。后为爱莲探悉，知其在一大城中，教课儿童，洒脱一切，力忘旧念。旋又思谋富贵，藉博爱莲欢心，以成美事。其目的如何达到，请毕观斯片。

---

〔1〕 原为句读。

五　分　钟

出品　联合影片公司，1926 年
导演　张慧冲
演员　张慧冲　张美烈　徐素娥　费柏青　张惜娟

《五分钟》电影本事无署名，原收录于凝冰《评联合新片〈五分钟〉》(《国闻周报》第 3 卷第 7 期，1926 年 2 月 28 日)。

本　　事〔1〕

纨袴子邱德兰，仗先人之余荫，不务正业，日以渔色猎艳为事。见里闬中稍有姿色之女子，即择其可以鱼肉者，辄藉端劫夺之。尝以乡农奚崇实，无力缴租，即夺其妻云梅以为己有。盖乡愚畏其势焰，亦无可奈何之也。日上三竿，时邱尚高枕拥衾，呼呼作睡乡游。云梅从之起，同往花园游。既之园中，遇二姝掖一妪行。妪徐氏，蓬发垂髫者为其生女嫦娥，短发覆额者为其义女奚秀珍也。邱本登徒子，见此粲者，即尾随之。及睹面，则与徐氏固相识者。邱因别有用意，趋与妪语，执礼甚恭，因悉彼姝一乃女嫦娥。邱心滋乐，谓妪曰："明日当造府晋谒。"旋即辞去。徐氏则以乃夫在日曾负邱款，不得不虚与委蛇。方徐氏与德兰答话之间，嫦娥秀珍往园之别一隅浏览景物，远瞥一少年与阿母语，嫦娥曰："此不识何人。"秀珍曰："余识彼甚，渠非善类，吾兄崇实因无力偿租，彼强劫吾嫂去。"因历述偕兄入城访嫂事，嫦娥始恍然。未几，二女复掖徐氏返。翌日晨，邱竟为昨约急往徐母许，谓徐氏曰："尔夫负吾之款，以母子计，且二万五千金。汝无子嗣，又乏资产，将何以偿?"且谓："我见汝女嫦娥姣好，不若妻我，则诸事谐矣。"徐氏谓事果佳，惟女儿亲事，余当征小女同意，始可文定。邱起立曰："然则余当于明日来索喜讯也。"言讫，夺门去。嫦娥意中已有所属，闻母言，反对甚力。乃母舐犊情深，亦不欲强佛女意，因于邱来时婉却之。邱不悦，并谓昨已许我，何得反污? 乃艴然绝裾去。徐氏畏其势，因劝女勉从之。嫦娥依违两难，不已而谋自杀。华兴船船长张志明，为嫦娥之意中人。船既抵埠，张径赴徐家，见嫦娥正执手枪谋自杀，即夺去其枪，而询其底蕴。值德兰又来，因问徐氏不肯以女妻之，即令于五分钟内清偿夙逋。徐氏束手，惟饮泣而已。旋张志明出，向邱缓颊，邱竟以恶声向，几至用武，邱惧而退。是晚，邱率其门下爪牙，劫嫦娥去。秀珍追之门首，而汽车机轮已动，秀珍情急智生，攀附车之备轮随之去。车止一矮屋门首，众强曳嫦娥入。秀珍急跨屋旁马，驰奔志明处告之。志明急登马寻途入屋，乃众寡不敌，

〔1〕 原为句读。

被缚于囚室中。众复拥嫦娥他去。志明越窗得脱，至渡头与众格斗多时。江干泊一小艘，舟子即秀珍兄乡农奚崇实也。秀珍时亦赶至，问其事，共助志明。志明又被缚捆置铁轨上，俄而火车至，时嫦娥被押在侧，见之股栗欲坠，急就拨分道机，车即往支路去，而志明得庆更生。时警士得讯赶至，众遂纷纷星散逃避。德兰知计败，归家后，懊丧殊甚。且自知一生作恶多端，旋缮立遗言，仰毒药而自杀。会志明率警士至，德兰已僵卧椅上。张急延医图救，医卒以迟五分钟已不及救对。志明依遵德兰遗嘱所言，归云梅于其夫崇实领去。所有资产，悉兴工厂，为社会造福。志明与嫦娥，竟成眷属之美，以偕老焉。

早生贵子

出品　明星影片公司，1926 年
编剧　郑正秋
导演　洪　深
说明　洪　深
分幕　张石川
摄影　董克毅
置景　董天涯
题绘　董翰一　沈延哲
演员　宋忏红　宣景琳　赵　琛　张敏吾　王献斋　黄君甫　黄筠贞　岑雪琴　赵静霞　叶良德

《早生贵子》（又名《老伉俪》）电影由郑正秋编剧。其电影本事由宋痴萍撰写，字幕为洪深所作，原载《明星特刊》第 9 期（早生贵子号，1926 年 3 月）。心冷《评明星两张新影片（二）〈早生贵子〉》（《国闻周报》第 3 卷第 7 期，1926 年 2 月 28 日）亦收录该片本事。

本　　事[1]

痴萍

乡中富人吴鼎祺，秉性淳厚，持躬谨饬。妻孙氏，贤淑能持家。伉俪之情，老而弥笃，顾年逾不惑，而艰于子嗣，夫妇常引以为忧。冬日，佃人来纳租，与佣人魏启东哄。吴呵之，启东不服，背吴讥其无子。吴闻而怒，既念小人不足较，则强自抑止。时吴之妻弟孙子俊在座，必欲惩启东，吴亦劝止之。与子俊坐小阁中，饮酒排遣。闻隔河喧声，同起遥望，群儿方嬉戏水次。吴触景忘神，掷橘逗群儿以为笑乐。孙氏潜至，窥之审，知吴望子之情殷也。是夕，孙氏笑谓吴曰："我老矣，不如纳妾为嗣续计。"吴正容却之。

吴之妻父孙翁寿，夫妇往祝。睹他人之咸有子女，益怅于怀。归途遇行丧者，贫而多子。吴顾孙氏曰："他日尔我百岁后，未知是谁相送也。"孙氏闻语黯然。及门，邻妇方携子而嬉。子见吴索抱，吴抱其幼者，而长者牵衣不肯释。孙笑引之曰："伯衣新衣，泥爪如狗，奚为相嬲？"邻妇误为虐谑，以恶声相报曰："嫂弗云尔，汝家奈何并狗爪而无之。"言已，携子径去。孙氏受此激刺，为夫纳妾之意乃决。

〔1〕 原为句读。

王媪以蚁媒而业收生，尝于孙姓寿筵讽吴纳妾，故孙氏遣启东召之。媪有妹而寡，遗一女平金，与启东雅有情愫。媪见孙氏，涎其富，径以甥女荐。孙氏犹虑吴不允，使子俊之子福官诡辞激之，吴意稍动。益以子俊之劝，议始定。平金闻耗，以吴年老非偶，密商于启东，启东遂悍然不许平金嫁。媪微示以意，谓吴富，若所欲者，财耳。平金果嫁，若何求而不获？启东闻语怦然，不复持异议。

吴自纳平金，三年仍无子，招王媪至，将遣之，谓不欲以己故误平金终身也。媪力阻之，且盛称大和桥送子观音，甚著灵异。子息迟早，非人力所能主，不如往祷，冀佛天之默佑。孙氏亦以为言。吴故爱平金，因置弗遣，而挈之至大和桥乞取所谓灵丹者以归。孙氏佞佛，信之尤笃。然平金自是从王媪谋，饰假孕愚吴，自述于孙氏，求独居。吴闻而喜，不复入平金之室。

启东参与密谋，泄其事于茶室中，为子俊所闻，驰告其姊。孙氏力嘱弗声。子俊遂与佣人长寿严密侦察，图破其奸。孙氏虑子俊之语非真，而无以祛其疑，怂吴往宿平金所。平金复以正言拒之，吴悚然退。孙氏终不欲明告吴，吴亦不知外间之有蜚议也。

及期，王媪使启东密裹某姓初生之子来。甫入门，为子俊长寿所获，以告孙氏。孙氏陡念假子亦足以慰吴，因变计纵启东，而嘱子俊弗令吴知。子俊知孙氏意，诺焉。平金见事泄，跽而乞恕，孙氏曰："汝能视此子如亲生，予不汝责。"平金感极而涕，矢悔过自新。异日，启东在茶室告人，指吴姓假子为己子。子俊适据邻座，聆之大怒，起掌其颊，二人大哄。及启东逸，子俊使众追之。至王媪家，则启东自知不容于乡人，已劫媪金饰而去，鸿飞冥冥，不知所之矣。

更三年，吴方引假子嬉，长寿以孙氏命速吴，盖平金果生一子。谈者谓为吴夫妇盛德之报云。

字　　幕

洪深

离上海百余里，有小村。

尚未尽脱旧思想、旧道德、旧习惯。

村中首富。

冬月开仓收租。

"还是你们佃户有理，还要放刁！"

"不要闹，老爷来了。"

吴鼎祺，富而无子。（宋忏红）

"这黄豆原本是送给老爷吃的。"

"你年纪轻轻，总要惜福。"

"倒叫我惜福，你自己为什么不惜福，惜个儿子出来。"

"姐夫，他是说的你么？"

孙子俊吃了酒，只是心热。（赵琛）

“你不要没有良心，老爷待人还不好?”

笨汉长工，名长寿。（黄君甫）

无赖长工，名魏启东。（王献斋）

“姐夫为什么不快活?”

“不瞒你说，我没有儿子，竟是吴宗的罪人!”

“天道不负善人，姐夫，你不愁没有子嗣的。”

“你看儿女多了，也有麻烦。”

鼎祺之妻孙氏，将老而无子。（宣景琳）

“只顾看人家的孩子，竟不知道你来。”

“我也看彀多时了。”

“阿姊，我几乎忘了，老爹后天生日，邀你同姊夫去吃面。”

“佬佬，你还是趁早弄个人在身边，服侍服侍你。”

“我老了，恐怕不会生育了。”

“这是浪荡子弟的行为，岂是我家所做的事。”

岳丈家，在又一村，地名大和桥。

“老哥，多时不见，你倒还不见老，添了少爷没有?”

“小二，把礼物牵进来。”

“听说嫂嫂又添了孩子了。”

“只是家里穷，孩子多，实在养活不了。”

做皮匠的李阿毛。（叶良德）

“偏偏她的肚皮不争气，一年一个，尽管养出来。”

“嫂嫂，将来再养了，送给我做儿子。”

大和桥村上有名，又做媒婆，又做接生的王氏。（黄筠贞）

“要不是怕姑奶奶怪：我早已替你觅一位新姑娘，养得又大又胖的儿子。”

“你替人家说媒，还包养儿子么?”

从大和桥回家，水道有二十余里。

“棺材棺材，做官发财——是个穷人家。”

“将来你我百岁后，不知是哪个相送。”

吴家邻居，也有孩子。

“伯伯今天拜寿回来，穿着新衣，两只狗脚爪不要乱抓。”

“嫂嫂，不是我说一狗脚爪，你为什么不养两个出来?”

这一晚孙氏定了主意。

“你为什么还不快点娶妾，我老了，实在不能生育了。”

“我也老了，恐怕也难……”

媒婆家。

媒婆同居的寡妹李王氏。（岑雪琴）

“平金在哪里?”

李王氏的女儿平金。（赵静霞）
“你们两个不要脸的东西。”
“我有正经事来，吴太太叫你去。”
“真的真的，管许是要你说媒。”
“晓得了，我自己会来，你快走。”
说媒事略有眉目之后。
子俊的儿子福官。（张敏吾）
“姑丈，你将来死了，东西总是别人的，何不现在给我玩玩？”
“竟如此么！竟……竟……竟如此么！”
“不孝有三，无后为大，什么讲法？”
“我教你的话，你对姑丈说了没有？”
俗语有云，痴心女子负心汉。
“还说对我是真心，现在倒要嫁了。”
“你敢背了我嫁别人，你敢！”
“我说你又不信——我自己命苦。”
“为什么吴老头子要讨你做小老婆？”
“他要讨个人生儿子。”
“我娘贪图他有钱，硬要把我配给他。”
“我早已是你的人了，要你替我做主。”
“我娘请你来，原是要同你说，你千万不要答应。”
“启东，我同你商量一件事。”
“我不答应。”
“我同你女儿的事，难道你不知晓么？”
“我只养得一个女儿，巴望她嫁得好些，养我的老。”
“我的女儿是嫁给你的么？”
“没有。”
“我的女儿是许配你的么？”
“也没有。”
“你怎么可以霸住她不许她嫁？”
“我就是不许。”
“阿妹，何必定要把女儿嫁给吴老爷？”
“只要魏启东能养你的老，嫁他何妨。”
“我是出名的没有钱，穷光蛋。”
“你又没钱娶他，又不让他嫁，也罢，我的棺材本借给你。”
“王婆婆，哪个不领教你，你的钱岂是容易用得的。”
“我的金镯借给你。”
“金镯不止我一人有，须要使出本事去拿。”

“吴家还少了金镯么?”
“我答应了。”
“你让我去嫁给人家做小老婆么?”
“就是讨饭，我也是愿意跟你。”
“不要烦，多说些什么!”
“姓吴的老了，又有钱，什么地方会亏负了我们。”
乡下地方纳妾，也有一种热闹。
“太太倒贤惠，你看她都是自己张罗。”
“多了一个人，老爷的心总要分的，烦恼的日子在后头呢。”
“恭喜你。”
“恭喜你早生贵子。”
“你们还说老爷忠厚，你们知道他今天娶的是什么人。”
“这个女人是有男人的。这个男人我还认得，不过穷些……”
“魏启东你再嘴臭，我们只有公禀太太歇你。”
“今天你岂可睡在这里呢?”
二十五年前。
光阴迅速，荏苒三年。
“我知道她是你的姨甥女，所以请你来。”
“当初我原不要娶妾，娶妾所为是子嗣。”
“如今三年多了，并无子息。”
“婚书在此，你带了她回去罢——她的东西，自然一起都带去。”
“老爷，说句笑话，儿子的事，难道性急得来的?”
“一切有天做主，许你三年得子，就是三年；三个月得子，就是三个月。”
“留得青山在，不怕没柴烧。”
“我犯了什么过失，老爷要休我。”
“村里送子观音庙甚灵，老爷该领新姑娘亲自去烧烧香。”
“有人愁无儿，有人怕儿多。”
“听说嫂子又有孕了。”
“靠我两只手做，哪里能养活他们。”
“再养了交给我，送他到好地方去。”
“恐怕就是香灰。”
“心诚自然灵。”
日有所思，夜有所梦。
菩萨灵。
“新姑娘说，多蒙菩萨保佑，现在有身孕了。”
“她的意思，从今以后，要同你分房睡。”
菩萨灵么?

"你身孕呢?"

"挂在钉上。"

魏启东天生嘴臭，欢喜说臭话。

"听说孙家的女婿吴鼎祺的小老婆，新近有了身孕了。"

"吴鼎棋一生忠厚，恐怕要得儿子了。"

魏启东失业已久，吃着王氏，穿着王氏，任意游荡。

"有孕的话是假的，乃是装的假肚。"

"乃是装的假肚。"

"乃是装的假肚。"

不多几时，孙子俊知道了告诉孙氏。

孙氏将信将疑，又不敢对鼎祺说，却劝他睡到新姨房里去，看有什么动静。

"还不去睡么？太太等急了。"

"原是太太叫我睡在你房里。"

"炒米粉。"

"还不睡么。"

"就要睡了。"

"我独睡惯了，恐怕你不舒服。"

"也恐怕我不舒服，还是和衣躺躺罢。"

"一向可以，哪里便会不舒服。"

"不然，我恐怕腹中小孩不安顿。"

"你快点上床去睡。"

"万一腹中小孩不安顿，是对不起……"

"你不知道，我但愿……"

"我看你将来不得儿子，饭也吃不下，觉也睡不着的了。"

男也。

"前日生的，你为什么不早来?"

"看来就在今朝做手脚。"

"我想他们决不敢走大门，你只留心看住了后门。"

"不要动粗，你捉住了喊我。"

"我特为来道喜，讨杯酒吃。"

孙氏为人忠厚，子俊对他说的话，隔了几月，竟都忘了。

"我做了四十年的接生，从来没有接到像今天这样的难产。"

"我没法了，问问老爷看，还是请医生，还是怎样?"

"为时久了，万一小的不保，怎么好?"

"不要再放太太进来，她来了，你对他这样说。"

"姊丈为什么不也来喝酒?"

"自己去请医生，还没回来。"

“舅老爷快来！舅老爷快来！”

“这件事怎么好？”

“自然等姊夫回来，告诉姊夫。”

“真是男孩子么？”

“这件事你不要管了，做阿姊的自有主意。”

“长寿，把舅老爷的酒再烫烫热。”

“启东，你还不走。”

“太太来不得——想是冲撞了什么神煞，孩子至今不曾落地——请太太在菩萨面前点点香。”

“太太都看见孩子了，还说什么？”

“你要我瞒住老爷么？”

“你能一世瞒住老爷，我就答应你。”

“你答应我，把这孩子当做真儿子看待。”

“就要落地，不须医生了。”

“这种地方，岂是你可以来的——你还是在家堂面前烧烧香，求祖宗保佑这养出来的小孩是男孩子。”

“魏启东是你的什么人？”

“从前我原想嫁他。”

“以后我再也不敢了。”

“恭喜恭喜，是个儿子，你去看看罢。”

“子俊，你不要叫我做阿姊的白辛苦了一场。”

“好几月不看见你的铜钱，一味干输，还要抢做庄。”

“你们不要看我现在穷，我的钱多着呢。”

“吴老头儿的小老婆，不是新生儿子么？”

“那个儿子是我养的。”

“你们帮着有钱人打我，今天我拼命了。”

歹人的下场。

“刚才从那里吃了打回来，抢了我四只金镯去了。”

“这是逃走了。”

三年养育，真如亲父子。

所以娶妾纳宠，未必有儿子；求神拜佛，也未必有儿子。

虽然，天道未可知。

“太太请你快到新姨房里去。”

“阿官，你有个小兄弟陪你玩了。”

果生贵子。

到民间去

出品　南国电影剧社，1926 年

编导　田　汉

主演　唐槐秋　唐　琳　易　素　叶鼎洛　蒋光赤　李金发　仲子通　波里斯·皮涅克　威甫丁萨娃夫人

《到民间去》（一名《坟头之舞》）电影由田汉编剧。其电影命意、本事原载《醒师》第 74～75 期（《南国特刊》，1926 年 3 月 13 日、20 日），以及《申报》本埠增刊·艺术界（1926 年 5 月 14 日）。

“到民间去”（一名“坟头之舞”）

田汉

“GO AMONG THE PEOPLE”
Or “Danse sur le Tombeau”
——A Tragedy in nine mighty reels
Written and Directed by
DEN KHAN

命意 Idea

人的性格有强弱，但其结果，能为真正之勇者与否，须视其人之真有牺牲精神与否为断。牺牲精神者对于他人或公众之福利之献身的无我的努力也。一念为公，则见义勇为，奋不顾身，弱者或变而为强；一念为私，则患得患失，不知所可，强者或变而为弱。本剧中之郭其昌为前者之代表，张秋白为后者之代表。而本剧之女主人虞美玉则不断的追求其理想中之真勇者而卒得之者也。观于张秋白最后之道德的努力，又可知高贵的行为，恒能生出此等高贵的影响，谈改造社会者，岂可忽心灵的改造哉。

本事 Story

郭其昌与张秋白同学于沪上某大学，友谊甚笃。平时好与三五同志聚饮于校旁一咖啡店，高谈社会改造，慷慨悲欢，大有古烈士风。但以性格言，张强而郭弱，以故张多发议，郭多默从。店中有两侍女一名虞美玉，一名蒋爱莲。美玉姿态尤美，头脑亦敏慧，常听郭张等议论，颇有所悟。其与郭张，爱郭之才，而服张之力。美玉之意，以为中国之将来，全赖此辈青年真能追求其理想，能牺牲一切，以追求其理想，始为真正之勇士，而此勇士又美玉女士理想之良人也。会张以父母之命归省，其昌寂寞无聊恒来店中与美玉谈，以其昌之才之美，又无秋白之压迫，美玉之心，当然为其所有。其昌谓彼与秋白同为旧婚姻制的牺牲者。但彼虽不爱其父母代订之妻而颇同情其境遇，恋爱乎？人道乎？此心尚彷徨歧路之间，颇羡秋白之能取毅然决然之处置也。其昌此等怀疑的态度，最初大引美玉之同情，但秋白一来，美玉仍为其男性的决断力所慑。秋白之归果为父母令结婚事。秋白初不欲，以为此我与旧社会战斗之起点，不可退让，与其父母争执颇烈。其父母晓以利害，谓女家之父为上海有数的财产家，将来或留学，或经营事业，皆有援助。秋白心为所动，口仍崛强，父母令三思，因仍归校。复与其昌饮于美玉所，美玉问婚事如何，秋白曰：已坚决回绝之矣。美玉以为贤于其昌之优柔寡断者万万，益重视秋白而恨其昌。美玉本爱其昌，恨其不能为其理想的男性也。

一日，其昌与秋白同访美玉，美玉不在。询之爱莲，云伊祖母病重，思孙女甚切。其父为购置某物来沪顺迎女归。顷方与其父出街也。二人待之，已而美玉果归，介绍其父并说明归家之必要。秋白戏谓："学校适有五日假，何不同到他们乡里看看。"美玉视其父。其父曰："吾乡颇富风景，特寒家茅房草舍，不堪迎贵客耳。"其昌曰："君家有病人，不好相扰，但介绍一下榻之所可耳。"又谓秋白曰："吾侪日日言'社会改造'，言'到民间去'。但迄无真肯到民间去者。吾生长都会，尤不曾亲近田园生活，趁此一游，所获必多。"因议决，翌日郭张随虞家父女至其乡。

美玉归乡时其祖母疾已大痊，美玉因得偕两人游其乡名胜，并得亲近其乡土音乐。总之无一事不使其昌等惊奇，其欢喜有若科仑布之发见新大陆。又以美玉之介绍得识一青年怪农人。其人二十岁来其乡，于农事之暇欲开一石山为桃林，孜孜不倦者已近五年，乡人莫不笑其愚。其昌急欲识此愚人，乃一见如旧相识，谈论极欢。此愚人者实一抱有绝大理想之艺术家。立志欲于人间造一仙境，见此石山形势极佳，最能实现其理想，因发开始其愚不可及之工作。五年以来屡经挫折，心不稍灰，今者其仙境之轮廓已略成矣。闻其昌等将归沪，因托寄一信与其同学。其昌归校后持缄访之，则在沪北贫民窟中。其人亦青年，顾貌略似开石山之农人，询其工作则在贫民窟中教书亦五年矣。其人带其昌历游各船棚，并说明其生活，其昌始识世间真有劳而不能食食而不能饱者，遑论衣住。因感觉其前此生活之不合理。秋白则不然，以为中国人的生活之恒为矢极中的生活者，由于生活欲望之不丰富。因谓非残民以逞尽情享乐不可，常邀美玉其昌等，往各跳舞场跳舞。其昌非不能舞，特一念及贫民窟中夫妇扭打等悲剧，总鼓不起舞兴。美玉强邀之舞，其昌辄拒之，美玉极感不满。两人毕业后，其昌本欲求婚于美玉，而踌躇未敢即前，秋白已先其昌为之，且胁之以死。美玉无如何，允之。及其昌鼓勇发言，则已无及。且知夺其爱者即其好友，其失恋之情痛切可知。无何其昌又丧其至爱之母，愈益灰挫。

秋白本一有志少年，常以改造社会为己任，但生性好强，又纵情享乐。其创作欲望，不敌其所有欲望之强。秋白父为一纺织工厂经理，秋白平时于其父之处置，多所疵议。及父死，工厂中人方谓少主人当政，将一反其父之所为。后乃知其不然，盖秋白为增多享受计至变本加厉也。适中国排斥外货，国产棉纱生意大佳，秋白大富。又好做投机事业，屡得胜利，于是秋白乃成一新资本家。彼虽在青年，而已不知何时沾染古董气味，对于新颖之议论皆厌闻之，而好收藏字画古董。家既日富，此类收藏品亦日多。其昌本旧家，其父又为名士，此类古董的遗产亦绝丰富。自美玉见夺于秋白，复丧其至爱之母，觉得他一生最宝贵之物皆已次第不为己有，何有于古董。

况且受青年怪农人及贫民窟教育家之影响后，悟其前此生活之不合理，因随在布施其所有，以为非至身无一物，亦决不能明瞭人生的真相。以是其昌家之宝既日益减少，且大部分直接间接为秋白所得。后其昌与青年农人及贫民窟的教育家，组织一新村于青年农人之乡，将以实现其理想生活。

新村地址已定而缺乏地价。时其昌家中财产已所剩无多，乃乞贷于亲戚家皆遭拒绝，乃往访其好友秋白托捐巨赀。秋白笑其迂且谓工厂营业不甚佳，未能助兄遂此梦幻。其昌悄然归。美玉问秋白郭先生顷来何事，秋白告以故，且笑其迂愚。美玉拂然谓秋白曰："君当日与郭先生在我们店子里喝酒时，曾痛论'到民间去'的必要。半年来君日夜想钱，谏君时，君每谓所以然者，皆为将来实现其理想事业之手段。但观君行事何其不类。"秋白微赧曰："此等事非汝所知，所谓彼一时也，此一时也。"美玉曰："什么彼一时此一时，分明是君今日的我已经不是前日的我耳。我以君是个能与旧社会战斗的勇者，原来却是易和他同化的弱者!"秋白由羞成怒，曰："汝何言，敢骂我是弱者。"扬手欲击之。美玉笑曰："君以为打胜一个女子，足以证明君之勇气耶!"秋白愈羞怒，更欲击之。美玉并不退让，正相持间，其昌排闼入，怒目视之。秋白大惊，转怒曰："君来助伊耶!"两人握拳相视者有顷。美玉渐恢复对于其昌之爱情，将躲至其昌身后，求其保护。其昌恐伤其夫妇之和，止之，因转笑曰："对不起，兹来非别，请兄买一样东西耳。"秋白问："何物?"其昌曰："古瓶。"因探怀出瓶示秋白曰："此我祖宗传家古器，本不欲让人，因新村计划志在必成，不能不牺牲它，以换地价之一部。"秋白把玩移时，爱极，立允其昌之请，顺以其瓶交美玉收藏。

其昌付地价后，与其友等构茅屋数椽，于荒地上开始其筚路褴褛之创造生活。工作之暇，辄集火炉旁或草地上歌唱为乐。但此初不足解其昌无涯之寂寞，惟日夜借劳苦之工作使以忘其痛苦之万一。

一日，其昌方锄于野，以健康之体躯，挥巨锄以向大地，其风貌有类 Milret 的画中人。斯时夕阳将下，晚风吹人，其昌发微叹后仍工作不已。顷之其挥锄之腕忽有素手抚之，转面视之，则美玉也。其昌惊喜过望问："何为而来?"美玉谓："秋白今正式结婚矣。"其昌曰："君与秋白已正式结婚耶，恭喜，恭喜!"美玉曰："秋白工厂里工人罢工，投机事业失败，卖其财产之大半。不得不求助于其未婚妻家。彼已与其未婚妻正式结婚矣。"其昌愤然曰："然则秋白弃卿矣。"美玉曰："否，我弃秋白耳。后我即与秋白分居。"其昌笑曰："卿奈何弃勇者而及就弱者?"美玉曰："我误认彼为勇者，殊不知彼乃懦夫之尤。惟先生乃为真正之勇者。"其昌曰："何以见得?"美玉曰："勇者不惧。先生能不怕穷苦，不怕寂寞，牺牲一切到这样的地方来实现先生的理想，而他则事事与先生相反耳。"其昌执美玉手曰："我究竟是个弱者，还不怕穷苦，却有一点怕寂寞。卿来，我又平添绝大的气力矣。"两人在黄昏中接吻。

其昌美玉两人与诸同志在农场中，山岩上，工作者数年，各有成绩，乐趣日加。一日为新年元旦，同志们集草地上为乐。其昌备有留声机，美玉忽开一跳舞片，农人等虽不明其作用，而不知不觉间刺激其运动感觉。有过跳舞经验者更可知矣。其昌起谓美玉曰："前年某夜在上海一跳舞场，卿不曾以我不肯同卿舞，恨我耶。当时我方从贫民窟参观归，身在跳舞场，而心中想到与我们生活相去太远的人，说不出的难过。实在鼓不起兴来，非不乐与卿舞也。今则人我皆乐，不舞何待。"因相抱起舞。农人同志皆聚观称羡。时场边土地庙旁有一乞丐，见其昌等舞，亦在旁按拍。舞竟，乞丐拍手赞曰："居然跳得不坏。"其昌闻之，戏谓之曰："君说好，殆亦能舞耶?"乞人曰："不敢说不能。特此时恐无人肯与我为对手耳。"其昌曰："此是新村，一切平等。若患无对手盍与吾妻舞。"美玉有难色，其昌强之。其昌开舞曲，美玉因与乞人舞。圆满脱滑，盖斲轮老手也。大惊，凝视之更惊，弃之而逃。其昌问何故，美玉不答。其昌亦凝视之，则其老友张秋白也。细问之，乃知秋白投机事业大失败，悉丧其资。纱厂以排货热过仍不能与外国资本家竞争亦闭歇。妻父本可助秋白，以政治关系见杀于敌。其妻既痛父死，又悲其夫之失败，忧伤憔悴亦随其父下世。秋白身心破产，不知所之。此时夜气萌动忽会及其老友与旧时情人，幸秋白虽顷其家所有，尚剩一买自其老友之古瓶不忍卖去。计不如还瓶于其昌，在其新村中讨一自食其力之所。因囊瓶行乞而来，适逢跳舞，不觉技痒，遂以此造旧两重逢之机会。其昌笃于友情，况在旧友落魄之后。即引至其家，与之话旧。十余年来之学校生活，一一重映于其心目之中。其乐无极。至夜将眠。其昌颇为苦恼，盖美玉虽为其昌妻，固亦秋白妻也。秋白虽为其昌来，当亦为美玉来也。美玉虽已不爱秋白，而秋白固仍是其昌好友也。岂能于其失败之旧友前夸自己之胜利，以重其痛苦。于是三人各睡一室，一连数日其昌不敢与美玉亲，美玉亦知其昌之用心苦恼更甚。于是觉村中生活，前此无一不美满者，今则无一不痛苦。使秋白长居此间，则两人此后生活，殆无幸福可言。秋白窥及此，心中亦有所决。

元宵夜村中男女除玩灯外更举行民间舞，美玉起邀其昌舞，其昌拒之，命与秋白舞。秋白起将携美玉手，美玉欲拒之，秋白曰："我知你厌我，但且许我这一回罢。"因竟舞。秋白取美玉手吻之，泪随之下，美玉不能拒，但以目视其昌，其昌作他视。已而秋白与其昌言今晚有人邀往邻村去观灯，回或稍晚。其昌曰："何不同去?"秋白曰："山路崎岖，夜行不易，且君家有客，亦不可离身也。"其昌因让秋白去。其夜其昌与美玉默坐炉旁，迟秋白归，但秋白至夜午不归，至天明仍不归。正惊疑间，一农人来告："土地庙旁有人自杀，似先生之友。"两人大惊奔往视之，果秋白也。庙中神桌上遗书一通，系致其昌美玉者，书曰：

其昌美玉兄嫂同鉴：

妨碍兄嫂之幸福将及半月，罪过罪过。我不应来，但为残酷的社会所驱，使我如风雪之夜的旅人，不能不就君等炉边之热。今者自知不能不去，故与君等长辞。破烂之船，于沉没之前，居然得重见故人，重与故人之妻跳舞，亦可谓幸福。生虽不能与君等长聚，死后望念其还瓶之意，许得新村中一片干净土，为长眠之床，感德无量。岁时伏腊，君两人幸多在我坟头跳舞，我肉体虽灭，而对于跳舞的嗜好，永不能灭也。永别之前，祝兄嫂之幸福。

你们永远的朋友 张秋白绝笔

两人读竟抱尸大恸。后如其意，葬之田边。逾年坟头长出草花无算，中有一枝特长大。其昌与美玉常携手来秋白坟头默祷，有时即于墓畔发表其新式之民间舞，那枝长大的花亦随风起舞。若观两人之舞而技痒也。两人舞罢，辄并坐坟头，春风一生花枝低亚，辄吻着美玉的玫瑰色的脸。

情场怪人

出品　朗华影片公司，1926 年
编导　马徐维邦
总监　张普义
摄影　罗洪义
说明　何笑尘
置景　王镇飞　徐芝铭
演员　余叔雄　吴侠影　张　匡　维　邦　何笑尘　沈秋影　高太太　尤光照　王　公　张无知　张芝英

《情场怪人》电影由马徐维邦编剧。其电影本事、字幕均为何笑尘撰写，原载《朗华特刊》第 3 期（1926 年）。《图画美报》第 10～11 期（1926 年 3 月 13 日、20 日）、《国闻周报》第 3 卷第 18 期（1926 年 5 月 16 日）亦收录该片本事，但文字略有差异。本篇电影本事以《图画美报》版为底本。

本　　事〔1〕

何笑尘

刘逸群，少年美术家也。情场失意，抑郁愁怀，每伸纸挥毫，无非绘几许愁苗恨叶而已。在兹索然无味之生活中，稍慰悲怀者，厥惟爱弟家骐，与夫老仆刘安已耳。一夕，深宵不寐，澎湃心潮，伏案长书，写感怀一首以寄恨。忽乃弟梦呓大呼，遂掷笔废然寝。翌晨，有书置案上，启视之，赫然情人手翰，感怀诗之复音也。传简者谁？曰……情场怪人。

周婉贞，为幼稚园女教员，烂漫天真，乃一试验爱情之冒险者。校居刘宅比邻，黄昏课余，必亲送家骐归。往返既频，乃与逸群交莫逆，以为他时嫁得个郎，幸福殆匪浅鲜。奈逸群失意情场，心同古井；而婉贞之爱情，陷入危境矣。同时又有男教员赵一民者，谨愿人也，慕婉贞甚，时致馈遗。徒以婉贞别有怀抱，不以为意。而一民之爱情，亦几成片面。其卒得圆满者，果谁使之。曰……情场怪人。

凌秋心〔2〕本一活泼女子，与逸群幼同学，长相处，两情既笃，相期白首。无那情场多难，父慕虚荣，乃遣嫁富室王慕陶，遂将昔日活泼神情，一变而为愁云惨雾。每怀旧侣，益增愁肠。咫尺天涯，难通青鸟。惟有寄幽愤于琴声，而一纸情书传来腕底。

〔1〕 原为句读。
〔2〕 原为“沈秋心”，从《国闻周报》版及字幕改之。

彼洪乔者谁？曰……情场怪人。

王慕陶富家子也，仗金钱万能，视女子如玩物。每一尝试，辄弃如敝屣，一若不足轻重者；而与友人李克强交称莫逆。李有情人沈蕙珍者，貌艳丽，因李之绍介，得与慕陶识。孰知狼子野心，骤思染指。伪书招蕙珍导入秘所，欲加非礼。而克强遽入，大兴问罪师。正扰攘间，慕陶忽饮弹仆。弹发诸谁？克强何由至？曰……情场怪人。

慕陶既死，秋心益无生气，惟谋速死，以谢诸人。计既决，夤夜趋海滨投焉。值早潮至，奔腾如匹练。适兹一发千钧时，所谓情场怪人者，翩然戾止，急挽以手，幸不为波臣所夺。然滚滚怒涛，几遭灭顶矣。忽逸群驰马至，相将舁归，得庆重聚焉。而婉贞一民，亦于同时结合。逸群之来海滨也，谁实使之？曰……情场怪人。

“情场莫补终成补，恨海难填竟易填。”一双情侣，眷属竟成。月老为谁？情场怪人也。怪人为谁？诸君于阅片后自然分晓。

字　　幕

笑尘

少年美术家刘逸群。（余叔雄）

幼稚园女教员周婉贞。（吴侠影）

逸群幼弟家骐。（张匡）

婉贞：家骐快来，不要去惊动你的哥哥。

只道是相思债偿，原来是梦里南柯。

婉贞：这不是你从前的知己凌秋心女士吗？

婉贞：听说她已经给富人家做媳妇了，你为什么还去惦记她呢？

老仆刘安。（维邦）

逸群失恋后之痛苦惟刘安能知之！

富家子王慕陶。（何笑尘）

慕陶：你长得真漂亮！无论穿什么衣服，都能显出你的美来！

慕陶妻凌秋心。（沈秋影）

慕陶：我想今天陈家的贺客一定很多，我希望你不要再用冷淡的态度去对付他们。

慕陶母何氏。（高太太）

何氏：时候不早啦！你们都预备好了吗？

王仆阿福　（尤光照）

慕陶：笨虫！只会吃饭！

逸群处兹抑郁生活中，聊慰愁怀者惟爱弟家骐而已。

厨子：刘先生！吃晚饭啦！

慕陶：你可是醉了吗？

秋心：不！我觉得今天是很无谓的；假使再这么闹下去，我简直受不了啦！

慕陶：哼！恐怕是你没有这个福气吧！

秋心：也许是我没有这个福气！

慕陶：什么话？我认为快乐的事情，你总是和我反对，这不是有意违背你的丈夫吗？

慕陶之喜怒莫测，视秋心如玩物明甚，其虚伪的爱情无非一时性欲的冲动而已。

秋心：你莫非是真喝醉了？怎么我同你闹着玩的，你就当起真来呢？

丧失人权者，为世界上最痛苦的人，秋心亦其中之一，果谁使之！愿为父母者鉴！

刘安：少爷！现在我要出去一趟。

何氏：昨晚回来，你们俩为什么又吵起来啦？

何氏：你要知道，夫妻的不和睦，就是家庭的不幸福。慕陶的脾气，我很知道；但是你是他的妻子！好歹你总要忍耐一些。

秋心处此环境中，所谓哭笑不得。

春兰：少奶奶！少爷起来了。

慕陶：快去叫他们预备中饭！

慕陶：今天我不穿这套衣服。

秋心：可是穿那套新的吗？

刘安：西街上的房钱，他们说停几天亲自送来。

聚世界上所有的金钱，难买回已失去的爱情！

情天苍苍恨海茫茫，积郁穷愁，藉着弓弦写他无限的悲伤。

一个已经枯樵的刘安也被他引起了悲感。

幼稚园教员赵一民。（王公）

刘安目光所触者，都是些情海中人。

黄昏时候。

家骐：哥哥！哥哥！

悠怨的琴声，代表她沉闷的心弦。

日在脂粉队里度生活的王慕又酩酊归来。

洗刷他曾经为爱情屈膝的痕迹。

婉贞：你可以牺牲几分钟，和我谈几句话吗？

婉贞：昨天我有一桩很有趣的事告诉你……

逸群：什么事呢？

婉贞：有这么一个人冒冒失失的向我求婚。

婉贞：我以为单方面的爱情是不能成立的，你说是吗？

逸群：对呀！我也以为是这样。

一个怀着人儿遐思；一个当她默传心事。

阿福：少爷，李少爷来了。

慕陶挚友李克强。（张无知）

慕陶：那末你这次旅行蕙珍女士可是一同去的吗？

克强：不，她并没有去。

克强：哟！她还约我三点钟在怡园等我的呢？……

慕陶：我叫你拿新的，你偏偏拿旧的，浑蛋！快去换！

克强情人沈蕙玲。（张芝英）

克强：今天慕陶兄和我一同来的。

秋心每于暇日，恒作书寄被多情之旧侣。

一民：久……仰大……名，一向没来……领教过，今……天特……地来拜……访拜访。

逸群：不敢！不敢！

一民：鄙……人久……慕美……术不……知先……生能……指……教一……二否……？

逸群：先生既然喜欢美术，不妨大家研究研究。

一民：先……生的大……作，可……否赐……借几……幅给……我做……参考……

克强的正直以为人皆如己，不知兽心的慕陶偏怀着歹意。

婉贞最爱者美术，一民投其所好就而习之，其用心可谓深矣。

此不翼而来的信件已堆积如许矣。

秋心无意中将慕陶之暴戾泄露于缄筒里，因引起逸群无限之愤懑。

逸群：嗳……你那可恶的丈夫……我不杀他，誓不为人……

恶念。

慕陶：克强因为还有一些事未了，叫我顺便先来邀你的。

蕙珍：那末请你稍微等一等我吧……

蕙珍：怎么克强还没有来呢？

慕陶：大概就要来了吧？

慕陶：哦！原来是你？我等着你好久了。

克强：哼！你这人面兽心的东西，我今天与你势不两立……

慕陶：嗳！克强你又何必如此呢？

克强：呸！什么话……

看报者：这十恶不赦的王慕陶，居然也有这样的一天！

春兰：少奶奶时候到了，太太要你穿了衣服，快些下去。

慕陶的死讯使他欣喜过望，秋心的凄惨又使他忧闷悲伤。

何氏：自从你进了我家的门，你想——哪一件事不是颠颠倒倒的？假使你稍微贤惠一些，或者慕陶还不至于死呢……

何氏：你这贱东西！你还哀怜她吗？假使你舍她不得也替我滚出去……

秋心：唉！逸群，你那不幸的秋心恐怕不能再与你相见了！此后愿你自己珍重吧……

逸群：秋妹……秋妹……秋妹……

逸群：你究竟是谁？

逸群：呀！你不是刘安吗……？

秋心：我们可是到精神世界里来了吗？

伪　君　子

出品　长城画片公司，1926 年
编导　侯　曜
摄影　程沛霖
接片　程沛霖
置景　朱容生　李乾初
化装　徐公美
照相　李锡金
演员　黄志怀　辛汉文　雷夏电　翟绮绮　黄月如　王谢燕　张金海　卢冰怜　何浪漫　刘继群　刘汉钧　姚觉僧　张振荣　张庆升　徐公美　朱容生

《伪君子》电影由侯曜编剧。其电影本事为侯曜所作，原载《国闻周报》第 3 卷第 9 期（1926 年 3 月 14 日），以及《申报》（1926 年 4 月 27 日、5 月 2 日）。电影字幕未署名，与本事同载于《长城特刊》伪君子号（1926 年 4 月）。本篇本事选自《国闻周报》（与后者文字略有差异）。

本　　事[1]

侯曜

这是长城画片公司将要出映的一个新片的本事，由这位编剧家侯曜，融合了好几种外国的名著的精神而编成的。这剧的主旨，在揭穿一班伪君子的假面具，用新青年的努力，去打倒一般旧势力，为社会谋福利。所以我们先将这剧本介绍给读者诸君。

记者识

某处市政筹备会的开始，就分做两派：一派凭着他们的专门的市政学识想谋都市的幸福；一派施行他们的卑鄙龌龊阴险的伎俩想操纵市政而保持他们私人的优越的地位。前一派的重要人物，是美国耶鲁大学留学生林国杰、新青年社社长丁新民、新青年社社员陈壮飞等；后一派的重要人物，是劣绅史伯仁、道德会会长胡知义以及负有虚伪的声望的马千里傅仲臣等。

开幕时，这两派的人，在一处开会，他们在会议着组织一个市政筹备委员会，要举几个委员出来。但是前一派的人说这是民众的事情，委员应由民众选举出来。而后一派的人主张委员由主席史伯仁指定。选举结果，因后一派的人，用了卑劣的手段，

〔1〕 原为句读。

前一派的人，完全失败。史伯仁为委员长，胡知义等为筹备委员。

这个时候，林国杰在耶鲁大学得了法学博士学位。在将要动身归国之前，先草成了一个市政计划书，寄给他的妹妹梅侣，嘱她转交市政筹备处执事人。

梅侣就把这个计划书送给史伯仁。伯仁看了，明知这个计划书极有价值，同时内心又自思没有学力担负这改良市政的重大责任，但因此更引起他的嫉妒和私利心，恐失去他们少数人的特殊阶级的地位；于是用阴险的手段，来掠夺这个市政的操纵权。

新青年社社长丁新民因为一般无市政学识的人，做了筹备会委员，又气愤又忧虑，就召集同志在市政筹备处门口做群众的示威运动，要史伯仁等退让。史伯仁一面用欺骗的手段，平了群众的怒，一面积极的与傅马胡三人〔1〕密商运动市长的方法。

史伯仁与林国杰的父亲，本系世交。林家很富有，史老想骗取林家的钱来做市长的运动费，而苦没有方法。史老有个外甥叫做高比天的，垂涎梅侣之美，要史老为他设法。史老就利用青年人的心理，把比天介绍给林家去做帐房。他们就从中作弊，朋比为奸起来。

林老太太被史伯仁的阳善阴恶的行为所骗着，深信而不疑。而她的女儿梅侣素疑史老的虚伪，劝其母不要深信。但林老太太是一个老实的妇人，以为她年青女儿的说话，无足轻重，不甚注意。梅侣因为她的母亲不相信她的话，沉闷之极，就去看她的朋友丁兰芬丁新民之妹。当她从她自己的家园中出去时，高比天提着一只花篮及一本恋爱诗集迎上去，他就把那花篮和诗集送给梅侣。梅侣斥之而不受。她到了丁兰芬家里，就和新民商量了一条妙计，去揭破史伯仁的黑幕。

梅侣从丁家回来，走到花园中，高比天见她缓缓地在花径中独自走着，又动起心来，带着那本恋爱诗集，放大胆子，想再去试一试。不料梅侣笑而受了那本诗集，且约他晚上七时半在大厅里相会。这一来，比天几乎喜得发狂。到了晚上七时半，梅侣请她的母亲隐藏在围屏之后，丁新民与丁兰芬带着照相机和镁光隐在另一围屏的后面。高比天如约而至大厅，和梅侣谈不了几句话，正想吻抱梅侣，忽闻敲门之声甚急。梅侣就叫比天躲在钢琴之后，去开大厅之门。史伯仁从大厅门外进来，与梅侣相见。梅侣对他说："那天，我在汽车中拒绝你的抱我，现在想起来，实在太辜负了你的好意，所以请你过来，向你道歉。"史老听了这话，就去拥抱梅侣。比天看了醋意大发，就出来大骂伯仁，并将他的黑幕宣布了出来。镁光一亮，这出滑稽的戏剧，很清晰的印在软片上。至此梅侣和新民等所定的妙计完全成功了。林老太太到这时候，才相信她女儿的说话是真实。

史高甥舅狼狈逃出林家大门，到了一路亭中，密商对付方法。史知此事倘被丁林宣布后不但做不成市长，连他从前所有虚伪的声誉，都要败露了。险毒的人们，顿生杀害的念头。他们甥舅，在路亭中秘密商定后，史老回家去，高则回到帐房里，召集林家佣仆，且对他们说："我给你们每人三百块钱，你们马上去把太太和小姐关起来。"高在林家，平日常以小恩小惠结得仆人的欢心，惟内中有一个女婢，叫做菱芳的，是

---

〔1〕 原为"钱傅马胡四人"。

梅侣极亲信的女婢。她就把这个可怕的消息，立刻去告诉梅侣。梅侣从楼外洋台跳下逃去，林老太太被高所拘。

史伯仁在路亭里与高比天商定密计后，回到家门口，他的儿子桂生戴着鬼脸在吓一女仆；伯仁见了也大大的吓了一跳。他盛怒之下，就把儿子关禁在暗室里，等第二天再惩罚他。他把儿子幽禁之后，就打电话给警署区长王保民，诬丁新民是一个乱党，叫他立刻派警去拘捕。新青年社社员陈壮飞是这警署里的书记，听到了这个消息，就打电话告诉了新民，叫他快逃。梅侣逃出后，深夜跑到丁家。这时候丁新民兄妹正和梅侣商量家里遇着急变的事情，他们得到了陈壮飞的电话，兰芬就叫她的哥哥和梅侣化装逃走。丁扮一女，梅则扮一男子。他们逃出后，暂寓一家旅馆内。

史伯仁的儿子桂生恐第二天受他父亲严重的责罚，他用一个包袱，包了几件东西乘夜逃走。在黑暗中，他误将他父亲的藏重要信件的铁箱当作银箱，也包在包袱里面。

王保民派出去拘丁新民的两个警察，到了丁家，搜不着新民，知道他已经逃走，就跑出外面顺着马路追寻。这时候桂生背着包袱正在马路上向前走去，两个警察赶上去一看，觉得这小孩子也有点行迹可疑，就把他带到警署里。区长先检查他的包裹。检查时从那铁箱里遗落一件史伯仁与某国人密订损害国权的合同，被陈壮飞拾得。区长再一询问，知这个小孩，是史伯仁的儿子，就把他送回家去。

史伯仁以贿选的神通当选为市长，就职的前一天，那个得了法学博士学位的市政专家林国杰回到母国了。国杰刚到旅馆就遇着一个刺客。国杰乘他不备，打落那贼的手枪，两个就此厮打起来。正在那时，相邻的房间内，跑过男女两个人来救出国杰。这男女两人，不是别人，男的就是梅侣，女的就是丁新民。他们化装逃出后，也在这旅馆里。国杰严询那贼，知是史伯仁以五百元买他来暗杀的。

在市政筹备处门口，军乐齐奏，民众拍掌欢呼。史伯仁就市长之职，向众点首为礼的时候，国杰兄妹和丁新民带了那个贼坐着汽车到来。国杰奔上台去执着史伯仁对民众宣布这个伪君子的罪状；同时陈壮飞也乘机在这个时候将史伯仁的秘密合同宣示众人。民众大怒起来，要上去打死史伯仁。国杰又劝民众不要暴动，应用法律处置，众始静下去。

国杰揭破了这个伪君子的黑幕后，就急急回家救出母亲。数日后史伯仁高比天等入狱，而国杰则以次多票数，正式递补为市长。

字　幕

市长筹备会。

绅士史伯仁。（黄志怀）

伯仁：改良市政，是本市唯一的急务。我们最好先举几个筹备员出来。

道德会会长胡知义。（辛汉文）

知义：最好是由主席指定几个忠厚长者担任。

新青年社社长丁新民。（雷夏电）

新民：我以为筹备员应由公众选举。

林梅侣。（翟绮绮）

菱芳——梅侣亲信的婢女。（黄月如）

梅妹：

兄已得耶鲁大学法学博士学位，不日即将归国。闻吾邑办市政，特草成计划书寄上，祈转交筹备处执事人。相见不远，余容面谈，即问近好。

母亲前代为请安

兄国杰　十月十日

林太太——梅侣之寡母。（王谢燕）

选举结果：

委员长 史伯仁

委员 胡知义 马千里 傅仲臣

老者：这四位都是德高望重的绅士，今天可谓选举得人！

史桂生——伯仁之子。（张金海）

史陈氏——伯仁的继室。（卢冰怜）

高比天——伯仁的外甥。（刘继群）

梅侣：我哥哥从美国寄来一本市政计划书请老伯看看。

伯仁：令兄什么时候回国？

伯仁：我们这班老人也应该告退，让年轻的人来做事了。

丁兰芬——梅侣的同学。（刘汉钧）

新民：今天举了些不学无术的劣绅做市政筹备员！真是岂有此理！

比天：我爱梅侣。

鲁若愚——林家的帐房。（姚觉僧）

林太：鲁师爷！你怎么这样大意？

若愚：太太！我病后的精神很坏。

林太：你替我汇三千元到美国去给大少爷。

伯仁：听说令郎得了博士，快要回国，今天特来恭贺，并且有一件事情和你商量。

伯仁：我的外甥很善于管帐，我想把他介绍给你。

林太：很好！我正想换一个可靠的人来管帐。

新民：市政的好坏，关系全市的幸福，不能让几个头脑陈旧不学无术的劣绅来筹备。

陈壮飞——新青年社社员。（徐公美）

壮飞：——对的！我们为谋群众的福利，非起来反对不可！

知义：计划书里说市长由民选，我不赞成，我以为市长应由省长委任。

千里：民选也好，委任也好，总之我们捧史老先生出来做市长就是了！

若愚：太太！我的帐目交代清楚了。

林太：你年老了，应该休息休息。我送你二百块钱作酬劳。

新民：市政让劣绅来筹备总没有好结果的，我们为谋群众福利起见，所以反对他们。

伯仁：诸位的盛意，我很感谢，但是这笔市长运动费，倒有点为难。

知义：我们打开天窗说亮话罢！我们每人助史大哥三千元，事成后，我们每人做一个局长，诸位赞成吗？

新民：反对！反对！反对劣绅筹备市政！

佣人：外……外外……外面有一班学生要……要……史老爷出去说话！

新民：我们的公意以为你们这班筹备员不能胜任，请你们自行告退以让贤能！

伯仁：请问你们心目中的贤能究竟是谁？

新民：林国杰。

伯仁：国杰是我的世侄。我们现在就是照着他寄来的计划书筹备的。

伯仁：请诸君放心！等国杰回来我们一定退让。

伯仁：我以名誉担保，我以身家性命担保；倘若失言，神明诛之！

数日后。

比天：这是你的薪水之外，我另外送你的。

伯仁：我劝你在国杰没有回来之前，替他在地方上做些公益，收买人心，将来市长一席，一定可以属他。

林太：我愿拿五万块钱出来，请你替我去办。

伯仁：我的希望快达到了。你的，望好自为之！

梅侣：妈！史伯仁是一个伪君子，我劝你不要过于相信他。

林太：不要乱说，他是你爹爹的老朋友，谁不说他是一个好人，我不信他会欺骗我们的。

比天：这是我接手后的细帐，请太太审查！

知义：我们可以分两种方法运动市长：一是暗中收买选举票，一是明来收买人心，收买选举票我可以代办。

伯仁：事不宜迟，我们要赶快在国杰没有回来之前，将市长选出。

选举市长之期将届。

这一边，光明磊落的宣传，市长应举林国杰。

这一边，卑鄙龌龊的勾结，市长应捧史伯仁。

警察区长王保民。（朱容生）

保民：什么？流氓聚众扰乱治安？……是，是，我马上派人去解散他们。

林太：你屡次说伯仁是伪君子究竟有什么证据？

梅侣：前天他对于我有一种非礼的行为。

伯仁：你的车坏了，我送你回家去罢。

伯仁：梅姑！你冷不冷？我抱着你好不好？

梅侣：请老伯不要以老卖老！

伯仁：你小的时候，我时常抱你的。

林太：怕你冷是他的好意，我不信他这样老诚的人会有坏心。

比天：这件礼物送给小姐，用以表示我爱慕之心。

梅侣：我是最不懂恋爱的人。

比天：这件礼物送给太太用，以表示我孝敬之心。

新民：史老头儿贿选的证据给我拿着了，非在报上揭破他的黑幕不可！

梅侣：因为家母被他的假仁假义所骗，所以我要把他作弊的证据，拿去给她看。

报纸：

史伯仁有市长希望

史伯仁为本地大绅士，乐善好施，于地方公益，提倡不遗余力，甚得民心，此次选举市长，极有被选希望。

伯仁：你快要做市长太太了！

桂生：她不配做市长太太，这已死的妈妈，才是市长太太！

他们商量了一条妙计去揭破史伯仁的黑幕。

比天：你知道大小姐……

比天：……大小姐有没有情人？

菱芳：呸！我不晓得。

梅侣：我现在却是一个最懂恋爱的人。

比天：这样才是我知心知意的小姐。我真爱……

梅侣：这里不便谈话，你今晚七点半钟到大厅来会我！

林太：我始终相信他是一个好人。

梅侣：妈！假使你亲眼看见他做坏事，你还相信不相信？

梅侣：那么！请你今晚七点半钟到这里来就可以明白了。

是夜。

梅侣：妈！你藏躲起来，千万不要让人看见，等你看清楚了，才好出来。

比天：小姐！我欢喜死了！心花都开了！如果你肯和我……

梅侣：家母看戏去了。

伯仁：今晚做什么戏？

梅侣：滑稽戏。

伯仁：你请我来有什么事？

梅侣：那天我在车中得罪了你，心里很难过，所以请您过来，向您道歉。

伯仁：小宝贝！我很爱你，你那天拒绝我抱你，我一点也不在意。

比天：你从前怎样对我说的？

伯仁：你爱梅侣，我设法荐你到林家去管帐，给你一个求爱的机会，你却要多弄些钱出来给我做市长的运动费。

比天：我帮助你达你的目的，怎么你又得陇望蜀！

梅侣：我此刻的行为，和我的人格是矛盾的，但是为正义起见不得不这样做。

林太：出去！你们这班坏东西替我滚出去！

新民：明天就是选举市长的日期了，我们今晚就要把他的行为宣布出去。

伯仁：我们同是被他们羞辱的，就要消除意见，合力去对付他们。

伯仁：倘若他们宣布出去，我不但市长做不成，连面子也丢尽了，怎办呢？

比天：请你去把这里的男女佣人一齐喊来！

婢：鬼！……鬼！……有鬼！……

桂生：爹爹！我不过吓丫头玩玩的。

伯仁：先把这小鬼他关起来，等明天处置他！

比天：我现在给你们每人三百块钱，你们要听我的话，马上去把太太和小姐关起来！

梅侣：妈！他们狼狈为奸，欺骗我们，非告他们不可！

林太：快逃！你逃出之后，才能救我。

保民：史先生！你既然以绅士的名义证明丁新民是乱党，我立刻派人去拿他就是了。

壮飞：你快逃，史伯仁诬告你是乱党。

桂生畏父责罚，乘夜逃走。

警察：我想他逃不多远，我们去追一追看。

光明到了，黑暗逃了！

林国杰学成归国。

选举结果票数最多之三人：

史伯仁 九万零九票

林国杰 八万九千票

胡知义 八万二千零五票

史伯仁先生正式当选为市长。

桂生：这是我爹爹的信箱，我走的时候太匆忙，把他当作银箱，现在才知道拿错了。

伯仁：梅侣逃走了不要紧，一个女子没有什么能力与我们为难。

比天：但是国杰就要回来了，怎办呢？

伯仁：你不要害怕！我敢担保他永远不回来了。

比天：舅父！你的目的达到了，我的呢？

伯仁：傻子，我给你做一个局长，难道不比得一个梅侣好些吗？

史伯仁当选为市长，定明午二时行就职礼。

贼：你是林国杰吗？

梅侣：哥哥！哥哥！你的妹妹在这里！

国杰：你是男子，怎么说是我的妹妹？

国杰：你们为什么化装到这里？

兰芬：我看你们还是化装逃走吧？

新民：我们化装逃出，刚到这里，不想会遇着你。

国杰：什么人主使你来杀我的？

伯仁：你杀了他，我给你五百元。
梅侣：哥哥！你快回去救妈妈！
新市长就职。
群众：新市长万岁！新市长万岁！
国杰：诸君！他是一个伪君子，不配做市长！
国杰：我今天要叫这个衣冠禽兽在诸君面前现出原形！
国杰：他贿选市长。
伯仁：请问……有什么证据？
国杰：他侵占我财产，欺凌我妹妹，幽闭我母亲。
国杰：他还买通刺客来杀我！
伯仁：完……完……完全没有这回事。
贼：他叫我杀他是真的，这是他给我二百元，说事成后，还给我三百元。
或人：打死这个伪君子！
伯仁：这些证据，完全是他假做的，他得不着市长，所以就这样来诬害我。
知义：请诸君不要听他的坏话，我们这里的人，谁不知史老先生是一个忠厚长者。
伯仁：我敢赌咒，绝对没有干那种坏事。
千里：我们把那班诬害市长的流氓赶出去！
壮飞：你不要图赖！你还有作弊的证据在这里！
壮飞：诸君！请看！这是老贼为了要做市长而断送全市交通权的秘密合同！

立合同人 口木公司魏三郎
史伯仁

双方订定合同如下：

1. 口木公司以实力助史伯仁为市长。
2. 事成后史伯仁以全市交通事业让与口木公司承办。
3. 所订合同双方严守秘密。
4. 所订合同双方签字后即发生效力。

口木公司魏三郎
史伯仁
西历一千九百二十六年一月一日

群众：打！打！打死这个老贼！
国杰：请诸君不要暴动！我们可以用法律来处置这班奸贼！
比天：快把你所有的产业契据交出来！
林国杰以次多数递补为市长，举行就职礼。

好 寡 妇

出品　中华第一影片公司，1926 年
编剧　叶良让
导演　张伟涛
演员　王汉伦　周世勋　顾宝莲

《好寡妇》电影由叶良让编剧。其电影本事无署名，原载《申报》（1926 年 3 月 19 日）。

本　事〔1〕

凄凉闺里月，长伴未亡人，斑斑血泪，洒遍孤衾，可怜哉。此富室孤孀蒋王容贞，于夜阑人静之候，痛泣其亡夫之苦况也。

容贞嫁三年而夫死，青春守寡，万念俱灰。所望者，惟遗腹得男，能续夫嗣，而聊慰其凄凉悲痛耳。岂知遗产之毒，足使未亡人之境遇，愈陷于惨酷。而蒋氏之祸患，方兴未艾者，亦正为此腹中一块肉也。

蒋氏有兄弟二人，同父异母。容贞之夫居长。弟曰竹钧，为后母所出，阴险无赖，瞰兄之死，欲独吞祖产。今见嫂有遗腹，心窃虑之，倘举雄者，必拆其产。乃与母密谋，早定欺寡妇而换孤儿之计。越数日，容贞之遗腹临盆，而竹钧之恶计亦筹熟，贿通产医，密藏死孩，举雄则易之，生女则留之，所以绝兄嗣而夺兄产也。故医者入房，诊容贞，即藉词难产，须施手术，遂摈众人，且闷容贞，俾可践竹钧之密约，而施其以死换生之毒计也。殊不知胎产双胞，子女各一，医生乃留女去子，以生者换死者，而以生者密授于竹钧。竹钧验为雄，又许重金于仆孔福，嘱其密弃之途。盖竹钧之所以不令医者直接杀此孩，而多此调换之一举者，其心虽狠，尚不忍遽杀此无辜之襁褓孤儿也。布置已毕，医者始唤众进房。容贞醒来，急问所产，姑告以子女双胞。容贞窃喜，以为可抚孤守节，有所望矣。及闻孙儿坠地已殇之语，容贞以产后之身，何堪听殇子之噩耗，实不啻青天霹雳，雪上加霜。呜呼容贞，痛极而晕。

见利忘义，人之恒情，孔福之肯昧良心而弃小主者，亦以此。惟人性本善，呱呱在抱，安忍弃之？再忆及大主人当年提拔恩深，而幻现眼前，不觉此为利而迁移之良心，又顿然复归原位。乃出以两全之策，毅然抱归，恳妻抚育，己则彳亍中途，将善其辞以报命。忽见道旁倾覆一汽车，旁有二人卧血泊中，审视之，即与竹钧同谋，专利多金而轻人命之二产医也。受此刺激，益惧果报之不爽，更坚其暗中育孤之念矣。

---

〔1〕 原为句读。

夫也不良妇也荡，竹钧既花天酒地，其麦陆氏，乃亦深夜狎游。一日，竹钧为妓所卖，候之不来，愤愤而归，妻犹未返。岂知色胆如天，兽欲冲动，潜入寡嫂闺中。始则进游词，继则施无礼，容贞严词拒绝。当是时也，间不容发，而陆氏正由情人伴送归来。行经嫂房，闻男子声，疑嫂不贞，窗隙私窥，方明己夫戏嫂，乃抵身直入，竹钧见之即遁。容贞窃幸解围。不料荡妇之居心叵测，非特不加慰藉，反讥笑而污其戏叔。后母闻声来，亦不问究竟，从而讥之。容贞自念，夫死子殇，受此诬辱，如此环境，生不如死。正欲自尽，忽闻孤女啼声，回头望女，情实难舍。转念环境之网罗陷阱，此间终不可再留，乃毅然决然，略整衣饰，负囊抱女，踉跄归宁。呜呼容贞，从此侍疯父，抚孤女，伬苦停辛，而度其劳动之生活焉。

七年之后，容贞之爱子，已为孔家之将儿。孔福夫妇，爱之如己出。一日，弄冰池畔，失足落河，适遇容贞来洗衣，见而救之。察其貌，颇似亡夫，则又顿触前情，念及殇子。吁！母子相逢不相识，容贞之不幸为何如耶。岂知容贞母子相逢之日，亦正竹钧杀妻蹈法之时。盖竹钧夫妇，于此七年中，各自放荡，各挟所欢。不料因果到头，历历不爽。是日也，使彼夫妇，各伴恋人，两两相值于旅馆。自古有云，我淫人妻，人淫我妇。竹钧竟不之省，勃然而怒，急踪妻后，归家责问。为陆氏者，非特不稍惧，且揭其阴谋焉。竹钧怒极，随手掷物，中陆要害以死。陆氏母族，诉诸法庭，竹钧遂论罪入狱。试想以丰衣美食之纨绔子，何堪镣铐叮当囚牢狱？故虽经其母之多方营救，未及三月而赎罪出狱，然已病入膏肓，难以药救矣。

竹钧病危，族人以无嗣来争产，且讥骂竹钧生平之不德。竹钧于此，眼见天道好还，夺其所夺，乃将死言善，深悔前非，惨然谓母曰："恨不能觅得我七年前之亲侄儿，否则我将何以见父兄于地下哉！"时仆孔福亦旁侍，奋然起曰："少爷醒矣，则汝之亲侄儿尚在人间也，且我家为汝家代育者已七年矣，我可领来。"语毕而出。竹钧闻言，急请母派人接嫂来。后母乃嘱婢小梅备车以去。

容贞之父瘫而病，且时晕而不能醒。故容贞于此七年中，虽难乎其为炊，犹须亲侍汤药。小梅来时，适疯父又病发而晕，故容贞虽得小梅详告，窃喜既明冤，又得子，奈父晕在床，安能稍离。所幸者少顷父醒，容贞乃得辞病父，携孤女，重返其七年未归之夫宅。因事急，故由小梅引导，直进竹钧之房。竹钧见嫂，悲从衷来，惨谓嫂曰："我害嫂七年矣。"语毕而孔福亦将儿抱人，竹钧见侄，貌似先兄，握其手而谓嫂曰："此即我嫂当年遗腹之爱子也。"族人不之信，乃由孔福述当年始末。族人语塞，跄踉退去。竹钧真情既吐，良心始安，罪孽忏除，一瞑即逝。好寡妇失子得子，果属幸事。然而艰险备尝，亦云甚矣。良心之恶化，痛苦之缠人，无莫非金钱作祟，有以致之也。使无遗产之毒，何以见寡妇之好？世之有心人，观此好寡妇，亦有意夫改革毒制度乎？

夫妻之秘密

出品　天一影片公司，1926 年
编剧　董血血
分幕　高梨痕　邵邨人
导演　邵醉翁
摄影　徐绍宇
置景　董天民
说明　赵铁樵
剪接　邵逸夫
演员　萧天呆　金玉如　吴素馨　邵方柏　丁华氏　胡　蝶　张霞虹　张大公

《夫妻之秘密》电影由董血血编剧。其电影本事为董血血所作，电影字幕为赵铁樵撰写，原载《天一特刊》夫妻之秘密号（1926 年）。

本　　事〔1〕

董血血

华厦之中，笙歌悠扬，衣香鬓影，济济一堂，乃王树棠与其表妹吴芝英举行结婚礼也。

树棠为邑中巨绅之子，翩翩年少，学识兼优。芝英系出富家，与树棠为姑表亲，月貌花容，艳绝人世。树棠当此洞房花烛之时，自应表示其无穷之愉快；讵忧郁之气现于眉睫，若有满腹隐事，未能掬以示人者。芝英微窥其意，亦为悒悒不乐。

鱼更三跃，婢媪咸入睡乡。惟新人吴芝英，小姑居处依旧无郎，一灯相对，弥切凄凉。潜起就门隙窥之，则见树棠居案独坐，手持照片咨嗟叹息。芝英不胜疑惑，究不知照片中果为谁氏。伺树棠离室去，芝英启扉出，立趋案前，一觇照片之真相，乃一妙龄女郎，捻花微笑，固人世之尤物。又见照上题有吾爱陈文绣之倩影云云，意为树棠之意中人。芝英掷照一叹，自恨命薄，一生希望尽成泡影，黯然归寝，终宵辗转，芳心几碎矣。

韶光如驶，忽忽数年。芝英自于归王氏，与树棠绝无爱情可言，不过为名义上之夫妇而已。一日，芝英偶涉园林，触景生情，自思若不牺牲一己之爱情，则树棠与其爱人陈文绣终无复合之机会，彼二人均将抱恨终身，度尽无聊岁月，遂决牺牲自己，以成全二人。谋设疑计予树棠，以离婚之机。

---

〔1〕 原为句读。

一日，树棠归家，适芝英外出，在地上拾得一纸，展视之，则其同行友鲍乐夫遵芝英约往观影戏之复函也。树棠因芝英近忽变其素来端庄之态度而为轻佻，固已怀疑，今得此信，更证明其有轨外行动，乃严诘婢女。婢又吞吐其词，谓夫人临去时，曾贿以银钞，嘱不可实告主人。树棠益疑，急往侦之，果见乐夫偕芝英同出影戏院。强自忍抑，驱车而返。抵家假寐，以观芝英之行动。少间芝英挟物同归，乐夫自去。树棠问芝英何往，则诡言以购物，对树棠冷笑颔之，以为汝之行动，固难逃予之侦察，而不知已堕芝英之术也。

一日，树棠将赴外埠，约半月可归。既行，芝英亦匆匆更衣而出。旋树棠在车站候车，忽接一匿名信，略云：

君果于此时返家，必能一窥尊夫人之秘密，如果归者，请从后户而入。

树棠见之疑惑转甚，决意折回。归家，室中昏黯，莫辨芝英服睡衣自内出，笑且语曰："乐夫何来宴耶，真使侬望眼欲穿矣！"树棠怒不可遏，捩机开电灯，一室通明。芝英举目一视，方知错误，羞愧无地。树棠戟指数其罪，芝英亦恼羞成怒，反唇相讥。树棠恶其无耻，忽然携行箧去，谓将请律师与芝英离婚。树棠既去，芝英悲痛不已。

一日，芝英途遇一卖报童，以其拾物不昧，极嘉赞之。询其家世，知为孤儿，仅有一老病之祖母。芝英更悯之，乃共至儿家一视。此老媪既见，媪感其情，遂述身世，并从枕衅出其亡女所作之日记一册示芝英。芝英见其题签曰："文绣日记"，陡忆及树棠所藏之照，题有"吾爱陈文绣之倩影"字样，疑此日记与伊夫有关，急展而细读之。

一月四日——余家居海滨，风景殊佳。吾亡兄之同学王树棠君因疾养病于吾家已二月余，今日王君疾愈！精神极爽，余及吾母，皆甚欣慰。

一月十四日——王树棠君偕余游海滨公园，追述幼年时与余家比邻，曾与余作游戏结婚，今欲达其从前目的，向余求婚，余默许之。

一月十六日——吾母见余与王树棠君两相爱悦感情日洽，乃以余许字王君。

二月二十一日——吾夫归来，面现重忧，谓伊父以专制手段，逼令与其表妹结婚。吾夫固不愿，然无法抵抗父命。余虽婉劝，而寸心痛如刀割也。

二月二十二日——余以吾夫另娶之事禀吾母，吾母怒甚。吾因知吾夫实为环境所迫，决非负心之人，自愿牺牲一身迁居避之。

三月一日——余奉吾母，迁居新屋。

十二月十二日——今日为吾儿周岁纪念日，取名文儿，不识吾夫见之当如何爱惜。呜呼文儿，汝父安在哉……老乡邻杨大嫂来，她说吾家迁移之后，树棠几次三番到旧宅探访云。

一月二日——余病势日剧，行将与世长辞矣。在梦寐中，时犹见树棠来慰藉也。

一月二十六日——医生拒绝开方，吾亦自知今日为余之末日。呜呼凄凉身世，生不如死！所恋恋难舍者，惟此慈爱之老母，及可怜之孤儿耳。

芝英读已万分感伤，而伊夫之秘密，于无意中揭破之，尤为惊喜，即向媪借日记。以归，适有律师来访，自称曾受王树棠之托，办理离婚案，特来征求夫人意见。芝英曰："彼欲离婚，余极端赞成，但条件须与树棠面商。"律师以树棠已赴外埠，必待半月后再议，兴辞而退。芝英迎媪归，事之若亲母。

半月后，树棠归来，见芝英，促其提出条件。芝英询照相中究为何人，树棠忿忿曰："无与若事。"芝英出日记示之，树棠顿然失色，急问文绣何在？芝英请媪出见，告文绣已忧郁死。树棠惜然懊丧逾恒，但仍催促芝英提离婚条件。芝英正色问曰："君必欲离余者，敢问余果犯何罪？"树棠冷然答曰："（一）戏院门前予亲见与若人同游；（二）有匿名信及鲍乐夫约游信为凭；（三）室中目睹之情形，此三者皆汝犯罪之铁证。"芝英漫声一呼，文儿欢跃而至，媪告此即若之阿父。文儿趋前抱树棠膝，频频呼阿父不已。芝英乃出二函稿曰："车站之匿名信及鲍乐夫约游信即此是否？"树棠接稿览之大诧，出原函核对，不爽一字，且书法亦同。正踌躇间，芝英又曰："君之知作此二信者，果何人乎？余也。君又知送匿名信者，又为何人乎？亦余也。"树棠闻言如坠五里雾中，莫知所对。旋曰："余不信汝何故作此二信，而自毁名誉乎？"芝英唏嘘泣曰："余与汝为中表行，从幼相亲。余之私念，以为世间男子之可爱者惟君一人，而已惜乎仅成一单独之恋爱。自结婚后，从未见君一露笑容，方知君别有所欢，恋恋于照相中人。余因爱君，致使君牺牲一生幸福，大好岁月消磨于烦恼忧虑之中，余心滋不忍，是以弄此狡狯，自愿与君离婚。俾君与意中人重圆破镜，犹能享其后半生之幸福。在余方面，君既不爱余，离婚与不离婚固无所分别耳。"树棠闻言大惊，泣曰："吾妻如是待余，实本于至高尚至纯洁之真爱情也。余不察，反以此责汝，余罪弥甚矣，卿其恕余前过。"芝英曰："否，余必从君准汝离婚耳。"树棠无奈屈膝，央求芝英，始嫣然一笑，前嫌尽释，夫妇间情好转笃。

字　幕

赵铁樵

1. 一声爆竹，彩舆临门，正王府举行婚礼时也。
2. 王文庆。
3. 王吴氏。
4. 吴芝英。
5. 王树棠。
6. 鲍乐夫是王树棠知己好友。
7. 女宾：你看新郎，很不高兴，不知道为什么缘故？
8. 李太太见新郎面现重忧，颇觉诧异。
9. 喜姑：姑爷，时候不早了，请进去睡吧。
10. 芝英：姑母，姑母，你爱我，谁知你反害我了。
11. 树棠与芝英，毫无爱情，名为夫妇，实同陌路。
12. 树棠：妹妹，我正想你，你倒果然来了。
13. 文绣：我知道你是真心爱我的，所以我来与你谈谈心事呢。

14. 树棠：我在梦里，也时常想着你呢！

15. 树棠：我们的孩子呢？

16. 春兰：少爷，鲍先生来了。

17. 芝英之幻想。

18. 吴芝英决意牺牲自己幸福，以成全树棠与文绣之爱情。

19. 吴芝英故设疑阵。

20. （鲍乐夫复芝英函）

芝英女士青鉴，承约赴中央大戏院观影，准当按时前往不误，余容面叙不尽，此复顺颂日祉。

乐夫即日

21. 电话：你是鲍乐夫先生吗？树棠请你立刻就来，有要事面谈呢。

22. 乐夫：树棠兄请我来，不知为着什么事？

23. 芝英：没有别的事，不过请你看影戏呢。

24. 芝英：他有别的事到别处先去一转，教我与你同去的。

25. 芝英：春兰，少爷回来，你不要告诉他，我与鲍先生同去的，你只说不知道就完了。

26. 树棠：春兰，少奶奶到哪里去了？

27. 春兰：不知道。

28. 树棠：少奶奶同着鲍先生看影戏，你明明知道的，怎说不晓得呢？

29. 春兰：因为少奶奶同鲍先生去的时候，给我一块钱，不许我告诉少爷的。

30. 树棠：你到哪里去的？怎么此刻才回来？

31. 芝英：我是买衣料去的

32. 芝英：你看这种颜色可好吗？

33. 树棠：我今天为着行里的公事，出门去，大约半月才可回来呢。

34. 匿名信：

君果于此时返家必能一见尊夫人之秘密。君果归者请从后户而入。

爱君者白

35. 芝英：乐夫，你怎么来的这样迟……

36. 芝英：真个使我望穿秋水了。

37. 芝英：咦！你生什么气敲门这样急，为什么呢？

38. 树棠：你这个无耻的下流女子，还有面目见我吗？

39. 芝英：你这话好不讲理，难道只许你有情人不许我有……

40. 树棠：不必多说了，待我出门回来请律师同你离婚就完了。

41. 文儿。

42. 陈妈，文绣之母。

43. 芝英：你为什么这样伤心？这照片里，是你的什么人？

44. 陈妈：说也可怜，她，就是我的女儿，可是已经死了。

45. 芝英：照片上署名的树棠，又是你的什么人呢？

46. 陈妈：树棠就是我的女婿，我女儿却是为他死的。

47. 陈妈：我女儿在日，无论什么事，都写日记簿上。我拿来给你一看，你就知道她可怜的历史了。

48. 芝英：这孩子是文绣生的吗？他叫什么名字呢？

49. 陈妈：是的，他叫文儿。

50. 芝英：妈妈，我告诉你罢，你的女婿王树棠，便是我的丈夫。

51. 芝英：妈妈，我想明天请你带同文儿，到我家里去住，你可愿意吗？

52. 日记：一月四日——余家居海滨，风景殊佳。吾亡兄之同学王树棠君因疾养病于吾家已二月余，今日王君疾愈，精神极爽，余及吾母，皆甚欣慰。

53. 日记：一月十四日——王树棠君偕余游海滨公园，追述幼年时与余家比邻，曾与余作游戏结婚，今欲达其从前目的，向余求婚余默许之。

54. 日记：一月十六日——吾母见余与王树棠君两相爱忱感情日洽，乃以余许字王君。

55. 日记：二月十一日——吾夫归来，面现重忧，谓伊父以专制手段，逼令与其表妹结婚。吾夫固不愿，然无法抵父命。余虽婉劝，而寸心痛如刀割也。

56. 日记：二月二十二日——余以吾夫另娶之事禀吾母，吾母怒甚。吾因知吾夫实为环境所迫，决非负心之人，自愿牺牲一身迁居避之。

57. 日记：三月一日——余奉吾母，迁居新屋。

58. 日记：十二月十二日——今日为吾儿周岁纪念日，取名文儿，不识吾夫见之当如何爱惜。呜呼文儿，汝父安在哉……老乡邻杨大嫂来，她说吾家迁移之后，树棠几次三番到旧宅探访云。

59. 日记：一月二日——余病势日剧，行将与世长辞矣。在梦寐中，时犹见树棠来慰藉也。

60. 日记：二月二十六日——医生拒绝开方，吾亦自知今日为余之末日。呜呼凄凉身世，生不如死！所恋恋难舍者，惟此慈爱之老母，及可怜之孤儿耳。

61. 律师徐万里。

62. 徐万里：这位是王夫人吗？

63. 徐万里：昨天王树棠先生临行的时候，委托本律师办理离婚案，不知道夫人可有什么意见吗？

64. 芝英：他要离婚，我也赞成。但是还有条件，必须同他当面解决。

65. 王仆：我家少奶奶，要请太太同少爷过去。

66. 树棠返家。

67. 春兰：少奶奶，少爷回来了。

68. 树棠：律师说，你对于离婚，还有条件，要与我当面解决，现在我回来了，请你将条件说出来。

69. 芝英：我先要问你，你要离婚究竟凭着什么理由呢？

70．树棠：你还问我理由吗？那天晚间的事，同这封告发的信，难道不是离婚的正当理由么？

71．芝英：这封信么，我告诉你，是我写的。你不信可拿我这封信稿，对对笔迹，就知道了。

72．树棠：这封信就算是你写的，但是鲍乐夫约你出游的信，同那天晚间，你将我认作乐夫，这种形景，你还有什么话说呢？

73．芝英：乐夫的信，也是我写的，你再去对对笔迹。

74．树棠：你说信都是你写的，但是送这告发信的人是谁呢？

75．芝英：也是我自己送给你的。

76．树棠：你为什么要做这种希奇的事情呢？

77．芝英：我告诉你罢，我是很爱你的。因为晓得你为着我，割断你心爱的情人，心里不忍，所以决意牺牲一身，与你离婚，可使你重续旧欢。现在你的情人死了，所以将实情告诉你了。

78．树棠：这一本日记，你从哪里得着的？

79．芝英：我不但知道她的生前情史，连她的母亲也由我接了过来呢。

80．树棠：妈妈，文绣怎样死的？

81．陈妈：哎呀！文儿快来。

82．陈妈：文儿，这位就是你的爹爹呢。

83．文儿：爹爹！爹爹！

84．神秘揭晓之后。

85．树棠：你为我用这番苦心，我从前实在不晓得，还请你原谅我。

86．芝英：你既要离婚，敢不从命。准定离，就是了。

孽海惊涛

出品　大亚影片公司，1926 年
编剧　刘豁公
导演　高西屏
说明　刘豁公
摄影　古仁志
置景　吴　夔
题绘　唐肖寅
演员　梁梦痕　陈宇生　黄本周　欧锦宽　黄志恒　江汉乔　孙琴仙　何足道　梁静仪　梁赛珍　郑惠琴　严工上　孙梅轩

《孽海惊涛》电影由刘豁公编剧。其电影本事为刘豁公所作，初发表于《春之花》(1926 年 3 月)。影片摄成后，因情节有所改动，作者对电影本事再次修订，与字幕一起刊载于《大亚特刊》第 2 号（孽海惊涛号，1927 年 3 月)。为保存史料计，本篇将两部电影本事及字幕一并收录。

本事（初本）〔1〕

刘豁公

张淑君，富人女，父死而寡母在。幼时与表兄殷仁同学，相爱如手足。仁父经商于日，因令仁随眷赴日读书。会地震，举室化灰烬，仁以居校得免。驰书告淑君，虑将以贫辍学。淑君资助之，仁始得卒业归。

殷仁既归，即下榻于女家。久别重逢，相爱益挚。里有朱少良者，富翁朱伯良子也。伯良以商业起家，拥资颇巨。嫡妻无出，妾生二女一子，此子即少良也。缘母溺爱甚，养成桀骜不驯之性质。以爱淑君故，特往张氏，以通家之谊，登堂拜母，兼有馈遗，以博张氏母女之欢心。张母惑焉，遂视少良为未来快婿，时于淑君前称道其贤，并禁淑君与殷仁亲近。偶见淑君与仁在园中私语，立下逐客之令。淑君不可，谓儿与仁亲近，并无私情；徒以中表至戚，故忘瓜李之嫌。若以此逐客，大足贻人口实。况渠已无家，又未得有位置，戚畹复不之容，教渠何所之耶？母必欲为此，儿当祝发为尼，以明心迹。母恐操之急，或生他变，遂自收回成命，而暗中防娴甚密。淑君与仁之形迹，因以顿疏，然两人心心相印如故也。

淑君经此波折，急欲为仁觅一枝栖。会母校开恳亲会，淑君应召而往。少良在焉，

〔1〕 原为句读。

以其戚陈婉，适充该校舍监也。时校长某，适欲赴美考察学务，已得教育厅长之许可，遗缺尚无替人。淑遂谒厅长夫人，为仁推轂，盖恃与夫人有师生谊也。讵朱少良亦欲得此席，颇闻淑君与厅长有旧，因恳为设法。又虑淑君不肯尽力，因以重贿结其母欢心。复张盛筵于别墅，宴教育界诸要人，乞为己助，而事卒无成。已闻殷仁之校长，即将发表，深恨淑君卖己，急往诉张母。母呼淑君斥之，淑君不承，且指少良为妄造黑白。母虽信之，然仍防其与仁亲昵。淑君知旨，益与仁疏远，恒觌面不交一语；实则爱仁之心，视前且倍蓰焉。

少良以殷仁即为情敌，复夺己所欲得之位置，益益衔之，因与陈婉商报复之策。婉云："易耳！但得一少妇，自承为彼之外室，淑君必不嫁彼，即校事亦非彼有矣。"少良称善，复询进行之法，陈婉一一告之。有朱柏者，业小贩，少良之疏族也，居在某尼庵侧。其妻王氏，好挥霍，贪小利。暇辄至少良家作谈，意在稍沾余溉。是日因欲购新衣而款不足，特来少良家告贷。少良知此妇可以利动，因以谋陷殷仁之计划告之，谓君果为此，多金可立致也。王氏初有难色，继思多金不易得，遂慨允之。少良因告以方略，并以殷仁之小照与之。

明日王氏携孺子往访淑君，自云为仁外室，初极相爱；此孺子即吾两人爱情之结晶。不意仁东渡后，视吾母子如敝屣，历数年未通音问。比闻渠已归来，不审下榻何处。侧闻女士与彼为戚畹，渠之踪迹，女士或知之，兹敢以为问。淑君闻言狂骇，瞠目张口，久久不能置一词。会殷仁至，王氏突前抱之而哭。并责其薄倖，怨辞昵语，层出不穷。殷仁大窘，急切不能置辩，但以误会为言。王氏坚称不误，并谓君既变心，妾亦不复求合，曩事实人情之所不堪，不得不来此一倾积愫。此子是君亲骨血，育之弃之，一唯君命。妾现居某处，君果未泯天良，即可于彼处寻妾母子也。言已，携子径去。淑君向仁作冷笑曰："今乃知君之行状。既已有妇，且生子矣，胡来弃旧而图新？幸吾未受若愚，否则殆矣！"言已大哭。张母亦怒，遂复下逐客令。殷仁欲辩无术，怏怏而出。

王氏既得贿，立即赴肆购衣饰。媵以多数食物，贷车而归，举止顿形阔绰。时张母适应女友召，携婢来尼庵赴斋。婢偶至庵外闲眺，瞥见王氏入庵侧小屋，急就门隙窥之，见一男子向王氏苦诘金所自来，王氏不答。婢料此男子必其夫婿，趋入戏呼王氏为少夫人。王氏知不能隐，遂将冒充仁妻事告夫。朱柏恨妻无耻，痛詈之，王氏亦反唇相稽。婢急入庵曳张母往视，张母备聆朱柏夫妇相詈语，始悟少良之奸。归以告淑君，自悔前此不应抑仁而扬彼。淑君以母已悔误，私心至以为慰。惟念殷仁去后，不知寄迹何所，又不禁焦急欲死矣。

少良以阴谋得售，欣然往见张母。张母大怒，即以朱柏夫妇争论语诘之。少良无可推诿，只得认为与王氏戏谑，不图其果为此。言已鞠躬请罪，张母怒乃稍杀。

翌晨，淑君方苦忆殷仁，忽接仁自乡间来函，诉说前事之冤。淑君大喜，即欲往迎仁归。张母竟力阻之，盖对于少良，尚不欲遂疏之也。淑君见事又变，急以戚畹之情谊为言，苦劝迎归，母始首肯。

殷仁既归张寓，校长之职亦发表。淑君设宴为贺，张母因请少良等作陪。时有中人某，以看山地事来约张母，母命殷仁代往。仁因询中人地址，备明日往视山地。少良闻之，忽生戕仁之念。急寻所识之无赖胡福王虎，许以重贿，命于江滨隐僻处图之，胡王欣然应诺而去。

明日，殷仁跨马出城，行至江滨某山麓，胡福王虎突前曳之下，奋力推之坠江。殷仁固解游泳，遂泅而登岸。视二无赖犹未去，怒极举石以投胡，不中。王虎奔至，握举痛击其颅。殷仁还击之，适中要害坠江死，仁亦坠江涘而僵。胡意殷仁亦死，遂遁归。

殷仁之颠坠，实缘头部受创，痛极而晕，非死也。以故胡去不久，渠已复苏，支撑而起，欲归而苦于无力。一樵人见而怜之，扶仁至己家，饮以温酒，精神始渐回复。樵欲为仁焙衣，仁以湿衣不易干燥，力止之。探囊出银币二酬樵人，樵人不受，强而后可。殷仁欲得一代步，樵人为觅一驴，令乘之。抵张寓，日已暮矣。

当殷仁狼狈归来，时少良已得胡福之报告，私幸情敌既死，淑君终必归我；即校长一席，亦将舍我莫属矣。思至此，大乐，即拥珍物赴张氏，意将以媚淑君及张母。寒暄未竟，灯光下瞥见殷仁衣湿衣，面容惨淡蹒跚入。心念此必鬼也，则大骇，狂呼奔出。殷仁大惑，不解其故。而张母等见仁狼狈状，惊骇亦正不亚于少良。急询所以，殷仁略述梗概。淑君恍然曰："此二无赖，必为少良所嗾使无疑。不然，彼何见君惊惶失措也。"殷仁颔首称是，张母殊不谓然。淑君亦不深辩，即命婢等掖仁入寝室将息，随以电话延医。医来诊视毕，留药而去。

少良以震骇过甚，顿改常度，时而呓语，时而舞蹈，笑啼间作，睃以惊呼。家人皆大惊恐，急为延医诊治。服药数日，神志稍清。时殷仁病已痊可。张母闻少良病痫，欲偕淑君往探之。淑君不欲，而殷仁欲知少良见己惊惧之故，遂劝令往。是时，少良方卧病榻中，恍见殷仁王虎，向己索命。正惊避间，瞥见张母，悔惧之心益炽，遂吐其实，并言知悔。淑君怜之，告以殷仁未死之真相，俾稍减其惊惧。张母于此始知少良为不足齿之伧，忿极，欲掌其颊，而怜其病剧，随偕淑君怏怏出。

张母归后，婿仁之心已决，立命仁与淑君，当己前互易约指为信。越日，仁与淑君共坐闲话，佣妇持一函入，盖少良与淑君者。其书无上下款，但突如其来云：

缔交两载，获益滋多。徒以一念之差，遂致身丛万恶。低徊往事，惭惧交并。计惟披发入山，或可稍资忏悔。故决于日内皈依三宝。逆知君与殷君，必成眷属，谨先为二君贺。他日举案齐眉，果能忆及旧雨中，尚有一忏情出世之我，则又幸矣。

淑君阅毕惨然，以示殷仁。仁大不忍，因与张母淑君同往探之。

少良既致函淑君，即与家人言明悔罪出家之意。家人苦留之，少良不可，谓果不吾许，吾将伺隙自戕。家人无术，遂亦听之。少良略事拼当，拜别嫡母生母，嘱二女弟善事二老人，飘然而出。家人泣送之，及门首，殷仁张母淑君至，询知其故，亦出全力留之。而少良心如铁石，百折不回，向众合掌宣佛号，稽首而去。

右篇拙编《孽海惊涛》剧本事，刻由大亚公司摄制影片，不日即将开映。刻登于此，备诸君按图索骥也。

（豁公）

本事（改本）[1]

刘豁公

张淑君，富家女，奉寡母家居，幼与表兄殷仁甚相爱。后仁父经商于日，命仁随眷赴日就学。会地震，举室化灰烬；仁以居校得免。驰书告淑君，虑将以贫辍学。淑君资助之，仁始得卒业归。

纨绔儿朱少良者，幼失怙，母溺爱之，养成桀骜不驯之劣性。以爱淑君故，时往张氏，登堂拜母，兼有馈赠，藉博张氏母女欢。张母惑焉，遂视为未来快婿，时于淑君前称道其贤，并禁淑君与殷仁亲近。

殷仁自日归后，淑君欲为觅枝栖。会母校开恳亲会，应召而往。少良在焉，以其戚陈婉，方任该校舍监也。是时校长郑瑞芝，适欲出洋考察学务，已得教育厅长之许可。遗缺无替人，淑君欲为仁图之，而陈婉亦劝少良图此席。朱闻淑君与厅长夫人有旧，力恳为设法，淑君但漫应之。

淑君偶与仁私语，张母见之，立下逐客之令。淑君誓死反对，母始收回成命，而暗中防闲甚密。淑君与仁之形迹因以顿疏，然心心相印如故也。

少良既欲得校长，又虑淑君不肯尽力，因以重贿结张母欢心。复张盛筵宴教育界诸要人，乞为己助，而事卒无成。已闻殷仁之校长即将发表，深恨淑君卖己，急往诉张母。母怒，斥淑君。淑君不承，且指少良为妄造黑白。张母亦无如何，惟自是防闲益甚。淑君知旨，与仁益疏，恒觌而不交一语；实则爱仁之心，视前且倍蓰也。

少良以殷仁即为情敌，复夺己所欲得之位置，益益衔之，因与陈婉商报复之策。婉谓但得一少妇，自承为彼之外室，淑君必不嫁彼，即校事亦非彼有矣。少良然之，依计而行。

有朱柏者，少良之疏族也，家赤贫。妻王氏，好挥霍，且贪小利。暇辄至少良家，意在稍沾余溉。是日适至少良家告贷，少良知此妇可以利动，因以谋陷殷仁之计划告之。王始不欲，继思多金不易得，遂慨允之。

明日王氏携幼女往访淑君，自承为仁之外室，并指女为彼二人爱情之结晶，张氏母女大骇。适仁自内出，王氏突前抱之，且哭且责其薄倖。殷仁大窘，急切不能置辩，但以误会为言。王氏坚称不误，并谓君既变心，侬亦不复求合，遂携女去。张母怒，复下逐客令。殷仁欲辩无术，怏怏而去。

翌日张母携婢诣戚家，适王氏在市购物赁车归。经戚门前，偶为阿翠所见，急尾随之。见王入小屋，因就窗隙窥之。见一男子苦诘其金所自来，王不能答，遂起口角。婢返曳张母往，备聆夫妇相詈语，始悟少良之奸。母归语淑以适间事，深悔前此不应抑彼而扬此。淑君大喜。惟念仁去后，不知寄迹何所，又不禁焦急欲死矣。

少良以阴谋得售，欣然往见张母。张母大怒，即以朱柏夫妇争论语诘之。少良无

〔1〕 原为句读。

可推诿，只得认为与王氏戏谑，不图其果为此。言已鞠躬请罪，张母之怒稍杀。

翌晨，淑君方苦忆殷仁，忽仁自乡间来函，诉说前事之冤。淑君大喜，即欲往迎仁归。张母竟力阻之，盖对于少良，尚不欲遂疏之也。淑君见事又变，急以戚畹之情谊为言，苦劝迎归，母始首肯。

殷仁既归张寓，校长之职亦发表。适少良来，闻之心滋不悦。时有中人徐耀者，以购山地事来延张母，母命殷仁代往。仁因询中人地址，备明日往视山地。少良闻之，忽生戕仁之念。急寻所识之无赖胡福王虎，许以重贿，命于隐僻处图之。胡王欣然诺而去。

明日，殷仁出城，行至某僻处，胡福王虎，突前狙击。殷仁力抗之，击中王虎要害，虎倒地死。仁亦为胡福击晕，僵卧地上。胡意殷仁已死，遂遁归。讵知仁之仆地实缘头部受创，痛极而晕，非死也。以故胡去不久，渠已复苏，支撑而起，欲归而苦于无力。一樵人见而怜之，扶仁至己家，饮以温酒，精神始渐回复。殷仁以天色晚虑家人悬望，请樵人代觅一车归。抵张寓，日已暮矣。

少良既得胡福之报告，私念情敌已死，淑君终必归我；即校长一席，亦将舍我莫属矣。思至此大乐，即携珍物赴张氏，意将以媚淑君及张母。寒暄未竟，灯光下，瞥见殷仁衣垢衣，面容惨淡蹒跚入。心念此必鬼也，则大骇，狂呼奔出。殷仁大惑，不解其故。而张母等见仁狼狈状，惊骇亦正不亚于少良。急询所以，殷仁略述梗概。淑君恍然曰："此二无赖，必为少良所嗾使无疑。不然，彼何见君惊惶失措也。"殷仁颔首称是，张母殊不谓然。淑君亟不深辩，即命婢等掖仁入寝室将息。

少良以震骇过甚，顿改常度，时而呓语，时而舞蹈，笑啼间作，幐以惊呼。家人皆大惊恐，急为延医诊治。服药数日，神志稍清。张母闻少良病痫，往探之。时少良方卧病榻中，恍见殷仁王虎，向己索命。正惊避间，瞥见张母，悔惧之心益炽，遂吐其实，并言知悔，力请家人至江滨，收拾殷王尸首。张母于此，始知少良为不足齿之伧，忿极，痛斥之，遂怏怏出。

张母归后，婿仁之心已决，立命仁与淑君当己前，互易约指为信。他日，仁与淑君，携手同行。途遇二僧，一老而一少。少者合掌宣佛号而过，审之，朱少良也。

字　　幕

刘豁公

张淑君，富人女。父死而寡母在，母爱若掌珠。

淑君之表兄殷仁自日本归。

再想不到你母亲到日本后，会得遭此浩劫，我和她再也不能相会。

朱少良，纨绔子也。

这是我表侄，新由日本回来的。

他自从父母遇难死后，孤苦无依，几乎不能卒业，学费一切都是我供给他的。

你在船上苦了许多天，现在且去休息，明天再细谈罢。

你和殷仁年纪都大了，要再像从前那样亲近，恐怕外人就要见笑了。
省立女子蚕桑学校开恳亲会。
我现在要到蚕桑学校去。
舍监陈婉，系朱少良之表姊。
尹素娥小姐日内就要动身赴美留学，我明天替她饯行，特请你去陪她。
和张小姐谈话的那个妇人是谁？
这是教育厅姜厅长的夫人，她还是张小姐的先生呢！
有个好机会，你晓得么？
这里的校长就要到美国去，还没有接手的人呢！
我听说你也想得这样一个位置，何不趁此机会，运动运动呢！
我确有此意，只恨没人为我推荐。
你只向张小姐和教育界去用些手腕，那怕不得成功。
是晚。
淑君之闺伴阿翠。
听说女士和教育厅姜厅长的夫人很要好，可否替我想想法子？
我和姜太太虽是相识，但是荐人的事，恐怕还够不上。
我实在没有这个力量。
你可托政界里有面子的人推荐，我再替你打打边鼓罢。
你们现在还是小孩子吗？
殷仁也太不像样了，他回来才两天，就这样的胡闹，我不能留他住在这里了。
去叫表少爷出来！
快叫他出来！
妈妈不要误会，我和殷表哥并无私情，不过因为是至亲，不大避忌嫌疑罢了。
什么至亲不至亲，你们这样胡闹，终久是要闹出笑话来的，我实在不能留他住了。
去叫表少爷马上出来！
表少爷就来了。
妈妈因为这件事，定要赶他，也觉得太对姨妈不起了，我只好……
那只杀千刀的猫，乱蹦乱跳，把这照相打坏了。
你莫胡闹，并非我定要赶他，实在你们闹得太不像样了。
我看在死的妹妹面上，就再容他住几天罢。
可是往后，你们须避免瓜李之嫌，再不要这等亲近了。
姜夫人之女瑞云。
你去打个电话给张小姐，说是尹小姐已经到了，请她早些过来。
这件事无论成与不成，你总不要给妈妈知道是我做的。
我觉得有些气痛，我告诉你代我写几味药。
这里没有纸笔，到书房里去写罢。
我已带着来了。

姜公馆有电话来，说尹小姐已经到了，请小姐早些去呢。

衣橱里有个大老鼠。

快些赶它出来，免得教它咬坏了衣服。

太太赶出来没有用处，还是想个法子捉住它，免得后患。

我赶它到这里来，你们就捉便了。

我们只管去捉，忘了闭上房门，那老鼠已经跑出去了。

刚才若得你来帮助，必定捉住那个老鼠了。

你若守住门口，那个老鼠就不得走脱了。

前天徐耀答应代我去找一块地，至今没有回音，你替我去催他一下罢。

淑君在姜公馆聚餐后。

这件事我想面托令堂，又怕她不答应，面子上不得下台。

这个不妨，我替你先向妈妈提一句就是。

妈妈已经答应了。

少良预备宴教育界诸要人，乞为已助。

你明天去办六席上等菜，要六十元一席的。

钱先生已去见杨科长，大概总有好消息回来。

你们明天要把各处都陈设好了，并且要多买几罐白金龙香烟。

这件事恐怕弄不成了。

杨科长对我说，今早厅长对他说及预备委任一位姓殷的去当校长。

莫非是殷仁么？

明天还要办菜么？

蚕桑学校的校长，你既答应给少良，却为什么又给了你表兄呢？

教育厅长又不是我做的，怎么由我要给谁就给谁呢？

这倒也是实话，你不要错怪了她。

朱柏。

朱柏妻王氏，少良之族嫂也。

我成日的辛苦，才赚得几个柴米钱，哪有闲钱给你做衣呢？你自己如有本事赚钱，你就做衣服好了。

陈婉之未婚夫钱锥钧。

花……生……米……

少良与陈婉密议，设计陷害殷仁。

只要找到这样一个人，就足够破坏他的事了。

我想做件衬衫，足足想了一年多，还想不到。

现在只想做套洋布的，也是想不到，真是气数。

还是求叔叔借几块钱给我做一套，遂了我的心罢。

朱先生有件事情，你若肯替他办去，他定要送几块钱给你。

办妥之后，我再送你一百元谢礼。

那个殷仁我没有会过，怎能认识他呢？
你到张家的时候，见我对着他打这个手势……
……那个人就是殷仁。
那个法子和说话，你不要忘记了。
我来学个样子给你看罢。
这样对么？
我明天去办妥，你就要送我一百元呀！
翌日，王氏至张宅冒充殷仁弃妇。
有位叫殷仁的是府上的亲眷么？
我是他的弃妇，他未到日本前，和我极相爱，这个就是我和他生的女儿。
不料他到了日本，就把我母女两个抛弃了。
你不要错认了人，我和你从未会过，哪有这些事呢？
你这人真没良心，说出话来，也不怕人笑，天下还有错认丈夫的事么？
你是个疯子，快给我滚出去罢！
这是你的亲骨血，要不要随你。现在你即变心，我也不指望再靠你了。
不想你会有这等行为，快给我离开这里，不要玷辱我罢。
我们老年人的见解，到底是不错的。
前次我不要他住在这里，就是怕弄出这些事呀。
小姐，太太叫你。
表少爷，太太说无论如何，请你到别处去住，免得她看了难过。
殷仁投奔父执徐伯言家。
你不是殷仲弼先生的令郎么？
许久没有得着你们的消息了，你且在我家小住几时，再慢慢的畅谈别后情形罢。
第二日。
这些东西，你是从哪里弄了来的？
这是买了来的。
你哪来的许多闲钱？
这个你不用管，反正不要你出钱好了。
你一个女人家，无原无故的会有许多进账，那还有好事么？
少奶奶，快点回去，少爷等你吃饭呢！
你叫谁少奶奶，你是哪里来的？
我叫我家的少奶奶，要你来问些什么？
你老婆做的好事，请你细细的拷问，自然就会明白的。
这都是少良教我的。
我说你这钱来路不明，原来冒充人家的老婆，骗了来的。
你只顾嘴里吃的快活，全不顾惜名誉，你替我快点死罢。
我们明白此事就算了，不要多生枝节罢。

看不出你年纪轻轻的，倒会使促狭主意害人。
那个冒充殷仁外室的女人，不是你叫来的吗？
那是我和她说顽话的，难道她真个做出来么？
我看在世交分上，就不和你计较罢。
我想这件事已经弄明白了，还是接他回来住罢。
由他住那里好了，天下也没有个靠亲戚过一生的。
姨妈身后，只有这个儿子，母亲能够置之不理么？
那么你就去接他回来罢。
你今早说，要给我两老拍照，现在去拍好么？
我不叫你们动，你们切不可动，要不然一定照不成功。
不要动！
我脚上痒得很呀！
我们可以动吗？
我的表妹知道我住在这里，特来接我到她家去。
无赖王虎。
无赖胡福。
殷仁归张家后。
好几天没有来望你老人家了，你老人家的身体好么？
地皮经纪人徐耀。
现在有一块地，离我家没有多远，请你老人家得便就去看看。
我的脚还没有好，走路不大方便。
还是你去替我代劳罢。
殷先生前天在我家里，怠慢得很。
我准定明天下午到你府上去。
陈婉之天良未泯。
少良买王虎胡福戕害殷仁。
你是殷仁先生么？
徐耀在那里等候你咧！
怎么表少爷还不回家来呢？
想是徐耀客气，定要留表少爷吃了饭才放他回来。
殷仁被我打死了。
若是单靠王虎，这件事就不成功了。
殷仁还没回来么？
打鬼！打鬼！
二小姐毛病又发了，扶她到房里去罢。
少良以震骇过甚，顿改常度。
一星期后。

妈妈叫我去问候少良的病，我是没有答应，她现在自己去了。

他已经清醒了，但是还觉得有些困倦。

这恶事原来是你做的。

这是我的罪恶，我现在一闭着眼就看见他向我讨命了。

幸得殷仁没死，要不然我决不同你善罢干休。

张母由少良家归后。

朱少良如此无赖，真是我做梦也想不到的。

现在旁的不说，我是决计让你两人订婚了。

殷仁就校长职一月后。

同居之爱

出品　大中华百合影片公司，1926 年

监制　陆　洁

编导　史东山

摄影　周诗穆

说明　周瘦鹃

绘图兼布景　马瘦红

化妆　包元铭　崔天生

演员　韩云珍　王英之　王雪厂　杨静我　任如珍　唐惜珍

《同居之爱》电影由史东山编剧。其电影本事无署名，原载《申报》（1926 年 4 月 2 日），以及《大中华百合特刊》同居之爱号（1926 年 4 月 21 日）。

本　事[1]

侯丽娟者，一绮年玉貌而意志甚薄弱之女子也。母钱氏，早寡，专以盘剥重利为事。其家楼下，有少年兄妹，税室以居。兄曰金声，与娟颇相爱好，而侯母殊非之。妹曰曼莱，妙龄待字，貌娓娓如花也。金有友曰马豪，戆直有侠气，善曼莱，顾曼莱时疑其与丽娟昵。一日，曼莱有女友琼华过访，邀曼出游。曼入室更衣时，金见琼华遗巾地上，拾之，适为娟见，疑焉。后经表白，始释然。马豪擅运动，身手甚矫捷，运动场中之健儿也。当各学校足球决赛时，金声偕丽娟曼莱及琼华同往参观，在场遇邻友萧珊。萧有友曰夏芜良者，性佻佻，无赖少年也。瞥见丽娟美，艳羡万状，诇之萧。萧具告之，且允为设法。时金观球神移，无意中躯体乃随球势之偏于一方，而倾向于琼华之身。球势愈猛，金身倾侧愈甚。娟见之，不能无妒，怅然自归。迨金觉，已遍觅不得。急追踪归，见一简在门隙中，视之，赫然一绝交书也。讶不知其所以然，见而询故，丽娟不之理，悻悻之色见于面。

一日，丽娟侍母自一乡人家收息金归，途遇芜良与萧。萧即为设计，与娟相识，且诣其家。侯母见夏举止阔绰，如富家子，私心窃喜，意欲以爱女相属。而丽娟之心，亦惟夏是属矣。越日，夏偕丽娟出，过金声寓室外，娟故推其门，小立门外，向夏宛转作媚态。金见而大愤，比追踪出，则已相将登车而去，双影并头，犹隐隐见于车窗中也。

夏引丽娟至家，介见其母。夏母力与周旋，蔼然可亲，已而托故他去。夏因百般

---

〔1〕 原为句读。

诱惑，且以钻镯为赠。娟因意志薄弱故，乃不幸堕入其彀。是晚，马豪来，谓金声曰："丽娟深入险境，颇为可虑。"金即披衣出。曼莱在内室，闻而出阻，不听，径去。曼莱以马为娟虑，深疑之。

曼莱自外归，遗手套于门首，返身觅之，已为一少年拾得。少年鞠躬为礼，立以手套奉还。曼莱嫣然称谢，叩其姓氏，谓即夏君芜良否？夏讳之。忽马入，夏怯走。马见夏而疑，以责曼莱。曼因前日娟事不悦马，竟故认与夏有素。马妒且愤，怫然去。

翌日，丽娟方把玩夏所赠钻镯，为母见，询知夏物，甚喜。丽娟亦即以一切情事，详述无隐。忽侍婢进报，有夏家臧获来，请姑娘去。母即为娟易衣修饰。临行，嘱娟与夏俱归，俾与说姻事。娟至夏氏居，顾不见夏，惟数女客方坐谈。娟问芜良安在，夏母谓在内室，遂导之入。入室，则见一丑陋之老人，方辗然作鹭鹚笑。老人见娟，即以珍饰诱之，且欲施非礼。娟急遁出，盖所谓夏母者，实骗局中人，此屋即其机关部也。娟去后未几，忽一仆妇自内呼贼出。众即入视，见一影疾掠而过。方惊疑间，陡闻呼救声，出视之，则夏已饮弹倒地。众疑杀者，必娟之前情人金声也。

审判之日，凡关涉此案者皆列席。鸨母言金声于出事之前一夜，尝徘徊于其家门外甚久。一警士证实之。金声遭冤莫白，惨默无言。曼莱忧急欲哭，马慰之，且自首为杀夏之凶犯。丽娟大感动，为马辩护曰："马豪杀夏甚当，因夏与此老魅合而谋我。"言时，戟指鸨母。鸨母亟辩曰："我实夏母，焉敢肆恶，不信可以四邻为证。"即指数女子。众女皆媪局中人，而亦曾遇如娟之所遇者，久衔媪，因即同声否认。媪色变，官方疑讶。一老妇忽呼冤号哭而入，谓其子夏芜良无故被杀，请求伸雪。官始信丽娟之言，判媪监禁。马以杀人有罪，亦系狱。

夜阑更深，丽娟犹对灯饮泣，闻楼下曼莱方恳兄为马设法，泪随声下，一似芳心欲碎者。娟乃窃母私蓄下楼，见金时，曼莱已入睡，金怒斥之，引身返室去。丽娟大悲，书一短简曰："将此赎马豪出狱。"旋即留所窃乃母之金及夏所赠钻镯而去。金出见之，心不能无动，自悔绝娟之非。

马豪出狱矣，丽娟忽失踪。金与娟母出觅不得，各凄然归。方聚谈间，有人舁娟入，盖欲从三闾大夫游而未果者。娟睁目，一时旧情故爱齐上心头，因展靥作媚笑。曼莱见之，亟引马出室，向门隙内窥，相顾而笑。

假 力 士

出品　开心影片公司，1926 年

演员　周空空　王艳冰　侯春候　朱咏芬　张冶儿　汪均康　邵迺琨

《假力士》电影本事为朱双云撰写，原载《申报》（1926 年 4 月 7 日），以及《开心特刊》第 2 期（怪医生号，1926 年 5 月 1 日）。

本　事〔1〕

朱双云

富人杨磐君，吝且怯，有以慈善事业请者，则一毛不拔。苟胁之以威，纵百金立应。好色，广蓄姬妾，予取予求，莫之靳也。里人知其故，偶有所求，辄从事于恐吓。杨不胜其扰，因征力士以自卫。无赖某，贫不能自存，闻之，即以铅皮饰其膀，败絮裹其身，自称力能举鼎，毅然自荐于杨门。磐君抚其臂，则固坚如铁石，遂纳之门下，任为镖师。杨则自此而不受人侮，且挟之以侮人焉。未几，其子小磐自外归，子固孔武有力，欲一观力士究竟，因命臧获召之来。时力士方昼寝，置饰臂之铅皮于窗侧。适邻家装置烟囱，匠人误取其饰臂而去。力士闻召，急切不能得饰，因取烟囱，束之右臂，坌息而往。小磐睹其状，不类有力者，因力执其左臂。力士痛不能忍，急以右臂拒之。偶不自慎，其饰臂之烟囱，突然脱臂而下。于是真相毕露，力士不得复为力士。

---

〔1〕 原为句读。

多情的女伶

出品　明星影片公司，1926 年

编剧　包天笑

字幕　郑正秋

导演　张石川

摄影　董克毅

置景　董天涯

题绘　沈延哲　董翰一

演员　朱　飞　赵静霞　姚豫元　王吉亭　王献斋　黄筠贞　黄君甫　董湘苹　严仲英　宣景琳　周空空

《多情的女伶》电影由包天笑编剧。其电影本事由宋痴萍撰写，字幕为郑正秋所作，原载《明星特刊》第 10 期（多情的女伶号，1926 年 4 月 10 日）。《国闻周报》第 3 卷第 13 期（1926 年 4 月 11 日）亦刊载该片本事。

本　　事〔1〕

痴萍

少年高鉴吾，隶爱国党党籍，为人磊落有奇气，善陆女昭仪。一日，以婚约要女，女允焉。陆父适至，见而太息，盖政府索党人甚急，高亦有名。陆父尝服官，多识政界要人，得耗来速其遁，不虞爱女之遽以身许也。高知不可留，忍痛而去。及车站，几为逻者所中，幸机警，得跳身免。

内乱经年，人民离散。陆家适在战区，庐舍荡焉，陆父亦罹疾死。昭仪孤苦伶仃，入学校充教师。长宵独坐，身世自伤，辄对其亡父及未婚夫肖像，汍澜不已。校长刘剑灵，善交际，以校费支绌，乞助于当地武人韦督办。韦以三千金交其部下督察长田兆昌送之校。田见昭仪，惊为天人。浼校长为之介绍，殷勤献媚，陆对之殊淡然。

高流浪江湖，卒止于海上逆旅中，日以听歌为事。恋女伶赵飞红，资竭，则典质继之，弗悔。顾赵之名不甚著，亦不知高之恋己。高负逆旅金，为馆役所迫，以时表付之质库。而戏园中按目亦以是时来索资，高得金，竟偿戏资，馆役无如何也。按目得资，偶至后台谈其事，赵方以合同将满，园主不愿蝉联，戚然无以自解，闻之殊不措意。异日，有友访高，高向之称贷，友勉以五金济之。时高已得赵将辍演之耗，颇不怿。友为之计曰："君能文，不如为文扬赵，投之报馆。赵获美誉，君亦可博稿费，

〔1〕 原为句读。

两利之道也。”高点首者再。自是报端时见扬赵之文，赵见之大喜。戏园主人以赵名渐噪，允续聘，且增其俸给。赵益喜，然仍不识高为何如人。一日，高以积欠逆旅金渐巨，馆役下逐客令。高无奈，解衣与之。扰攘间，按目又以索资至，窥其情，知向索无益，归以告赵之从人。是晚，赵结束登场，而高之踪迹乃杳。复闻按目述日间事，伤高之因己而日趋于穷蹙，天涯沦落，具有同情。次日，遂以按目为道，访高于逆旅。会逆旅主人迫高他去，赵慨然为偿宿负。高窘状毕露，踧踖不安。赵刻意慰之，令安居弗自馁。未几，高赵之交日密。高长日无事，惟编制新剧本畀赵演之。赵名日盛，一跃成为台柱矣。

田兆昌醉心昭仪，自输诚悃，愿结姻好。昭仪未忘高，毅然拒之。田归，乞援于督办，督办许之。择日莅校参观，既见昭仪，亦惊其艳，竟告田曰：“汝目力诚不弱，然之子我自欲之，汝姑别寻佳丽。”田闻语大惊，力不可抗，怏怏而退。校长奉督办命劝昭仪嫁，昭仪芳心忐忑，矢不负高。然横逆之来，又岂弱女子所能抗哉。

高时见赵御一玉镯，异而询之。赵述幼时母以党狱被捕，将遭惨杀，幸为某官父女所救，镯固一双，因举一以赠彼女，藉留纪念，且为异日酬恩地。后母病将死，遗命必访此镯。今浮沉人海，尚不知何日偿母志也。高曰：“无伤，我当助卿访之。”

昭仪既嫁督办，侦知原籍故有发妻，责督办诳己。督办干笑曰：“此间汝亦嫡也，何絮絮为。”时赵应聘至其地，高偕行。戏园中人引赵谒客，至田兆昌许，田激赏之。昭仪阅报，亦莅剧场，于群众中遇高，约往花园谈别后事。自恨大错已成，示以进出路径，便以时幽会。田至赵寓，见高昂然入内室，大疑，赵以姊弟解之。督办闻人誉赵色艺，欣然命驾。至则座满，惟田占一厢尚无人，径据之。田至，虽心有所不欲，而不敢形之于色。督办大乐，诏田引赵赴私宅。田唯唯，自是督办颇倾心于赵，田妒恨而已。

赵见高面有忧色，以为因己近督办而捻酸也，婉言慰之曰：“吾侪方居虎口，脱身诚不易，然我顷得妙药，服之可一日夜不苏。我伪死，君携我远飏，则还我自由矣。”高方恋昭仪，力反其议。

一日，田至督办宅，猝睹高陆携手偕行，潜尾之，尽窥其隐。复在赵家窃听高赵私语，益愤，将发其覆以快己意，因举高陆事告赵。赵大骇，田遂引赵入督办宅，侦高陆踪迹。得之园中一室，赵推扉而进，高陆大惊。陆挥高避入浴室，赵欲前，陆力格之。闻汽车声，知督办归矣，相持益苦。赵忽见陆腕上玉镯，识为曩日救母之人，是时督办已入室。赵伪称有人将不利于督办，要之同出。陆乘间纵高逸。高甫出，为田所见，将追执之。高越墙而去，田不能越，乃执枪出园门穷索，复遇于墙下。田方举枪，高夺而还击之，田踣。督办与陆赵等闻声往察，舁田入医院，濒危，微语曰：“杀我者，夫人之情人。”更引手指赵曰：“亦即……”语未毕，赵潜扼其创，遂绝。赵顾督办曰：“亦即吾来报警之人也。”督办大怒，欲死昭仪。赵曰：“是则蒙恶名矣，我有毒药在，但以夫人畀我，使服而死，潜葬之。我且践夫人之位，何如？”督办以为然，如赵意而行。

高既脱，念昭仪吉凶不可测，复返其居。婢告之曰：“夫人死矣，死之者，赵也。”

高奔驰而返，严诘赵，赵诡笑应之。高益怒，遽以刃陷赵胸，赵既受伤。昭仪之声发于床上，高始悉底蕴，抱赵大恸。赵呻吟曰："行矣若二人，吾已为若备二马行矣。我固乐死，毋我恤矣。"二人零涕跨马去，然赵之倩影，盘旋二人脑际，乃终身无忘之之一日。

字　　幕〔1〕

正秋

为人难，为事不易；至为过渡时代人物，则尤难乎其难矣。

高鉴吾为爱国党党员，系出世家，一有志青年也。（朱飞）

陆昭仪虽属宦家女，曾受新教育，早丧慈母，终鲜兄弟，故为老父所深爱。（赵静霞）

昭仪：我当然答应你了，不过还要等我父亲回来，求得他老人家同意才好。

高：令尊向来待我很好，一定赞成我们婚事的。

陆宏猷曾游宦海，今则退隐故乡矣。（姚豫元）

宏猷：并不是我不赞成，可惜你们在事实上有办不到的地方啊。

宏猷：你是爱国党的党员吗？

宏猷：政府已在通缉爱国党党员，你的名字也在党人的名册上，官厅一定严拿，你赶快逃走吧。

昭仪：爸爸，你有什么法子可以救救他吗？

宏猷：这是一点法子都没有的，而且窝藏党人，还要同等科罪咧。

车站职员：恭喜恭喜，发财机会又来了，这许多的赏格，还不是你们的吗！

侦探：还得你们帮忙，将来请你们喝酒。

国内连年争战，民间家破人亡者多矣，陆氏其一也。宏猷死，昭仪乃在北省作教员以自活。

韦振邦，当道中之魁首，生杀予夺，为所欲为，声势显赫之督办也。（王吉亭）

田兆昌，外工逢迎，内怀阴险，官居督察长，又为韦督办之红人。（王献斋）

韦：刘校长常常来麻烦不清，这儿有三千两银子，你拿去给了她吧。

刘剑灵为省立女师之校长，课余之暇，又从事于校外交际。（黄筠贞）

田：你替我介绍介绍。

刘：这位就是督办公署的田督察长。

俞荣卿，凤仙花园之园主也。（黄君甫）

杨阔亭，专为戏班中邀角者。（董湘苹）

---

〔1〕 原说明字幕前有■标记，对话者有括号。现统一略去，将说明以不同字体区别之；并在对话者后加冒号。

案目金四，即戏园中之接客者。（严仲英）

杨：俞老班，赵飞红倒很想还在上海搭班，您这儿替她再连半年合同吧。

俞：不必了，她这角儿又不叫座，连了有什么用呢。

杨：那末请你帮帮她忙，连三个月，给点儿面子吧。

俞：那不行，一个月都用不着。

高鉴吾自当年出亡后即困守上海小客栈中，屡探陆女下落，苦无半点消息。虽已幸免缉捕，然亦长年潦倒，送穷无术。

茶房：高先生，今天是月底，帐房里又要请您付些钱了。

高：一定要付，只好拿这个表，也去当了吧。

赵飞红，父因国事犯而死于非命，自幼随母，死里逃生。今则孑然一身，沦为女伶矣。（宣景琳）

琴师邹吉堂，飞红从之学唱者。（周空空）

杨：你那连合同的事，我再三同俞老板商量，他总归不答应。

赵：唉！这可没有法子，只能拜托你，替我在别处介绍介绍吧。

高鉴吾虽久处穷乡，但犹寄情声色，因最赏识赵飞红，故听歌无虚夕。

案目：高先生，今天月底，可否请付一点。

茶房：这家当铺，可恶极了，只能当十二块钱，再多一定不肯。

高：我先付你十块钱吧。

茶房：啊呀！您这钱是要付帐房里的，怎么倒付戏钱了呢。

高：难为你，对帐房里说，我明天一定付他就是了。

高：好——吗！

高：（多数）

高：（长音）

看客：戏，我倒是很欢喜看，不过像狗叫这样的喝彩，真讨厌。

案目：您上回请客的一笔帐，可以给我吗？

赵：咱们没有几天在这里唱了，就要走了。

案目：咦！老板怎么不留你，看你戏的人不少啊。

赵：哪儿的话，你说得好听罢了。

案目：真的，正厅里有一位姓高的，简直没有一天不来看你的戏。我今天去收帐，他还当了当，付钱给我哩。

高友：我明天一定要走了，因为那边已经有电报来催了。

高：你再一走，我一个朋友都没有了，你带的钱还有得多吗？

高友：钱哪里还有得多呢，你要末，我再借五块钱给你吧。

高：嘿！今天飞红又是好戏，我请您再看一次。

高友：唉！好友！你这样困难，还天天去捧角，有什么意味呢？

高：啊呀！怎么报上说她要走了，这个消息不知道确不确？

高友：这个当然是确的，戏园里看她又不红，自然不留她了。

高友：我倒有个主意，你何不多作些文字捧捧她呢，一来你自己可以得稿费，二来也可以抬高她的声价呀。

高鉴吾从友议，即为文以捧飞红，各报竟为之争先披露。

琴师：这两天，各报上捧得你了不得。

赵：咦！都是姓高的做的呀。

顺喜：姓高的，不要就是当了当天天来看你戏的那个人啊。

俞：嘿！报上近来大捧特捧赵飞红末。

帐房：天地良心，她唱是唱得真不错。

杨：这就是小喜奎，文武昆乱都来得，包银并不大，戏倒挺好的，包您叫座。

俞：她的事，算数就是；现在你先去把赵飞红留下来，我要替她连合同咧。

杨：上次你不答应，现在不知道她同别处有没有订约哩。

俞：无论怎么样，总得您费心想法子把她留下来的。

杨：恭喜恭喜，老板又要留你了，叫我来请您连合同。

顺喜：这个势利鬼的老板，光景看见报纸上都捧起来了，所以又要您了。

旅馆帐房：并非我要逼你，实在我给老板责备得很厉害，今天再不付点钱，我的饭碗都难保啊。

高：我实在弄不到钱你要是真真为难，我只好拿身上的衣裳去当了吧。

旅馆帐房：老四哥，他也是多年的老客人了，并不是我不讲交情，要剥他的衣裳，实在是老板逼得我走头无路啊。

每日必到，风雨无阻之捧赵飞红者，今因当去长衣而缺席矣。

顺喜：我听见金四说，姓高的看客，因为付不出栈房钱，连衣裳都剥去了。

赵：你赶快去把金四找来，我有话问他。

栈主因昨日所剥之衣，不足以抵欠，乃对鉴吾决下逐客令。

栈主：你这些行李，还抵不上十分之一的欠帐，你快替我出去吧，这间房还好让我卖卖钱，欠帐也不要你还了。

高：请你再让我住几天，我已经写信到朋友地方借钱去了。

栈主：这种话，我听你说过不知多少次了，今天一定要叫你出去。

栈主：他欠了六十多块房饭钱，还不肯走哩。

赵：你也不必叫他出去，他欠的帐，一概我来替他还就是了。

案目：咱们赵老板说了还会错吗？

案目：你们进来做什么，等一下钱我来付好了。

案目：昨天我把这里的情形，告诉了赵小姐；小姐因为您很捧她，所以现在来看你的。

高：我弄到这个地步，惭愧得很，承蒙你来解围，真是感激不尽。

顺喜：茶满出来了！

田兆昌因属意陆昭仪，故竭力以亲近之。

俞：咦！怎么这几天卖钱跌到这个样子呀？

帐房：这几天赵飞红告假，没有登台。

高自识赵后，渐成知己，暇即为谱新剧，以供飞红演唱。

俞：今儿一来替您问好，二来……请您早一点登台。

赵：问好可不敢当；登台呢，我这几天很不舒服，总得歇歇才好，过几天再说吧。

俞：是！是！歇歇是应当的，不过园子里，这几天卖座太坏了，天天赔钱的。

顺喜：老板，譬如上一次，你不要我们姑娘连合同，难道也要她登台吗？

俞：嗳！哪儿有这个话呢？顺姑娘，请你帮帮忙，将来我好好的谢谢你呐。

田兆昌居然向陆昭仪求婚矣。

田因求婚不遂，欲借督办势力以要挟之。

田：我自从前年断弦之后，至今未曾续娶；现在有一个很好，不过要请督办替我成全才好。

韦：好啊！那是应当的，你说的是哪一家呀。

田：就是女师范里面的一个教员，叫作陆昭仪，据说也是顶好的人家，她老子还作过官哩。

韦：啊！那很容易，我去关照刘校长好了，最好我自己去看一看。

刘校长接到督办参观学校之信，即行预事铺张，以备欢迎。

田：督办为我劳驾，置是不胜感激之至。

刘校长以为贵人光降，大事忙碌，殊不知其另有作用也。

田：这一位就是陆昭仪女士。

田：督办想必已经同校长说过了，事情大概总成功的。

韦：你的眼光真不错，我已经对校长说过了。

韦：我的太太也不在这里，这一个人你就让给了我吧。

刘校长本善说合，今应督办之命，乃更尽其所能，以成美事。

昭仪：但是我从前已经订过婚了，他要是回来，叫我怎么样呢？

刘：你真痴了，这种亡命之徒，非死即忘，或者已经娶了别人了，你难道空守一辈子吗？

刘：嗳！这就对了，从今天起，你就是督办太太了，以后我还望你照应咧。

高：你怎样倒欢喜带这种古式的手镯呢？

赵：说起这手镯，有很大的关系在里头哩；我来说给你听听吧：那一年我只有九岁……

赵：父亲为国事死了，母亲领我逃走，不料被军队捉住，就要枪毙……

赵：救我们的就是当时执法处的处长，因他也有一个女儿，看见我们可怜，求他父亲，救我们的。

赵：我母亲因为感她的恩，所以送她一只手镯，留做纪念，后来……

赵：我母亲临死，把这只手镯交给我，吩咐我说，倘然遇着那一只手镯，必须要报她的恩。

赵：后来，我四海飘零，至今还不知道拿手镯的那位小姐在哪里？我很想报她的恩。

高：照这样一说，确实很有关系，慢慢的访问，将来总会寻到的。

陆昭仪受环境支配，已嫁韦督办矣；唯田兆昌则大为难堪。

赵飞红因在申日久，乃迁地为良，赴北省演唱，高亦从之去焉。

俞：顺风顺风，您再要到上海来的话，务必请您还在我们园子里唱。

昭仪：我已经调查明白，你是有妻子的；既然有妻子，何以又要欺骗我呢。

韦：嗳！她住在乡下，又不到这里来的；这里你总是大太太，何必计较呢。

赵飞红已至北省，今由院主领往当地各名人处拜客。

院主：赵飞红明儿登台，请你多捧场。

田：行！那很容易，我要是捧她，她非红不可。

秋雯：太太，听说赵飞红唱很得好，咱们也去瞧瞧好吗？

田兆昌缘失意于昭仪，正在多方猎艳；今见飞红，如获至宝，故大捧而特思焉。

昭仪：咦！您怎么会到这里来的？

高：唉！真是一言难尽。自从同你分别之后，经过许多的困苦，你现在……

陆：你也不必问我，将来自然会明白的。此地不便说话，停一回，你到十三号路761号后门来，我叫她等你。

久赋生离，本已绝望；今忽相逢于一旦，旧情陡忆，能无分外相怜耶。

赵飞红每于曲终时，必有多人争来探访，因不堪其扰，概与弗见。

顺喜：对不起，咱们姑娘不很舒服，不能够见客。

田：你们姑娘身体不舒服，我愈加应当要看看她。

院主：别的客可以不见，这位督察长，不能不见的。

田：这一个是你的什么人？

赵：哦！这一个就是我的兄弟。

韦督办者，本弃旧怜新之流也；昭仪已在可厌之列，故已另辟私宅，日以征花为乐。

韦友：您听过赵飞红的戏吗？

韦：没有。

韦友：那末我们不妨同去听她一听。

飞红登台以来，院中常常满座。

招待：这间包厢不能坐，是督办公署里督察长定的。

韦：噢，是田兆昌定的，那好极了，坐吧。

韦：嘿！飞红真不错，玩艺儿也很好。

韦：我很欢喜她，明天你去把她带到我那里来。

田：是……是……

督办之命，不敢不遵，然而兆昌冤矣。

韦：好！你真会办事。

高鉴吾自重逢陆昭仪后，顿改常度，一若重有忧者。飞红不知真相，中心为之不安。

赵：你近来总不快活，可是为我同他们来往，你不愿意吗？

赵：你总要明白我的苦衷，吃到这碗饭，不得不接待他们，这也没有法子的事呀；况且又是在他们势力底下咧。

赵：您放心，无论他们怎样有财有势，我的心总不会变的；因为我心里只有你一个人是我的知己，我总归死心塌地爱你到底。

飞红虽恺切陈词，然高鉴吾因隐情难吐，致默默无言。高愈无词以对，飞红愈戚戚于心。

赵：这瓶药，是母亲当初交给我的，吃了就会像死的一样，过了二十四个钟头，就会醒过来的。

赵：我现在给他们缠住了，想走哪里走得脱，只能吃了这种药，假死一死。好得她们知道你是我的兄弟，你就把我尸首搬走，便可以逃出这危险的地方了。

高：走！那是万万不能走的。只怕他们在二十四个钟头里不放我们走，岂不是大大的危险吗？

田兆昌日必带领赵飞红至督办处，心虽不甘，然上峰命，勿敢违，亦无如何也。

韦：你是个督察长，我把这美人交给你，要替我保护好，不要给别人来想吃天鹅肉啊！

田：是！是！

韦：我这样爱你，你该跟我说实话，到底你有没有要好的人呀？

赵：那是没有的，你问督察长好了。

田兆昌为飞红又被占，心知昭仪必已失宠，故转而来就昭仪矣。

田：太太在家吗？

陆：咦！这时候，你到这里来有什么事呢？

田：我来报告您一个消息，督办又看上了一个赵飞红，光景又要娶她，你要注意注意才好。

陆：督办有的是钱，有的是势力。他爱娶哪一个，就娶哪一个，我注意有什么用呢？

田兆昌于情场中翻来覆去，竟无往而不碰钉子。

赵：我看你对我一天冷淡一天了，是不是你另外有了情人呀？

高：那是没有的，请你不要疑心我吧。

赵：我很快活，听得你说这种话，我这样真心的待你，想你决不会另有情人的。

兆昌多情敌，独莫奈何督办。唯知飞红非真爱督协者，可以爱己而终未得志，因有高鉴吾耳。今知高非真爱飞红，乃变更其攻敌之方向。

田：你要是不信，我今晚陪你去看了，你就明白。

秋雯：太太，这种老式的手镯，您还要带吗？

陆：带是我向来不爱带的，不过这倒是一样纪念品。

高：啊呀！不好，赵飞红来了！

陆：你快到浴间里躲一躲吧。

赵：啊！您就是督办夫人吗？做得好事！

陆：这个……没有什么事……你是什么人？

赵：我吗，就是唱戏的赵飞红，就是你们督办很宠爱的人，算起来也就是你的仇人。

赵：你把这人藏在哪里？

陆：什么人？

赵：一个男人。

陆：我不懂你的话，这里只有我一个人。

赵：哼！你还说一个人，这外衣是什么人的？

陆：这……

赵：这里面是什么地方？

陆：这是洗浴间。

赵：你快把这门开了。

陆：开了做什么？

赵：我也要洗浴。

陆：我没有钥匙。

赵：你不肯开吗？我自己来开。

赵：好！督办回来了，我看你开不开？

陆：姑娘！我同你无怨无仇，你何必要这样的逼我呢？

赵：那末你赶快把这人放出来，不然我就叫督办来了。

赵：督办快来！

陆：姑娘！姑娘！督办来，我一定没有命了。求求你，救救我吧。

赵：你这只手镯哪里来的？

陆：这是一个女人送给我的，因为我父亲救了她的性命。

韦：啊呀！你怎么在这里？

韦：你为什么发抖呀？

赵：怪不得她抖，只为我来报告的一个消息太坏了。

韦：什么消息？

赵：听得有人要谋害督办，我去调查，才知道他们今晚要到此地来暗杀，我赶得来报信的。您来可看见什么人在外面吗？

韦：好像没有。

赵：那末您要当心才好。

韦：咦！这外衣是哪里来的，屋里还有什么人。

赵：啊！我恐怕给人家看见，所以穿了他们外衣来的，还有帽子。

赵：现在您已经回来，一定平安无事了。您说您另外有房间，领我去瞧瞧。

田兆昌虽中要害，犹未绝命；赵飞红恐生变故，乃紧随督办偕来。

韦：你知道打你的究竟是谁？

赵：这事关系重大，最好叫医生他们出去。

赵：打您的人，您可认识吗？您对督办说吧。

田：打我的，就是夫人的情人。

田：就是飞红的……

赵：啊！就是我来报信的暗杀党咧。

韦：对了，一定是他们。

韦：他说是她的情人，那一定是这贱人叫奸夫来杀我的，我回去非杀死这贱人不可。

赵：这事非同小可，请您先到我家里去，商量商量看。

赵：像督办这样的身份，自己动手杀夫人，传出去声名攸关。我替督办想了一个很妥当的法子在这里。

赵：我有一种毒药，吃下去就会死，一点不落痕迹。

赵：可是我先有一个要求，她死了，她的位子请你给我，您可以答应我吗？

韦：那是我心里很想的事，一定答应你的。

赵：但是我很不愿意外人说我谋夺夫人的位子，请您不必声张，暗地里叫心腹的当差，把她的尸首移出去就是了。

韦：你已经是我的夫人了；一切事情，你要怎么办就怎么办好了。

韦：你这贱人，做得好事，赶快替我去死。

陆：我又没有犯法，怎么叫我死呀。

韦：还说没有犯法，你要不死，除非把这男人说出来，到底是谁？

陆：我不懂有什么男人。

韦：你再抵赖，我就打死你。

赵：夫人！事已至此，你只好明白一点，打死是很难受的，这里有一瓶药：你喝了吧。

陆：啊呀！这……这是毒药吗？

赵：是的。

陆：你这人心太毒了，你拿这毒药来，毒死我啊。

韦：你怕死，就该赶快把那个人说出来。

赵：夫人！喝这药死，总比枪打死好一点。

陆：我求你们做做好事，不要逼我死，让我到庵里去做尼姑吧。

韦：放屁！再限你一分钟，不喝我就把你打死。

陆：啊呀！母亲呀！怎么得了！

赵：夫人！我同你都是女人，总不会骗你的。你还是依我话，喝了好。

陆：我喝！我喝！你这样逼我死，将来也没有好结果的。

赵：你也别生气了，到那边去休息休息吧，这事交给我就是了。

赵：你们不可声张，一切都听我做就得了。

高鉴吾虽遭意外，然犹莫明所以，故来一探究竟。

高：你赶快去请太太来，我要同她谈话。

秋：太太！已经给老爷的相好赵飞红害死了。

秋：你赶快逃走吧，要是被他们抓到，一定把你粉身碎骨咧。

高：你这贱人，做得好事。

赵：是！我是做了一件很好的事。

高：不要脸的东西，你还得意吗？

赵：不错！我能够做成这样一件事，当然是很得意的。

高：你害死了人，还说得意，那末，我现在就要你不得意。

赵：啊呀！你要杀死我吗？

高：当然。

赵：你有这样硬的心肠，一定是你不爱我了。

高：谁来爱你这下贱的东西。

赵：呀！你这句话比杀死我还要厉害，难道一点爱都没有了？

高：我非但不爱你，而且我还把你恨如切骨咧！

赵：唉！你也太过了，难道你只爱她一个人吗？

高：自然，她是我订过婚的妻子，她是我的性命，她死了，我也不能活了。

赵：你既然不爱我，我活着也无用。你这狠心的人，就杀死我吧。

高：还说我狠心！

陆：啊呀！我在哪里呀！

陆：呀！您怎么也在这里？

高：啊呀！你没有死吗？这倒底是怎么一回事呀？

赵：她是我从督办枪下救回来的，就是要成全你们两个人的希望。

高：啊呀！我该死，我该万死，飞红！你怎么不早说呢？那怎么得了。

赵：你也不必着急，我已经不中用，你现在总明白我的心了。我救她，因为她就是我母亲关照我要报恩的人。

赵：我已经预备两匹马在门外，赶快替她改了男装，逃到别处去吧。

赵：请你们不必再顾我了，再迟恐怕督办到来，就不得了。

赵：我死了，望你们做一对最长久最亲爱的好夫妻！

守 财 奴

出品 好友影片公司，1926 年
导演 李鸥客
演员 伊 人 李 鹏 张润清 宋碧艳 梁玉云

《守财奴》电影本事无署名，原载《申报》（1926 年 4 月 21 日）。

本 事[1]

王仁，某邑之富翁也。妻汪氏，子名志勤。家中积有资财，而仁悭吝无比，人号曰守财奴。王仁有弟曰王义，为一安分守己之君子，家贫。妻张氏，子志清，女素贞，一门数口，度日维艰。一日，王义往兄处乞贷，王仁夫妻百般推托，最后给与糙米数斗。王义归家，与其妻相对愁叹。知亲兄之不可恃，遂惟依一家操作，以谋朝夕。而素贞尤勤纺绩，常至深夜不辍。王仁自后悭吝益甚。农人施阿大偿欠借金，贫病交迫，无以为偿，仁竟牵其耕牛而归。其年大荒，绅士吴以礼因饥民待赈，登门募捐，王仁竟不肯拔一毛。一夕王仁家遇盗，幸得王义志清闻讯，驰至，击退盗。而王仁反斥谓盗伙。惟其子志勤天性不同，乃尝私负米馈其叔。是时王义家益困，素珍日出卖花，夜归纺绩。而志清则受父命，往依其父友李德，为任田事，颇见信。李德有二女，长秀英，次雅英，尝为恶少所窘。志清救之，秀英于是颇钟情于志清，隐以身许。其后李德属王义，移家同居。李德因挽吴以礼为媒，将秀英许配志清，并资助王义，使出外经商，而令志清入学肄业。越三年，王仁家复遇盗，仁身护铁箱，竟为盗所刃而仆。盗尽劫所有，复纵火焚其居。家人群挟王仁出奔，不日王仁竟死。家人守其旁，悲伤哭泣，无以为计。时王义适经商获利而归，审知其事，遂为仁成殓，而迎嫂侄居于其家。志清既毕业，即与秀英结婚。

〔1〕 原为句读。

传 家 宝

出品　上海影戏公司，1926 年

导演　但杜宇

摄影　但淦亭

演员　殷明珠　贺蓉珠　贺佩瑛　但二春　王乃东　陈宝琦　周鸿泉　但淡民　史定磐

《传家宝》电影本事无署名，原载《上海》第 2 期（传家宝号，1926 年 4 月）。

本　　事〔1〕

嘉郡西郊，世家云姓，兄弟二人，比屋而居。绿树依门，黄花满阶，景物甚幽。不幸兄弟中年去世。兄遗一女，梦虎而生，名斑斑，年方及笄，巾帼而有侠气。一子名小琳，才八岁耳。弟遗二女，长曰绿苹；次曰玲玲，年稚于斑，性好修饰。家事多由斑主之。家人除姊弟四人之外，仅乳媪及厨役阿大耳。

时方九秋，菊花盛开。斑斑邀亲友持螯夜饮。最先至者为其表兄蒋贵，蒋固饕餮者流，而性最怯。继至者为吴沐天刁子庆，均属至戚。刁氏且代云氏管理家产，故尤交好。众客既至，绿苹尤迟迟未来。斑往促之，则妆束尚未竟也。

席间，斑斑与客作拇战，连战皆捷，意兴甚豪，笑谓今日压倒须眉矣。蒋忽曰："汝能独往柳汀古屋，我侪方服汝胆，否则勿自夸。"柳汀古屋者，斑父暴死于是，相传有妖异，封锁久矣。斑被酒，慨然愿往，并约取一物归以为信。刁力尼之，不听，径驱车去。

寂寞之古屋，墙垣颓败，荒草埋径。斑拔关而入，时则万籁无声，月影满地，寒气彻骨。斑一往而前，毫不畏怯。绕厅事，入书斋，空无一物。偶倚门，门开，陡现一秘室，壁上一方洞，内一木刻小狮。欲取之以示亲友，甫取下，墙内忽有声，一物由壁隙中出。视之，乃半枚古钱，遂并取而归。时众客方弈罢，欲同往古屋相候也。斑出古钱示众客，绿苹惊曰："昨检旧箧，亦得半古钱，与此无二。"遂归家往取。斑以古钱置棋盘上，与客重饮。及绿取钱至，则斑所得之钱已失所在。正寻觅间，绿携来之钱亦不翼而飞。众皆惊异，斑独不以为意，邀客共饮如故。

小琳忙助阿大烹饪，忙碌异常，故未入座，而奔走供杂事。及捧馔出，见金鱼缸中遗有烟灰。取出洗涤，忽见半枚古钱。适乳媪至，询以何来，琳茫然。媪叹曰："我主死于是钱，不图今日乃发现于此。"

---

〔1〕 原为句读。

酒阑席散，众客相继去。媪出，以半枚古钱授斑斑，并询何自而得，斑具告之。媪曰："此汝家世传之秘钥，汝祖临终，以古钱劈而为二，授二子曰：室有宝藏，汝兄弟中一人有急难，可合此古钱而启之。其后弟常要求启视，以窥其奥，兄拒之。某次弟又要求，并云如不允者将独往。兄戒以古屋为前某贵官遗邸，内有妖异，非不得已时，勿去为宜。弟性素不驯，嗤之以鼻。及兄入内，弟窃得兄之半钱而去。兄出觉之，召弟严责，弟愤然投两半钱而去。时适有盗瞰其室，扼兄喉致死。此二半枚古钱，遂为弟所得。径至古屋，入门觉阴气逼人，陡忆兄言屋有怪异之说，忽生幻象，满目皆幢幢鬼影，恐怖之余，心胆俱碎，神志错乱，因以致死。弥留时曾告余，屋有恶鬼。兄之古钱已失，己之古钱，昏乱中亦不知何在云云。自此古屋遂无人敢入，古钱终亦不见。汝等时尚年幼，母均早丧，故不知此事。今日两半钱均发现，宜秘之，否则恐觊觎者尚有人在也。"斑绿闻之，默然无语，相与诧叹。

翌日，刁子庆访吴沐天，谓之曰："君已得半钱，可以启宝藏矣。"吴初不承，继谓己得而复失，并反诘刁亦得半钱乎？刁曰然。盖斑斑所得之半钱，为吴窃置金鱼缸中而复归原主者。而绿苹之半钱，则为刁所窃。刁不信吴言，致起冲突。刁为吴痛殴，夺得半钱。刁出门谓吴曰："在世一日，终不使汝得两半钱。"吴既得刁所窃之半钱，乃往邀斑绿往蒋贵家，潜谓斑曰："蒋形迹可疑，昨日失钱，当为所窃。斑愿之，及同往，蒋已他出。吴约晚间至迷离别墅夜宴而别。斑返家，则蒋危坐客室，状甚觳觫，告斑曰："昨宵归途，为一黑衣人痛殴，今日臂间尚殷殷作痛，言罢泣下。斑笑慰之，告以今夜沐天宴客，同往一醉。蒋闻有酒食，破涕为笑。吴沐天之宴客，原欲侦察蒋之所为，及半枚古钱之下落，然无结果。蒋之狂啖，一如平日。他客亦饮啖甚欢。俄而席散，绿苹酡然醉矣，抵家即卸衣而卧。时皓月当空，碧天如水。斑斑乘兴取古琴抚之，一曲未竟，陡觉有肃杀之音，停琴凝思，不知隔室怪异之事方登场也。

月上纱窗，花影扶疏。绿苹姊妹睡兴正浓，窗外忽现黑影，越窗而入，则一须发如猬，面目狰狞之怪老人也。佝偻行室中，遍搜橱箧，似有所觅。玲玲闻声惊醒，怪人已至床前。玲出不意，以被蒙之，大声呼救。绿苹惊觉，大骇，披衣出门，乞援于斑斑。玲玲与怪人相持，怪人之假面忽落，玲惊曰："原来是汝。"怪人见真相已露，即以被卷玲玲口，拥之越窗而遁。及斑斑等来援，已无及矣。遂出门追寻。途遇蒋贵，坌息而至，谓斑曰："友人开余车，余追踪至此，汝等在此何为?"斑曰玲妹为人劫去矣。蒋大骇。忽吴沐天踉跄来，谓前途有强人。怪老人劫玲妹，余往救，被殴创甚，汝等勿追，车已去远矣。斑斑等愈疑，彷徨中途，莫知所措。誓穷追贼，吴阻之，不听，径去。蒋亦劝谓贼已去远，追亦无益，不如返家，设法救玲妹，出险之为愈。

明日，斑绿因蒋贵之怂恿，谓玲妹之劫去，吴沐天必知之。遂与蒋贵至吴家，严词诘问，吴坚谓不知。斑怒，吴亦怒，逐斑等出。蒋与斑等潜伏窗前，以察动静。见吴出半钱把玩凝思，忽一人自后至，夺钱而逃。斑等骤起收其钱，追吴追出，斑已开车行矣。

暮烟四起，皓月东上。古屋旁有汽车疾驰而至，盖斑绿与蒋已得两半钱，欲启发世传之秘藏。蒋素胆怯，踌躇不敢进，斑等强其入。至厅前，蒋不敢再入。斑绿往秘室，将至书斋，忽闻蒋狂呼，及出则见怪老人劫蒋人别室，门已紧闭。斑谓不如先启秘藏，遂复入内，投钱于壁。忽自启，内一锦盒，取之而出。忽怪老人至，欲遁，则门已自闭。遂仍将盒置原处，壁又自合。怪老人索钱，允还蒋及玲。忽一巨手将绿所持之钱夺去，急追出，见吴正与一人夺钱。钱坠地，为绿拾得，奔至厅前。怪老人又至，登楼忽又一怪老人至，而吴亦追人。绿缘壁而走，吴纵身直扑，斑持剑来援，为吴击腕剑坠。斑拾剑投之，中壁，去吴颈不及寸。绿手无寸铁，遂为吴擒。正危急间，小琳与阿大至，夺得古钱，又为怪老人党羽所劫。吴跃出，击退怪党，复夺其钱。怪老人遽旋机关，门合吴跃出。阿大为门所压，小琳始得出险。

吴既得钱，往开秘藏，不得其法。钱入其半而地陷，吴坠入水中。小琳踪至，见壁已开，取盒而出。怪老人追至，吴已泅水出，亦来追逐。小琳自窗跃下，吴亦跃下，小琳携盒而逃。时阿大亦出险。怪党骤至，宝盒为怪党所得。阿大与吴，互相穷追。

斑绿等在古屋内，四方搜寻，忽见一小室，门悬巨钥，启之见玲玲卧榻上，喜极而涕。玲谓“劫我者……”言未毕而一巨手扼玲喉，榻忽陷入壁间，玲又为怪老人所获。时小琳潜伏门侧，以巨棍击怪老人倒地。斑绿亦至，怪老人真相毕露，盖即“?”也。斑斑、玲玲与小琳等乃得出险。

怪党得盒，为阿大及吴互追，卒为吴所得，骑马而逃。至林间启视，空无所有。盖小琳得盒后，私将盒内所储物取出也。吴知受欺，乘马复回。

斑绿等返家，小琳以盒内之物授斑，视之则一治家格言，斑等默然。小琳问之，则曰此世传无价之宝也。而吴潜至，疾自椅后夺之，越墙乘马而去。小琳等又欲往追，斑曰：“先人以治家格言诏其子孙，原欲其互相扶助，吴表兄强暴至此，正宜读之以革其心，追之何益!”遂与绿等至门外遥望。只见吴乘马狂奔，绝尘而驰，不知所至。

色　　盲

出品　开心影片公司，1926 年

《色盲》（又名《活招牌》）电影本事为徐卓呆撰写，原载《开心特刊》第 2 期（怪医生号，1926 年 5 月 1 日）。

本　　事[1]

卓呆

医生费子香，以贫不能自存，因令其妻，诱人以色。于是登徒子之流，群焉思染，都趋之若骛。冷落门庭，顿成闹市。子香伺众人之毕集也，排闼直入。众大窘，饰言为就医者。医为之一一诊治，众不敢拒，纳资就诊去。子香于是乎大乐。

〔1〕 原为句读。

怪　医　生

出品　开心影片公司，1926 年

编剧　徐卓呆

导演　汪优游　徐卓呆

摄影　川谷庄平

演员　周凤文　MY 女士　徐卓呆　汪优游　剑我女士　绣凤女士

《怪医生》电影由徐卓呆编剧。其电影本事为朱双云撰写，原载《开心特刊》第2期（怪医生号，1926 年 5 月 1 日）。

本　　事〔1〕

朱双云

王一鸣以足疾求治于医家张安士。张欲施以刀，王联想及于卖梨者之刀挖蛀梨也，不堪其痛，拒不许。欲施以针，又联想及于履人之针穿履底也，不敢尝。医曰："如此则我术穷矣。"遂辞之归。医固重卫生，偶于饭中得苍蝇二，以其妻之治餐不洁，诃而责之。并尽逐其佣仆，而躬自入厨，亲调五味。苦非素习，莫所适从。幸得家庭食谱一书，乃获仿而行之，顾笑话重重，不胜其趣。一鸣初惧刀圭而不治，兹以童稚蹴球为戏。球中其足，痛益不堪，不得已，乃乞张医为之开刀。适张治餐方迫，未克立应，张妻乃代之行。一鸣以痛不能忍，乞张妻施以刀。张妻夙茹素，至是忽忆及宰鸡之痛，不敢应。乞施以针，又惧一针之入，生命或有危险，亦不敢应。时张医则以菜刀之属，均含微菌，有碍卫生，胥掷诸门外。臧获一一拾之，知张妻之方治病于王氏也，持菜刀来告。一鸣误为张妻之将以菜刀剜其足也，大吓而奔。张妻亦误为一鸣之突发神经病也，亦夺门而出，跃入自备之车，促御者速行。正奔驰间，张妻所乘之车轮，误辗一鸣之足，足破脓流，宿疾顿瘳。一鸣以其医术之神，特制一匾，题曰"华陀之母"，送至医所，以酬其劳。而张医适以火油误入釜中，致伤其足，呻吟于床褥间。一鸣见而笑曰："曷不求治于尊夫人，彼有术足以疗之。"张安士遂将榜门之张安士医寓之"安"字，去其头而为张女士医寓焉。

〔1〕　原为句读。

好 男 儿

出品 明星影片公司，1926 年
编剧 包天笑
字幕 郑正秋
导演 张石川
摄影 董克毅
置景 董天涯
题绘 沈延哲 董翰一
演员 朱 飞 王献斋 宣景琳 黄筠贞 宋忏红 谭志远 张大公 秦哈哈 王无能 周履安 张铎声

《好男儿》电影由包天笑编剧。其电影本事为宋痴萍撰写，字幕为郑正秋所作，原载《明星特刊》第11期（好男儿号，1926年5月10日）。该片本事亦单独刊载于《申报》（1926年5月6日）。

本 事[1]

痴萍

士族子顾仲谋，年少有大志。慨时政日非，将投身民党，从事革命，适友人伍森以书至。伍故民党健者，于仲谋为莫逆交，因速之出。仲谋持书商诸其兄伯鸿，伯鸿鄙倍，尼其行。仲谋以椿萱早逝，手足情深，闻兄言，雄心为之稍戢。

顾氏之邻林凤祥，少隶军籍，以能捕民党，递升至旅长，加中将衔。驰书报其家人。女慧珠，独具卓识，告其母曰："淫刑以逞，事安能济？民党非可以杀止。吾父唯知献媚政府，自速祸耳。儿且为书几谏，能急流勇退，解甲归田，则吾家之幸也。"母颔首称是。书至，凤祥以为儿女子不解事，一笑置之。

富绅方乐天，于顾为世交，于林则戚谊。令节延宾，裙屐皆集，并制灯虎以供余兴。仲谋与慧珠，构思敏捷，得采独多。方见二人非素识，诧曰："比邻而陌路乎，我当为两家尽介绍之责。"伯鸿傍立，慌伧不类其弟。故慧珠剪水双瞳，乃独注于仲谋。自是邻居而进为朋友矣。

仲谋既稔慧珠，时就论学。伯鸿自墙头窥之大恚，亟谋所以间之。盖伯鸿涎慧珠之美，居心叵测，甚不顾其弟近慧珠也。会伍森书又至，伯鸿逆知其意。念不如诡辞促仲谋行，乃伪为愤激状，谓其弟曰："不图时局之一至于此也。男儿为国，岂甘老死

〔1〕 原为句读。

牖下？向不欲吾弟出，今兄请先行矣。”仲谋曰：“不可，家事非兄不理，书来招弟，在理弟宜去。”伯鸿故不可，仲谋志益坚决。伯鸿若甚不得已者，点首许之。仲谋摒挡行李，往辞慧珠，未免有情，谁能遣此。一声珍重，割爱长征。伯鸿则貌为惜别，亲送登车，以为情敌既去，可以日近慧珠，徐图姻好。不意一度登堂，便遭白眼，从此虽日日踵门，阍者已受命拒不为通。伯鸿怨艾日甚，而其心固不死也。

党人开秘密会议，伍森介仲谋入党。有某某二党员，为林部团长程某旧时同学，愿说程运动当地军队，以求近功。既见程，具陈来意。程猾甚，答以机事宜密，万勿操之过急。党员信其诚，欣然返报。仲谋疑有诈，告众慎防。众讥其怯，伍森谓仲谋言然，此非孤注一掷时也。卒以不胜众议，二人遂退席。程自党员行后，举其事入告于林。林大怒，命程羁縻党人，而自率军队围捕之。仲谋方引伍避僻处，视之甚审，叹曰：“事败矣，奈何。”时一兵稍远其群，二人自桥下猛拽之，扼其吭，致之死，立其尸，匿尸后擎枪以待。林等拥党人过，仲谋发枪中林，踣马下。众大乱，索发枪者，二人疾跳乃免。

林之死耗归，其妻一恸而绝。慧珠痛父母死非命，哭泣极哀。伯鸿得耗来劝慰，慧珠置弗理。一日，于园中设香案，擎刃伏告，誓报父仇。伯鸿方倚墙头探动静，见慧珠孤弱，以为可欺，逾而过，欲行非礼。慧珠大怒，刳刃死之。仆来，得状大惊。慧珠曰：“弗声。予孑然一身，将远出求父仇，身外之物，于我无用，汝曹能为我隐，我家所有，汝曹分之可也。”众劝弗行，慧珠执不可。

林部团长李某，代林为旅长，索党人甚急。仲谋偕伍森变服遁乡间。伍焦愁成疾，濒死，以党事托仲谋。仲谋为死友负土成坟，徘徊不忍去。坟与林墓密迩，益怅于怀。倚坟假寐，忽感异梦，助伍森与林决斗，大败之。比醒，日垂暮，遂投客舍。时慧珠已远出，乘驴经其地，亦投同一客舍宿。终夕喧扰，莫能安居。慧珠与仲谋出入室门者屡，而终不相值。翌晨，先后离客舍，所谓失之交臂者非耶。

慧珠抵旅部，询问父墓所在。李旅长惊其艳，欲娶为妇，遣参谋曹某说之，慧珠怒拒。曹为李设计，俟慧珠展墓，遣部下若干人，饰盗要劫之；然后由李引兵救之出险，则慧珠感恩图报，媒合自由。李然之。

仲谋就伍森坟前，栽植花木，忽见盗众来集，系马树林，若有所俟，大异，隐身觇之。移时，慧珠乘骑至，盗尽起，慧珠抽刃刺两盗皆中；仲谋亦自后发枪，踣六盗，余盗皆逸，仲谋始与慧珠遇。慧珠哭于父墓，述寻仇始末。仲谋聆之甚悉，坦然述枪杀凤祥事不少讳。慧珠骤闻其言，挺刃而刺，陡忆当日手刃伯鸿，则立下其手，亦举前事告之。相对汍澜，不能自已。念此非安乐地，幸盗首一骑亦在，亟乘之俱逝。

字　　幕〔1〕

正秋

浙之杭县，有两宅相比邻；一氏顾居左，一氏林居右。

顾仲谋，先世尝作仕宦。年少好学，有大志。（朱飞）

顾伯鸿，为仲谋兄，一好色之纨绔子弟也。（王献斋）

仲：我的同学，要我加入他们的团体，一同出去，为国尽力。

伯：这个万万使不得，我们世代为官，哪里可以去做大逆不道的事呢。

林慧珠，虽属官家女，然颇识大体，且有侠义肝胆焉。（宣景琳）

赵氏，慧珠母也。（黄筠贞）

慧：爸爸因破获党人有功，已经加了中将衔，现在奉命带兵要调到浔阳去了。

男仆：替太太道喜，老爷升官了。

赵：哦！你爸爸升官了，我们该写封信去替他道喜咧。

慧：妈，爸爸这一次升官，我觉得非但不足为喜，而且很担忧。

赵：咦！你这是什么意思呢？

慧：爸爸做了共和国的官，累次替专制政府出死力；反对民意，结怨必多，哪能不担忧呢？

赵：那末，你有什么法子呢？

方府宴客，以文虎助兴。

方乐天，亦当地绅士；与林氏为亲戚与顾氏为世交。（宋忏红）

方：你们二昆仲来打打看。

伯：这条光景是“饿煞”。

方：四子里哪有“饿煞”的一句书呢？

仲：是不是“在陈绝粮”？

方：对了，可以得赠品了。

伯：这条一定是“杂种”。

方：岂有此理。

仲：恐怕是“夫非尽人之子与”？

慧：你们慢慢打，让我也来打几条。

伯：这条总对了，是“美姣娘”。

仲：可是“小不忍”吧？

慧：这是“孙休”“袁绍”。

慧：这个当然是“摩顶放踵”了。

---

〔1〕 原说明字幕前有■标记，对话者有括号。现统一略去，将说明以不同字体区别之；并在对话者后加冒号。

方：啊！你聪明极了。

慧：这句好像是曲白里“千不是万不是都是小生的不是”。

方：你们俩倒不约而同的都打中了。

方：你们是隔壁近邻，还没认识吗？我来介绍介绍。

伯：林太太，我在后园墙上常常看见令嫒在花园里逛的。

林凤祥，本系旅长，新得中将衔：以善捕民党，政府深器重之。（谭志远）

仲谋自识慧珠，后即时相过从，论文论学，感情渐密。

伯：时势这样坏，我们青年应当出去努力的。我想……还是你在家里，我出去做事吧。

仲：哥哥能够答应的话，还是我出去，你在家里管理家务的好。

仲谋因将就道，特来告别。

仲：现在有朋友约我出门，所以过来辞行。

慧：咦！您怎么突然之间，要出门了呢？

赵：你在这里同她谈谈说说的惯了，现在出门去，我们倒要冷静了。

林凤祥：政府派我们到这里来，就因为这里乱党多，我们要格外搜查，拿到了就格杀勿论。

团长李上杰。（张大公）

李：这班党人，最好是想一种法子来消灭他们，因为办得太激烈，只怕要有反动哩。

团长程国猷。（秦哈哈）

程：旅长的高见很对，这种乱党，只有抓来就杀的。

参谋曹宗良。（王无能）

曹：格杀勿论，未为不可，急则生变，亦复言之成理，其看事行事随机应变乎。

伯鸿因慧珠垂青仲谋，故怂恿其外出，今已如愿矣，遂来想吃天鹅肉。

伯：我刚才送了兄弟动身，特地过来说一声。

伯：林小姐才貌双全，天下少有，我倒想做一个媒。

赵：承你的情，那是再好也没有了。

伯：要寻一个相当的人，倒也很不容易。像我呢，有许多人来做媒，我都不要。

伯：改日再来拜望。

慧：这个人真不知趣，说的话又不三不四的。第一次在方家，我一见他，就讨厌了。

伍森与仲谋相友善，为爱国之青年。（周履安）

伍：顾君仲谋，本是一个好男儿，现在肯来合作，真是本党之幸。

汪卓群，为该党领袖。（张铎声）

汪：本党为政府暴虐，起来做革新运动，虽然屡次失败，但是总要奋斗到底。顾君加入，非常欢迎，现在我们要商议一个积极进行的方法才好。

仲：本党几次失败，听说都为寡不敌众。鄙意此番起义，当从运动军队入手。

汪：运动军队，本党早有此意，可惜没有好去的门路。

党员：新调过来林凤详部下的程团长，是我们从前留日的同学，可以去运动他哟。

汪：那是再好没有了，不过你有把握没有？

党员：我想很有把握，因为他以前也是一个很有血性的青年。

慧：又是这个讨厌人，回报他不见。

党员：现在民穷财尽，国基摇动，当道还在推翻共和。再不改革，国将不国。阁下已有实力在手，我们同志都希望您起来为民请命。

程：诸君热心民国，实在钦佩得很。贵党用得着鄙人，那是应当效劳的。

程：那是我一定帮忙，现在贵党机关在什么地方呢？

另一党人：既然大家都是同志，就告诉他好了。

程：今天居然有两个混蛋的党人来运动我起事。

林：那末，你的意思怎么样？

程：我还有什么二意，只有抓来杀呀。

林：那好极了，你只管将计就计去接洽，我自己带兵来包围，可以把他们一网打尽了。

程：准照这样办，好在他们要听我的回音哩。

党员：程团长倒很爱国，一说就愿意反正，现在去关照他的部下了，安排定妥，就来给回音。我们此番一定可以大告成功了。

仲：诸君为国奔走，真是热心；但是日下的武人，狡猾的多，恐怕内中有诈，我们也应当要防备才好。

另一党人：这是我们的好朋友，所以他答应的，你也太多虑了。

伍：现在道德太坏了，他们为了升官发财，尽可以卖党卖友。顾君的话，我很表同情。

党员：卖党卖友的果然不少，这个朋友，决不是这种人，我可以拿身家性命来做他人格的保证。

汪：自己人何必内讧，要成大事，应当用人莫疑。要是畏首畏尾，哪里可以成功呢。

仲：大家既然信任他，我也不便再有异议。不过我想不必同志全体出席，同他接洽，还是留一部分人在外面，万一有失，还可以做做后盾。

汪：这倒也好，同志有赞成顾君主张的，请起立。

汪：就是你们两位，等他来时，你们退席好了。

汪：阁下为救国救民，同来起义，不但是本党之幸，亦是中华民国的大幸哩。

程：我们都是国民一份子，应当追随诸君，替国家尽一点义务的。

仲：唉！他们不听我们的话，现在果然失事了，怎么得了。

旅长被杀，地方立时紧急戒严。

赵氏接到丈夫被害消息，竟一痛而绝。

男仆：我们太太，听得老爷给人打死，自己也就急死了。

伯：我也是为了这件事要来告诉你们。

伯：我正要来告诉令尊被害的消息。怎么令堂又归天了呢，令人更加伤心了。

伯：你们自己也不必过于悲伤，保重身体要紧，况且还要办理后事哩。

慧：我们家里遭了这样的大事，怎么还可以领外客进来呢，请客人出去吧。

林凤祥死后，由团长李上杰升为旅长矣。

李：当初我主张用方法消灭乱党，林旅长不听，到底操之过激，自己被害了。

曹：诚然诚然，旅长有先见之明，惜乎林公不从，而今已矣。

仲：这里检查太严，我们还是搬到远一点的地方吧。

慧珠本娴武事，今父死母随，故伊以为杀父之仇，不共戴天，必欲报仇而甘心。

慧珠虽一意出寻仇人，但孤立无助，乃思仲谋如在，当能为力。岂知杀伊父者，即意中人也。

伯：妹妹，你独自焚香，还是拜你父母，还是为你终身大事呢。

伯：你何必急急就走，此地没有人，我们不妨谈谈。

慧：你再纠缠不清，我就要对你不起了。

男仆：啊呀！小姐，您杀死他是犯了人命了，这是非同小可的。

慧：他不该跳墙过来调戏我，这是他自寻死路的。

慧：好在他过来并没有人知道。我本来要出去寻仇人，你们是我家老佣人，能够把这事瞒着不声张，我情愿把家财分散给你们。

慧：我到今天，可以说是家破人亡了。我出外去报仇，不知道可有回来的日子，所有家财，你们拿去分受吧。

男仆：小姐孤单零丁，怎么好去寻仇人呢，还是不要去吧。

慧：父母之仇，不共戴天；我主张已定，你们不必劝我。

伍森积劳积忿，病入膏肓。

伍：我只怕要同你永别了，所恨的，革命尚未成功，请你还要继续努力。

伍森客死，仲谋只得为之草草营葬。

凤祥死，部下既为之厚殓，又复寄书与其家人。奈因慧珠已行，终不得复，乃亦为之安葬。

慧：你也住在这里，明天一早，我就要赶路的。

不论何处之旅馆，总有形形色色之怪剧在焉。

赌客：你走过来，站在这里，看我打牌。

土娼：倒霉，你怎么不看清楚呢。

土娼：啊！你这位客人，住在这里很久了，一向没有招呼过我们，今天可以扳个相好了。

赌客：这个混帐东西，太不要脸了。

土棍：放屁！他又不是你的老婆，我玩不得的吗？

第二天早晨。

营长：林旅长的女公子来了，要请见。

李：咦！你怎么倒来了，这儿写信去，老不见你们回信。

慧：是，因为我娘得到惨报，就急死了。我为报仇要紧，所以急急的出来了。

李：啊呀！老太太也过世了，可惜，我们一点儿都不知道。像你这样年轻的女子，倒还有志报仇，真了不得。

慧：我父亲的灵柩现在哪里，仇人究竟是谁，你们可知道吗？

李：灵柩我们已经安葬好了，仇人却严缉到现在还没有拿到咧。

曹：令尊之坟墓，是李旅长所经营，事必躬亲，所以尽美尽善。

慧：那末，我要先到父亲坟上去了。

李：时候已经不早，何必急急就去，明天我打发人陪你去吧。

李：送林小姐到西花园上房去安息，要好好的侍候。

李：这个姑娘倒不错，我很想……

曹：旅长意中有意，兄弟早已料及。

李：你有什么法子可想呢？

曹：此事不难，凭我三寸不烂之舌，有不马到成功者乎！

曹：林小姐，此间乐乎，居之安乎？

曹：小姐不远千里，来报父仇，旅长钦佩至于五体投地。

曹：旅长少年英俊，尚未婚配；小姐有才有貌，正是天合良缘；此我所以来作月老也。

慧：我是来报父仇的，请你不必替我谈这种话。

曹：旅长能文能武，令尊得此佳婿，定当含笑九泉，小姐幸勿交臂失之。

曹：不与你们相干。

慧：你再噜苏，我又要打了。

曹：不，不，一之为甚，其可再乎。

李：事情成功了吗？

曹：玉成无望，好事多磨，玉掌飞来，薄面已赤。

李：这样可恶吗？把她抓来硬逼就得了。

曹：此事非同小可，宜计取不宜强迫，旅长其三思而行之。

李：那末你还有什么法子呢？

曹：得之矣，明日彼必上坟，我方派人，假份土匪以劫之。事后旅长率兵往救，彼美感恩，事必谐矣。

仲：啊呀！您就是慧珠啊。

慧：啊呀！您是仲谋啊。

慧：咦！这一班匪，好像就是兵呀。

仲：现在的时势，匪即是兵，兵即是匪，实在可恨。

仲：你怎么一个人会到这里来的？

慧：我父亲被人害死，所以我出来要报杀父之仇的。

仲：令尊怎么会被人害死，你父亲到底是谁呀？

慧：我父亲就是被人暗杀的林凤祥。

慧：父亲的坟，据说就在此地，我现在还没有找到。

慧：爸爸！您就长眠地下了吗？妈为得您死信，当时就急死了，您知道吗？

慧：爸爸！女儿千里迢迢来替你报仇，至今还不知道仇人在哪里，您在天之灵，要指点我仇人的所在地呀。

仲：林小姐，你可是一定要得到这个仇人吗？

慧：自然要得到他呀。

仲：唉！我就是杀你父亲的仇人，请你就报仇吧。

慧：呀！杀我父亲的，就是……你吗？

慧：唉！我这个仇，不能报了。

仲：这是什么缘故？

慧：我的仇，已经报过了。

仲：哪里有这个事呢？

慧：那一天，我在花园里祭刀，你哥哥过来强行调戏；我一时气愤，把他刺死了。

仲：林小姐，我杀你的父亲，我本是为国为党，绝无私仇，请你还要原谅。

慧：我很明白，我早就劝过父亲，可惜他老人家不听，弄到这样的结果。

仲：林小姐，你现在预备怎么样呢？

慧：我觉得这个地方太危险，我想立刻离开这里，你……

仲：我现在只有孑然一身了，你如果能够原谅，我情愿始终相随，报答你的盛意。

梁祝痛史

出品　天一影片公司，1926 年
编剧　董血血
导演　邵醉翁
分幕　邵邨人
摄影　徐绍宇
说明　董血血
翻译　赵铁樵
置景　周念衷
书幕　李元龙
绘题　蒋才立
剪接　邵逸夫
演员　胡　蝶　丁华氏　王无恐　吴素馨　周情纳　萧天呆　周文娟　魏鹏飞　金玉如　吴蔚云　吴一笑　孙鹏飞　张霞虹　陶七姑　方怜影

《梁祝痛史》（又名《梁山伯祝英台》）电影取材中国古代著名民间传说，由董血血编剧。其电影本事、字幕均为赵铁樵所作，原载《天一特刊》梁山伯祝英台号（1926 年 5 月 10 日）。心冷《〈梁祝痛史〉剧情之商榷》（《国闻周报》第 3 卷第 17 期，1926 年 5 月 9 日），以及《申报》（1926 年 5 月 11 日）亦收录该片本事。

本　　事[1]

赵铁樵

距鄞县西三十里，有村曰鄮山，即古之官奴城也。有长者祝公远，居村西祝家渡，年迈无嗣。惟一女，字英台，美慧通文，父母视若掌珠。英台慕武林宿儒张迂樵名，请于父母，欲赴杭求学。公远以弱女子乌得离乡远出，不之许。英台坚请，谓乔装男子去，必无碍，公远更斥为妄。英台爰设计，请召卜者，卜以决疑，母滕氏允之。英台乃乔装卜者，谓卜之吉可远行。适英台之母舅滕康节来，诘知颠末，嘉其志，从旁怂恿，谓渠与张儒系谱兄弟，可为介绍，是公远始允。英台乃服男装，易名九红，以婢翠珍饰为书僮，命名人心，挈与俱行。

邑有富绅马百万，子文才，虎而冠者。一日，行猎归，率众豪奴策马过石桥，驰甚疾，九红骑驴过桥，不及让，被撞坠地。文才责而殴之，适梁山伯路过，见而抱不

〔1〕 原为句读。

平。马仆群挞山伯，伤之。马知肇祸，引仆遁去。逾时，山伯苏，九红及仆扶之，行投逆旅。通款曲，始知梁亦赴杭投张迂樵者。祝既感梁义，且爱其谨，愿缔为良友焉。

二生至杭，谒张儒，讵学额已满。张以康节介绍，乃勉纳之。惟宿舍只余一室，室仅一榻，二生只可同榻宿。英台虽弗欲，然亦无可如何。居数日，伪告梁曰："吾师以兄夜卧不稳，时以足加吾腹，命吾每晚睡后在被中置水一碗，俾各毋相侵。如有泼翻此水者，当罚令跪孔子像前，作文五篇。"山伯信之。英台又裁纸板作人形，暗藏窗外，引之以线，伪为其师之影，告山伯曰："师常来窗外察视。"由是山伯每就寝颇警惕，不敢微触祝身。

无何同塾生见祝姣好，嬲祝游嬉，祝窘甚，梁为护翼。逢众怒，群攻梁生，衣衫为裂。祝归室为之缝纫，为梁所窥，几露破绽。祝亟设辞掩饰，始释疑窦。转瞬假期至，九红挈装返里，山伯相送至渡头，黯然相向，泣不成声。祝慰之曰："后会有期，毋过伤。余有一妹曰英台，拟为君配。"并袖出一纸裹，授山伯曰："此区区者望珍藏之。"又曰："别后三月内，君其至鄮探我，慎弗忘。"山伯归室，展视包裹，唯女鞋一双；把玩再三，莫会其意。

祝公远以女年既长，亟欲择配。会滕康节来，为邑绅子马文才作伐。公远允之，行聘有期。事为婢翠珍所闻，以告英台。英台闻之骇，以父母之命不敢抗，驰书致梁生，促其即至鄮一面。梁接书即就道。既抵祝府，晤公远，始悉九红即英台；而半载中同床共餐，亲似手足者，实女子也。英台盛服出见，四目相对良久无言。英台泫然曰："妹已字人，可奈何君来何迟。囊者，埠头赠物，妹已示意，君何不悟。订期盼君，胡又爽约。君实自误，非妹负君。"

山伯顿足懊丧，凄然别去。归家卧病，一息奄奄竟不起。英台知山伯死，偕婢往吊，一恸几绝。迨嫁期彩舆至，誓不登舆。父母及媒妁力胁之，乃谓须舆过山伯墓，准其一祭山伯，而后可。父母无奈，卒许之。是日，马文才衣轻裘，骑肥马循礼亲迎，仗仪蔚然。先是，文才爱邻女陈小娥美，始乱而终弃之。娥母踵马氏门，觅文才不见。才至娥家，责娥不应登门骚扰。娥向才婉恳收留，不允；求为侧室，不允；求为侍婢，俾其母得衣食，又不允，且辱及小娥。娥反讥之，才大怒，仆女于地而去。娥羞愤自尽，乡里闻之大愤，召集村人数十辈，持械觅文才，欲为娥复仇。时文才适迎亲回途次，轿憩道旁亭内。英台窥新郎似曾相识，陡忆曩岁求学途间受辱事。正怨愤间，乡众蜂拥至，势汹汹。文才见稠众中有娥母，知小娥事变，策马而逃。马忽中途踣，为乡民所猎，痛殴之。其仆拯之，回至亭间，觅新人已不在。盖英台见众去后，即偕婢至山伯墓前泣，祝曰："君生而为英，死而为灵，幸不忘旧盟，挈余偕行。"祝毕大恸。墓忽陷一穴，英台奋身一跃入穴中，坟土轰然下崩，其穴复合，惟见一双蛱蝶，由穴中飞出。侍女见祝跃入穴中时，急前掣其衣，已不及，唯土外露裙衣一角。适文才追至，睹状亦触碑而死。乡人感梁祝之义，即于斯土建庙祀之。今人之游鄮山者，犹时见梁祝墓上，常有蛱蝶一双，翩翩上下其间也。

字　　幕〔1〕

赵铁樵

1. 鄮山祝家渡，祝英台之故乡

2. 祝氏之第宅

3. 祝英台禀请父母拟往杭州求学

4. 祝英台：母亲，我听见杭州张迂樵先生是个名儒，想前去读书。（胡蝶饰）

5. 祝滕氏：你去读书很好，但是你是个女儿很不便呢。（丁华氏饰）

6. 祝英台：我想改了男装，假充男生去读书呢。

7. 祝公远：女扮男装这是不成样的。（王旡恐饰）

8. 祝公远：这哪里使得，倘若被人识破，岂非闹成笑话吗。

9. 祝英台：我自信改了男装决不致被人识破的。

10. 祝婢翠珍　（吴素馨饰）

11. 祝英台：母亲如果不放心，女儿想请一位卜课先生来卜一卜就好决定了。

12. 祝仆　（周情纳饰）

13. 滕康节，村中宿儒，祝太太之胞兄　（萧天呆饰）

14. 祝胡氏，祝公远之寡媳　（周文娟饰）

15. 祝公远：刚才你的甥女说，要改了男装到杭州张迂樵那里去读书，你看这事哪里使得呢。

16. 滕康节：甥女有这样好学的志气，倒应该从她之愿。

17. 祝滕氏：现在去请一位卜课先生来卜一卜，决定去得去不得。你看好吗？

18. 逾时

19. 祝滕氏：翠珍，你去请小姐出来，说卜课先生来了。

20. 翠珍：小姐说先请太太卜课好了，她等一回儿出来。

21. 祝滕氏：有一女孩子，要改了男装到杭州去读书，请先生卜一课，去得去不得。

22. 祝英台：这课名叫巽之兑，那位小姐出门一定大吉大利。

23. 祝公远：课虽吉利，但是女扮男装出门，终要被人识破，很不妥当。

24. 祝英台：譬如像我这样你看可以出门吗？

25. 祝公远：你是男子，自然可以的。

26. 祝英台：爹爹，我就是女儿怎么识不破呢？

27. 祝滕氏：你是女儿吗？

28. 滕康节：你是甥女吗？

---

〔1〕原字幕序号为中文数字加括号，对话者亦有括号；说明类字幕前有■标记。现统一去除，序号改为阿拉伯数字；对白前加冒号；说明字幕改换字体。

29. 滕康节：我看甥女不是寻常女子，你可放心，只顾让她去罢。

30. 滕康节：那迂樵是我谱兄弟，我可以备一封信去重托他。

31. 滕康节：英台，我年老眼花了，这介绍信你替我代写罢。

32. 祝胡氏：妹妹，你出门去倘使遇着如意郎君，难保不订了婚回来的。

33. 祝英台：嫂嫂，妹子此去志在求学，定必守身如玉。就将此花作为凭证，看花的荣枯，便知道妹妹的操守了。

34. 马文才入山行猎 （魏鹏飞饰）

35. 祝英台陆行赴杭

36. 梁山伯负笈求学 （金玉如饰）

37. 梁僮事久 （吴蔚云饰）

38. 马文才猎罢归家

39. 马文才：该死的东西，竟敢来冲犯大爷吗？

40. 翠珍：救命呀……

41. 梁山伯：你这人好强横，撞了她还要打她吗？

42. 马文才：你是谁，胆敢来管我马三爷的事吗？

43. 梁山伯：不管你马三爷牛三爷，我偏要管一管。

44. 马文才：瞎眼的，竟敢骂起我来了。

45. 事久：救命呀……

46. 马文才：我们逃走罢。

47. 翠珍：这位先生为救护我们，被那厮打伤了。

48. 祝英台：老兄与弟素不相识，为我受了这样痛苦，教我怎样对得起呢。

49. 梁山伯：这是什么话，大丈夫路见不平，应当拔剑相助的。

50. 祝英台：时候不早，我们快找一个客店养息罢。

51. 梁山伯：请问兄台尊姓台甫，跋涉长途，是到哪里去的？

52. 祝英台：小弟姓祝字九红，祖居祝家渡，乃至杭州投拜张迂樵先生去求学的。

53. 梁山伯：祝兄乃富家公子，怎么单身而行？

54. 祝英台：小弟不惯坐船，所以遵陆而行，书籍行李，已命人先送到省城去了。请问老兄尊姓台篆？

55. 梁山伯：小弟姓梁字山伯，因久慕张迂樵先生为当代名儒，颇思投拜，恨无介绍之人。

56. 祝英台：梁兄这事倒容易，家舅父与张先生是谱兄弟。小弟此去，是由舅父介绍，我可以代你设法的。

57. 梁山伯：听得人说，祝公远先生有位令嫒英台女士，博学多才，可是令姊吗？

58. 祝英台：是……的……她……还是舍妹呢！

59. 祝英台：茶房，这里只有一张卧榻，再去开一个房间。

60. 茶房：客人，对不起了，房间早已住满了。

61. 梁山伯：我们今晚正好同榻谈心，何必再开房间。

62. 祝英台：同卧一张榻，这是不方便的。

63. 梁山伯：当此良宵，正好联床共话。你又不是女子，有什么不方便呢？

64. 祝英台：这……样也好，请兄先睡，我就坐着陪你。

65. 张迂樵，浙东宿儒（吴一笑饰）

66. 王树庆：钱兄你知道孔子孟子是谁先出世？

67. （礼帖）

受业门人梁山伯祝九红谨顿首拜

68. （介绍书）

再启者舍亲梁生山伯青年向学命其与舍甥结伴晋省投拜门下并求收录为感

康节再启

69. 张迂樵：这位就是梁君吗？

70. 张迂樵：论理由康节兄介绍，一定要收录的。但是学额已满，只能容留一人，还是请梁君另行设法吧。

71. 梁山伯：务求先生，俯念门人不远千里来投，必恳破格收录。

72. 张迂樵：不是老朽不肯，实因房屋狭窄，无处寄宿。

73. 梁山伯：这是不妨，只要一张卧榻，我同表弟，可以同睡的。

74. 祝英台：这是——

75. 祝英台：这是好的。

76. 英台：先生，我们跟来的书僮同行李，都在外面呢。

77. 张迂樵：你陪了二位相公到房间里去安宿罢。

78. 师母：这两个学生进门去，一个左足先进，一个右足先进，恐怕是一男一女，你须仔细考察一下。

79. 陈小娥及其母（吴素馨、张霞虹饰）

80. 陈小娥：妈妈，我日常看见隔壁马家的姆姆很快乐，没有像妈妈这样苦恼的。

81. 陈李氏：小娥，他们是有钱的，自然快乐。我家从你爹爹死去，越发穷苦了，只希望你嫁一个有钱的丈夫，我才终身可靠呢。

82. 翌日

83. 邻女毛毛（陶七姑饰）

84. 毛毛：三叔叔，你到哪里去？

85. 马文才：毛毛，这位姑娘是谁？

86. 毛毛：她是我家间壁住的陈小娥姐呢。

87. 数日后

88. 马文才：小娥，我很爱你，想你也一定爱我的。

89. 马文才：我们家里很有钱，我看中了你，就是你的造化呢。

90. 陈小娥之希望

91. 陈李氏：阿娥，你痴痴的思想什么呢？

92. 小娥述文才之事

93. 陈小娥：我想妈妈到了几时，才做一个富家的太太呢。

94. 梁山伯：这碗水什么用的?

95. 祝英台：先生说，你每夜睡熟后，将两足压在我身上，所以命我将这碗水放在被窝中间，谁敢打翻，就罚他跪在孔子面前，做五篇文章。

96. 梁山伯：我倒有个办法，睡到半夜，将水移出床外，先生又不知道的。

97. 祝英台：怎么可以，他说每夜要到窗前来察看的。

98. 更深

99. 梁山伯：弟弟我们安睡罢。

100. 祝英台：我向来习惯，须过午夜方睡，你先去睡罢。

101. 梁山伯：尔我兄弟，应当同作同息，我情愿陪你不睡。

102. 事久：弟弟我们安睡罢。

103. 人心：我向来习惯，须过午夜方睡，你先去睡罢。

104. 事久：尔我兄弟应当同作同息，我情愿陪你不睡。

105. 睡后

106. 梁山伯：哎呀，你还没有睡吗?这碗水横竖先生没有看见，不要放在床上吧。

107. 英台往杭后之花

108. 英台：他们逼我游戏，幸亏你来护我，累你袍子扯破了，我替你缝纫罢。

109. 梁山伯：好弟弟，你怎么能做针线生活呢?人家说你像个姑娘，真真不错呀。

110. 梁山伯：可惜你不是姑娘，否则我定要与你做夫妻呢。

111. 祝英台：我为你好，替你缝纫，你怎说这种轻薄话来欺侮我呢。

112. 梁山伯：好弟弟我下次不敢了，否则我下世做个女孩嫁给你做妻子你愿意吗?

113. 祝英台：你不要再癫癫痴痴的说这种痴话了。

114. 数月后

115. 九红归去之日

116. 祝英台：我们后会有期，何必这样伤心。

117. 梁山伯：可恨造物弄人，我们这样好弟兄，怎么不造作一男一女配为夫妻，今日就没有生离的痛苦了。

118. 祝英台：有志竟成，将来或能如愿也未可知呢。

119. 梁山伯：你可痴了，莫非到了下世，才能如愿呢。

120. 祝英台：这是说不定的，但是你必须在三月以内，到我家前来看我。

121. 日暮江头

122. 英台：哥哥，你送得太远了。

123. 梁山伯：弟弟，我虽不能与你同行，恐怕我的魂灵儿，一定跟你回去的。

124. 祝英台：你安安心心再住三个月，就来看我，千万不可误期。

125. 英台：我有一件东西送给你，你留着作为纪念罢。

126. 梁山伯：弟弟，我与你分别后，这三个月凄凉光阴，教我怎样忍受?将来即使可来见你一面，免不了仍有今日离别的痛苦呢。

127. 祝英台：哥哥你莫要伤心了，小弟有个妹子，名叫英台，许配与你，我们就能永远会面了。

128. 梁山伯：这是什么话，我所爱的是你，于你妹妹有什么相干。

129. 山伯：弟弟，路上珍重。

130. 马府之花园后门

131. 陈小娥：老伯伯这里可是马家，马三爷在家吗？

132. 陈小娥：烦老伯伯通报一声，说陈小娥同母亲来见三爷的。

133. 马仆：三爷说，他不认识陈小娥，不愿见。

134. 马文才：你时常来找我做什么呢？

135. 陈小娥：你与我订了婚，说就请人来做媒的。现在到底怎样？

136. 马文才：你家太穷苦了，我娶了你岂不被人家耻笑吗？

137. 陈小娥：既然如此，何必当初害我呢。

138. 马文才：当初不过是同你逢场作戏的，以后我便同你断绝关系了。

139. 数月之后

140. （信）

山伯学兄足下忆自江头作别正腊尽春回今则榴红如火又届竞渡时节回忆前尘曷堪回首……三月之约君自愆期事后追悔毋咎于我机会虽失犹复可追是非成败在君之来否决之君果无心绣履应请掷还也……

141. 山伯：这封信好像有许多意思在里面，我实在解释不出……

142. 山伯：信内有“三月之约君自愆期”之语，一定为他妹子的婚事。九红九红你怎么不写明白，教我猜这个哑谜呢。

143. 回忆江头临别时

144. 滕康节为祝英台作伐与马文才订婚

145. 滕康节：马氏富称百万，与妹妹家对亲，真是门当户对。

146. 祝公远：这个……

147. 祝太太：俗语说的，拣亲不如择媒，我哥哥做的媒你还不放心吗？

148. 祝太太：哥哥，准其请你到马府去答应这桩亲事便了。

149. 翠珍：小姐，刚才舅太爷来，说要把小姐许配给马百万家的少爷呢。

150. 祝英台：此话可真吗？

151. 翠珍：真的，刚才我在书房听见的。

152. 祝英台：老爷太太已经答应了吗？

153. 翠珍：太太已经答应了。

154. 祝英台：翠珍你须时刻留心，一有消息，立刻就来告诉我。

155. 陈李氏：老人家，马三爷可在家吗？

156. 马仆：你时常到这里来，三爷关照不许通报，你怎么又来多缠呢？

157. 陈李氏：求求老人家，我有要事，烦你再去通报一次。

158. 马仆：三爷说，无论什么事，他不见你，叫你快些走罢。

159. 马文才：我叫你们不许再到我家里去，你刚才又去做什么呢？

160. 陈小娥：三爷……我们为的是……求你答应婚……

161. 马文才：呸！你怎么不拿镜子去照照，像你这种人，可是配得上与我做亲吗？

162. 陈小娥：我也晓得哪里有做你结发的福命，不过希望做一个侧室罢了。

163. 马文才：做侧室吗？就是我家里的丫头，也比你体面些呢。

164. 陈小娥：三爷，就让我做一个丫头，只要我娘有饭吃，我也心满意足了。

165. 马文才：像你这等人也不配做丫头呢。

166. 陈小娥：没良心的狗，你今天欺侮我到这个地步，你还可以算一个人吗？

167. 行聘吉期

168. 滕康节：这是乾宅的婚书，请你收下。

169. 山伯访英台

170. 祝府之门

171. 梁山伯：你家少爷可在府上吗？

172. 祝仆：你可是问我家老爷吗？

173. 梁山伯：不是，我是要见你家少爷的。

174. 祝仆：我家只有小姐，没有少爷的。

175. 梁山伯：你大约是初来祝府的，所以不知道。

176. 祝仆：我是在祝府上生长的，怎么不知道呢。

177. 梁山伯：哦，是了，你一定弄错了。你家小姐是祝英台，我要见的是你的少爷祝九红呢。

178. 祝仆：你不要混缠了，英台就是九红，九红就是英台，还有什么分别呢？

179. 梁山伯：罢了不必多说，现在我就算要见你小姐，你快去通报，说梁山伯从杭州来的要见她。

180. 祝仆：老爷，有一位杭州来的梁先生，他说要见这里的少爷。

181. 祝公远：哦有的，快请他进来，再叫翠珍去告诉小姐说山伯来了。

182. 梁山伯：晚辈今日到此，一来为老伯请安，二来望望九红弟。

183. 祝公远：小女时常说起，前在中途，蒙你援救，在塾中又蒙照拂，所以时时想念盼望世兄早日回里。

184. 梁山伯：老伯，晚生并非来见令嫒英台，乃来访令郎九红的。

185. 祝公远：原来世兄还未明白，老朽只生一女，并无儿子。你所说的九红，就是英台化名，她就出来见你了。

186. 祝公远：女儿，梁世兄远道而来，你邀他晚间吃了喜酒去。

187. 祝英台：哥哥，你怎么到今天才来呢？

188. 梁山伯：是的是的……

189. 祝英台：哥哥你几时回来的？

190. 梁山伯：是的是的……

191. 祝英台：哥哥我的说话你可听见吗？

192. 梁山伯：是的是的是的是的……我……昨天晚上才到呢。

193. 事久：你是人心弟吗？

194. 祝英台：你今天才来可惜迟了。

195. 梁山伯：弟弟妹……你怎么不早些说明呢。

196. 祝英台：早时怎好说明，被人知道岂非笑话吗？但是我在埠头送你绣鞋，你就该明白，哥哥你真太老实了。

197. 梁山伯：你岂不晓得我是最愚笨之人吗？

198. 事久：你怎么会变成女子的。

199. 梁山伯：刚才听得令尊说叫我吃了喜酒去，是谁的喜事呢？

200. 祝英台：哥哥你休提起，说了徒乱人意，总之是你失约所误。

201. 梁山伯：难道你攀了亲吗？

202. 祝英台：我是很不愿的，但是父母之命我怎敢违抗呢？

203. 事久：人心，你既是女子为什么不早告诉我呢？

204. 梁山伯：咦！我何以愚笨到这个地步，妹妹现在教我怎样呢？

205. 祝英台：事已至此，我也无法，只好待诸来世了。

206. 祝仆：老爷说，请梁先生到后堂吃酒去。

207. 山伯：好弟弟你怎么不早说呢？

208. 梁母：山伯，你说什么呀。（方怜影饰）

209. 山伯：是呀，这是我太愚笨了。

210. 梁母：山伯，你快醒醒呢。

211. 山伯：妈妈，九红来了，在外面敲门呢。

212. 山伯：妈妈，九红方才来过了，她还很殷勤的服侍我的病呢？

213. 梁母：好儿子，你醒醒不要再发疯了。

214. 事久：梁少爷死了，你快去告诉祝小姐知道。

215. 翠珍：小姐，事久来说，梁少爷已经死了。

216. 英台：妈妈，山伯死了。

217. 英台：母亲，我要到梁府里去一吊山伯。

218. 祝母：山伯为你死的，你去很为不便。

219. 英台：我想决去一祭，以尽友谊。

220. 公远：他生前既与你有很重的情义，倒理应去祭的。不过你要祭祭就来。

221. 公远：翠珍，你与小姐同去，务要小心侍候她。

222. 事久：祝小姐，你到这里来吊吗？我去禀报太太去。

223. 英台：事久，你不要对太太说我真姓名。

224. 梁母：这位少爷贵姓？

225. 翠珍：他……姓胡，是梁少爷的同学。

226. 英台：山伯兄为什么病死的？

227. 梁母：他为痴念祝家的小姐，因而死亡的。

228. 梁母：这位少爷见了山伯灵主，非常悲痛，倒是很有情义的。

229. 事久：太太，她就是祝英台，刚才她叫我不要告与太太知道的。

230. 毛毛：小娥姐，我告诉你，马家叔叔明天要做亲了。

231. 小娥：这话真的吗？

232. 毛毛：真的，母亲叫我明天同去吃喜酒哩。

233. 毛毛：姐姐，你怎的睡着了？

234. 小娥惨死之后

235. 乡人：你的女儿怎样死的？

236. 陈李氏：唉！都被那马百万的儿子，马文才气死的。

237. 众人：世间哪有这样的狠心男子。

238. 众人：我们应当想个法儿替死者报仇，为地方除害。

239. 众人：今天就是马文才结亲日期，我们聚集了众人，将他捉到官里去。

240. 英台出阁之期

241. 祝滕氏：英台不肯上轿，怎样好呢？

242. 滕康节：她不愿嫁吗？叫我做媒人的，怎样处呢？

243. 翠珍：小姐无论如何不肯上轿呢。

244. 祝母：还是你再去劝劝小姐，这婚姻大事，不是儿戏的。

245. 翠珍：太太急得很，叫我再来劝你，这事怎么办呢？

246. 翠珍：小姐说要她上轿，除非答应她三件事情。一要花轿走过梁少爷坟；二要她在坟前一祭；三要便装上轿，等祭过后再着新娘衣服。

247. 文才举行迎亲礼

248. 众乡民欲为小娥复仇来觅文才

249. 花轿行近梁墓，暂停于路亭中

250. 翠珍：这位就是新姑爷呢。

251. 英台突见文才顿忆前事

252. 翠珍：小姐，新姑爷不知为着什么事，忽而逃走，众人都赶上去了。

253. 翠珍：小姐，不如趁此时候去祭一祭梁少爷罢。

254. 马文才：新人到哪里去了？

255. 英台：哥哥，你生而为英，死而为灵，九泉有知，其携妹偕行。

256. 梁祝墓之近状

257. 后人感梁祝之义烈，立庙祀之

258. 庙貌巍峨，至今犹存，徒留后人，凭吊而已

259. 祝英台手书之碧鲜庵碑

260. 祝英台书斋之遗址

（完）

倡门之子

出品　友联影片公司，1926 年
编导　陈铿然
总监　陈旭如
摄影　任彭寿
说明　徐碧波　顾醉萸
英文　吴明霞
布景　陈梅岩
演员　郑　生　徐琴芳　江　泽　周空空　洪左肩　文逸民　范雪朋　袁益君　倪真真

《倡门之子》电影由陈铿然编剧。其电影本事为徐碧波撰写，原载《紫罗兰》第 1 卷第 12 期（1926 年 5 月），及《友联特刊》第 2 期（1926 年）。本篇选自前者。

本　事〔1〕

徐碧波

品学兼优之立志大学生王睦斋，父早世，母陈氏。有弱妹名秀英，现时代之骄纵女子也，与佻挞子何公人昵。公人亦就读于立志。睦斋稔其行，常苦规秀。秀恨其喋喋，兄妹间之情感，乃如冰炭，手足云何哉。

秀既衔其兄，闲尝以其兄之规词语公人。公人本妒睦之在校，每试辄冠曹，两恨回荡于胸怀，恒思中伤之，苦不得间。睦极相得之同学陆淡如，有女弟曰默君，肄业于女子医学校。由兄之介以识睦，久而友谊弥笃。假期中之某日，陆氏兄妹，同往访睦于其家。王仆高贵狡奴也，待客傲无礼。睦斥之，高怀怨，遂退而张其秘于侪辈。

十五年前，秀英遭父丧。陈氏以承宗祧者，都为族中无赖子，不忍荡先世遗产于纨绔子之手，乃与高仆计议。高仆因倩人于倡门中，觅一雏，伪为主人生前外室所遗，以制族侄辈之觊觎。陈氏即以睦斋字之。尔时睦斋虽孩提，颇有智觉，承老仆嘱，人有问者，辄如是答。

秀婢阿金，慧黠好词令，且善承主人意旨，以故颇得秀英欢。高既暴睦斋之隐事，金乃据实告其主，秀英窃喜，亟以电音报公人，谋以毒辣之计逐睦斋。

公人既稔睦为私生子，遂诱结全校学生，要校长革睦学籍。校长以睦品学俱优，难之。公人复以全体退学议胁之。校长以饭碗故，不得不牺牲睦斋，而允众请。

---

〔1〕 原为句读。

睦既退学，羞愧交并。而环境上亦发生许多刺激，归而作书留别其母，遂出亡。当睦斋怏怏离家时，亦公人与秀英情意缠绵时也。

淡如默君稔睦被黜之冤，亟往其家慰之，竟相左。适陈氏自外归，款之入。而高仆与金婢之秘密，尔时亦适被陈氏所亲见，奇怒，并解二憾职。寻小婢以睦斋留书上，陈氏阅之，益增悲痛，竟晕去。

睦出亡至汉皋，访其旧友，觅枝栖。友见其落拓，拒弗纳。幸有旧同学陈求是，慨然留之。顾陈为鬻文度生之青年，家无担石；且又须赡养其妻若妹，所入恒不敷出，竟劳瘁死。临终以妻妹托睦斋。其妻以不胜幽郁，寻亦去世。

睦斋以高亢志节，兼之旨趣不同，竟于客地不能得一糊口之所。良友既逝，潦倒益甚，以积欠屋租故，遂被逐。

陆默君有姨表兄张珊者，素涎伊色。见睦与伊善，心妒无已。然不敢抗，旋稔睦出亡，乃要其母姨，以默君匹己。幸默君抵死拒，未被沙咤利攫去。

睦既被逐，与陈妹竛娉道周，适遇陈宅旧臧获。见小主人，悯而携至乡间。至是睦以几经忧患之身，遂病。病极，思母不已，伸手拟将所悬慈影，抱而亲诸怀，顾手震甚。陈妹稔其意，代取之，于框边发见睦家之住址，立发信去。陈氏至而庆母子团圆，病亦寻瘳，遂归。

公人自与秀英缔婚后，时要索作浪用，秀不堪其扰。一日又需巨款，秀不能应。公人出空箧示之，忽堕一影于地。秀拾相之，乃为其戚家某嫠妇。诘所自来，尽吐实。公人之拆白伎俩，因以彰。秀乃觉悟前非，决与绝。

睦斋归后，即与默君赋好合。有情人成了眷属，则大可为倡门之子庆贺者也。

小 情 人

出品　明星影片公司，1926 年

编导　郑正秋

说明　郑正秋

副导　高梨痕　谭志远

摄影　胡寿山

置景　董天民

题绘　沈延哲　董翰一

演员　郑小秋　林爱文　易方朔　倪红雁　周空空　傅绿痕　徐飞琼　张铎声　谭志远

《小情人》电影由郑正秋编导。其电影本事、字幕均为郑正秋所作，原载《明星特刊》第 12 期（小情人号，1926 年 6 月）。该片本事亦单独刊载于《申报》（1926 年 6 月 1 日）。

本　事[1]

郑正秋

油瓶不是人吗？社会太刻薄了吧！不，油瓶是被他老子娘害的。这一问一答里，隐藏着无数的枯坟，埋葬了不少的人间快乐。我的小情人，就产生在这句话上。

一个苦家庭里，娘儿俩，一工一读，相依为命。娘名云珍，儿名大昭。大昭上学去，忽然看见门上画一个油瓶，写着他名字。他虽然生气，倒也不肯惊动他的阿娘。

浦南小学的校长，越是爱大昭，几个坏学生，越是恨大昭，设计害大昭受冤枉。散学后，又戏弄他。只有一位女学生朱翠仙，她父亲是校长好友，很顾怜他。他从此感激她到极点。

翠仙的娘，是朱黄竹宾，买嵌宝戒指给女儿。翠仙的爹叫润霖，见了很欢喜。夫妻本来很亲爱。等到翠仙回家，讲出学生欺负油瓶事，大家都有一点感触。

云珍盼望儿子回来，不料大昭一回家，想起了油瓶，很不快活，问娘“为什么人家要叫我油瓶”，问了忽见娘出眼泪，他就马上来劝娘，从此不再问了。

有一天，三个坏学生糟塌翠仙，大昭奔上去解围，被他们打得头破血淋，晕倒在地下。翠仙就把他车回自己家来。

润霖竹宾，感激大昭，为救他女儿受伤，赶紧请医生来治疗。一夜功夫，翠仙侍

[1] 原为句读。

奉大昭很周到。两小的小心眼儿里，就因此发生了一片至情。

云珍因为大昭一夜没有回来，真是望眼欲穿，再三来回寻找，说不尽的忧急。望到天亮，远远地看见儿子头上包着白布在车子上来，赶快奔上去扶他进门，安顿在床上。大昭怕阿娘着急，安慰道："我的伤已经由朱家伯伯请医生替我看好了。"云珍谢谢朱伯伯，不料一见之下，吃惊不小。等到翠仙陪着大昭说话的时候，她就私约润霖到后面说话去了。

润霖责备云珍"不该三天不见就卷逃"。云珍很诧异地说："你去了三天，你的父亲赶来，说你昨天已经新结婚，叫我留下翠仙，单身回娘家去。我求老太爷给我见你一面，他非但不肯，而且叫小林把奶妈手里的翠仙小姑娘抢了去。等我追出弄口，已经来不及。回到门口，又给老太爷挡住了不许进门。我本想一死完结，都只为肚里留着你的亲骨血，只好忍痛回娘家。不料一到家，就遇见爹妈正在感谢申老太爷给钱养命的恩德，又听得申老头说是为我的原故，情愿奉养我两老。我一时感情冲动，就带着身孕进申家的门，做老头儿的小老婆了。两年之后，申老头死，又被他家赶出，说我进门五个月就生大昭这孩子，叫我拖着油瓶自寻生路。那时又不可以死，又为你的亲骨血，忍痛偷生。现在大昭十四岁了，千辛万苦也说不尽。"润霖听了，连称上当，辩明"当时父亲不准出门，逼做新郎，三天后，父亲来说你已经卷逃。我奔到住处一看，小房子门上已经贴了招租，所以只好同竹宾结婚。"云珍问："竹宾待翠仙好不好？"润霖说："欢喜得同亲生女一样。"云珍就再三叮嘱"以后不必再见，免得翠仙吃苦"。润霖只好答应，相约对儿女都愿严守秘密。

后来大昭的伤痊愈，润霖陪他到学堂取回文具。校长羞愧，责罚三个学生。好个大昭，反为三个人求情。三个人居然大为感动，从此愿做好人。

翠仙一天不见大昭，就要去探望。有一天，又穿了从前吃喜酒穿的衣裳，很欢喜的出去。润霖看见，私下给她五十块钱，教她交给大昭的娘，并关照"不要给竹宾知道"。不料竹宾却在后面听得，就此大起疑心。

翠仙到大昭家里，云珍看她打扮，问她穿戴的来历。翠仙都说是娘替她买的，云珍私自欣慰。大昭匆匆回来，看见翠仙，请她吃两个大饼。哪里知道小小一件吃东西的事故，竟有贫富阶级的大别在里头。

第二天，大昭拿一对泥人来送给翠仙，润霖看见，暗暗欢喜。想不到竹宾又在上面看见，托珠宝客人打听。珠宝客人一见大昭，就说"他是油瓶，他娘是申家赶出的小老婆"。竹宾就此去找润霖，不料润霖正在写信要求云珍再见一次。写好，忽然又觉得对不起竹宾，不知不觉，把信撕掉。刚刚碰到竹宾进来，两人就起冲突。翠仙不知就里，奔进来要拿泥人给父母看，一眼瞧见竹宾负气回房，只好跟娘到房里劝娘不要生气。竹宾逼她同大昭断绝，翠仙哪里忍心。

翠仙劝润霖来安慰母亲，润霖说："我们还是出门游历去罢。"竹宾听了，以为从此可以离开大昭母子，非常得意。然而翠仙反转喜为忧了，把所有事去告诉大昭，大昭伤心到万分。润霖来，见大昭哭，大不忍，就打消了出门游历的原议。笑凤听得，马上去告诉竹宾。竹宾就叫翠仙来，要她答复两句话："还是要娘呢，还是要大昭？"

翠仙既舍不得娘，又舍不得大昭。竹宾大动其气，把翠仙推出门外。

翠仙痛哭一夜，次早神思恍惚。润霖以为她病，领她去看病。大昭来，笑凤劝他不要再来害翠仙，又叫车夫阿四赶他走。

大昭回家，对书痴想。云珍问明原因，自以为不牺牲不能保全她儿女的幸福，设法骗他写字，自己去找毒药。哪知竹宾已经觉悟，因为听得珠宝客人打听得来的报告说："大昭的娘是润霖十四年前的情人，小姐和油瓶都是这里的老爷生的。"所以竹宾觉到并非是大昭的娘夺了自己的爱。做女人的太苦了，决意独自出门去留学，成全他们两老两小。而且写好留别书，叫珠宝客人领路去找大昭的娘。等到润霖回来，问笑凤，晓得了去处，立时同翠仙赶去。

云珍私下服毒，忍痛出来叫大昭去买点心，自己就写绝命书。正在悲痛，竹宾来了，对云珍说明来意。云珍懊悔不及，拿绝命书给她看。竹宾无奈，叫珠宝客人去请医生，立刻扶云珍去睡。

珠宝客人路上遇见大昭，告诉了他。大昭拼命奔回家来。云珍拉着他说："我为你而死，你从此自己要小心做人。"可怜薄命人就此绝命。等到润霖翠仙赶到，已经来不及了。润霖为大昭哭得伤心，马上认他做亲儿子。珠宝客人听了，她那心目中的大昭，便由油瓶一变而为阔大少了。唉，云珍的牺牲，大昭的终天抱恨，代价就在乎这一点吗？

字　　幕[1]

正秋

孔大昭，知有母，不知有父。（郑小秋）

孔云珍，日事针线，教养爱子。（林爱文）

云珍：点心钱拿去！

大昭：好！钱来得不容易，我吃两个铜圆大饼，就抵得到顿饭了。

车夫阿四。（易方朔）

朱翠仙，富家女，其父为校长之友。（倪红雁）

甲生：先生一见大昭功课好，就骂我们顽皮，你看！他又在画画了。

乙生：恨他的，不止你一个，要想法子出出气才好。

校长兼教员曹慧文。（周空空）

甲生：是大昭画的。

曹慧文：一向说你好，今天就变了吗？过来！

诸生：油瓶立壁角！油瓶立壁角！

朱翠仙：不要气，下次小心些好了！人家叫你油……

---

〔1〕 原说明字幕前有■标记，对话者有括号。现统一略去，将说明以不同字体区别之；并在对话者后加冒号。

黄竹宾，润霖之妻，受新教育，爱丈夫亦爱翠仙。（傅绿痕）

笑凤，侍女也，然竹宾不以侍女待之。（徐飞琼）

朱润霖，翠仙父也，婚姻成于专制，夫妇则甚相爱。（张铎声）

竹宾：油瓶，就不是人吗？社会太刻薄了！

润霖：唉！这是被他老子娘害的！

大昭：为什么人家要叫我油瓶？

大昭：妈！不要伤心！我再也不提油瓶的话了！

翠仙：你们还像个读书人吗？

翠仙：先生！

甲生：哈哈！你这油瓶，敢来发威吗？

乙生：你敢？你敢？不滚蛋，就打破你这油瓶。

大昭：啊呀！垫子呢？我来去拿。

翠仙：救命！救命！

翠仙：阿四！送他到自己家里去吧！

阿四：小弟弟，你家住在哪里？

翠仙：啊呀！话都说不出了，拉到我家里去吧。

曹慧文：快快追上去！

翠仙：他救了我，倒给许多同学打伤了！

润霖：曹大哥！我捐钱给你办学堂，不是叫你误人子弟的，你怎么造就出军阀式的学生来了？

润霖：赶快去请罗医生来！

罗医生：今夜热度能退，还有救，热度加高就危险了！

云珍神思昏乱，以为爱子已归家矣，竟自忘锁犹在手也。

大昭：敢动！打死你这王八蛋！

大昭：你抢我的朱小姐，我同你拼命。

灯心焦，母心更焦。

云珍：儿子不见了，学堂门又敲不开，谢谢你，帮我找找看！

大昭：妈！

大昭：我是做梦吗？

翠仙：你在我家里，并不是做梦，身上痛不痛？

大昭：只要你不曾打痛，我痛不要紧。

大昭：你不要哭！你哭了，我这个里头要痛。

翠仙：等你好了，请个先生到家里，你也来读书。

大昭：好！我告诉妈！啊呀，我妈要急死了，快让我回去！

金姐：你娘吗？天亮去接吧！

竹宾：孩子！天没亮，不能走，明天朱伯伯送你回去。

翠仙：我也陪你回去。

云珍：昭！

大昭：妈！

翠仙告昭母以受伤之经过。

大昭：妈！不要急！我身上已经不痛了。

大昭：朱伯伯请医生替我看了伤，还给我许多钱。

云珍：谢谢朱……

云珍：小姐！你陪陪他！我烧茶去。

润霖：当初你不该卷逃呀！

云珍：什么话！我走正所以成全你，当初……

十四年前事。

润霖：你这回有孕，不像上回有她时爱吃酸果。

小林：老爷在发脾气，要您跟我回去成亲。

云珍：不要为了我，被人骂你连父母都自由掉了！好歹回去一趟再说。

三日之后。

云珍：怎么她爹爹今天还不来？

润霖之父朱永方。（谭志远）

云珍：公公！

永方：什么公公！润霖昨天已经成亲了，他叫你自寻生路去！

云珍：让我等少爷回来再走！

永方：不行！不行！小林！把孩子抱走！朱家儿子朱家养，你回你娘家去！

门当户对之见解，断送了不少青年儿女的幸福。

永方：东西是姓朱的，你不准拿，这里有一百块钱，拿了走吧！

云珍：我不求一草一木，只求见少爷一面！

永方：如果少爷还爱你，今天自己会不来吗？只怪你是小家出身，少爷娶你，要给人笑一辈子呐，走吧！

润霖：啊呀！上当了！当时爹爹逼我成亲，我不肯，不准我出来。三日后……

永方：哼！你姘的人好？怎么你三天不去，她就卷逃了？

小林：小房子里，只有这个小孩子丢在地上。

润霖：后来我就娶了黄竹宾，你后来又怎么样？

云珍：只好走，走到……

孔老老：多谢您照应，不然我们只好饿死了！

申太爷：你女儿怕我要娶她，才逃走的，你们两老，应当我来奉养。

云珍：老太爷！我情愿嫁给你了！

申太爷：我要娶你，是先前一句玩话，不要误会，起来！起来！

云珍：我现在明白少年人的爱是靠不住的！你不娶我，我只有一死了！

申太爷：既然这样，我只好答应了。

云珍：从此我就带着肚子去做申家的小老婆了！

两年之后。
申太爷：你不要拿手搽，药水入口是要死的。
良妻：钥匙拿出来！
申保良：这个孩子是姨娘进门五个月就生的，他一定是克老子的命。
申太太：你这种败门风的东西不能再留了，拖着油瓶走你的路吧！
云珍：等老太爷葬了再走吧。
云珍：现在大昭已经十四岁了，其中千辛万苦，真是一言难尽。
润霖：想不到我们今天才见面，可怜两个孩子，还在鼓里呐！
云珍：你夫人待翠仙好吗？
润霖：她待翠仙倒像亲女儿一样。
云珍：你回去千万不要说破，免得女儿吃苦，你我也是不必再见的好。
润霖：他们不敢再来读书，要把文具拿回去了。
大昭：我被打伤了，娘很伤心，他们也有娘，也要伤心的，不要打了！
众学生：我们下次绝不打人了！
润霖：不要给妈晓得，拿去给大昭的娘！
云珍：你的衣裳首饰是谁替你买的？
翠仙：都是我妈买给我的。
云珍：这几天你妈欢喜你吗？
翠仙：我妈一向欢喜我的。
大昭：姐姐，请你吃两块大饼。
贵千金不善吃粗点心。千金乎，油瓶乎，本是同根生，相去何太甚。
笑凤：我又去看过了，小姐还没有回来。
竹宾：老爷近来神气大变，你看得出吗？
笑凤：是呀！好像天天有心事。
竹宾：刚才你爹爹给你什么东西？
润霖：我有句话问你，来！
竹宾：连这姑娘都变了，唉！
竹宾：孙客人！托你调查调查，大昭的娘是何等样人？
孙大姐：哦！这就是大家晓得的油瓶呀，他娘是申家赶出的小老婆。
竹宾：你替我打听她还有什么秘密？因为我家老爷好像同她有什么关系哩。
孙大姐：不是吹，东西南北哪一家的事，瞒得过我孙客人？一定打听得出的。
竹宾：打听到了，再重重谢你。
大昭：我同你最好一生一世不要分开。
翠仙：咦！你倒是同我一样的心思。
大昭：哦！你骗我的，妈说，你一嫁人就不要我了！
翠仙：我嫁……我不嫁。
大昭：我倒肯嫁的。

翠仙：呀！你嫁哪一个？

大昭：我嫁你。

翠仙：好！好！去告诉爸爸，明天就来娶你。

竹宾：已经有爱人，何苦又娶我？已经有了我，何又分吾爱？

竹宾：近来我是不值得你理睬的了。

润霖：我问心无愧，你不要说这种刻薄话。

竹宾：油瓶的娘，是申家赶出来的小老婆，你快同她一刀两断！

翠仙：油瓶就不是人吗？妈！我舍不得断绝了。

竹宾：唉！只怪我没有亲生的女儿……

翠仙：妈不要生气！让我慢慢的断……绝他！

翠仙：爸爸！你去同娘亲热亲热！免得娘恨死大昭，要逼我断绝他哩。

润霖：唉！我的心总不晓得要怎么样才好，啊！有了，有个法子，她听了一定很欢喜。

润霖：我近来觉得心境很不好，我们全家出门去游历游历吧！

翠仙口中之苦消息，大昭耳中之断肠声。

大昭：你也要出门吗？那末我……

润霖：你不要忧，我们去去就来的。

润霖：好！我一定不去了。

笑凤：太太不要白忙，老爷说不去了。

竹宾：你还是要娘，还是要油瓶？

翠仙：娘也要，大昭也……

翠仙：好！好！你替我滚出去，从此不要叫我娘！

竹宾：关照外边，大昭来，赶他出去，以后不准他上门！

笑凤将上日事，完全告大昭矣，并责其不当再来害小姐。

孙大姐：打听到了，你家老爷同大昭娘，十四年前租过小房子的，油瓶就是老爷的种，小姐也是她生的。

竹宾：你再去探一探，看有什么凭据？

竹宾信：润霖！你不娶我，哪来油瓶母子？我痛苦，她俩更痛苦。我去了，完成你们四个人的真亲爱。望你努力打破两性间的不平！

女性中又一牺牲者竹宾

车夫：我不说了，再说就便宜你了，我靠腿吃饭，你是靠嘴吃饭的。

竹宾：你领我去找大昭的娘！

云珍：你身体舒服吗？

云珍：有人欺负你吗？你说呀！

大昭：我不愿意伤妈的心。

大昭：翠仙的妈，叫翠仙向我一刀两断，她不肯，她妈不认她做女儿了，连我都不准上她的门，为的是珠宝客人说妈是人家赶出的……

云珍：不要紧，我有个好法子，明天就可以让你同翠仙一生一世不分开。

大昭：妈！什么法子？

云珍：大昭！你去买两角钱好点心，我有用处。

云珍：在外面小心些！没有娘在旁边，格外要保重呀！

大昭：妈只管放心！不要紧的。

云珍绝命书：朱老爷鉴，我生……五人苦，我死……四人安。我儿我女，求太太当作亲儿亲女，鬼如有灵，当来保佑。

薄命人云珍拜

孙大姐：朱家太太来找你了！

竹宾：你我同是不平等社会中的女人，千万不要拜，免得我心酸。

竹宾：我先不知道你们恋爱在前，很恨你；现在知道你没有夺我之爱，我所以决计出门去，成全你有儿有女可怜人的幸福。

竹宾：权其轻重，只有我牺牲，一走最妥当。

云珍：只能我牺牲，不能叫您牺牲的。

竹宾：万万使不得！我的来意，你还不明白吗？

云珍：牺牲的药，我已经吃下多时了。

竹宾：啊呀！快去请个好医生！

孙大姐：不好了，你娘吃了什么药了，太太叫请医生哩。

大昭：妈！

云珍：苦命的娘不能害你一辈子，……我不死，只怕你中学都进不成——你前程远大，自己保重，我死……

大昭：妈！妈！

竹宾：好儿子，不要跳！你妈不会再答应了，你要听你妈的遗嘱，自己保重才好。

翠仙：昭弟！妈！

竹宾：儿子！儿子！你不保重，你娘的灵魂也不安的呀！

大昭：翠仙姐姐！我妈刚才说的法子叫你我一生一世不分开，哪里知道，就会死的呢？

润霖：孩子呀！你妈就为这两句话死的……

孙大姐：先生要十二点钟才来咧！

润霖：我就是你的亲爸爸，她就是你的亲姐姐，你就是她的亲兄弟！

翠仙：兄弟呀！

大昭：姐姐！妈！你为我们去了吗？

云珍生命之牺牲，即大昭终天之抱恨。其代价，止在他人目光之一转移乎，噫！

莲花公主

出品　大中国影片公司，1926年

编导　顾为无

摄影　张伟涛

演员　小兰春　粉菊花　李桂芳　林如心　王少卿　徐兰芳　卢翠兰　吕月来　赵松樵　张少泉　陈野禅　陈彩霞

《莲花公主》电影由顾为无编剧。其电影本事为顾为无所作，原载《申报》（1926年6月9日），以及《大中国影片公司特刊》半夜情人号（1926年）。

本　　事[1]

顾无为

佳丽三千，承欢侍宴，此专制皇帝之淫威，而亦风流天子之艳福也。赋无上之君权，何求不得。其所不可知者寿耳。即此一念，于是求海上之仙，觅长生之药，生而为风流天子，去则为富贵神仙。人生如此，至矣尽矣。

雄才大略之汉武帝，当幼年时，其姑母大长公主，有女阿娇，年龄相若，时入宫嬉戏，两小无猜。公主抱武帝而问之曰：“汝欲得妻乎？”曰：“诺。”曰：“如阿娇可否？”曰：“若得阿娇，我当筑金屋以藏之。”及武帝既长，果娶阿娇，是为陈皇后。而金屋藏娇之佳话，遂流传千古矣。

妇人以有子为贵，帝王之家，继承尤重。武帝之于陈后，幼共嬉游，长为夫妇，虽恩宠不衰，而久无生育。以此良时令节，天颜常若不欢。平阳公主，武帝之姊，也默察帝心，私为广征美女，请驾临幸其家。武帝欣然而往。酒酣乐作，歌舞纷陈，粉白黛绿之俦，斗媚争妍，以冀当筵一顾。不料自曾经沧海之君王视之，殊无足当意者。武帝方悔多此一行，徒劳无益，乃游目之际，忽睹有美一人，独立花丛，孤芳自赏，艳若三春之桃，冷若九秋之菊，不禁为之神移。乃趋而问之，则平阳府中侍儿卫子夫也。一笑回春，天颜有喜，即日册为妃嫔，侍驾入宫。当武帝未至时，子夫受群姬揶揄，添香注水，视之若灶下婢。不料天生丽质，一朝选侍君王，贱日不殊，贵来方悟，为语旧时诸女伴，今朝歌舞在长杨，此子夫扬眉吐气之时也。

玉容憔悴，不及寒鸦。陈皇后既知武帝眷恋新欢，不敢怨君王薄倖，惟有眼泪纵横，自嗟纨扇。其母大长公主，颇为不平，乃面诘武帝。适平阳亦至，大长公主更迁怒平阳。平阳亦以无子诮皇后，舌剑唇枪，各不相让。醋海之波，乃起于旁观者。而

[1] 原为句读。

子夫以当局之人，转而调停于帝后与两公主之间，使各归于好，亦宫中艳事也。

子夫得幸，居然诞生皇子，武帝之喜可知矣。大酺三日，赐宴群臣。而远方蛮夷适于是时来贡，各献奇珍：一曰定风珠，二曰催花鼓，三曰消雪镜，四曰唤月杯，皆有不可思议之功能。武帝大悦，命使臣一试其神。而民间黎庶，欲一睹稀世之珍者，肩摩于道。有独角魔神，凡兄弟四人，蛰居深山，以虎豹为食，时或幻人形状，以扰乡民，其神力亦不可思议。诇知宫中有试宝之命，相率潜入稠人中，一观其盛。

狂风乍起，使臣以珠掷空际，则风立止，万木无声，海水亦矗立不动，此定风珠之神也。名花方蕊，含苞未吐，振鼓一通，则万花齐放，此催花鼓之神也。大雪纷扬，满山都白，宝镜一摇，则积雪皆隐，更无余屑，此消雪镜之神也。蛮云四布，星斗无光，举杯一酌，则杯中明月自来，广寒仙子翩跹而舞，此唤月杯之神也。凡此神工，观者方咋舌称奇。而四魔相颜色喜，疾起跃入宫门，从使臣手中，夺四宝凌虚而去。

宫闱禁地来此暴客，武帝赫然大怒。然而天子之威，仅可施诸臣民，对于梗化妖魔，亦非权力之所及。于是东方朔乃乘时而出，当驾自陈，愿殄此群魔，夺回四宝。武帝大喜，温勉有加。东方朔踏空而起，追逐四魔，越山超海，驭气排云，大战于空中，魔败归山穴。魔有师，其神力在朔上，出而御战。朔力不敌，为魔师所击，自云中下堕及地而气绝。

南海观音大士弟子莲花公主者，瑶池金母之女也，于朔有夙缘，当为匹偶。至是承大士旨，率其侣桃叶降于朔许，以柳枝玉瓶甘露启朔唇灌之，应手而活。朔既苏，感莲花德，将酬之。问所欲，莲花笑未语。桃叶乃从旁代答，且以婚嫁要朔。朔方修道自励，厌弃凡浊，拒其说。桃叶再四怂恿，朔不顾而去。

朔既复生命，武帝仍督责之。朔踟蹰无计，其友黄眉翁河上仙为言南海有宝，可敌此魔，更于南极老人太上元始处，假得风火蒲团阴阳旗扇等物者，则此数魔，可就缚也。朔从其说，乘风而去。谒南极太上元始，或以情恳，或以智取，皆各得旗扇等而返。更至南海叩大士，三谒不得入。盖大士早知其来，以欲玉成姻事，故拒而不见，将使屈节于莲花也。朔归计无所出，黄眉翁更教以往哀莲花公主，或可为助。朔虽不愿，然舍此更无他策，不得已腆颜求之。桃叶仍以婚姻相挟，朔强而后可。议既协，偕赴南海，乞得梅枝一缕，往与魔战。魔师不敌，乃夺四宝复命。帝大悦，朔具奏莲花公主事，帝为之主婚焉。

神仙眷属，却异俗人。莲花既嫁，遂率桃叶随朔入山修道，白日飞升。朔去之日，太史奏寿星十八年不见，今始见。帝以问东园公，公曰："岁星乃朔也。"帝叹曰："东方朔侍朕十八年，而不知其即岁星也。"

同室操戈

出品　太平洋影片公司，1927年

导演　陈　天

演员　黄梦觉　黎趣星　胡慧英　卢冰怜　苏鹤乔

《同室操戈》电影本事无署名，原载《申报》（1926年6月11日）。

本　　事[1]

在上海地西北角，有一间很高大的洋房。前面一条马路是租界，后面是一个大花园。这里面的主人姓张名信孚，是个发了财在家享福的人。儿子名叫志仁，是前妻所生的，相貌倒还不错，但是心里诡计多端。侄子名叫志义，倒是一个很诚实的人。秀芳是他的填房黄氏的姨侄女，年纪虽是很轻，但是学问比志义差不多，比志仁就高几十倍。因此秀芳的心里只喜欢志义不喜欢志仁了。

有一天张信孚叫家里的人围住棹子坐，把志义的父亲从前“爱吃酒”“爱打架”“爱嫖赌”，到了临死才晓得懊悔种种的话来警诫子侄们。志义听了这一番话，心里很不快活，就立定主意，用心读书，替先人争回一口气。无奈他的伯伯总认定他父亲是个不正当的人，生的儿子亦一定是歹蛋，所以很看轻志义。

志仁不知自量，见秀芳和志义感情很好，就似跌落醋缸里面底一般，在他父亲面前时常挑拨是非。

信孚一向是极疑心志义的，再加上一个颠倒黑白的儿子在面前唆弄，那么更像火上加油了。

志义受不住无理由的压迫，只得暂为离开了亲爱的秀芳，搬在一所举目无亲的旅店里。

志义有一天在电车上遇着一个很美丽女子，正所谓“一见如故”。志义对于这个女子，本来没有什么意思，不过当作寂寞里的安慰吧。

安丽是一个可怜的女子，从小就落在一个歹人手里做义女。这个歹人姓安名强，专做不正当事业。有一个徒弟名叫张狮，同他儿子安槐都是下流人物。

安强见张狮面貌很像志义，又知信孚家里的情形，设计使张狮冒充志义向信孚骗钱。信孚虽然没有上当，但是恨志义的心更加深一层了。

“富人一席酒，贫民半年粮。”有钱的人化费了三五七百块钱，亦不算什么一回事。张信孚在生日的前一夜，就请来了许多亲戚朋友。志义亦回来替长辈道喜。

〔1〕 原有引号，余为句读。

“久别重逢”自然比天天在一起的好，秀芳和志义因为环境的压迫分离了许久，而今一见，真有“千言万语，不知从何说起”的样子了。

志仁见他俩依然这般亲爱，气得头毛都根根竖起。甚么亲戚朋友他都不管，跑回房里躺在梳发上。不料张狮这个时候亦混进房里来，大施“梁上君子”的手段。志仁这个时候正是有气没有地方出，就与张狮扭作一团，打得好像“落花流水”一般似的。

志义在花园里恐怕秀芳受了寒，进屋里取件外衣把秀芳盖上。

秀芳上楼寻觅志义，看见志仁和张狮打得这样子厉害，就吓得魂都不在身上。

志仁到底是个娇生惯养的，哪里是张狮的敌手呢？打了几个回合就被张狮飞脚一踢，好比“倒栽葱”的跌落楼下。一班“趋炎赴势”的人，原本到来道喜，那知却是到来送终呢。张狮跳墙逃走的时候，志义还在花园找寻秀芳，不料秀芳认错张狮是志义，就一口咬定说是亲眼看见这场“同室操戈”的惨剧。志义听了这句话，好像头顶上霹雳一声，把心都震碎了，哪里还辩得清楚呢。

有钱的人心目中没有儿子比没有钱还觉苦些。张信孚只有一个独种的儿子，而今“呜呼哀哉”，照理就是志义承继了。安强是个野心家，他遇着这种事情，就认为“千载一时”的机会，速忙着人去冒充侦探把志义骗来。

安强的意思，本想送了志义的命。等张狮前去领受财产，安丽因为很爱志义，所以极端的表示反对。

张信孚正在伤心的时候，不料张狮跑来实行强迫的手段。在这个最危急的时候，亏得张志义从贼巢里逃回来，将张狮拿住送往法庭。这个时候他们才晓得志义的确是一个好人。

安丽因为爱志义的原故，误了他父亲的事情，所以被赶出来，在一条很荒凉的路上慢慢地走。遇着志义和秀芳作蜜月的旅行，大家见面话也不说一句，正是“相逢如陌路”的样子。

呆中福

出品　大中华百合影片，1926年
编剧　王悲儿
导演　朱瘦菊
摄影　余省三
布景　马瘦红
化装　包元铭
照相　田芝青
说明　徐维明
书幕　姜起凤
演员　邢哈哈　王悲儿　王彩云　凌无私　谢云卿　汪摩陀　杨宝成　王玉贞　张雪鸣　龚一舟

《呆中福》电影取材同名昆剧，由王悲儿编剧。其电影本事为朱瘦菊撰写，原载《大中华百合特刊》呆中福号（1926年6月12日）。

本　事[1]

瘦菊

陈直的父母，以为他儿子是三家村中，最聪明伶俐的孩子了。不过别人都说他有点呆。但这句话，只能背着他娘老子说。如其当面被他们听见，准得有一番唇枪舌剑呢。他父母虽然回护儿子如此，但因呆的一个字上，陈直不免时常受邻家儿郎的欺侮。有时候他父母亦爱莫能助。正欲设法使他离开乡村，往城市中去住，恰巧大女儿婿家有财，经营得利，造了住宅。他女儿写信给父母，要接他们上海去住。二老将计就计，即命陈直带些土仪到上海来望他姊夫姊姊。可是陈直是个靠家舛，一到外面，就不免闹出许多笑话。宋有财夫妇好意带他出去玩玩，他又把腿摔伤了回来。陈直的姊姊大急，恐怕无以对他父母，请医调治。偏偏请了个蹩脚郎中，把受伤当做怀孕，被有财撵了出来。觉大夫不可靠，便请个看香头来退退邪气。见神见鬼，有财虽不深信，无奈他女的当做真有这件事，只得依着她送羹饭做儿戏，闹了半夜。有财有二个朋友，一个叫刁嚣，一个叫张先生。刁嚣是个色中饿鬼，张先生却是个智多星，两下一吹一唱，很为莫逆。一天走过爿豆腐店，看见掌柜的姑娘，出落的一表人材，不由刁嚣馋涎欲滴，回来同张先生商议。可是刁嚣家中，还有老婆，凶狠异常，刁嚣平日颇为怕

〔1〕 原为句读。

她，这件事当然不能让她知道。张先生替他想出种种法子，向开豆腐店的巧老老说亲说成了，又和宋有财商量借喜堂。有财也允如所请，各色停当。刁嚣端端整整，预备做新贵人；不料事机不密，被他夫人知道。车前不动声色，临时亲往宋府，兴问罪之师。幸亏仆人先来报信，张先生又替刁嚣设法教他脱下吉服。其时陈直病已痊愈，张先生就请他权为代表。陈直初还不允，被张先生花言巧语，说答应了，当就交拜天地送入洞房。刁嚣眼睁睁的看着他们无法可施，临了还被女的逼回家去，到夜不许出门。这边陈直原以为做罢，就可卸肩的。岂知弄到深夜，原主不来，新娘又不知这新郎是代表的，声声催他更衣。陈直更急得走头无路，只索对新娘闭口大吉。新娘后来也动了气，两下都哑口无言，秉烛达旦。天明了，刁嚣也趁他女的睡熟，溜下床来，赶到这边。陈直如获异宝，交卸不迭。谁知新娘不肯答应，说我同什么人拜堂，就和谁做夫妇，不管代表不代表。正当难解难分之际，刁嚣的夫人又寻踪而至。此时刁嚣见旧人如虎，新人又入了别人范围，自知绝望，决计让贤。便声明放弃权利，把千辛万苦娶来的千娇百媚的新娘，送给陈直，自己服服贴贴随着黄脸婆子回去。这里新夫妇欢天喜地，真的是呆人还有呆中福呢。

难为了妹妹

出品　神州影片公司，1926 年
监制　周　克
编剧　万籁天
导演　李萍倩
摄影　洪仲山
剧务　孟君谋
布景　王玉书
演员　万籁天　丁子明　孙　敏　严工上　二小姐　李萍倩　周空空　赵芳瑜　朱农纤　严月娴　陆美玲　郑得本　刘　先

《难为了妹妹》电影由万籁天编剧。其电影本事为万籁天所作，原载《申报》（1926 年 6 月 19 日）、《民国日报》（1926 年 6 月 24 日），以及《神州特刊》第 3 期（难为了妹妹号，1926 年 6 月）。心冷《评〈难为了妹妹〉》（《国闻周报》第 3 卷第 24 期，1926 年 6 月 27 日）亦收录该片本事。

本　　事[1]

万籁天

剧盗何大虎，凶悍善剽掠。数年前，被捕入狱，社会稍安。惟以无血案故，得不死。一日，报章喧传，虎刑满出狱，举市骚然，相惊伯有。周一民，前尝创于虎，读报，震骇失措。时在友人曾德茂家，即匆匆作别去。曾氏固富有，亦互相戒备，若大盗之将至。

侍女何爱莲，大虎之妹也，闻之，喜且惧。盖庆手足之得脱刑僇，而复恐家主之知其为大盗妹也。

大虎既出狱，奔其故居，途遇乡人，悉母死妹佣，怆然涕下。然而茫茫天壤，将安所之？踌躕有顷，决觅其妹，遂改道猛进。妹之少主人曾子正者，一翩翩浊世佳公子也。见莲性情温淑，善体主人意，颇昵之。是日子正有表姊妹数人，方戏谑书室中，器皿倾倒，书籍紊乱，子正甚恶之。爱莲俟其既去，为整理一切，无不称意。子正乐，留与习书；不知莲之方盼其阿兄，又恐为他人所见，而心乱如麻也。会警察送调查户口单至，莲得间逸出，徘徊门侧，以待兄至。曾宅有仆高升者，素垂涎于莲，见状即趋前献媚，百般厮缠。莲既恶其无礼，又恐兄来为其发觉，柔肠寸寸断矣。时大虎已

[1] 原为句读。

至门外，方趦趄道旁，冀妹出，得一把晤。孰知近在咫尺，竟如远隔河山。幸仆以故出，莲往关门，兄妹得于门隙相见，不觉抱持痛哭。莲因劝大虎从此努力为善，并尽出其佣资以给之，俾寻一相当职业。大虎亦愿痛改前非，相与珍重而别。

时某剧场招请一重要角色，大虎易名往试，居然中选。越日登台，座为之满。周一民曾子正及诸女均在座，见为大虎，不觉大呼骇走。同座者久震虎名，亦纷纷逃避。大虎至是，遂被剧场总理所斥退。时已深夜，正莲焚香默祝其兄为善时也。

大虎既被逐，走辞乃妹。及门，不敢叩，乃向门啜泣，谓社会不予我以自新之路，从此不能作好人矣。时莲适巡视门键，闻之，大恸，即启门勉其力为善人，并卸耳环以遗之。大虎感其诚，慨然允诺，遂归其故居，筹谋为小本营生。不料乡有失环者，贼向大虎家而逸。众疑大虎所为，搜其怀，则环赫然在。众大怒，执而悬之树间，鞭之晕厥，乃去。大虎苏，悲怨殊甚，自念世人既不予我以自新，是世欺我也；欺我我必报之。是夜纵火于市，饱掠图遁。讵为缇骑弋获，判处死刑。

子正本爱爱莲，只为阶级所限，不能舒展其爱。至是家人渐知莲为大虎之妹，必欲逐之。子正亦囿于庸俗，不能为力。莲遂行，正日暮途穷，惘惘无所至，倏见兵士拥兄而过，追之不及。迨枪声既纵，众人鼓掌称快，而莲则一恸晕绝。

上海三女子

出品　新人影片公司，1926 年

编剧　顾肯夫

导演　任矜苹

演员　蒋耐芳　杨耐梅　韩云珍　邵庄林　赵　琛　王吉亭

《上海三女子》电影由顾肯夫编剧。其电影本事无署名，原收录于心冷《评〈上海三女子〉》（《国闻周报》第 3 卷第 23 期，1926 年 6 月 20 日）。

本　事〔1〕

少女范新兰，美而慧。母老多病。兄明德任职上海《晨报》，赖卖文以奉甘旨。一日新兰知母病已愈，甚慰，弄桌上唱机以自娱。时明德方治小说于他室，闻声厌其扰，阻妹勿唱，无何。明德未婚妻卢筠玉亦来省母疾，且开唱机。明德疑妹故扰己，欲出责之，既见为筠玉，乃易怒为笑。新兰见状，愤往邻媪王妈家。王妈方治装将赴寄女丽云观影戏之约，新兰来，遂邀同往。适丽云爱人刘伟年至，丽云欲伴伟年，托辞不去。王氏遂挈新兰同往戏院。伟年觉新兰年少貌美，思勾引之，因向丽云诳称与叔父有约，辞出径赴戏院，伴新兰观戏，且以情话挑之。新兰为所惑，乃定次日之约。

次日王妈携新兰访伟年约以嬉游，新兰恐归迟受诘，再约明日。明日伪造同学书，诡称深夜始能归，遂在伟年处相聚，共坐凉台情话。适为丽云瞥见，大愤，用电话招伟年至责之。伟年不服，悻悻而去。

初伟年之叔父慕陶告刘母，伟年挥霍无度，母责伟年。乃将其存款改存于沪东银行，仍纵情享乐。母不能止，亦不知其与新兰姘合也。二三月后，新兰发现自己已有孕，诉于伟年，促其预备婚事。伟年悄然不乐，弃之而出。新兰大恸，乃走告筠玉。

其时筠玉已向银行请假一月，预备与明德成婚，尚拟胜地度蜜月。新兰来，哭告伟年事。适伟年至，新兰避去。伟年见筠玉美，又思勾引之。筠玉思从中成全新兰之婚事，故未却伟年之请求，偕往舞场跳舞。舞后筠玉托词头晕，请伟年至其寓，劝娶新兰。伟年属意筠玉，乃书千元支票，赠新兰令他嫁。忽刘母偕戚寻至，詈筠玉不应诱恐其子。筠玉正力辩间，不料明德骤至，见状愤而归。亟将筠玉不贞事，及其像片，宣诸报章。

筠玉阅报知婚事已败，而银行复停其职，路人又群诮之，筠玉哭而归，作书别明德。适新兰来，遂商决同离上海。越日，明德与其母知新兰已失踪，亦不胜挂虑。一

---

〔1〕 原为句读。

夜伟年约丽云舞，丽云拒之。嗣又相逢于舞场，伟年请其共舞，丽云又拒之，且讥其无赖。旁人亦从而诋之。伟年受激，悔念顿生。

十个月后，上海《晨报》因负债过巨，馆中人乃设法改组，新举慕陶为经理。慕陶任伟年为协理，升明德为总编辑。一日，适中国与苏格兰足球队在乡下大球场举行万国最后决赛，明德伴同事任记录，偶遇筠玉，被邀至其家，盖筠玉偕新兰隐居村社中，已十八月矣。新兰举一子，甚珍爱之。其时猛见其兄，惊而避于门后。明德入室见儿，益信筠玉不贞事，忿然将出。筠玉慰留不听，新兰突出，将前事告兄。明德悟，而谢筠玉。悉偕归上海。越日，设宴邀刘宅诸人至，当众将前事宣布。刘母主张，伟年娶新兰。伟年亦深自改悔，愿娶新兰。但新兰之心受创过甚，雅不欲嫁伟年，愤然留书去。筠玉大骇，明德伟年共追之。值于乡间土岗上，新兰晕而坠，伟年抱之归。群相劝慰，新兰坚决不允。筠玉乃慨然曰："吾为妹受屈，即思成全此事。今事已成，而妹坚持不愿，则吾所身受者，岂不枉哉！且妹有子，若不嫁伟年，则此可哀之孩，将终身成为无父之人矣。"新兰闻之，大为感动，乃允嫁伟年。

狗侦探

出品　晶晶影片公司，1926 年
导演　秦铮如
摄影　葛天梦
演员　葛天梦　陶雅瑛　秦铮如　侯金容　周达孙

《狗侦探》电影本事无署名，原载《申报》（1926 年 6 月 27 日）。

本　　事[1]

檐前阶上坐一少年（葛天梦饰），全神灌注于手中所执之侦探秘诀，翻覆细阅，目不旁瞬致误以烟嘴为烟，点火而狂吸，盖正大发其侦探迷也。仆送早点来，问置于何处。少年未之闻，适以吸烟之火柴下置。仆误为置于地，遂以早点置阶上。

其妻（陶雅瑛饰）自外牵狗（嘉甘饰）归，狗尽食阶上之早点，而未觉。妻见其如此醉心于侦探学，终日埋首于其典籍，思有以戏之，因匿其所牵之狗，而谓之曰："狗已被窃，去侦查。"遂奉命而行。

其昔年之情敌浪子（秦铮如饰），正与所情人（侯金容饰）并坐于湖滨石栏前，情话绵绵。值少年至石栏后探狗，翻查其所携之侦探秘诀，谓"应注意于墙壁篱落等之穴隙"。少年遂于石栏之空隙中，逐一张望。见浪子之情人之狐皮，误为失狗，伸手摸之。触浪子手，大奇，误为癞狗脚之脚。浪子误为其情人之手，握而大乐。少年觉而逸。浪子之仆（周达孙饰）来，遂以狐皮交之带归，并命携猎枪来。

仆捧狐皮抵家，见隔河有一涤衣女，遂以狐皮置窗槛而细视。少年探狗至，见对岸狐皮而又误为失狗，检典籍，谓"如所失者为黄狗，则见黄毛之动物，应特别注意。"遂鼓勇直前，几堕于河。登小艇，撑至窗下，思飞索击之，误扣于仆之颈。攀上细视，实非失狗。下船欲逃，而仆已将桶水倾下，少年乃似落汤鸡矣。

将抵岸，失足堕于水滨。既登岸，即翻典籍，误至溪滨而未觉。一足将入水，适有一船来，彼不知不觉而上船，横渡小溪。其典籍所载者为"贴重赏广告于街道，当能立刻得所失物。惟赏格之代价，当数十倍于所失物"。遂大黏其寻狗广告。

浪子行猎，匿于墙角，欲发枪击鸟。少年亦黏赏格至墙角，适一犬过其旁，回首细视，竟误以赏格黏浪子背。浪子正发枪，故亦未觉。少年不敢作声而逸。浪子命其仆拾鸟，偏觅不得，惧主人责，遂窃取农家之鸭而来。浪子不知，以为击得之野鸭，大乐而返。

---

〔1〕 原为句读。

少年既贴赏格，犹至各处侦查。至村旁篱脚，见一狗洞，遂爬入。适篱外有童孩数辈，戏于田中，见少年钻狗洞中，遂以砖石掷之。时少年探首篱内，闻磨刀声，不禁战栗，遂致进退两难，不得已钻入所晒之米气通中暂避。磨刀之农人，见气通摇动而奇之，潜至气通旁以刀击之。气通跃动，农人以为怪，惧而逃。少年在气通中负之行，至河滨而下堕，适一端搁于树上，遂爬出。

其妻待彼不归，牵狗访之，途遇浪子。浪子伪称其夫在彼家中，诱之同行。值少年至，因石栏阻隔，竟未遇。少年在树荫略息，翻阅典籍，谓“侦察禽兽，当察其所留之趾痕”。于是伏地而索，果得迹痕，遂匍匐爬行，致穷其所在。良久，见前有跛子，扶杖而行。及近视，始觉地上之迹痕，非趾痕，乃杖印也。

其妻为浪子诱抵家中，知受骗，欲行。浪子强之，并叙往事，责以不应抛弃旧友，而与少年结褵。伊以浪子尔自甘堕落对，浪子辩谓因失恋而灰心，唏嘘太息泪涔涔下。

浪子之仆，提一沉重芝麻袋，将入门。少年至见袋中蠕蠕动，问所藏何物。仆不悦曰：“猪猡，何容尔问!”少年无奈，被骂而退，心殊疑虑，袋中必为失狗，遂鸣警入查。仆提袋入内，汗流满面，即在脚桶中洗濯，巾上之污秽，尽着脸上，形似活鬼。少年率警入，解袋而查，乃一对小猪也。

时浪子欲加非礼于少年妻，狗闻声而狂吠。少年闻狗吠，遂踵至。浪子见之，踰窗而逸，一跃登墙。少年不能上，立于警察之头而攀登墙顶。浪子在墙顶飞奔，缘树而下。少年胆怯，于墙顶爬行，失足堕于草屋，而落于地。

浪子跨马出奔，少年紧逐，于中途与自由车相冲。少年驾自由车，浪子见之，逐登山。少年之自由车不能上，而狗则将追及矣。少年无法，遂又检书：“如遇特别情形，进一步而退二步时，则背向而行，当能退达目的地。”遂背向前，将车退踏登山。浪子驰下，自由车翻身，少年由高山跌下，滚至水滨。浪子驰马而渡，登石级，因鞍带已松，翻身落水。时少年泅至，遂水战，相将飞跃于石级。少年被扼，将落水，警察已赶至，遂擒浪子去。少年觉脚下有异，俯首视之，则泅水时窜入裤中之鱼蟹，落于地上，而狗将大嚼矣。

四月里底蔷薇处处开

出品　明星影片公司，1926 年

编剧　张石川

导演、分幕、说明　洪　深

副导　王献斋

摄影　金克毅

置景　董天涯

题绘　沈延哲　董翰一

演员　杨耐梅　张梅青　王谢燕　赵静霞　王献斋　宋忏红　朱淑修　张霭贞　周履安　李时苑　王吉亭　傅绿痕　林如旭　黄筠贞　严仲英　徐飞琼　黄君甫

《四月里底蔷薇处处开》电影由张石川编剧。其电影本事由宋痴萍撰写，分镜头剧本及摄影日记由洪深、叶良德撰写，原载《明星特刊》第 13 期（四月里底蔷薇处处开号，1926 年 6 月 30 日）。心冷《评〈四月蔷薇〉》（《国闻周报》第 3 卷第 25 期，1926 年 7 月 4 日）亦收录该片本事。

本　　事〔1〕

痴萍

东南银行总理余兆棠，性喜渔色。家有一妻一妾，犹以为未足，复私所雇梳头佣阿宝，以是室中时闻诟谇。余虽苦之，而挟其密友胡寿昌，征逐花丛无倦容，且有所眷，辄营私室居之。一日，经新新公司，遇一粲者，亟下车伺之。粲者微觉，翩然而去。谋之胡，访惯为蜂媒蝶使之白大块头而就教焉。白稔其多资，允为奔走。

余识一林姓女，营私室于某里。其妻有所闻，严诘车夫，得实，挈妾及阿宝往迹之。余方拥林女笑乐，蓦见妻妾皆至，大惊。妻痛斥之，拽与俱返。余自陈弗复有外遇，实则正恋恋于新新所遇之粲者，贿白为之撮合时也。

粲者王蔷，家惟一母，虽非章台柳攀折由人，而红杏出墙，固已阅人匪鲜。先识柴、陈二姓，各赁室于其家左右。及白为余先容，则伪称宦裔，家有严亲，谨堪蹈隙往来，未可终朝厮守。余只求得近玉人，事事惟命，乃复营一室相邻。女周旋三者之间，使各不谋面，咸以为女情有独钟也。

〔1〕　原为句读。

久之，女有身，因以媚余。余故无嗣，闻之大喜，归告其妻，必欲娶女。其妻漫应之，而阴侦女之为人。女本无嫁余意，母女合谋，以重聘难之。余慨然曰诺，母女大窘。并索柴、陈重金，约以同一婚期，冀得金还远飏。余妻于秋赛日睹女与他男子语，测其不贞，潜嘱探捕中人穷治其事。至是踪迹尽露，遂设席某菜馆，以王蔷名分延余与柴、陈，而别以余名延王蔷母女。届时皆集，相顾各惊怪失声。王蔷母女俯首愧悔，惟有涕洟。卒经余妻揭其黑幕，令各偿三人聘金之半而纵之。于是柴、陈嗒丧而去，余亦意兴阑珊，悄然从妻妾同乘归。行次，余妻漫谓之曰："君固情无专属者，何独于王蔷爱之真挚若此?"余闻语踧踖。余妻复笑曰："不图泛爱如君，尚有些微真情发见时也。"

四月里底蔷薇处处开的两种稿件〔1〕

洪深　叶良德

《四月里底蔷薇处处开》的两种稿件，上期刊登了十四场，当时全戏尚未摄毕，所以"分幕草稿"虽是十四场，"摄影日记"却只有十一场。其中除去第十场本未记录外，尚有第一、第六两场，如今刊登在前面。只以下再接第十五场。请读者注意，编者识。〔2〕

分幕草稿

第一场　大商店门口

1. **远**（放光）一部汽车驶至新新公司门口停住，余兆棠先下，胡寿昌跟下，走到玻璃橱窗前。

2. **中** 王蔷与其母挟了二包物件，在玻璃橱窗外看。

3. **远** 兆棠及寿昌走上去，偷看她们。

4. **远** 王蔷同母正在观看窗内陈设，兆棠、寿昌与她们挤眉弄眼。

5. **中** 王蔷母女走到马路旁，上黄包车，蔷回头一笑。

6. **近** 兆棠、寿昌二人窃窃私议。（化去）

第六场　余宅门口

1 中（化出）老爷下车，将入门，又回身吩咐车夫莫多说话，返身进去。（化去）

第十五场　余宅楼下及客厅

---

〔1〕 所谓"两种稿件"，应指剧本（"分幕草稿"）与场记（"摄影日记"）。原版本将其分栏并列：上栏为分镜头剧本；下栏为相对应的拍摄场记。此外，除对白有引号、破折号等外，余均为句读。为阅读方便计，现将剧本与场记分开，各自单独成篇。同时对全篇予以标点。

〔2〕 由于《明星特刊》第 12 期缺失，故本篇前十四场不全。

1/ 108 FS 汽车夫正在那里接电话，阿宝倒茶走过，便立定了听。听了一会回到客堂里去。

2/ 109 S 太太们刚吃完饭，阿宝捧上茶，说道：

（卅四）“老爷不知哪里去了，银行里打了两次电话来寻。”

3/ 110 S 大家也不大注意，姨太太放了碗，随口问是哪个接的电话，阿宝说：

（卅五）“是汽车夫接的电话。”

4/ 111 SC 太太忽然板起面孔，看看阿宝，半晌不言。末后叫阿宝喊汽车夫。阿宝走出去，太太对姨太太说，这事奇怪，一定要调查明白。

5/ 112 S 汽车夫在门外，听说太太叫，有些怕，不敢进来，偷偷问阿宝什么事。阿宝回说不知道，催他快进去。汽车夫怀着鬼胎走进去。

（卅六）汽车夫。（演员林如旭）

6/ 113 C 见太太面色不好，十分小心伺候着。

7/ 114 S 太太先自和颜悦色的问他：（一）老爷今天出去坐你的车子没有？车夫看看太太面孔，回说没有。（二）老爷到哪里去的？回说不知道。（三）老爷是不是天天出去？回说不知道。（四）你开过老爷到小房子去没有？汽车夫看看太太的面孔，摇头说不知道。太太的面孔愈难看。

8/ 115 C 她想了一想，取支香烟要吸。阿宝替她点火，忽然她掷了烟，厉声斥车夫：

（卅七）“你拍好老爷的马屁，以为我不能歇你——混帐东西，立刻滚出去!”

9/ 116 S 汽车夫一肚子委屈，又不敢说，只好答应一声走出去。

10/ 117 S（门外正）慢慢走出来，走了两步，想一想，回头看看，想还是直说的好，便回进去。

11/ 118 S 汽车夫进来看看太太，吞吞吐吐说：

（卅八）“老爷坐了银行里的包车到永安公司背后一条弄堂。”

12/ 119 S 太太气得神色改变，对姨太太阿宝说：我们自家人还吃什么醋？老爷在外边有了小房子了。叫汽车夫快点领着去，汽车夫没法，怏怏走出。

（卅九）“太太，梳了头再去吧。”

13/ 120 SC 太太板起面孔：

（四十）“不要梳！快！快拿裙来!”

14/ 121 S 阿宝果然奔上楼去取裙子。F

第十六场　小房子

（四十一）林小姐。（演员张霭真）

1/ 122 FS 兆棠一个人吃饺子，旁边一个女人陪着他，很亲热。他叫女人吃，女人不肯。F

第十七场　弄堂内后门口

1/ 123 FS 弄堂内后门口，包车夫阿三坐在车上瞌睡，睡得正熟，不一回汽车夫奔进来把他喊醒。等一回太太姨太太阿宝都来了，太太叫阿三敲门，阿三轻轻敲了两下，汽车夫看一眼太太，便奋勇上前将门乱敲。不料里面有人来开，几个人都跌冲进去，一拥而入。

第十八场　小房子

1/ 124 S 兆棠见太太进来，恍如晴天一个霹雳，骇得呆了，捧着一碗饺子，不知怎样好。林小姐便藏起，太太过来夺了碗。

（四十二）“这个饺子你到吃得舒服!”

（仝）太太拿出十分凶泼的样子来，只顾闹摔东西。老爷一面闪避，一面也立起来劝，哪里劝得住。

2/ 125 S 姨太太在妆台前，口里骂着，将台上的镜栉香水等满地乱甩。兆棠又忙着过来劝，也劝不听。

3/ 126 S 这时阿宝把林小姐由床后拖出来，口里乱骂。老爷又抢上前将阿宝好说歹说推过一边。太太又上前骂他不要脸，他只是软求，听得背后又打起来。

4/ 127 S 姨太太同林小姐真揪起来，林小姐有些急了，也还手。老爷赶快上前挡在中间。林小姐吃姨太太打着几下，不禁怒从心上起，恶向胆边生，竖起双眉，将老爷一推，老爷冷不防倒退两步。她又将姨太太一推。

5/ 128 C 姨太太直跌出去。

6/ 129 C 林小姐汹汹的说道：

（四十二～三）“哪个叫你们自己管不住男人？——脚生在老爷身上，我又没有拖他来。”

7/ 130 SC 太太听了这话，心里也知道有理，面上却不肯软，鼻子里冷笑一声，转身看老爷。老爷倒在椅子上喘气，太太又喝道；“你还不想回去么?”阿宝取了马褂来，老爷假痴假呆慢慢穿马褂。

8/ 131 C 林小姐横了心，也是骂不绝口。太太听不过，又上前冲突起来。老爷只得再上前劝，并劝林小姐少说几句。林小姐低头不响了。太太占了便宜才应允走。

9/ 132 S 院子里六七个男女看热闹，老爷太太先出来，姨太太阿宝在后面跟着，（移）老爷便去开大门走出去。看的人也出去。

第十九场　前弄堂

1/ 133 S 看的人更多了，汽车夫抢在前头走，老爷难为情，便大踏步先去。F

第二十场　余宅客厅

（四十四）“能屈能伸，为丈夫者不当如是耶?”

1/ 134 FS 太太姨太太高坐堂皇，阿宝立在旁边，众口责备。老爷只是涎着脸笑，围着桌子转。姨太太叫他以后早点回来。

2/ 135 C 老爷一味软答应道：

（四十五）“可以可以，每晚十二点钟一定回家。”

3/ 136 S 他们说他们的，老爷转老爷的。姨太太说以后不准租小房子，太太说难道家里的人都不好，何必一定要外面弄人。

4/ 137 C 老爷听了，将涎皮讨饶的面孔收起，做出十分诚恳的样子，正容说道：

（四十六）“当然当然，以后我决不在外面再租小房子。”

5/ 138 SC 众人见他那种赌神罚咒的极相，叹口气，总算相信他了。F

第二十一场　韩庄

（四十七）连打两个电话寻他的理由。

1/ 139 FS 兆棠、胡寿昌、白大块头坐在一起谈天。谈了一会，白大块头郑重声明道：

（四十八）“她倒真是好好人家的小姐——父亲是做军装买办的——姓王。”

2/ 140 S 兆棠听她说得郑重，果然动容，心里越发痒了。白大块头又说点秘密：

（四十九）“她母亲也是姨太太，另租着小公馆——小姐跟着母亲住。”

3/ 141 S 兆棠听她说得真切，不由不信，并且觉得有点巴望，便问：

（五十）“我托你的事可还有希望么?”

4/ 142 S 白大块头笑了笑，喝口茶，看一眼胡寿昌，轻轻说道：

（五十一）“我买通了她贴身服侍的小大姐，叫阿金——但是——”

5/ 143 S 白大块头说到这里皱皱眉头，似乎十分为难。兆棠更是提心吊胆。白道：

（五十二）“因为她父亲时常要到小公馆里来，所以她出外是断断做不到的。”

6/ 144 S 兆棠听了这话，心里不免踌躕，做出十分诚恳的样子，说道：

（五十三）“……那末——费心你替我寻一所秘密小房子。”

7/ 145 S 白大块头听了一笑，胡寿昌也笑。白大块头也答应一道：

（五十四）“最好就在她家左近，或者竟是隔壁——寻起来看罢。”

8/ 146 S 兆棠听得这话满意，看看寿昌。寿昌叫他付点钱，兆棠便摸出一包钞票来付给白大块头。F

第二十二场　银行总理室

1/ 147 FC“一张月份牌，有人将日子划去，约过了十几日。”（化）

2/ 148（化）C 银行总理室门外，胡寿昌要进去，学徒推说：

（五十五）“总理吩咐不许惊动——里面正在开董事会。”

3/ 149 S 寿昌听了倒好笑起来，对他说不妨，你尽管通知他，我们是极相熟的，常常这里来。

4/ 150（内）学徒轻轻推开门，伸头进来问，老爷便叫请进来。学徒开直了门，寿昌进来，看见兆棠便要笑出来。

5/ 151 S 原来老爷正梳妆打扮，见寿昌来，口里连说：“也好也好，就同去罢。”又低下头去照照牙齿，匆匆忙忙同寿昌去。学徒收拾过手巾香粉，再摆上笔墨文具。

第二十三场　银行门口

1/ 152 S 汽车夫匆匆跑出来开好门伺候着，兆棠同寿昌出来，讲了两句话，对车夫说不用汽车，（车夫便将门关了）另叫两部黄包车一直去了。（化）

2/ 153（化）（马路）四只车夫脚，四个车轮，往前奔。（化）

3/ 154（化）（马路旁）车已拉到，坐车的人脚跨下来。（化）

4/ 155（化）（韩庄门口）白大块头、余兆棠、胡寿昌三人站着说话。兆棠说："劳你已经在这里等。"白大块头说："我晓得你们快要来了。"兆棠说："就去罢。"白大块头口里答应说好，眼睛看着寿昌，又对兆棠使个眼色。兆棠还不懂，白大块头道：

（五十六）"你的朋友去不得，去了她恐怕不肯来。"

5/ 156 C 兆棠恍然大悟，但又为难起来，（白叫他嘱胡走）只得哭丧着脸对寿昌咬耳朵。寿昌也是漂亮人，便道："正是我没有想到，我要先走了。"头也不回，跳上黄包车先去。兆棠也跳上车，白大块头也坐了包车，一路去了。（化）

6/ 157（化）走过一条极繁华的马路。（化）

7/ 158（化）又走过一条稍冷静的马路。（兆棠也没有心思去看）（化）

8/ 159（化）（新弄堂）一径来到一条新弄堂，两部车子转弯进去。

9/ 160 S 到一个石库门，两个人下了车，包车等着，给了黄包车钱，白大块头敲开门进去。F

第二十四场　王宅

1/ 161 FS 女仆打起门帘，兆棠等进来。白大块头道："这就是老爷。"女仆叫了一声。白大块头说去请小姐来，女仆答应去了。兆棠同白大块头观看房间。

2/ 162 C 看见正面一张床，床面前一张洗面台，台子前有靠背椅儿，窗前有方桌一张，右手靠墙有张沙发，再后便是一顶橱。（须移镜）

3/ 163 S 兆棠看了甚为满意，这时候小姐已经来了。

（五十七）王蔷小姐。（演员杨耐梅）

4/ 164 C 走进来头不敢抬，十分含羞。

5/ 165 S 白大块头上前领她进来，搭讪着同他们介绍。兆棠让她坐，她含羞不肯坐。兆棠说了许多恭维话："从前我在新新公司门口看见你，怎样的爱慕思想你。"许多肉麻话，小姐越发害羞了。兆棠又敬她香烟，她害羞不肯接。白大块头笑道：

（五十八）"老爷是出色会交际，不过小姐是向不出门的，不大会，所以还要请原谅。"

6/166 S 兆棠听了，倒肃然动容。白大块头又同他们说了几句话，便告辞先走。

7/ 167 S 兆棠一直送她到房门口，便随手关上门，回转来时。

8/ 168 S 王小姐含羞坐在顶远靠窗的一张椅上。兆棠也坐了，心想装点规矩样子，反而弄得窘了，寻出许多话说。王小姐有时也大大方方答应，兆棠于是坐得近些。又谈了一会，更坐得近些。再谈了一会，索性坐到她贴近的沙发上。

9/ 169 C 说了一会，刚要伸手去拉她的手。

10/ 170 S 忽然房门一动，有一个小女人探头。

（五十九）小大姐阿金（演员张梅青）便一直走进来。

11/ 171 S 兆棠连忙缩手，阿金上前看着小姐，低低报告：

（六十）“你的爹爹回家了，快点回去。”

12/ 172 S 小姐点点头，叫她先走。兆棠问她：“是不是令尊到了?”她答应。兆棠说：“万一问起来呢?”她不响。兆棠说：“你去罢。”她还不肯。兆棠再三催她，她才立起来说：（本来失望做得慨然）

（六十一）“家父就要走的。”

13/ 173 S 回眸一转，未免有情，竟自去了。兆棠本有点失望，打算走，听得这句话，如同得了圣旨，好不快活，便坐定了等。

第二十五场　王宅大门

1/ 174 S 王小姐从大门出来，走入隔壁一个大门里去。F

第二十六场　第二王宅楼上

1/ 175 FS 一个老者坐在室中圆桌旁看小报，王小姐进来叫他，他点头微笑。小姐刚说得两句话，忽然想起件事，便开了橱门取出许多衣料，一包包解开给老者看，又在身上披披，都是小孩子脾气。老者看了高兴，便执着她的手问话。她先只是低头笑，后来老头子说她几天不见愈发娇媚了，她去揪他的胡须，挣脱手收拾衣料去。（反）

（六十二）永盛钱庄经理柴耀庭。（演员宋忏红）

2/ 176 C 他看得女子十分可爱，满面都是笑。王小姐过来递给他一支烟，替他点着，他叫她也坐下，两个人聚首情话，拉着手。

3/ 177 C（正）假如我们立在王小姐的背后看，只见先是她的手臂伸过去，次是头同身体侧过去，次是屁股移到椅子边上，是椅子也侧了，次是老者伸手将她的椅子索性推开，她立起来出了镜头。F

第二十七场（甲）后门口

1/ 178 FS 小大姐阿金立在后门口吸香烟，隔壁一个娘姨来说：“来了，你喊她去。”阿金答应。F

第二十七场（乙）第一楼上

1/ 178 FS 只见余兆棠一个人痴心坐在房里等着，想起美人到手，心里快活。F

第二十八场　第二楼上

1/ 179 FS 那老者坐在床上，小姐对着镜理发，一面同老者说着话。忽见那小大姐又掀了门帘进来。（反）

2/ 180 SC 小大姐说道：

（六十三）“你的爹回来了，快点回去。”

（同）王小姐听了，故意皱皱眉头，说晓得了，叫小大姐先走。老者听了便道：“既然如此，我也走了。”立起身来穿马褂，戴小帽。

3/ 181 S 小姐还做出依依不舍的样子。那老者走了，小姐理理发刚要走，忽然阿金进来，问她忘了东西没有。她忙将颈练取出，换上一个鸡心，同出门去。

第二十九场　第二王宅大门

1/ 182 F 柴经理出来，悄悄带上了门，向东而去。不一刻小姐出来，想起便望东大门，同阿金咬咬耳朵，阿金点点头。看没有人，不回到兆棠那里，转向左手石库门里去。F

第三十场　第三王宅楼上

1/ 183 FS 一个胖子正躺在床上，少停王小姐进来，他一翻身坐起。小姐也坐在床上，谈了一回话。胖子看她的头发说梳得不好，她只笑笑，取了一支香烟，自己慢慢的呼着，递给胖子。胖子把颈练拉出来看，（特）内有两人的小照。

2/ 184 S（反）小姐走到梳妆桌边，取了一面镜子，又是木梳簪子之类走来。

（六十四）陈福记营造厂的东家。（演员严仲英）

3/ 185 C 只见小姐将镜子交陈天福捧着，自己坐在对面整发。有时对天福做做眉眼，害得胖子骨酥肉痒，丑态毕现。F

第三十一场　（甲）后门口

1/ 185 FS 娘姨去泡水，阿金立定了说笑话。

（六十五）“你派着好差使了——这位姓余的很有钱很阔，多少分些给我。”

（同）娘姨说：“这是各人的运气，为什么给你？”两人笑着。F

第三十一场　（乙）第一王宅楼上

1/ 185 FS 余兆棠躺在沙发上，还在那里等，面前烟灰盘里全是香烟屁股，然而兆棠不怒。F

第三十二场　第三王宅

1/ 186 FS 从门旁边梳妆台镜子里看见小姐同胖子坐在一起。少停，阿金推门进来说：

（六十六）“你的爹回来了，快点回去。”

（同）S 镜子里看见小姐点头答应阿金。

2/ 187 C（在门外打）那阿金在房门口又催小姐，小姐跳起来道，晓得。阿金才慢慢的走，还要回头看看。（出镜头）小姐同天福说了几句话便告辞要走，天福挽着她一只手送她到门口，立定了又说了几句肉麻话，想将她搂近身边亲热亲热。那小姐半推半就，先向外张张怕人看见，便关上了门。足足有十秒种，呀的一声开了，小姐笑嘻嘻的走出来，天福立在门口送她，看她笑着去了。

第三十三场　第三王宅大门

1/ 188 S 王小姐同阿金出来，小姐将项圈上的小照交给阿金，向东走到第三个门，轻轻叩开进去。

第三十四场　第一王宅楼上

1/ 189 S 余兆棠正等得不耐烦，屡次看表，忽听楼梯上有脚步声，便提心吊胆候着。见进来的果然是王小姐，便如拾着宝贝一般。

2/ 190 S 小姐此次进来，随便大方得很，走到方桌边。兆棠问她令尊可曾走，她说：

（六十七）B“家父还没有走，我怕你等得心焦，先抽个空来看看你。”

（同）S 兆棠听了，又高兴又不高兴。王小姐忘其所以，见桌上有香烟，拿起一支便放在嘴里，兆棠连忙寻洋火。（掩余）小姐烟到口里，忽然想起这还是初次，不该如此亲热，便看了一眼兆棠，似乎脸上一红，做出害羞的样子，低下头去，烟也拿了下来。（开余）兆棠拿着洋火要同她点，她道谢一声，方始呼烟，兆棠将火凑上。（掩王）兆棠见美人肯从他手里呼烟，开心极了，顾了看美人，手乱抖。王小姐伸手去扶他的手，兆棠心愈跳，手愈抖。（开）小姐拿了那支烟，似乎不好意思样子，将烟递给兆棠，说：“原是给你吸的。”兆棠肉都麻了。F

第三十五场　余宅客厅

（六十八）秋天是花落结子的时候。

1/ 191 FS L 老爷解释得口渴，将桌上两杯茶吃了，又叫阿宝倒茶。

2/ 192 C 老爷痴心妄想，哭丧着脸道：

（六十九）“我同她初认识，她的确是位千金小姐一闺女，如今肚子大了。”

3/ 193 C 姨太太听了气不过，冷冷的：

（七十）“又租了小房子，为什么不永远瞒着家里，为什么又要对家里说。”

4/ 194 S 老爷竭力分辩：“我是为她有了身孕，不能不娶她，所以不瞒家里了，这也是件正经事。”这时阿宝倒了茶来，说道：

（七十一）“老爷是四月里蔷薇处处开，见一个爱一个。”

（同）说罢深深叹了一口气。老爷看了她，也只得叹口气。

5/ 195 C 太太也说：“何必定要讨她回来？”老爷走上前来分辩道：

（七十二）“她已有了身孕，我还没有儿子，所以我不能不同你们商量，讨她回来。”

6/ 196 C 太太见说不听，索性漂亮道：

（七十三）“你一定要讨，未尝不可，不过我要先看看人。”

7/ 197 C 兆棠说这又是难题目了，她哪里肯给你看呢？抓头摸耳，一无办法。忽然想起一件事，取出日记簿来查：

（七十四）“下礼拜秋季大跑马，她一定会去的，何不就到跑马场去看她呢。”

（同）C 指着日记簿子给太太看，太太不响。

第三十六场　跑马场

1/ 198 FC 只见一张秋季大赛马的入场证。（化）

2/ 198（化）余兆棠领着太太、姨太太在人丛中四面寻。

3/ 199 C 马名骑师牌。（移下）王小姐同一位有胡子的老者说话，老者说：

（七十五）“你去买三马，准定赢，我包你赢。”

4/ 200 C 王蔷便同她母亲商量买马票去，好些人回头看她们。

4/200 L 许多人都上看台前来，远远有几匹马入场。

5/ 201 S 兆棠打了千里镜四面看人，看见王蔷，对太太道，王蔷来了。太太接过千里镜，向大台上看时：

6/ 202 C 镜中只见王蔷同一位中年妇人从台阶上来，先立定了看一看，随后缓缓的走上去，裙子同鞋脚，都看得清清楚楚。

7/ 203 S 太太问兆棠：

（七十六）“那位年纪大点的是谁？”

（同）S 兆棠道：

（七十七）“就是她的母亲。”

（同）S 太太再拿起千里镜来照，兆棠这时候遇见了朋友，便走开去。太太也走开去了。

8/ 204 L 许多马跑过来。

9/205 C 得胜马的号头挂了上去。

10/ 206 C 那位劝人买三马的朋友，躲在一边撕马票。

11/ 207 S 在那马牌底下，王蔷之母同陈天福说话，王蔷回过身来看马牌。

（七十八）王蔷的母亲。（演员李时苑）

12/ 207 C 陈天福问她们胜负如何，王母拿许多废马票给他看，说：“今天输了。”陈天福倒是慷慨脾气，也不管有人看没人看，抓出一把钞票，说：“不要紧，今天我大胜，我借几百块给你。”王母便接了。陈天福想同王蔷说话，王蔷躲开，她甚着急，怕人看见。

13/ 208 S 偏偏给太太看见，她也不告诉姨太太，只自己看在肚里冷笑。F

第三十七场　余宅太太房

（七十九）不听老婆言，吃亏在眼前。

1/ 209 FS 太太苦口劝兆棠，兆棠执迷不悟。太太道：

（八十）“我看她不像个正派人。”

（同）兆棠竭力分说：“她的的确确是位大小姐。”太太吸水烟，摇摇头说道：

（八十一）“她腹中身孕，也未必就是你的。”

2/ 210 兆棠急得跳起来，辩又不是，不辩又不是，直喊道：

（八十二）“笑话——真是笑话——笑话笑话。”

3/ 211 S 太太冷笑一阵说：

（八十三）“我看她还有别人。”

（同）兆棠苦笑道：

（八十四）“哪里还有别人。”

4/ 212 SC 太太收了笑，点点头，暗自定了主意，又陪笑道：

（八十五）“我也不过劝劝你罢了，我从来不同你吃醋的。”

（同）正色看着兆棠，兆棠忙说：“你不你不。”F

第三十八场　新弄堂

（八十六）须知吃醋是做妻子的天职。

1/ 213 FS 余兆棠坐了一部黄包车，付了钱，匆匆走入去。不久见一部包车跟来，那人四面一看，跳下车立在弄口。

（八十七）侦探，上海叫包打听。（演员黄君甫）

2/ 214 C 她穿着一身黑衣服，高高戴起一顶帽子。

3/ 215 那第一王宅石库门刚刚关上，侦探慢慢走过来看着。F

第三十九场　第一王宅楼上

（八十八）可怜老爷尚在鼓里。

1/ 216 FS 王蔷同母亲坐在靠椅上，兆棠坐在桌边讲话。王母当然客气，兆棠十分诚恳，王蔷好像不要听。

2/ 217 C 王母对兆棠说：

（八十九）“我听我们小姐说，余先生为了她有身孕，已经答应娶她回去。”

（同）兆棠拍胸答应，王母便回转头去看王蔷。

3/ 218 C 王蔷皱皱眉，低了头，似乎不愿意当面听这种婚嫁的话。

4/ 219 C 王母咬着下唇，心里着实委决不下，想了一刻，方始吞吞吐吐说道：

（九十）“娶回去作妾，她的爹未必肯答应。”

5/ 220 L S 兆棠连忙声明：“如果生了儿子，同太太一样看待。”王母见她发急，心里暗喜。王蔷只是不乐。

（同）王母又对兆棠说：

（九十一）“我只好硬作主意嫁她——一切有我担当就是了。”

6/ 221（同）兆棠故意做出许多感激图报样子，看看王蔷。王蔷看她母亲一眼，似乎怪她多事。王母又道：

（九十三）“我家也有点小场面，如果聘礼丰厚些，在她爹面上也好看。”

7/ 222（同）兆棠满口答应，王母不慌不忙说出来：

（九十三）“三克勒钻戒一只，五克勒钻耳环一对，珍珠项圈一串，礼金二千元，置备嫁妆。”

（同）兆棠答应不迭，看看王蔷，惟恐她不要。

8/ 223 C 王蔷别转头，暗自寻思。F

第四十场　王蔷之家

（九十四）一不做二不休。

2/ 224 S F 王蔷坐在一张凳上，王母坐在一张凳上，两人互相埋怨。

2/225 C 王蔷洗脱自己，责备其母：

（九十五）“我对他说身孕的话，原只想笼住他的心，不料他一口咬定要讨我回去。”

2/226 C 王母也洗脱自己，责备其女：

（九十六）“我问他要求许多聘礼，原只料他必不肯答应。”

2/227 C 王蔷弹了她母亲一个白眼。

2/ 228 C 王母愈想愈急：

（九十七）“如果弄假成真嫁了他，岂不是吃了一碗，冷了一锅。”

2/ 229 C 王蔷愈想愈恨：

（九十八）“我去嫁他做第三个第四个么？——况且身孕也未必是余的。”

7/ 230 S 两个垂头丧气，心里只是埋怨。忽然王母立起，走过来。

8/ 231 C 王母有了主意，便对女儿道：

（九十九）“既经如此，索性对他们三个人一视同仁，一律对付。等到那银钱首饰到手，走他娘。”

C 蔷领悟这句话，面上稍为有笑容。F

第四十一场　新弄堂

（一〇〇）又一天。

1/ 232 FS 王蔷由第二王宅走到第三王宅，在门口将领饰换下，交给阿金。

2/ 233 S 那侦探正立在弄口看，回头看看没有人，便慢慢踱进去。

3/ 234 C 看第一王宅，第二王宅，第三王宅的门牌。

4/235 S 立在第三王宅门口狐疑不决。F

第四十二场　第三王宅楼上

1/ 236 FS（正）王蔷同胖子坐在床上，王母坐在沙发上，侃侃而谈，胖子箕踞而听。王蔷看看胖子的脸色，说了半天：

（一〇一）“我听我们小姐说，陈先生为了她有身孕，已经答应娶她回去。”

（同）胖子笑着答应，看一眼王蔷。

2/237 C 王蔷故意做出含羞样子。

3/ 238 S 王母正容道：

（一〇二）“陈先生是很明白的——如果聘礼丰厚些，在她爹的面前也好看。”

（同）胖子问大约要什么，王母叠起指头，不慌不忙说道：

（一〇三）“三克勒钻戒一只，五克勒钻耳环一对，珍珠项圈一串，礼金二千元，置备嫁妆。”

4/ 239 C 胖子虽是脸上笑着，口里答应着，心里也有点踌躇，直弄手内的雪茄。王母猜到他的心事，便道：

（一〇四）“这也是我们的一点小场面，将来人嫁过去，东西还不是都带去么。”

5/ 240 S 胖子这句话听得进，爽爽快快都答应了。王母也放了心，看一眼王蔷，口里仍同胖子说话。

6/ 241 C 王蔷对母亲做丑脸，胖子口里说着，伸手摸王蔷。王蔷的手只顾引他，但不给他摸。（去圈）胖子至是看她一眼，她也笑了。F

第四十三场　新弄堂

（一〇五）又一天。

1/ 242 FS C 阿金同一个穿破烂洋服的年轻人说话，很是要好的样子。

（一〇六）三光码子（即光棍）李阿根。（演员周履安）

（同）阿金说：“出来得太久，要回去了。”但是又说了半天方始回巷堂去。李阿根正看她进去，不想一个人在他肩上一拍，他倒骇了一跳，见是侦探，连忙陪笑：

（一〇七）“咦——爷叔——你……”

2/ 243 S 侦探摇摇手止住他，却同向巷堂里看，直等阿金进了石库门。

3/ 244 C 侦探努努嘴，问他道：

（一〇八）“她是你什么人？”

（同）C 李阿根说不出，有点难为情，做出许多怪相，说：“爷叔还不明白么？”侦探眉头一抬说：“明白了。”便放下面孔来对他说正经话。F

第四十四场　第二王宅楼上

1/ 245 FS 王蔷王母同柴先生坐着谈天，王蔷做出十分委曲的样子。

2/ 246 C 柴耀庭盘算了半天，又问道：

（一〇九）“是不是三克勒钻戒一只，五克勒钻耳环一对，珍珠项圈一串，礼金二千元？”

（同）王母点一点头，王蔷注意看着他，似乎要他答应。柴耀庭头慢慢低下去，抬起来时，一脸都是为难的样子。王蔷与王母也面面相觑，担足心事。柴耀庭心里盘算一回，脸上勉强装出笑容，咬紧牙齿答应了。王蔷与王母相视一笑，王母再寻话同柴谈天。

3/ 247 C 柴耀庭不能不笑着答应，但是他哭都哭得出来。

4/ 248 S 王母知趣，便立起身来告辞先走，王蔷便送她出门。(反)

5/ 249 到了门口，王母对老者努努嘴，王蔷会意点头，便走人去。

6/ 250 C 那老者正一个人吸着烟，闷坐在那里。王蔷走来引他玩笑，勉强敷衍着，王蔷把手指在他额角上一点，又一把拔去他的香烟，又拧他的嘴。老者被她这样打情骂俏，又迷昏了，他做起眉眼来。F

第四十五场　南京路新利洋行

(一一〇) 又一天。

1/ 251 FS 余兆棠一个人坐在新利洋行门口等。

2/ 252 S 王母同王蔷坐着黄包车来了。

3/ 253 S 到门口遇见兆棠，下了车，付了车钱，讲着话，看窗内的陈设。

4/ 254 C 都是珍贵的饰物。

4/ 255 S 三个人慢步走进去了。F

第四十六场　小栈房

1/ 256 FS 李阿根对阿金汹汹的再三逼着她说，她始终不屈道：

(一一一)“小姐待我好，我不能说。”

2/ 257 C 李阿根听了，晓得是强不来的，便和颜悦色劝她说。她见他软求，为难了半天，最后仍摇头说：

(一一二)“小姐待我好。”

3/ 258 C (独) 李阿根真急了，哭丧着脸说：

(一一三)“小姐待你好不相干，现在是我的事，你不说，爷叔不答应我。”

4/259 C (独) 阿金同他很要好的，不得已便口松了。

5/ 260 S 她刚要说时，阿根叫她且慢，走向门口开了房门，招呼侦探进来。大家坐定了，侦探叫她快说。

6/ 261 C 她叠起三个指头，说出三处小房子来。侦探问她三个怎样的人物，她取出两件鸡心来。

7/ 262 C 内有胡胖二人的小照。

8/ 263 C 侦探看完了掷还她，叫她说几时认识相好多年已往的历史。F

摄 影 日 记

第十五场　余宅楼下及客厅

1 远（化出）汽车夫听电话，阿宝端了茶，自楼梯上下来，立定听一听，走过去。

2～4 中 太太与姨太太饭毕，阿宝端茶进来，说行中打电话来，汽车夫接的。太太姨太太听得大起疑心，命阿宝出去叫车夫。

5 中 汽车夫打电话，阿宝出来唤他进去，车夫勉强跟着她走。

6 中 阿宝引汽车夫进来，立在太太面前，问有何事。

7～9 中 太太问车夫，老爷是否另有外遇？车夫总是摇头，太太怒斥车夫出去。

10 中 汽车夫怏怏而出，复想一想，返身回入。

11 中 汽车夫回来说出老爷另有小房子在某处，太太怒甚，命车夫去。

12～15 中 太太与姨太太起立将行，阿宝走上问太太要梳头否？太太说不要了，你快去与我拿裙来，阿宝出去。（化去）

第十六场　小房子

1 近（化出）林小姐陪了兆棠吃饺子。镜头摇过去，单拍林。（化去）

第十七场　弄堂内后门口

1 远（化出）包车夫睡熟在包车上。（化去）

2 远（化出）汽车夫唤醒包车夫，太太姨太太阿宝等均来。

第十八场　小房子

1 远（化出）林小姐陪兆棠说话吃饺子，阿宝推门领太太姨太太进来。林小姐匿至床后，太太姨太太斥骂兆棠。

2 中 太太怒斥兆棠，掷去盆子，姨太太阿宝走。

3 甲**中** 姨太太在妆台上大掷其器皿，兆棠上来夺住劝她。

3 乙**中** 姨太太还要掷东西，兆棠夺下，姨太太大骂。兆棠又看见床背后吵闹，走过去。

4 **中** 阿宝从床背后拖出林小姐。

5 **远** 阿宝用力拖林，兆棠上去劝开，太太大骂，兆棠向之作揖。

6 **特** 林小姐说他自己来的，又不是我叫他来的。

7 **远** 林小姐与太太对骂，兆棠从中劝解，并喊拿马褂。姨太太拿马褂掷与他，兆棠乃拖了太太等一同出门去。

第十九场　前弄堂

1 **远** 兆棠太太姨太太阿宝等出门而去，闲人纷纷议论。

第二十场　余宅客厅

1～5 **中**（化出）太太姨太太互骂兆棠，阿宝亦从旁挖苦，兆棠苦苦哀求，甚至作揖。（化去）

第二十一场　韩庄

1 **中**（化出）白大块头说出托办之事，已有眉目，兆棠与寿昌坐在两边听。兆棠又

摸出一叠钞票交与白。（化去）

第二十二场　银行总理室

1 **特**（化出）一手揭去日历初五初六两张。（化出）

2 **特**（化出）一手揭去十三日一张。

3 **中**（化出）学徒把守门口，不许寿昌进去。学徒推开门探首进去。

4 **远** 学徒探首门内问后，始许寿昌进去。

5 **中** 兆棠修饰，寿昌在旁与他说话，并问他到何处去，我也要去，于是呼仆人。

6 **远** 学徒进来，兆棠寿昌出去，学徒收拾东西。（化去）

第二十三场　银行门口

1 **远**（化出）汽车夫兆棠寿昌一同出大门。车夫坐到车内。兆棠忽与寿昌鬼鬼祟祟立在阶石上谈了一会，招呼车夫进去，遂叫了两部黄包车坐了去。（化去）

2 **跟摄**（化出）黄包车夫双足飞跑。（化去）

3 **中**（化出）二人下车之脚走。（化去）

4 **远**（化出）兆棠寿昌至门，适白大块头出来，三人就在门外谈话。白似乎不愿寿昌同去，于是寿昌先坐车子去，白与兆棠亦坐车子。（化去）

5 **跟摄**（化出）法大马路街市。

6 **跟摄**（化出）霞飞路街市。（化去）

7 **远**（化出）兆棠白大块头两部车子进弄堂去。（化去）

8 **远**（化出）两部车子停下来，兆棠付车钱，白大块头敲门，一同进去。（化去）

第二十四场　王宅

1 **远**（化出）白领兆棠进来，大姐开门，白命大姐去叫。白与兆棠进去看看。

2～5 **远** 白立，兆棠坐在床上，王蔷推门进来立于床侧，白与兆棠立起迎上去。

4 **近** 王蔷立在门首怕难为情。

5 **中** 王蔷与白进来，兆棠亦走上与她们招呼，白为二人介绍。

6 **中** 三人谈了一会，白说有事先行，兆棠送出，王蔷回进去。

7 **中** 兆棠送白出门，将门关上，返身进来。

8 **远** 蔷俯首坐于窗前，兆棠匆匆回进，自言自语，蔷不理，乃坐于远处的椅上。又对蔷说话，蔷亦回答，兆棠乃移近长椅上坐。（化去）

9 **中**（化出）蔷与兆棠对坐，说得投机了，兆棠又将移近，忽闻门声响。

10 **近**　兆棠向她说话。

11 **近**　王蔷使出眼色勾引他。

12 **中**　阿金推门走进来。

13 **中**　阿金走上对蔷说：“你父亲来了。”蔷叫她先回去，兆棠立起催她去。（化去）

第二十五场　王宅大门

1 **远**（化出）王蔷独自出门走到隔壁一个大门内去。（化去）

第二十六场　第二王宅楼上

1 **中** 柴耀庭独坐看报，王蔷进来，与耀庭招呼后，王蔷取出许多衣料与耀庭看。耀庭涎脸，被王蔷揪了一把胡子，又将衣料收好。

2 **中** 柴耀庭向对面看着，王蔷取了一支香烟上来，纳入耀庭口中，又为之燃火，耀庭就搅住了她说肉麻的话，王蔷在一旁坐下。

3 **中** 柴与蔷对坐而谈，蔷缓缓移身坐于柴身上（化去）

第二十七场（甲）后门口

1 **远**（化出）阿金与女仆在后门口谈话，又一女仆来与阿金说，老爷来了，阿金叫女仆去，自己亦进去。（化去）

第二十七场（乙）第一楼上

1 **近**（化出）余兆棠独坐痴等。（化去）

第二十八场　第二楼上

1 **远**（化出）柴躺在床上，王蔷在妆台前理发。阿金进来说，老爷来了。

2 **中**柴耀庭立起来要走，王蔷拉住他，欲说不说。柴走，阿金进来为王蔷套颈练一同出去。（化去）

第二十九场　第二王宅大门

1 **远**（化出）柴耀庭走出大门，一直去了。王蔷亦走入隔壁门内去。（化去）

第三十场　第三王宅楼上

1 **中**（化出）陈天福独倚床上，王蔷推门进来，就床沿坐下，与天福谈笑。天福又拿伊金鸡心看，摸摸她头发，蔷起立。

2 **中** 蔷跑到妆台上取了镜子，又跑过去。

3 **中** 蔷取了镜子来授与天福，天福为她捧了镜子，她梳头。（化去）

第三十一场（甲）后门口

1 **远**（化出）王宅一女仆提了水壶出门，阿金走上拍其肩，与她说话。（化去）

第三十一场（乙）第一王宅楼上

1 **近** 兆棠独坐等候。（化去）

第三十二场　第三王宅

1 **远** 在镜子内看出天福与蔷在内情话，将要走，天福拖住她要接吻。蔷望外一张，把门关上，十秒种后门开蔷去。(化去)

第三十三场　第三王宅大门

1 **远**（化出）蔷与阿金同出大门。蔷除去颈链，阿金为其另换一个。阿金进第二宅，王蔷进第一宅。(化去)

第三十四场　第一王宅大门

1 **近** 兆棠独坐候人，甚觉无聊的样子。

2 甲 **中** 王蔷推门走进。

2 乙 **远** 兆棠立起迎上去，王蔷走上，一同回到桌旁。

3 **中** 王蔷取烟，兆棠即取火为之燃点。(开)(关)(化去)

第三十五场　余宅客厅

1 **中**（化出）兆棠与太太讲话，姨太太、阿宝均从舅听。兆棠拿茶吃，又叫阿宝去倒茶。

2～3 **近** 兆棠说她本是一个闺女，现已怀孕，我不得不娶她。姨太太从背后拍拍他肩说："你以前何故不早说呢?"

4 **中** 兆棠仍是絮絮叨叨的对太太说，阿宝拿了茶进来，放在桌上，赌气向兆棠说："老爷是四月里蔷薇处处开，见一个好一个。"叹了一口气走开。兆棠亦叹一口气。

5～8 **中** 兆棠要求太太允诺，太太说要看一看人，兆棠乃摸出日记簿翻与太太看，说几时跑马，她也在场的。

第三十六场　跑马场

第三十七场　余宅太太房

1 **中**（化出）兆棠与太太对面坐谈，太太说此女靠不住，兆棠力辩其可靠，太太冷笑说："恐怕她身孕亦不是你的呢!"

2 **近** 兆棠闻言发急，跳起来说："笑话了，笑话了。"

3 **中**　宁兆棠大发急，太太冷笑注视他，说恐怕还有别人呢。兆棠摇摇手，说一定没有的。

4 **近** 太太看着冷笑，又拿出一副正经面孔说："我向来是不吃醋的啊!"

5 **中** 兆棠又摇摇手说："这是我晓得的，你是不吃醋的。"(化去)

第三十八场　新弄堂

1 **远**（化出）兆棠车在前，包探车在后，进弄堂。(化去)

第三十九场　第一王宅楼上

1 **远** 王蔷母女并坐，兆棠坐桌旁，与王母说话。

2 **特** 王母说："我闻你要娶她？"

3 甲**特** 兆棠极诚恳的说："是的，是的。"

3 乙**近** 王蔷听他们讲，别转头，有些不要听的神气。

4 **中**　王母转了一个念头，看看王蔷，俯首不语，乃说："你娶她作妾，恐她父亲是不答应的。"

5 **中** 王母说毕，兆棠即立起来很诚恳的说："那不是的。"

6～7 **中** 王母与兆棠讲聘礼，王蔷立起，现出无聊的样子，在妆台上玩弄饰物。

8 **近** 王蔷回转头来，很不快乐的神气。（化去）

第四十场　王蔷之家

1 **远**（化出）王蔷母女一人分坐窗下，蔷埋怨其母。（化去）

2 **近**（化出）蔷说："怀孕是骗骗他的。"（化去）

3 **近**（化出）王母说："我本来也是难难他的。"（化去）

4 **近**（化出）蔷弹了一个白眼，扭转身体。（化去）

5 **近**（化出）王母越想越发急了。（化去）

6 **近**（化出）蔷说："谁愿嫁与他做第三第四，况且身孕也不知是哪个的。"（化去）

7 **远**（化出）蔷与母对坐，蔷母说："索性三个人一样办法，我们弄到了钱走了罢。"蔷微笑颔之。（化去）

第四十一场　新弄堂

1 **远**　（化出）蔷与阿金出第二宅，蔷除下项链，阿金为其另换一个鸡心，自己走入三宅。包探上来看看。（化去）

第四十二场　第三王宅楼上

1 **远**（化出）王蔷母女一人与天福讲聘礼。

2 **近** 天福已经应允之后，又露为难的神气。

3 **近** 王母猜透天福心事，说这也是我们的小场面，将来仍是带过来的。

4 **远** 天福点点头，又摸摸王蔷的手。蔷与母做鬼脸。

5 **近** 蔷撇开他的手，对母做鬼脸。（化去）

第四十三场　新弄堂

1 **中**　（化出）李阿根与阿金在巷口谈话后，阿金走去，李张望，包探从背后把他一拍，李大惊回身，包探问他。（化去）

第四十四场　第二王宅楼上

1～2 **中** 柴俯首为难后，答应母女二人。

3 **特** 柴苦笑，对她们说："可以的，可以的。"

4 **远** 柴及母女相对无言。王母向柴告辞，起身而出，蔷送至门首。

5 **中** 母女二人在门首作，耳语，使眼色，母去，蔷回入。

6 **中** 柴取香烟吸，皱紧眉头。王蔷走上问他，又与他胡调。（化去）

第四十五场　南京路新利洋行

1 **近**（化出）新利洋行招牌。（化去）

2 **中**（化出）橱窗内陈列之饰品。（化去）

3 **远**（化出）汽车驶来，及门而止。（化去）

4 **中**（化出）王蔷王母兆棠三人，相将下车入门。（化去）

第四十六场　小栈房

1～4 **中**（化出）阿金坐在床上，李阿根坐在对面，逼她吐露秘密。阿金不肯，再三恳道始允，李止之，又走出去。

5 **中** 李开房门叫包探进来。

6 **中** 阿金立着等包探进来坐下，李旁立。

7 **中** 阿金说出三处小房子事，包探诘问她，她又摸出两个鸡心与他们看。

8 **中** 阿金立起来摸出两个鸡心与他们看，并说出同日嫁娶事。（化去）

玉洁冰清

出品　民新影片公司，1926 年
编剧　欧阳予倩
导演　卜万苍
副导　汤　杰
摄影　梁林光
字幕　欧阳予倩（中文）　许厚钰（英文）
置景　鲁　飞
演员　欧阳予倩　朱耀庭　汤　杰　林楚楚　萧　英　刘玉珊　张织云　李旦旦　龚稼农　王梦石　沈丽霞　戴不平

《玉洁冰清》电影由欧阳予倩编剧。其电影本事、字幕均为欧阳予倩所作，原载《民新特刊》第 1 期（1926 年 7 月 1 日）。镌冰《〈玉洁冰清〉评》（《国闻周报》第 3 卷第 27 期，1926 年 7 月 18 日）亦收录该片本事。

本　　事[1]

予倩

钱维德者，家于吴，以豁刻致富。益富而益贪且吝，常以金贷与小贩，盘剥重利。且利市井无赖为之爪牙，有负债逾期者，则威迫之，结怨乡里勿顾也。妻早卒，遗子女各一：子曰官保，尚幼；女曰孟琪，已成长，亭亭玉立，美秀而文。维德虽铜臭薰心，未尝不钟爱之也。其帐房黄姓名发渊，甚勤谨。发渊有子名伯坚，肄业于南洲大学。幼与孟琪同里巷，两无嫌猜，及长渐疏。而伯坚深鄙维德，兼及孟琪。孟琪则属意伯坚，始终如一也。一日，维德之收帐人陈有才，行过市场，见一老渔携幼女憩于茶肆，债户也，遂向之索逋。老渔谓债本已偿，请酌让其利，并索还债据。陈谓所偿者为利尚不足，未遑论本。争执不决，势将用武。而陈之所以胁老渔者至不堪，适为伯坚所见，挺身为抱不平，痛斥有才，掖老渔父女而去之。有才诉于维德，维德令发渊切责伯坚，于是钱黄存芥希矣。未几，伯坚毕业试第一，雅为当道所推重。维德艳羡虚荣，欲以孟琪妻之。且伯坚为青年励志会会长，颇以砥砺廉隅相尚。维德忌之，欲藉婚姻以羁縻其志，乃嘱陈有才示意于发渊。发渊大喜过望，立允委禽，欣然以告伯坚。伯坚峻拒，百端譬解，不为转移。发渊怒曰："父已允矣，不肖子何能自主，择日迎娶可也。"伯坚终不承，取酒饮之。既醉，乘自转车出城，藉舒愤抑，不觉渐远。

[1] 原为句读。

适车过小山之麓，见二村女追呼相戏，幼者在后，长者误绊地上树枝仰跌大笑。伯坚回顾，堕车晕绝。二女急前趋视，见其伤重，留长者守之，幼者急归呼其父至。舆之至家，施以医疗，伯坚[1]既苏。见侧坐为之按摩者即市场所见之老渔，幼女侍焉。更有一人，正扇火煎药，忽回眸凝睇，忽欲有言。以意度之，必渔翁之长女无疑矣。渔翁姓孔氏，名逢春，妻死无以葬，假资于维德，家贫屡衍偿期，以致付利倍偿本而责负仍无已时。当其见窘于陈有才也，深德伯坚为之解围，不意伤者即为伯坚，故加意维护之，以报前日之惠。二女尤殷勤，幼者琼仙，天真未凿，不过禀承父命，周旋汤药。其姊素仙，已解人事，嘉宾莅止，固不能无动于中也。伯坚伤渐愈，与素仙姊妹亦渐稔，斗草垂纶，相与破闷，水乡深处，竟日流连。芳草疏芜，尘寰隔断，武陵天台之乐，实无以过之。逢春每询家世，伯坚辄支吾其辞，自耻其父之役于钱氏，尤恐言之失美人之欢心也。逢春为人古朴，深恐素仙误陷情网，时讽伯坚还家，然客意缠绵迟迟不发。会陈有才以索债入村，纵迹得伯坚。于是逢春知伯坚为黄氏子，严辞劝归，不稍假借。伯坚无奈，惨然作别，从此世外桃源，遍生红豆矣。发渊见伯坚归甚慰，急备纳采，禽妆既具。伯坚掷毁之以示决绝，发渊甚怒，亦已无及。事为有才所知，走告维德，并谓伯坚有外遇，饰辞污蔑素仙。维德乃命有才逐逢春远徙。逢春迫于势，移居避之。将行，伯坚适至，潜就素仙赠以小影。情话正浓，为逢春所觉，责女兼责伯坚。其时迅雷风雨劈空而至，伯坚冒雨归城，回首孤村，四围烟雾，自顾遍体沾濡，不分为雨为泪也。自是伯坚益知维德之恶，蓄意与之为难。先是维德曾得某储蓄会头奖，以不堪善堂董事之嬲，勉损金以避嚣。善堂亦例赠乐善好施匾额以为报。伯坚知之，约青年励志会会友集通衢，截留其匾，取巨石击碎之，当众暴维德之短。维德闻而大怒，革除发渊，并令巡警拘伯坚。伯坚遂避地至上海，欲以著作自沽。期年编中国经济史成，不能售，资斧断绝，贫不自聊。一日遇乡人朱明，其人为书贾，有小肆在麦家圈附近。偶见伯坚，款接周挚，并留其书稿，为之发刊。书出，伯坚名大噪，旋即再版。伯坚以为是偶然事，岂知成之者，即其所鄙薄之钱孟琪女士也。孟琪素不善其父之所为，颇重伯坚之豪迈，深恐其以意气贾祸，故阴相助以缓和之。朱明者，曾以债务为维德所迫，得孟琪为之缓颊而解。及知孟琪属意伯坚，遂引小说中佳人才子为证，令其妻居间传通消息。伯坚新著出版之费，无非取自孟琪；而书之大半，孟琪购之。且戒朱明勿告伯坚，盖谓成人之美，非所以愧之。孟琪复假某总会名，作书致其父，伪言博负，索债于维德。维德见书骇诧，怒问孟琪。孟琪述明原委，乘机谏父，问父绩钱何为。父曰为儿女耳。孟琪曰："假令儿为败子又如何？故不如早散其财，以利贫苦，毋以财故遗祸于子孙。"维德不答，未几官保误医而殇，孟琪复日以危言耸听。维德悟，决计改业。孟琪乃取所有债据，一一圈销封还之。乡人大悦，传颂不衰，无勿知维德为改过为英雄者矣。维德欲葬官保于亡妻墓侧，携孟琪至洞庭山；孰知孔逢春，即迁居于此。其时素仙已成狂疾，啼哭无常。一日破扉而出，不期与孟琪相遇，遽前与语。孟琪惊异，适琼仙踵至，向孟琪谢过。孟琪因问其姊致病之由，

[1] 原为"侧"。疑有误。

琼仙为述颠末。孟琪因忆及有才告维德之语，盖尝窃听之也。孟琪归，即以素仙名作书由朱明转致伯坚，略曰“自从判袂，寒暑再更，回首前尘，恍如隔世。妾以命薄，叠构闵凶。不意累君，亦遭穷困。停辛伫苦，雁渺鱼沉。昨日方闻，君在上海。倩人秉笔，达意何从。蜗居在洞庭山后。此函若达，尚望临存。但得握手一言，万死无憾。”云云。伯坚得书，疑信参半。然以念素仙甚切，急赴洞庭山，遇素仙坐道旁。以为丐女，投钱与之，径至其家，则逢春与琼仙樵采未归。及还至素仙坐处，见从前所赠小影，遗于地上，揣知丐女，必为素仙。蹑迹觅之，见其披发立岩石上，手碎怀中花，跳入水中。急泅而抱之，果意中人也。逢春与琼仙相继而至，共拥之至家。举眸见伯坚，神智顿复。顾多情人虽成眷属，而夕阳西下，杨柳楼头，有人手中国经济史一篇，置之当胸，凝睇斜晖，低声长叹，芳心一寸，情绪万千。借问伊谁，非市侩之女乎！（完）

字　　幕[1]

予倩

旭日本无私，和光过大地，
人各欣所适，物各欣所寄。
乡下老渔翁，挑担进城去，
以有易所无，日中可为市。
借问城中人，何必苦心计？

放重利的钱维德。（欧阳予倩）
钱家帐房黄发渊。（朱耀庭）
专收利债的陈有才。（汤杰）
有：这老东西的帐真难收，而且住了我们的房子，连房钱都不肯付。
钱维德之女钱孟琪。（林楚楚）
钱维德之子官保。
维：限你三天非收到不可。
孟：穷人的帐爹就宽放些罢！

渔家生活。
渔翁孔逢春。（刘玉珊）
逢春次女孔琼仙。（李旦旦）
逢春长女孔素仙。（张织云）

---

[1] 原说明字幕前有■标记，对话者有括号；分段则有星号。现统一略去，将说明改为仿宋粗体；对话者后加冒号；分段空行。

素：爹！早些回来，到时候烫好酒等您呢。

黄发渊之子伯坚。（龚稼农）
伯坚之同学皮球大王。（戴不平）
伯：喂！重利盘剥的女儿，别瞧脏了眼。
同学：我就怕眼精不脏。你跟她不是从小的老朋友吗？

有：老孔，你的帐怎么说？今天可是不给不行。
有：你管什么闲事？你老子都够不上过问。
伯：你们总有一天认得我。

横财发富家。
我刚才受……
贾朱明。（王梦石）
维：朱明你来干什么？
明：我来送钱的。
维：利钱呢？
明：不瞒你说，我这个钱是当来的，利钱就求您免了罢！
维：阿发！
维：为什么放闲杂人进来？
男仆：并没有人进来。
维：滚蛋！
有：发渊的儿子袒护逢春欺侮我。
发：老爷要开除你，我来替你讲个情罢。
发：东家为佣人何必这样生气呢？
维：你教的好儿子。

慈善会长：老先生，所费不多，功德无量，一定要来送匾颂扬盛德。

伯坚毕业于南洲大学。
省长致训词。
第一名。
维：发渊你的儿子总算不错，省长都赏识他。
发：就是脾气不大好。
伯：好朋友许多我舍不得毕业。

伯：……目下有志的青年有许多为市侩所买收了……

伯：……所以我希望我们诸同志要崇尚气节，奋斗到底……

维德醉心虚荣，欲以女许伯坚。
维：伯坚那孩子可真不错。
发：这话却不该我说，伯坚的脾气可太坏了。
发：既是省长提拔他，东翁又有意，那总不会错的。

有：老黄，你真交运了。东家的小姐，要许给你做儿媳妇。
发：你别开玩笑了，哪里高攀得上。
发：既真是承东家看得起，又承你过来，再好没有，我们择日下定就是。
伯：哼！我哪能娶市侩的女儿？
发：这是小儿害羞。
发：你方才说什么，幸喜有才没有听见。
发渊妻：东家的小姐，人家求都求不到，况且我们是靠人家吃饭的。
发：父母作主定了就定了，哪能由你胡闹，——没出息的东西。
同学：小黄！我今天在路上又看见了那个脏眼精的她。

琼：这就是我说的那个人。
男仆：四处寻找少爷还是没下落。
发：那怕他死在外边。

当晚。

维：孔逢春的钱究竟怎么样了？
有：明后天我准定下乡去讨。

伯坚伤渐愈。
素：乡下的衣裳，穿不惯罢？
琼：跟着我们打一辈子鱼罢。
伯：我愿意住在乡下一辈子。
乡邻：女儿家怎么跟男人乱跑，这都是老孔没教训。
逢：你今天不痛了么？
伯：谢谢，好得多了。
逢：既是好些了，还是早点儿回家去罢。

有才下乡讨帐。
琼：唷，可找苦了我了，原来瞒着我在这儿呢！爹爹叫你们去吃饭。

有：原来你就是黄家的少爷，请快回去罢，免得家里挂念。
有：把你父母急坏了，我看你快走罢。
有：我先送他回去，钱限你三天送来！
逢：原来他是小人的儿子。

发渊为子订婚。
亲戚：今天不过刚下定，就升作经理，将来还是要锦上添花呢。

发渊的儿子。
伯：……我们总要富贵不能淫，贫贱不能移，威武不能屈……
会员：他只顾着说大话，恐怕不久就要作市侩的女婿了。
发：这是小儿害羞。
同学：你要是娶了钱家小姐，我们大家都有体面的……
伯：卑鄙龌龊的话请少说！
有：他欠债不还，房钱不付，他女儿又伤风败俗，赶他出屋就是。

祸从天上来。
素琼：爹爹回来了。
有：这就是小黄的……
有：你父亲哪里去了？
乡邻：老大，你听见刚才那三个人说的话没有？老孔家里一定出事了。
有：当你只会赖帐，谁知你还会拿女儿勾引人。
有：钱老爷怒了，让你还了钱，赶快搬家。
逢：要钱归要钱，搬家归搬家，不应该糟蹋我。
有：帐马上要还，家明天就搬，倘若拖延，叫你有死没活。
逢：我明天就搬，可是你嘴里要放干净些。
有：搬了家我再来问你要帐，不怕你飞上天去。

风雨诉离情。
伯：你姐姐哪里去了？
琼：姐姐不在这里。
伯：老伯不要生气，我跟素仙是很正大光明的。

两点钟齐集。

两点钟。
伯：钱维德谁不知道他是本地一个盘剥重利的小人，你们反恭维他是乐善好施，公道何在？

发：你……你你……你疯了怎么？你……

发：畜生！……畜生！……重办！……重办！……

维：黄发渊革除了，你顶他的缺罢。

伯坚被释离乡土。

明：黄先生要到哪里去？

伯：我要到上海去。

明：我如今在上海有个小书摊，我们上海会罢。

朱明妻：小小意思，不过表表我们的心罢了。

朱明妻：小姐保重才是。

朱明妻：你不知道这里老爷跟黄家为难吗？

朱明妻：我们刚才看见黄少爷在火车站，他说要到上海去。

上海。

楼下。

二房东。（萧英）

房东妻：楼上那个穷鬼两个月没付房钱，看看又要到期了，你为什么不去逼逼他？

房东：他也是没有法子。

房东：我看到底是我无如穷何还是穷无如我何？

房东妻：你是上来开心的吗？

伯：蜡烛完了，请睡觉罢。

房东：不要紧。

为郎憔悴的孔素仙。

逢：素仙！琼仙！

孟：我放你出笼罢！

伯坚一年的心血。

伯坚书稿不能售。

先生要买什么书？

书店主：等我拜读一遍，明后天回你信罢。

月底。

房东儿：肚子饿了。

收租人：你们再不付房钱，就要钉门了。
房东：三天之内准付就是。
房东：老兄的房钱，到底怎么样？我非万不得已，决不来问。
伯：我的稿子已经有人留下了，今明两天准有好消息。
伯：一准后天付。
房东妻：黄先生的信，我叫小孩子送上来罢。
伯：好消息来了，一定是稿子卖掉了。
伯：想不到意无人要，只好让我再筹划罢。

要吃没有吃，有吃的不要吃。

朱明的书摊颇为发达。
伯：白费心血，简直没人要。
明：要做一本姨太太的艳史就好卖了，可是也要有些面情门路。
明：我一定替你想法子。

发渊妻：儿子被你逼走了，叫我怎么过！

明：小姐待他真不错，将来我们一定吃得着喜酒。

房东：下面叫门，一定是房东钉门来了。

房东妻：你们请坐，我去倒茶。

没饭吃的孩子偏强健，有饭吃的孩子偏多病。
医生：小少爷是受了风寒，发发汗就好了。
有：他的利钱不肯付。

路人：那就是钱维德的女儿……有几个臭钱不要脸。

孝女的苦心。

果然文章有价。

孟琪设法谏父。
孟：爹要那么多钱做什么？
维：不过是为你们。

孟：只怕钱多了，反替儿女留祸。

孟：女儿并没有赌钱，不过怕爹放债，结怨太多，求爹放弃一切债权，就当女儿是一个败子罢。

女仆：小少爷不好了！

死神不受金钱的贿赂。

素：枯树啊！你没有桃花的红，梨花的白，玫瑰花的香，牡丹花的娇艳；你枉傲了一身的霜雪，辜负了春三二月天！

孟琪将债据封还各债户。

孟：这一张借据引起了三家的风波，可以留作纪念。

有：这两个人赖债，我拿他们的衣服都剥下来了，……东家呢？

孟：东家已经不放债了，放出的债全不要还。

维：我现在不放债，你另图高就罢。

维：我想明天下乡去看看你母亲的坟，就便将你兄弟葬在旁边，叫他跟着他娘罢。

素仙疯了。

乡邻：城里人来了！

素：你能上坟，我不能上坟吗？你有父母，我就没有父母吗？

琼：我们姓孔。她是我姐姐素仙，我叫琼仙。

孟：她怎么会疯的？

琼：他是鬼老头子钱维德逼疯的。

孟：他是我的爸爸。

孟：我们老人家已经不放债了。

孟琪借素仙之名作书由朱明寄伯坚。

素：你娇艳在枝头，风吹你落地，与其踏没泥中，不如揉碎在我的怀里。

伯：素仙！

伯：你写信叫我来，又何必跳水呢？

（完）

义妖白蛇传（前后部）

出品　天一影片公司，1926 年
编剧　邵山客
导演　邵醉翁
分幕　邵邨人
摄影　徐绍宇
说明　赵铁樵
置景　周情纳　金成纪
书幕　李元龙
剪接　邵逸夫
演员　汪摩陀　丁华氏　魏鹏飞　金玉如　胡　蝶　吴素馨　王无恐　周情纳　刘一新　方怜影　邵迺琨　谭半痴　高梦楼　张怀玉　魏　氏　吴蔚云　周文娟　魏优哉　唐心远　张佩云　席一痴　王东方　张霞虹　刘顽石　黄福林

《义妖白蛇传》（一名《白蛇传》）电影取材中国古代著名民间传说，由邵山客编剧。其电影本事、字幕均为赵铁樵撰写，原载《天一特刊》义妖白蛇传号（1926 年 7 月 10 日）。该片本事亦刊载于《申报》（1926 年 7 月 4 日）。

本　　事[1]

赵铁樵

白素贞，义妖也。居峨嵋山，修炼千年，得飞升，在西池桃园为扫叶女。一日，朝见王母，母告之曰："尔原系蛇身，在世尝为丐所捕，幸一善男子见而拯之，得免于难。今尔欲成正果，须临凡觅此善士，酬其恩德。"素贞奉命，乃重落尘寰。途次遇青蛇，与战，克之，使为侍婢，名曰小青，化为丽姝，相偕至杭之西湖，憩于飞来峰下。时在清明，湖上游人如鲫，群惊二女艳，环伫以观，神魂若丧。素贞仰见峰之高处，有少年遥窥，知即为恩主。俄而人散，少年买棹归，贞乞与同舟。入舱后，互通款曲，知少年名许仙，执业药肆，依居姊家，尚未娶妻。舟过钱塘门，贞邀仙过其家，至则门墙巍巍，俨然巨富。贞复嘱婢小青任撮合，拟赘仙为婿。仙欲辞不能，且恋贞美，不俟告姊，遽允之，即夕成礼。翌日，仙辞归，临行，贞以仙为店伙，终非久计，予银锭二，为仙经营资。仙怀银，至姊家，备述所遇。姊疑信参半，以为世间安得有此奇女子。其夫陈彪，充衙役，适自外归，以县库失银，上峰严令查缉，见仙所携银锭，

[1] 原为句读。

即为库中物，向仙追质，偕至白第究察。至其处，则所谓白第者，乃一破落之祠堂耳。事报于邑令，令亦亲往踏勘，传贞及婢，方审问间，而二女忽杳。令无奈，判许仙发配苏州，结案。盖银锭实白氏使五鬼盗自库中，以赠许仙者，而不虞竟以此使仙受厄也。

许仙至苏，以陈彪之绍介，佣于黄永昌药铺，司收帐。一日，行经山塘街，遇小青，知其妻亦追随来苏，相见欢然。白氏乃出资，为夫创药铺，名保和堂。永昌闻之，妒甚，设计以赵钱二旧伙，荐与许，阳使助理，阴嘱二伙尽购永昌所积朽药，谋毁其业。白氏知之，小施幻术，朽药顿成精品。购者服之，应验如神。开张之后，顾客云集，户限为穿。久之，保和堂名驰遐迩，人皆称许仙为许半仙云。

时届端阳，为妖魔劫日。江浙沿风，家家于是日饮雄黄酒，焚苍术白芷，谓可辟百毒。小青行浅，恐届时露形，先托故遁山林间。及午，白氏以夫劝饮殷勤，勉尽一杯，觉不支，颓然卧床，顿现原形。仙入室，见之，竟骇死。旋小青归，白氏亦醒，见仙死大恸，计唯仙草可以回生，乃决赴昆仑一行。（前部九本至此完。以下为后部，亦九本）〔1〕

白氏既潜入昆仑山，谋盗草，适为守山鹿童所见，以计避之。又遇鹤童，贞与斗，不敌，几为所杀。南极仙翁，嘉素贞义，释之归。白氏衔草抵家，则许仙死已七日。煎草饮之，霍然而生。无何小青自恃有撮合功，且曾共历患难，渐骄肆。一日向许仙逗情，白氏觉之，严斥小青。青怒，拂袖而去。至昆山，伪为孤女，啜泣于途。有顾锦云者，邑富家子，见而悯之，挈之家。为所蛊惑，未及数旬，病莫能兴。其母陈氏忧之，耳许半仙名，遣专足至苏，恳其至昆，降妖。仙以未习，不之允。商诸白氏，氏曰："妾有祖传剑一符一，可降妖。携此宝去，事必有济。"许始首肯。既抵顾宅，舞剑焚符毕，而妖果遁，疾即瘳。咸服许仙治妖之神，而不知乃白氏潜往昆山，招小青返也。

锦云感许仙活命恩，至苏拜谒。入书斋瞥见小青自内端茶出，大骇。嗣察斋中陈列古玩，有己家物，益疑许仙为假妖行骗者，扭控仙于官。官查仙系积犯，重笞之，放逐至于镇江。仙至镇未久，偶过市廛，见有药铺，曰姑苏保和堂分此者，疑为冒名，向质责。及见店主，人则己妻白氏也。盖白氏知其夫流镇，已预设药铺以待之矣。

镇江有名刹曰金山寺，住持僧法海，道行玄妙，与白氏有宿隙。许仙在镇，数至寺，渐与稔。一日，僧告许谓："白氏乃蛇妖，端午日曾一露形，君目击之，而岂忘之乎？将来姻缘满时，尔之生命，殆矣。"许信之，厥后见妻，恒自惴惴。一日，又至寺，僧故留之，弗使归。白氏觉之，诣寺恳僧归其夫。僧斥辱之。白氏不耐，乃率妖发江水，谋淹金山。僧与之斗，白不敌，挫败遁去。许仙见妻既亡，思回杭省其姊。至杭，经断桥，又晤白氏。其婢小青责仙薄幸，怒欲杀之。仙自陈悔过，乃相将至姊家，僦屋居焉。未几，白氏临盆，举一儿，俨然男也，自是许仙与妻情爱更笃。一日，仙晨出，又遇僧法海于途。僧出一钵授仙曰："尔且持此钵归家，自有妙用。"仙不知

〔1〕 括号内文字为《申报》版附注。

所以，惘然持之返。时白氏方梳妆未罢，钵入室，突然飞去击白氏顶，一刹那间，钵与白氏，俱失所在。小青在旁，睹状大骇，亦急遁去。仙知事变，急往觅僧。僧自袖出钵示仙，则见钵底有小蛇一条，蜿蜒而游，谓仙曰："此即汝妻。"仙见之大恸，恳僧释其妻，与诀别。僧允之，偕仙至西湖滨，倾蛇出。白氏顿复人形，戚额告仙曰："人生聚散，原有定数。妾与君姻缘已满，未能久留。妾去矣，君毋过伤。"言讫而没。嗣僧埋钵于湖滨，筑塔镇之，名雷峰塔云。

字　　幕〔1〕

赵铁樵

1. 蕊芝：今有桃园扫叶女子白素贞，欲觐圣慈。——蕊芝仙姑　（张佩云饰）
2. 金母：素贞，汝既身登仙境，可知本来面目?
3. 素贞：婢子愚昧无知，还求圣兹指点。——白素贞　（胡蝶饰）
4. 金母指示白素贞之来历
5. 素贞：敬求圣慈超度。
6. 金母：汝之恩人，尚在凡间。汝若欲成正果，须先下凡报恩。
7. 素贞：婢子下凡，何处可遇恩人？还求圣慈指示。
8. 金母：汝可于清明节日，至杭州西湖飞来峰旁，见人丛中有最高者便是。
9. 许仙：姊夫今天是清明节，我想到西湖去游玩一回。
10. 许氏：弟弟，你要早些回来呢。
11. 许仙独游湖滨
12. 飞来峰
13. 白娘与其婢小青　（胡蝶、吴素馨饰）
14. 白娘：圣母说，今天在这飞来峰旁，可找到我的恩人，我们就在这里等候罢。
15. 小青：你看这人立得很高的。
16. 白娘：圣母说，见这里最高的人，便是我的恩人。想来就是他了。
17. 小青：有这许多人，我们怎么同他谈话呢?
18. 白娘：我们不如先走，待众人散了，再找他谈话。
19. 许仙买棹回家
20. 白娘：先生，我们没处雇船，你可许我一同搭船去罢?
21. 许仙：我们陌生男女，同舟……有些……不便。
22. 白娘：我们女子，不能走远路，还求先生体谅。
23. 白娘：请问先生，贵姓台甫?

〔1〕原除引号、破折号外，均为句读。此外，原字幕序号为中文数字加括号；对话者亦有括号；说明类字幕前有■标记。现统一去除，序号改为阿拉伯数字；对白前加冒号；说明字幕改换字体。

24. 许仙：我姓许名仙。

25. 白娘：府上哪里？

26. 许仙：住在城内舍亲家中。——请问女士姓氏，现住何处？

27. 白娘：我姓白。先父在世，做总镇的。家住钱塘门外，请先生到舍间一坐。

28. 许仙：恐怕舍姊在家久候，要先回家去了。

29. 白娘：先生回家，须路过的，上去稍坐，回去也不迟的。

30. 许仙：这……

31. 许仙：时候不早，恐怕姊姊在家盼望，我要告辞了。

32. 白娘：既到这里，还请稍坐，何必这样着急！

33. 白娘：青儿，我下凡来，就为要报他的恩。请你替我去说媒，就于今晚在这里成亲。

34. 小青：请问许少爷贵业？……已经成亲没有？

35. 许仙：我在药铺里当伙计，还没有配亲。

36. 小青：我家小姐，很敬爱你，要赘你为婿，你愿意么？

37. 许仙：只是家道贫寒，怎敢高攀。

38. 小青：小姐孤身无依，只求少爷答应。终身有托，何论贫富？倘蒙同意，这里奴仆众多，今晚便可成亲。

39. 许仙：这事我要回去告诉了姊姊才可定夺呢？

40. 小青：这事只要你自己答应好了，何必问你姊姊呢。

41. 是晚

42. 举行婚礼

43. 洞房

44. 次日

45. 白娘：我想你做药铺里的伙计，终非久长之计……

46. 许仙：这也是没法的。

47. 白娘：我给你资本，你自己去开一个药铺，好么？

48. 许仙：这……是好的。

49. 白娘：今天晚上，要早些来的。

50. 许氏：你在这里愁什么呢？

51. 陈彪：县库里盗失银锭，限我破案，叫我怎么办法呢？

52. 陈彪：你去查察库银事怎样了？

53. 差役：我查了好久没有头绪，限期将到，如何是好呢！

54. 许氏：弟弟你昨天去游湖，晚上怎么不回家，究竟在哪里住宿？

55. 许仙：我昨天在西湖遇见白家小姐，邀我到她家里，当夜赘我为婿，并送我这二锭银子。

56. 差役：哎呀！这就是库银呢。

57. 陈彪：这银哪里来的？

58. 陈彪：你怎么会有这盗失的银锭呢？
59. 差役：据他这样说，我们还是快到白家先去查察一下。
60. 陈彪：这里是祠堂，哪里是白公馆呢。
61. 许仙：昨天我来的，分明是白公馆，怎么今天会变成祠堂的？
62. 陈彪：你恐怕遇着鬼了。
63. 陈彪：你说的白家，刚才去看，是一个祠堂，究竟怎么一回事？你快说来。
64. 许仙：咦！我昨夜去的，明明是白公馆。而且在那里成亲的呢！
65. 差役：这库银既有着落，是万万瞒不住的，我们只好从实报官罢。
66. 许氏：我的兄弟，是最老实不过的，你千万不要带他到官里去罢。
67. 陈彪：这件案情非常重大，若不报告，连我们也犯罪的。
68. 小青：小姐，姑爷怎么此刻还不回来呢？
69. 白娘：哎呀！我倒失察了。今日我送他的银子，是我派五鬼在钱塘县库内盗来的，现在被他的姊夫察破，要把他送官究办呢。
70. 钱塘知县亲自踏勘
71. 钱塘县：去把白素贞同小青传来。
72. 钱塘县：你这库银从哪里得来的？
73. 白娘：这是先父白总镇传下来的。
74. 钱塘县：胡说！这是本县的库银，你怎样盗去快从实招来！
75. 白娘：这分明是先父传下来的，你怎么强诬我盗的呢？
76. 钱塘县：奇怪……这两个女子，定是妖怪呢。
77. 许仙发配赴苏
78. 许仙：姊夫姊姊我去了。
79. 陈彪：你到苏州就找黄永昌，将我的一封信给他，他一定会好好看顾你的。
80. 徐氏：兄弟，你去了，身体须要自己当心。
81. 苏州黄永昌之药铺
82. 许仙：黄永昌先生在这里吗？
83. 赵钱二伙：在里面，你要见他吗？——赵钱二伙 （张怀玉、王东方饰）
84. 黄永昌 （王先恐饰）
85. （陈彪致昌信）

启者内弟许仙因库银案被判发配来苏特嘱趋前拜谒诸祈老兄照拂感激万分专恳即请时祺

弟陈彪顿首

86. 永昌：令姊丈是我好友，你可放心住在这里。衙门中的事情，我可替你安排的。
87. 阿喜 （谭半痴饰）
88. 永昌：阿喜，去叫两碗汤团来。
89. 永昌：为什么这汤团没有汤的？
90. 苏州山塘街

91. 小青：啊……姑爷。

92. 许仙：啊……小青。

93. 许仙：你怎么会到苏州来的？

94. 小青：娘娘因你来苏州，所以同我到这里来找你。

95. 许仙：娘娘现在哪里？

96. 小青：住在虎邱山侧，我们一同去罢。

97. 白娘：你怎么会到这里来呢？

98. 许仙：我在山塘街，遇着小青，才知道你在这里。

99. 白娘：你在杭州受苦，我是很担忧的。

100. 许仙：你在杭州给我的银子，怎么会是库银呢？

101. 白娘：这都是知县官冤枉我的。

102. 白娘：现在这事也不必提了，我且问你在这里怎样呢？

103. 许仙：我现在黄永昌药店内当伙计。

104. 白娘：我想给你资本，你还是自己开店罢。

105. 许仙：只是你的银子，不要再闹出了事情来。

106. 白娘：决不会的，你可放心。

107. 永昌：老弟，见我有什么事？

108. 许仙：我要……辞职。

109. 永昌：为什么呢？

110. 许仙：昨天贱内从杭州来，她家里很有钱，说要给我资本，开一个药店呢。

111. 永昌：你预备在什么地方开店呢？

112. 许仙：专诸巷有空街房，我想就在那处去开设呢。

113. 赵钱二伙

114. 永昌：想不到许仙要自己开店，地点又与这里相近，恐怕于这里生意有碍的，这事怎么办呢？

115. 赵伙：我们店里有许多烂药，你可将我二人荐与许仙，我们便随时将你的烂药批去，你不是倒可借此赚钱么！

116. 永昌：老弟，你店里的伙计，舒齐了没有？

117. 许仙：还未舒齐。

118. 永昌：初开药店，必要熟手帮助。我想将这里赵钱二伙，让与老弟，好么？

119. 许仙：很好，多谢黄先生赞助。

120. 永昌：还有你店里的出店呢？

121. 永昌：我想把小二荐与你。

122. 保和堂开张之日，营业极盛

123. 赵钱二伙：黄先生快请里面坐。

124. 永昌：今天老弟新店开张，特来道贺。

125. 永昌：这只戒子，送给弟妇，作为见面礼。

126. 白娘：青儿，把二两银子赏给他。

127. 永昌：把我带来的银子赏给她。

128. 永昌：把我带来的银子赏给他。

129. 阿喜：哪里有你带来的……赏银……

130. 端午

131. 白娘：小青，今日端午，你还是推托有事出去，免得在此现形，露出破绽。

132. 小青：我过了午时来此，娘娘要自己谨慎。

133. 将及午时

134. 许仙：这苍术白芷，可以辟百毒的，应该在房间里熏熏才好。

135. 白娘：这个使我闻了头痛，不要拿进来吧。

136. 白娘：这样你就放在后房间吧。

137. 午时

138. 许仙：你为什么不饮酒呢？

139. 白娘：我素来不会饮酒的。

140. 许仙：今天端午，饮了这杯雄黄酒，可免去蛇虫诸毒。你无论如何，要尽此一杯的。

141. 白娘：哎呀，我头痛得很。

142. 许仙：想必受了寒了，饮了些酒就会好的。

143. 白娘：我要到房内休息一会，你千万不要进来扰我。

144. 午时之小青

145. 午时之后

146. 小青：哎呀！娘娘，你把姑爷吓死了。

147. 白娘：我们快先扶他到床上去。

148. 小青：娘娘，这事怎么办呢？

149. 白娘：除非用仙草，才可救活他。

150. 小青：但是仙草怎能办得到呢？

151. 白娘：如今要救他性命，只有往仙山盗取，须过七天可回来。小青，你要小心看守他。

152. 小青：是……但是你必须于七天内回来的。

153. 白素贞至仙山盗草

154. 鹿童 （唐心远饰）

155. 鹤童 （吴蔚云饰）

156. 南极仙翁 （魏鹏飞饰）

157. 鹤童：咄！好大胆的妖怪，敢到这里盗取仙草吗？

158. 寿星：慢。

159. 寿星：你到这里来做什么？

160. 白娘：弟子为救丈夫的生命，到这里采取药草，求仙翁恩准。

161. 寿星：你已采到了没有？

162. 白娘：已采到了。

163. 寿星：你便回去罢。

164. 白娘：谨谢仙翁大恩。

165. 寿星：她是义妖，准她下山，休得难为她。

166. 相隔七日

167. 小青：娘娘，仙草盗得吗？

168. 白娘：我经过了许多危险，才得着的，你快去煎来。

169. 许仙：我刚才在床上，仿佛见了有这么大的一条蛇呢！

170. 白娘：床上哪里会有蛇，你一定做了一个梦呢。

171. 许仙：我记得与你饮酒随后走进房来，不见了你，只见床上有条大蛇。这究竟是怎么一回事？

172. 白娘：你不要再说梦话了，刚才你饮醉了酒，我扶你进房，睡在床上。难道你忘了么？

173. 小二：先生，你今天病好了吗？

174. 许仙：我几时生过病的？

175. 小二：你有好几天没有出来，我问小青，他说你生病的。

176. 许仙：胡说。

177. 小青：姑爷，你同娘娘很亲热，怎么对我这样冷淡呢？

178. 许仙：青儿，你说什么！倘被娘娘听见，又要挨骂了。

179. 小青：你们的亲事，还是我说合的，我怕她什么呢！

180. 白娘：你在这里做什么？

181. 白娘：你胆敢做这没廉耻的事么？

182. 小青：既这样我就离开这里便了。

183. 小青别离白娘之后

184. 顾锦云与其仆 （刘一新、席一痴饰）

185. 顾公子：哎呀！我的收帐折子遗落在铺子里，你快去替我拿来。

186. 顾公子：你怎么一个人坐在这里呢？（对小青说）

187. 小青：可怜我爹娘俱亡，现在又被叔叔逐了出来，没处去依靠呢。

188. 顾公子：你就到我家里去暂住，可愿意吗？

189. 小青：承你好意有什么不愿呢。

190. 小青至顾家后

191. 顾公子：妹妹你爱我，我自然也爱你的。

192. 顾仆：少爷你在那里对谁说话呢？

193. 顾公子：不要你来麻烦，快出去。

194. 顾公子病日沉重

195. 顾母：他天天总是这样痴痴癫癫的，怎么好呢。

196. 姑母：听说苏州有个许仙，绰号半仙，会医奇怪的病，何不请他来医一医呢。

197. 顾母：你到苏州打听许仙，请他来治少爷的病。

198. 姑母：你只要问保和堂药店，就可找到他了。

199. 小二：先生，有昆山顾家来的一位老仆，要求见你。

200. 顾仆：这位是许半仙吗？

201. 顾仆：我家少爷，因被妖怪迷害，命在顷刻。太太命我来请仙人，要求你前去救除。

202. 许仙：你弄错了，我并不会捉妖怪的。

203. 顾仆：奴才奉主人命远道而来，万求仙人答应。

204. 许仙：不差的，但是我从来不会捉妖，教我怎么办呢？

205. 许仙：请你暂坐，我等一回，给你回话。

206. 许仙：昆山顾家差人来，要叫我去捉妖怪，教我怎么办呢？

207. 白娘：我家祖传有二件宝贝，一剑一符，捉妖很为灵验。你带了这宝贝去，就可办得了的。

208. 许仙：这事很怕的，我不去。

209. 白娘：人家病在危急，你应该前去一救。只要带了我这二件宝贝，决不有碍。

210. 顾仆：许仙人可答应了吗？

211. 许仙：既然如此，我就前去一试，但是有否效验，我是决不定的。

212. 顾仆：既承仙人答应，万无不灵之理，明天我准用船来接。

213. 顾母：这位是许仙人吗？

214. 顾母：小儿被妖怪迷害，病很危险，还请仙人搭救。

215. 许仙：只要把妖怪除了便会好的。

216. 许仙：娘娘叫我舞一回剑，焚一道符，便可将妖怪赶走。究竟不晓得这妖怪走了没有。

217. 小二：一定赶走了，否则何以不来与我们为难呢？

218. 顾母：你此刻觉得怎样了？

219. 顾公子：我时时看见一个女子陪我在一处，此刻她忽然不见了。

220. 顾母：当真妖怪捉去了？

221. 姑母：你的病全仗许仙人救你的，他现在还在书房里呢。

222. 顾公子：这样我要去谢谢他。

223. 顾公子：承仙人救我的性命，等我身体痊愈，到苏州亲自谢恩呢。

224. 小青回来之后自此心服白娘

225. 顾公子：母亲，现在我的病好了，我要到苏州去谢谢许仙人。

226. 顾母：你随少爷去，须要小心侍候他。

227. 顾公子：鄙人被妖怪迷惑，多承仙人搭救，今日特来道谢。

228. 许仙：区区小事何足挂齿。

229. 许仙：请到书斋内坐坐。

230. 顾公子：咦，这是……

231. 顾公子：刚才这送茶的是谁？

232. 许仙：这是婢女小青。

233. 顾公子：这两只玉杯同我们家里失去的倒很相像呢。

234. 小青：娘娘，我刚才送茶给顾公子，被他看见了。……

235. 白娘：哎呀！这盗宝的事，已经被顾公子发觉了。

236. 小青：哎呀……许先生被刚才来的顾公子扭到县里去了。

237. 白娘：算来，这次姑爷又有祸殃，须充军到镇江去呢。

238. 小青：如此我们要赶紧设法救护他要紧。

239. 顾公子：母亲，这许仙不是好人，他是假着妖怪行他拐骗手段的。

240. 顾公子：我到他家里，看见这女妖怪在那里，连我家失去的古董也都在他的家里呢。

241. 顾母：后来你怎样呢？

242. 顾公子：我当他送我出门时，当将他扭送县官究办了……

243. 许仙到镇江后偶过白氏所开之保和堂

244. 许仙：这姑苏保和堂，是我开的，并没有分店在这里，你们不是冒牌吗？

245. 张伙：冒牌不冒牌，请向我东家说话，与我们伙计不相干的。——张伙（高梦楼饰）

246. 许仙：你们东家是谁？

247. 张伙：我们这店是女东家开的。

248. 许仙：你店里的东家娘娘在哪里呢？

249. 张伙：不久就要出来的。

250. 许仙：无论女东家男东家，我要向他交涉的。

251. 张伙：我们就陪你进去。

252. 小青：姑爷你怎么找到这里来的。

253. 张李二伙：咦……怎么是她的姑爷？

254. 小青：这是店里张李二先生。

255. 小青：这便是这里主人。

256. 张李：为了招牌争论，倒争出一个主人来了。

257. 许仙：娘娘在哪里？

258. 白娘：你从苏州到此路上，很受苦吗？

259. 许仙：还好，但是我要问你这苏州家里的古董，怎么又会是昆山顾家的呢？

260. 白娘：这又是他们诬陷的。你且休息一下，这事容缓缓的同你说罢。

261. 金山寺

262. 许仙常至金山寺游玩

263. 法海 （魏鹏飞饰）

264. 法海：你同妖怪相处已久，到现在还不觉得么？

265. 许仙：你说的妖怪是谁呢？

266. 法海：你的妻子同婢女都是蛇妖。

267. 许仙：哎呀！她们果是蛇妖，还要求师父搭救我呢！

268. 法海：现在你们姻缘未满，还不妨事，将来便有危险。只要你常到这里来，我自有法救你。

269. 白娘：你在这里想什么？

270. 许仙：我……

271. 白娘：刚才你到哪里去的？

272. 许仙：我……到金山寺……去见法海和尚的。

273. 白娘：那法海对你说些什么呢？

274. 许仙：他……说你是……蛇妖。

275. 白娘：呀……他这胡说你信他吗？

276. 许仙：我……不……信他。

277. 白娘：你既不信他，以后就不要再去见他才是。

278. 法海：你回家去，没有将我的话，告诉你的妻子么？

279. 许仙：她盘问我，我已经告诉她了。

280. 法海：你既经对她说明，回去定有不便，还是住在这里罢。

281. 小青：他怎么还不回来呢？

282. 白娘：他又往金山寺，被法海留住了。

283. 小青：这贼秃实在可恶，我们便去同他斗法，看他怎样。

284. 白娘：明天我且同你前去面问，再作计较。

285. 次日

286. 法海：你到这里来做什么？

287. 白娘：我来恳求你，让我的丈夫回去。

288. 法海：现在他做了我的徒弟，不能再出寺了。

289. 小青：贼秃，你敢有意同我们为难么？

290. 白娘：你如果霸住我丈夫，我定要同你拼命。

291. 法海：你这妖精，胆敢在这里胡闹吗？

292. 白娘：明天我们来同你斗法。

293. 金山寺山后

294. 许仙：哎呀……我的妻子果然来斗法了。

295. 法海：他们都是妖怪，你现在可明白了？

296. 小青：你看那贼秃同他在那里呢。

297. 白娘：我们再去恳求他一次。

298. 小青：那贼秃昨天已经同我们决绝了，还是发起水来，同他斗法罢。

299. 许仙：哎呀……这水涨上来了，怎么好呢？

300. 法海：不妨的，待我将袈裟铺下去，便会平的。

301. 法海：现在你可知她们的厉害了？

302. 许仙：多蒙师父搭救，现在妖怪已走，我想回杭州，到我的姊姊家里去。

303. 断桥

304. 小青：啊……你这没心肝的。……

305. 许仙：小……青……

306. 小青：娘娘待你不薄，你怎么听信妖僧之言，陷害娘娘。今天我定要你命……

307. 白娘：小青，不可对他无礼。

308. 白娘：你不应听信旁人言语，与我分离，难道夫妻情义，一点没有吗？

309. 许仙：我现在也觉得很懊悔的。

310. 白娘：现在你往哪里去？还愿意与我在一处吗？

311. 许仙：我住在姊姊家里，望你与我一同到我姊姊家里去。

312. 许仙：这就是我的姊姊。

313. 许仙：姊姊，这就是内人白氏。

314. 许氏：我们都是自己人，不必客气，你就住在这里好了。

315. 白氏产儿弥月之期

316. 法海：你怎么又同妖怪住在一处呢？

317. 许仙：我是在断桥被她们遇见的，现在一同住在我的姊姊家里。

318. 法海：你再与妖怪同住，恐怕性命难保呢。

319. 许仙：她虽是妖怪，但是始终待我有恩义。现在又生了孩子，所以我不忍离开她了。

320. 法海：我给你这个钵，你且拿了回去。

321. 许仙：这钵有什么用处呢？

322. 法海：你且拿了回去，自然知道的。

323. 许仙：哎呀……怎么这钵会飞去的？

324. 法海：你的妻子已被我收伏了。

325. 法海：你看这钵中的蛇，就是了。

326. 许仙：我与她一世夫妻，恩爱万分，我宁死不愿离开她，千万求你放她出来。

327. 法海：既然如此，你随我到西湖边去，使你再见她一面罢。

328. 湖滨

329. 法海：现在准你再见一面罢。

330. 许仙：娘子，我务要同你在一处的。

331. 白娘：但是我们姻缘已尽，就此诀别，一刻不能停留了。

332. 许仙：娘子，你不念从前恩情，忍心丢我去吗？

333. 白娘：要晓得聚散，乃有定数。你要保重自己，不必悲伤。

334. 许仙：你丢了我去，还可说；难道你亲爱的儿子，也不要了么？

335. 白娘：我……也是……无法的。

336. 许仙：师父，无论如何，求你放她，使我们夫妻团圆。
337. 许仙：哎呀……她去了，我誓死要跟她同去了。
338. 小青之结局
339. 雷峰塔之遗影
340. 法海洞

马　介　甫

出品　大中华影片公司，1926 年
编剧　周瘦鹃
导演　朱瘦菊
摄影　周诗穆　余省三
布景　马瘦红
化装　包元铭　崔天生
印片　史廷盘
照相　田芝菁
说明　张渭天（中文）　徐维明（英文）
演员　王乃东　王锦明　微微先生　周文珠　张庆升　张扶风　杨静我　梅懋桢　王秀英　赵镜花　谢云卿

《马介甫》电影取材《聊斋志异》中同名小说，由周瘦鹃编剧。其电影本事由朱瘦菊撰写，原载《大中华百合特刊》马介甫号（1926 年 7 月 22 日）。心冷《〈马介甫〉评》（《国闻周报》第 3 卷第 27 期，1926 年 7 月 18 日）亦收录该片本事。

本　　事[1]

朱瘦菊

有人问："你为什么怕老婆?"答道："我哪里怕老婆，无非免淘气而已。"这两句话，差不多算是怕老婆朋友的老生常谈。在下也曾下一番功夫研究，觉这"免淘气"三字，实在大有深意。不过你要是怕淘气，他那里可偏要淘气。你若爽兴一不做二不休，大大的淘他一番气之后，或者竟可以少出许多淘气。这是区区的经验。或者众位夫人们见了，不免要怪瘦菊丰干饶舌，何必教别人大逆不道。但是家庭之间和为贵，做丈夫的既然诚心诚意的免淘气，夫人们大可以得休且休，何苦自寻烦恼。蒲留仙聊斋志里马介甫一段故事，就大可以给普天下夫人们一个绝好教训。瘦菊移繁就简，把来改做影戏，万不敢教别人不怕老婆，不过表明一方面的免淘气，反多淘气。最好是双方面都存个免淘气之心，那才不负区区的一番苦心呢。

一个愁眉苦脸的小胡子，被一个柳眉倒竖、杏眼圆睁的妇人，左一个嘴巴，右一个嘴巴，打得昏天黑地，他连鼻息也不敢出一个。这就是杨万石同他夫人尹氏。讲杨氏家道倒还素丰，但因怕尹氏淘气之故，连七十多岁的老父太公，也不免困于饥寒。

〔1〕 原为句读。

万石不敢过问；幸得他胞弟万钟，还有肝胆。见老父如此，时常解衣推食，但也只可背地为之。偶被尹氏知道，就不免有一番咆哮。因尹氏是当家奶奶，别人越俎代谋，她岂有不动怒之理。

某日，万钟有一个朋友马介甫来访，偶值万石，彼此闲谈。不料闺中却惹动了夫人之气，命小婢追他回房。万石正陪着客，难以脱身。小婢回报之下，尹氏震怒万分。后来万钟备酒款待介甫，要请万石相陪，万石情难固却。岂知尹氏已怒不可支，操杖而来，当场出彩，一席盛筵，闹得不欢而散。万钟愧对介甫，次日亲自登门负荆。介甫本是侠义之流，闻知尹氏虐待尊长，不免怒形于色，命万钟明晚设计邀万石前来，遗尹氏一人在房，他将有以惩此元凶。万钟依计行事，两人伴住万石，不放回家。万石如坐针毡，两人谈笑自若，暗中却命人扮作鬼使，将尹氏拘入冥府，目睹地狱中恶人受罪诸状，尹氏极自承改过，方始放归。同时万石也由介甫家回来。尹氏正当惊恐之际，见丈夫回家，如获异宝，立刻万分殷勤的对待他，弄得万石莫明其妙。次日，尹氏又请太公升堂，自己奉觞悔过。家人们见她一夜之间，忽变了行为，都不解其故。其时介甫也来探望万石，他心中虽了如观火，但面子上并不说破，只拱手贺万石有福而已。

几天之后，万石兄弟赴马家夜宴。介甫酒后失言，将那夜之事，告诉万石听了。万石乘醉回家，也把这件在尹氏跟前，和盘托出。尹氏盛怒之余，旧态又作，操刀欲取万石心肝。万石骇极，逃至厅上。那时已在深夜，家人们闻声披衣来看，万石叩头如捣蒜，尹氏怒犹不息，迫他解衣受刃。太公见之不忍，上前解劝。尹氏见他衣冠楚楚，更怒气勃勃，说你所穿所吃，都是靠马某某假鬼之福，当时就逼太公脱衣。万钟忍无可忍，上前挥拳一击，刚中尹氏头脑，当即晕倒于地。不料万石反因万钟击杀尹氏，责令偿命。万钟气愤不过，仰天长吁，说我打杀悍妇，救了一家性命，虽死何憾。言罢，乘人不备，赴后园投井而死。不意万钟一死，尹氏倒悠悠醒转。万石以为万钟之死，乃是自作自受，所以只顾扶他老婆回房，并不理会家人们乱烘烘掏井救人。

万钟既死，他老婆受苦不过，适人他去。遗下个未成童的孩子，名唤喜儿，和太公俩一老一少，时常挨饥受冻，万石哪敢问闻。有一天介甫来访，见太公喜儿两个衣衫褴褛，惊问所以。恰值万石出门遇见，被介甫责问，他哪里还有话对答，只承认自己没法摆布那婆娘而已。介甫见他懦弱至此，不得已取出丸药一颗，说此是丈夫再造丸，你吞下之后，药力可以助你驱出这个悍妇。不过愈速愈妙，迟恐药力过了，失去作用。万石依言吞服，果然一时气愤填胸，奔回房中，不容分说，将尹氏一顿毒打，逼她出去。尹氏犹自倔强，万石觅刀欲杀尹氏，尹氏大惊，叩头愿去。不料刚在这个时候，药力忽然过去，万石恍如梦觉。见尹氏跪在他面前，倒反惊惶失次，被尹氏看出破绽，立时转软为硬。万石直告是介甫教他如此。于是尹氏逼令万石脱去袍褂，命他换穿女衣，出去回报介甫。万石不敢不依。介甫见此情形，知道万石乾纲难振，立时带着太公喜儿两个归去，从此与他断绝来往。万石承值闺中，倒也自得其乐。有一回厨房失火，延烧全屋，比及万石夫妇觉察，已火势蔓延，难以扑灭。惶急之余，只尹氏带一首饰匣逃出。两人亲戚断绝，无家可奔，寄居客舍，对泣牛衣。尹氏再三求去，万石还苦苦相留。尹氏哪肯依从，便由栈主人介绍，嫁一屠夫为妻。万石饥寒交迫，卖卜度日。那时太公、喜儿，得介甫收养；又将万钟的未亡人赎出，骨肉重圆，母子祖孙，居然都得温饱。

尹氏所嫁的屠夫，凶恶异常。不但她技无所施，并常受丈夫的鞭笞，她也只能低头忍受。那方面万石卖卜，恰被喜儿看见，拖他到介甫家中，一并住下。介甫允为他重治旧宅。他们这里，已把尹氏这件事，完全抛在度外了。有一天合该凑巧，介甫夫妇，与杨家一门，赴龙华进香；恰巧尹氏受苦不过，自知孽重，也赴庙烧香忏悔，不期而遇，彼此无言。万石还恋恋不舍，被介甫拽回家里，到夜犹惘然若失，被太公苦劝而罢。谁料尹氏见了万石之后，也感念旧情，后悔无及，到家呆坐不言，连屠夫使唤她，也不理会。屠夫大怒，欲击尹氏，不料一失手将她头颅击破，顿时一命呜呼。后来屠夫当然捉将官里去判。但万石在报纸上得悉尹氏死信后，还不免背人弹一滴多情泪呢。

编者按：杨万石，世之多情人也。惜其偏于夫妇之情，而悖于骨肉之爱，乃致结此惨果。尹氏之咎由自取，固无待言，然亦万石有以养成之也。若马介甫之任侠仗义，殊不多觏。惟蒲翁原文，则谓马为狐。予以为人且难得，矧其狐乎！因狐而人之。原本遇鬼仅一巨人，本剧则加点缀，添出地狱诸相，盖亦冀观者触目惊心，有所警惕耳，蛇足云乎哉！

乡 姑 娘

出品　长城画片公司，1926 年

编剧　程步高

导演　刘兆明

摄影　李文光

场记　卢育卿

置景　李卓凡　朱容生

化装　芳　信

演员　雷夏电　沈丽霞　汤玛丽　黄花奴　刘继群　杨炳辉　翟绮绮　卢冰怜　杨卓如

《乡姑娘》电影由程步高编剧。其电影本事为程步高所作，字幕无署名，原载《长城特刊》乡姑娘号（1926 年 7 月）。心冷《评〈乡姑娘〉》（《国闻周报》第 3 卷第 27 期，1926 年 7 月 18 日），以及《民国日报》（1926 年 7 月 18～19 日）亦收录该片本事。

本　　事[1]

程步高

夕阳西下，满地作黄金色。正江小青与陆笑梅并坐湖干，重聚旧好，懊述其过去之情史时也。[2]

江小青，一画家也。家居乡间，事母甚孝，家贫持画为生。邻有陆笑梅者，一乡姑娘也，豆蔻年华，楚楚动人，与小青爱好甚笃。惟其老父进才，欺贫重富，常以小青家贫为虑。

一日，小青将新作品赴城，求售于富家子沈少琴。既至，遇少琴族妹沈莲卿。莲卿颇赞许小青之画品，遂邀其作一写生画，小青允焉。

翌日，沈少琴偕莲卿往，车止乡姑娘门首，问道于进才。既至，时笑梅已在，小青遂相将介绍而识。未几写生甫始，莲卿于小青，颇形亲昵。笑梅见之，微忿而去。后少琴以独坐无聊，遂出流览乡景。至乡姑娘家，遇进才与乡姑娘于门首，遂由笑梅介绍而识其父。沈少琴者，原一纨绔子，性好渔色，见笑梅之清丽可爱，不觉心动。见伊将出作钓渔之戏，遂邀之同往。女父见少琴富有，亦从中劝之。时小青以少琴久出未归，恐迷道乡间，乃出觅之。时笑梅与少琴，并垂钓于湖干，不慎下坠，少琴急

〔1〕 原为句读。

〔2〕《国闻周报》版无此段。

抱之。适为小青所见，误以为二人亲爱也，遂忿而返。适见莲卿捧小青照片喃喃自语："得婿如此，可以无憾矣。"小青不觉嫣然一笑，固已心许莲卿矣。未几少琴偕莲卿返，而小青与笑梅均闷坐流泪。情场失意，谁使之然？误会而已。

少琴自归家后，颇念念不忘于笑梅。翌日，复偕莲卿往，并遣男仆金发作伐。金发乃陆进才之外甥，奉命遂偕往，以婚事商诸乃舅，舅露允意。时笑梅往晤小青，适见莲卿与小青颇形亲昵，忿忿返家。途遇少琴，略谈而别。回头一盼，不觉相对一笑。后父以婚事商诸于女，女默默者再。父曰："笑梅汝已默认之矣。"消息传来，小青为之流泪者累日，而莲卿则时来访之。

沈少琴与陆笑梅结婚后，未及一年，江小青则与沈莲卿结婚矣。少琴固一纨绔子，而莲卿却是水性杨花，始爱终弃，各恋新人矣。一日，少琴与其情人王清嫦宴于某总会，至午夜始沉醉归来，藏其情人照片于衣袋中，醉卧于椅间。笑梅因久待疲倦，已入睡乡，因不知其夫之醉归也。斯时也，沈莲卿由情人伴归，小青于窗间见之，不觉大怒。继思已贫妻富，莫可如何，遂隐忍之。

翌晨，笑梅起，知昨宵乃夫沉醉归来事。后于袋中得照片，视之固赫然一女子也，遂穷诘之。少琴坦然曰："恋爱自由，与尔何涉？我现须往公园散步，尔在家休息罢。"言毕扬长乃出。

公园之中，绿荫深处，少琴与莲卿各伴其情人，情话喃喃，其乐固融融也。不知失意之笑梅与小青，分道踪迹得之。小青见状，举拳欲击；继闻莲卿向恋人曰："小青不敢管我，他没有我，早就饿死了。"不觉手软拳下，遂抑郁返。斯时也，笑梅闻少琴告其情人曰："乡姑娘真是讨厌得很。"乃含泪而返。不期与小青相遇于途，相见默然，分道而去。小青既返，闻仆人讥骂声，乃毅然偕老母归去。后笑梅以少琴不能偕老，乃离婚而终。自此二人重返故乡，旧好重叙矣。

字　幕

这一对本是很相爱的情侣，后来他们发生了误会，感情破裂，被虚荣引入歧途。现在他们都觉悟了，忏悔以前过失。

画家江小青。（雷夏电）

沈氏，小青之母。（沈丽霞）

沈氏：小青！小青！

沈氏：小青！你又要把画品去卖给那位富家少爷吗？

小青：妈！是的，他欢喜我的画，肯出高价收买的。

乡姑娘陆笑梅。（汤玛丽）

笑梅：青哥！你早些回来！

陆进才——笑梅之父。（黄花奴）

沈少琴。（刘继群）

沈家仆人金发。（杨炳辉）

金发：少爷！江画师来访你。

沈莲卿——少琴的堂妹。（翟绮绮）

莲卿：江画师的画真好！

莲卿：我想请你替我画像可以吗？

少琴：那么我们明天就到他府上去罢！

第二天。

进才：为什么小青今天还不来呢？

笑梅：让我去看看他。

少琴：请问老伯！江小青的家在哪里？

少琴：府上在哪里？

笑梅：离此地不远。

进才：小青不在家吗？

笑梅：他今天在家里忙得很。

少琴：我想到外面游览一会儿，尝尝乡村的风味。

进才：先生！刚才找得着江小青的家吗？

少琴：找着了。谢谢你。

少琴：原来是进才伯伯，久仰久仰！

笑梅：我去钓鱼。

少琴：我也想同你去玩玩。

莲卿：坐得疲倦了，让我休息一下罢！

小青：我去找找沈先生，恐怕他不认得路回来。

莲卿：得婿如此，可以无憾矣。

进才：沈先生，请进来坐坐！

少琴：时候不早了，下次再来罢。

小青：乡村的风味，你觉得怎样？

少琴：甚好！甚好！

莲卿：我坐得疲倦了，明天再画罢！

笑梅：爸！青哥不爱我了！

进才：他既不爱你，你也不要爱他就是了。

小青：笑梅忽然爱上那沈少琴了。

沈氏：笑梅既爱别人，难道你不能爱别人吗？

是夜。

少琴：得此美妇可以无憾矣！

笑梅：你不爱我，你去爱那沈莲卿罢！

小青：好，你去爱沈少琴罢！

少琴：我爱你，我爱上了你，决不会像他再去爱别人。

少琴：叫阿大预备汽车，我们要到玉霞村去！

金发：玉霞村吗？我也想去见见我的舅父。

少琴：你的舅父叫什么名字？

金发：陆进才。

少琴：陆进才是你的舅父吗？

少琴：我想娶你的表妹笑梅，你可以做媒吗？

金发：少爷既不嫌弃，那当然可以的。

少琴：事成之后我重重的谢你。

金发：什么我都不要，我要做你的账房。

少琴：请你自己到画师处罢，我要同金发去见他的舅父。

进才：阿发！你在沈家得意吗？

金发：少琴少爷很看重我，叫我替他管账，已经几个月了。

少琴：我要到江画师那边去。

金发：我要与笑梅妹妹做媒。

金发：就是我的东家。

金发：他人又漂亮，家产又多，真是一个难得的姻缘。

进才：像这样的女婿，我是很欢喜的；但是我要先得笑梅的同意。

金发：我要到那边去找沈少爷。

进才：得婿如此可以无憾矣！

进才：笑梅！今天阿发特地来给你与沈少爷做媒！

进才：我很欢喜他，你的意思怎样！

进才：你不说，我当你默认了。

两月后，沈少琴与陆笑梅结婚。

阳历四月二十八日下午二时，沈少琴君陆笑梅女士结婚，届时敬候光临观礼。

假座国民旅店大礼堂

往事不堪回首。

落花有意，流水焉能无情。

一年后。

其乐融融。

失之东隅，收之桑榆。

其乐也融融。

笑梅：你天天出去，直到夜深才回来，究竟到什么地方去？

少琴：到朋友家里去。

友人：少琴！请问你的乡下夫人，近来好吗？

王清嫦——少琴的恋人。（卢冰怜）

午夜。

翌晨。

莲卿：我的朋友约我到第一公园去踏青，请你在家享享福罢。

笑梅：你看，你好……
少琴：你拿去罢。
少琴：我今天还要去第一公园去踏青哩。
袁道云——中华舞台的花旦。（杨卓如）
莲卿：小青不敢管我的。他没有我，早就饿死了。
少琴：那乡姑娘真是讨厌得很，那相片被她拿去了。
清嫦：这个我是不依的。
仆妇：那个老不死的乡妇，真是怪讨人厌的。
小青：好了！好了！不要骂了！我们要去了！
小青：妈！此地不是我们久居的地方，我们还是回去罢。
少琴：那个乡姑娘真是讨厌得很。
笑梅：你讨厌我是个乡姑娘吗？
少琴：你还算有自知之明。
笑梅：乡姑娘不是人吗？
少琴：乡姑娘不配做我的妻子。
笑梅：我既不配做你的妻子，我们就此离婚罢！
少琴：好！我们就去请律师替我们证明离婚。
笑梅：青哥！我求你饶恕我以前的过失！
小青：我不配饶恕你，还是请你饶恕我罢！

上海之夜

出品　神州影片公司，1926年
编剧　顾肯夫
导演　郑益滋
摄影　翁寄生
剪接　郑剑秋
布景　王玉书
书幕　严工上　叶心佛
演员　严工上　原侠绮　郑剑秋　陆美玲　杨英俊　余叔雄　严月娴

《上海之夜》电影由顾肯夫编剧。其电影本事由施济群撰写，原载《申报》（1926年7月30日），以及《神州特刊》第4期（上海之夜号，1926年8月）。

本　事[1]

施济群

繁华海上，恒开不夜之城，卅里灯明，奚待金吾褫禁，是盖人间之乐土，世上之仙宫也。而孰知营营其中者，非争名逐利之徒，即奸盗邪淫之辈。若本片之所映，特其中之一幕耳。

富商席勋业，工陶朱术，家财巨万，宅第连云。老妻早世，遗子女各一。妾王氏，出自青楼，凶悍而淫。一夜，更鼓已动，席得外埠急电，匆匆首途。妾闻之喜，招其外好，叙旧室中。讵席以火车脱班而返，入室，睹双影摇窗，不觉忿火内燔。继念家丑不可外扬，强忍而去。

席既离家，改搭轮船。中夜，闻水声澒洞，机轮轧轧，转侧不能成寐，一时万念纷集，忽萌厌世之心。翌日，遂以失踪闻。船员获遗书于榻，报告家属。子女闻耗，悲怆欲绝，而妾则洋洋自若也。

是夜，月色皎洁，掩映窗纱。席子之英，睹月思亲，泪下如绠。忽闻乐声悠扬，出自父室。讶而视之，见王方傍一美少年坐，郎品洞箫，妾弄琵琶，乐且未央。之英心痛若割，首触玻窗，惊王氏。疾避之，匆遽间，遗帕于地，为少年所得。

之英既痛父之失踪，复恨王氏之狎比匪人，神经激刺过甚，仿佛痫发。回入卧室，捧父影而泣，汍澜久久。蓦念如此恶浊家庭，不若弃之他去，乃留书二，一致其妹之蕙，一致其情人史云苹，遂去不知所至。

---

〔1〕 原为句读。

王自为之英识破奸状，局促不自安，因启铁箱，一检席氏私产，讵为李诇其秘。李伯年者，拆白少年也，好与斗鸡走狗之徒伍，睹箱中所值，不下十余万金，遂乘机窃之。

天明，佣妇见箱洞启，亟告王氏。王亦惊绝，报警检查。于箱上发见之英之帕，又悉其夜半私遁，于是决为之英所窃，将弋之。时云苹得警察长通知，偕其兄云峰来。云峰与警长，本窗友，悉其情，相互嗟叹。云峰愿助警长探之英下落，警长殊欣喜。

伯年既窃巨资，寄之友家，仍日来会王氏。涎席女之蕙美，怀得陇望蜀之心，百计勾诱之。之蕙年方破瓜，童憨不能辨贤佞，颇与之昵。幸云峰时来席氏侦案情，见李，疑云陡起，遂日踪迹之。一日，抵其窟，为贼所识，扭打甚剧，卒化装为老媪得脱。

伯年自为云峰探悉巢穴，知难久居，与友谋迁其赃。而云峰再接再励，复化装为乡老，混入贼巢，夺得赃物。贼出死命抵御，云峰以众寡不敌，为贼所缚。伯年迫其签字认为此案主谋，否则缚巨石于梁，将压死之。云峰设计求救，警长闻讯，率领全班警士，大破贼巢，无一漏网者。而此案之真相乃大白。

勋业弃家后，隐为渔父，垂钓为乐。无意间得遇之英，抱持痛哭。勋业循之英劝，同返家园，逐王氏去。云峰亦以经过情形详细报告，勋业感其诚，既以女之蕙妻之。

三星在户，百两迎门，两对有情人，同时成眷属。结缡既罢，亲友以彩纸掷新人，欢欣鼓舞，如中狂易。维时有囚车一辆，辚辚过门次，顽童群以泥块掷囚身。囚车前进，一鹑衣垢面之女子，手抱琵琶卖唱街头，仓卒不及避，颠入车轮下。顽童之泥块，乃亦蝗集其身。

系何人？系何人？是盖拆白李伯年与席勋业弃妾王氏也。呜呼恶人之下场，如是如是。

富人之女

出品　明星影片公司，1926 年

导演　张石川

编剧说明　包天笑

摄影　董克毅

置景　董天涯

题绘　张振宇　董翰一

演员　宣景琳　李时苑　谭志远　赵静霞　朱　英　黄君甫　傅绿痕　王献斋　余　瑛　王吉亭　朱　飞　周履安　秦哈哈　严仲英　黄筠贞

《富人之女》电影由包天笑编剧。其电影本事由宋痴萍撰写，字幕由包天笑撰写，原载《明星特刊》第 14 期（富人之女号，1926 年 7 月）。心冷《评〈富人之女〉》（《国闻周报》第 3 卷第 30 期，1926 年 8 月 8 日）亦收录该片本事。

本　　事〔1〕

痴萍

富人康万山，家有一妻一妾，而中年无子。唯一女凤珠，嫡出也，敏慧多姿，及笄未字，方肄业某女校。一日妻妾诟谇，康袒妾刘，妻江大恚，声言服毒且死。医至验非毒，江偃卧号泣求速死，必欲迎女返，康不得已从之。女归，睹母状，相持而哭。康恻然，百方慰母女，且自讼焉。于是江之恚平，令女弗复入校，将藉女之有宠于父以自重，女竟坐是废学。

女侍母家居，长日无事，则研究衣饰，穷极奢丽。尝向母亲索资，与之二百金，不足，卒倍其数，曰："索之父，即以偿母。"乃喜跃而去。及门，康携刘将出，女果复索金。康素溺爱，探囊与之无吝色，女遂自驾汽车行。刘傍视气结，讽康纵女非计，康一笑置之。时江梳掠既竟，亦图与康偕游，闻挟刘先出，则大怒毁妆，詈弗已。宵深，康携刘返，江逆而数之。康无可排解，嗟叹而已。

女每出交际，游蜂浪蝶，追逐左右者綦众。女一一酬对，无所轩轾。人乐其易与，咸存非分之想。女有旧时同学吴素君，新嫔于章湘荪。夫妇同游，遇女众中，女以吴之介识章。章固惨绿少年，羡女富，辞色殊恭。女亦一见倾倒，待之逾常人，邀章夫妇同登一车，趋跳舞场。途中微言挑逗，浅笑承迎，舞时复密订次日之约。是时章已中心迷惘，视女若天人，而其新婚之妻，则土苴之不如矣。

---

〔1〕 原为句读。

次日，章来践女约，密语移晷。女犹行所无事，而章已深堕情网，自是二人踪迹日亲。章辄深夜不返其居，吴则孤擎坐对，忧疑交集，将自出迹之。甫出门，适女御章归，吴斥女诱引其夫为非礼。语稍激，女老羞成怒，遽反唇相讥，不欢而去。章入室责其妻，谓不应忤女。吴不服，夫妇遂占脱辐。一日女挟章同游，吴追踪而至，促其夫返，女不许，章亦恋女不愿行。吴愤甚，坚持不稍舍。章欲媚女，竟辱其妻。吴孤立无援，零涕而归。自念遇人不淑，余生悉沦苦海，乃举八千烦恼丝，付之并州一剪，以示决绝。章归得其情，殊无悔悟意，且诮让之。吴益悲不自胜。

女广延男宾，纵饮高歌，恣为笑谑。章渐不善其所为，而无术制之。众中有某氏子，痴肥如豕，伧俗可憎，女尝资之为谈助。某氏子大惑，以为女之垂青于己也，购珍饰遗之。中途车损，蹒跚而前，将面女自输诚悃。至则女方立园中喷水池畔，亟上钻戒，求为婚媾。女不许，某氏子嬲之。女愠，举手挥其肱，钻戒飞落池中。将涉水求之，惧灭顶，逡巡懊丧而出。时章亦至，复目击有继某氏子以姻好要女者，女皆不许。章念女泛爱多欲，雅不谓然，因翘首作遐想。女询其故，章嗫嚅而告。女笑曰："侬自乐此，无与君事也。"章默然。

张浣芬者，亦女之同学，与其夫卢小洲同观运动会。女至，张招之同坐。学生沈超然赛跑屡列第一，女赏其英爽。卢与沈有戚谊，因为之绍介。沈溺于学，晋接殊落落。女商之小洲夫妇，必欲得沈为婿。卢劝女登报征婚，有能逐汽车而驰，得锦标者嫁之，奁资为五十万金，意固在沈也。女从其计。卢更为说沈加入，沈毅然拒之。顾事经登报，无废置理。及期，应征者纷纷。痴肥之某氏子，弃妻之章湘荪，及沈之学友胡子良，皆与焉。胡故健者，得捷足先登。唯用力猛，及决胜点，喷血而仆。女大惊，丐卢送之医院，果以伤重不起。康妾刘闻其事，絮聒于康。康以责其妻江，江犹为女讳。女归，江挥泪述刘无状，女亦哭。康故阘茸，反慰母女弗悲，谓自有策善其后。胡之学友以胡死非命，将讼康，舆论界亦群起应之。康大恐，挽陆叔南者出为调解，藉金钱力，幸获无事。陆更为执柯，往说沈之父母，夫五十万，巨金也。沈父母既为所动，不复顾其子之毕生幸福，竟强其子诺之。章逐车失败，悟女之终不属己，归见其妻，自陈前失。吴不纳，则泣道悔意，为夫妇如初。女既嫁沈超然，沈父母以媳多金，婚事所需，将取偿焉。数日无耗，则大戚，命子索之。沈恧于启齿，其母遂自商诸媳。女曰："奁资我所自有，非翁姑所宜问。"沈母瞠然无语而退。沈尝就书室理其旧业，女往止之，曰："治学为谋生地耳，侬既多金焉用读?"沈颔之，自是日逐其妇之后尘，久亦与之同化。一夕，夫妇皆出，凌晨而归。二老方坐堂上，愁颜相对，虑债家之迫索，将招其子更商诸媳。女止沈弗行，曰："惫矣，宜稍苏息，此琐琐者姑置之。"沈从其言，竟抗二老命。而债家麕集，唯二老当其冲，彼夫妇固高卧弗问也。

日复一日，沈交损友益多，时背女纵博于外，一夕尽数千金，归取偿于女。时女离翁姑自立，父又新死，以沈堕落，意兴大衰。沈来索资，女不与，夫妇大哄。沈抽刃拟女，女惧，出金畀之，沈扬长而去。女自窗口遥望，陡忆当日母令辍学事，念今日之得此恶果，种其因者实爱己最挚之慈母，不觉悲愤填膺，举剪自截其发，步吴素君之后尘矣。

字　　幕[1]

天笑

世间富豪家女郎，往往养成骄纵之习，康凤珠其一也。（宣景琳）

女学生：你瞧她天天换一套衣服，多漂亮！

康江氏为凤珠之母，因妻妾间不合，遂使家无安宁之日。（李时菀）

佣妇：不好了，太太吞了生烟了。

康万山富而无子，独钟爱其女；但不能自齐其家。（谭志远）

万山：啊哟！去请医生来呀！

万山：为了极小一件事情，你何必如此呢？

江氏：横竖你现在用不着我了，我索性让了你们，你让我死吧。

万山：天地良心，我几曾有过偏心，说用不着你。

江氏：现在我的亲人，只有一个女儿，你快去唤她回来，让我于未死之前，得见一面。

医生：并没有什么毒啊！

万山：那末费你的心，给一些安神的药给她吃吧。

康刘氏为万山之妾，亦善于嫉妒之妇人也。（赵静霞）

凤珠：我家里有人来，说母亲有急病，我要告假，立刻回去一趟。

江氏：凤珠啊！我是不能活下去了，我要和你离别了！

凤珠：爹爹！请你凡事看女儿面上，让一点母亲吧！

万山：好啦！千差万差总是我的不是。你也不必生气，那边我也要去骂她一顿咧！

凤珠：爹爹既然这样说，您也不必生气，我也就要回学堂里去了。

江氏：你不要到学堂里去了，你就在家里陪陪你可怜的母亲吧。

刘氏：我晓得她在那里装腔，不过吓吓老爷罢了。

万山：你有许多地方，也要让人家一点，不要太过份了。

刘氏：你为什么要教我让她，我就不是人吗？

万山：你们这样吵闹，我只能把你们分开来住了。

刘氏：分开来住也好，教她搬出去，我却要住在这屋子里的。

刘氏：你们仗着人多欺我一个人吗？

凤珠：何必如此吵闹，弄得举家不安。

刘氏：你说举家不安，你去问问你的娘好了。

凤珠：是呀！我的娘脾气也不好，不过一家人家，总要分一个大小嫡庶。

凤珠：爹爹！您也犯不着为了这一种无意识的吵闹，常常生气，自己身体也要紧。

---

〔1〕原说明字幕前有■标记，对话者有括号。现统一略去，将说明以不同字体区别之；并在对话者后加冒号。

康江氏以不欲其女读书，藉为己之党援，遂令凤珠因此废学，从此日事挥霍，且征逐于交际之场矣。

凤珠：妈！你再给我一百块钱吧。

江氏：你又要钱吗？这样会用，怎么得了呢？

凤珠：妈！您不用急，我到爹爹那里拿到了，加倍还你好咧。

万山：我们去买东西去。

凤珠：我也要买东西去，爹爹！你给点钱我吧。

万山：哈哈！这孩子竟会自己开汽车了。

刘氏：哼！你这老糊涂，还要得意。做了个女孩儿家，连汽车都自己开，像个什么样子。

万山：唉！现在是流行这种风气，有什么要紧；像你这个饭桶，要开也不会开。

刘氏：你说风气如此，总有一天要教你懊悔也来不及咧。

江氏：你到那边去请老爷过来，我要同他去买东西咧。

佣妇：老爷已经同姨太太出去买东西了。

江氏：还要梳什么断命头呢？

逍遥园为都市间士女纳凉避暑之所，入夜尤为繁盛。

康凤珠以富家女郎，又为交际之花，故一般浮荡少年，如狂蜂浪蝶，环绕左右。

潘希安，亦狂蜂浪蝶之一也。（朱英）

杜景甫，一纨绔中之蠢材也。（黄君甫）

景甫：今天晚上，有很好的焰火咧。

凤珠：素君姐姐，好久不见您了，您怎么也到这里来的？

吴素君为康凤珠以前同学，结婚未逾三月。（傅绿痕）

章湘荪为素君之夫，能以金钱移其爱情之少年也。（王献斋）

素君：这就是我们的章先生。

凤珠：嗄！您几时结婚的，怎么没有请吃喜酒？

素君：这位就是我常和你提起的康凤珠女士。

湘荪：嗄！原来就是密司康，失敬！失敬！

凤珠：章先生可是常常到这里来，我们以后可以常常亲近了。

湘荪：密司康我们一向是钦佩的，我们很愿意常常领教。

凤珠：此地没有什么好玩了，我们到皇宫饭店去跳舞吧。

江氏：你们也居然回来了，我当你们已经死在外面呢？

万山：咳！这是什么话？

刘氏：不要常常开口死呀！活呀！你咒老爷死，老爷死了，你想转什么念头？

皇宫饭店者繁华奢靡之场，而为青年士女所醉心者也。

凤珠：您明天下午有空吗？可以请到我家里来。

章湘荪竟践昨晚之约，特访凤珠。

凤珠：好呀！你怎么一个人来？没有和素君姐姐同来吗？

湘荪：这个……她吗？她有些事，不能同来。

凤珠：不要急，我和你闹着玩笑的，你一个人来很好。

自此以后，章湘荪与康凤珠渐渐发生恋爱关系，遂至深夜不归；而吴素君独对孤灯，频频盼望其夫之归来。

素君：吓！好开心啊！却教人等到你这个时候。

湘荪：我刚才在路上遇到密司康，她送我回来的。

素君：你不必再说谎吧，我早已知道你们的事了。

素君：凤珠姐姐，你也太岂有此理，不应该同他在一起玩呀。

凤珠：这有什么要紧，我高兴同谁玩，就同谁玩。

素君：你也是很有身份人家的小姐，亏你说出这种话来，好不害羞。

凤珠：你做了一个女人，连个男人也管不住，自己倒不害羞。

湘荪：你刚才对于凤珠这种态度，也太觉无礼了。

素君：你倒说我无礼，你们这种样子，难道倒算有礼吗？

湘荪：我们也没有什么无礼，况且她也是你介绍我的。

素君：我介绍你们做个朋友罢了，谁教你们做那种不要脸的事。

素君：你若再要如此下去，我非同你为难不可。

湘荪：为难便怎样？大不了同你离婚就是了。

素君：你存这种心肠，我还有什么话可以说呢？

康凤珠因受吴素君之奚落，乃偏与章湘荪游玩，以气素君。

素君：你曾说不和她在一处，怎么又同她在一处了？

素君：世界上的男子很多，你怎么偏要拉住他？

凤珠：这不是笑话吗？脚生在他身上，要他自己走的，又不是我到你家来拉他的。

素君：你这个冤家，你听见了么？你怎么这样的不争气？快与我一同回去吧。

凤珠：哼！漂亮一点！同谁来的，应该同谁回去。

素君：你还有什么三心两意？走啊！

凤珠：你今天要是走了，以后永远不必再认得我。

湘荪：你先回去好啦。

湘荪：你在这种公共地方，一定要丢我的脸。你当心！不要自己讨没趣！

景甫：那末，有好戏看咧。

游客：乖人弗吃眼前亏，还是走吧。

吴素君以公众之场，受夫凌辱，又生性良懦，无力抵抗，回家后遂愤而剪发。

章湘荪甘心牺牲其家庭伉俪，极力倾注于康凤珠。不知凤珠方网罗青年，视湘荪不过为群青年之一；湘荪亦无法可以阻止。

康凤珠恃其美色与富力，往往玩弄一般青年，伪示情好；而青年入其彀中，每至误会，杜景甫亦误会中之一人也。

汽车夫：啊呀！车胎爆裂了！

景甫：你怎么备胎也没有带出来？

景甫：你到哪里去？

某少年：我到那边去看一位朋友，你呢？

景甫：我也是到那边去找一位亲戚。

凤珠：你怎么有工夫到这儿来？

景甫：我送你一样东西。

凤珠：别的东西可以受，这戒指不能受的。

景甫：但是无论如何，你要受我的。我家中父母，已经答应了。

景甫：你不答应就不答应，何必丢在水里，这是五百块钱咧。

某少年：你说去找一位亲戚，怎么在这儿？

某少年：我有一件事，要奉求康小姐，请你答应我。

凤珠：你们怎么不约而同的？

凤珠：今天我被他们缠绕不清，都来向我求婚。

希安：这一班人，都是自不量力。

希安：你现在虽不答应他们，将来终要嫁人。不知怎样的人，才合女士之意？

凤珠：你倒猜猜，我要嫁怎样一种人？

希安：像我这样一种人，不知能合女士之意吗？

凤珠：哈哈！又来了一个。

湘荪：你同这班浮荡少年常在一起，我想这是很不对的。

凤珠：咦！你怎么能干涉我的交际自由呢？

湘荪：并不是我干涉你的自由。不过你既然同我在一起，怎么还和许多人去交际呢？

凤珠：笑话！我既然可以同你在一起，也可以同他们在一起，这不是一样的玩吗？

康凤珠应同学之请，来参观运动会。

张浣芬，亦康凤珠以前之同学。（余瑛）

卢小洲为张浣芬之夫，善用机谋以吮人资财。（王吉亭）

沈超然，故世家子，一纯粹之大学生，而著名之运动家也。（朱飞）

胡子良与沈超然为同学，亦为运动家之一。（周履安）

凤珠：咦！怎么每次他终列第一？

小洲：他是著名的运动家。

浣芬：小洲从前也在这学堂里读书，和他们都是同学。

小洲：我和超然很熟，康小姐要见他，我可以介绍。

沈超然为纯粹学生气质之人，未谙近世交际之法。故康凤珠屡与超然语，而超然意殊不属。

康凤珠自见沈超然后，顿生爱慕之意，乃决定欲嫁此英俊少年，遂特约张浣芬夫妇至家茶话。

浣芬：康小姐很想给沈超然做一个朋友，你可以想想法子吧。

小洲：但这事很难，他除了读书之外，外面竟没有交际。

凤珠：他配过亲没有？

小洲：那倒没有，而且我听他说是赞成独身主义的。

浣芬：你无论如何想个法子出来，事成了他总要报酬我们的。

小洲：只有一个法子，我想是很灵的。

小洲：他最热心运动赛跑等事。要是有康小姐的名望，登报求婚，能跑第一的嫁他，再补助多少妆奁，我想一定可以歆动他。

凤珠：这倒很好。爹爹曾经答应我妆奁五十万，我们索性把他登出来。

小洲：五十万吗？那是一定可以成功的。

凤珠：那末一切事情全权奉托你去办吧。

希安：你们瞧见康凤珠登报求婚的告白吗？我们大家应该去跑啊。

众少年：我们正在讨论这件事情。

景甫：你们报名时不要忘了哦，我也要加入。

卢小洲自办此事，颇沾利益。登报以后，即向沈超然劝驾。

小洲：这真是一个绝好的机会，像你平时那种赛跑的成绩，自然总是你得的。

超然：我们的运动，是为研究体育。这种玩弄人的举动，我不愿意加入。

小洲：你的话不错，不过这种机会，是千载一时，到底妆奁有五十万咧。

超然：这种财产，得了也是不名誉的，我决不愿意要它。

胡子良：密斯脱卢！像我这样可以加入吗？

小洲：当然可以的，凡没有定过亲的，都可以加入。

康凤珠之赛跑求婚，本为沈超然而发，乃超然独未至。然凤珠不能临时反讦，遂变更其办法。

小洲：诸位听了！从此地起，到北公园为止，谁能追上康小姐汽车的，她就嫁给谁，并有妆奁五十万。

刘氏：你那宝贝女儿，现在越闹越厉害，你可知道闹出笑话来了。

万山：该死！该死！谁替她出的这种坏主意，那怎么得了呢？

万山：你怎么也不管管女儿？做出这种事情来，教我太没有面子了！

江氏：女儿又不是我一个人养的，你怎么也不管管？

刘氏：这位凤小姐，闹也闹得太过份了。本来呢，女儿应该娘管的，儿子才是爷管的。

江氏：儿子女儿总是一样的，大了，总不容易管。像你没有生过的，只会说现成话罢了。

万山：你真是个老糊涂，到了现在你还要袒护女儿，总有哭的日子在后头咧。

人之躯体，安能与物质相竞？而无识之少年，竟贪恋财色，自甘牺牲。

汽车夫：啊呀！血都喷出来了。

小洲：啊呀！这是内部受伤，很危险的呀！

凤珠：请你赶快送到医院去吧。

江氏：为了你不争气，带累着你的娘受尽了气。

凡父母之对于子女，往往以一时之愤怒，似欲加以痛惩；及至一见娇婉之状，则愤气又消释矣。

万山：你也不必这样悲哭，以后不要再胡闹就是了。

教员：胡子良已经死在医院里了，这件事怎么办？

超然：这件事太岂有此理！我们应该一方面向法庭起诉，一方面由舆论界宣布他们的罪状。

各界因此事大动公愤；康万山亦遂忧急而挽人设法调处。

小洲：陆先生向来在各方面都熟识，请他办理，必能满意。

陆叔南系专为调人而从中渔利者。（秦哈哈）

叔南：万翁！这些小事，在兄弟身上，包你办好。

小洲：陆先生而且还是沈家的亲戚。

叔南：是呀！超然是我的外甥。

万山：既然先生是沈家的亲戚，将来小女的亲事，还要请陆先生作伐咧。

叔南：像万翁这样高门，肯俯就舍亲，那是包在我身上，一定成功。

陆叔南果为康氏解此纠纷，于是以冰人自居，屡与沈氏谈康凤珠婚事矣。

沈祖赓，超然之父，为一中落之绅士。（严仲英）

母陆氏，为普通嗜利之妇人。（黄筠贞）

超然：康凤珠外面名誉不甚好，我很不愿意要她。

叔南：咳！你真年轻没有经验，完全和自己的经济反对，究竟她的妆奁五十万咧。

祖赓：婚姻大事，是要父母之命，媒妁之言，你没有读过古书吗？

陆氏：我能得攀着这样的高亲，睡梦里也笑起来。你要知道我们沈家有好几代没有五十万财产咧，你要答应了，就是你的孝顺。

章湘荪知康凤珠已嫁沈超然，坠欢未能重拾，乃仍归就其妻。

沈氏结婚后之三日，沈祖赓乃算其婚事中之用费。

祖赓：这几笔帐，我还要细细核对，请你至月底来收吧。

祖赓：这一次婚事，场面太阔了，单单这几笔帐，要三千块钱。

陆氏：这有什么要紧，我们本来是为了他们女家多用的。好在新娘子有钱带来，现在尽可以向她去拿啊。

陆氏：你到新房里去唤大少爷来，我有话向他说。

女佣：啊呀！两点多钟了，还没有起来。

赠嫁：太太要请新姑爷去说话。

凤珠：晓得了，大清早起来就大惊小怪。

陆氏：现在你亲事中所欠的钱，都约月底来取，你可以向新娘子去拿了。

超然：这个怎么可以呢？岂不难为情？

祖赓：问自己女人要钱，有什么难为情？到月底付不出钱，那才难为情咧！

凤珠：叫你去做什么呀？

超然：没有什么事，不过瞎谈谈。

超然：不成功，我几次想说，终觉开不出口来。

祖赓：这个小孩子，真没有用，还是你自己去吧。

陆氏：你这样早已经起来了吗？还没有用饭吧！

陆氏：新奶奶！这一回亲事，因为大家要场面，所以费用很大。现在的帐结下来，约到月底，最好请你先拿出几千块钱来，付一付帐。

凤珠：咦！这项帐，怎么叫我付呢？我倒不明白啊？

陆氏：不过你也知道，我们不攀你家这门亲事，也不会多用这许多钱。况且媒人说过，你是带了许多钱来的。

凤珠：笑话！我带许多钱来，是爷娘给我自己用的，不是替你们来还帐的。

陆氏：新奶奶！那末你先借几千块钱出来，请救一救急吧。

凤珠：那是我不能答应，怎么我总共来了三天工夫，就要借钱，这算什么呢？

陆氏：倒霉！非但不答应，倒受了她许多闲话。

祖赓：那末这月底怎样过呢？

康凤珠虽嫁沈超然，仍不改其骄纵好游之习。

超然：像这伊的一天到晚拖着我去游玩，我的学问都要抛弃。

凤珠：你要学问！也无非想将来赚钱。我已有钱够你用，还要学问做什么？

凤珠：你把这里的书，都收拾起来，省得一天到晚，握着书本。

超然受富人之女之感化，亦入于交际游观之场矣。

约期付帐之日已至，而沈祖赓夫妇尚未向凤珠取得一文，心中焦急可知矣。

陆氏：咦！今天怎么起得这样早？

女佣：太太说他们起得这样早，实在刚刚回来还没有睡咧！

祖赓：那末去唤超然出来，商量商量，今天的帐，须要付才好。

女佣：大少爷！老爷太太请你去，有话给你讲。

凤珠：人家还没有睡咧！他们倒睡了，有什么话？等我们起来再说。

女佣：新奶奶不肯放大少爷来，我倒反而被她骂了一顿。

讨帐人居然不约而同，惠然肯来，沈祖赓真走头无路矣。

人之气质，迁善难而染恶易。沈超然以金钱之故，人格遂日趋于堕落。

赌客：你刚才输给我们的钱，怎么办法？

超然：共总不到两千块钱，急些什么呢？

赌客：你是个阔少，不在乎此。我们是输了要拿出去，赢了也要拿进来的。

超然：你们这班急死鬼，难道没有给我赌过钱吗？等天一亮，我就可以取来给你们的。

又一赌客：你们吵什么？像沈少爷这样，会少你们钱么？

超然：你们没有打听打听吗？我向来赌钱，不过十二点钟，都要还清的。

康凤珠已脱离翁姑，与超然组织小家庭。而超然则终日沉湎于博场，凤珠孤灯长夜，反多凄独之悲。

凤珠：你又是一夜天没有回来，到底是做什么呢?

超然：赌钱！做什么呢?

凤珠：你无日无夜在那里赌钱，教人终夜等着你，于心何忍。

超然：你自己不睡觉，我又没有教你等。

凤珠：那末就算我差了，你也辛苦一夜了，可以去睡咧！

超然：有什么工夫好睡，输了钱不要还人吗？快拿二千块钱。

凤珠：你倒一输就是几千，我哪里有这许多钱，今天一定没有。

超然：我已经答应人家了，面子关系，今天一定要拿出去。

超然：嗄！你手脚倒很快，钥匙拿来！

超然：你交给我，不然，我就对你不起了。

康凤珠以从前之富而骄纵，致其夫亦入堕落之途，深觉当时受母命辍学之非，而痛悔莫及矣。

殖边外史

出品　大中华百合影片公司，1926年

监制　陆　洁

编导　王元龙

摄影　周诗穆

布景　王雪厂

剧务　谢云卿　王乃东　王征信　崔天生

化装　包元铭

书幕　李梅雪

剪接　丁伯嵩

演员　谢云卿　王锦明　周文珠　黎明晖　王元龙　王次龙　邵　鹤　包元铭　杨静我　王斧卿　王征信

《殖边外史》电影由王元龙编剧。其电影本事为陆洁撰写，原载《申报》（1926年8月6～7日），以及《大中华百合特刊》殖边外史号（1926年8月15日）。一得《评〈殖边外史〉》（《国闻周报》第3卷第32期，1926年8月22日）亦收录该片本事。本篇以《申报》版为底本。

本　　事〔1〕

陆洁

六合乡处丛峦叠翠之中，景物茜幽，民风敦朴。乡中人除务农而外，初不知有名利富贵。鼓腹击壤，盖犹有无怀葛天之遗风焉。乡人黎长福，薄有良田。妻王氏，相夫治家，能耐劳苦。长福得暇，辄自就村肆饮，杨柳青旗，夷然有避秦之乐。小女阿贞，年十七矣，而天真活泼，稚气未除，能时以憨媚之态，悦此一双老伴。王氏有侄曰桂生，与阿贞雅相亲爱。桂生早失怙恃，乃傫然依长福以居。此外有长工二：一曰老五，忠挚深情，与乡中卖酒女儿名毛媛者甚善；一曰四官，则良憨，言语举动，胥如名丑登场，自成笑料。长福得兹臂助，田事乃稍稍暇豫，每日黄酒三杯，自谓已享尽人间之快乐矣。乡中有山寺，每当日午，钟声镗然鸣。田中人闻之，辄视为辍耕归饭之标准焉。

一日者，桂生等正工作田中，王氏在厨中治饭，而长福则方就酒家饮。店主杨老包，故与长福稔，两人娓娓各话家常。长福曰："若女与老五，大是佳偶，吾当为任蹇

〔1〕原为句读。

修。”老包唯唯。至是，寺钟又镗然鸣，长福即匆匆辞老包行。田中人亦相继弃其农具，携手同归。既抵门外，老五四官，取谷饲篱内群鹅，桂生阿贞则汲水灌井边玫瑰。此与山寺之钟声，同为饭前常课也。四官先趋中堂，取桌上所陈面饼欲啖。阿贞以老父未归，亟止之。正攘夺间，王氏适捧馔具出，阿贞误触之，立碎于地，王氏怒斥其女。长福归，阿贞泣诉于父，长福袒之，反责王氏曰：“女儿年稚，不宜时加呵责，而泯其天真。”阿贞闻之，意似甚得焉。

是日之晚，凉月窥林，淙淙流水，方自山坳间流入涧中，倒悬成一小瀑。老五毛媛并坐水边，相对脉脉。毛媛若有言而不语者再，老五固诘之，毛媛嗫嚅曰：“今日长福伯伯乃欲为我等做媒。”语未已，忽闻有人狂笑，仰首视之，则四官方高踞山石之上，窃听二人情语也。时桂生与阿贞，适踏月而来，闻二人细语，即亦隐身石畔窃听之。至是乃共出，相与揶揄，久久始归。既及门，各蹑足入室。时其母犹未睡，闻诸人归，即秉烛至各室审视门户，熄灯下键，然后归寝。王氏之因劳致死，即伏于是矣。

王氏积劳成疾，犹力疾操作。一日之午，方在厨中治饭，忽头晕心痛，力不能支，乃匍匐入卧室，倒于阿贞床上。时寺钟大鸣，王氏闻之，知家人将归，而饭犹未备，心滋不安。喘声呼阿贞久久无应者，王氏气逆于咽，即溘然与此世长逝。田中人归，饲鹅灌花既毕，入中堂，不见备饭；至厨中，则阒焉无人。大疑，群趋卧室，见王氏已倒卧床畔，乃相抱哭。

王氏既死，中馈无人，既由桂生与阿贞留家治饭。顾阿贞为父母所钟爱，终日与村童嬉田中，向不问烹饪事。而桂生为男子，此事更非素习，因之厨中时有覆悚之虞。长福见之，知续娶之不宜一日迟矣。有周顺卿者，新自村外迁来，所居在酒店之对岸。其家仅一姑母，年逾花信，尚未适人。杨老包见其终日勤恳，乃为长福撮合，不数日而婚礼遂成。

周妇既入黎氏之门，所以待阿贞殊严厉。后妇芦衣，可怜娇女。一日，阿贞偶与桂生共话，周氏妒之，即藉故责阿贞。长福归，阿贞诉之，长福已不如前次之袒女，甚责阿贞不应不听母训。阿贞蕴结莫诉，心痛如割。及饭具既陈，忽失阿贞所在。桂生与老五等出觅，则见阿贞方跪泣于母坟之上也。

顺卿涎阿贞之美，求计周氏。周氏本嫉恨桂生，因思阿贞如能嫁我侄，计亦良佳，遂允顺卿之请。事为隔室桂生所闻，当晚即告之阿贞。阿贞慰之曰：“母亲在日，曾谓我二人将来必配合，言犹在耳，父亲必不忍食言也。”

我国边陲，多荒漠不毛之地，而内部人烟稠密，农产有不敷供给之虞。政府乃通过移民殖边之议，下令内部各省，分别劝募农民。劝募队既至六合乡，四出鸣锣劝告。一日者，桂生等打麦门前，周氏闻鸣金声，问桂生，桂生具以告。周氏思有顷，冷然谓桂生曰：“汝正当少年力壮，大可前往应征，自创事业。”桂生唯唯。是夕，新月一弯，桂生集老五阿贞等于一古石牌坊之下，取决从违。最后决定桂生与老五同去边外，四官则留为阿贞毛媛作伴，以免两人寂寞。议既定，乃相约明日前去报名。

六合乡民众启行之日，阿贞送别桂生于母坟之前，再三温慰之曰："我无论如何受苦，当待哥成功归来。"老五与毛媛亦依依惜别，各贻赠物以留纪念。万余农民，扶老携幼，肩负农具，结队起行。过山越岭，步行十余里，至豫村，换乘大车。车以牲口三四拖之，逾数千辆。军号一声，马蹄与车轮并动。但见白旗招展，蜿蜒如长蛇，渐行渐远，蠕蠕然离其故乡而去。大漠风寒，固绝好一幅游牧图也。

众农民自趋征途，晓行夜息，艰苦备尝。大河无桥，广漠无水，所历艰难，无殊探险。行数月，始达边地。先支建茅舍，以居移民。然后划界分区，即开始其垦植之工作。

周氏自桂生离家后，待阿贞益苛。阿贞即奄奄而病，而顺卿所定之婚期已迫。阿贞招毛媛来，授以两函：一函托便人带至边外；一函则嘱毛媛俟桂生归时与之。毛媛一时无由慰藉，惟唯唯受命而已。

后母威权下之阿贞，已作周家新妇矣。新婚之夜，宾朋既散，顺卿酗醉入房，将无礼于贞。阿贞突自怀中出利刃，直扑顺卿，顺卿应声倒地。翌晨，邻村一小孩子出外汲水，见井中有一人，大声呼其父。村中人闻声去视，见井中尸作新娘装。群以村中昨日结婚者，惟周家，乃群趋顺卿之居。排闼而入，则见顺卿倒卧于地，身旁遗一刀，血痕斑斑。桌上得阿贞留书，略谓因不愿受顺卿之辱，故杀之，自亦投井而死，以谢桂生云云。众读竟，为之慨喟不已。

边外广漠中，一车自远而来。车中人来自六合乡。车经桂生之门，适老五自门内出，车中人授以二函：一为毛媛致老五者；一即阿贞托毛媛得便带交桂生者也。老五得书，欣跃而入，以一函授桂生，已则蹑足入内室，潜阅毛媛之书。书中即述阿贞拒婚投井之事，阅竟震骇万状。回顾室外，则桂生方欢呼跳跃，其乐无艺。桂生见老五出，示以一巾，为阿贞手制，上书"努力成功"四字。并附一函，函中有句曰："继母爱我，我甚乐。请哥努力前途，妹在家候哥成功也。"老五阅竟，为之心碎。而桂生则取阿贞所赠之巾，在室中欢呼歌舞。

一日，桂生见邻妇弄儿为乐，固动思乡之念。适殖边办事处某军官因事归乡，王请同行。老五阻之，不听，老五乃亦偕往。既返故乡，老五阻不令视阿贞，桂生反以言讥老五，老五无如之何。桂生独访阿贞，至则双扇紧闭，荆棘满庭，昔日与阿贞灌溉之玫瑰，已剩枯枝，盖屋中久无人居矣。桂生至此，如入梦中。询之村童，始知阿贞已死，长福亦相继去世。周氏不安于室，为村人不容，乃席卷所有而逃。问阿贞之坟墓何在，村童导之去，至则老五与毛媛已先在。桂生一恸几绝。毛媛出阿贞之函，此信即阿贞当日请毛媛面交者。信中嘱桂生为事业努力，勿因一薄命女子而悲伤。桂生读之，益为心碎。

六合乡人见桂生等自边外归来，且闻边外工作成绩颇佳，乃建台演戏，表示欢迎。而桂生则心慵意懒，万念都灰。遵阿贞遗言，重至边外。老包徇其女毛媛之请，将酒店收歇，随老五同行。

行行重行行，桂生等已重至边外。在门首下车，见双扉虚掩，不觉大惊。盖临行时明明下键，孰则启扃者？推门入内室，则一女子方整理饮器。女子闻声回首，噫！伊何人？非阿贞耶？阿贞见桂生至，亟扑入怀中，喜极则泣。众正相顾错愕间，四官负农具自外入，见状大乐。四官告桂生曰："我偕阿贞来时，君等适还乡，以致道途相左。"继复述阿贞不死之由，众闻之，始恍然大悟。此时复有一女子自外入，阿贞为之介见曰："此四官在边外所得之女友也。"从此三对小儿女，耳鬓厮磨，熙熙如登春台，已不复知人世忧患为何物矣。

未婚妻

出品　明星影片公司，1926年
编剧　卜万苍
字幕　包天笑
导演　卜万苍
摄影　汤　杰　胡寿山
演员　周履安　张织云　龚稼农　黄君甫　宋忏红　俞　慈　谭志远　谭冯珠　王献斋　黄筠贞　李时苑　沈丽华　沙聂亚

《未婚妻》电影由卜万仓编剧。其电影本事为宋痴萍撰写，字幕为包笑天所作，原载《明星特刊》第15期（未婚妻号，1926年8月25日）。

本　事[1]

痴萍

周生光新，青年好学，识者誉为佳子弟。惜意志薄弱，易为外物所诱。一日阅报，见有游美得博士学位归者，方顶垂旒，启人艳羡，因谓其学友黄俊曰："彼亦犹人也，假我岁月，何遽不若彼?"黄曰："然则君将步其后尘乎？有此壮游，我当附骥。"生请于父母得许。顾生有女友张氏守贞，素与生善，平居得暇，辄相过从。闻耗，期期以为未可。女有中表龚生，朴讷寡文，倾心于女，而女意不属。洎生与黄偕行，女从两家父母送之轮步，南浦离情，两难割舍。生曰："迟我数年，亦能待乎?"女曰："所不待君，有如此水。"于是生与女之婚约，乃定于临歧俄顷间。女归，龚睹其约指，自知绝望，唯殷殷乞保其友谊，女许之。

生与黄既至新大陆，陡觉域外风光，胥生平所未历，自惭形秽，刻意趋时，饮食起居，非复寒酸故态。资不足，则频以电报归取。尝纳交彼都士女，出入舞场餐馆，挟粲者载歌载舞，掷巨金无吝色。有所昵，辄以美衣珍饰为馈遗。人惊其豪，而易其无识，益狎玩之。生耗费既多，索资益亟。生之父怪之。初犹勉为筹措；既知生辞不实，则靳而弗与。生不得资，忧甚。黄怂令乞援于女。女得电报，走谒生之父母，图为生地生之父婉却之。女无奈，将归陈之母以己资济生。不幸其家所蓄，复遭银行倒闭之厄，遂举珠饰商于龚。龚怜其痴情，假以资而却其质，曰："妹以我为何如人乎？以妹故，安用质，若而人者，吾终虑其负妹也。"女感其援助，而于生则信之如初。

生当债台高筑之际，女之金适至，随手挥霍，一日而尽。未几，父之电报亦至，

---

[1] 原为句读。

责生速归。生知援绝，遂偕黄同返。舟中邂逅一沈姓女，举止豪奢，风情骀荡。探其家世，固华族而曾受新教育者。海天万里，时接容光，略分言情，顿成知己。抵国门，女仍从两家父母逆之轮步，生意气非昔，接女殊落莫。女以为长途多劳，未尝措意。既而龚诇生非义，讽之曰："而人多欲寡信，吾终虑其负妹也！"女不悟，且疑龚妒，意甚不怿。一日，龚方家居，有友踵门假礼帽。叩其故，谓将襄友人婚礼，其新人则周生与沈女也。大惊，驰告女。女从龚往迹之。及礼拜堂，婚礼既成，新人联臂出矣。女窥之审，大恸而晕。龚扶掖以归，一病几殆。

虽然，周沈之婚，果何如乎。以虚荣相结，安有幸理。曾几何时，遽以离异闻。时则龚生方拘其真爱，以约指郑重加之张女之手也。

字　幕〔1〕

天笑

情之所钟者，恒对于其恋人身外之影，呼之欲出。周光新以纯粹之学生，身入初恋之境矣。（周履安）

光新：我和你的爱情，是始终不更变的，你知道吗？

此周光新之恋人张守贞。守贞未字之女学生也。（张织云）

张守贞之母氏，一持家慈爱之夫人。

龚志诚为张守贞之表兄。虽为富家郎，实为多情种。（龚稼农）

守贞：我等了你好久了，怎么这时候才来？

周光新之同学黄俊，体胖而善睡。（黄君甫）

光新：您瞧他们留学回来的人，何等荣耀，我很想也出洋留学去一趟。

黄俊：您倒随便看见什么，都要去尝试尝试。

周光新之父母。（宋忏红、俞慈）

父：在国内读书也很好，何必出洋。

母：我们膝下只有你一人，老远的出洋，我们怎能放心呢。

黄俊：我也要去。

黄俊遂归而与其父母商量留学之策。

黄俊之父母，亦以胖称，可谓肥人世家。（谭志远、谭冯珠）

光新：我今已决计出洋，父母亦已允许，想您也很赞成我的。

光新：我想在我出洋动身之前，将婚约先订定了。

于是周光新与黄俊置备西装，不日放洋矣。

裁缝：腰身三尺一寸。

裁缝：腰身六尺五寸。

---

〔1〕原说明字幕前有■标记，对话者有括号。现统一略去，将说明以不同字体区别之；并在对话者后加冒号。

守贞：今天欢送你，我已想到你学成归国后，欢迎你时的愉快了。

黄俊：好大的船啊，比家里好玩得多。

使人黯然魂消者，惟别而已。

黄俊：人家常说乘海船要晕船，我却一点也不晕。

光新之母：光新已经去了好几天了，不知在船上身体可好。

黄俊之父：今天风很大，不知海里有风没风，俊儿的身体吃得住呢？

黄俊：啊哟啊哟，要吐了。

守贞：您瞧什么？不是瞧我手上的戒指吗？我和周君，已订了婚了。

志诚：那末应当恭喜你，但我们仍旧是要好的兄妹。

周黄两学生，已求学新大陆矣。

黄俊：外国的马路，比了我们中国的马路，宽阔壮丽得多。

王本固，为留学生之放荡者。（王献斋）

光新：密司脱王，你可以到我房间来坐坐吧？

本固：您这衣服，是本国做的吗？太不入时了，在这里可以做几套新流行的衣服。

光新：请你们派一个人来，给我量衣服。

光新：请问来找谁的？

张守贞屡接远人之书，略慰相思之苦。

王本固宴客，周光新以极时髦之服装，今日为上宾矣。

席中人骈肩均有佳丽，而黄俊独嗟向隅。

本固：密司脱黄，你的女朋友，怎么还没来？

密司王，为多年留学之老女学生也。（黄筠贞）

光新：很对不起，我是不大能吸烟的。

光新：今天承密司脱王饷以盛宴，过一天，兄弟也要请客。

光新之父：你算算看，钱已寄得不少了。

光新之母：在外国读书，钱是要敷余一些的。

周光新得家庭之接济，而大宴宾客矣。

众客：密司脱黄，你为什么来得这般迟？

光新：你来得太迟，罚你唱一个。

周光新之家中，得光新索款之电报，有如雪片。

光新之父：他要如此挥霍，虽富厚之家，也来不及。

西女：您瞧，这样本上的东西，多么好呀。

光新：稍等几天，我要送几样东西给你。

光新：您还有敷余的钱吗，可以借给我一些。我连打几个电报，家里的钱，老不寄来。

黄俊：巧极啦，我今天正要向你借钱。

黄俊：不差，你何不就托你的未婚妻密司张，向你父亲去说。

周光新此时对于张守贞，鱼雁渐疏，往往月不得一信。

光新之父：不瞒你说，他在外国，实在浪费过度了，我现在不能再寄款与他。

志诚：姑母，您存款的银行，忽然倒闭了。

守贞：表哥，请您在花园中等我一等，我有事拜托你。

守贞：因为光新在外国，经济非常困难，我把这首饰，向你处押一笔款子。

志诚：这何必押呢，你要寄多少款子，我直接寄给他便了。

钱之用途如此。

黄俊：听说你家中的汇款到了，可以借给我一些了。

光新：咳，您不早些来，我的钱都已用完了。

黄俊：你留心一点，不要遇着了外国仙人跳。

李女士为张守贞之女友，曾为留学生所弃置，而患有神经病者。（李时苑）

李女士：你道这些留学生靠得住吗？从前我有一个人，没有出洋时，爱情非常好；后来回国时，却大变了。

李女士：你也要当心些。

老同学：呀，你现在穿得这么漂亮，和从前完全不同了。

老同学：你在此地的成绩如何？

人恋其照片，而照片并不恋此人。

周黄两氏之家属，将驰书召归其子。

黄父：您的电报多，我的电报也不少。

黄父：我瞧还是教他们回来吧。

龚志诚：听说光新在外面很浪费，并且……

周黄两学生之归国。

沈丽丽，亦留学回国之女学生也。（沈丽霞）

丽丽：谢谢您。

仆欧：您不认得她吗？她是一位有钱人家的小姐。

张守贞闻其未婚夫将归，整理梳妆以欢迎之。

守贞：他今天回来了。

李女士：你不要太高兴了，到见了面再高兴，也来得及。

黄俊：哈啰！好久不见了。

守贞：这一番你回来，怎么不打一个电报给我？我在你家中得信，守候在此好久了，路上很辛苦吗？

回国以后之周光新。

守贞：您可以坐定了，我们谈谈吧。

光新：你们到底没有留学过，这种发髻，太不时髦了。

光新：你等一等，我给你一些东西瞧。

光新：这才是那种新流行的发髻。

周光新访沈丽丽。

丽丽：可是约我去跳舞吗？我晚上一定到。

光新：前天你从跳舞场回来，时候还早吗？

丽丽：又是约我跳舞吗？对不起，我已约定了一位朋友了。

光新：我于音乐上，实在是个门外汉。

丽丽：你不懂音乐，太不时髦了，这才是近来新流行的音乐家。

张守贞因未婚夫嫌其发髻之不时髦，思极力改良之。

黄俊：我们的这班出洋学生，简直没有用。我今天去自荐一件事，他们竟不录用。

守贞：您瞧瞧，这可对了吗？

光新：不对，你瞧这种衣服……

志诚：我刚才在福利公司门口，瞧见光新和一个时髦女子，进去买东西。

守贞：我不相信，请你也不必再告诉我这件事情。

龚志诚与张守贞同病，而相怜者则别一人。

光新：我和你的爱情，是始终不变的，你知道吗？

老同学：你在外国的成绩如何？

张守贞因未婚夫嫌其衣服之不时髦，又思极力改良之。

守贞：你瞧瞧，这可对了吗？

周仆：张小姐，请您等一等。

周仆：少爷说，请张小姐明天来。

志诚：你要这礼帽做什么？

龚友：今天周光新结婚，请我去做傧相。

志诚：在什么地方？

龚友：在虹桥路礼拜堂。

龚志诚闻此消息，遂扶病以至礼拜堂观礼。

志诚：你快去接张小姐来。

司仪：音乐队排班！

司仪：奏乐！

志诚：您瞧吧，这就是我告诉您光新在福利公司和她买东西的这个人。

周光新结婚以后之新家庭。

光新：你可以坐定了，我们谈谈吧。

光新：你为什么不听我的言语呀？

丽丽：你可知道近来男女平权，你可以拘束我吗？

龚志诚与张守贞缔结良缘时，而周光新与沈丽丽已兴比离之叹矣。

情天终补

出品　长城画片公司，1926 年

导演　美国强生君

演员　刘彗星　杨爱立　李曼丽

《情天终补》电影本事署名一得，原载《国闻周报》第 3 卷第 33 期（1926 年 8 月 29 日）。

本　事[1]

一得

张翼安以办实业起家，娶妻李氏，端庄贤淑。夫妻二人，一生袛有一子名朝琨，十分痛爱。因望其子读书上进，见识广有，故将彼送往美国留学。不觉已有三年之久，其母日夜望其归国。且常虑其习染欧风，抛弃祖国礼教，故决意俟其归来，既命与桂龄完婚，以履行其幼时父母代订之婚约。

朝琨回国时，在船上识一女子，名汤露茜，彼此情投意合。二人且规定日后种种计画。讵料朝琨甫卸行装，其母即为彼赶择吉期，强其迎娶桂龄。朝琨不愿受幼时父母代订婚约所缚束，且因平日未与桂龄谋面，坚意拒绝之。家庭间遂生龃龉。朝琨因受家庭压制，不得已而离家他住。其母遂将桂龄迎至家中，意欲藉此使其子回心转意，终成佳偶。朝琨虽旅居于外，但其天性纯孝，固刻刻不忘其父母，故不久仍复回家。究竟迫于事势，无可奈何，勉强与桂龄成婚。露茜得闻其事，肝肠寸断，欲借种种行乐，藉为消遣，时时仍抱着一段苦衷。其后仍投入医院为看护妇，救得他人一分痛苦，即解得自己一分忧愁，其意大可怜也。

桂龄过门后，表面上虽属双宿双栖，究因不得其夫婿之欢心，长郁郁不乐。其姑则时加抚慰。一日，见其泪痕满面，乃携彼乘车出游，藉以消愁。不料天不作美，竟成惨剧。途中来一载货汽车，突将妇姑二人所乘马车撞倒。桂龄殒命，张李氏亦受重伤，畀入汤露茜服务之医院，得其细心看护。数星期后，始克复元。

自此之后，张李氏乃恍然觉悟，知新派女子中，才德兼备者，大不乏人。始信其子之交结该女子，并非错用爱情，因命其子与露茜结婚。自是新旧两派融洽，家庭间异常快乐云。

---

〔1〕 原为句读。

不　如　归

出品　国光影片公司，1926 年

编剧　陈趾青

导演　杨小仲

摄影　余茂廷　廖恩寿

布景　洪警铃

演员　汪福庆　沈化影　方夫人　杨　母　严工上　金学均　周文素　杨健健　周文俊　贺志刚　周空空　倪真真　杨　君

《不如归》电影取材日本作家德富芦花（德富健次郎）同名小说，以及春柳社改编的同名新剧，由陈趾青编剧。其电影本事无署名，原载《国光特刊》第 2 期（不如归号，1926 年 9 月 1 日）。

本　事〔1〕

姚孟娴，中将姚君武之女也。幼丧母，长适京都方氏。方故世家，翁早卒，姑袁，年老多病，与女颇不相得。夫少珊，怜爱备至，提携有如幼妹。顾新婚未久，即赴任所，盖少珊以上校衔而任参谋于省城某团部者也。斯时能有以慰孟娴者，惟案头少珊小影，及随嫁之乳母沈氏而已。一日孟娴以小病起晏，姑严词责之，复假故逐乳母。孟娴素柔顺，不敢与姑抗，惟有揾泪入室捧少珊之小影，低唤珊郎珊郎胡不早归而已。

孟娴晨昏所盼望之少珊，一旦返矣，红灯夜话，花下细语，夫妇之乐何如。母虽时时媒孽孟娴之短，然少珊之爱孟娴也尤切。呜呼，欢乐不长，烦恼频迫，造物之苦孟娴，何其甚也。当少珊夫妇出游时，中途遇表兄江承。江隶姚中将部下为副官，雅有才智，惟习于下流，性复阴险。初颇爱孟娴，欲得为妻，曾以情书达孟娴，孟娴不报。及后孟娴归少珊，江恨之甚。今见少珊夫妇之乐趣，郁于胸中之妒愤，几裂胸而出。窥少珊他离，乃叩孟娴以曩日之情书，并恫以危词。孟娴不能当，战栗却立，及少珊返始已，江亦他去，孟娴归即病。

江承务挥霍，入不敷出，继以借贷。有持借据向少珊索偿者，上书中保少珊，图章赫然，少珊知为江之伪造。为偿其债，翌晚以借据问江承于富商李洮家。江非第不谢过，且以言侵少珊。少珊乃与决，于是江承恨少珊甚于孟娴矣。孟娴病瘵，卧起无常，依医言移别墅休养。少珊则间日偕医往视。又引沈乳母来，为之看护。会江承以

〔1〕 原为句读。

他故降职，以为事出中将所为，其非孟娴及少珊所谮而何。计欲复方姚二家之恨，则惟有中伤孟娴，孟娴盖方姚二家之关键也。乃往以危言说方母，使出媳。方母为所动，及少珊归，即责其子出妻。少珊一闻斯言，惊惧失魂。欲使少珊离其爱妻，乌乎可，且离时，又在娇花被残时也。母坚执瘵能染人，方氏祖先血食，将尽为词，少珊苦辩不得解。适军中电至，招少珊返。少珊乃哀母俟归时再议。母非不爱子，恐重伤子心，乃勉允之。

行时，少珊往别孟娴，及门，闻琴声，知为孟娴，且声有望夫意，不禁心荡。时孟娴病又小瘥，方操琴。少珊与作别，孟娴不禁黯然。

然孟娴犹不知姑之欲出己也。少珊不之告，无意中言曰："俟我归……"既而又知误不言。孟娴曰："俟君归，妾疾必大愈，必归而善事姑。"少珊闻言，心欲裂，乃谓之曰："卿果爱吾者其速愈。"言毕掩面作别。孟娴送之门前，频唤珊郎早归，不知少珊于车中已泣不能仰矣。

少珊已去，方母又变计出媳。以为苟待子归，则夫妇二人之爱益固，拆之尤难，不如俟子不在出之。乃倩李洮往说中将孟珊大归，中将许之。孟娴之大归，李有利焉。盖李有女玉瑛，方李为少珊父门下客时，少珊与玉瑛幼时常相过从，玉瑛颇爱少珊，顾少珊对之殊无意。及孟娴大归，李与方母商，送玉瑛至方府，阳为继女，阴即备为少珊妻，方母亦默许。盖母本爱子，以为少珊归，苟知妻已被出，必悲苦；亟以玉瑛妻之，或可稍杀其恋孟娴之情。

大归之日，孟娴方植花园中，姨母杨夫人忽至，告之曰："汝父念汝弥切，曷归休。"孟娴笑曰："居此尚安，何必归而扰父。"杨曰："归家固胜于居此。"言时悲伤，则背面不使孟娴知之。孟娴曰："诺不及早餐，即相偕登车归。"抵家见父俟于堂，弟妹绕膝，曰："从此姊常与我侪同居矣。"孟娴颇诧其言，及见方府家人送衣箱镜奁等至，知为大归，不禁投父怀而哭。

时国方有事，不幸而与邻国开兵端。为国之士，皆起而执戈；少珊亦被调赴前敌。归与母妻别，知妻已被逐，乃与母闹，并言誓不再返。孟娴即大归，又值乱时，老父亦出而掌军事。孟娴思父念夫，苦境更甚，病亦愈深。少珊则因伤入病院，江承战死。少珊病时颇思孟娴，一日邮局寄一衣包至，少珊开视之，则衬衣一，衬裤二，皆新制而无片纸只字。检视封皮，稔为孟娴手笔。少珊大恸，时母忽至，足病犹未愈也。子恨母甚，见其至，背面不与语。母见衣包悟，乃慰之，子又执母手而哭。

少珊未及伤愈即附车返，觅孟娴，至而孟娴已随父往省城。少珊既不遇孟娴，乃趋车至省。车至中站，见来车中一女郎，方凭窗而视，则孟娴也。时少珊之车已行，欲与语不能，惟相望互挥手帕。孟娴既见少珊不及语，仆于父怀，而少珊亦颠于车中。孟娴归而病大渐，弥留时，取胸前别针纳之姨母掌中，使交少珊留为纪念；而结婚戒指则以爱情所注，将随尸身永葬黄土陇中。此柔婉幽静之孟娴，竟从此抛慈父爱夫去矣。

少珊病瘥返乡，中将偕之往谒孟娴墓。中将抚其肩曰："少珊毋过哀，老夫当仍视君为吾婿也。"少珊泣不能仰，只呜咽点首而已。

母之心

出品　国光影片公司，1926 年
编剧　陈趾青　程小青
导演　杨小仲
演员　邬丽珠　汪福庆　沈化影　严箇凡

《母之心》电影由陈趾青、程小青编剧。其电影本事无署名，原载《国光特刊》第2期（不如归号，1926 年 9 月 1 日）。

本　事[1]

杨其英，执事华成公司。父死已八载，家无遗资，母妹皆赖杨之给养。惟杨年少好赌，恒夜出晏归。然母深爱杨，不之责，好言劝慰，杨亦悔而戒赌。杨有同事魏英宾者，幼失怙恃，依伯父居。其妹素筠与杨颇有情，杨母亦默许，惟魏犹未知。魏会眷一妇名丽娟，尝以其照片示杨，并偕之往。杨思有以戏魏，乃以丑者之像，易丽娟之照。然丽娟亦非真爱魏者，别有所欢，惟魏不知耳。

初杨以赌负，欠刘墨林金。刘墨林者多金而贪，尝假人资，即从而盘剥之，逼迫之。至此，杨又遇之于途，刘复诱之博。杨几为动，忆及母训，毅然拒之。返家独坐观书，神志不定，盖杨久寂之赌兴又为刘所挑动矣。有顷决然出，赌而负，罄其所有，假之刘墨林亦尽丧失。

是夜大风，杨母闻子房中窗户相击声，呼子不应，自往闭之。见室空人去，地上落有照片，照中人即丽娟，此盖杨窃之于魏者。母夙知女，至此疑其子与之有暧昧事，凄然归房。未几杨返，登楼过母室，闻室中无声，以为睡熟，不知母方倚门捧心，痛苦难堪也。

明日母往，以照还女，请其与之绝。女误为魏母，乃与魏绝。魏愤甚，觅照见丑者像，大怒，疑杨夺其爱。衔之切，往说刘墨林，逼杨偿债。杨既受迫，告贷无门，欲白母又不敢，遂夜往投湖。然一思及母妹，又气馁而返。时魏亦与刘以索偿事争于途，魏殴刘误伤脑死。适杨自湖边返，过此为警察所见，疑为凶手，拘之去。

以死者身畔有杨签名之借据，被系狱。魏闻之，颇幸贾祸之时计。老母得耗，惊痛之余，尽售其家中什物，倩律师为子辩护；己则偕女迁居小屋。然其英罪终以不得反证而被判死刑。判决后，老母探子于狱，时魏亦在焉。见母子哀痛，相持而哭，不觉心中感动，以为实己之罪，而使人母子受苦若此。继更察悉其妹爱杨之情，悔痛益甚。时已届行刑之日，魏英宾亟赴刑场，至则其英已被系于绞台，母妹及素筠等哭于旁，有僧方面台唪经。英宾直前自白其罪，于是，其英之冤乃得雪。

---

〔1〕 原为句读。

电影女明星

出品　天一影片公司，1926 年

编剧　邵邨人　邵山客

导演　邵醉翁

说明　赵铁樵

摄影　徐绍宇

置景　金成纪　周情纳

剪接　邵逸夫

演员　胡　蝶　王汉伦　吴素馨　金玉如　董天厄　夏连良　丁华氏　周空空　周念衷　王旡恐　魏鹏飞　张慧娴　萧天呆　张颠颠　张玲埭　韩西田　陶爱娥　顾翠颦　周文娟　韩梅云　方惜珠　王天赐　章梓直　韩梅影　张淡云　韩云清　唐心远

《电影女明星》电影由邵邨人、邵山客编剧。其电影本事为赵铁樵撰写，原载《天一特刊》第 7 期（电影女明星号，1926 年 9 月 10 日）。

本　　事〔1〕

赵铁樵

女学生倪秀珍，嗜影剧成癖，间常浏览电影书籍，并对镜效诸明星之笑颦以为乐。其表兄罗维德，与有同好。一日，维德见报载华东影片公司招考演员，亟往告珍，拟相偕应考，珍乐颔之。届斯黎明，维德匆匆离家，径造珍家，至则倪宅大门尚未启。维德以时尚早，不便敲门，鹄立洋台下以俟。秀珍是晨亦早起，在洋台上遥望维德不至，颇为焦灼。俄而佣妇启门出，始见维德，乃引入见珍，偕赴华东应试。试毕，主试者谓录取诸生，于翌日登报揭晓。

维德试后归家，夜不成寐。天未明，即行至望平街报馆门次。待报出版，果见报载华东告白，列有己及珍名，大喜，亟挟报往告珍。珍正待报不至，颇焦急。罗至，告以消息。珍不信，罗即以原报示之，而遍索不得告白，盖途次匆促，已将告白遗失。适女佣另送报入，珍阅之，始釋然。

越数日，华东开摄新片，罗偕珍至，相继扮演。珍以初为演员，未谙化妆术，备受同侪讥笑。时罗饰一少年，导演嘱其持枪作逐情人状。罗手持枪，战栗不能成戏。导演大怒，詈而逐之。秀珍饰一少女，导演令持照相架作凝思状。以表情屡试不浃，

〔1〕 原为句读。

导演偶一顿足，珍惊失手，将照相架堕地而碎。导演更怒，并黜之。罗倪既见黜，至会客室，相对饮泣。时有明星王慧贤者，性和蔼，喜济人急。诘知颠末，乃挈彼谒总理，恳为收容，总理允之。

明星张梅云，亦华东演员，广交际，日有酬酢。其夫钱润生，好作狭邪游，因是夫妻不相洽。会华东摄外景，秀珍堕马受伤，慧贤等送之回公司。润生见之，亟以车送珍归，慧贤亦伴珍去。润生见慧艳，心存觊觎，既送珍至家，更以车送慧归。慧夫孙逸民，性迂拘，与慧伉俪素笃。是日，候妻不归，忽见慧与润生同车来，颇滋疑虑。

一日，梅云摄戏毕，因赴女友约，匆促误携慧贤之手囊而去。嗣梅夫润生来，慧具以告。润请慧偕至其家取之。及抵家，以梅未返，嘱慧稍候。慧不可，欲辞行。润生固留之，乘隙逗情，慧怒斥之。

时慧夫逸民，候妻不至，驰至华东觅之。知其妻已与润生同车去，更疑，亟至钱宅。入门至园中，遥见其妻与润生立窗内谈话，忿极，欲奔入质问。适梅云自外至，乃指以告之，梅大诧。润生在室内，瞥见梅与孙在园中私语，亦指以告慧，慧亦愕然。润生知事不可为，即送慧由后门出。慧贤返家，其夫责之。互相攻讦，夫妻间情爱顿失。

无何，润生终难忘情于慧贤。一日，乘其妻梅云外出，即冒梅名，致书慧贤，邀其至家。书达孙宅，慧适离家往视秀珍疾，书为逸民所得。正启诵间，梅云至，孙即以函示梅，并询原由。梅曰无之，乃大愕。逆臆系慧与钱之私约，爰以原函重封，嘱仆留交。已则偕梅贤同往梅家探钱，以窥究竟。

慧贤既晤秀珍，见珍疾已痊，欢谈片时，欲辞行，珍与维德伴之归。既抵家，慧仆以函进，展视之，乃梅云之邀。因念宿隙，不欲赴约。珍质其故，慧具以往事告，并谓原函笔迹不似梅云，恐系润生故弄狡狯。秀乃为慧设计，决相偕至钱宅，以察虚实。慧首肯，乃相偕赴钱宅。慧先由前门入，罗与珍俱潜入侧门。时梅云及孙已先时至，果见润生独在室中，若所有待。逾时，果见慧来，亟匿隔垣窥之。慧入室，不见梅云，只钱在，知又中计。返身欲出，而钱已扃户，欲图胁迫。罗倪在室外闻之，怒极。钱王正争执间，维德破窗入，欲护慧。钱不服，互相扑击。梅与孙奔至窗外，亟命慧启键入室，均责钱。钱羞惭无地，向众自陈悔过。慧与孙亦前嫌顿释，和好如初。越数月，秀珍与维德缔姻，离沪度蜜月。慧梅夫妇，均至埠送别，伉俪间各极欢洽云。

儿 孙 福

出品　大中华百合影片公司，1926 年
编剧　朱瘦菊
导演　史东山
摄影　周诗穆　余省三
说明　周瘦鹃
布景　马瘦红
演员　谢云卿　周文珠　王次龙　杨静我　王乃东　林　影　傅剑琴　王征信　王秀英　微微先生　马瘦红　汤天绣　陈少辉

《儿孙福》电影由朱瘦菊编剧。其电影本事为史东山撰写，原载《大中华百合特刊》儿孙福号（1926 年 9 月 24 日）。秋柳《评〈儿孙福〉》（《国闻周报》第 3 卷第 39 期，1926 年 10 月 10 日）亦收录该片本事。

本　　事[1]

史东山

儿孙自有儿孙福，莫替儿孙作马牛。何某者，能了解此二语者也。何有子女各二，极为其妇所钟爱。栗六终日，惟为儿女辛劳，不以为苦。何不之然，以为爱儿女而疏于己，恒因而辱骂，甚至加以挞楚。妇虽怨，然以为有儿女在，未来幸福，当可慰现在之苦痛也。已而何死，妇赖十指以赡一家，昼夜操作，不辞劳瘁。十余年后，男婚女嫁，已了向平之愿。长子介晓，为人颇诚恳，而娶妻狠辣逾恒，家人皆畏之。介晓事母以孝闻，为邻毗所称道。顾实际上介晓之孝母，万不如爱妻之甚也。次子博晓，不务正业，纵肆无忌，一切仍仰给于母。娶妇体羸弱，见其性劣而行恶，更忧愤多病。长女曰阿冬，嫁富室子，傲慢无礼，不以母家为重。次女嫁而蚤寡。母恒怜而恤之。长媳以阿冬傲慢，对之夙怀怨意。

后二子皆服务于城中，差可自立。长媳以不愿共母乡居，亦从夫去。日严束其夫，不许寄一钱于老母，谓："我一家大小，日用且拮据，何来余钱以奉母。母既爱阿冬甚，阿冬豪富，当不令母冻馁也。"且日必窃察夫之钱夹，不留足金予之，防其妄耗有用之钱，以供老母甘旨耳。

博晓就职于某公司，所入尚丰，惟外狎荡妇，耗金甚多，负债累累。有时介晓私托寄母之银，亦为中途乾没。一日，介晓移家正忙，博晓来，介晓即私语乃弟，谓母

---

〔1〕 原为句读。

昨有函来，所居屋已三月未赁值，待用甚急。请将此银速为寄母，并附一函，告母以移居地址及寄银数目。乃此函又为博晓所毁，银亦中没。不知家中老母弱妻，方望穿秋水，疑虑万状也。

博晓因眷恋荡妇，怠于职务，公司经理甚不惬意，因解其职，斥之去。博晓自此旁皇无归，日频于窘，不免有阮藉穷途之叹矣。

此时家中以积月不付赁值，为房主所逐，且没收其家具。母则与次媳投止长女阿冬家。冬婿性暴厉，待之良恶，使呼母如佣奴，日令操作，夜则命共仆婢辈宿。一日，母方拖洗地板，偶不慎，污婿足，大受辱骂。婿命阿冬逐母，阿冬以为然，即遣母去，依其次女以居。母欲入城探两儿，以次媳病，因独往，而留媳于次女家。

博晓穷极无聊，又施诡计，谓欲归乡，问介晓有钱予母否？可代携归。介晓信之，且适值囊中充盈，乃予以多金。而二日又尽。

博晓既落魄，即为荡妇所弃，不复念旧日香火情。有知友某，乘机结识之。博晓于此乃觉至可以安慰一生者，惟慈爱之母耳。

母入城问介晓旧居，见屋虚无人，探诸邻右，云已他徙，不知所之。更觅途往探博晓居，则房东与债主方争攫博晓家具。见母入，咸不之理。母以为误，惘然他适。此时老怀之皇急可知也。

翌晚，介晓得公司经理书，略谓令弟外狎荡妇，每日迟到早去，且欠公款，于公司规例，颇难容留云云，读之大怒。方是时，忽闻门外有呻吟声，以为丐也。命子将钱出，令其他去。子出，忽奔回，大呼曰："非丐，似祖母也。"介晓急出视，果然，立舁之入。问博晓来乡多日，曾相遇否？母曰："未也。"不知途中若何，颇以为虑。又问前寄之银及禀告移家之书，曾收到否？母曰："亦未也。"于是介晓恍然而悟，知博晓行诈，吞银为已有，证以公司经理之书而益信。此时恚愤已极，立往斥博晓。至则室中空无一物，博晓方木坐室隅，为状至悒悒。介晓厉问前情，而令其作答。博晓乃如寒蝉仗马，默然无语。介晓益怒，力批其颊，亦不动，徒流泪被面而已，盖亦大觉悟矣。

呜呼，树欲宁而风不静，子欲养而亲不待。此时子女婿媳皆环立床前，惨默不语，盖母病危矣。子女等扪心自问，不胜悔艾，至有泣不能仰而欲从母于地下者。母偃卧床上，目睹子女婿媳团聚一室，为之喜极；枯瘦之颊上，亦强呈一丝之笑容。母以为博晓平日负其妻甚，因嘱媳南面坐，命博晓屈膝乞恕，并道悔过之诚。博晓如命，长跽于地。母睹状大笑，笑罢而气亦绝矣。

她的痛苦

出品　明星影片公司，1926 年
编剧　张石川
字幕　郑正秋
导演　张石川
摄影　董克毅
演员　杨耐梅　黄筠贞　洪　济　朱　飞　谭志远　李时苑　郑二秋　宋忏红　王吉亭　吴寄尘　赵静霞　秦哈哈　王献斋　黄君甫　易方朔　萧　英

《她的痛苦》电影由张石川编剧。其电影本事由宋痴萍撰写，字幕为郑正秋所作，原载《明星特刊》第 16 期（她的痛苦号，1926 年 9 月）。

本　　事[1]

痴萍

尤纪卿，具中人之产。一女菱素，醉心自由，与富室子裘少甫善，有嫁娶约。一日，尤戚徐某诣其家，为某氏子执柯。菱素闻之，梗其议，往告少甫且促婚事。少甫矢不相负，归陈于其父荫堂。少甫早失恃，后母陆，溺爱所生子少云，时谗少甫。荫堂复薄尤氏门第，决不许。少甫不得请于父，遂孤行己意，要菱素组织小家庭。纪卿初亦虑齐大非偶，执不可。菱素及其母李百计说之，谓此实裘老意，纪卿始无辞。婚礼既行，陆以告荫堂，故挑其怒。于是荫堂登报逐少甫，不以为子，而少甫资生之途顿绝。

少甫既无家庭接济，复不知节用，签出支票，纷纷退回，乃商之菱素，令称贷于岳家。时纪卿已自报端悉裘氏逐子状，大恚，责其妻李。李亦怨女诳己。闻菱素言，李虽犹有护女意，纪卿则盛斥其非，一介不与。菱素懊丧归，夫妇交谪，少甫不能堪，悻悻而出。

程彦丞，儇薄子也，恒与少甫驰逐交际场中。尝见菱素，惊其艳，至是来访。适少甫外出，程遂请见菱素，睹其色不豫，叩其故。菱素性爽直，竟实告之。程喜有隙可乘，慨然许假千金。二人倾谈渐洽，少甫归，程自承适至是间，将约其夫妇同往跳舞。少甫许之。是夕，程私以千金授菱素。次日，菱素托辞假资，往践程约，嘱以支票易现钞，免滋少甫之疑，且偕程同车作郊游。比归，少甫诘金所自来，菱素诡称贷自同学。噫！习于奢华意志不定之菱素，自是为程所诱矣，寝假而数夕不返。少甫彷

[1] 原为句读。

徨无措，以广告揭之报端，求其踪迹。菱素见之大惊，匆促而归。少甫盛气诘之，菱素复委为假资之同学，邀作竹林游，连亘数日，不令宁家，今始乘机脱身耳。言次，电话之铃大震，菱素攫取聆之，彼方固程也，询其归家后情状。菱素伪为与其同学语，于是程不明其意之所指，而少甫卒为所蔽。

菱素察少甫之易与，偕程别赁私室而居。程怂恿其离婚，少甫无力与抗，忍痛署诺，菱素遂再嫁于程。唯程无恒业，性尤流动，娶菱素后，复移情于荡妇杨三，渐置菱素弗顾。一日，程流连跳舞场。菱素追踪而至，速程偕归。程悍然不顾，肆其毒詈。菱素要以离婚，则曰："我非少甫，挟我又安有济。"又尝深夜得杨三电话，扬长将行。菱素阻之不得，念昔之施于人者，今一一躬受其祸矣。

程尝与同党唐玉峰私造伪钞，唐以囊资将竭，劝程重为冯妇。顾资本不易筹，程遂归索己与菱素之股票若干去。讵料事机不密，机关为侦缉中人所获。程知事急，归告菱素，谓已绝杨三，当力谋晚盖，冀赎前愆；有友邀往经商，惜无资耳。菱素信其诚，举珠饰授之。程携之而仍与杨三偕遁。捕者至，菱素亦被系。时少甫已堕落，渐与匪类伍，被胁行劫。至则挟资之男女，固程与杨三也。程力诋菱素无良，乞少甫援己。匪众不可，群起哄杀，程受创死。会缉私营官长率部经其地，围而执之，无幸免者。

菱素以律师秦大纲之力，得宣告与私造钞币案无干。然首恶在逃，案犹未结。忽见有押解盗案至者，少甫亦在数中，因力请秦律师为之辩护。少甫固被胁，赖秦力，亦邀宽免，至是两案俱结。少甫往谢秦律师，遂与菱素遇。秦诘其底蕴，欢然曰："程彦丞已服其辜，吾祝汝破镜重圆也！"厥后，菱素与少甫移居乡间，务农自活。少甫尝曰："何力作自苦耶，计不如归上海佳。"菱素曰："诚然，拚与若二度离婚，则归亦可。"少甫笑曰："前言戏之耳。"菱素亦笑曰："后弗复言矣。"

字　幕[1]

正秋

尤菱素，乃小康家女；日上三竿春梦犹未醒也。（杨耐梅）

李氏，菱素母也，其最大心事，即乃女之婚姻耳。（黄筠贞）

其戚徐仲浩，专喜为人作伐。（洪济）

李氏：徐家叔叔来替你做媒了，以后你不要天天出去吧！

菱素：现在时代婚姻自由，还用得着什么媒人呢？

菱素：你们不过贪些小利，随便替人家作合，不知断送多少青年男女的终身咧！

我国欧化色彩最浓者，莫过于男女交际，大可于时下流行之跳舞场中见之。

---

〔1〕 原说明字幕前有■标记，对话者有括号。现统一略去，将说明以不同字体区别之；并在对话者后加冒号。

裘少甫，富家子弟，亦主张婚姻绝对自由者。（朱飞）

菱素：家里又有人来做媒了，我们俩的事究竟怎样呢？

少甫：我早已决定娶你的了，还有什么疑问哩？

菱素：倘若你父亲不答应，你怎样办呢？

少甫：不论答应不答应，我决不因为家长权威，改变自主的婚姻。

裘少甫欲与菱素成婚，请求乃父同意。

裘荫堂，少甫之父，极端反对儿女婚姻自主者。（谭志远）

少甫之后母陆氏，及其所生子少云。（李时苑）（郑二秋）

陆氏：既然大少爷爱娶尤家的姑娘，您又何必去反对他呢？

荫堂：你要娶这没有身价的姑娘，你就不要来认我做父亲。

尤纪卿，菱素父也；亦一主张门当户对之婚姻者。（宋忏红）

纪卿：我也知道裘家有钱，不过我们怎么配得上呢？

李氏：他们并不是要娶我们的嫁妆，是要娶我们的女儿呀！

纪卿：裘老头自己也欢喜娶我们女儿做媳妇吗？

李氏：自然是老头的主意，您不相信问女儿好了。

少甫因不获其父同意，愿出而与菱素组织小家庭，故已简单的结婚矣。

陆氏：你的大少爷简直不听你的话，今天已经同尤家的女儿结婚了啊！

陆氏：裘升刚刚在路上亲眼看见，回来告诉我的。

荫堂：唉！这是我家缺德，才有这不肖儿子。没有法子，只好登报驱逐他了。

陆氏：是呀！最好是登报驱逐，不认他做儿子。

陆氏：云儿！你将来总不要学你不孝的哥哥，样样都要听你爸爸的话才好。

程彦丞，恒与少甫驰逐于交际场中，性好猎艳，苟利于己，无所不为。（王吉亭）

裘氏已登报，尤家两老方知受愚于少甫，但已追悔无及。

少甫婚后，既不谋生，又无家庭接济；而与菱素，又不节用，经济受困，所出支票，纷纷退回矣。

收账员：裘先生！这张票子收不到，银行里说没有钱存了。

少甫：请你们过几天，我自己来付现钱好了。

菱素：你怎么放家里登出这种报来的，现在大家不相信我们了，才会四面受逼咧！

少甫：这许多账，总要付清才好，请你回家去想法子吧。

程彦丞自见菱素，遽尔属意，念念不忘，欲得甘心。

菱素：这件事确是我自己失察，累您受气。现在只好打算自立，请您借一千块钱给我，让他去做生意吧。

李氏：你还不知道我手里并没有什么钱吗？等你爸爸回来再说吧。

纪卿：裘家登这种报，连我的脸都丢尽了，你还有脸来上我的门吗？

李氏：他们已经明白，要规规矩矩的做生意了。不过做生意是要本钱的，所以来问您借一千块钱。

纪卿：谁信他们这种假话，我早听得他们跳舞呀，玩呀，一夜工夫要花多少钱，还说什么规规矩矩做生意呢？

纪卿：他放着有钱老子的地方不去拿钱，反而要你到我这穷老子地方来借钱吗？

菱素：都是你这冤家害我的，回家去钱没有借到，话倒受了不少。

少甫：叫我有什么法子呢？

菱素：你做男人的没有法子，倒叫我女人想法子吗？你应该自己出去想法子哟！

少甫：你不要闹，我去想法子就是了。

彦丞：少爷出去了，奶奶在家吗？

彦丞：啊呀！您怎么有点儿不快活呢？

菱素：你想这种事多丢脸，少甫出的票子，今天都会退回来的；同他说说，他反赌气走了。

彦丞：啊！你们为几个钱，何必这样生气。朋友有通财之谊，大家不妨帮忙的。

彦丞：退的票子，一共有多少钱呢？

菱素：算起来，也不过六七百块钱。

彦丞：啊！这一点数目并不多，明天我带一千块来就是。

菱素：一种“却而司登舞”你会跳吗？

彦丞：啊！巧极了，我也刚来；是特地来请你们二位今晚去跳舞的。

少甫：那末，你去不去？

菱素：程先生特地来请我们，怎么好不去哩？

是夜。

彦丞：一千块钱，我已经替你带来了。

翌日。

彦丞：你一个人出来，他倒没有问你吗？

菱素：我说是出来借钱的，这张票子，我还没有给他。停会儿，你替我换了现钱给我拿回去好了。

少甫：明天一定有了，你明天来收就是。

彦丞：你自己会开吗？

菱素：学是学过的，只怕不很好。

彦丞：你试试看，我来教你。

菱素：你倒会凑现成便宜咧。

六小时后。

菱素：我在……从前一个同学地方借来的。

少甫：付了账，还可以多两百多块钱哩。

既习于奢华，复意志不坚定，未有不受浮荡少年蛊惑者，此菱素之所以失足也。

少甫：她究竟哪里去的，怎么这时候还不回来？

女仆：她是……说去买东西的，究竟哪里去，我也不知道。

菱素：我看还是让我回去的好。

彦丞：今天无论如何，我总不让你回去了。

彦丞：倘若有人来看我，你回报说不在此地。

菱素不独一夜未归，且已数日不归。少甫于寻觅方法，慌急之余，不暇细择矣。

菱素：啊呀！闯祸了！我非回去不可了。

女仆：奶奶回来了。

女仆：奶奶！你哪里去的，少爷急死了，一天到晚同我吵。

少甫：这几天你到底在哪里？

菱素：喏！就是借一千块钱给我的那个同学，拉着我打牌，一连打了几天，不放我回来。

少甫：那末，你怎么信都不给我一个呢？

菱素：她们不肯让我给你信，照她们意思，还要叫我打呐；我因为怕你着急，才逃回来的。

少甫：她们太岂有此理了，你看急得我只好登报寻你咧。

菱素：哼哼！你也太急过头了，这样一登报，岂不给人笑话吗？

彦丞：你是菱素吗？回家了怎么样？

菱素：啊唷！你们还要叫打牌，我实在打不动了。

彦丞：咦！你在说什么？我不懂。

菱素：你们三缺一，也只好去找别人来吧，我实在不能来了。

菱素因得瞒过少甫而胆益大，与彦丞初住旅馆者，今则另租金屋，双宿双飞矣。

菱素：我们虽则住在此地，不过我的心，总觉得还是不定。

彦丞：我看你不要三心两意，还是同他离婚吧。

菱素：他没有什么错处，怎么好离婚呢？

彦丞：这还不容易吗，我同律师去一商量，就有办法了。

菱素又多日不归，少甫至此因悟妻之变心，遂忧急成病。

少甫：唉！她居然有这样狠的心哟！

于维藩，为一讼师变相之律师，钱即是法，法即是钱。（吴寄尘）

于：你不能养活妻子，照法律她当然可以同你离婚。

少甫：你可以同我回去再商量吗？

菱素：你不必再同我说话，你有话同我律师说好了。

于：对啊！现在我是她的全权代表，有话只好对我说。

于：我看你还是离的好，否则你给老子赶出的事，他大可以对你发生问题哩。

不久少甫人去财空，家亦破矣。

菱素正式嫁彦丞矣，唯彦丞向无正当职业，故夫妇时时涉足赌场。

杨柳老三，为迷魂阵中健将，具媚人术。（赵静霞）

朝秦暮楚之程彦丞，既移情于杨三，往往深夜不归；菱素昔之施于人者，今则受诸己矣。

彦丞：咦！你到这里来做什么？

菱素：我在家里等你，你倒在这里开心吗？

彦丞：你赶快不要开口，要开口就没有便宜了。

菱素：不管便宜不便宜，你应该同我一起回去。

彦丞：那是办不到，你一个人来，仍旧一个人回去，我自己会来的。

彦丞：你也算是有身份人家的女人，怎么可以到跳舞场来丢我的脸呢？

菱素：你同那个淌白跳舞不丢脸，倒说我丢你的脸吗？

彦丞：放屁！什么叫做淌白。下次再这样，我就对你不起。

菱素：你这个样子待遇我，我只有同你离婚。

彦丞：哼！离婚办不到，我不是裘少甫。

彦丞：哦！我是彦丞哟，你是老三吗？

杨：你叫我等在这里，你可就来呢？

彦丞：我还有一点事，办完了就来。

杨：唔！我不要，我要你马上就来。

彦丞：吠！我马上就来！我马上就来！

菱素：你这样夜深还要到哪里去？

彦丞：随便我到哪里去，你能管我吗？

少甫经此颠沛，乃忿不顾惜，堕落至下流社会矣。

任老大，赢得进输不起之极汉也。（秦哈哈）

任：你们牌拿错了，我不赔的。

少甫：你输不起，要赌什么钱？又要穷凶极恶了。

唐玉峰，为彦丞帮闲，且与彦丞朋比为奸者。（王献斋）

唐：现在这票东西，倒又有人要了，我想再造一点出来。

彦丞：久不用了，机器已经损坏，而且人手也没在这里。

唐：有钱赚的事，机器只好去修，人只好赶紧去用呀！

彦丞：你可知道？这几天现钱一点都没有咧。

唐：这总要去想法子的。

彦丞：要末，把还有几张股单去押掉了吧。

菱素：这几张股单，你答应过给我的，为什么也要拿去哩？

彦丞：答应是答应过的，现在要用，只好拿去。

开香堂。

老头子。（汤杰）

老头子：既然你愿意进了我们的门，以后只能做好事，不能做坏事；你要是做了坏事，我们非但不认你，还要重罚你咧。

唐：不得了！造东西的机关，被他们破获了。

唐：我们赶快设法逃走才是。

彦丞：该死！该死！走也是要钱的，这几天两手空空，真是要命。

侦探。（黄君甫）

侦探：倘若本人捉不到，他的家族可要捉得来？

菱素：希什么奇！这种淌白的小照，摆在我眼前做什么？

彦丞：哼！我还希奇她呐。

彦丞：好是我自己不好，我实在上了这淌白的当，现在我明白了。

彦丞：起初我还不相信，现在我亲眼见她私下偷人，从今以后，我对于这种外遇，一概看破了。

侦探：程彦丞究竟在哪里？快说出来！

彦丞：我为了这淌白，多时没有做生意，而且用掉了许多钱。我现在越想越懊悔。

彦丞：新近有个朋友，要同我合做生意，倒是弄得我没有本钱，……你有什么法子吗？

菱素：我别的法子是没有，要末我还有点首饰。

彦丞：你肯拿首饰给我做本钱，那好极了！等我赚了钱，加倍买还你。

菱素：只要你真心回头做生意，买还不买还，说他做什么？

菱素：啊呀！你们到底为什么事？我一点不明白。

唐：我也不明白，现在也被累咧。

侦探：你是他的女人，他不在，你只跟我们一路去。

杀不可赦之彦丞，骗得菱素首饰后，竟仍与杨三同行。

匪：横街九如客栈，新来一对雌雄党，路道有点不正，皮包倒有点分量，我们可以去动手呀！

少甫：你们忘了老头子的吩咐吗？不能做这种事的。

匪：老头子教训是记得的，不过肚子不能饱，也只好犯犯规了。

少甫：那末你们去，我不去。

另一匪：监着他一同去。

彦丞：啊！原来是你们。这班老弟兄，请坐！请坐！

彦丞：啊呀！少甫兄！你也在一起，久不见，一向好？

彦丞：我有一件事，本要告诉你，菱素真不是个东西！以前待你不好，后来待我更坏，现在我已经同她脱离了。

彦丞：我此番出门，是带了我自己的女人来的。

彦丞：你我原是好朋友，请你同他们说说。

少甫：这位确是我的朋友，诸位大家请回去吧！

匪：我们不管朋友不朋友，皮包交给我们就走路。

彦丞：大家都是脚碰脚的，为什么定要同兄弟为难呢？

匪：谁跟你称兄道弟，我们只要你的东西。

彦丞：慢！我也不是好惹的，谁敢不走，我就对不起谁。

另一匪：嗳！这又何必呢？大家既然是自己人，总好商量的。

另一匪：这一班人既然来拜望你，请你随便打发几个钱，给他们喝杯酒吧。

缉私营营长。（易方朔）

营长：把他们都抓住了，一个别给他们逃走。

菱素已请律师辩明无罪，堂上仍在严拿彦丞到案。

大律师秦大纲。（萧英）

律师：彦丞没有到案，一时也不能结束，你好回去吧！

菱素：啊呀！这班人是做什么的？

律师：这是杀人抢劫的强盗。

菱素：这穿蓝布长衫的也是强盗吗？

律师：一起捉来的，当然也是的呀！

菱素：他一定不是强盗，我要请你替他辩护。

律师：嗳！你怎么知道他不是强盗？为什么你要叫我替他辩护？

菱素：请你原谅，不必问我；我情愿牺牲一切，请你替他辩护。

菱素：无论如何，要请你答应替他辩护，他实在不是个强盗。

律师：我答应就是了，请你先回去吧。

两案同时结束。

律师：你叫我辩护的那个少年，倒真不是强盗，堂上已经把他开释了。

律师：你们这件案子，也同时终结了。

菱素：咦！何以有这么快呢？

律师：你知道这班强盗杀死的是谁？

律师：就是你丈夫程彦丞，同他姘妇杨老三。

菱素：啊呀！他仍旧同杨老三一起吗？怎么会给他们杀死的？

律师：这也是天网恢恢……你也不必伤心，这种男人，他犯罪太重了，就是不死，于你也没有什么益处。

菱素：你替我辩护开释的那个人，现在不知道他住在哪里？

律师：那倒我没有问他。

西崽：外面有个裘少甫，他说要来谢谢律师。

律师：哦！好了！你正要找他，他倒来了。

律师：你不要谢我，只要谢她，因为是她叫我辩护的。

律师：你现在可能告诉我？你们俩到底有什么关系？

律师：哦！原来如此，哈哈！哈哈！

律师：现在我都明白了，你们的所以到此地步，都是程彦丞的罪恶；他虽惨死，实在死有余辜。

律师：别的律师常会替人家离婚，我倒欢喜你们破镜重圆哩！

菱素从律师言，居然与少甫破镜重圆矣；惟不愿再居闹市，相与来度乡村生活。

少甫：唉！这种生活，究竟太苦，我们还是到上海去吧。

菱素：哼！你倒又想到上海去了。好！到了上海，我就再同你离一回婚。

少甫：嗳！我是说说玩的。

菱素：以后你不许再说这种话……

和平之神

出品　民新影片公司，1926年
总监　李应生　黎民伟
编导　侯　曜
副导　徐公美　辛　夷
摄影　梁林光
配光　李乾初
布景　邵淮岳
洗印　梁伯慈
说明　侯　曜（中文）　朱维基（西文）
照相　李锡金
演员　许盈盈　芳　信　易荫峤　张葆初　谢英伯　林楚楚　张西西　李旦旦　徐畏三　邢少梅　辛　夷　朱维基　黄月如　严珊珊

《和平之神》电影由侯曜编导。其电影本事无署名，字幕由侯曜编写，原载《民新特刊》第2期（和平之神号，1926年9月25日）。秋柳《评〈和平之神〉》（《国闻周报》第3卷第38期，1926年10月3日）亦收录该片本事。

本　事

国人苦于战争久矣，内乱濒仍，民无宁日。而战争之起，多起于军阀间之私人意气，以地盘为单位，置国家人民于不顾。战祸一举，民命财产，爱情幸福，无不直接间接受其影响。辗转水深火热中之哀鸿，盖无日不渴望和平之神之降临也。

凌云飞奉乙省督军钟国雄命，往甲省作和平使者。于首途之日，至其未婚妻素薇小姐处话别，依依之情，殊不自已。素薇固一情感理智并重者，云飞之别，芳心碎矣。然事关大局，情虽不释，实际上亦莫可如何。是以多方忍痛，反从而安慰之，鼓励之。盖冀其不辱此行，能早达完满之目的也。

使者行矣，汽笛一声，黑烟缭绕，燕侣莺俦，黯然魂销。从此明月楼头，夕阳窗下，各饱尝其相思滋味焉。

甲方主战派首领苏民疾得悉对方来意，遂召集会议，以谋应付。结果云飞被软禁，未获与甲方督军一面，民疾等即得以积极备战。

云飞一去，杳无消息。甲方复节节进逼，战祸在旦夕矣。乙方更派林时杰为第二次代表，甫出门，自马上跌下，伤重，不能复前往。其妹素薇爱兄心切，愿以自代，请之于父，父不允。伊为良心所驱使，乃与其妹乔装一军官，一马弁，盗取公文，星夜潜逃，竟兄未竟之功。翌晨，伊父见其留言，始悉种种，亦只能将计就计，秘而不宣而已。素薇抵甲方后，不幸亦遭民疾同样之苛遇。

民疾女若兰，一深明大义之女子也。非其父所为，常力谏，然终无济。一日，若兰与其妹若梅于花园中得见素薇与卫兵争论，始悉乙方和平使者被父软禁，不胜愤愤。某日，伊由父处知开战在即，乃告诸素薇，使其乔装一女子，偕往谒见其义父方督军，冀无情炮火得和平过去。

云飞自被民疾软禁后，日谋逃脱，但终归泡影。某晚，云飞乘隙逃却，不幸途中又复为卫兵所获，解至前敌总指挥部。指挥余先觉，乃云飞五年前之老友，即去其缚，厚遇不置。云飞缕述来意及被软禁事，并痛论战争之危害。先觉亦为所感，极示同情，引云飞谒督军。会其时，若兰与素薇已先在矣。云飞等呈上公文，督军方仲仁感其言，至此方知民疾从中作梗，别有所怀。适民疾闻警至，督军欲枪决之。若兰苦为求免，民疾得不死。

方督军翻然憬悟后，即通电停战；乙方钟督军亦有同样表示。欢声载道，群庆意外。一对璧人，于爱之生活史中，又多光荣之一页，和平使命亦于此完成矣。

字　幕[1]

侯曜

林素薇

战争

和平

翠薇——素薇之妹

素薇：凡有生命的东西都是可爱的。不要拿鸟儿的生命当儿戏。

凌云飞——素薇的未婚夫

云飞：素薇！我来向你告别。

云飞：近来有人散布谣言，挑拨内乱，钟督军派我到邻省去做使者，谋两省的和平。

乙省当局，会议布防

乙省督军钟国雄

乙省参谋长林人望——素薇之父

国雄：我们虽然派人去力求和平，但是仍要有相当的防备。

人望：对的！有备无患。和平不是空口讲得来的。

甲省当局整军经武

甲省参谋长苏民疾

---

〔1〕原说明字幕前有■标记，对话者有括号。现统一略去，将说明以不同字体区别之；并在对话者后加冒号。

民疾：养兵千日，用在一朝，我看这里的兵很可以供我们一用了。

高等军事顾问田中秀

中秀：倘若这里的人材、饷械不充足，我还可以替你想法子。

素薇：愿你成功！

黯然魂销

甲方调兵遣将

乙方出发布防

甲方主战派秘密会议

民疾：我们此次和邻省开战，要瞒着督军暗中进行。请问诸位有什么瞒骗他的方法？

中秀：督军昨天托我荐一个医生，替他看病。我想我们很可以利用这一个机会。

电报

苏参谋长鉴：仲密，对方特派凌云飞为和平使者前来，请注意。光支

副官长郭策

郭策：听说凌云飞是一个很知兵的人，我们应该设法对付他！

民疾：等他来了，我自有办法。

第二天

民疾：我们知道先生光临，特来欢迎。

甲省督军方仲仁

西医：大帅的病，是劳心过度所致。要好好静养，这个月内不要理事，不要会客，不要看报。不然恐怕……

仲仁：是！前两个星期，我已经委苏参谋长代理我的职务了。

民疾：请先生暂时在舍下屈驾几天。等督军病好了，再请先生去会他。先生如有公文，鄙人可以代交。

云飞：请先生把鄙人的来意先为转达，公文是要面交督军的。

中秀：望大帅听医生话。珍重贵体！千万不要劳心。

军官：我奉苏大人的命令带四个卫兵来保护先生。

民疾：你们暗中监视他，千万不要让他逃走。

一星期后

蝶　恋　花

石孝友

别来相思无限期，欲说相思，要见终无计；拟写相思持送伊，如何得相思意？眼底相思心里事，纵把相思写尽凭谁寄？多少相思都做泪，一齐泪损相思字。

翠薇：姊姊！你有许多信，但是没有一封是凌先生寄来的。

翠薇：哈哈！我真高兴，姊姊害相思病了。

甲省向乙省积极备战

军队是用来保国卫民的，现在用来为什么？

战舰是用来保国卫民的，现在用来为什么？

飞机是用来保国卫民的，现在用来为什么？

钟督军：云飞去了一个星期没有一点消息，而对方备战更烈，我现在再派你去把我的亲笔信当面交给方督军。

林时杰——人望之子，素薇之兄

三更同入梦，两地谁梦谁？

多情惟有窗前月

犹为离人照落花

第二天

人望：你此行负着谋两省和平的使命，做事千万要谨慎！

时杰：妈妈！我去了。

素薇：哥哥！你到那边千万要替我打听云飞的消息。

民疾：我们的作战计划已经筹备妥当，现在不能再瞒着督军了。我们应当想法子激怒他，使他早日下总攻击令。

方督军：我走差了一子，地盘就完全被他占据去了。

民疾：输棋还是小事，你的地盘恐怕也要被邻省占据去了。

民疾：钟国雄趁你在病中向我们进兵，并且派了一个刺客来暗杀你。

方督军：真的？岂有此理！

民疾：刺客已经被我拿着了。应付敌方的军事也替你布置妥当了，只要大帅下攻击令就行了。

中秀："当断不断，反受其乱"，望大帅早些决定。

方督军：五月九日向敌人总攻击。刺客也就在那天枪毙！

人望：时杰的伤这样重。一时又找不出相当的人代他去怎办呢？

木兰代父从军

素薇：爹爹！古时木兰可以代父从军。我想我也可以代兄去做使者。

人望：这不是儿戏的事情。你不能去的。

夜深人静

翠薇：姊姊！我要扮做你的卫兵和你同去。

爹爹：

女儿已拿了公文，与翠妹同行，代替哥哥做使者去了。不达目的，誓不归来，事关重大，请守秘密。

女素薇　一时于灯下

面呈

方成仁督军钧启

人望：快去叫马夫替我备马！

两军前锋已接触

人民为什么不能安居乐业？

第二个和平使者又陷罗网

民疾：请先生暂时在舍下屈驾几天，等督军病好了，再请先生会他。先生如有公文，鄙人可以代交。

苏若兰——民疾之长女

苏若梅——民疾之次女

若梅：姊姊！我们有许久没有到花园来玩了。

卫兵：大人吩咐，不许你们自由到外边去。

素薇：我们是来谋和平的，并没有犯什么罪！为什么限制我们的自由？

卫兵：谁管你妈的什么自由不自由，大人吩咐我们怎样就怎样！

人民代表一再呼吁和平

民疾：你们的苦哀，我们都知道的。这回用兵，完全为保境安民起见。

民疾：你们回去罢！我最后回答你们的话就是："人不犯我，我不犯人。"

是夜

若梅：爹爹！我们为什么要和邻省开战？

民疾：他们要来打我们，所以我们就去打他们。

若兰：他们既然要来打我们，为什么还派代表来讲和呢？

若兰：爹爹！我觉得为少数人争权夺利而残杀同胞是不对的。爹爹！你为什么不设法阻止这次的内争？

民疾：你懂什么！敢教训起我来？

翠薇：姊姊！我们落在虎口了。怎好呢？

素薇：不要害怕！世间的大事业，都是从艰难困苦中成功的。

民疾：明天我们就向敌方下总攻击，同时把那两个和平代表枪毙。哈哈！这是多么可乐的事，来，来，来！我们大家干一杯！

咫尺天涯

卫兵甲：我们大人真厉害！和平代表来一个关一个。

卫兵乙：关在东院的那个姓凌的可真了不得！好家伙！一连逃了两次，嘿，都给我抓回来了。

卫兵甲：得了吧！我知道你的功劳大，回头苏大人做了督军，一定会升你做一个师长。那个时候，我给你当马弁，你要不要？

卫兵乙：老大！别开你妈的穷心罢！

桂魄初生秋露微，轻罗已薄未更衣。
银筝夜久殷勤弄，心怯空房不忍归。
王维《秋夜曲》

素薇：妹妹！你听见了没有？你替我到东院去看一看罢！

卫兵：你是什么人？三更半夜的跑来这里干吗？

翠薇：我……我……我……我是你们大人的外甥女。

卫兵之一：走！带她去见苏大人去。

素薇：坏了！坏了！我不该叫妹妹出去的！

卫兵：小姐！她是你表妹吗？

若兰：是的！

素薇：你快逃出去想法子救我们两省在水深火热中的同胞。

若兰：你为什么女扮男装到这里来？

翠薇：我从小父母就把我当作男孩子来养，这回是跟我的哥哥来玩的。

翠薇：我家里有父母，还有一个哥哥和一个姐姐。

若兰：有嫂嫂吗？

翠薇：小姐！请你想法子救我的哥哥！

若梅：爹爹喝醉酒回来了！

民疾：哈哈哈哈！明天打一场胜仗，后天我就可以到那边去做督军了！哈哈哈哈！！

民疾：混账东西！明天把你和那两个和平使者一同绑出去枪毙！

若兰：你不要哭！我会想法子救你们的。

在此一刹那中，不知寡多少人之妻，孤多少人之子？

若兰：唯一的方法是化女装逃走。

素薇：我很感谢小姐的好意，但是这里把我看守得这样紧，就是化了装恐怕也逃不出去。

若兰：你不要过虑，我一切都计划好了。

素薇：小姐你这样待我，我不知道要怎样报答你？

若兰：不要说报答，只要你不忘记我就是了。

翠薇：失火！失火！大家快来救啊！

甲省前敌总指挥余先觉

卫兵：我昨晚守卫的时候，看见这个人形迹可疑。恐怕他是奸细，所以把他拿来。

卫兵：我搜他的身，果然有一封公文。

先觉：云飞！你还认得你五年前的同学吗？你怎么会到这里？

云飞：先觉！我真想不到会遇见你。我这回的事情，说起来很长。

苏民疾派兵来拿和平使者去枪毙

排长等：你们快到西院去，看看那一个在不在！

排长：把看守的卫兵看管起来，我去报告苏大人。

方督军的上房

若兰：你的公文带来没有？

素薇：我装扮成这个样子怎好去见督军呢？

若兰：不要紧！他是我的干爹。我可以借探病的名义，带你到他的上房去见他。

排长：回禀大人！那两个和平代表都逃走了！

民疾：快备汽车，我要上督军署去！

云飞：……内争是亡国的原因。我国近来内乱四起，民不聊生，国亡无日，说起来实在伤心。你看……

争地以战，杀人盈野

争城以战，杀人盈城

战云弥漫全国

云飞：敝省督军不忍误国殃民自相残杀，所以派我来修和好，不想到这里被苏参谋长软禁起来，到昨夜方才逃脱。

仲仁将军麾下

前代表凌云飞去后，迄无好音，近且惊悉将军已压境称兵；临风北望，曷胜悒悒！弟与将军叨在同学，共誓求国，切磋有待，何竟绝我如此？

将军纵忍于弃我，独不念生民涂炭，社会隍阢哉？将军仁人，必不忍出此也。谨再派代表持命造辕，详陈一切，如蒙不弃，共策前途，弟固当感佩故人，欣慰千万；即两地子民亦当馨香歌颂也。恺切陈词，惶悚不尽，唯将军图之！敬颂起居多福

弟钟国雄顿　七月十五

民疾：请大帅小心！你身旁有一个男扮女装的刺客！

方督军：你怎知道他是男扮女装的刺客？

民疾：检查一下就可以明白。

素薇：请问我是真的女子还是假的？

方督军：你当我的面，尚且要欺骗我，其余的事，可想而知了。

民疾：我没有什么事情欺骗大帅。

方督军：哼！没有？你为什么趁我在病中瞒着我向邻省挑战，而反说邻省来侵犯我们？

先觉：我听了你的话非常感动。我立刻带你去见督军，必定要消灭这次无价值的内战。

民疾：大帅！我看这封信是假的，恐怕是敌方的一种缓兵之计，不然，哪有真心讲和，而派一个女子来做代表之理？

方督军：你的话也有几分道理。

民疾：那么，这个奸细应当马上枪毙。

素薇：让我说几句话！我是……

先觉：这是被苏参谋长所软禁的乙省和平代表凌云飞，我今天特自带他来见大帅。

仲仁将军麾下

我两省近处比邻，唇齿相依，弟与将军素无微嫌，曷遽相弃临境

称兵?

吾等以身许国，即有间言，亦应置之，何苦以兵戎相见，重虑吾民?窃恐此举非兄本意，乃狡黠者流挑拨其间，藉收渔人之利；故特派代表凌云飞趋前恭候为千万子民请命，希为俯与倾吐，实为至幸。谨此祗颂勋绥

弟钟国雄顿　七月一日

素薇：大帅现在可以明白了，凌先生是第一个代表，我的哥哥是第二个代表。因为他临行的时候跌伤了，我就化装代替了他。不料一到这里就被苏参谋长软禁起来。到昨晚方才蒙苏小姐救我出来的。

方督军：岂有此理！你居然敢陷我于不义，使我作误国殃民的罪人！

方督军：把枪拿来，我亲手枪毙他！

若兰：我为求两省和平起见，不得不大义灭亲。但是我不能见父死不救，我愿代父而死。

方督军：先把他监禁起来。

方督军：我现在完全觉悟了，不废督，不裁兵，终归不能免除内乱。我愿以身作则，即日下野。

云飞：大帅光明磊落，急流勇退，我们是很佩服的。督军固然可废，然而兵士却不能尽裁。我以为最好是……

化兵为工

寓兵于农

是夜

漫漫长夜，苦雨凄风。和平福音，未达军中

军士：天啊！停战的电报来了！

良心谴责，幻觉丛生，疑神疑鬼

兵士：我们若是为国而死，死有价值。现在为你个人私利而死，死得冤狂。你快偿我们的命！

小孩：还我们的爹爹！

老妇：还我们的儿子！

少妇：还我们的丈夫！

为谁牺牲?

和平使者归旋，各界欢送

辗转水深火热中之哀鸿，欢迎和平之神降临

孔雀东南飞

出品　孔雀影片公司，1926 年
总监　朱锡年
编剧　王里万
导演　程树仁（兼分幕）
摄影　程树仁
说明　陈定秀
绘题　甘亚子
演员　李丽娜　顾友敏　严素贞　周空空　方怜影　魏一飞　魏秀宝　纪范三　曹化人

《孔雀东南飞》电影取材古典同名叙事长诗，由王里万改编。其电影本事为甘亚子撰写，字幕无署名，原载《孔雀特刊》孔雀东南飞号（1926 年）。《北京大戏院电影周刊》第 3 期（1926 年 12 月 5 日）亦刊载该片本事。

本　　事[1]

甘亚子

女嫁男婚，人之大伦。我国数千年来，婚嫁一事，出于父母之强迫者，比比皆是。兹本片之所演，特其中之一幕耳。

七月七夕，相传有牛女相会鹊桥之佳话。是夕，也有一对小情人，效天上之故事，作人间之佳节，粉扮为牛郎织女，幽会于后园桥畔。其人为谁？焦季卿与其意中人陈继善也。季卿有嫂刘氏兰芝，因久候季卿不归寝，至后园视之，正两人嬉戏之时。季卿闻鼓掌声，见为嫂氏，乃坚邀与共。兰芝固辞不获，遂出而与焉。佳节不常，方期良宵之得永，砰然一声，孰意好事之难终。焦母忽午夜梦回，口渴思饮，则茶已罄；呼兰芝又不得，怒而将杯撒于地。声达于外，三人遂致不欢而散。

诘朝，东方既白，则兰芝已在刺绣。焦母命女将绣品来，阅既竟，焦母指划口骂，处处皆疵，最后抛绣棚于地。兰芝曲膝哀求，而怒终莫释。

王伯棠者，身为县官，而财色仍两贪。鳏居多时，不堪独宿，因托媒婆李大嫂代为物色，媒婆允之去。伯棠过府吏焦仲卿处，因仲卿久已无暇归省，伯棠遂特许其还家省亲。

焦母在庭虔烧天香，忽闻叩门声，启视之，则继善也。焦母责之去，并不许下次

〔1〕 原为句读。

再来寻其女儿。继善无奈，退而俟诸树下。会媒婆李大嫂自县署过访，季卿意为其兄归，亟出启门，则李大嫂。李大嫂入后，季卿犹立于户内，继善见而呼之出，共与谈笑。季卿因李大嫂又来，向继善曰："……我怕她又是设法替我做媒。"继善力慰之。

焦母见李大嫂来，大喜。于是备述兰芝之无状，且以年久不育，抱孙无日，故必欲遣之归，并嘱代谋东邻贤女秦罗敷为媳。少顷，兰芝进茶点，李大嫂故意推辞而去。焦母藉端大骂，谓点心之不堪食，举盆掷于地，立欲驱之返娘家。兰芝回房饮泣，计将奈何。

仲卿，焦母之独生子也，方自衙门归。兰芝泣诉以满腹之委曲，且求去。仲卿不愿爱妻之分离，代陈于乃母。而母益怒，遣责备至。对于兰芝年久不育，尤为齿切痛恨。仲卿虽长跪哀乞，卒无效。而不知季卿与继善，正舞罢而休息于裸体石像之旁也。

翌日，兰芝不获已，整装还家，临别依依。仲卿犹相约再还，立誓不负。兰芝进入堂上，刘母问何故。兰芝哽咽而述毕，相对唏嘘。而可羡季卿正与继善坐汽车兜风之时，继善并附耳谓季卿曰："……我们爱情是直接自主的，而且我也没有母亲来驱遣你。"

兰芝归未久，李大嫂衔县官命，向刘家求婚。刘母商于女，兰芝以仲卿有誓，不愿再嫁。刘母依女言，拒而不允所求。越数日，李大嫂又来，以花言巧语，向兰芝说项；刘母亦在旁婉劝，兰芝坚辞不允。事闻于兄庭，出而大声谓妹曰："你作计何不量，先嫁得府吏，后嫁得县令。"又曰："否泰如天地，足以荣汝身，不嫁此县令，其往欲何云！"兰芝以兄既出言若此，逼不得已，含泪曲允。

王伯棠闻已允许，大喜，即定三十日迎亲。吉日良辰，伯棠亲致礼帖于仲卿。仲卿知事变，亟亟返家。兰芝因时机已迫，亦往晤仲卿，相遇于途，共话别后。然而千端万绪，不知从何说起。仲卿以兰芝背约，因刺之以辞。而兰芝既被逼于兄，复遭此无端之讥，百般委曲，莫能辩白，遂约仲卿黄泉相见，分道而去。

仲卿返家，上堂拜母作别。老母犹以甘言蜜语之曰："东家有贤女，阿母为汝求，便复在旦夕。"讵知李大嫂向秦罗敷代仲卿求婚，正被驱逐之时。而焦母之痴想，犹萦绕于头脑间也。

日将暝兮晻晻，人初定兮寂寂，怒涛汹涌，澎湃而来。兰芝大声疾呼，叹往事之莫挽，跃身清波，还彼洁贞。仲卿空房长叹，悲从中来，亦遂自缢于庭树。

焦母惨遭子丧媳亡之痛，始悟儿女婚姻之不可强。爱女之婚事，于是不再加以干涉，任其自主。季卿因此得遂初衷，与继善结为永好矣。

字　幕

（卷头语）父母干涉子女婚事者，类皆深具有不得已之苦衷。

其惑于含饴弄孙为人生无上幸福者，实不在少数。

然祸起萧墙，骨肉离散，家破身亡，皆此一念之差耳。

七月七夕佳节，正牛郎织女相会之时。

焦季卿，旧家庭中而受新潮流感化之女子也，正粉扮为织女。（李丽娜）

陈继善，季卿之意中人也，亦粉扮为牛郎，来在此月下幽会。（顾友敏）

刘氏兰芝，为媳虽贤，而不容于公婆。（严素贞）

兰芝：你们的确是做得真像。

焦老太太，喜旧而厌新。（周晚成）

焦老太：兰芝！

焦老太：兰芝！

次朝黎明。

焦老太：你去看看那贱东西，今天绣得怎样。

焦老太：哼！三天只绣这一点点。

焦老太：你这贱东西！我家几十代祖宗的脸，都给你丢尽了。

县官王伯棠，民之父母。（周空空）

李大嫂，媒人兼收生。（方怜影）

伯棠：富贵如我，尚未续弦，何恨如之。请你随时替我留意。

李大嫂：我一定格外出力替老爷设法，请老爷放心。

焦仲卿，焦家独生子，衙门中唯一勤慎人员。（魏一飞）

伯棠：昨夜七夕何未曾回家过节？

仲卿：自老爷到任以来，刑事案天天加多，连回家看看老母都没空，还管什么过节。

伯棠：昨夜未知谁家美女能得天之佑，使他早遇着我这富牛郎。

伯棠：我妻死后，尚未续娶，人非草木，谁能无情。

仲卿：但愿老爷多做好事，爱民如己，不患无美妇人也。

伯棠：那我今天就先做一桩好事，放你回去看你老母。

焦老太：下次不准你再来寻我的女儿。

季卿：哥哥回来了。

焦老太：什么东南风吹你来的？

李大嫂：不是家里忙，那就早过来给老太太请安了。

李大嫂：少奶奶可有喜了么？

焦老太：你看秦罗敷她多么漂亮可爱。（魏秀宝）

焦老太：我已老了，尚未抱孙，将来九泉之下，还有何面目见我老祖宗。

焦老太：我一定逼兰芝回娘家，秦小姐方面，请你去设法，向她求婚。

李大嫂：我一定格外出力替老太太设法，请老太太放心。

季卿：今天李大嫂又来了，我怕她又是设法替我做媒。

继善：不怕她，天地间没有东西可以分开我们的。

焦老太：李大嫂你吃些点心再走吧。

李大嫂：谢谢老太太。我不饿，我忙得很，立刻就要走的。

焦太太：你这贱东西，做的点心吃得么？连客人都不敢吃。

焦太太：狗会看家，猪肉可以卖钱，你简直比猪狗还不如呵！

兰芝：妈妈，我下次做得好点，这次请妈宽恕我，不要生气。

焦太太：你本来就是不要脸的，但是我能屡次给你丢脸吗？

焦太太：你这贱东西！快快给我滚回娘家去！

兰芝：妈妈请你宽恕我这一次。

焦太太：滚！滚出去。

季卿：妈也常常骂我，不许我同陈继善来往。但听惯了骂，谁还记得她骂些什么。

兰芝：但是我比不得你，等到出嫁之后，你才知道世上做媳妇的痛苦呵。

季卿：妈妈生气，嫂嫂也哭了。

仲卿：兰芝，你为什么？我每个月只回来一次，你生气我吗？

仲卿：我们夫妇之间，还有什么不能商量的。是不是妈又发脾气了？

兰芝：十三能织素。

兰芝：十四学裁衣。

兰芝：十五弹箜篌。

兰芝：十六诵诗书。

兰芝：十七为君妇。

兰芝：君既为府吏，贱妾留空房，相见常日稀。

兰芝：现在妈妈既然赶走我回去，我要是不走，留在这里做什么？

仲卿：那么，妈妈从前又何必强迫我娶你呢？

仲卿：你和我相处已数年，难道你就舍得离我而去吗？

兰芝：但是我若不走，人家就要骂你宠妻逆母。还是我自己牺牲，不愿你担此恶名。

仲卿：儿已薄禄相，幸复得此妇，结发同枕席，黄泉共为友。

仲卿：共事三二年，始尔未为久，女行无偏斜，何意致不厚。

焦老太：这是什么话？此妇无礼节，举动自专由。

焦老太：吾意久怀忿，汝岂得自由！

焦老太：东家有贤女，自名秦罗敷，可怜体无比。

焦老太：阿母为汝求，便可速遣兰芝，遣去慎莫留。

仲卿：今若遣此妇，终老不复娶。

焦老太：小子无所畏，何敢助妇语！

焦老太：吾已失恩义，会不相从许。

仲卿：我自不驱卿，逼迫有阿母。

仲卿：卿但暂还家，吾今且报府。不久当归还，还必相迎取。

兰芝：勿复重纷纭，今既被驱遣，何言复来还？

兰芝：人贱物亦鄙，不足迎后人，留待作遣施。

兰芝：时时为安慰，久久莫相忘。

兰芝：今日还家去，念母劳家里。

焦老太：你这贱东西！快快离开我这念经拜佛之地，不要污浊了我的神明。

兰芝：新妇初来时，小姑始扶床。今日被驱遣，小姑如我长。

兰芝：初七及下九，嬉戏莫相忘。

仲卿：妈妈我到衙门去了，一两天再回来看你。

仲卿：不久当归还，还必相迎取，誓天不相负。

兰芝：君既若见录，不久望君来。

兰芝：我有亲父兄，性行暴如雷。

兰芝：恐不任我意，逆以煎我怀。

孔雀东南飞，五里一徘徊。

显庭：妹妹！打牌！打牌！打牌！（纪范三）

刘老太：汝今何罪过，不迎而自归。（曹化人）

兰芝：今日被驱遣，儿实无罪过。

继善：好妹妹，请你放心，我们爱情直接自主的，而且我也没有母亲来驱遣你。

她回家以后，县令就遣媒婆来。

李大嫂：王县官特地派来求婚。

刘老太：这门亲事是恐怕推辞不了的。

兰芝：府吏见丁宁，结誓不别离。今日违情义，恐此事非奇。

兰芝：妈妈！请你拒绝他吧。

刘老太：贫贱有此女，始适还家门，不堪吏人妇，岂合县令婚。

刘老太：幸可广问讯，不得便相许。

媒人去数日，寻遣丞请还。

显庭：妹妹你作计何不量，先嫁得府吏，后嫁得县令。

显庭：否泰如天地，足以荣汝身，不嫁此县令，其往欲何云。

兰芝：哥哥，我只好服从你的意思，把我许配给他罢了。

算命人：便利此月内，六合正相应，良吉三十日，今已二十七。

伯棠：那就请你到刘家催办喜事吧。

刘老太：适得县令书，明日来迎汝。

伯棠：我今天下午续弦。

（请帖）

谨詹月之三十日为舍弟伯棠续胶于下午三时与刘兰芝女士结婚恭候观礼并请阖第光临

王方棠同弟伯棠鞠躬

良吉三十日。

兰芝：妈妈，我当与仲卿作最后之一面。

未至二三里。

兰芝：我有亲父母，逼迫兼弟兄，以我应他人，君还何所望。

仲卿：恭喜！恭喜！卿当日胜贵，我独向黄泉。

兰芝：何意出此言。同是被逼迫，君尔妾亦然。

兰芝：黄泉下相见，勿违今日言。

生人作死别，恨恨那可论。

仲卿：儿今日冥冥，令母在后单，故作不良计，勿复怨鬼神。

焦老太：汝是大家子，慎勿为妇死。

焦老太：东家有贤女，阿母为汝求，便复在旦夕。

罗敷：焦仲卿是什么东西？竟敢遣媒向我秦罗敷求婚。我的婚姻是自主的，不要媒婆经手包办。

罗敷：把李媒婆打出门外去。

奄奄黄昏后，寂寂人定初。

兰芝：我命绝今日，魂去尸长留。

那天晚上。

东南枝。

季卿：今天我们得到婚姻自主之权，都是我兄嫂之赐。

焦老太：多谢后世人，戒之慎勿忘。

焦老太：南无阿弥陀佛。

还 金 记

出品　上海影戏公司，1926 年
编剧　朱瘦鹃
导演　但杜宇
摄影　但淦亭
演员　汪切肤　殷明珠　古云杰　周鸿泉　贺蓉珠　陈宝琦　薛启世　江汉桥　徐维翰

《还金记》电影由朱瘦鹃编剧。其电影本事无署名，原载《上海》第 3 期（还金记号，1926 年）。秋柳《评〈还金记〉》（《国闻周报》第 3 卷第 37 期，1926 年 9 月 26 日）亦收录该片本事。

本　事[1]

世事日非人心险诈，志趣纯洁者，每多韬晦乡居，享其田园之乐。若杜姓老翁者，即其一人也。杜翁家庭，至为简单，既无中馈之妇，又乏应门之童。与之相依为命者，惟爱女柳香，年方及笄，丰姿妍丽，性又高洁。同村少年渔人韩进，孑然一身，虽贫乏而志坚贞，独与柳香友善。每值罢钓归来，辄偕柳香促膝谈心。故当夕阳西下，浓荫深处，时有二人踪迹。树头好鸟，低首俯瞰，亦若有所羡也。

村中有魏龙者，虎而冠者也，羽党四布，一村无不惮之。间有越货杀人巨案，官厅疑魏所为，顾以事无佐证，莫可如何。魏因之益肆，鱼肉乡里，无所不为。其党徒又百计趋奉，以长其恶，包仁逢迎尤甚。偶遇柳香于途，艳之，乃访杜翁，以媒介自任，为魏撮合。杜翁怒斥之，包仁尚呶呶分辩，柳香自内出，操杖逐之，始踉跄而遁。

其地有酒肆，实魏党之巢穴。包等计不得售，归诉于魏。时魏党适探得有珠宝客经其地，携钻石甚富，谋率众往劫，乃以夺女之事托之包仁。及夜，杜翁梦中忽闻马嘶之声，似有多人向其家而来，惊起潜听。突有幽香一缕，袅袅自窗隙入，杜翁遂昏迷不省，惟闻耳畔似有纷乱之声而已。至天明，韩进至，见杜翁倒卧于地，扶之登床，杜翁亦渐醒。韩觅柳香不见，入其室则器具凌乱，伊人无踪，大惊。以告杜翁，杜始恍然于昨宵之事，盖爱女已为奸人所劫。韩慰之，并以寻访之责自任。

韩四出寻访，杳无音讯。杜翁以垂暮之年，惊怖忧虑，相逼而来，竟致与世长辞。韩进不胜伤悼，百无聊赖，信步而行，忽至酒肆，爰买一醉以解忧思。微闻有人道及魏新得一美人事，盖柳香为魏党所劫，即幽于肆之密室，以俟魏归。韩既闻其语，乘

〔1〕 原为句读。

间潜入，竟达女所，柳香惊喜交并。韩告以杜翁已逝，柳香失声而号，韩疾掩其口。方拟潜遁，讵魏行劫而归，与党徒同入密室。韩与柳香虽百端隐避，终为所见。韩素矫健，奋力与斗，魏目受创。惟寡不敌众，卒为所获，缚之柱间，施以鞭朴。幸柳香潜出解其缚，始得脱。魏率党追之，韩与柳香中途失散。柳香匿桥下，魏适追至，伫立桥上遥望，无意中将劫得之钻石坠下，为柳香所得。韩且斗且逃，忽得一骑，跃登疾驰。魏党追之不及，废然而返。

柳香虽脱魏龙之厄，既丧慈父，又失良伴，怅无所至，深夜踯躅街头，蹐跼屋檐之下。屋主人雷明，见之，欺其孤弱，启门纳之，其心盖不可问。雷明之妻素凶悍，见柳香美，虽憾之，然以其手提两革囊，故允其留宿。盖夫妇二人，一涎其色，一涎其财，可怜之柳香，身处荆棘之中，尚不自觉也。翌日雷妻留柳香为其佐家事，柳香以无处可依，允之。

时有一彪形大汉推门而入，彼何人？即劫柳香之魏龙也，盖雷亦魏党之一。魏既失钻，懊丧甚。欲邀雷共往他处，冀有所获，并告雷以劫钻失钻之事。而雷方注其全神于柳香，不愿他往，笑却之。魏约以晚间再商，而柳香闻魏语，恐事泄，密以钻石郑重收藏。不料为雷妻所见，以告之雷，谋俟夜阑窃钻。度此弱女子，无抵抗能力也。

夜阑人静，柳香亦知所处非安全地，在日间曾约一买柴童子，深夜潜逃，随柴车入城，故依榻假寐以待。而雷明夫妇潜出行窃，柳香挟钻夺门而走。忽见魏龙塞门而进，柳香大惊，进退无路。正危急间，买柴童子，践约而至，见柳香被困，欲援之，反力不能敌。乘间吹熄灯火，于昏乱之中，竟援柳香出险，登柴车而去。

买柴童子既救柳香入城，介绍于其姑母。其姑母佣于华夫人处，颇见信任，乃以言于华夫人。夫人怜之，询其身世，则杜翁本与华氏有世谊，乃留柳香于其家，优遇之。

华夫人者，性温和，擅交际。其叔为一著名珠宝商，为盗所害。某日，华夫人赴警署探听消息，车甫行，有吴先生者至，柳香出为接待。吴本富有，独钟情于柳香，见华夫人出，诉爱慕之诚于柳香，欲与订婚，柳香拒之。吴以为小妮子羞涩常态，不知柳香之意不属。吴临行约期宴请，嘱勿固辞。华夫人既至警署，有侦探出二照片，谓与其叔被害案有关，现已来此间，遂令警察随时注意，以便拘捕。内有一警即系韩进，盖韩自离贼巢，入城应募为警察也。华夫人因其叔被害案已有端倪，遂返家。知吴求婚事，谓柳香曰："渠出真诚，何不允之，女孩儿岂能以丫角老耶。"

佳肴纷陈，履舄交错，吴先生宴会之期至矣。华夫人先至，吴先生见柳香未至，挽华夫人代为催促。时宾客云集，忽有客二人来，一则魏龙，一则包仁，盖魏入城后，伪言某地绅士，欲办工厂，与吴先生遇。吴信之，约其赴宴也。华夫人骤见此二人，颇惊疑，然故作镇静以察其行动。宾客发起串戏，华夫人与魏包等均粉墨登场。逾时柳香至，甫下车，忽见韩进，授以地址。匆匆入门，与魏相遇，大惊失声。华夫人止之，谓此二人方为警察注意，不可声张。言未毕，侦探已至。出手枪擎魏等，为魏猛扑倒地，乘间逸去。巨盗垂擒，竟被漏网。

是夜，魏等至华夫人家，欲图行劫，为柳香所觉，预匿车中。魏等因有戒备，行劫不成，登车而逃。柳香欲乘间击之，反为所迫，追逐入山，竟被追获。方危急间，柳香忽在魏衣袋中摸得一小刀，直刺其胸。魏自高山坠下毙命，柳香始得脱险。包仁为警察追赶，路径不熟，心中昏乱，竟奔入警署，自投罗网。恶徒结果如此，阅者当为之一快也。

包仁经审讯以后，案情已明。华夫人柳香因人已获，均深感幸。韩进得钻石后，知为华氏所有，遂陈警长辞职，偕柳香而去。

吴先生访柳香见其留信，立赴警所，警长正以钻授华夫人。吴告柳香已去，同往追赶。将至乡间，路窄不能行车，遥见柳香挥手作别，追之不及，只得废然而返。

雄 媳 妇

出品　开心影片公司，1926 年
制片　汪均康
编剧　徐卓呆
导演　汪优游
摄影　孙镜海
背景　顾　怜
道具　高季平
说明　开　心
书幕　倪古莲
演员　徐半梅　周凤文　徐徐女士　章拥翠　李更生　汪优游　王　氏　沈冰血　陆啸梧　朱庭耀　钱凤弟

《雄媳妇》电影由徐卓呆编剧。其电影本事由倪古莲撰写，字幕署名开心，原载《开心特刊》第 3 期（1926 年 10 月 15 日）。秋柳《评〈雄媳妇〉》（《国闻周报》第 3 卷第 40 期，1926 年 10 月 17 日）亦收录该片本事。

本　事〔1〕

古莲

巍巍广厦中，一闺女横卧沙发，频以青梅咀嚼为乐，腹部隆然如五石匏，此盖先学养子而后嫁之毛小姐也。小姐宦家女，无兄弟姊妹行，故择婿奇苛。年二十四，犹未字人。顾小姑独居，殊嫌寂寞，因与阍者阿海通。斯时父方游宦他省，母氏昏愦，弗加教诲。迨至察觉，又得夫子旋里之函报，及谆嘱严饬女儿之警告，乃恐惶失措，计无所出。商诸舅氏裘瑞九，裘曰："惟有于姊丈未归前，速赘一贫而儒者为婿，或可弥补此事耳。"

丁卜一，贫而儒者也，孑然一身，室无长物。坚执其书香子弟不为贱役之偏见，虽累日断炊，拟典质以作餐资，而终不肯牺牲其破旧之长衫以损其体面。某日，困于市，遇裘，得以解围。裘与丁系世交，怜其窘。翌晨，更访丁于寓所，即劝之入赘毛氏，并引丁亲相女貌。女固甚美，而丁所遥睹者，适为一佣妇老媪之面，致不悦。裘诱以成此美满姻缘，可卜人财两得。丁迫于生计，始勉诺之。

新婚之夜，丁见老媪化为美女，喜出望外。昵与之言，女拒曰："我早有实际上之

〔1〕 原为句读。

丈夫在，尔仅属于名义上之丈夫耳，休作非分想。”丁乃为之爽然。

婚三月，丁卜一已得早生贵子之庆，奇之。对镜相较，父子面目，相差甚远。既而女父毛大元告老归乡，悉赘婿三月而产孙，亦颇疑讶。又见婿状类书呆，尤所弗喜。

女娇生惯养，雅好游荡，尝挈其名义丈夫赴游戏场。丁追随左右，奉护维谨。一日，以代妻争坐，误肇祸端。女怒，径回家中，诉之于父。丁不见其妻，沿途四觅，屡闹笑柄。比返，其所衣长袄，已失其下裾，仆辈咸目笑之。自此，丁受毛氏全家之轻视，而为童养媳式之雄媳妇矣。有与之同情而肯加意体贴者，只抚育婴孩之保姆一人而已。

女妒保姆与卜一日渐相亲，痛责之。保姆因愤致病，丁于夜分探视，得悉其身世之苦。拟乞女延医，疗保姆疾。方至门，闻有男子欢笑声，窃窥之，所谓实际上之丈夫名阿海者在。欲击门侵入，心惴惴不敢前。卒以法引诱出房，黑其面，束其足，电招警士至，指为盗窃，阿海乃就擒。

时电炬通明，家人惊起。女袒阿海而斥卜一，且辱保姆。父母老羞成怒，亦下驱逐令。丁慨然曰：“尔等竟欲恃资财以欺尽天下穷黎耶。余岂甘终为雄媳妇以辱我祖先于九泉？噫！盍若去休。”遂护送保姆返故乡，与之同居。袒褐草屣，怡然自乐，以田家生活终其身。

字　　幕〔1〕

开心

富绅毛大元之住宅——宅傍附有幽雅园林，占地颇广；主人则游宦异省，宅中仅主母及其爱女居之。

裘瑞九——大元之妻弟，毛宅之家务皆委托其处理。（徐半梅）

阍者阿海。（周凤文）

毛大元之妻。（徐徐女士）

娇生惯养之毛小姐。（章拥翠）

“你姊夫的性情，十分暴烈；如果知道这桩丑事，只怕女儿的性命都要不保呢！”

“她的恋人是谁？何不顺水推舟，让他们早些成亲，也就掩饰过去了。”

“她昨夜才泄漏出来，说是被家中一个极下流的人诱惑的。这门亲事，如何可以配合？”

“让我去物色一个穷些的书香子弟来，招赘他做个现成女婿；即使姊夫回家，也就毫无痕迹了。”

“我家现要用一个年纪大些的司阍人，请你另谋高就吧！”

“妈！我近来极爱吃酸东西，请你也尝一个梅子吧！”

阿海另图高就，毛家换了一个于思于思的司阍。（李更生）

---

〔1〕 原说明字幕前有■标记。现统一略去，将说明以不同字体区别之。

“喂！喂！喂！面钱！”

叩门声惊醒了二房东的爱子。

“大惊小怪，把人家的小孩子惊醒了！”

“欠了两个月房钱不给，拿他的棉被去抵押吧。”

穷途落魄之丁卜一。（汪优游）

“饭钱?”

此系丁父死时丁母托叔氏代购银箔之复信，卜一利用之，以缓和债户。

房东太太中计矣。

“前帐未清，免开尊口！”

“前后一共结欠十六角八十文！”

“丁先生，这张明信片是你的吗?”

“丁先生，今天好太阳，将你的棉被拿出来晒晒。”

丁虽穷困，但不愿牺牲其长衫阶级，宁脱内衣质钱。

“今天我们现钱交易！”

“惠帐两角两百念文。”

“尚短一百二十文！”

“短少一百二十文？请你找我三百八十，算我欠你五百文；这样好算些，等我叔叔款到，加利奉还，如为?”

“你怎么弄得这个模样？你住在哪里?”

“此地不便多说话，我过几天来看你。”

“一星期后，必有巨款可到。”

“你一共欠多少钱?”

“连房钱在内，不到十块钱。”

“我们都是书香人家；我同你父亲又是老朋友，真不忍见你流落到这步田地！”

“先严死后，家道中落；读烂了几本破书，不能充饥御寒，以致于此！”

“我倒有一个机会，可以教你立致巨富……”

“本地有一家富绅，欲招赘一位快婿，你如愿去，可以人财两得。”

“我现在只求饱暖，而不辱没我书香子弟的地位，无论什么事，我都愿去干！”

相亲。

佳人与丑媪并立，则更形美丽；毛小姐盖深通画家烘托之法者。

“沉鱼落雁，闭月羞花，好一个美人儿呀！”

“老伯！你赞美的，是不是那位婆婆?”

“你发疯了，她今年才二十四岁，怎么称她婆婆?”

“我看她决计不止四十二岁了！与其同她结婚，不如认她做母亲吧！”

忆及生活之压迫。

“我只得牺牲了精神的快乐，暂图物质的安逸吧！”

新婚之夜。

二婢在侧，不便亲昵，因计遣之。

这两个没有遣开，倒多添了两个进来。

一计不成，又生二计。

“时候不早，睡吧!”

“请你不要缠绕！我与你只能做一对名义上的夫妻，请你勿生别的妄想!”

“那末，你们把我招来则甚?”

“老实告诉你吧：我实际上是有丈夫的，你只能做我母亲的女婿，可不是我的丈夫。”

丁卜一为生活所迫，只能含垢忍辱，勉为毛小姐名义上之丈夫。

同房各被之夫妻结婚三月，早生贵子。

丁卜一将自己之面貌与名义的儿子，揽镜对照，终觉其去题万里。

“孩子哭了！快叫奶娘来抱吧。”

甫入都市之奶娘沈氏。（王氏）

归矣毛大元。（沈冰血）

“你看：结过婚了，还是这样孩子气。”

“这就是我们的女婿吗?”

“这婴孩是谁家的?”

“这是我们的女儿养的外孙——也可以说是孙儿。”

大元为精通会计学者，略计婚期与产期之距离，即发现绝大弊窦。

一日，毛小姐忽动游兴，并欲命其名义丈夫随待同行。

“唉！这个东西，脸都不会洗!”

“我要造就你成功一个漂亮人物，放在身旁，做我的装饰品，总算像一个样儿。”

“你要争气些，出去可不要丢我的脸！那末，以后也许常常带你出去玩玩。”

“此人哪里配做我们的姑爷?”

“竟直是童养媳的样子!”

滑稽新戏。（陆啸梧）

弹词。（朱耀庭）

女子苏滩。（钱凤弟）

毛小姐在人群中见其恋人。

“我去设法一个座位来。”

“借光！鄙人须与敝眷同座，请让一让!”

“树荫下有流氓调戏妇女，为何不去干涉?”

“调戏良家妇女?”

“不！她是我的家……长!”

“我们是夫妻，她是我结过婚的老婆，不信，你问她。”

“你们一个拉，两个推，赶紧与我追上前面的汽车。”

“妈妈将我嫁给一个傻子，我同他出去，闹了许多笑话，我实在没脸儿见人哩，爸爸与我做主呵！”

这位先生生了十几个儿子，今天他带了阖家老小，出去游玩。

“我好像没有生过这样一个大孩子！”

这家当铺，是他的老主顾。

“小姐同我出去游，忽然在半路上遗失了，赶快派人去找寻才好。”

是夜——毛女将丁卜一摒诸门外。

“唉！你真被他们欺负得太可怜了！这罐饼干给你充饥，这条毯子也给你御寒吧！”

丁卜一受此重大打击，如醐醍灌顶，迷梦复醒，慧根遂复现。

从此以后，毛氏阖家遂以奴仆厮养视丁矣；悲其遇而怜之者，仅一奶娘沈氏耳。

卜一素爱体面，不欲人见其执贱役；而沈氏则屡窥其隐，恒代其操作。

毛小姐则如脱羁之马，纵情游荡，绝无顾忌。

“小孩在这里，奶娘不见了！”

“此间合家都笑你是童养媳，你何处不可谋生，何必在此地受人糟蹋呢？”

“唉！我总算是儒家子弟，脱了长衣服去做工，未免辱没祖先；在这里觍颜就食，我岂愿为！”

“给你们吃饱了，做这种不要脸的事！”

丁闻奶娘呼痛声。

“唉！人家的儿子，我稍微疏忽，就遭恶骂，回想我自己的儿子……”

“……我不幸青年丧夫，家中既无遗产，又无亲属照顾……”

“……只得将儿子托邻居寄养，自己出来帮佣。”

“为了几个臭钱，使我骨肉分离；还要遭主人的诬辱！”

毛小姐于深夜倦游返家。

“你怎么把我的儿子独自睡在车中？你既不愿抚养，还是请你回家享福去吧！”

“嗳唷，我忽然心痛起来！”

“你病得这样厉害，她问都不问，实在太无人道了！我立刻去要求她与你延医服药。”

毛小姐室内有男子欢笑声。

丁卜一既不敢侵入毛氏卧室，乃计诱其情夫出室。

“外面定是有人知道了，赶紧将酒菜收去！”

“哎呀！看见一个大头鬼！”

“爱河路毛家，来了许多涂面强盗，赶快来捉！”

阖家咸从梦中惊醒。

“他不是强盗！”

“今天的事，都是姓丁的从中作怪，我实在不愿意再做他的妻子了，请爸爸做主！”

“我家待你不薄，你为什么屡次闹出话柄来，出我家的丑？”

“我何尝出过你家的丑？是你家屡次出了丑事，才化钱买我回来遮丑的。”

“你敢挺撞我吗？我家有甚丑事？”

“你家的丑事，须问你家的宝贝小姐的！”

“难道我的女儿嫁给你这样一个穷鬼，还会玷辱了你不成？混账东西！”

“你们快把那不要脸的奶娘也去拖来！”

“不许她逗留我家，立刻驱逐她出去！”

“且慢！你们不要以为有了几个臭钱，就可以任意欺侮穷人！”

“她病得这样厉害，你们竟毫不怜恤，反要驱逐她出去，好！我也不愿再在这龌龊的家庭中久居，我来护送她回家乡去。”

到田间去。

田家乐趣。

苦乐鸳鸯

出品　长城画片公司，1926 年
编剧　招伟民
导演　李泽源　刘兆明
摄影　程沛霖
置景　李文光　朱容生
翻译　杨伯后
书幕　李如棣（中文）　张体仁（英文）
演员　雷夏电　黄翁侠仙　刘继群　徐则英　刘汉钧　杨爱立　黄志怀　黄汉池　杨炳辉　黄花奴　翟绮绮　丁　芳

《苦乐鸳鸯》电影由招伟民编剧，其电影本事为招伟民所作，字幕无署名，原载《长城特刊》苦乐鸳鸯号（1926 年 10 月）。秋柳《记〈苦乐鸳鸯〉》（《国闻周报》第 3 卷第 49 期，1926 年 12 月 19 日）亦收录该片本事。

本　　事〔1〕

招伟民

不自由，毋宁死，此罗兰夫人反抗专制，倾覆法国之豪语也。自由自由，天下几多罪恶，假汝之名以行，此又罗兰夫人，革命成功，陷于党狱，大彻大悟之惨语也。夫同一自由，而时则以为美名，时则以为恶府，判若天壤焉。我国自欧风东渐，谈自由者竞起，尤以婚姻自由为最烈，如饮狂泉；而社会一切怪状奇形，亦缘是叠出。编者曰：是岂自由之误人耶，抑人之误自由耶。兹篇所表，所以发明自由真相，并为误解者下一砭针也。

黄人凤，一沉毅有为之师范毕业生也，赋闲家居仍攻习不辍。母屡欲为之订婚，人凤以未得心中人，不欲苟从旧式盲婚，坚不可。其同学张锦堂，亦一翩翩少年，最醉心于社交公开，而不免于泛滥，常寄居于姑母宋张氏家。宋富室也，有女春华，天真烂漫，与锦堂年相若，两小无猜，因而情亦暗属焉。

春华之友韩雪梅，华大女子体育学校校长，与春华时相过从。人凤亦以与锦堂莫逆故，常来往于宋家，因得与雪梅习，两心亦深契。

锦堂之叔张文富，明志书局总理也，欲物色通才，主任编辑事务。人凤以锦堂介绍，得膺是职，勤敏出众，为人所重。时雪梅办理女子体育学校，成绩卓著。因募捐

〔1〕 本篇选自秋柳《记〈苦乐鸳鸯〉》。原为句读，且与《长城特刊》本文字略有不同。

增筑校舍，藉谋扩充，得无名氏捐助三万元，规模益备，声誉日隆。而锦堂则为狎友孙子常杨晴波等，诱作冶游，沉迷于娼赌杂陈之四民俱乐部中。匿荡女钱筱红[1]，日夕诈取春华金钱，以供筱红欲壑，而人格遂日以低落矣。

春华于锦堂之狎游浪费，已微有所闻。偶出，遇锦堂与筱红，为状甚昵，恍然大悟。自是锦堂需索，因靳不与。锦堂怒其阻碍自由，即取消婚约，绝裾以去。春华伤遇人不淑，郁抑成病。

锦堂自出宋家，即税居逆旅，床头金尽，朝不谋夕。而筱红无厌之索，日益加奢，乃假贷于人凤，欲藉以买筱红欢。人凤不可，因以正谊劝其猛醒。锦堂恨甚，乃与筱红谋，思所以疏间彼与雪梅感情，以泄其愤。

一日，锦堂约人凤步游公园，貌恭而言甘，自陈悔悟。人凤亦喜其自新，极为嘉慰。及至园中，而筱红已先在亭上，锦堂遂为人凤介绍，三人谈笑甚欢。少顷，锦堂旋托故他去，挈取影机，伏于暗陬。筱红乃故作亲昵之状，与人凤扳谈，百般献媚。人凤颇鄙之。筱红见无隙可乘，竟以手附人凤肩上而紧抱之。此一刹那间，遂为锦堂影机所摄矣。

锦堂既摄得照片，翌日，遂往谮之于雪梅。雪梅将信将疑，念人凤平日所为，决不至此。方自思索，值人凤来，以言挑之。人凤瞠目不知所答，既而悟此必锦堂之所为，欲疏间彼二人之爱感，乃愤恨而出，往寻锦堂。时锦堂方与筱红互庆其计之得售，照片尚放置棹上未收，蓦睹人凤至，不知所措。人凤执其照片，严辞诘责。锦堂语塞，既而老羞成怒，势几用武。雪梅恐人凤肇事，亦跟踪至，睹状，洞悉其谋，急牵人凤去。

筱红以锦堂经济日窘，鸡肋不足縻人，遂弃锦堂，另昵一少年。锦堂遇之康衢，怒不可遏，因与少年格斗。锦堂不敌，为少年推倒在地。时前面适有汽车飞驶而来，不及停避，而锦堂遂作车下之枉鬼矣。

春华以悲伤过甚，病势日亟。阅报得知锦堂噩耗，一恸几绝。时其母及人凤雪梅等，均环侍劝解。春华呜咽对人凤雪梅曰："……我现在算是一个自由恋爱的牺牲者。……现在我完了。……祝你们花好月圆，前程万里……"言毕而逝。

阅数月，人凤雪梅，乃携手结婚于礼拜堂。

字　　幕

黄人凤——由师范毕业后，赋闲家居。（雷夏电）
黄李氏——人凤之母。（黄翁侠仙）
张锦棠——人凤之旧同学，寄居姑母家中。（刘继群）
宋张氏——锦堂之姑母。（徐则英）
宋春华——宋张氏之女。（刘汉钧）

---

〔1〕原为"钱小红"——从特刊本改之。

春华：堂哥！你看这花儿多么可爱啊！

锦堂：可爱虽是可爱，但是表妹比它还要艳丽十分，愈加可爱。

春华：堂哥！不要瞎说。

韩雪梅——华大女子体育学校校长。（杨爱立）

张文富——明志书局总理。（黄志怀）

严馥——明志书局总编辑。（黄汉池）

严馥：近来编辑部的事情很忙，我想多添几个人帮忙一下子。

孙子常——张锦堂的好友。（杨炳辉）

锦堂：你现在往哪里去？

子常：到四民俱乐部去。

杨晴波——四民俱乐部的帐房。（黄花奴）

晴波：这位是钱筱红小姐。（翟绮绮）

学生：韩先生！今天礼拜，我的父亲有信来叫我回家去玩一天呢。

人凤：妈！听说明志书局要请编辑，我现在去看看张锦堂，求他代我介绍。

人凤：张先生在家吗？

人凤：听说令族叔张文富先生那里要添聘编辑，所以特来求老哥鼎力介绍。

锦堂：他那里如果真是请人，这件事包你成功。

人凤：韩女士！许久不见了。

春华：雪梅姊！你为什么总不来看看你的旧同学呢？

雪梅：对不起！本学期的校务很忙，因此没有空来与各位聚会。

姑母：你们都是旧同学，好朋友，以后每逢礼拜日，都请到这里来谈天。你们赞成么？

雪梅：人凤、锦堂两君，都是教育界杰出的人才，得到这个机会，事事可以领教，这是最好没有的。

严馥：张先生！那本《中国之危机》的新书，现已印了五万本了。我想此书出世，一定可以唤醒国人不少。

文富：黄人凤先生，我也认识他，听说他的品行学问是很好的。

晴波：我替你做媒，成了你们的好事，你给什么东西酬谢我呢？

筱红：自然不会难为您老人家的。

锦堂：我今天只能给你二百块，你可够用吗？

筱红：除了结帐之外，余下的没有多少了，过两天请你再筹二百块钱给我。

数日后。

罗纫芝——华大女子体育学校监学。（丁芳）

纫芝：我们发起建筑校舍的募捐，我想赞助女子体育的人，一定不少，将来总可以成功的！

锦堂：华妹！你欢喜旧式的婚姻，还是新式的婚姻呢？

春华：我欢喜自由恋爱的婚姻。

锦堂：我欢喜亲上加亲的婚姻哩。

锦堂：我们就本着自由恋爱的精神，成一个亲上加亲的婚姻罢。

一月后。

李氏：凤儿！你年纪不小了，我常常想替你订婚，你总不赞成，究竟是什么缘故？

人凤：妈！我并不是不肯订婚，不过不赞成盲婚。等我有了合意的人时，然后征求你的同意，请你放心吧！

锦堂：华妹！一千块钱筹不来，那么五百块钱可以筹得到么？

春华：你近来用钱这样厉害，我也没有法子可想；妈妈现在也晓得你浪用钱的风声了。

锦堂：好妹妹！求你原谅我这一次吧！下次再不向你讨钱就是了。

晴波：他快要来了，你不要心急啊！

锦堂：谢谢你！横竖我们将来要结婚的，你的钱和我的钱是一样的啊！

人凤：韩女士！你主张自由恋爱吗？

雪梅：自由恋爱，我当然主张的。可是成了夫妇之后，又和别人恋爱，这种叫做越出范围以外的自由，那却不敢主张的。

人凤：女士说得对，我们就把这句话牢记，向前努力吧。

是夜。

张氏：秋香！表少爷恐怕不回来了，你去睡吧！

数日后。

张氏：听说黄人凤先生与韩雪梅女士的感情很好，他们不久就要订婚了。

春华：他们的品行学问都好，将来必定可以组织一个美满的家庭。

锦堂：好妹妹！请你今天再给我五百块钱吧。

春华：你近来的行踪，我也完全知道了。你前后用去我五千多块钱，还不知足吗？

春华：这是我有眼无珠，错认了你。

锦堂：侵犯我的自由，那是绝对不可的。充其量不过取消婚约罢了，我也不情愿住在这里。

锦堂：姑母！我要去了。

张氏：在这里住得好好的，为了三言两语就要出去，不怕旁人说你没有意识么？

锦堂：合则来，不合则去。有什么意识不意识？

春华：妈！我……我……真是“一失足成千古恨”了。

人凤：听说锦堂近日胡混得很厉害。

雪梅：真的吗？只是苦了春华姊姊了。

雪梅：男子汉的心肠，都是靠不住的。

人凤：我们去看看他们好么？

锦堂：是的……你是筱红吗？……我现住在国民旅社第四十五号房间，请你马上过来。

张氏：当初我也说过锦堂是个轻薄的人，切不可嫁他，但你偏不听我的话。现在怎样呢？

筱红：你今天怎住在旅馆里？

竖日。

人凤先生：

弟现寓国民旅社第四十五号房间请即来一叙

弟张锦堂上

筱红：无论如何，明天你要再给我二百块钱。

春华忧虑成疾。

人凤：你为什么住在这里？

锦堂：唉！一言难尽了！

锦堂：……今天特请老哥到来，想向你暂借三百块钱。

人凤：你近来的行为，我也略有所闻，经济困难，这是不消说了。无奈我的经济，也困难得很，实在是爱莫能助呀！

人凤：春华女士为了你病得很重，请你及早猛省，我现在还要看看她去。

是夜。

人凤：居现在的万恶社会，如果我们青年，稍一不慎，前途多么危险啊！

雪梅：尤其是我们女子，一失足成千古恨。你看春华姊姊的前车，就可鉴了。

人凤：一般反对自由恋爱的人们，又添了许多资料了。

锦堂：……我现在觉悟了，请你原谅我罢！

锦堂：钱女士！今天什么风吹你到这里来？

锦堂：我到那边去看看朋友，请你们在此等一下我。

纫芝：近来校舍募捐的进行，成绩都很好。

锦堂：你的妙计真好！将来我人财两得的时候，你不怕没有首饰戴。

锦堂：韩女士！我今天特来报告一段消息。

锦堂：……这个就是顶好的凭据了。现在你尽可假作不知，等到机会到了，然后和他理论。

雪梅深信人凤断不致无人格至此。

雪梅：恭喜！恭喜你新近得了一位美貌的女朋友。

人凤：什么？……你说什么？

人凤：这一定是锦堂弄的诡计，想离间我们的感情，非找他来说个明白不可！

人凤：这就是你陷我于不义的铁证，试问你的人格何在？

锦堂：你这个忘恩负义的人，还算有人格么？

一星期后。

春华：妈！现在我的心很……很痛。

张氏：儿啊！你还是不把他放在心里罢！

雪梅女士大鉴

贵校设立数年，成绩卓著，钦佩之至。

兹闻有募捐校舍之举，特捐助三万元以资提倡。尚希努力进行，为体育界光，斯大幸矣。

此祝

进步无名氏上　五月三十日

附上三万元支票一纸

筱红：你现在既然没有力量供给我，那么我们的爱情，就此告终罢！

侍者：先生的膳宿费，欠到五十多块钱了，请你给我一个切实的答复罢。

锦堂：明后天给你一半就是。

汽车下之新鬼

昨晚有某甲经过爱河路，为某乙痛殴，推跌路上。适一汽车驶至，遂将某甲辗毙。闻死者名张锦堂，为某师范毕业生云。

雪梅：……体育是锻炼身体的唯一工具，欲养成健全的国民，当然要提倡体育……

雪梅：尤其是女子体育……

春华：妈！我……我的性……性命，恐怕难保了。

春华：……他死了，我……我是不能独生的。

春华：我现在算是一个自由恋爱的牺牲者，然而你们的成功，也是从自由恋爱得来的。

春华：……这个是我自己的不好，不是自由恋爱的不好……现在我……我完了，祝你们花好月圆，前程万里！

数月后。

人凤、雪梅乃携手结婚于礼拜堂。

可怜天下父母心

出品　神州影片公司，1926 年
编剧　施济群
导演　顾肯夫
字幕　顾肯夫
摄影　翁寄生
演员　许维翰　何　能　严箇凡　苏盛贞　苏盛贵

《可怜天下父母心》电影由施济群编剧。其电影本事无署名，原收录于心冷《评〈可怜天下父母心〉》(《国闻周报》第 3 卷第 43 期，1926 年 11 月 7 日)。

本　　事[1]

邱淡氏嫁贫士陆宏志，其母遂恶之。有子女三：长曰大男，次曰二男，三男犹襁褓。宏志才具清绝，而命途坎坷，时有断炊虞。淡如贷于母氏，不许。命大男赊火炙糕于店，代乳幼其幼子。以积欠未偿，因又见拒。赖素识张妈，适值于途次，为出资购与。某日，大男姊弟，与邻儿戏，误损其玩物。邻儿索偿，大男归而谋诸父，遭怒责。大男出，遇邻儿，相争途中。宏志出，携之归返，亦仅善言慰之，莫能偿也。

富绅万选青，有别墅曰隐庐，去陆家弥迩。既娶淡如勿就，乃营商于京师，别娶张氏君丽，数年不育。选青虽未耄而望子心切，因有纳妾意，龃龉由是起焉。君丽怒，只身返别墅。张妈往访之，因为谋育螟蛉，而以亲生诳其夫。君丽从之。张妈于是来访淡如。时宏志以夜读至劳，困顿床褥，疾且笃。张妈乃为说曰："育而勿能养，以为生计累，何如鬻而裕其家。俾父病得药，子女有教。"淡如踌躇不能决，鬻之，则无以对其子，亦无以对其夫；拒之，则夫病子幼，举家将馁，两非善策。因为对曰："我实无以答汝说，祈以后半时更来，容熟思之。"

张妈既去，淡如仍不能决，既而出纸笔疾书，留别其夫，欲鬻其子留其金而逃。书初竟而张妈已复至，出钞票一巨束，易三男以去。淡如心痛如刺，顾无如何也。

淡如既得鬻儿之资，家境稍裕。宏志疾病有药，渐次就愈。问病中何以度日，则以假自其母对。复索三男，淡如泫然答以已死，夫妇相对默默。既而淡如念子，私往隐庐，大男二男，初不知其父母前事，举以告其父。宏志以为其妇往会其旧日情人，中心殊恨恨不能平。

万选青得君丽书，知君丽已育雏，喜甚。遄返别墅，日以弄儿为乐。淡如立窗外，

---

〔1〕 原为句读。

私窥其子。时选青有事他出，三男以事忤君丽，方受笞，心乃大痛。俟君丽去，入室中慰藉之。遇君丽于廊，复遁去。而君丽则甚奇其来，入室见选青已返，则又大疑。其所疑盖与宏志之心理同。

淡如自隐庐返，见宏志拥灯独坐，其色虎虎。既见淡如，愤然曰："汝既为我妻，爱当属我。何得私往隐庐，会旧日情人?"淡如默然莫辩，忍受而已。入室，忽睹寸柬，盖当晚选青以园亭新葺，招之为园游之会。以问宏志，宏志愤愤曰："我适已言之，我誓不复入隐庐门。汝欲往，汝自往之。奚必问。"淡如亦薄怒，以为为丈夫者，何得束缚其妻如此！悄然竟去。宏志怒益炽，抽屉得手铳，怀之以追其妻。

华筵未张，宾客云集，隐庐主人，奔走往来如穿梭。三男独卧室中，张目不见一人，乃踽踽而行，历阶而下。入于园，为淡如所见，因起抱之，欲返之室。方举步而选青来，不及避，因略与问答。时宏志怀凶器至，睹状，怒火立炽，不期发手中枪。砰然一声，座客皆惊奔，三男痛极晕去。淡如卧之床上，见胁下朱血殷然，心痛若刺，而口中不可得而言也。既而宏志泄泄来，俯视伤孩，心殊歉然。淡如乃告曰："子杀己子矣！我以贫故，且君病不可得药，故鬻之。而君乃以是疑我有他，致肇此变。"宏志闻言默然。淡如知其心中怨苦深矣，因复曰："我之事此，为君耳，非得已也。"宏志惨然曰："汝之所为，我悉谅汝矣。然汝能以己身骨血出以售钱，我更何以谅!"言已，掷淡如于榻。淡如伏榻大恸，矍然而醒，则三男依然卧摇篮中。别夫之书，墨沈尤未干。返首室中，宏志尚呻吟于床上。所谓鬻孩也，妒疑也，宏志之杀儿也，皆伪梦也，皆非真也。于是拭其眼泪，裂其别夫之书，抱男手中。时门外起剥啄，大、二男偕男往启户。淡如大恐，以为张妈来矣。及入，乃书局之斋信人，以宏志之诗集将发刊，持稿费来耳。宏志神志已略清，读其书，病若失矣。斋书人去，淡如急往阖其户。宏志拈五元币于手，笑谓淡如曰："以此偿邻儿之玩物，并购物以供大男、二男玩。我侪得金，我疾可瘳乎。"时门外剥啄又起，盖张妈已遵约再来，立门外候久矣。至此而剧遂嘎然而止。

一个小工人

出品　明星影片公司，1926 年

编导　郑正秋

字幕　郑正秋

摄影　董克毅

置景　董天民

题绘　董翰一　马徐维邦

演员　王汉伦　龚稼农　吴寄尘　张大公　萧　英　高飞鹏　汤　杰　郑小秋　倪红雁　谭志远　邹佩珍　黄君甫　秦哈哈

《一个小工人》电影由郑正秋编导。其电影本事、字幕均为郑正秋所作，原载《明星特刊》第 17 期（一个小工人号，1926 年 11 月 8 日）。秋柳《评〈一个小工人〉》（《国闻周报》第 3 卷第 46 期，1926 年 11 月 28 日）亦收录该片本事。

本　　事〔1〕

正秋

万家两姊妹，一新一旧，姊名如华，妹名如玉。如华不愿嫁表兄章志容，被父赶走，嫁了丁宇光。如玉从父命，妹代姊嫁，做了章家妇。

丁世方自己纳妾自由，不准儿子婚姻自由，宇光如华又被逐出。

十五年后，世方病，为妾有外遇，很想一见儿子。宇光这时儿子已经十五岁了，名叫一新。自己早已改名叫尚工，因为用工过度，也病了，趁儿子不在，叫妻子把一家三口的合影交邮局寄去给父亲。如华去寄照，他勉强起来写遗嘱，不愿儿子知道是富家孙，单愿儿子做神圣的劳工，写完就死了。

世方正在懊悔，忽然接得信和照片，马上遣走小妾，托章志容顺便带盘费去接子媳孙儿三人回来。因为宇光在南江，志容也在南江工厂做伙计，此番是来招股的，不知道托人托了个对头啊。

志容回厂，闻宇光已死，立刻归家。不料十年前放印钱的金福山，正来讨债。这时如玉的儿子也十五岁了，名叫小容。志容拿带来的小照看看，见如玉小容同如华母子面貌一式一样，就同福山定计，叫妻儿俩去冒名顶替。一面叫伙计大肚子阿魁去赶搬场。

阿魁到如华家大闹，幸亏邻人林贵荣请了房东来解的围。不过如华就此气成病，

〔1〕 原为句读。

当夜把儿子托给贵荣，自己也死了。

世方不明真假，把如玉和小容当做亲骨肉，哪里知道真的孙子丁一新，却跟了贵荣在南江工厂里做工了。

后来世方带假媳假孙，从富乡到南江上宇光的坟（坟又是假的），被工厂总理邀去参观。遇见一新，看看同孙子面貌相同，很欢喜他，叫他明天跟他们一同回富乡。第二天一新别了父母的坟，走到半路，又遭福山伙计闷头痛打，把他吊在树上，做成他自己寻死的样子。幸亏他的狗好，去把林贵荣父女叫来，解下救醒，扶送到世方处。世方感激救的人，就把贵荣父女也带回富乡去，叫假媳认一新做干儿子。可惜当时一新只说是丁尚工的儿子，世方不知道宇光改名尚工，不然就可以揭破奸计了。

章志容一到富乡，就怕出事，听福山指使，逼小容夜里捆绑一新，预备抢走他。又逼如玉毒死世方，如玉不肯，志容拿刀假装自杀，要挟她母子答应。

当夜母子良心很不安，小容睡梦颠倒，一新在旁陪他，几个钟头不睡。小容天良发现，替他换了床，假装睡着了。等一新睡稳，他就更衣自缚，让坏人抢去，救这小工人。

志容怕再有吊死还魂的把戏，自己来亲手杀死小工人。一刀下去，认得是小容，大骂儿子说："我为你谋家当，你倒这样不争气。"小容说要良心不要家当。志容大受激刺，情愿去自首。福山等不答应，把志容父子绑去赎罪请赏。

如玉一夜不眠，一再下毒，总归疑心生暗鬼，到底丢了毒药。天亮下楼来看小容，已经被抢了，连说报应，奔上楼去，晕倒榻上。一新求天拜地把她叫醒过来，如玉更加受一新的良心感动，下楼到世方前告罪。

福山塞住志容父子的口，绑来领赏，哪知世方已经派人去叫警察了，一万块钱庄票故意慢慢交出。警察一到，把坏党都捉去，只有已经打伤的志容，因为一新帮着如玉母子跪求，就饶恕了。世方宽悟到没有工艺的高等游民，往往谋财害人，情愿拿出家当，多办工厂。一新同志容携手一笑，含蓄着无限的新希望哩。

字　　幕〔1〕

正秋

万如华，人新家不新，过渡时代之不幸女子也。（王汉伦）

如华：婚姻有问题，父亲反对得很厉害。

丁宇光，光复军中学生队队长也，求自由终不自由。（龚稼农）

如华：你放心，我仍旧答应你的。

宇光：总要再去求他老人家一次才好。

万古愚，如华之父。（吴寄尘）

---

〔1〕 原说明字幕前有■标记；对话者有括号。现统一略去，将说明以不同字体区别之；并在对话者后加冒号。

万如玉，但知从父，从夫，从子，此外别无思想。（王汉伦）
章志容，只求有财有势，不怕无情无义。（张大公）
如玉：你不答应嫁表兄，就是不孝。
如华：你孝！你去嫁给他好了。
如华：现在光复了，都在提倡自由婚姻哩。
古愚：你要自由，你就滚蛋，永远不许上我的门！
古愚：混账！把男子汉引到家里来了吗？滚出去！滚出去！
志容：倒是喜帖都发了，面子怎么下得去？
父命难违，妹代姊嫁。
丁世方，宇光之父，精明强干之矿主也。（萧英）
巧姑，为人送与世方之姨太太，马屁鬼之拍马工具也。（高飞鹏）
仆人：是邵师爷买来送给老爷的。
宇光：唉！人好当礼物送吗！爸爸早该多给钱放她走的！
宇光：她是万家的姑娘，学问很好，我们已经订过婚了。
巧姑：反正人家看不起我，我走就是了。
父也纳妾自由，子也不得婚姻自由，宇光因亦被逐。
如玉嫁章十有一月，即生子，已四岁。
金福山，本为万家仆，今在此打放印钱，盘剥重利。（汤杰）
如玉：家里遭兵灾，都烧光了；借十块钱给我做盘费罢！
福山：你是老东家，利息写长年大加一吧。
丁一新，尚工（原名宇光）之子，人小心不小，家穷志不穷。（郑小秋）
宇光被逐后，即改名曰尚工，今其子已十五岁矣。
宇光：我叫一新去赎药，为的是怕他知道。趁他不在，拿去寄吧！
敲壁唤邻人。
邻家女林文兰。（倪红雁）
邻人林贵荣，戆直之工人。（谭志远）
如华：孩子！你爸爸为环境忧郁死的，你应当有同环境奋斗的志气。
丁璧人，巧姑亲生女。（邹佩珍）
巧姑：讨厌！阿青！老爷要茶。
书记之妹，来教璧人书者。
璧人：上回在百松园看见陆先生同妈亲嘴，我来不及躲开，给妈打了两个巴掌。
世方：儿子来信了，快汇五百元去，叫他们都来。
巧姑：不行！有他没有我，他来我走。
世方：你有了人，本来早该走了，但愿你马上就走。
巧姑：你说我有人，有什么凭据？
世方：我自己看见的，不要说了，给你五千块钱去吧！
巧姑：孩子！娘不能再害你，你不要走，我不再叫你像娘一样的走错路。

世方：哦！好极了！小儿也在南江，你就替我去接他们来吧！

志容：是！不过股款怎么办？

世方：你快去！把我儿子媳妇孙子都接来，我可以认五万块钱股。

收租人：房钱都收到了，只有丁家因为主人死了没有付。

志容：丁家钱我去收，你不用再去了。

如玉：老爷要我穿得时髦，去招股。我觉得穿的不是绸缎，是借票。

章小容，志容之子，人小流气不小。（郑小秋）

小容：有几个不三不四的人，倒说要来看你。

大肚子阿魁，金福山之伙。（黄君甫）

长脚老大，亦福山之爪牙。（秦哈哈）

如玉：啊！从前亏你借钱，现在情愿加倍奉还。

福山：十块钱，长年大加一，共借十年，本利一万零二百四十元。

如玉：啊呀！我们是空场面，哪里还得起……

志容：唉！一样的母子，偏偏这孤儿寡妇，会有丁老头叫我来接他们回去；你们母子，偏没有福气发财。

福山：啊！有法子，丁家事，我全知道……

鬼鬼祟祟商量近一小时。

志容：去照这个样子，剪剪头发。

志容：你也快去剪头发。

志容：等我回来再告诉你。

志容：哼！当初不嫁我，现在做寡妇了。

志容：他老子为这个，气得病了，叫我丢还你们，从此不准再寄一个字去！

如玉：呀！小小年纪，好吸香烟吗？

小容：爸爸爱时髦，吸吸香烟，有什么要紧。

如玉：以后不准再吸了。

志容：快去换衣裳。

如玉：你葫芦里卖的什么药呢？

志容：叫你们做做孤儿寡妇，去发大财！

小容：死了老子，才是孤儿，爸爸叫我做孤儿，你……

如玉：难道你为打不出官司的加一利，要我们去冒名顶替吗？

志容：加一利虽然违法，不过我欠的债很多，你不去，我只有死路一条。

志容：夫妻不能一条心，我还要这个家来做什么？

如玉：冒充是犯法的，你不要上人家的当吧！

小容：都是你这个鬼在这里害人。

威权战胜良心。

福山：叫老大跟你们到富乡去，就算是小丁的佣人。

福山：叫阿魁拿铺盖去坐讨房租，赶他们搬场。

大肚：活人没有吃，死人倒先吃吗？

一新：强盗！讲理不讲理？

大肚：不管有理无理，只要吃饱肚皮。

大肚：好一个知趣的女子，过来，陪我吃吧！

大肚：你有本事，就打死我，要我滚，办不到。

林贵荣请房东来解围。

如华既伤夫，又受辱，忧愤成病矣。

如华：你爸爸希望你做神圣的劳工，……托林伯伯……

一新：妈刚睡着，轻一点。

贵荣：哎呀！气色不对呀！

世方：啊呀！你的丈夫呢？

如玉：丈夫吗？他……死了！

志容：您身体要紧！让他们去歇歇，等您病好了再说吧！

世方见孙轻浮，精神上殊不快。

世方：告诉你妈！我们明天动身，上你父亲的坟。

假人哭假坟。

欢迎大股东参观。

小容：打狗也要看看主人面，哪一个王八蛋，敢打我们佣人。

一新：我叫一新，我父亲是丁尚工。

可惜小工人父寄照片时未曾写名字，不然真假分明矣。

世方：我想把他带回富乡去。

一新：请您让我明早别了父母的坟再走。

长脚：弄成他自己寻死的样子，免得官厅查究凶手。

报小工人死信。

贵荣：动手的没有看见。

世方：你们两父女去料理一下，跟我们一路走吧。

一新受打伤，神思昏乱，错认阿娘。

一新：妈！

世方：我替你收了一个干儿子，你要把他当作宇光生的一样看待。

文兰：一新！

文兰：呀！

小容：我就算一新好咯，有什么知心话，说吧！

一新：爸爸是提倡工业救国的，这是交通工程中的东西。

志容：令堂真有孝心，天天胡桃嵌枣子，孝敬公公。

世方：他虽然穷出身，很配做大人家的子孙；倒是小宇轻浮得很，一点没有大家风范。

志容：哦！你们小少爷来了。

世方：可惜问他身世，他自己也不清楚。小孩哪里来的仇，我同你要去分头，查究才好。

志容：哦！你赶到了，好极！

福山：我比你还要担心，可是一路上法子都想好了，我们先下手为强。

如玉：要毒死老头子吗？你就饶他老命吧！

志容：你不答应，就是要我的命，就好比谋杀亲夫哩！

志容：等小丁睡着，绑他手脚，塞他嘴，三点钟，有人来抢的。

小容：小丁待我很好，我……

志容：我们为来为去，都是为的你呀！

如玉：我的良心好像不见了，比上杀场还难过。

小容：爸爸说，大不了吃官司，怕什么。

如玉：我只有你一个儿子，你要有个长短，叫我怎样好？

小容：爷爷恨戴歪帽，从此我不戴了。

如玉：你让我再看看。

如玉：你爸爸说为的都是你，唉！索性没有生你这个孩子，倒也……

如玉：孩子！我想明白了，我为你，为你爸爸，都不能死，你放心去睡吧！

小容：啊呀！

一新恐小容有病，不敢贪睡，坐而陪之。

小容：你陪我一个多钟头，我反而不能安心睡觉了。

一新：我们既然算兄弟，就好比骨肉一样，只要你不怕，少睡几个钟头算什么？

小容：今天这个床作怪，睡着心里总不定。

一新：那末，你睡到我的床上吧。

小容想及父母所言，事皆为己……

小容良心发现，自缚救丁，以为已死，事皆已矣。

志容因小丁前曾死去活来，今为谨慎，特来亲手杀之。

志容：该死！该死！我替你谋家当，你反而坏我的事吗？

小容：爸爸！我要良心，不要家当。

志容怜子忧妻，悟害人自害，乃良心自责，决计自首。

欲自首者，恶徒欲利用之以绑去领赏，此亦先下手为强也。

世方：我想小工人身上，定有关系。趁他在楼上，你们去把他带来的包裹给我。

世方：是他老子吗？这是我儿子呀！

世方：我儿子到底生几个儿子。

如玉良心复活，尽吐其实。

书记：有个小胡子，说要来报告秘密。

如玉：别上当，只怕就是出坏主意的讨债鬼。

世方：快去报局。

福山：你能不追究以前的事，我可以替你除后患。

福山：绝你后代的人捉来了，请你给一万块钱的即期庄票。

世方：以前的事，我可以不追究，票子到庄上去打，你放心说吧。

志容：不要解，不要解，我愿意绑到官厅去受罪。

如玉：你也伤了吗？躺一回吧。

世方迟迟交款，缓兵之计也。恶人当伏法，不能以失信病之。

世方：唉！不做工，不学艺，往往变做高等游民，为想发财，变坏良心，所以宇光要主张工业救国啊！

半夜情人

出品　大中国影片公司，1926 年
监制　顾无为
编导　夏赤风
摄影　张伟涛
置景　陈秋风
化装　林如心
剧务　钟大吕
绘题　黄一峰
书幕　邹道常
演员　林如心　陈秋风　朱剑灵　柳青青　董天厄　钟大吕　张非我　许漱梅　陈野禅　王凤山　吴翰仪

《半夜情人》电影由夏赤风编剧。其电影本事为吴翰仪撰写，原载《大中国影片公司特刊》半夜情人号（1926 年 11 月 10 日）；亦收录于秋柳《评〈半夜情人〉》（《国闻周报》第 3 卷 第 45 期（1926 年 11 月 21 日）。

本　　事[1]

吴翰仪

顾士义，陆军学生也，曾任军职。落伍后，漂泊江湖，不能自活，饥饿濒死，以攫取市中饼食，为肆主所殴。适同学周仲池道经其地，出而排解，携之返家，为易衣履。周妹繁露，心鄙薄之，屏勿与交言。有刘文博者，音乐家也，以销售义赈游艺会入场券，偶至周家，适晤周妹，顿种情根。妹亦素喜音乐，两意相投，遂成契友。而刘本有爱人程微波小姐，业已私订嫁娶，且时夜至程家幽会。程女无母有父，家教虽严，亦莫由防范也。刘既昵近周妹，渐与程女疏。程秉性忠厚，惟有饮泣而已。周仲池亦曾与程女同学，夙爱慕之，屡求亲近而不得。义赈会开幕之日，周携妹及顾生同往，于场中见程女独行，趋与言。将及矣，刘生忽来，挽程女密谈于花下。周疑而窃听之，始知刘程相爱，怅然而叹。刘既去，周仍出就程语，而程不顾也。

顾士义亦深爱周妹，但自揣穷途，不敢妄存他念，惟曲尽殷勤，冀获美人青睐于万一。是日义赈会中，有三五恶少，将施无礼于周妹，为顾所见，趋而拯之。恶少皆披靡，纷纷鼠窜。顾生于此时，自念有救护之功，当得倾城一笑。果尔周妹含笑而来，

---

〔1〕 原为句读。

伸手作欲握状。顾喜极，引手待握，则周妹擦肩径过。顾愕然返视，乃知身后有人，盖即音乐家刘文博也。二人握手快谈，异常亲密。顾愤懑万状，拔足欲行，又遇周生，乃具言前事，方欲得其一言相慰。不料周生闻之，转生欣喜，且语之曰："倘得刘君爱吾妹者，则吾之爱程女，当无所阻矣。"语未终，刘已与妹偕来，周乃坚邀刘过从晚膳。刘亦欣然诺，相将出会。此时最难堪者，惟顾生耳。

自义赈会后，程女久不见刘生，时遣女佣往探，迄无消息。而刘则日盘桓周宅，与周妹弹琴唱和，乐且无涯。彼寄人篱下之顾生，亦时遭妹白眼。顾本有叔，音信久隔，至此乃欲往访之。

刘偶夜归，过程氏后门，遇女佣强拉之入。与程女相见，女哀怨欲绝。刘不忍，颇安慰之。忽探囊得周妹所赠小照，旧好情疏，新欢爱重，绝裾而去。

刘归告父，求婚于周氏，父诺之。挽媒往议，既成返命，已备婚事矣。程女忽含泪踵至，盖程父已悉女之暧昧，怒其不贞，逐之出。女无所归，从女佣言，亲访刘生。于此刘父甚怒子不良，逼使终娶程女。且仍嘱媒人，往毁周氏婚。媒不肯，强之始允，并邀刘生同行。既抵周家，具言所以，周妹始知刘生薄幸，亦慨然绝之。于时顾生整装将别，忽闻此事，色然而喜，乃独按琴作歌。妹闻歌声，却忆义赈会救己之情，乃趋就琴旁和之。于一片琴声中，两手已互相牢握矣。

珍珠塔（前后集）

出品　天一影片公司，1926 年

编剧　邵邨人

分幕　裘艺香

导演　邵醉翁

摄影　徐绍宇　邵逸夫

演员　金玉如　王无恐　王谢燕　胡　蝶　丁子明　吴素馨　章志直　萧天呆　张慧娴　周空空　方怜影　丁华氏

《珍珠塔》（前后集）电影取材清代弹词作品《孝义真迹珍珠塔全传》（作者佚名），由邵邨人编剧。其电影本事无署名，原载《天一特刊》第 8 期（珍珠塔号，1926 年 11 月）。秋柳《评〈珍珠塔〉》（《国闻周报》第 3 卷第 44 期，1926 年 11 月 14 日）亦收录该片本事。

本　　事〔1〕

方卿，字子文，河南人，世为显宦。父以冤死，子文奉母杨氏，居于祥符。复被灾于火，家乃益贫。有御史陈琏者，子文姑父也，时已归隐襄阳。会彼寿诞，方母乃使子文往就之。至时，子文叩阍入贺，阍者以其衣衫褴褛，屏不予进。适总管陈宣闻声出视。陈宣固方氏旧仆也，初名王本，方氏既败，始来依陈公。此时见子文疑而问之，知为故家少主，乃斥群奴，而进子文，且引之入内花园，已则入报夫人。

夫人即子文之姑母也，得王本报，乃出见。及见子文褴褛之态，心殊恶之，辞意间颇涉讥刺。子文固具傲骨，抱大志者也，睹夫人状，心殊愤愤，思勿以窘状告之；顾又念千里奉命，不可徒返，不得已，乃赧然言曰："此来尚欲贷银三百，以苏积困。"夫人益怒，固拒其请。子文愤不可抑，遂毅然行。

陈公之女，小字翠娥，秀慧而晓大义。女有婢曰采苹，亦具侠肠。及见子文与夫人决裂，采苹乃大为不平，出追子文，告之曰："乞公子少待。"生不愿稽留，拒之。采苹乃取其行囊，骤奔而去，且反顾子文曰："幸少留略待，我即复来也。"子文无奈，遂留步以待焉。采苹既得生之行囊，入见翠娥，以夫人苛遇子文事告之。翠娥为之怃然，因谋于采苹，思有以济子文者，乃以一珍珠之塔，暗置食匣中，与行囊并携而出。见子文，慰勉数语后，翠娥即以食匣持赠。子文却而后受，遂别去。

子文之出，王本未之知也，忻然禀于陈公，谓子文将更衣来谒。陈公闻子文来，

〔1〕 原为句读。

大乐，乃起而入园，值采苹，问方公子何在？采苹具以实告，陈公大恚，欲入责夫人，然恐子文去远，乃驰马追之。时子文步行至九松亭，少作休憩，适饥甚，启翠娥所遗食匣，检饼饵啖之。忽得一物，即珍珠塔也，知为奇宝，大感，亟密裹如故。而陈公已追至，止于其前。陈公坚欲子文偕归，子文固辞。陈公嘉其志，叹其才，以翠娥面许之。子文拜命别去。陈公亦返抵家，举以语其妻女，夫人闻之，颇为不怿。

子文星夜而归，行抵黄州。时为中秋之夕，皓月流辉，漏且三更，乃入一古庙中，欲图暂憩。忽闻鼾声来自香案之下，近而视之，则一彪形大汉方曲肱而卧。大汉，邱六桥也，性纯孝，樵采以养其母，常中夜出门，憩于古庙，以待微明。而子文不知，疑其为盗，骇绝返奔，迷行于荒村野水之曲，就桥上少止。初不知其为断桥也，举头望月，低徊身世，偶一俯仰，忽失足坠入水中，而无主行囊，则尚遗留于断桥之上。

时有军门毕云显者，道出黄州，泊舟江流，秋夜嘉月，独坐船头。忽见有物顺流而下，辨其为人，亟命仆从拯之登舟。被救者，盖即子文也，与云显本有世谊。因秋闱期近，子文遂随云显赴京应试，不复返家矣。

天微明，邱六桥入山采薪，行经断桥，得子文遗物。检之，乃又获一珠塔，然不辨其为何物，持归，以奉其母。母曰："是宝物也，必为贵人所遗，汝速追及返之，毋妄拾。"六桥诺而行，移时复返曰："无从返也。"母虑贮家中有失，乃命六桥质塔于典，以待故主之重求。六桥奉命至襄阳，求质于福昌典，此典固陈御史所设者也。是日，王本奉陈公之命，有事典中，见六桥以珠塔求质，疑之，乃留六桥于典中，而携塔归示陈公。陈公不知即为己物，命采苹趋翠娥至，谓之曰："吾又得一珠塔，汝可出向所藏者合之，使成双。"两人闻公言，色骤变，见塔更震惧，乃尽吐其实。陈公笑曰："此举实获我心，可勿恐也。"有顷，陈公又恻然曰："塔与人分，人必殆矣。"因往鞠六桥，仍不得消息，乃下六桥于狱。而翠娥则惊恐而晕，且因此致疾。陈公忧之，乃使王本驰往祥符，以探子文生死。讵知王本北上之日，即方母南下之时。盖方母以子文久行不归，心殊弗安，欲徒步赴襄阳。邻有老农夫妇，均长者，悯方母贫甚，慨然以五金赠之，方母始得成行。一日，行至九松亭，就饮道旁，亭役怜而询之。时子文之事，已播为里巷谈助，亭役因举以相告。方母闻之大悲，径赴水图死。亭役救之起，且为谋居停之所，而置方母于附近之白云庵。故王本至祥符，遂一无所遇，废然而返。陈公大忧，恐女知此事，病且益增，乃伪为子文之书，以慰翠娥。翠娥见信滋喜，而陈公则心滋痛矣。实则彼等俱不知此时之子文，因毕军门之佽助而更名毕廷，已殿元及第，贵为七省巡查御史矣。

方母即入白云庵，为老尼执贱役，备受凌虐。一日，有闺秀挈婢来游，老尼使方母献茶。方母窃视之，则所谓闺秀者，即己之甥女陈翠娥也，心中一惊，不期盏落于地，老尼盛怒呵斥之。翠娥意不忍，温语相慰，问方母何所苦。方母具以实告，翠娥惊悉之余，乃相持而泣。欲迎方母至其家，方母坚辞，乃诏老尼使善视之。归复哭于陈公前，谓子文死矣。陈公出一函，笑示翠娥曰："子文固无恙，此毕军门书也，汝读之，即知其事矣。"翠娥乃慰。

一日，有潦倒不堪之儒生手敲鱼鼓，口唱道情，径入陈公后园，来者，盖即方子文也。红云见之而喜跃，采苹见之而惊怆，王本见之而悲叹，于是各趋白其主。移时，夫人出见，痛嘲子文。子文毫不为意，且歌道情数阕。陈公自别室聆之大奇，盖子文所歌者，皆所以讽夫人也。子文唱已自去，采苹愤而追诘之，子文始以实告，采苹亦语以其母在白云庵中。子文既知其母行止，便飞身而往。盖子文已曾至祥符省亲，而邻家老农谓其母已来襄阳，故乔装踪陈公之门。既以侦母，亦以报姑母宿昔之耻也。子文既入庵见母，相拥大哭。是时，陈公得采苹之报，亦率王本备轿马而至，遂迎子文母子入陈府。陈夫人闻之，大为惭悔，于是，出六桥于狱，以雪其冤；又迎老农夫妇于河南，擢亭役于九松亭，以酬其恩。陈公复张筵受贺，且为子文完婚。方夫人亦认采苹为义女。乐事重重，其欣喜快慰之状，殆难罄述。

探 亲 家

出品　大中华百合影片公司，1926 年

编导　王元龙

摄影　周诗穆

布景　王雪厂

演员　谢云卿　邵汝英　黎明晖　杨静吾　王征信　陈一棠　王乃东　周文珠　王次龙

《探亲家》电影由王元龙编导。其电影本事为陆洁撰写，原载《大中华百合特刊》探亲家号（1926 年 11 月 15 日）。秋柳《评〈探亲家〉》（《国闻周报》第 3 卷第 48 期，1926 年 12 月 12 日）亦收录该片本事。

本　事〔1〕

陆洁

一夕，南村黎大诚之妻邵氏，治馔为其夫及小女葡萄饯行。大诚有大女曰绿苹，适城中富人曾伯青，夫妇甚相爱。会绿苹生辰，伯青拟为举行舞会，先期约岳父母及小姨入城。邵氏需治家，不能行，乃由大诚挈小女行。先一夕邵父治馔饯之，邻家毕集，饮啖甚欢。酒半酣，葡萄捧饭具出，仓卒触几上花盆，堕地作巨声。大诚受惊，旧疾复作，四肢战栗，神经失常。葡萄亟取药水饮之，病良已。

翌日，父女乘火车入城。婿以人迓于车站，未值。乡人入市，目迷五色，城中景物，在在都可惊异。大诚携土仪至伙，肩负手提，累累然如被桎梏。偶失手，一圆罐滚至街心，大诚俯拾，则筐中鸡卵，尽碎于地。道中车马，胥为所阻。巡警至，询知系富人曾氏之戚，即送之至门外。父女入，适伯青夫妇外出未归，父女坐候于会客室中。大诚静极入睡，女潜至门外，见车马如织，目为之眩。时适附近小学生散学过此，见葡萄服装诡异，径前狎侮。葡萄不服，竟与诸童斗。伯青之弟叔青，自校中归，见状思为解围，反为葡萄痛击。巡警至，亦为群孩所败。时适伯青夫妇返，始将群童叱退。相率入厅事，大诚犹瞌睡于沙发之上，唤之始醒。旋导至楼上所备卧室，并嘱仆人将携来诸物，移置室中。是日之晚，伯青夫妇盛装出赴友约。大诚归睡，弹簧之垫，附躯震动，辗转弗能成寐，因席地而卧。葡萄室中，置有钢琴一架，入夜忽锵然自鸣。葡萄梦中闻声，疑为鬼物，惊诧终宵，不敢入睡。

葡萄晨兴，见乡间携来之鸡，栖于琴上，始恍然夜中之琴声，有自来也。既而大

〔1〕 原为句读。

诚亦起，相偕下楼，则室中寂然，阒其无人。俄见一仆人正洒扫庭除，趋询之，仆曰："主人夜游甫归。城中人起身，例在午刻，此正好梦酣时也。"父女即嗒然各返卧室，遵仆人言，重寻好梦。

绿苹因父妹初临，备午餐特丰。顾久久不见二人下楼，饬仆人往视。仆入室，不见大诚，继得之于床下。父女入饭厅，见刀叉满桌，手足无所措，婢仆皆匿笑。父女入城，为时仅一日夜，而闹笑话者已七八次矣。

伯青以大诚父女，举动乖常，服饰朴陋，舞会之日，必且贻笑亲朋，乃预为裁制新衣。葡萄蓬松大辫，亦付并州一剪。并约伍亚风来，教以跳舞之术。伍亚风者，尝留学海外，略谙西方礼节，人遂以交际博士呼之。实则一读书不就，学剑未成之傻子耳。

绿苹生辰，大开盛宴，宾朋满座，车马盈门。大诚长袍长褂，俨然绅士。葡萄倩装艳服，亦顾盼如孔雀。伍亚风集全体宾客，令男女各自为对，组成舞队，欢笑踊舞，如醉如狂。既而主人请赴宴，各按桌上名单，依次入席。大诚之左为周媚云，交际花也。知大诚为主人之丈人峰，曲意承迎，殷殷劝酒。大诚乃奇窘，觳觫如坐针毡。葡萄之右，为一美少年，曰王芝逸。葡萄聪明，远胜乃父，席间与芝逸应对，颇觉裕如，已不复如初来时之局促矣。众正欢饮，乐声忽大作，众各挟伴起舞。媚云亦拉大诚起，盘旋众中。大诚窘迫惊沮，旧疾复发。众宾见之，以为此交际博士所授之新舞式也，群起效颦。于是此富丽堂皇之舞厅，顿成一疯人之院。葡萄见状，亟趋卧室取药水进大诚。众始恍然，舞亦遂罢。有倡议各挟舞伴分别再至各舞场跳舞者，于是芝逸约葡萄，媚云邀大诚，即主人夫妇，亦随众外出，惟叔青独留家中。叔青自见葡萄后，弥复倾慕，顾中心藏之，未敢稍形于外。见葡萄随芝逸出，心滋不悦，怅然归卧室，忽忽若有所失。数数蹑足至葡萄室外，而葡萄犹未归。直至更残漏尽，始惘然入睡。既而又蘧然醒，则东方已白，匆匆起。再至葡萄室外，自匙孔中窥之，葡萄正浓睡。叔青惘惘然如失魂魄，未及进餐，即挟书囊赴校。

葡萄醒时，已在午后。婢以一函进，函为芝逸续约葡萄者。叔青散学归，甫及门，见媚云方挟大诚出，乘车扬长去。叔青登楼，葡萄正盛装待芝逸。叔青袖出一函授葡萄，悄然返己室。葡萄视函，略谓"妹如愿下交，则请勿再友他人，否则请与我绝"。葡萄读竟，若有所感，即将芝逸之函，撕成片片。芝逸来，葡萄下楼，婉词以谢。芝逸嬲之不已，葡萄不忍峻拒，仍与俱出。叔青久候葡萄复书不至，出至葡萄室中，则人去楼空。但见碎纸已狼藉地上，疑为己函，即一一拾之起。时亦不暇细视，废然归宜，孤灯独对，黯然魂销。夜漏沉沉，葡萄犹不归，而雷雨忽大作。叔青百无聊赖，出碎纸视之，则赫然芝逸致葡萄之函也。函内所约为某处屋顶舞场。叔青按图索骊，冒雨往寻。既至，众客已散，或告曰，见芝逸挟一女子入下层旅舍。叔青懊丧而归，入视葡萄卧室，冀葡萄或已先己而返。甫入室，即闻有人登楼，则兄嫂自外归也。二人经葡萄之室，将入视。叔青急熄灯，蒙被而卧。二人入，绿苹将揭被，伯青阻之曰："妹已入睡，何必惊之。"二人乃出。

葡萄之与芝逸在舞场也，正酣嬉间，大雨忽至，众宾俱散。芝逸以雨大不能行，至下层旅舍辟一室，坚邀葡萄少息。葡萄屡彷徨欲归，芝逸出酒果，以尼其行。葡萄被酒，渐入醉乡。于时隔室有情话声，芝逸自门隙相窥，但见一对男女之足，作醉人之动作，惟不见面部，故不知其为谁何。实则此二人者，即媚云与大诚也。二人一度缠绵，媚云忽掩面泣下，大诚询以故，泣哀益。大诚皇恐，疾作。媚云乃自叹财星未照，遇此乡愚，即离旅舍去。次日大诚醒，袍褂已失，遂单衣而归。

日午，伯青见叔青犹未入学，询以故，叔青诡云放假。膳时不见大诚父女，命婢仆往请。仆登楼，见大诚酣睡未醒。叔青则先婢至葡萄卧室，扃其门，复报伯青曰："妹略受感冒，此时犹未起身。"伯青信之。其实葡萄在旅舍被酒后，即胧朦睡去。次日醒来，不见芝逸，启窗下瞰，见途中车马往来如梭，知为时已宴。就镜理发，见颊上有爪痕，鲜红欲滴，亦不知所自来。皇遽出旅舍，至姊家，不敢径入。先从窗隙内窥，见姊与伯青兄弟正进餐，诸人均面露怒容。葡萄惧，不敢入，即决计离去。

饭后，叔青直奔芝逸之家，质问葡萄夜来何在。芝逸初不承，继乃具以实告。叔青告以至今未归，芝逸亦骇。叔青仍失望而返。

葡萄既无颜入姊家，芳心忐忑，逡巡回乡。见母，娇啼投怀。邵氏皇恐慰问，葡萄但恣哭，固问乃惭悔自承。邵氏亦大踌躇，左右又无可为计者。因当日复携葡萄入城，适婿家倾室外出，第叔青一人在家。叔青慨然曰："此事幸尚无知者，我能设法弥缝之。"便往访亚风，请为芝逸葡萄任蹇修。亚风欣诺，往面绿苹，曰须待母。母出允，婚议遂成。芝逸虽一时有逾轨之行，但颇能补过，艳福倘来，真不知几生修到也。

小　孝　子

出品　杭州心明影片公司，1926 年
编导　袁树德
演员　袁汉云

《小孝子》电影由袁树德编剧。其电影本事无署名，原载《民国日报》（1926 年 11 月 21 日）。《申报·剧场消息》（1926 年 8 月 16 日）亦收录该片本事，但文字略有差异。本篇选自前者。

本　事[1]

浙绅曾孝先者，武孝廉也。好纯朴，嗜读史，性耿直，尚义侠，而事其母王老夫人，尤尽孝道，乡里咸推崇之。妹玉英，慧而黠，母所钟爱也。妻严氏，贤淑有德，躬代姑劳无怨言，随夫定省而不辍，待小姑极尽其悌，小心翼翼，惟恐其姑之不欢，处心积虑，诚良苦矣。有子女一，女名小兰，年六岁。子继光，乳名安安，年八岁，器度不凡，得乃父风。从塾师陈有道先生学，孜孜兀兀，终日不倦，且以古忠臣孝子自励。一日，安见二丐来乞食，大动恻隐之心，即而询之，乃王志诚余方孝也，由是日给以米，经年不断。二丐甚感激之。噫！童年何知，而能慷慨，好施与，若是者，半由天真，半殆习见其父母之所为耳。曾与武林富户许云卿有中表亲，许之眷属，为母王氏，妻李氏，妹玉卿，子少卿，五六辈。某日，少卿开汤饼会，孝先先期而往馈之。于是时，偷儿窃曾妻所浣之姑衣而逸，价值虽微，急杀严氏矣。安安自塾归，途中偶遇志诚，提衣一篮迎面来，安固识为己物也，遮道而问，乃悉其行窃为变本营生，籍谋自立计耳。经安安一番责备，志大悔愧，完璧服礼以去。翌晨，又将方乞窃得之衣来归赵。安安喜，语之曰，为此衣，吾母曾受祖母之痛责。志诚聆言，已觉惶恐无地。又见仆人来给米，益形羞惭，不敢领受而遁。后二乞相议曰：为谋我两人自立故，累贤妇受屈，且自此无颜见安安矣，遂隐而他去。逾数日，曾母病，甚剧。孝先以病由呕气所致，抱怨其妻，严氏无从辩白，日惟饮泣吞声，哀祷上苍，以祈姑病之速愈。不久，病果霍然。事为小姑见，意母得悉，将移爱女之心而爱媳，忌而谮之曰：“嫂咒母死。”姑果大怒，强儿出息。严氏蒙此不白之冤，归家亦属难容，正图投河自尽之际，为白云庵心通尼所救，因寓宿焉。次日孝先偕子女至岳家，探妻行踪，见二人斗于路中，询之，始悉常耀书不偿崔爱多之赌款，孔泣吟欲鬻常女以相抵故。曾面斥之，崔孔不敢较，悻悻而去。围解，孝先仍往岳家，至不见妻，历诉家状，岳母愤甚，幸

[1] 原为句读。

得伊舅周旋，获免口舌。数月后，玉英适吴姓，不惬于姑，不容于夫，屡到母前诉苦衷，亦惟劝其忍受而已。观于此，而益信天理循环，然不爽矣。严氏身虽在庵，而念姑甚切，素知姑嗜鲫鱼，常嘱尼馈送之。一日，出买鱼，为一丐瞥见，奔告安安，安即以日积之金，数升之米，登山越岭，负奉其母，力求母归。不获，泣涕而回。偶憩岭头，拾得一皮包，欲以奉母，终思非义，坐待来觅。久不见至，转身往迹之，不数武，数人狂奔而来，安不及避，为之仆于山腰。正倾跌时，乃赌徒崔孔挟小兰以走，疑奔者为追捕，弃女而遁。之会也，兄妹自此聚首矣。俄顷间，见前奔数人，拥一人来，安安趋询，系为索讨饭资，欠资者，盖即失皮包之周慧僧也。仆安者，即索资徒也。安安乃以所藏皮包付周，周出二元以谢，安不受，携妹竟去。半途，又遇崔孔，复为所掳，幸逢伊舅父严俊卿至，安安得脱虎口。告严曰："妹被劫。"严复追之，迨觅得时，正二乞儿营救小兰，与崔孔格斗危急时时也。严加入，始得就傅而受杖，安安不忍，适其父经此，乃为之苦求而开释焉。孝先嘱严领二乞去，自携子女归。阅数日，曾母又病，医药罔效，而孝先戚焉忧之。因玉英不能归宁侍奉，命安安小心汤药，而自往觅医。安安忆及前次祖母病，得母之祈祷而痊，今亦效母之祈祷而祈祷之。果然，上苍默佑，以报小□□□□□□□□□□□□□[1]悔，安乘间露母居所，乃命与迎归。自此一家团聚，上下仁孝，永遂天伦之乐矣。

---

〔1〕 此处缺约 12 字符。

连 环 债

出品　大中华百合公司，1926 年
编导　朱瘦菊
摄影　周诗穆　余省三
美工　马瘦红
主演　周文珠　汤天绣　王乃东　王征信

《连环债》电影由朱瘦菊编导。其电影本事为朱瘦菊所作，原载《大中华百合特刊》连环债号（1926 年 11 月 28 日）。

本　　事[1]

朱瘦菊

王在西是时下的一位大商家，经理近西信托公司，场面很阔，而自奉甚俭。他的夫人可未免带点有钱太太的色彩，往往请客宴宾，所费不资。在西不忍拂他夫人之意，件件依从。开消大了，也只在别的用度上节省一些，移东补西而已。

近西公司中有两个少年帮办：一名徐明，业已成家，娶妻贤慧而又美丽，夫妇伉俪甚笃；另一名唤黄征的，还未娶妇，却与一个荡妇周爱珠甚为相好。爱珠所交非止黄征一人，便徐明也是他面首之一。其余老少俊丑，不一而足，大概非财即貌，难为她应酬得面面俱到。但对付黄征方面，却不甚迁就，因其不是用钱主顾。而黄征因此之故，却百计罗掘，以应缠头一掷，甚至向下流社会中人借重利使用，这真是饮鸩止渴呢。

星期日的下午，在西同夫人看影戏出来，恰遇徐明夫妇，邀与同车。言谈之下，在西觉得徐夫人性格温柔，王夫人也觉得徐明吐属文雅，彼此各有一番倾慕。归来之后，又留谈多时，方放他夫妇俩回去。

有一天，王夫人略有小恙，和丈夫同车出来就医。在西因有公事，先赴公司，命夫人在外略待。不意进去之后，被客人绊住说话，急切不能脱身，只得打发徐明伴他夫人往医生那里一行，自己在公司中等候。黄征见了，觉这一桩好差使被徐明夺去，心里很不受用。

但第二天王夫人来公司的时候，恰巧在西、徐明都有事出去，留黄征一个人招待王夫人。谈论得甚为投契，王夫人当夜还请他吃了一顿大菜。这件事本来是背乎情理的，但这夜在西却私访徐夫人，而徐明又暗赴爱珠之约，他三个只算轮流还债。这种

---

〔1〕 原为句读。

事世界上最多，而局中人还个个自得其乐呢。

黄征为债所驱，不免与匪人为伍。一天徐明受在西之托，送十万公债票往银行；因过办公钟点，带回家内，预备明日再送。不料黄征顿起歹心，暗中通知党徒，夤夜窃之而去。次日徐明空手回报，在西疑他监守自盗，报警拘押，可怜徐夫人泪洒空房。就爱珠闻此消息，也触念旧情，私下到他押舍探视。不料恰值徐夫人送饭前来，睹此情形，醋心顿发，不容分说，愤愤归家，弄得徐明、爱珠，两下里都大难为情。事有凑巧，匪党见王夫人出入豪华，饰物富有，又想前往劫夺。黄征熟悉门户，邀他在酒店中会齐同往。此信黄征偶一大意，失落在爱珠房中。爱珠见而生疑，到时候改扮做男人模样，往那酒店中窃听无遗。此时她义愤填胸，也顾不得和黄征一番交情，立奔徐明家中，请徐夫人帮她报告警察。徐夫人初还不信，后来见她言辞恳切，也即答应前往。爱珠先赴王宅，其时盗党已入室肆劫。爱珍窬墙入内，自知众寡不敌，设计绊住众盗。待警察赶到，果然一鼓成擒，黄征的假面具也就此揭破。

后来徐明覆盆得雪，夫妇恩爱愈浓。爱珠损却两个情人，依然过她的浪漫生活。不过王夫人经这一度惊吓，从此不敢再向人前卖弄自己富有，连旧衣服也肯寻出来穿了。在西笑口大开，说："你早能如此，何致于有强盗来抢劫呢。"

三年以后

出品　民新影片公司，1926 年

监制　李应生　黎民伟

编导　欧阳予倩

摄影　梁林光

副导　鲁少飞（兼配景）　顾梦鹤（兼剪接）

洗印　梁伯慈

配光　李乾初

照相　李锡金

演员　陈少辉　杨依依　许盈盈　陆若严　王谢燕　邢半梅　顾梦鹤　邢少梅　辛　夷　芳　信　吴素馨　黄冠群

《三年以后》电影由欧阳予倩编剧。其电影本事、字幕均为欧阳予倩所作，原载《民新特刊》第 3 期（1926 年 12 月 5 日）。

本　　事〔1〕

予倩

何氏之居，有弟兄二人。长刚夫，性戆拙，饱食终日，无所事事。次毅夫，颇诚实，佐上海某纺织公司出纳，八口赖之。其父早世，母氏张，乖僻之人也。刚夫娶舅氏女，生子成儿。母以犹女故，独钟爱之。既育成儿，益专母宠。有弟曰德纯，少丧父母，寄养于何氏，失学嗜博。而母以为兄之遗孤也，偏加怜惜，过于己出。独毅夫鄙其为人。毅夫妻李氏慧贞，贤淑有才，女工精绝，并通书算，操持家务，独任其劳，与毅夫伉俪颇笃。而毅夫谋生于外，相见甚稀，加之德纯播弄是非，时受姑责。幸有掌珠，足慰辛苦。女庄儿，美慧有至性。微此女，则慧贞之生趣微矣。慧贞母家故贫，兄希白纵酒浮夸，拙于生计，杖头钱罄，辄向慧贞乞焉，慧贞亦不时周恤之。一日，德纯博负，博徒刘七，逼之甚急，不得已欲得何氏房契，质清博责，就商于慧贞。慧贞不允，德纯衔之。适毅夫归，慧贞私以告毅夫。毅夫不能忍，以告刚夫，意勿令嫂知。而刚夫告其妻，嫂责德纯，而实左袒之。德纯羞怒不承，以死相挟。何母闻之，痛斥慧贞，以为长舌。毅夫不能为妻辩释，愤而离家。由是德纯益无忌惮，肆博益困，渐盗何家物，付之典质，而嫁祸于希白。乘其醉，置何氏所祀瓷观音于希白怀中，故

〔1〕 原为句读。

令刚夫见之，以激其怒。而又从中劝勿深究，以泯其迹。希白横遭冤辱，眦裂发指。慧贞知难辩，白泣劝阿兄，戒饮而已。毅夫既至上海，遣愁无计，渐逐游盘。媱游女艳云，遂耽麴蘖，糟糠之好，忽忽忘之。伤哉慧贞，旧恨已深，新愁又积，作书寄毅夫，略曰："自君去后，家中常有是非，恐伤君心，不愿多言。伊人行径益非，终归自败，甚可伤耳。惟愿君能安心努力办事，我为君受尽艰辛冤屈，亦所甘心。君能知之，即自慰矣。天气渐寒，望珍重万千，万千珍重！"书为德纯所截，由是谗构益多，姑恩全断。竟至托故遣归，付书决绝，意谓不能事母，暂令异居；俟母怒解，再行迎归。慧贞以为兄病，匆匆归宁，及见希白，方知被逐。其时庄儿早为刚夫妻携去，故不在侧。及归寻母，母已不在。以之询婢，知母大归。慑于祖母之威，欲哭不敢，吞声雪涕，夜不成眠。忆曾随母之外家，依稀辨路，遂起潜出，决往依娘。其时皎月将午，远近通明，而意乱心忙，瞬迷去向。登山越陌，惊惧如狂。转念慈亲，又复前进。行至一处，见田中草人惊昏。适有灌园叟老陈者，闻叫声起视，识为何氏女，次晨送之慧贞。母女相逢，惊如隔世。而毅夫金迷纸醉，晓梦正酣时也。何母既失女孙，令德纯往责李氏。适见庄儿嬉门外，抱拥欲行，为慧贞所见，遽前夺之。希白适至，怒逐德纯。希白自经慧贞苦劝，断绝杯酌，从事于种植，其气已刚。德纯虽狡，末如之何已。自是庄儿即依慧贞，而思父綦切。会希白有事往浙，苦恳偕行，无已许之。及抵沪上，毅夫已移居，觅之不得，与希白彷徨衢路，彼此相失，几为汽车辗伤。忽有人抱持之得免，即毅夫也。毅夫自识艳云，负债甚多。而艳云之要索无厌，逐致决裂。毅夫失意追欢，徘徊歧路，见幼女濒险，急趋救之，亦不意其己女也。少间希白踪迹至，相见悲切，遂与偕归见慧贞。慧贞拥庄儿入室，见庄夫闭门不顾，庄儿私启关内父，希白从而为之缓颊。慧贞转面向壁，千唤不回。希白因携去庄儿，俾毅夫得倾胸臆，慧贞溯往追来，益泣不可支矣。继见毅夫，似实诚恳，乃曰："若彼此愿为夫妇，则君当更往居上海三年。"毅夫韪之，决然遂去。途中遇老陈，告以德纯既死，老母抱病，劝之速归。先是德纯书付刘七之券，已届满期。刘七者虎而冠者也，苟愆偿期，祸且不测，不得已乘夜窃得何母文具箧。何母惊寤，与之争持，辨窃者为德纯，呼其名而责之。德纯委箧，惧而去，竟将远逸。不幸为刘七所见，率党追蹑。德纯知不免，佯示弱，乘刘七不备，出匕首猛刺之，刘七毙焉。其党乃聚殴德纯，而殊之，此何母之所以病也。毅夫闻老陈语，驱车还家，入门见庭除冷落，满目凄凉。何母闻子归，既悲且愧，流泪而已。毅夫乃与兄刚夫，约彼此努力重整门楣，自携成儿就学歇浦，期以三年相见。瞬而三年届矣，兄弟相遇于畎亩之中。毅夫浮华尽洗，刚夫奋发力田，荒畴毕垦。嫂亦农妇装，提馌饷夫，熙熙然如羲皇上人。成儿就母欢跃，相率还家。则婢方纺绩，老母饲禽，见少子爱孙，喜出望外，不觉其泪之滋矣。于是毅夫往迎慧贞，慧贞感焉，重温旧爱。而德纯之墓木拱矣，希白尝荷锄为除坟前宿草。自谓迁善之机，德纯实成之云。

（完）

字　　幕[1]

予倩

何刚夫之子成儿。（陈少辉）

何毅夫之女庄儿。（杨依依）

何夫之妻李慧贞。（许盈盈）

何刚夫。（陆若严）

刚夫之妻张氏。（王谢燕）

张氏：贱骨头，不会站开吗？该让人打的！

何母张太宜人。（邢半梅）

成儿：妹妹打了我，婶婶不骂妹妹，还要叫我妈打我！

老太：二少奶，你不要只顾护着自己的女儿，长辈心放得平，小辈自然和气。女孩子家总要温存些。——以后不许庄儿到门外头玩儿去。

墙以外。

墙以里。

张德纯为张太宜之侄，而刚夫之妻弟也。幼丧父母，寄养于何家。（顾梦鹤）

吞刀鬼刘七。（邢少梅）

借据文

立借字人张德纯今因正用借到刘七先生名下大洋三百五十元正言明月利五分尽五个内本利归还如过期不还自愿挖去左目恐口无凭立此借字为据

十五年〇月〇日

张德纯立笔

证人　王庆丰　谢长子

题壁文

豪气吞江海，雄心抉斗牛。倾杯发长啸，浇尽古今愁！

天下第一酒仙李希白题

李希白为何毅夫之妻兄。（即慧贞之胞兄）（辛夷）

酒保：我们新粉的墙，被你涂坏了，看你怎样赔？

希白：粉墙何足道，一字值千金！

---

[1] 原说明字幕前有△标记，对话者有括号，分段则有星号。现统一略去，将说明以不同字体区别之，对话者后加冒号，分段空行。

酒保：念你是个疯子，算了算了，你快付了酒钱走罢。
希白：要钱？俗哉！俗哉！
希白：有朝一日春雷动，得破风云上九重。

希白：老实不客气没有钱了，妹妹替我想个法子罢。
希白：难道你嫁了丈夫，就没有手足之情了吗？
李氏：哥哥的脾气，再不改怎么得了，——况且我真没有钱！
德纯：二嫂你是个当家人，你既能帮娘家哥哥，必然也能接济接济我这穷表弟。
李氏：我不过管了一笔账，就是家里也是没钱。
德纯：我实在到了绝地了，请你把姑母的房契取了出来，让我暂时押一押罢。
李氏：我实在没有这样大的胆量，还是请表弟当面去问婆婆去借罢。

何毅夫，李慧贞之夫也，为上海纺织公司副账房，得假准备回家。（芳信）

贿赂与诳语。
老太：成儿你的角子是哪里来的？
成儿：李家舅舅问婶婶要了十块钱，他分四角钱给我，叫我不要告诉祖母。
德纯：媳妇顾娘家本是常事，送他哥哥十块钱喝老酒，也不算什么。
老太：哼！把家当盘光了，还没有人知道呢。幸亏成儿还肯说实话！
老太：成儿，去叫你爹娘来。
李氏：婆婆，这是上半月的用数。
老太：替你哥哥还酒账的十块钱，写上了没有？
老太：我自然会知道，难道我还会冤枉你吗？可是你哥哥要再来，我就要赶他出去。

李氏：表弟非但要借钱，而且还逼我偷文契给他去抵押……
李氏：这事你千万不要对别人提及，免得又生枝节，只是对表弟留心些。

毅夫：哥哥！
刚夫：兄弟回来了吗？进来进来！
毅夫：表弟呢？
成儿：舅舅！我知道他到张家祠堂赌钱去了！
张氏：小孩子偏爱胡说，舅舅从来不赌钱的。
成儿：你要打我，我就把舅舅的事全说出来！
毅夫：这话你千万不要对别人提及，免得又生枝节，只是对表弟留心些。
刚夫：据兄弟说，德纯非但好赌，而且刚才他还问弟妹借我们的房契去押。
张氏：叔叔刚回家，怎么就这样清楚？好快的电报！

张氏：正说你呢，你就来了！你为什么向二嫂去借房契还赌账？

德纯：姑母，二嫂冤枉我。二哥刚回家，她就对他说我要偷您的房契去还赌账，我……我除死没有路了！

德纯：你们不要拦住我，我去投河，这我才知道寄人篱下的苦处！

老太：我只有一个侄儿，倘若有个长短，怎么对得起他去世的父母？都只怪长舌妇害人！

老太：我看你会写算，抬举你当家，谁想你……今日才知道“女子无才便是德”。

毅夫：这种家庭我一天都不能耐，我还是早走。

李氏：你是走了，我呢？走到哪里去？

庄儿：爹快些回来，我天天到门口去等你。

老太：在家千日好，你遇着有功夫常回来。——你表弟的亲事，你要准备早替他办；还要替哥哥找件事干干，枕边之言要少听。

毅夫：哥哥看书呢。

刚夫：我在这里看太上感应篇。

刚夫：兄弟到上海，替我寄块杭州咸肉来。母亲吃素，我是非肉不饱。

过了一向。

又有了赌本。

次晨。

老太：你看几点钟了？

长工：厅堂的香炉不见了！

德纯：这一定是家贼，我包管查得出来。

老太：一家人都是吃饭不管事，幸亏还是你有良心。

毅夫因愤郁而纵情游荡。

艳云亦所谓交际明星。（吴素馨）

艳云：我愿意嫁给你，你说怎么样？

艳云：你家里还有什么人？

毅夫：我可以说是无家可归！

希白：淡如秋水贫中味，和似春风醉后功。醉后功！醉后功！

德纯：希白兄，你唱的醉后功，醉后功，你醉后还有什么功？
希白：原来是表弟，你问我醉后功么，就是睡功！哈！哈！
德纯：大哥，外面天气很好，我们去散散步罢。
刚夫：怪不得我们许多东西不见了，原来都是你……
刚夫：你快说香炉跟表哪里去了？
希白：我是有志之士，哪能够偷东西！
刚夫：我拿你送到警察局里去，看你说什么？
李氏：我哥哥决不会做这样的事，一定有人从中陷害。
李氏：哥哥无容多辩了，总怪你喝酒不好。哥哥去罢，若是真要追究，我替哥哥去见官。
老太：这样没规矩还了得，把他一齐关在大门外头去。
李氏：哥哥要是再不戒酒，你就真……

长工：二少奶叫我发信。
德纯：我正要到邮局，就替你带去罢。
信文

毅夫君爱鉴：

自君去后，家中常有是非，恐伤君心，不愿多言。伊人行径益非，终归自败，甚可伤耳。惟愿君能安心努力办事，我为君受尽艰辛冤屈，亦所甘心。君能知之，即自慰矣。天气渐寒，望珍重万千，万千珍重。

妹慧贞裣衽

刘七：我站在你身后半天了。
刘七：我刚从上海回来，听说毅夫有了相好，叫艳云老三，租了小房子了。
德纯：方才我一个朋友从上海来，说二哥娶了姨太太叫作艳云。
老太：男人家三妻四妾，本是常事，写封信让他接回来就是。
德纯：二嫂呢，只怕她不答应罢。
老太：哼，我自会处置她。

过了两天。

张氏：今天仙人庙有戏，婆婆让我带着两个小孩子去玩玩。
丫头：老太太叫你。
老太：你哥哥喝醉酒跌伤了，有车子来接你，我看你就回去看看去罢。
李氏：唉！我劝哥哥戒酒，想不到还是这样，我只好去看看他就回。

灌园叟老陈。（黄冠群）

老太：庄儿你娘到舅舅家里去了，你跟着大妈不要吵。

丫头：二奶被老太赶了回去，再也不来的了。

庄儿：我要妈呀！我要妈呀！

希白：我去质问他们去。

李氏：哥哥，他们人多，这时候去也无益，暂且忍一忍罢。只可怜庄儿……

当晚。

老陈：一定是有人偷菜来了。

老陈：不要害怕，你不是何家的姑娘吗？怎么半夜来到这里？

庄儿：我要到舅舅家里找我妈去。

此时之毅夫。

次晨。

德纯：后门开着，庄姑不见了。

老太：庄儿不见了，一定是那贱人勾引她逃到李家去了。真好大胆！你带个人去弄回来罢。

老太：算了，省付家夜罢。

希白的新生命。

希白：妹妹我自从戒酒以后，完全实事求是，只要把我们的空地都种满树木，便永远不求人了。你悲伤无益，一同努力才是。

毅夫：家母有信来，许可我跟你结婚了。

希白：那一旁我想也种起来，只是本钱不够，我想到浙江去向几个朋友借点本钱。

希白：我如今戒酒：他们必乐于帮助我。

庄儿：舅舅到浙江，我也去，我到上海找爸爸去。

庄儿：我一定要去！一定要去寻爸爸！爸爸不要我！我要爸爸！

希白：妹妹，据我看毅夫，未见得真负心。我带着庄儿，顺便去看看也好。

刘七：你的利钱到底付不付？

刘七：你的钱不还，有你左眼；利钱不还，我可要你的右眼。期快满了，你知道么？

希白携庄儿往沪之议已决，即烦邻妇伴慧贞。

毅夫之新婚生活。
艳云：你要不许女人自由，不如养只画眉！
毅夫：怎么你嫁了人就变了？
艳云：怪你只摆丈夫的架子，不尽丈夫的义务。
艳云：不过三百多块钱裁缝账，你就不愿还，地毯还没有买，车子也没有去办。
艳云：你会碰东西，难道说我不会碰！大家试试看！
毅夫：你可知道，我为娶你欠了一身的债！真是花钱买气受！
艳云：我不怕你欺负，明天请律师跟你算账。

希白携庄儿抵上海矣。
希白：你站在这里不要动，我去换钱去。
庄儿：我的舅舅呢？
群众：汽车压着一个女小孩子，幸喜……
希白：庄儿几乎死在上海！

德纯穷极无聊。
老太：德纯你要怎么样？
长工：有贼！有贼！
长工：有贼！有贼！
长工：有贼！有贼！
刚夫：贼在这里了！贼在这里了！
长工：是我！是我！
刚夫：原来是你，快去开门！
老太：想不到我亲爱的侄儿，会做这样的事，可怜我从小抚养他！

三十六着走为上。
刘七：小鸟儿，债还没有还，就想飞吗？没打听你七爷爷可放你。
毅夫与艳云离婚的交涉，不过是出钱了事，他居然被女儿接回乡下来了。

庄儿：妈！爸爸回来了！

希白：毅夫被不良的境遇逼迫得走了错路，如今悔悟了：他外面的人，完全脱离了关系，经过一番锻炼的青年，格外纯洁！你可信任他了。

李氏：如今我能自食其力，用不着人家怜惜！

毅夫：我只求你能够怜惜我！

李氏：你我如果真要做夫妻，你再到繁华地方住三年再来！

毅夫：庄儿！

老陈：二少爷久违了，你可知道你们那害人的表弟，被人杀死了？你娘老人家很苦，你应当回去看看！

刚夫：我们的家事，全是表弟挑拨弄糟的，看起来冤枉弟妹了。
毅夫：都只怪我们弟兄太糊涂太懦弱了！
刚夫：以后便怎么样呢？
毅夫：我以后专从纺织上谋生。哥哥最好努力务农，成儿让我带到上海去教育他。
毅夫：口说不为凭，我明天就带成儿去。我们弟兄过三年再见！

一寸光阴一寸金，寸金难买寸光阴，相看刮目别三日；况见三年努力人！
（秧歌）四月大麦黄，六月稻花香，汗滴禾根禾上长！金满仓！玉满仓！物阜万民康。
成儿：庄儿如今在哪里去了？
刚夫：我看去接娣妇回来罢。
老太：早就该这样一直等毅夫回来。
张氏：明天我们一同去接她罢。

毅夫：慧贞呢？
毅夫：三年的历练满了，我回来了。
希白：毅夫！毅夫！
张氏：一切都已明白，婆婆特意叫我带你回去。
毅夫：我看请哥哥嫂嫂先回去，我跟娣妹明天回来罢。

次晨。
毅夫：希白，我今日才知道你是个豪杰！
希白：多亏我有个好妹子；你们夫妇回去罢，我不远送你们了。
经过困难的夫妻，爱情格外坚固。
经过风波的家庭，手足格外亲密！

次晨。
毅夫：我今日才知道失学青年的悲惨！
刚夫：他从小太娇惯了！
希白：我还多亏他呢！

快乐家庭

出品　未摄，1926 年
编剧　冯叔鸾

《快乐家庭》电影剧本为冯叔鸾（署名马二先生）根据其短篇小说《幸福欤》[1]改编。原连载于《国闻周报》第 3 卷第 48～50 期（1926 年 12 月 12、19、26 日）。

影剧本：快乐家庭[2]

马二先生

兹作乃取材吾旧著之短篇，而加以穿插者。吾友卜君万苍见之，谓是刘别谦派，吾急掩其口曰：勿作此言，惧招人齿冷。卜君曰：他日余独立摄影场时，当拍此戏。吾谓之曰：我必为君助，盖吾之不能信任今之导演家，虽属友谊，亦不恤无讳也，乃相与大笑而罢。今付刊于《国闻周报》，期与嗜爱影戏者，相研究焉。苟有好之者，请通函商榷一切，必当竭诚相答。慎勿窃取或妄为改窜，庶为一般国产影戏界少余颜面也。作者附志。

快乐家庭 *A Busy Husband*

这是我编影戏脚本的处女作。这篇的取材，是我所作的一篇小说题名《幸福欤》，曾刊于《新中国》杂志，而胡适先生甚加称许的。

但短篇小说是从一方面写的，当然写与戏本不同，所以改题今名。

这本戏不铺张布景，所以称量编剧演剧及导演三方面本身的力量。

戏中的主旨，是描写现代富人阶级的家庭痛苦。盖从外人看了，都是快乐，而其本身，则处处皆感痛苦。题名曰快乐家庭，是从反面言之，欲观众之反省，如是之家庭，究竟是快乐，还是痛苦。

剧情取平淡，而穿插动作多尚含蓄，使观众有研究思索之余味。我不敢自信这本剧是成功的作品，但是我以为除却历史戏而外，这一类的戏，在影片界，应该占重要的地位，是无可疑的。

中华民国十五年九月二十五日
马二先生编竟自识

---

〔1〕《新中国》第 1 卷第 3 期（1919 年）。
〔2〕原为句读。

剧中景物

外景

孤儿院之大门（一）（四十）

张公馆之大门（六）（廿一）（卅七）（卅九）

小公馆之大门（十）（十二）（十六）（廿二）

由孤儿院归家之路（三）

戏院门首（十一之77）（30）

内景

孤儿院之礼堂及讲坛（一）（四十）

孤儿院之剧场（二）

太太之佛堂（四）（三十）

太太之卧室（二十四）

大姨太太之住室（五）（七）（九）（廿五）（廿九）（三十一）（三十五）（三十八）

大姨太太住室之外间（三十三）

小公馆老五之楼上住室（十一）（十三）（十七）（廿三）（廿六）（廿八）（卅四）（三十六）

楼窗（十三）

楼梯后及仆妇房门

戏园之楼梯（十一之78）（30）

戏园之包厢（十四）

跳舞场及其入口（十五）

旅馆之房门外（十八）

特写之物

纪念碑及碑上之字 1 263

肖先生之名片 18 187

锦成号绸缎折 19 65

观音大士像 25

花瓶 27

催客票 43 67

小儿之玩具 36

汽车之号筒 71

老五床上时髦男子之衣 73

雪茄烟嘴 75

钻镯珠串及其匣 80 82

张之时针 100

老五之手袋 114 121 122 123 129 151 155
老五接受之字条 115
老五房内之座钟 132 138
桌上匕箸小菜碟 135
牙牌 136
支票 157
猫 164 165 168 169 217 220
香烛锡锞串 173
电话 186
老五宅之电话 188
托盘中有熏鱼小菜及稀饭碗匕箸 204 217
碎盘碗 220
枕箱 224 231 233 243
纸锭篓 233 246 243
丧鼓 225 255
追悼会之横额 252
老五宅中之门铃 125

剧中人

张善仁	五十六七岁
其妻	五十余岁
其姨太太	三十左右
二姨太太	廿余岁 丫头收房
三姨太太之老五	二十岁
孤儿院长	
汽车夫二	
少年	
仆妇甲乙	
乳母	
幼儿	三岁
馨儿	七八岁
跳舞场侍役	
案目	
孤儿院来宾（乡下之老幼男妇）	
跳舞客	
婢	
孤儿院音乐班	

孤儿院之学童

（遗爱）快乐家庭[1]

第一场　孤儿院之讲坛[2]

1 孤儿院纪念碑。碑上镌有许多捐款人姓名，其中有“张善仁先生乐捐银一千元”。（特）

2 院内方开纪念会，院长登台致词。

（字幕一）孤儿院院长

3 赴会之观众。

4 院长向观众介绍——

（字二）[3] 院长说：“这位是本院董事张善仁先生。”

5 张善仁向众鞠躬，随即演说。

6 院长拍手。

7 群众亦因而陆续拍掌。

8 张善仁之演说：

（字三）“……幼吾幼以及人之幼……”

9 院长大拍掌。

10 群众亦因而大拍掌。

11 张引视时计，鞠躬下台。

12 院长及众围随而出，至女学生舞剧场[4]。

第二场　孤儿院之剧场

1/13 小学生演剧场。

2/14 院长之指点与张之注视。

3/15 小学生之演剧。

4/16 张大拍掌。

5/17 院长及众亦因而大拍掌。

6/18 张掏手帕拭眼镜，忽坠下名片一张，取视之——

（字四）萧鉴南丽辉珠宝字号

第三场　汽车中

1/19 张善仁在车中再取萧之名片观之，却又带出锦成绸缎号取货折一扣。（特）

---

〔1〕 原无句读。对白之引号时有时无，现统一加上。

〔2〕 原本中场次前有△符号。现统一去除，改为黑体。

〔3〕 原版本漏掉。

〔4〕 “女学生”疑“小学生”之误。

2/20 手持二物，沉吟未即决。
3/21 汽车夫至歧路请示。
4/22 张略斟酌而后答——
（字五）张吩咐：“先到老公馆。”
5/23 汽车直驰而去。

第四场　张之老公馆——太太之佛堂

1/24 张妻方在佛堂闭目趺坐诵经。
（字六）张太太
2/25 观世音之像前，香烟缭绕。
3/26 张妻闭目诵念，张之第二妾持瓶悄步入。
（字七）张之二姨太太
4/27 第二妾轻轻取瓶安桌上，将鲜花插入。
5/28 张妻忽惊觉，启目视之。
（字八）张太太问：“老爷来了吗?”
6/29 第二妾表示未来。
7/30 张妻指示令去侦察——
（字九）太太说：“你去偷偷的瞧瞧去。”
8/31 第二妾领命去，张妻仍闭目诵念。

第五场　姨太太之住室

1/32 张之第一妾方为其幼子寻觅花样做鞋。
（字十）张之大姨太太
2/33 乳母抱张幼子注视于傍。
（字十一）张之幼子
3/35〔1〕第二妾从门外蹑步来门侧窃窥。
4/36 幼儿手中玩具忽坠地，第一妾及乳母均惊顾，第二妾急返身奔去。
（字十二）大姨太太问：“外面是谁?”
5/37 乳母追至门外视之，睹后影因报——
（字十三）乳母说：“是二姨太太。”
6/38 第一妾作鄙夷状，向乳母讲论。
7/39 乳母复向第一妾手指口画而议论之，已而忽俱引首倾听。

第六场　张公馆之大门外

1/40 张之长子馨儿约六七岁，方在门首买糖食。

---

〔1〕 原版本跳过 3/34 编号。为了便于与篇首“特写之物”中镜头序号对应，从之。

（字十四）张之长子馨儿

2/41 张之汽车从远驰至。

3/42 馨儿睹车至，急飞跑入内报告。

4/43 张下车，将入门，又招汽车夫，密以催客票授之。

（字十五）催请客票

5/44 汽车夫视客票会意应诺，背而窃笑。

第七场　同第五场

1/45 张之第一妾忽见儿跑入报告，急撤去桌上诸物。收藏纥，更命婢泡茶。乳母亦抱幼子去。张徐步人。

2/46 张脱马褂，妾接过。婢泡茶入，张就坐。婢倒茶毕，复以手巾上之张擦脸。馨儿向父索皮球。

（字十六）馨儿说："爸爸，我的大皮球呢？"

3/47 张笑着敷衍——

（字十七）张说："哎呀，我今天忙得很，又忘了。"

4/48 妾冷笑，馨儿鼓着嘴，向娘傍靠立。

5/49 张一壁吸雪茄，又向馨儿说话——

（字十八）张说："明天买皮球，今晚带你去看看戏。"

6/50 妾撇嘴不信，向张说——

（字十九）大姨太太说："你哪里有功夫和我们看戏呢！"

7/51 张极力自矢，妾向馨儿安慰。

8/52 乳母抱幼儿入，张索抱弄为乐。小儿忽尿。

（字廿）张说："啊呀！触霉头。"

9/53 张取儿急掷与乳母。

10/54 妾急接过幼儿，命婢取衣为张易之。又咕噜道——

（廿一）大姨太太说："小孩尿了一点，怕什么的……"

11/55 婢及乳母都笑了。张怒而争吵。

第八场　同第四场

1/56 张妻正闭目，忽闻声又启目，命第二妾出视。

第九场　同第五场

1/57 张方怒诟，第二妾已从外潜步至，伏而听之。

2/58 第一妾吵辩不已，伏床泣。

（字廿二）大姨太太说："我知道你是有了老五，多嫌我们母子了。"

3/59 第二妾在门外闻而点头。乳母携幼儿、领馨儿骤出，忽与第二妾相碰，馨儿仆地哭。

4/60 室内第一妾惊问，乳母大声报告。

5/61 第二妾又奔去。第一妾咒骂。

6/62 张长叹摇头，趋床前向妾敷衍。

7/63 妾掉头不顾，张探手抚之。

8/64 妾用手将张手推送至其身上。

9/65 张微笑掏出锦成绸缎号折，(特) 递与妾。

10/66 妾接而掷诸地下，张拾而置桌上。

11/67 婢以催请客票入呈张，张阅之，以示妾请客票。(同字十五)

12/68 妾略一睨即掉首说——

(字二十三) 大姨太太说："我早知道你在家里必坐不住。"

13/69 张命婢取马褂着之，向妾说——

(字二十四) 张说："不能不去应酬。晚上请你看戏。"

14/70 张回首叮咛出。

第十场　小公馆之门首

1/71 汽车号筒连响，张下车。

第十一场　小公馆之楼房

1/72 张之第三妾方在梳妆。

(字二十五) 新姨太太老五

2/73 老五忽闻汽筒声，急将搭在床上的一件男子长衫收藏起。

3/74 张已走进房来，仆妇接过马褂。老五从镜内指张说——

(字二十六) 老五说："昨晚上放我的生不来。"

4/75 张趋前，方欲分辩，老五忽瞥见桌有男子吸雪茄烟嘴一支，(特) 急以左手从张身后取而藏之。

(字二十七) 张说："因为他们闹着打牌，所以不能来。你去了没有呢?"

5/76 老五一边梳妆一边说——

(字二十八) 老五说："我等你不来，只好一个仔去看戏。"

(字二十九) 昨晚伊一个仔去看戏

6/77 戏馆门首，老五一个人下了车。

7/78 老五之足和一双男子之足并步上戏馆楼梯。

8/79 张笑着陪不是。

9/80 老五命仆妇从柜中取出一支小匣。

10/81 张揭视之。

11/82 匣中一对钻镯，一串珍珠项圈。

12/83 张向老五说——

(字三十) 张说："这就是萧先生拿来的吗?"

13/84 老五笑点头。

14/85 张拈视沉吟。

(字三十一) 张说:“把镯留下。珠子太贵了,还他罢。”

15/86 老五夺过来,不依。

(字三十二) 老五说:“我已留下来,再还他,阿要坍我的台。”

16/87 张翻视存款折说——

(字三十三) 张说:“这一月中,我的亏空太大了。”

17/88 老五不看,瞪目说——

(字三十四) 老五说:“我都不管,却总要买的。”

18/89 张忍痛点首。

19/90 老五现笑容指张说——

(字三十五) 老五说:“你这人真是蜡烛。”

20/91 张掏时计视之。

21/92 老五回头视时钟。

(字三十六) 老五问:“你又有应酬吗?”

22/93 张点首。老五命仆妇取张马褂着上。

(字三十七) 老五说:“今天晚上一定要陪我去逛,我等你。”

23/94 张笑应下楼。老五梳妆已毕。

24/95 老五推窗下视门首。

第十二场　同第十场

1/96 张上车开行。

第十三场　同第十一场

1/97 老五从楼窗遥望,见汽车驰远,忽从其身后来男子手一双,将老五之双目掩住。

第十四场　戏馆中之包厢

1/98 张率其第一妾、婢、馨儿及乳母抱幼儿入座。

2/99 案目招待,茶房送茶果等。

3/100 张视时计已是九点四十五分了。(特)

4/101 张起身,第一妾问之。

(字三十八) 张说:“就回来。”

第十五场　跳舞场

1/102 许多男女跳舞。

2/103 张及老五共一座中观舞。

3/104 老五神情奋发，跃跃欲试，向张说——
(字三十九) 老五说："你何不试一试呢?"
4/105 张微笑摇首。
(字四十) 张说："你还是和别人去跳罢。"
5/106 老五笑起身，去和一少年跳舞。
6/107 分明这一双男子履，便是和老五步上戏馆楼梯者一样。
7/108 张观老五之舞大乐，狂拍掌不已。
8/109 座客皆目笑存之。
8/110 少年送老五归座，以一字条纳老五手中，并向张招呼。
9/111 张偕老五起身向外行。
10/112 张私问老五——
(字四十一) 张低问："和你跳舞这人是谁?"
11/113 老五表示不相识。
(字四十二) 老五说："不认得，管他是谁呢?"

第十六场　同第十场（夜）

1/114 张偕老五同车至门首，老五下车，遗手袋于车中。张注视老五入门，坐车自去。

第十七场　同第十一场

1/115 老五取怀中字条展视之。
(字四十三)(字条) 大华三楼三一五号
2/116 老五重匀脂粉，熄灯再出。仆妇从其房中唤出三男子。

第十八场　大华旅馆

1/117 老五巡视房间号数。
2/118 三一五号之室，老五推门入。

第十九场　同第十四场

1/119 第一妾起立左右张望，盼张不至，焦急且咒骂。
2/120 张匆遽走至，带大小一同去。

第二十场　车中

1/121 许多坐车中，妾忽发见老五之手袋，向张诘问。
2/122 张急夺过，视之，筹思。

第二十一场　同第六场

1/123 张偕妾及大小同下车，而急携手袋返身上车驰去。

2/124 妾恨恨咒骂而入。

第二十二场　同第十场

1/125 张下车，揿门铃。

第二十三场　同第十一场

1/126 楼上仆妇方在房中与三男子作雀戏，闻声推窗问之。审为主人到，则大惶恐，急罢戏，诸人纷纷藏匿。

2/127 张上楼问仆——

（字四十四）张问："姨太太呢?"

3/128 仆妇惶恐不知所对。

4/129 张以手袋置桌上。

（字四十五）张问："伊没有说到哪里去吗?"

5/130 仆妇表示并未知道。

（字四十六）仆妇说："姨太太大概是打牌去了。"

6/131 张大怒，然无如何，假寐以俟老五之归。

7/132 时钟已指二点十分。

第二十四场　太太之卧室

1/133 二姨太太方端燕窝进，太太从被中起而食，因努嘴问——

（字四十七）太太问："他们回来了吗？怎的不进来呢?"

2/134 二姨太太回说许多话，太太怒，因吩咐——

（字四十八）太太吩咐："你也睡去罢，让他们去乐。"

第二十五场　同第五场

1/135 桌上摆小菜四盘，匕箸两付，一婢盛一碗粥至，第一妾怒斥之。

（字四十九）姨太太说："你忙什么？等一等老爷。"

2/136 婢又端去。妾取牙牌弄之。

第二十六场　同第十一场

1/137 张从床上探身视时钟。

2/138 时钟已指四点四十分。

3/139 张大怒不可遏，然而疲倦已甚。

4/140 汽车夫在车上睡着了。

5/141 仆妇及婢也楼梯旁充睡。

6/142 张卧床上弄手袋入睡乡。

第二十七场　梦境

1/143 荒山中一群强人方在劫夺老五。

2/144 张情急，奋勇往救之。

3/145 张被强人击倒，以绳缚手足置地上。

4/146 强人扛老五置车上。张大喊，众不顾。

5/147 车驰去，张卧地力挣不得脱。

第二十八场　同第十一场

1/148 张力挣而醒，依然在床上；而缚腕之绳，则老五之手也。

2/149 老五盛妆坐床畔向之笑。

3/150 张因坐起，盛气诘之。

4/151 老五乃笑自辩，忽见其手袋，则乘机说——

（字五十）老五说："我因为失了这袋，所以去寻……"

5/152 张又转怒为喜。

6/153 老五转而向之埋怨。

7/154 张又转而抚慰老五。

8/155 老五取手袋，出珠串向张说——

（字五十二）老五说："我只为这件东西在袋里，所以要紧去寻。"

9/156 张起身至桌次签支票。

10/157 七千五百元之支票。

11/158 张持畀老五说——

（字五十二）张说："这是付与萧先生的货价。"

12/159 老五接过收了。

13/160 张欠伸，现出极疲倦神情。

第二十九场　同第五场

1/161 张病卧床上，一中医士为之诊视。

2/162 第二妾侍立于傍，第一妾坐于桌侧，乳母抱幼儿立于桌傍，婢及仆妇环立。

3/163 医士诊毕开方。第一妾絮絮问之。

4/164 一猫跃登病人之床。

5/165 第二妾急逐猫。猫跳，众皆一惊。

6/166 第一妾向第二妾加斥骂，第二妾逃去。

第三十场　同第四场

1/167 太太方拜祷于观音大士之前。

2/168 猫奔入触太太之臂，登其背，又跃上佛案。

3/169 太太大惊，起逐猫。

4/170 第二妾从外入，帮同遂猫。太太问——
（字五十三）太太问："医生怎样说？好些了吗？"
5/171 第二妾咕嘟着嘴说——
（字五十四）二姨太太说："大姨太太不许我在那屋里。"
6/172 太太大怒，戟指向外而咒骂。

第三十一场　同第五场

1/173 第一妾见医生已去，因命取香烛交与汽车夫。
2/174 汽车夫接过香烛及药方，第一妾吩咐——
（字五十五）大姨太太说："到虹庙去烧香，你顺便去打药。"
3/175 汽车夫先行，第一妾随之出。

第三十二场　同第四场

1/176 太太忿怒不已，觅得手杖一根，持之向外来。
2/177 第二妾亦随之向外来。

第三十三场　同第五场

1/178 太太盛气而入。
2/179 只见室中静寂寂无一人，只病者独卧床上。
3/180 太太不觉伤心，将手杖置下，趋床前。
4/181 第二妾入，太太问之。
5/182 第二妾出至室外，大喊婢名：
（字五十六）"春梅！春梅！"
6/183 张烦躁，愁容对太太说：
（字五十七）"好几天不曾到老五那里去，不知怎样了。"
7/184 太太睹状，唏嘘久之，忽对张说——
（字五十八）太太说："索兴我把老五给你叫回家里来罢。"
8/185 张点首微笑。
9/186 太太亲自打电话。

第三十四场　同第十场

1/187 老五携许多东西自外归，忽见桌上一名片。
（字五十九）（同字四）
2/188 老五正在沉吟，忽然电话铃响。
3/189 老五取听筒。
（字六十）"是的……什么你是张公馆太太……有什么事？"

第三十五场　同第五场

1/190 张太太向电话中婉说，叫老五来。

（字六十）“老爷病得利害，想你来说几句话。”

第三十六场　同第十一场

1/191 老五持听筒沉吟，又向电话中说：

（字六十二）“既是这样，叫汽车来接我罢。”

第三十七场　同第六场

1/192 老五下车入大门。

2/193 第一妾下车入大门，见老五之后影。

3/194 第二妾指老五后身问汽车夫：

（字六十二）“这是谁呢？”

4/195 汽车夫微笑说：

（字六十四）“这是外边的姨太太。”

5/196 第一妾闻而大怒，急返身追入。

第三十八场　同第五场

1/197 太太方坐床前，第二妾侍侧。

2/198 老五忽从外入。

3/199 太太回首向老五打量。

4/200 张遥见，惊喜而呼：

（字六十五）“老五来了！”

5/201 老五方欲向前行。

6/202 第一妾追入止之。

（字六十六）大姨太太说：“你是谁？乱向屋里跑！”

7/203 老五止步，惊顾不知所措。

8/204 乳母抱小儿携馨儿闻声入。婢端一巨盘，中有熏鱼稀饭，至置外面桌上，亦入视。

9/205 太太注视第一妾，有怒色。

10/206 张用手指向第一妾说：

（字六十七）“伊是老五啊！”

11/207 第一妾遮身老五之前说：

（字六十八）“谁叫你来的？滚出去！”

12/208 太太起立，面对第一妾斥说：

（字六十九）“是我叫伊来的。”

13/209 老五见有人劝，亦反唇与第一妾争吵。

14/210 乳母抱中的幼儿吓哭了。

15/211 馨儿也哭了。

16/212 第二妾及婢都呆了。

17/213 张在床焦急欲坐起，力挣着说——

（字七十）张力挣着说：“你们只管……”

18/214 张力软，又倒床上。

19/215 老五与第一妾依然对吵。

20/216 太太回首，见张倒枕上，急趋前，又回首向二人说：

（字七十一）“你们太不懂人事了！”

21/217 猫乘间偷熏鱼，把盘碗打翻地上，其声砰然。

22/218 屋内众人都吃了一惊。

23/219 第二妾及婢急出视之。

24/220 碎盘满地，一猫跳去。

第三十九场　同第六场

1/221 丧宅开吊之景，鼓吹在门，吊客出入。

2/222 孤儿院院长率孤儿音乐队鱼贯入。

第四十场　同第五场

1/223 第二妾方折纸锭，忽蹑手蹑脚从门外潜窥。

2/224 第一妾方取一小枕箱，从中取出存折，数扣正在展视。

3/225 丧鼓忽鸣。（特）

4/226 第一妾急将折藏箱内，置柜中，装哭容外出。

5/227 第二妾急返身，仍坐而折纸锭。

6/228 第一妾将行，忽呈不放心，唤婢至。

7/229 命婢在室中看守而后行。

8/230 电话铃忽响，婢取而听之。

9/231 婢出。第二妾乘间入室，启柜出枕箱。

10/232 婢引老五且行且语。（特）

11/233 第二妾闻声，急挟箱至外，藏箱于纸锭篮中，仍安坐叠纸锭。

12/234 老五取电话听之：

（字七十二）“丽辉号，哦，你是萧先生吗……那两件东西我不要了，退给他罢……费你的心。”

13/235 第一妾忽闯入，见老五在室，顿生疑虑。

14/236 急启柜视之，枕箱已不见。

15/237 问老五，老五莫明其故。

16/238 再问婢，婢亦不知。

17/239 第一妾大怒，取鸡毛帚向婢劈头劈脸打来。
18/240 老五看不过，向前拦阻，欲夺其鸡毛帚。
19/241 第一妾怒极，指婢而骂：
（字七十三）“你们串通一气来算计我！”
20/242 老五更向之吵，第一妾仍打婢。
21/243 婢逃向外室，第一妾追出，老五亦出。
22/244 太太闻声至，问状。
23/245 第二妾佯不理，仍叠纸绽。
24/246 第一妾打婢，婢匿于纸锭篮后。
25/247 纸锭篮触翻，锭散地上，枕箱现。（特）
26/248 第二妾失色。
27/249 第一妾向之注视，趋前取箱。
28/250 太太向前诘问：
（字七十四）“这支枕箱是谁藏在这里的？”
29/251 第一妾目第二妾，恨恨说：
（字七十五）“都是不要脸的来偷我！”
30/252 太太目第二妾，又转向第一妾说：
（字七十六）“这是老爷的东西，你也不该私藏起。”
31/253 太太抢枕箱在手。
32/254 第一妾痛极而哭，向前欲撞，为众拦住。
33/255 丧鼓又鸣。（特）
34/256 太太挟枕箱先行，众随之号哭向外行。

第四十一场　银行经理室

1/257〔1〕经理方理事，少年趋前持字条上之。
（字七十八）
支薪单
事由　因结婚
额度　薪水一月计银二十元
经理先生台鉴
中华民国　年　月　日事务员柏香纫
2/258 经理持条审度再三，向少年盘问，而后签，呼一仆役付之去。
3/259 十元之钞票两张。（特）
4/260 少年接票子，鞠躬致谢，纳入袋中。

〔1〕 从此处开始，镜头总序号皆错。据前改之。下同。

第四十二场　同第十一场

(字七十九)

结婚费用预算单

礼堂租金	一百元
酒席	四百元
花车租金	四十元
乐队	六十元
新婚礼服工料	四百五十元
赏犒及零用	二百元

共计约需洋一千二百五十元

1/261 少年以手按单，状审视，忽正容谓老五曰：

(字八十)“老五，我们是爱情结合，何必如此铺张呢?”

2/262 老五闻而不服，争辩说：

(字八十一)“这次是光明正大的事，面子总要有的。”

3/263 少年背了双手往来走着，犹豫不决。

4/264 老五更向之诘问：

(字八十二)“你尝说你银行里有什么存款，难道这一点数目都不够吗?”

5/265 少年呆立不答，手在袋中正触着二十元之钞票。

6/266 老五又提出第二问题说道：

(字八十三)“证婚人也要一位体面人物，你多少也须有一点聘礼。你难道都没有预备吗?”

7/267 少年呆立着，听见这话便随地坐在椅上，痴痴的不作一声了。

8/268 老五回忆当日藏衣服、烟嘴及双手掩目之事。(幻)

9/269 老五愤极，冷笑说：

(字八十四)“原来你只会做姘头，却没做丈夫的资格啊!”

10/270 老五启柜取出少年之衣服掷与之，烟嘴亦从袋中落出。

11/271 老五更取出与少年合摄之小照，裂之为二掷地上，翻身上床，向里而卧。

12/272 一仆妇闻声，悄步入而窃窥。

13/273 少年方在低头检取地上之衣物。

14/274 仆妇向少年诘问，少年摇手嘱勿声：

(字八十五)“伊睡着了，不要惊动伊。”

15/275 少年持物悄悄的走了。

第四十三场　汽车房

1/276 小汽车夫正在擦汽车内部，满手油污，忽听门后吃吃笑声。

2/277 第二妾潜伏门后，向之戏谑。

3/278 二人互相戏谑。小汽车夫因搂而吻之。

4/279 馨儿忽掩至，向第二妾声唤。
5/280 二人惊散急释手，第二妾随馨儿入内。
6/281 汽车夫之油手印已印于第二妾之身后。

第四十四场　同第六场

1/282 乳妈抱幼儿立于外室，与太太对语。
2/283 第二妾入而向太太说话。馨儿忽睹其背后衣上手印，因大笑。
3/284 太太怪而转第二妾之身谛视之。
4/285 油印赫然是男子手印。
5/286 乳母亦见之大笑，太太大怒曳入室内。
6/287 第一妾方对镜橱整妆。
7/288 众既入室，第一妾始转身。太太向之话第二妾之油印事：
(字八十六)“你看这个不要脸的干的事。”
8/289 第一妾趋前视之，作鄙夷状。
9/290 镜橱门缝露出衣角少许，为太太瞥见。
10/291 启橱门代为纳入，忽见橱内一人蜷伏。
11/292 蜷伏之人乃大汽车夫也。(特)
12/293 太太向第一妾怒视。
13/294 第一妾惭伏无语。
14/295 太太捶桌大哭着说：
(字八十七)“老爷才闭了眼，你们便都干出这等事来，快把我勒死罢!”
15/296 乳母示意车夫，欲使之逃。
16/297 太太瞥见，疾起将橱门推上，仍闭车夫于橱中，向乳妈说：
(字八十八)“好啊！你们原来都是串通一气的！待我告诉外面亲友知道，个个都给我滚蛋!”
17/298 以钥匙将橱门锁好，气愤愤的走出。

第四十五场　佛堂

(字八十九)张善仁家庭之最后
1/299 太太闭目持佛珠趺坐蒲团。
2/300 尼僧四人环，亦趺坐环而相向。
3/301 观音大士像前，香烟缭绕。

第四十六场　孤儿院

1/302 纪念碑前草地上，儿童跳跃。
2/303 张之两子亦杂于众童中，院长从远观之，亦怡然。
3/304 纪念碑上镌刊张氏捐款之字，尤赫然如新也。
(完)

济公活佛（第1～2集）

出品　开心影片公司，1926年
编剧　汪优游　徐卓呆
导演　汪优游
摄影　东方熹　孙镜海
主演　汪优游　陈得之　钟凤林　徐卓呆　蒋呆儿　周凤文　董天厄　陆笑兰

《济公活佛》电影取材济公民间传说。其第1集由汪优游编剧；第2集由徐卓呆编剧。电影本事为倪古莲撰写；字幕未署名，原载《开心特刊》第4期（1926年12月20日）。

本　　事〔1〕

倪古莲

第　一　集

济公活佛，在俗姓李，名修缘，天台籍，南宋高宗帝绍兴年间节度使李茂春之子也。清秀聪慧，异于常儿。求学时于经史子集外，尤好研求佛学。十四岁，丧父，寄养舅氏王安士家。越二年，丧母。又二年，忽弃家远去，仅留十六字曰："修缘去了，不必寻找。他年相见，便知分晓。"王安士失其甥，焦急万状。素稔修缘好佛，嘱仆役往附近寺院中遍索之。苦不得，因饬其子王全曰："余受修缘父母托孤之重，彼一旦失亡，我何以对彼父母于九泉？汝其速觅表兄归。觅而不得者，汝亦毋须返家矣。"

临安（南宋国度，即今之杭州）灵隐古刹，常有高僧住锡。修缘既去家，径赴灵隐，丐方丈为之剃度。方丈远豁堂，法号元空，许其所请，赐名道济。

道济由远公点醒后，大彻大悟，以济困扶危劝化众生为己任。又深恶当时之佛门弟子及信崇佛教者，只知吃素念经，不知行善修心，乃佯疯诈狂，于人前豪饮嗜荤，甚且窃取僧众钱物，以易酒肉。人责之，辄笑答曰："他人修口不修心，我人修心不修口。"盖为佛门矫枉而讥讽口是心非之流耳。

灵隐寺之监寺僧广亮，与济公逆，尝思乘隙加害。某日，携其徒弟志清志明搜查道济卧室大悲阁，则阁中有酒有肉，有鸡有鹅，杯盘狼藉，腥骨满地；而竹筒中之香金，都成碎石。此皆不守清规违反五戒之铁证也。阁之下，有僧五六众，咸为守候道济归而与之索赃者。见广亮，诉之。广亮命徒志明关闭山门，拒道济返寺。翌晨，禀

〔1〕原有引号，余为句读。

之方丈，同往大悲阁复查，则昨之石块，已易为银锭；昨之肉骨，已变无檀香；昨之猪腿，已成为扫帚。启被视之，道济在焉。

又一日，道济方在元空禅房入定，广亮卒众僧禀方丈，谓济颠偷我袈裟，以当票贴于山门。彼不守清规，违反五戒，已达极点。务请方丈毁其衣钵戒牒，驱之出寺。元空长老指示禅床曰："道济明明在此，尔等又将诬人耶。"

凡此种种，悉属济公小施佛法，故弄玄虚以戏广亮也。

济公度世之事迹至多，本剧第一集中所演述者凡三。

（一）取酒解争　月夜，二渔人与一担酒之农夫相争于石桥上。坛倾，酒一泄无余。济公经其地，为之招酒入坛，取鱼助饮。既醉，循影而去。渔人农夫，仰望天空，拜谢无已。自此绝不敢以小故而起无谓之争端矣。

（二）重圆骨肉　银匠董士宏，初因葬亲卖女。十年后，以辛勤所积之资，凑集赎女。不幸访主无着，路失银两，穷途末路，愤不欲生，乃悬帛图尽。为来去无踪之济公所见。伪称贫病交迫，不如一死。争就董在枝头所悬之帛上自吊，董救之。济公嘉其宅心仁厚，即携之去，且会其爱女于赵文会家。

（三）眼泪治病　赵文会，临安富户之一也。老母弱子，咸染急病，延神医李怀春诊治。途遇济公，济公随往赵宅。李诊祖孙病，均称不治，济公曰："熟馒头治何病，君且不知，固枉为神医也，安能治人病？"因为之一一治愈。故以指定生辰之男女热泪混合作药引，俾董氏父女骨肉重圆，是诚一举而两便也。

广亮屡害济公而反为济公所窘，无可奈何，与其徒志清志明辈密谋，竟于某夜纵火焚烧大悲阁。方丈闻警，责令众僧灭火，广亮合十宣佛号，假作叹息曰："可怜道济，将葬身火窟矣！"于时，人丛中有蓬头垢面之穷和尚，鼓掌观火。众视之，安然无恙之济公在焉。

第　二　集

广亮之焚大悲阁，欲置济公于处地也。济公既安然无恙，广亮乃惊疑逾常，旋得假祸之计，请于元空曰："道济不守五戒，焚毁佛阁，应即毁其衣钵戒牒，逐出寺外，毋再姑息养奸，为吾佛门留此孽根以市莫大之祸于将来。"元空弗之许，曰："道济有守阁之责，不幸失慎，责令其限日募化，重建大悲阁，亦足以将功赎罪矣。"广亮向济公曰："期以三年，额以万金。"笑答曰："限期过久。"曰："一年如何？"曰："一月足矣。"嗣后济公之癫狂如昔。一月将届，始背负金韦陀而出寺，以行其募化之工作。经某当铺，即入当。当伙疑济公为求乞，曰："初一、十五。"盖为通常店例，以朔望施舍之期，至今犹然也。济公站于门，向当者曰："初一、十五再来。"伙责之，济公曰："我固非行乞者，特来质此金韦陀耳。"伙以不当为拒。济公曰："我佛可降妖伏魔、驱恶镇宅。"当中人闻语，姑许之当。

当之主人，姓田，名望德。第一集中曾以"和尚吃肉"而中止助化拂袖出寺之田怀秋及其妻田唐氏，即望德之子与媳。今者，怀秋遭遇邪魔，病入膏肓，药石罔效，仙佛无方。典当朝奉肯以庙中佛质钱者，所以冀其驱邪除魔于万一也。

是夜，愧秋于恍惚中见金甲神入房驱魔，神志因以略清。家人知之，愿得此韦陀，永镇家宅。

一宿已过，济公诣当赎佛，田望德倒屣以迎。时赵文会亦在座，由赵绍介，坚请济公脱售韦陀，并告以怀秋遇妖之经过。济公即为之驱妖，且医其子。田大喜，厚酬济公。济公曰："我无需此。若必欲报我者，三日后请以韦陀佛获送至灵隐寺毋忽。"是济公之典韦陀，系济公度世而兼募化之引子也。

济公尚未告别，赵文会兴辞师友曰："吾去矣。"济公曰："若辈狎妓，盍不偕老僧俱去？"赵惊济公有预知之明，不得已偕之俱去。

先是，临安美少年张子美，与名妓媚卿，有白头约。苦无重金，不克达双飞之的。会赵文会亦眷恋媚卿，允以千金赎身。而媚卿则无意于赵，拟得赵氏千金后，挟张远遁。济公此来，以红粉幻成骷髅，使张赵二子，惕然觉悟，而得色即是空之旨。

三日后，募化重建大悲阁之期限已届，缘簿中分文未着。广亮逼迫济公至急，济公笑慰之。移时，香客云集，皆言拜谢济公活佛而来。弗值济公，则纷纷去。济公授缘簿于众，万金立集。田望德赵文会等之捐助尤巨焉。

秦桧之子秦熹，斯时为南宋首相。熹子怛，凌虐小民，强抢民女，倚仗权势，无恶不作，京中未有起而抗者。某日，王兴之女阿翠，又为怛所夺，幸济公救之。济公留名于怛，故秦氏怀恨灵隐僧众，每思借故报复。及相府中修葺凌霄阁需巨木之时，适灵隐重建大悲阁。由济公于香积井中运得巨木甚多，乃遣差往借。济公故拒之。熹大怒，尽捕灵隐诸僧入狱而封其寺。

无何，秦怛忽罹大头奇疾，诸医束手，都不能治。神医李怀春以济公介于秦熹，济公以启封灵隐释放众僧为交换条件。更说法点化，解释因果，力勉秦氏父子。熹大悔，丐济公为替身出家者，痛改前非，日迁善境云。

字　　幕〔1〕

第　一　集

济公活佛之遗迹。

（一）济公之塔，在杭州虎跑寺侧。

（二）灵隐寺，济公之出家处。

（三）飞来峰，在灵隐寺前。

（四）壑雷间，冷泉亭，在灵隐寺前。

（五）伏龙罗汉，济公之法身。

（六）济公之遗像，在西湖灵隐寺。

---

〔1〕原说明字幕前有■标记。现统一略去，将说明以不同字体区别之。此外，原文除引号、括号外，余为句读。

灵隐寺之大雄宝殿。

灵隐寺之大佛，计高十余丈。

灵隐寺之斋堂。

济公在俗，姓李名修缘，天台人。父母亡后，寄养于母舅王安士家。于十八岁时，即托名修道，弃家远去。

王安士，济公之母舅。（董天厄）

王全，济公之表兄。（蒋呆儿）

“我受修缘父母托孤之重，他不见了，我如何对得起他的父母!”

“修缘哥好佛，速到临近寺院中去寻访。”

“你们速往附近寺院中寻找李大爷回来。”

王全别父母寻兄。

灵隐寺为中国名刹，常有高僧驻锡于此。

元空长老，灵隐寺方丈，法号远豁堂，道济之剃度师也。（陈得之）

广亮，灵隐寺之监寺僧。（钟凤林）

田怀秋。（钟凤林）

田唐氏。（吴竹香）

“请大护法布施!”

“和尚吃肉，不守清规。”

“只有司大悲阁的道济刚才在此坐了一回。”

“又是这个疯僧肇的祸。”

广亮之徒志清志明。（朱荣奎、王少梅）

“你们看见道济吗?”

“我的袈裟不见了。”

“我的棉被失窃。”

“定是道济做的事，我们同上大悲阁去找他。”

又是一群失主在大悲阁下坐守济公回来。

“济公偷了我们许多财物去换酒吃。”

“我们同到阁上去搜他的贼赃。”

大悲阁内发现种种不守清规之证据。

“阿弥陀佛！他连狗肉都吃。”

“狗肉比牛肉还要香。”

“你也偷吃过狗肉的吗?”

“我带了赃证同去禀知方丈。”

“方丈现正入定，只得等明天再说吧。”

广亮命徒弟将一切赃证仍置原处，以备方丈搜查。

广亮命徒弟在冷泉亭畔守候济公，俟其归来，即请方丈同往大悲阁吊赃。

济公被远公点醒后，即大彻大悟，佯疯诈狂，普渡痴迷。时已烂醉，踉跄归来，不知月上湖梢。

济公活佛。（汪优游）

“朋友，你的酒卖多少钱一角？”（渔人游寄海邹学社）

“不卖的。”（农夫曹警钟）

“这酒是我妻子亲手酿了担去孝敬岳母的，花了钱头不到的。”

“哈哈！妻子酿的酒，不留在家里供养父母，反拿去孝敬丈母，你倒是老婆面上的孝子。”

“只消你肯供我一醉，我能叫地下的酒都走回坛中来。”

“有酒无肴，未免减兴。”

“颠僧尚未归家，快去关山门，今晚让他露宿一宵，也是好的。”

翌晨。

“道济不守清规，违反五戒，请方丈毁其衣钵戒牒，驱之出寺。”

“道济虽痴，不至贪狂若此。汝弗轻信妄语。”

“昨夜道济私宿寺外，请方丈到大悲阁视察一周，便知我言不虚。”

“他昨天尚关禁两头肥狗在阁中，预备宰来吃的。”

“他被窝中还藏着两头肥鹅呢。”

“他用火腿当枕头。”

“钱筒中的香金都成了石块了。”

“佛座前这一大堆腥臭的肉骨。”

“咦！变了檀香了。”

“佛戒妄言，捕风捉影之谈不可轻信。”

“道济，你也须敛迹些，不可常常捉弄人。”

“他又在那里吃肉了。”

“你大开杀戒，狂嚼狗肉，不怕罪过吗？”

“佛祖留下诗一首，我人修心他修口。他人修口不修心，惟我修心不修口。”

“师父，我也想学学参禅。”

“好漂亮的新衣，是哪位师父的？”

“是广亮师的。你今生休想穿它。”

“禀方丈，刚才道济又偷许多东西出去，他将当票贴在山门上。”

“道济明明在此，你们怎么又诬赖他？”

“他有分身术的！”

神通广大，来去无踪。

“朋友，这是我的地盘。”

“贫病交加，不如一死。”

“我与你同病相怜。这里有些零碎银子，我留着也无用了，送了给你，自寻生路去罢。”

“你请死吧，我少陪了。”

“给我这几个钱，教人不尴不尬的。请你将身上的衣服，也送了我吧。”
“衣服给了你，我不冷吗?”
“断了气，包你不冷。”
“这两件破衣服，能变卖几文钱，我不要了。”
“你姓甚名谁，为何要寻短见？请你告诉我，让我替你念几卷经，超度亡魂。”
“我名董士宏。只因母死，无钱棺殓……”
“因将爱女玉姐，押与临安赵员外家为婢……”
“我是做银匠的……”
“……积得几十两银子，便到京中来赎女……”
“……中途遗失银钱……”
“我既无钱赎女，又因举目无亲，故此自寻短见。”
“你的女儿原来在赵员外家，我认识的。你跟我去，包你骨肉团圆。”
“你们父女二人的生辰八字，你都报给我听，我与你们算两个命。”
“今天未正三刻，你们父女就能团圆了。”
“哈！你为什么跟在我后面跑?”
赵文会。（周凤文）
“因老母与小儿，皆染疾病，特延神医李怀春先生前去诊治，故不能迟疑。”
“他既是神医，我要考他一考。”
神医李怀春。（陆笑兰）
“请教，新出笼的热馒头医什么病?”
“热馒头专医肚皮饿，这都不知，枉为神医。”
“我能包医一切疑难杂症。”
赵文会之母及其婢玉姐。（朱王氏、顾翠英）
赵文会之子。（何双喜）
“哙，我还没有吃饭呢。”
“哙，哙，哙!”
“病入膏肓，另请高明。”
“老母病危，神医束手，奈何奈何!”
“你既请我来，何不与我商量呢?”
“神医说不救了，别人休想治得好。”
“若是神医死了，难道别人都不要活吗？让我进去看看。”
“老安人小睡片时，谁说她有病呵?”
“这是药引。”
“穷和尚真有本领，老安人喝了他一口药，就起床了。”
“请教师父，刚才用的什么药?”
“这就是我的灵药，叫做伸腿瞪眼丸。”
“不如再去求求那位师父罢。”

“不看了，我一天只医一个病人。”
“病不难治，药引难得。”
“须男女二人的热泪作药引。”
“我痛孙心切，眼泪多的很咧。”
“你们的泪都不中用，须五十五岁端午生的男泪，与十八岁中秋生的女泪混合作引。”
“奴今年十八岁，是中秋日生的。”
“限你立刻哭一大泡眼泪出来，自有重赏。”
“逼出来的泪不中用，要她自愿哭的，况没有生辰相同的男泪，还是无用。”
“到外面去访一个五十五岁端午生的男子。”
“请教贵庚?”
“五十五。”
“端午。”
“快还我的女儿来!”
“请你行个方便，洒几点热泪。”
“这是什么话！你们真会拿穷人寻开心。”
“父女相逢，泪如泉涌。”
“我不要酬谢，只请你行个方便，让他们骨肉重圆了罢。”
“我就是灵隐寺的济颠僧。”
“请你吃个鸡头。”
“广亮与二徒密谋，欲置济公于死地。”
广亮纵火焚阁。
“可怜道济葬身火窟矣!”
“此祸由尔所肇，尔须设法扑灭之。”

第　二　集

“道济不受五戒，焚毁佛阁，应毁其戒牒衣钵，逐出佛门。”
“道济有守阁之责，不幸失慎，应责令其限日募化万金，重建大悲阁。”
“限你三年内，募集万金。”
“太多。”
“一年如何?”
“一个月就够了。”
临安名妓媚卿。
张子美，媚卿之恩客。
男欢女爱，同誓白头。
“赵员外来了。”
赵文会亦恋媚卿。

“你可是真心爱我?”
“少年人多无良心，我愿终身侍奉箕帚。”
“娶你的女儿要多少身价?”
“员外既爱小女，请随意赏赐好了。”
“我明天送一千金来，你就跟我回去罢。”
“我是骗他的，只要钱到手，我便与你做夫妻了。”
富翁田望德。
“官人房中，不知哪里来了一个荡妇。我走进去，反被她打了出来。”
田怀秋。（望德之子）
“他定是遇见妖怪了。”
“家里出了妖怪了，快去请人来捉妖。”
朝奉疑济公为丐僧求乞。
“初一、十五，再来。”
“初一、十五，再来。”
“你为什么不准人进来赎当?”
“你不是说初一、十五做生意吗?”
“我是教你初一、十五来化缘呵。”
“我是来照顾你们生意的。”
“这个金韦陀，只当十五贯钱，今晚准来赎。”
“这个东西我不要的。”
“他能降妖伏魔，驱恶镇宅。”
“且将他留下来试试。”
“我被妖精所迷，韦陀进来，便觉清醒了。”
“我今天施舍贫民，每人来取一贯钱。”
“此人贪得无厌。”
“这副担子共值两贯钱。”
“将你刚才冒取的两贯钱赔偿他刚刚正好。”
“哈哈！你拿了许多钱去逛窑子，何不借给我赎当?”
“敝东有话相商，请入内堂坐地。”
“我的韦陀还没有吃饭呢，快请他出来。”
“今天有人请他去吃花酒呢。”
“快请东翁出来。”
“你的韦陀敝东意欲商让，请示价额。”
“这是镇寺之宝，非百万金不肯脱手。”
田望德与赵文会是世交。
“这位就是灵隐寺的济公活佛。”
“活佛有一尊韦陀，我想买他的，请兄介绍。”

“韦陀的定价是一百万。既然是你的朋友，看你的面子，算了一百廿万罢。”

“他爱说笑话，不知你要韦陀何用?”

田望德述其子遇妖。

“我没有见过妖怪，倒要去广广眼界。”

“原来是一个孽畜。”

“唵嘛呢叭咪吽。”

原来是它。

“妖怪虽除，小儿尚昏迷不醒，一发请师父搭救。”

“哈哈！你自己心术不正，妖邪才有机可乘。留你在世，也是害人，送你归天去罢。”

“吓哎！他被和尚打死了。”

“这种不肖儿，要来何用。”

“师父这是人命关天的事，不可儿戏。”

“哈哈！你们不要着急。他的病先要吃一记巴掌才医得好呢。”

“弟子还有些事要先行了。”

“哈哈！你去逛窑子为什么不带我去?”

“师父是出家人，怎能到妓院中去?”

“你们有家有室的人还要去嫖；和尚没有家室，更当先嫖为快。”

“这个韦陀，等三日后你们多约几个朋友替我送来罢。”

“外面请坐。”

济公率众直入内室。

一幕三角恋爱。

“你们二人都爱她，不如合伙儿同娶了她罢。”

“你们争的那个美人，我看她实在不大好看。”

活佛略施小计，红粉幻成骷髅。

他们都不敢娶她了。

“红粉佳人巧梳装，兰房夜夜换新郎。一双玉臂千人枕，半点脂唇万客尝。”

活佛点醒名妓。

三日后，集款之期已到。

“期限已到，分文无着，你应该赶快出去募化才是。”

“时候还早咧。”

“山门外有许多香客抬了韦陀进来了。”

“你去预备缘簿收钱罢。”

“来的都是贵客，你说话爱得罪人，我去招待罢。”

“我们都是来访活佛的。”

“快去请方丈出来。”

众客不见活佛，皆欲回去。

广亮无法，只得仍去请教道济。
“施主都在客堂上候你呢。”
“来的都是贵客，我说话爱得罪人，你去招待罢。”
活佛片言，万金立集。
秦恒，太师秦熹之子。
王兴与其女阿翠。
秦公子强抢民女。
王兴因爱女被抢，情急求死。
“你怎么撞我的肚子?”
王兴述爱女被劫。
“你在秦相府左近广场上等候，我去救你女儿出来。”
“你若从我，幸福不小。”
“畜生！怎么调戏起老娘来了!”
倚仗权势，凌虐小民，若不悛改，性命留心。灵隐济颠。
“送老夫人回房安置去罢。”
秦恒怀恨灵隐，借故便思报复。
太师秦熹，秦桧之子。
“府中凌霄阁亟待重修，本地苦无大木。”
“灵隐寺重建大悲阁，运来木料甚多，可往借用。”
秦相命差官至灵隐寺借木。
“太师府有差官到。”
“奉太师命，特来商借木材。”
“哼！太师之命，谁敢违抗?”
“这是太师的官家，你敢殴辱他？这个祸闯得不小。”
“你何不早说呢?”
“禀相爷，灵隐寺的和尚，非但不肯借木，反敢将我打了一顿。”
“将寺中秃奴，一起锁来见我。”
“我是不会招待香客的，还请广亮师去调解罢。”
“不好了，相府里派了许多兵丁来，将前后寺团团围住，立刻要进来捉人了。”
“都是道济不好。我们是不敢冒犯太师的。”
“胆大穷僧，竟敢羞辱老夫，难道你不怕死吗?”
“打一个差官的罪名，总比卖国求荣、陷害忠良的罪小些。”
“将他拉下去着实的打!”（下略）

良心复活

出品　明星影片公司，1926年
原作　列夫·托尔斯泰
改编　包天笑
字幕　包天笑
导演　卜万苍
摄影　董克毅
演员　杨耐梅　沈丽霞　朱　飞　李时苑　谭志远　俞　慈　李丽娜　龚稼农　王梦石　王献斋　萧　英　王振书　马徐维邦　汤　杰　黄君甫

《良心复活》（一名《忏悔》）电影系包天笑根据列夫·托尔斯泰名著《复活》改编。其电影本事由宋痴萍所作，字幕为包天笑所作，原载《明星特刊》第18期（良心复活号，1926年12月）。秋柳《评〈良心复活〉》（《国闻周报》第4卷第3期，1927年1月16日）亦收录该片本事。

本　　事[1]

痴萍

贫家女绿娃，依伊孟丽夫人而居。夫人故富孀，无子女，因女视绿娃而婢使之。他佣以其有宠，咸存妒意。夫人有侄道温，法学高材生也，得假来省其姑。夫人使绿娃侍其起居，艳绿娃，诱与之乱，越宿大悔。念身为贵介，奈何留情此女，因赠以百金，竟别姑而归。然绿娃天真浪漫，以为伊公子爱我矣，会其姨来视，遂悉举而告之。姨嗜博若命，其来固以称贷，既得金，亦无暇为绿娃谋也。

道温初与柯女媚仙善，自伊夫人许归，其家适宴客，媚仙亦至。道温内愧，抑抑无欢容。媚仙叩其故，则深自引咎，无从明告也。同时恋媚仙者，尚有道温之同学友林可法。林之热忱，不减道温，惟媚仙重伊而轻林。相形见拙，林辄引为深憾。

绿娃自别道温，心神专属，于役多荒怠，渐不为伊夫人所喜。一日，因事被谴，哭于门侧。姨复至，绿娃引之僻所，告以体孕。适为他佣窃听，谗于伊夫人。夫人大怒，痛责绿娃。绿娃坚不吐实，遂被逐，往依其姨。

道温奉父命往省伊夫人之疾，事为绿娃姨氏所知，驰归报讯，同至伊夫人家，则道温一宿行矣。折入车站，车蠕蠕动，绿娃奋身追逐，颠踬道傍，伤其胎，舁入医院求治。未几临蓐，母子皆幸无恙。既出院，贫无以自存，从姨谋，入豪家为乳佣，所

〔1〕原为句读。

生子则忍痛授姨育之。子不受他人乳，姨不得已抱子访于豪家。绿娃流泪乳己子，为主人所见，逼姨抱子去。姨归，置子于床，而自寻樗蒲之乐。绿娃宵出视子，知染病甚危，欲留抚之，又惧为主人觉察，乃重托其姨而返。豪家夫妇闻儿夜啼，入室视之。比绿娃来，益触主人之怒，解其佣约。次日，绿娃归姨家，其子已殇，大哭而晕。

绿娃自悲身世，复惑人言，堕落平康，以“花云仙”三字榜其门，芳誉鹊起。有稔客梅礼甫者，深昵之。道温尝与友人之宴，或为代召云仙，道温不知其为绿娃化身，亦漫应之。比至，道温已行，遂未相值。梅以投机失败，隐蓄死志，僦旅舍纵酒而召云仙。梅颜色有异，绿娃止其饮，将留侍之。梅不可，举钱囊及珍物以授，谓旅舍不慎，若为我藏之。绿娃去，梅仰药自尽。翌晨事发，绿娃以钱囊为旅舍侍役指证，被逮入狱。庭鞫之日，道温可法皆在旁听席，道温始知云仙即绿娃。默念绿娃堕落，已造其因，良心自讼，因有拯之之意。乘间入监探之，道温意致诚恳，而绿娃陷溺已深，仅向道温索资而已。

道温回忆旧情，益悟己罪之无可逭，力筹晚盖之计。媚仙察其状，促令自白。道温不能隐，且乞媚仙转托可法为绿娃辩护。盖可法已业律师，方有声于法界也。媚仙钟情于道温，雅不愿绿娃来夺其爱，顾不忍不援绿娃，乃允其请。可法念绿娃之冤雪，媚仙可以归己，亦大喜允之。卒求得绿娃无罪之证，于是道温携绿娃归，以尽其补过之道。可法与媚仙，亦克谐姻眷矣。

字　　幕〔1〕

包天笑

忏悔为医治良心之药石，人生罪孽，惟忏悔可以补救之。

绿娃为一孤苦之女郎，其身份在半婢半女之间。（杨耐梅）

伊孟丽夫人，乃一乡间之富孀。（沈丽霞）

娘姨：你何必像煞有介事，和我也不过同等的地位。

伊道温，为贵介公子，法律大学之学生也，休假中来访其姑母。（朱飞）

伊夫人：你去把房间收拾清楚一点。

第一夜。

绿娃：你喜欢吃花生吗？

明日。

道温：我给你照一张相，好吗？

道温：你把头放正点。

道温：太偏了。

道温：带一点笑容更好。

---

〔1〕原说明字幕前有■标记，对话者有括号。现统一略去，将说明以不同字体区别之；并在对话者后加冒号。

道温：不要动。

绿娃：我已经在里面了吗？

第二夜。

绿娃：时候不早，我要去睡了。

道温：乡间比城里好玩得多。

又明日。

道温：我骑马给你看。

绿娃：当心点儿，快些回来吧。

道愠：我来教你骑。

道温：你不要吓。

绿娃：留心，别被马踢了。

第三夜。

绿娃：呀，你的钟已经停了，时候不早，我要去睡了。

道温：我很希望在这里多住几天。

明日清晨，伊道温忽生悔心。

道温：你是一个贵族家的少爷，如何与婢女发生关系？

绿娃以漫烂天真之女郎，竟视伊道温为情人。

道温：这一百块钱，你留着买东西吧。

绿娃：你昨日不是说在这里多住几天，怎么今天忽然要走？

道温：我想起今天家中有要事，不能不回去，过几天再来。

道温：我们的事，请你不要给别人讲。

娘姨：太太请少爷去用点心。

绿娃：他说今天有要事须回去，过几天再来。

绿娃之姨母，嗜赌之妇人也。（李时苑）

绿娃：……他说还要讨我咧。

姨母：这两天我每赌必输，你借我五块钱吧。

道温已回家。

道温之父母。（谭志远）（俞慈）

柯媚仙，为豪族中小姐，与伊道温雅有情愫之人也。（李丽娜）

媚仙：你今天为甚的不大高兴？

道温：为一点儿心事。

绿娃自伊道温行后，怅然若失，心旌不定。

伊夫人：你近来做事，怎么如此不当心。

法律大学自修室。

林可法，亦为法律大学高材生，而心慕柯媚仙者。（龚稼农）

绿娃珠胎暗结，已四五月矣。

伊夫人：绿娃到哪里去了，水烟袋为什么不拿来。

伊夫人：你这两天昏头昏脑，想什么心思？
绿娃：我有一件事，和你到那边去讲。
仆妪之辈，每喜窃听人语。
绿娃：姨母，我的肚子怎么大起来了？
姨母：啊呀，你不要是有孕了吗？
绿娃：姨母，你得给我想想法子才好。
姨母：我昨天又输了，你再借五块钱给我。
柯媚仙在家中开茶话会。
法律大学之学生，恒至法庭旁听诉讼。
地方厅推事王政齐。（王梦石）
法律大学之学生王宪，游荡而不好学者。（王献斋）
伊夫人：你为什么不叫绿娃擦，要你擦？
娘姨：因为她生病，所以我替她擦的。
伊夫人：这小东西近来很懒，不过装病罢了。
娘姨：她倒只怕不是病，她的身体……
伊夫人：你快些给我唤她出来。
娘姨：小姐，太太请你。
伊夫人：你这不要廉耻的，你给谁做出这种事来？
伊夫人：你快些说出来。
绿娃：你打死我也不讲。
伊夫人：你不讲，给我滚！
绿娃：太太，我去了。
好赌之姨母，方注全神于手中之骨牌。
伊夫人病。
绿娃自其主人处出后，乃借住于姨母家中。
绿娃：你打听得伊少爷消息吗？
姨母：我到你旧主人家去探听过，自从那一回去后，没有来过。
道温之父：你姑母病了，她很挂念你，你得去看看她。
道温：爸爸，这两天学校内忙着考试，我不能去。
道温来视其姑母疾。
道温：姑，绿娃到哪里去了？
伊夫人：不用说了，这孩子太不规矩，不知给谁人有了身孕，被我撵出去了。
娘姨：少爷，房间已经收拾好了。
物在人亡，伊道温频添感触。
娘姨：少爷要茶吗？
明日道温即辞别姑母归家。
伊夫人：你回去向你堂上说，我病已经好了。

娘姨：昨天伊少爷，来张望太太的病来了。

姨母：伊少爷来了。

绿娃：在哪里？

姨母：现在太太家里。

姨母：伊少爷在家吗？可否请他出来，有两句话要给他说。

娘姨：刚动身到火车站去了。

绿娃：你已经唤他出来了吗？

姨母：刚才动身了。

绿娃：那末我们到火车站去看他去。

姨母：不要追了，当心，不要追了。

站长：这个女子，肚子里有身孕，很危险呀。

站长：快送她到医院里去。

医生：病人很危险，你们别惊动她。

深夜。

绿娃虽有子而实无钱。

姨母：我们这个样子，实在支持不下了，须得想想法子才好。

绿娃：我们只要寻着伊少爷，他一定肯帮我们忙的。

姨母：我看你还是出去当一个奶妈，每月还可以赚一点钱。

姨母：你不要这样，小孩子我给你领就是了。

姨母：你听我的话吧，这就是你帮我的忙。

绿娃：好孩子，你的妈将要离开你了。

绿娃是日遂舍其子而饲他人之子矣。

绿娃：我的儿，你妈去了。

姨母：你快快去吧。

柯媚仙在两情人之中， 亲道温而疏可法。

同一孩提， 而以贫富阶级之不同， 遂生差别。

萧耀东， 为一退职之军官。 （萧英）

其妻。 （王振书）

绿娃之儿， 不欲食他母之乳。

萧耀东：小孩子抚养须当心。

姨母：小孩子不肯吃别人的奶，所以我把他带来了。

萧耀东：哪里来这龌龊孩子，你把他奶吃。

萧耀东：快些儿把孩子带去。

绿娃之子病矣， 而嗜赌之姨母绝不知之。

姨母：你不要哭，今晚你妈要回来的。

绿娃甚思念其子， 乃拟潜归以乳其子。

绿娃：小孩子病很重，请你格外当心一点。

萧耀东：奶妈到哪里去了？
潇夫妇：你胆子这么大，你到底到哪里去了？
萧耀东：明天另去唤一奶妈来。
麻雀声中，小儿将毕命矣。
早晨。
绿娃：你把我这小孩子，生生糟塌死了。
绿娃检小孩子遗物，不忍再看矣。
姨母之牌友：你如此艰难，何不在你姨女身上想点法子？
牌友：我看她的脸儿生得不差，倘到妓院中，一定可以很红的。
姨母：法子是很好，但是没有路子。你能替我想法，我再去劝她。
绿娃：你们在这里讲些什么？
姨母：我们也不过是替你想点法子。
绿娃：是的，好了，还是把我的身体去换金钱。
绿娃堕落平康，易名花云仙，而艳名噪一时。
为投机事业之商人梅礼甫，亦花云仙之一客也。（马徐维邦）
对面房间。
老鸨：你们那些饭桶有什么用，你瞧对面房间生意多好。
王宪在家宴客招妓。
王宪：道温为什么到这时候还不来？
道温：今天王宪请客，我去一刻钟就来。
王宪：今天各人都叫局，道温兄，你也叫一个。
甲：近来有个花云仙，非常之好，我来介绍给你吧。
道温：请你原谅，我向来不叫局的。
王宪：花云仙为什么还不来？
道温：不来也罢了。
仆人：伊少爷有电话。
媚仙：你为什么还不来，已过了几刻钟了。
道温：家母有电话来，嘱我马上就回去。
花云仙：哪一位是姓伊的？
梅礼甫以投机事业之失败，终日溺于酒以遣愁。
花云仙：你听我的话，不要再吸酒了。
礼甫：咳！我的喝酒，就同喝我自己的眼泪一般。
礼甫：这两样东西，请你给我收好。
礼甫：因为旅馆中人杂，恐防遗失。
礼甫：时候不早，你回去吧。
花云仙：你今天为甚这个样子，我不去，在此陪你。
明日午后。

茶房：不好了！梅先生死了！

茶房：快些请经理来。

经理：昨天晚上有什么人来过没有？

经理：快去报告警察局。

妓院中之早晨。

侦探：快些起来。

侦探：你自己做的事还不知道吗？

妓女：伊太红了，应该要吃点官司。

王宪：道温，你那天去了以后，花云仙来了，她的脸真好。

道温：妓院中有什么好人。

王宪：你没有艳福罢了。

道温：这种艳福，有什么希罕。

花云仙已受审于法庭。

花云仙：求堂上仔细调查，实是冤枉。

问官：将花云仙收入女看守所。

执法无私之监狱长。（汤杰）

好好先生之狱卒。（黄君甫）

花云仙：你给我去买些香烟来。

绿娃在狱中益堕落，日从事于烟酒矣。

花云仙：你们怎样到此地的？大家在难中，不妨谈谈。

女囚：已往的事，何必谈他，我们吃酒吧。

花云仙：我的历史，要讲给你们听听吧。

假母：你用钱要节省一点，这是最后一次接济你了。

花云仙：快些给我多买一点酒来。

绿娃判决之日，伊道温辈已毕业于法律大学，而仍偕同学至法庭旁听。

庭丁：提花云仙。

问官：今天将判决你的罪了。

宣读判词。

书记官：妓女花云仙即绿娃，谋杀梅礼甫之所为，处一等有期徒刑。

绿娃遂重归狱中。

绿娃：现在好了，可以和你们做朋友了。

伊道温在公堂上认识绿娃，乃往狱中探视之。

道温：您还认得我吗？

绿娃：怎么不认得。

道温：我今天在公堂上，见你很受痛苦。

绿娃：这有什么痛苦，我倒觉得很快乐。

道温：我终极尽法子，给你脱罪。

绿娃：你又何必救我，倘然有钱，借一点用用。
绿娃：你快些给我去买酒来。
伊道温觉绿娃之堕落，由己而起。
绿娃：好了，你去吧。
道温：我一定给你想法子。
伊道温家中宾从甚盛，而彼独回念绿娃旧事，心绪如焚。
媚仙：您今天为什么不高兴?
道温：略有心事。
道温：我今天不得不告诉你了。
媚仙：这种可怜的女子，你非极力救她不可?
道温：并且我还要请您帮忙。
道温：这件事我想托林可法办，他很敬爱柯小姐的，您说了更有效力。
道温：柯小姐请您去。
林可法已为有名律师，受媚仙之托，允代绿娃上诉于高等法院。
可法：此案我已搜集梅礼甫自杀的证据，绿娃可以无罪。
上诉结果，绿娃已得无罪之宣告。
媚仙：恭喜您，祝你们永远快乐和好。

爱情与黄金

出品　明星影片公司，1926 年

编剧　洪　深

字幕　洪　深

导演　张石川　洪　深

副导　程树仁　马徐维邦

摄影　程树仁

演员　王献斋　丁子明　秦绍平　王梦石　洪　深　谭志远　张织云　萧养素　李时苑　马徐维邦　董湘苹　郑正秋

《爱情与黄金》电影由洪深编剧，其电影本事由宋痴萍撰写，字幕为洪深所作，原载《明星特刊》第 19 期（爱情与黄金号，1926 年 12 月 28 日）。秋柳《评〈爱情与黄金〉》（《国闻周报》第 4 卷第 4 期，1927 年 1 月 23 日）亦收录该片本事。

本　　事[1]

痴萍

泗阳陈女连珍，少失怙恃，依兄嫂旅居金陵，与黄生志钧善。生才丰而遇啬，客于沪，任小学教师。女不以生贫，稍间其爱也。女之兄故佥壬，身列省会议席，醉心利禄，时以攀援豪贵为事，以女许蒋总办者为次妻。女驰书告急于生，生汇旅费速女至沪。女察兄意不可转，竟弃家而去。

女从生于沪，同居三年，备尝艰苦，亲操井臼，绝无怨尤。生为环境所迫，弃学就商，服务于大裕纱厂，以求稍增其收入。然支持门户，憔悴非昔矣。幸赋性机警，善伺颜色，厂之总理储某及其眷属，皆乐近其人。尤有汪澹人者，储之故交，生之父执，笃厚君子也。怜生不遇，时济润之，处境赖以稍苏。一日，储女素娟延宾开茶话会，储命生参与其列。生周旋储之家人，亟尽恭谨，不惜躬执厮养之役，以悦其意。座客与仆辈鄙夷之，忍而弗校也。既宾从相将起舞，生目击素娟与豪家子吴生昆玉为侣，自顾形单，怫然不悦。乃邀汪过其家置酒共饮，慨然曰："天之生我，固似此落落以终耶?"汪慰之曰："家庭美满，何恋恋身外物为!"盖汪新丧爱姬，故所言如此。生终不能自解，将举杯狂饮，女婉劝而止。汪顾女微点其首，若甚许其相夫之有道也。

储总理携其妾及爱女素娟，往游苏州，招生从行。生大喜，益出其谄谀之技，将乘间求偿其大欲。舟次，素娟间叩生之家世，生告以有老母在；问娶未，生闻语心动，

---

〔1〕 原为句读。

踟蹰不即声，斯实生之人兽关头也。顾天理不胜人欲，卒以未娶对，素娟默然。储妾素喜生之侧媚，以辞探储曰："惜黄生贫耳。"储曰："贫何害，惟其才，我将扶持之。"入夜，船行月下，素娟假生以辞色，生颤声曰："我毕生甘侍妆台也。"素娟仍默然无怒意。噫，生变心之际，女果何如耶！女自生行，理家事如恒状。时方就窗前月色，为生整理旧衣，于囊中得女子照片一，忐忑不宁，虑生之有二心。噫，女不识像片之为何人耶？斯即同时生方向之乞婚之素娟也。

生既归，颜色扬扬如平时。女则疑虑未释，思有以试之，漫取往时生所寄与之函札，一一陈之生前，引使重读。复取生题名贻赠之像片，强使浏览，将以起生怀旧之情，而坚其异日之爱也。不意生徐徐起身，挥手曰："我倦欲眠。"竟不顾女而登榻。微风起于苹末，敏慧如女，焉有不知者？于是背灯而泣矣。生扪心自愧，重起慰藉；女意少解，相爱如初。

储总理遣人讽生求婚，生内惭不即应。事为汪澹人所闻，走告女，女始知像片即素娟。悲极翻成笑，痴情说向谁，女于斯时，其处境岂生人所堪。比生扶醉归来，神情不属，既知女已察其负心，则又图避去。女牵裾止之，谓己实无家可归，但求永好，操作虽苦不敢辞。生避之不可，举藏酿狂吸，若奇忧剧痛，将藉此鲸饮以解者。女傍视之，亦明知爱情无复原之望，芳心寸寸欲碎。是夕，二人咸入醉乡，各感异梦，心神相应，结局盖可知矣。

吴生昆玉，本以素娟为未来之佳偶，是时适向素娟乞婚，陡遭拒绝，大拂夙心。且知素娟属意厂中职员黄姓，而不明黄为何人焉。生咸梦后，终夜徘徊，决以负心事告之储总理，明己之不敢终欺。储聆之漠然，以为是固有法以处之，且命生自告之素娟。素娟大怒，戟指詈生。生踧踖无以自容。昆玉适以是时至，念事经明了，已可无言，因乘机慰素娟，更申婚姻之请。素娟曰："志钧自首，吾已谅之矣。"昆玉怏怏而退。

女知生不可恃，就商于汪澹人。汪钦其贤，怜其遇，生既决弃女，因有招之同居意。女明知汪非恶意，然而四海茫茫，至此真无一友，因仰天大哭，仍返其家。异日，储总理遣人以八百金为生绝女，女大愤，谓生曰："君绝我，我不绝君，奈何？图穷匕见，安有回翔余地。"生直告之曰："尔我同居，于法无根据，不绝将如何？"案头适置当日招女之书，及贻女之像片，径取而碎之。女毅然曰："愿君好自为之，毋以薄命人为念。"

只闻新人笑，哪见旧人哭，生与素娟行婚礼矣。女购手枪怀之，登堂哭，数宾从皆惊。及被劝而出，疾走树荫，举枪自击而踣。生闻声趋至，见女死，匿其枪，排众而行。众索生，则已就僻所自击其胸，一瞑不视矣。黄金为祟，爱情安专？世之青年，毋徒唾弃黄生而反躬自省可乎！

字　　幕〔1〕

洪深

（剧旨）爱情啊，黄金啊，世界上几许罪恶，几许痛苦，皆是由汝而生。

这件事最初发生在南京。

贺客：“这门亲结得好极了，听说这位新姑少爷，官做得大，家里钱又多。”

贺客：“听说这位小姐，不过二十来岁，这位新郎倒有四十多岁了，此话确么？”

媒人。（演员王献斋）

贺客：“岂敢——这位新姑爷在山东还有一位太太呢。”

陈连珍，一个被牺牲的女子。（演员丁子明）

一位不关痛痒的嫂嫂。（演员秦绍平）

嫂嫂：“今天是你的好日子。为什么又是一个人关了门躲在房里——你哥哥喊你去看回聘的礼物。”

连珍：“嫂嫂你们饶恕了我，让我少受一点痛苦罢。”

一位利禄熏心的哥哥。（演员王梦石）

其兄：“连珍，你从前答应我不再写信给黄志钧——难道你又写信给黄志钧么？”

其兄：“我再三劝过你——黄志钧在上海，不过当一个小学教员，能有多大的前程。”

连珍：“哥哥你为了你的前程——为了你的功名富贵——竟牺牲我一个弱女子么？”

嫂嫂：“将来你过着好日子，享了福，自然念着你哥哥的好处。”

嫂嫂：“我怕她万一寻了短见，闯出祸事来。”

其兄：“她们受过学校教育的女子，决不会寻短见，倒是我们须防她逃走。”

嫂嫂：“连珍的脾气拙得很，你不可性急——万一闹出事来，恐怕亲戚长辈会说你献妹作，责备你。”

其兄：“叫看门的王贵来。”

其兄：“以后每晚后门加上锁——钥匙交进来。”

其兄：“你们晚上睡得惊醒些，当心好门户。”

连珍觉得世界上只有黄志钧一个是真爱她的人。

其兄：“你要逃走么？”

其兄：“她现在绝对不服从家庭，竟要一个人到上海——也无媒妁也不结婚——投奔黄志钧去，这样不要脸就是自由恋爱么？”

其兄：“就这边请坐罢——倒茶来。”

媒人：“蒋总办叫兄弟来的。”

---

〔1〕原说明字幕前有■标记，对话者有括号。现统一略去，将说明以不同字体区别之；并在对话者后加冒号。

媒人："蒋总办特为打发兄弟来说——如果闹出笑话，两家的面子都不好看。"

其兄："并不是我强迫你——你答应过我——现在受了人家聘礼，哪能反悔呢。"

连珍："或者我死之后——蒋总办自然明白了。"

其兄："你这次走了，永远不许回来——从此以后我没有你这个妹子。"

连珍："哥哥，就是我穷到讨饭，我也愿意同志钧在一处讨——决不讨到你哥哥门上来。"

媒人："还是放她走的好——她就使嫁了蒋总办，得了好处，未必还会念着我们。"

其兄："但是蒋总办面前怎样交待呢?"

陈连珍同黄志钧，既有这样真挚纯洁的爱情，应当有很美满的结果。但是谋生不易，衣食逼人，他们同居了三年，几乎无日不在艰苦奋斗之中——就是黄志钧也憔悴不堪了。

为了每月多赚十五块钱弃儒为商的黄志钧。（演员洪深）

同事："总理喊你——寻找你半天了。"

大裕纱厂总理储壮行。（演员谭志远）

总理："你回来好极了——叫他们办一点点小事都办不好。"

总理："这几部书，是小孩子在美国写信来要的，你拿去重新包过，赶快寄去——再写一个美国信封来。"

学徒："总理看得只有他一个人能干，我们都是饭桶——总理也太喜欢马屁了。"

学徒："他拍马的本事是好的——不但拍好了总理，并且还拍好了姨太太同小姐。还是未来的女婿呢。"

学徒："你们看他活像一位驸马爷么?"

总理："素娟今天在家里开茶话会，请她一位新到上海的同学——叫你也去。"

邻居人："黄家嫂嫂，你夜饭烧得这样早——瓶里买的是什么?"

连珍："买的烧酒——我们黄先生在厂里辛苦了一天，晚上喜欢呷口酒。"

邻人："这样瘦弱的身体亏她一天做到晚——而且总是穿着裙子。"

素娟——储总理的千金。（演员张织云）

吴蕴玉——素娟的同学。（演员萧养素）

储总理所宠爱的如夫人。（演员李时苑）

汪澹人，德润川产公司的沪总理，储总理的多年老友。（演员马徐维邦）

总理："我晓得你新近丧宠，一个人在号子里也无聊得很，所以约你来玩玩。"

志钧："今天客倒来得不少。"

素娟："过几天我亦开个茶会请请你好么?"

志钧："请我么，不敢当，不敢当。"

志钧："老世叔，说起来也惭愧，我时常要问你借钱——我每月四五十块钱薪水，实在不够敷衍。"

素娟："做橘子水可以放这么许多糖吗——你们这些东西，做奴才的资格都不够。"

总理："这许多仆役，连杯橘子水都做不好——又要费你心当回差了。"

天下最势利的，无过于有钱人家的仆人。（演员董湘苹）

男仆："姨太太问你叫你买的东西在哪里？"

姨太太："这丝袜的花样都是新式的么？"

志钧："这是巴黎来的最新式样。"

人生苦乐，最怕是比较——刚见了总理家里豪阔，回看自己家里这样寒酸，哪得令人不牢骚。

连珍："世叔得闲，何不来坐坐？我们在上海也没有亲戚朋友，世叔就算我们的亲人了。"

志钧："像我这样一个人，是一世不能发达么。"

志钧："我几时才能不做苦力呢。"

汪澹人："你有这样的美好的家庭，还不是幸福，还要怎样。"

连珍："你看我的份上，少吃一杯吧。"

过了几时，储总理同着如夫人女儿到苏州游玩，叫志钧也跟去——这是黄志钧负心的机会到了。

蕴玉："连珍姊今天真巧，会逢见你——你还认识我么——我同你在小学校里是顶好的朋友。"

连珍："你是吴蕴玉姊么——真有许多年不见了。"

蕴玉："你倒还是自己工作，不脱学生本色——几时务必请你到舍下去叙叙，我有许多话要同你谈。"

志钧："我家里没有多人了，只有老母在四川守着几亩薄田。"

素娟："为什么不结婚呢？"

志钧："我从没有同人发生过爱情。"

姨太太："素娟同志钧的感情倒很好，可惜他穷点。"

总理："我看人还能干，值得一提拔——回到上海，我自有办法。"

仆人："这里买不着美国橘子——只有梨，比美国橘子还好吃。"

志钧："你们可有美国橘子卖？"

水果摊主人："这叫雅儿梨——是天津来的——比美国橘子还好吃。"

第二家水果店。

第三家水果店。

水果摊主人："我晓得这种货色上海叫柠檬——美国就叫橘子。"

一样是黄昏一样是月色。

素娟："你当差当得好，这是赏给你的。"

志钧："素娟，你允许我做你一世的奴隶么？"

黄志钧从苏州回来，已经变了心思。

连珍："前天我收拾衣服，寻见一样东西——我拿来给你看。"

连珍："这都是陈年老古董了。"

连珍："从前我一个人在南京，不有你每礼拜写信来安慰我——"

志钧："我要睡了。"

志钧："我们两个在一起，真正快乐的日子，不知可曾过满一个月——其余这三年，哪一天不是——倒霉。"

储总理一念爱才，竭力想成全黄志钧。

老同事："总理的意思，吩咐小弟来的——阁下就请出媒人来说罢。"

老同事："恭喜恭喜，老兄前途无量——总理还说过，将来有许多地方借重大才。"

汪澹人未免热心，一齐都告诉陈连珍。

澹人："志钧对储素娟存心已久——你难道毫无闻知吗？"

连珍："我不知道，因为我不要知道——不情愿知道。"

澹人："以后你怎样呢？"

素娟也自有爱黄志钧的地方。

素娟："爹爹，什么装奁首饰都不要给我——只要你多多提拔黄志钧就好了。"

黄志钧因为有心事，独自吃了几杯酒回来。

连珍："她是什么人——是你的什么人——我完全都晓得了——你还想瞒我么？"

连珍："爱情同黄金，不知你看得哪一样好？"

志钧："一个人活在世上，总想有出头——如果有汽车可坐，当然不情愿坐人力车。"

连珍："你去坐汽车去了——我——我呢。"

连珍："志钧——我南京还有哥哥，但是我不能回去的了。"

连珍："我们离开上海别处去罢——再苦些的生活——工作我也甘心。"

昆玉："我同你从小认识，总以为——这是想不到的——这位姓黄的我认识么？"

素娟："见了面一定认识的——他叫黄志钧，就在父亲厂里办事。"

连珍做的梦，乃是她心里所想望的事。

黄志钧的梦，乃是他心里恐惧的事。

黄志钧——天理人欲交战胸中——这一夜走到天明。

晌午。

志钧："我亦不知道我将来究竟如何？"

志钧："志钧该死，有件事欺瞒了总理。"

储总理心先偏了，作事自然更偏——他不但不责备黄志钧，反而代他设法——这是黄志钧所梦想不到的——人生之命运，其滑稽往往如此。

总理："这种事有什么难于处置——她不过是与你同居，并非是你正式结婚的妻子，在法律上能主张什么权利——给她几个钱就了结了——现在这种混帐女人多得很。"

志钧："她并不是混帐女人——也是好好……"

总理："等一回你到我家里来一趟——你也应该自己对素娟说说明白。"

昆玉："我从来不注意黄志钧——我以为他不过是个高等奴才罢了，想不到他有这种——野心。"

澹人："我昨天已经把志钧向素娟求婚的事，告诉了陈连珍——如果志钧执迷不悟，我还想向储总理说。"

昆玉："我想把黄志钧同陈连珍的事，也去告诉素娟。"

澹人："储总理很赏识志钧——吴先生能直接对储小姐说，再好没有了。"

连珍："哥哥，就是我穷到讨饭决不讨到哥哥门上来。"

乞丐。（演员郑正秋）

素娟："滚出去!"

素娟："滚出去!"

素娟："你有了这种混帐女人，还敢到这里来么?"

昆玉："我今天才知道黄志钧的底细，所以来告诉你，不料他自己倒先来了。"

昆玉："他敢一向欺瞒你，同你讲爱情——难道你还——"

素娟："黄志钧到底是个老实人——想是那女人不好，世界上混帐女人多得很。"

昆玉："你为什么嫁个奴才——奴才，买买东西当当杂差的奴才——况且你也知道他可恶，已经骂他赶他出来了。"

素娟："我可以骂他赶他——昆玉，你未必可以。"

家庭已经断绝了——爱她的人现在弃她了——在上海没有钱——没有一个亲人——陈连珍只得去求汪澹人帮忙——

更不料……

澹人："志钧我劝过他多次——他何尝能了解你的心——何尝当真爱你。"

澹人："你何不就到我这里来罢——穿衣吃饭总可以不愁——两个一样失意的人在一处归宿——好么?"

可叹人生滑稽——过了几天，储总理又拿出钱来帮志钧的忙，无非造成的忘恩负义而已。

连珍："请世叔同这位先生在外面坐一坐——我们自己夫妻间有句话说。"

连珍："我几天不见你回来——看见你的旧信照片，也是一样的安慰——从前在南京，也不是如此的么?"

连珍："这八百块钱是给我的么——你为什么这样狠心。"

志钧："并不是我狠心——一个人在世上，总想有个出头，如果有汽车可坐，当然不情愿坐人力车。"

连珍："我不愿同你脱离便怎样?"

志钧："你不过是与我同居，并不是我正式结婚的妻子，在法律有什么权利可以主张。"

连珍："志钧你也为了你的前程，为了你的功名富贵，牺牲我一个弱女子么?"

志钧："要我一世穿这样破烂的衣服，一世住着这样破旧房子——因为你爱吾的原故，一定要吾牺牲一世的幸福——我牺牲就是了。"

连珍："你放心，我决不让你牺牲就是了。"

志钧："连珍——连珍。"

连珍：“你现在何须再可怜我呢。”
连珍：“非是我对志钧薄情——我总要他到好去处去。”
志钧：“我是天下第一个丧尽天良十恶不赦的东西。”
蕴玉：“素娟姊看见了一定欢喜的——结婚在礼堂——你去不去?”
昆玉：“要去的——她虽然拒绝我，但是我对她的爱情，终是未变。”
素娟：“你怎么改变了——这一点小小事都办不好——快拿去换。”
志钧：“原是你叫我剪的花样——这是惠罗买来，出了门不能退换的。”
素娟：“我说要换，一定要换。”
志钧：“将来你我结了婚——我一世就是受你这样待遇罢。”
八百元能用几时，而陈连珍偏去买这种不急之物。
直至结婚日安然无事。
澹人：“你还不回家去吗?”
连珍：“我现在是无家可归了。”
姨太太：“你们还不回家去么?”

无名英雄

出品　明星影片公司，1926 年
编剧　沧海后人
字幕　郑正秋
导演　张石川
摄影　董克毅
置景　董天涯
题绘　马徐维邦　董翰一
演员　张慧冲　宣景琳　萧　英　徐素娥　谭志远　汤　杰　王吉亭　王献斋　周履安　叶良德　李少华　马徐维邦　董湘苹　王梦石　李丽娜　龚稼农　黄君甫　严仲英　李时苑

《无名英雄》电影由沧海后人编剧。其电影本事为宋痴萍撰写，字幕为郑正秋所作，原载《明星特刊》第 20 期（无名英雄号，1927 年 1 月）。该片本事亦刊载于《申报》（1927 年2 月 6 日）。

本　　事〔1〕

痴萍

有江湖老人者，侠隐也，胆略过人，擅角抵之术，不得志于时，遂愤而为盗。盗有道，惯劫富以济贫，横行数十年，官中人莫如之何也。老人早鳏，有一女燕姑及笄。自顾衰老，旦暮入地，因有相攸意。伪为江湖卖解之流，坐女广场中，扬言于众曰："有手举吾女起者婿之。"女固有姿，垂涎者众，顾试者纷纷，力尽而女之端坐如故。彭生志良，系出旧家，少习技击。艳女，志在必得，虽一试而蹶，仍尾老人父女行，再试三试，不忍遽舍。别一老者察其意，秘受之策，生大喜。如其教，趋女身后，举臂围女腰，噀口含冷水淋女颈。女出不意，神志稍纷，生乘势举女离地，观众粲然。老人谓生曰："嘉子之诚，我践言矣。虽然，从我旅舍，更得尽言可乎?"生曰诺。既至，老人曰："子能终身弗违吾女言，老夫婿子。"生誓无贰，婚约遂定。

彭生之父允恭，时为盗诬系狱。盖当地土豪赵大鹏，欲娶生之妹雅芳为妾，允恭不允，赵阴唆剧盗攀之。生得老仆荣寿走报，出亡于外。婿于老人家，从老人习技。荣寿救主心切，尝诣赵哀恳。赵狞笑曰："但以雅芳来，当释汝主。"荣寿归述赵言，雅芳大哭，宁死不肯屈。允恭亦弗愿，事卒不能解。

〔1〕 原为句读。

老人赘生于家，以生平绝艺悉传之。一日别其婿女出游，道经某地，闻富户冯姓多行不义，留而窥伺之。乡农周某负冯田租，以病乞缓期，冯必不可。周归而尽质其衣物。有偷儿潜尾其后，乘间窃其金，将逸，为老人所执，责之曰："是人贫甚，奈何不仁至此?"偷儿审力不敌，自称家有迈母，求工不得，出此下策。老人别赠以金，劝令改业。而取周之原物，益其数，系箭杆上，插周壁间而去。周夫妇方以失金窘极欲死，猝睹老人所遗，大喜过望。次日，诣冯清责，冯启铁箱，检券还周，则箱中骤失数百金。张皇间，见墙头有箭，插一笺，笺书警告语，噤不敢声。周见箭与己室所见同式，知其事殆出于一人所为。

比老人归，察生艺已大进，将传以衣钵，令女言之。生始知老人固盗也，坚执不从。女逼之急，则述其父以盗案被累，一旦绍老人业，何以自白。女怜之，为设计同哀老人。老人初闻甚怒，及闻其受祸之由，乃恕生抗己弗问，共筹复仇之策。时赵蓄意劫雅芳，用其党何智明之谋，掘地穴，设机关，然后率其徒党趋彭氏挟雅芳去；荣寿颠踬从之。适生偕老人父女来，闻其事，命荣寿首之官，三人则往逐赵以拯雅芳。

雅芳入赵氏，赵严逼之。雅芳怒曰："死耳，贼子何敢犯我。"赵亦怒，将刃之。智明劝曰："姑置之密室，使人往喻，弱女子何能为?"于是雅芳被幽一室，求死不得矣。生与老人父女疾驰及赵氏，见大门已闭，各越墙而入，以路径不熟，分道往搜。女潜行至一密室，即雅芳所在地也。方有恶妇说雅芳从赵，女入室，擒恶妇置之暗陬，褫其衣自服之。慰雅芳曰："姑娘勿惊，若兄来矣。"

赵之妻故私于何智明。是日知赵注全神于雅芳，遂幽会于赵妻之室，谋窃赵为恶之文件而后偕遁，他日纵为赵踪迹而得，亦可挟证以拒之。不知室中密语，竟为老人所闻。见其取文件出，俟其不备，攫入己囊，立僻处飞石打二人。二人惊甚，然终不知石之所自至。

赵轰饮大醉，遣二奴往探雅芳从否，生即尾奴至密室门外。奴叩门问询，女效恶妇声，谓姑娘已允，爷可速来。奴去，生推门而进，兄妹重逢，悲喜交集。移时，赵率众扶醉而至，女仍效恶妇声，止余众，赵遂独进。生伏门后，猛击赵。赵知事泄，奋起而斗，不敌，启秘门而遁。生嘱女护妹，自往追赵，斗于隔室。奴辈恃众图围攻，老人健进，夺刃而舞，当者披靡。赵捩机坠生于地穴，老人自窗外望见，不及救，亟挥刃驱散群奴，纵身入户，直取赵。赵复捩机坠老人下，老人腾身而起，蹴赵踣穴上，亦捩机。下之生方寻途欲出，赵下，又斗于穴中。群奴急召党徒来共战老人。徒党之魁桀引老人渡一桥，桥为机制，机动桥升，四合为笼，老人作囚鸟高悬矣。司机之奴，即老人前次所遇之偷儿，弃窃不为，役为赵奴，识老人，俟众去，私释之。徒党既擒老人，集众攻生，生势不支，老人来，救生而奔，众追于后。女引雅芳及门，门者出阻，女刃杀之。门启，荣寿导警察亦至，赵被获，余众都尽。赵妻偕智明乘乱图遁，亦为女所获。全案既破，允恭昭雪，赵与其党皆伏法。偷儿赖老人力得无罪。叩请姓名，老人笑曰："我无名如故也!"事后老人以燕姑有托，身无挂碍，削发为僧，飘然不知所终。

字　幕[1]

郑正秋

江湖老人，一生走江湖，从无人知其名姓，孔武有力侠士也。（萧英）

燕姑，老人女，母已见背，既无兄弟，又无姊妹；自幼随从江湖，因亦精通武术。（宣景琳）

老人：老汉流浪江湖，生平只此一女，现在年老，要想休养了。谁能抱得起我的女儿，我就把女儿嫁给他，不要他丝毫聘金。

旁观人甲：呵呵！这种便宜货，谁不要得呢。

旁观人乙：得是都想得的，也要养得起才好。

旁观人丙：呀！只怕是有钉钉着的吧。

彭志良，本属大家子弟，今因避难出亡，来此异乡。（张慧冲）

旁观人丙：唵！这位朋友有点儿像了。

又：啊唷！倒也不行呐！

老人因无人能举燕姑，乃易地以求之；而彭志良心仍不死，亦跟踪来矣。

老人一日数迁，如法求婿；而彭志良竟无一次不来尝试，因其爱燕姑已深。

旁观人丁：咦！这个角色倒又来了。

另一老者：你是真心要抱起这个小姑娘吗？

志良：真的能够抱起来，那是求之不得咧。

另一老者：如果真的，我有法子，一定可以抱她起来。

志良：老伯伯，如蒙见教，感恩非浅。

另一老者：你只要含一口冷水，抱的时候，吐在她颈项里，包你就抱起来了。

老人：我看你再三再四的跟来，倒很有心的。现在被你抱起，我当然把女儿给你，请你一同到旅馆里去谈谈。

又：你这样诚心诚意，我也很放心把女儿嫁给你。不过有一个条件，要永远听我女儿的话，你可以答应吗？

志良：那是我一定答应的，您老人家不放心，我就当面立誓。

彭允恭，志良父也，却是当地绅士，奈被奸人诬攀为盗，因而入狱。（王梦石）

彭雅芳，为允恭女，生有烈性，常来狱中探父。（徐素娥）

荣寿，乃彭氏之家人，忠心耿耿之老苍头也。（谭志远）

荣寿：老爷，您放心，少爷很聪明，我已经关照他了，总不至于会遭殃的。

又：老爷，您在牢里，一天到晚的忧急，总不是事；还是让我到那边去，忍着痛

〔1〕 原说明字幕前有■标记，对话者有括号。现统一略去，将说明以不同字体区别之；并在对话者后加冒号。

求他们解了这个结吧。

允恭：士可杀，不可辱；恶人总有恶报的，我宁死不屈，你不必去。

老人以一生本领授之爱婿。

赵大鹏，有财有势，无恶不作，豢养教师，鱼肉乡民，当地一恶霸也。

何智明，诡计多端，为虎作伥，大鹏之军师也。（王献斋）

陶教师，为大鹏之拳教师，膂力过人，称为赵家勇将。（汤杰）

霍天虎，赵氏打手之一，浑名赛罗通。（周履安）

陈得标，亦赵氏之打手，浑名独眼龙。（龚稼农）

姜旺元，赵氏又一打手，浑名小霸王。（叶良德）

刘胖子，赵氏又一打手，浑名短命金刚。（黄君甫）

程小胖，赵氏又一打手，浑名铁罗汉。（李少华）

荣寿虽不得主人许可，但仍来求大鹏，图救主人出狱。

荣寿：赵大爷，我们主人已经受屈多时了。您就做做好事，想法子让他出了监牢吧。

大鹏：哈哈，早知今日，何必当初呢。

智明：那容易啊，只要你们老爷肯答应把你家小姐嫁给我们大爷，包你老爷出狱。

荣寿：那末让我回去商量商量再来回信吧。

老人：我这次出门，日子不会久的。你们夫妻俩在家，要宝贵时光，好好的练习工夫要紧。

燕姑：爸爸，请你放心，我们决不会旷废光阴的。爸爸事情一了，请早些回来。

志良：他老人家到底到哪里去，为什么不肯告诉我们呢。

燕姑：唉！你多问些什么，他是去赚钱的，不然我们一家三口天天的吃用，哪里来呢。

雅芳：爸爸因为不肯同恶人攀亲，才遭恶人的毒手，我哪里肯嫁给这种恶人呢。我情愿死了做一个干净鬼，不愿意做这种贪生怕死的人。

大鹏：那彭老头倒可恶呀，情愿坐牢，不愿把女儿嫁给我，有什么法子呢。

陶：管他娘，咱们去几个弟兄，把那姑娘抢来就得了。

智明：不，这个不能儿戏，强抢妇女，该当何罪？

大鹏：这么说起来，我一辈子不能到手了。

智明：要末您大爷多化些钱，把这屋子里造几个机关的地穴，就是抢了来，也给人家搜查不得。

大鹏：只要把她抢到手，化些钱有什么要紧，但不知有什么人会造这种机关。

智明：我有个朋友，他造这种机关倒是专门家，不过日子要多一点，快是快不来的。

大鹏：啊！越快越好，你可知道我心里急得很哩。

冯大昌，刻薄成家之田主也，向不为佃户留余地者。（严仲英）

佃户周老松，因贫病交迫，生活益艰。（马徐维邦）

周老松之妻陆氏，随夫来哀求田主者。（李时苑）

老松：大老板，这期的租，实在为了生病吃的亏，求您放我下期一齐缴吧。

陆氏：老板，他真的有病，实在做不动，这几天还是拼命起来硬撑的。您可怜我们真正还不出，做做好事答应了吧。

冯：不行，病又不是我叫你生的，明天一定要付；不付我就把田收回，再把你送到衙门里去押缴。

陆氏：阿毛爷，明天不付要吃官司了，拿什么东西来付呢？

老松：这个老板，他是说得到做得到的，只好回去把家里的东西都当了，明天来付吧。

是夕江湖老人之工作。

老松：这些东西，跑来跑去只好当三十二块钱。明天还要想三块钱的法子，才可以去付哩。

陆氏：你不要急，把我这件衣裳，明天也去当了吧。

陆氏：饭已经烧好，你总辛苦得饿了，就到外头去吃饭吧。

袁小二，为生计所逼，铤而走险，遂作小偷。（董湘萍）

老人：该死的东西，这样苦的人家，你还偷得下手吗？

小二：爷爷救命，我因为有八十岁的老娘在家生病，没有法子只好来偷一次，下次不偷了。

老人：呵呵，算你有孝心，你偷了多少钱？

老人：我给你四十块钱，下次不准再偷穷苦人家的钱。

小二：谢谢爷爷，我叫袁小二，您的尊姓大名，请您告诉我，让我一辈子不忘记您。

老人：我向来没有姓名的，不必要你记得，我只要你以后不偷好人的钱就是了，去吧。

小二：多谢爷爷。

老松：呵呀，桌上的钱到哪里去了？

老松：咦！就是不见的钱呀，怎么倒多出许多来了。

翌晨周老松欣欣然来缴租矣。

冯：啊呀！钱箱里怎么少了三百块钱了。

仆：钱箱锁得好好的，怎么会少的呢？

冯：算了算了，你们去吧。

老人：哈哈，想不到你的工夫长进得这么快，可以称我的心愿了。

燕姑：我们这样年纪，不应该总归依靠老人家养活我们，也应该我做些事业来养活他才是。

志良：那是很应该的。

燕姑：爸爸叫我同你说，他要把他的事业传给你，叫你接下去做咧。

志良：这个再好没有，是我分所当然的，但不知是什么事业呢？

燕姑：老实告诉你，我爸爸叫你接续的，就是强盗……

志良：强盗吗……那……我不能接续的。

燕姑：不过你要知道，我爸爸所做的是劫富济贫的强盗啊。

志良：不论哪一种强盗，我都不会做的。

燕姑：声音轻一点，我爸爸听见你这种话，你就不得了。

燕姑：我爸爸自从我妈死了之后，看到世界上种种不平，恨起来就做了强盗，一向隐姓埋名，除了我，决不肯给第三个人知道的。

燕姑：后来因为年纪大了，所以奔走四方，要寻到一个人来接续，现在总算遇到了你。

燕姑：因为当时看你很诚心的，而且立过誓肯听我们的话，所以把他一生本领都传给了你。

燕姑：他老人家此番回来，是满望你可以接续的。你要不答应，那他一定发怒，决不肯放你过去的。

燕姑：他一生的脾气，向来说一是一的，你知道了真情还不答应，他要是发起怒来，就非同小可了。

志良：啊呀……并不是我不肯答应，实在是我有我的苦衷，我一向不敢说出来，现在只好老实告诉你了。

法官：他们全都说你是他们的头目，你这强盗罪名已经证实，不能再抵赖了。

志良：我父亲被人诬指为盗，至今还在监里。当时幸亏老仆荣寿，我才能逃出在外……

志良：后来承蒙你们收留我，教我一身武艺，我是存心将我所学替父报仇，救我父亲出狱的。

志良：倘若我现在答应了下来，岂不是真的做了强盗，我父亲就一生不能出狱了。

燕姑：你有这种情形，为什么不早说。现在我爸爸已经出口，这件事怎么办呢？

志良：你可怜我为的是救父亲的缘故，就放我逃走了吧。

燕姑：你为要救父亲叫我放你逃走，这是应该的。不过你走了，叫我怎么样……

志良：我怎么舍得离开你呢，只有你去求求他老人家，不要叫我做强盗，我情愿做随便什么生意来奉养你们好了。

志良：虽然说他的强盗是劫富济贫的，但是照法律说起来，总归是犯罪的，以后请他老人家也不要再做吧。

燕姑：你的意思是很好，不知道他老人家答应不答应。最好请他过来，我们一同求求他。

燕姑：你要当心，万一他不答应发起怒来，你千定躲在我的身后，不要让他伤了你啊！

燕姑：请爸爸过去，他有话要恳求你。

老人：刚才燕姑说的话，你可是都答应。

志良：那是我万万不能答应的。

燕姑：爸爸，女儿该死。您老人家能够不发怒，女儿才敢把他不答应的苦衷禀告哩。

老人：那末你快说。

燕姑即将志良事尽向老人言之，哀哀乞助，老人竟为之感动。

老人：我们应该马上动身，先把你爸爸救出来要紧。

处心积虑欲得彭雅芳而甘心之赵大鹏，家中已布就机关，择兹吉日，乃欲实行其强抢之计矣。

众头目：恭喜！恭喜！恭喜！

智明：好时辰快到了，请大爷就出发吧。

雅芳惟有朝夜求神默佑其父及早出狱，其兄无灾无晦。

志良：啊呀！你是荣寿，为什么这样慌张？

荣寿：啊呀！少爷回来了吗？小姐刚刚被赵大鹏带人来抢去了。

老人：赵大鹏是个什么东西？

志良：他就是诬陷我爸爸的一个恶人。

荣寿：自从您少爷走后，他想种种法子要我家小姐，今晚居然来抢去了。

老人：我们应当赶上去抢回来，把那恶人杀了，替地方除一个害。

志良：我们去救小姐，你应该赶快去报告才是。

智明：你们把门关上，无论什么人来都不准开。

智明：这里大爷有财有势，想你长久了。今天是好日，才把你接到这里来。只要你们成了好事，你的爸爸就可以放出来了。

大鹏：你一点不会讲话，替我走开。

雅芳：你这十恶不赦的魔鬼，我家同你有什么怨仇，你害了我的爸爸，还要来糟塌我么？

大鹏：混帐！放狗屁！来！把她打死了干净。

智明：大爷不必生气，美人总有点刚性的。只要叫黄妈带去劝劝她，终会依从的。

智明：你好好的劝劝她，劝她从了大爷，你必有重赏。

智明：来啊！我们大家敬几杯酒，替大爷道喜。

燕姑：我们分头去找，等一回再聚会吧。

大鹏：打发人去问问看，黄妈劝得怎样了？

燕姑：你可是彭雅芳？你不要怕，你的哥哥志良已经在外面，同我们来救你了。

乔氏，乃大鹏之妻，性亦刁恶，且与何智明有私。（李丽娜）

乔氏：叫了你半天才来，你在外面干些什么事？

智明：嘿！外面事情真多，彭家的姑娘已经抢来了。

乔氏：他这样横行下去，总有一天倒下来的。我们见机些，还是趁早逃走出去过快活的日子吧。

智明：逃走是我早有此心了，不过我实在有些怕他。

乔氏：不要紧，我已经把他害人的证据都拿好了，我们带了出去，他要找到我们，我们就可以拿出来抵制他。

智明：亏你想得到，你真聪明，那我放心了。

大鹏：来呀！去问问黄妈，说好了吗？大爷要进洞房了。

燕姑：都预备好了，请大爷快来吧。

当差甲：黄妈真有本事，一忽儿就把很正经的姑娘劝答应了。

当差乙：我看不是黄妈有本事，光景这姑娘面上假正经，心里可早就愿意了。

当差乙：闹什么玩笑呢。

志良：咦！你倒已经先来了，我刚才听到两个小杂种说的话，把我急死了。

志良：妹妹，我出去这许多日子，累你吃苦了。

雅芳：哥哥，她是谁呀？

雅芳：哦！原来就是嫂嫂！失敬了。

燕姑：你来的正好，那恶人快要来了，我们一同对付他。

燕姑：姑娘怕难为情，大爷把他们都打发回去吧。

大鹏：不错，你们都替我回去吧。

志良：你保护好妹妹，我追进去，非捉住他不可。

陶：你们把这老头儿挡住了，我到地穴里去看看大爷。

小二：爷爷！你还认得我吗？

小二：我就是冯家庄小屋上的小贼，承你放我走的袁小二呀！

小二：当时我听了你的好话，从此不敢做贼。后来有人荐我到这里来做佣人，如今在这里管机关咧。

小二：爷爷今天恰巧遇到我，我自然应当报答您爷爷大恩的。

老人：哈哈，这种恶人家倒还有你这样一个好人啊！

老人：你晓得地穴在哪里，可以领我去吗？

老人：他是个好人，请你不要捉他去。

老人：志良，这就是他们害人的证据，你可以呈到堂上去。

小二：爷爷，现在可以把你的尊姓大名告诉我吗？

老人：好小子，现在我还是没有姓名的。

大鹏害人之物证已呈，当然证明其为恶霸而服法，彭允恭乃得宣告无罪。

江湖老人因燕姑已为缙绅家妇，从此得所，可以心无挂碍，故而皈依三宝，即欲云游四海，以遂其夙愿焉。

孟 姜 女

出品　天一影片公司，1926 年

编剧　邵邨人

导演　邵醉翁　裘艺香

说明　顾肯夫

分幕　邵山客

摄影　徐绍宇

剪接　邵逸夫

置景　周令衷

演员　金玉如　胡　蝶　张慧娴　张大公　张颠颠　魏鹏飞　王无恐　丁华氏　周空空　萧天呆　许静贞

《孟姜女》电影取材民间传说，由邵邨人编剧。其电影本事、字幕原载《天一特刊》孟姜女号（1926 年）。

本　事〔1〕

秦始皇筑万里长城，以防匈奴，工程浩大。民间丁壮多被征发，妻离子散，惨不可言。始皇又张榜捉一名万杞良者，将以其血合于城基，盖古代迷信之习甚深，有此人血衅城之事也。

万员外行经城门，一见张榜惊骇而归，以告其子杞良，杞良遂乔装为一乡人而逃。杞良逃至邻邑，见一花园甚幽邃，遂入而暂憩。时园主人之女孟姜女，适偕二婢来园中扑蝶为嬉。偶一失手扇落池中，二婢乃急往取竿。女留待池畔，见扇将沉离池面，又不甚远，遂揎袖俯身往捞。时杞良正隐于树间，自后见之，疑有变故，失声而呼。适二婢及仆人孟福、孟兴、孟富均至，杞良以私入人家园圃故，遂被彼等带往见孟员外。

孟员外问杞良来此何为，杞良乃以寻亲误入对。孟员外亦不深责，命仆人纵之去。孟姜女闻其去，急跪白父前，欲留其人暂止。盖女之臂上有一痣，女曾焚香设誓，倘有人见其痣者，即以终身相许。今于捞扇时已适为此人所见，故将嫁之也。女之父母虽不愿，然亦不敢使其女背誓言，于是遂命杞良返留之家中。

及暮，女之婢春香送衾枕客室，则见客之胡角上微脱，似为假饰，遂疑而告之老家人孟福。孟福往视之，果不谬，遂往白员外。杞良知已见疑心，甚惴惴，遂乘机潜

〔1〕 原为句读。

出。至后花园欲逾墙而遁，谁知彼之行动已为狡仆孟富所窥见，乃复捉之返往主人处邀功。孟员外问彼何故逃逸，杞良不能答。孟富直前擎其假胡，假胡既落，孟员外乃大怒，严诘之。杞良知不能复隐，遂以实告。孟富闻而大喜，欲往报官领赏，员外急呵止之，且命勿声张。员外之妻女闻此事，亦为之惊惶失措焉。

万员外与其妻女叠经聚议，因女坚欲践其誓言，遂定一日期匆匆为彼等完婚。正行婚礼时，狡仆孟兴孟富已私自密报里正，杞良遂为官中拘去。一场喜事至此乃惨痛而散。厥后杞良起解之日，孟员外等复至长亭为之送别，状至惨恻。

杞良去后，女得一梦，梦杞良已遭惨死。遂告其父母，欲往寻夫，拟以孟福与春香随行。顾孟福年老，其父虑有失，乃易以孟兴，于是三人遂就道。一日行至一荒山，时已夜半，俱倦极。女与春香各以衣裹为枕，依石而睡，孟兴则睡于稍远处。

孟兴貌长厚而心叵测，转侧不寝，忽起妄念，乃潜起欲吻春香之颊。顾见小姐卧春旁，又不敢，乃抽其枕下衣裹，触之醒，故持裹作逃走状。春香中其计，惊起追之至一山顶。孟兴坐下，春香亦追至。孟兴乃乘机要挟，欲以彼为妻，春香窘甚。适于月光中见岩下有花幽艳可爱，乃藉词命孟兴往采。孟兴解腰带攀壁而下，采得后欲复上。春香心慌力亦疲，略一舒手，带便逸出，孟兴遂堕岩下而死。春香见之，因惊而晕，坠于岩下亦死焉。

次晨，孟姜女醒，四觅不见彼等，彷徨无策，只能踽踽而行。既而至一河边，唤舟而渡。船役羡女美，行至中流忽加调戏。女四顾茫茫，知无援者，欲投水自尽。船役急阻之，且谓："余不过借此试汝心耳！非戏汝也。家中尚有老母，同往小憩如何?"船役遂载女至其家，使其母监视之。而己则往市香烛，意欲娶女为妇，即夕与女成婚。船役之母甚怜女，欲纵之，而又惧其子之忤逆，遂设为计：令女束己手足，作不敌被缚状，且令其乘机逃逸焉。

女行时经一庙，乃入而祈于神，求神佑。后又行至黄河，欲渡无舟，棏得神显灵，驾祥云而渡往彼岸焉。

女历尽艰辛，终至长城，乃跪于城下而哭。忽杞良之形现于城上，披发瘁容状至可惨。女审其果死，欲往就之，而杞良则渐退渐远。女追随至一桥畔，乃跃入城下河中。少顷，杞良之灵魂援女魂冉冉上升，二人遂团聚于云天之中。

字　　幕

1. 秦始皇建筑万里长城
2. 榜诏万杞良以衅城
3. 奉

皇帝陛下诏：闻有万杞良者，虽为庶人，而姓氏颇有瑞征。方今构筑万里长城，亟宜以其血衅城，用符大典。凡尔众庶有知其下落者，当据以闻诸官，有厚赏焉。

4. 万杞良 （金玉如饰）
5. 万父：刚才我走过城门口，看见皇榜要捉你去衅城呀！

6. 杞良：父亲，什么叫做衅城？
7. 万父：衅城，就是要将你的血肉去填城基。
8. 杞良：真有这事么？怎么办呢？
9. 万父：这是圣旨，不能违抗的。
10. 万母：还是快些让他逃走罢。
11. 万母：好孩子，我只有你一个儿子。你怎么可以去呢？
12. 万父：外面风声很紧，快让他去罢。
13. 翌日
14. 万忠：老爷不好了，外面有二个差人来了。
15. 差役：这里有个万杞良吗？
16. 万父：没有没有。
17. 差役：我们已经打听得万杞良是你的儿子，怎么说没有？
18. 万父：有是有这人的，他出外经商，好几年不曾回来了。找他则甚？
19. 万杞良逃至松江
20. 孟府花园之后门
21. 孟姜女 （胡蝶饰），其婢春香 （张慧娴饰）
22. 春香：小姐你看，碧玉在那里扑蝴蝶。
23. 姜女：你快去拿一根竹竿来。
24. 姜女：碧玉，去叫孟福来。
25. 孟富 （张大公饰），孟兴 （张颠颠饰）
26. 孟福 （魏鹏飞饰）
27. 碧玉：花园里闯进来一个男人，探头探脑，不知是谁？
28. 孟福：我们带他见老爷去。
29. 孟隆德 （王旡恐饰）
30. 孟富：老爷，花园里闯进一个生人，探头探脑，形迹可疑，现被我们捉住了。
31. 孟隆德：你是谁？
32. 杞良：我……
33. 孟隆德：你到我花园里来做什么？
34. 杞良：我……因为……寻亲不遇，不识途径，无意间闯了进来的。
35. 碧玉：小姐，我去禀告太太去。
36. 孟夫人 （丁华氏饰）
37. 孟隆德：既然是走错的，让他去罢。
38. 姜女：父亲……女儿有事奉禀，且叫他慢去。
39. 孟隆德：叫他到门房里坐一坐。
40. 姜女：女儿前曾立誓，凡见女儿臂上黑痣者，即以终身许之。刚才他看见了……
41. 孟员外：难道你愿意嫁这么个老头儿吗？

42. 孟隆德：既是女儿的意思，我看就从了她罢。
43. 孟隆德：刚才那老头儿，留他在这里住宿一夜罢。
44. 春香：孟福……
45. 春香：那老头儿的胡子是假装的。
46. 孟隆德：你一定是个歹人。
47. 杞良：我……是……万……杞……良。
48. 孟富：老爷，这万杞良就是外面皇榜要捉他的人。
49. 孟隆德：领他到书房里去，休得漏了风声。
50. 孟夫人：那个人是万杞良，皇榜要捉他去衅城的，你怎能嫁他呢？
51. 姜女：女儿既经有誓，又曾许了他，怎能反悔呢？
52. 孟夫人：女儿既经决意嫁他，只得从了她罢。
53. 孟隆德：我膝下无儿，只有一女，意欲赘你为婿。
54. 杞良：这哪里使得？我乃逃亡之人，生命危在旦夕，安敢贻害令媛。
55. 孟隆德：这事另有缘故，你不要推却。
56. 孟兴：万杞良既是皇榜上出了赏格的，我们何不报官去？
57. 孟隆德：小姐配给万杞良，明天结婚，你们暗中筹备一切，不要走漏风声。
58. 孟兴、孟富，私往地保家报告
59. 次日万杞良与孟姜女举行婚礼
60. 孟隆德：你们去打听打听消息，看究竟怎样了？
61. 地保：那万杞良明天就要解上去的。
62. 孟兴：我们的赏格银子可以领取了吗？
63. 地保：这是皇上出的赏格，要等皇上解下来的。
64. 孟兴：大约几时可以解到呢？
65. 地保：那可说不定。
66. 孟福：姑爷明天就要解上去的。
67. 孟夫人：我们明天要备些路菜，到路上去见他一面。
68. 翌日，孟姜女等往送万杞良
69. 长亭
70. 长城
71. 数月之后，孟姜女梦见万杞良
72. 姜女：昨夜我梦见他来告诉我说，已死在长城了。
73. 孟隆德：日有所思，夜有所梦，这不足凭信的。
74. 孟姜女：他既是为了衅城捉去的，自然万无生理。女儿想亲往长城一探消息。
75. 孟隆德：这么远的地方你如何去法？
76. 姜女：女儿决计前去，否则情愿一死。
77. 孟隆德：女儿既经决意要去，只有派个人陪她去罢。
78. 孟隆德：可惜你年纪太大了。

79. 孟隆德：你向来没有出过门，也不好。

80. 孟隆德：你陪了去罢，路上要格外小心。

81. 途行数日夜过荒山

82. 春香：孟兴——你……偷包袱。

83. 孟兴：春香——我并不是要这包袱，实在是要你……

84. 孟兴：小姐在那儿不便说话，因此不能不借重这个包袱，请你到此地来。

85. 孟兴：你总是逃不走了，还是答应了我罢。

86. 春香：你当真爱我么？我要这花，你采来给我。

87. 春香：你采了来，我答应你。

88. 孟姜女过关

89. 长江

90. 舟子阿毛 （周空空饰）

91. 姜女：老伯伯，长城往哪里走？

92. 姜女：老伯伯，请你告诉我罢。

93. 阿毛：过了这江，过去还有山；山过去还有河，河过去还有山，远得很呢！

94. 姜女：那么请老伯伯渡我过去。

95. 阿毛：好好上船罢。

96. 阿毛：老实说罢，你这样一个贞操女子，我还来欺你？你放心罢。

97. 阿毛：你这样个年轻女子，慌慌张张到这里来，我怎不疑心你？刚才我乃是试试你心。

98. 阿毛：我就住在那边岸上，你可以到我家里去歇息。

99. 阿毛：我还有老母在家，她一定格外款待你。

100. 阿毛之母 （萧天呆饰）

101. 毛母：你快些逃去罢。

102. 姜女：我逃去了，他回来时决要同你为难的，怎么好呢？

103. 毛母：我有个法子……

104. 毛母：到那房间里去拿些棉花来。

105. 毛母：你必要朝东去……

106. 阿毛：这女子哪里去了？

107. 毛母：她把我绑在这里逃走了。

108. 阿毛：她往哪边去的？

109. 毛母：朝西去的。

110. 孟姜女至古庙祈神

111. 黄河岸上

112. 长城

孙行者大战金钱豹

出品　天一影片公司，1926 年
导演　邵醉翁　顾肯夫
编剧　邵邨人　孟君谋
分幕　裘艺香　李萍倩
摄影　邵逸夫　王士珍
置景　周念衷　魏鹏飞
演员　金玉如　金世侯　张钦隆　魏鹏飞　孙希明　王无恐　丁华民　胡　蝶　吴爱珠　张大公　张怀玉

《孙行者大战金钱豹》电影取材古典名著《西游记》，由邵邨人、孟君谋编剧。其电影本事无署名，原载《天一青年特刊》第 10 期（1926 年）。

本　　事[1]

唐僧玄奘，字三藏，奉玄宗命，往天竺国取经。随行弟子三人，曰悟空孙行者、悟能猪八戒、悟净沙和尚。披蒙茸，涉崎岖，万里投荒，困苦颠连，妖魔鬼怪，所遇极多。有金钱豹者，伏居深山穷谷间，修练既久，道行已深，然兽性未除，时为民害。一日偕狼妖幻为主仆，经汪氏园外，遥见红楼一角，有美一人，绰约如仙子；旁立小鬟，貌亦艳丽。豹涎之，问计于狼。狼引之入园，遇汪氏小姐于假山石旁，径就与语。小姐以非素识，不之理欲去，而豹狐遮道相拒。小鬟有急智，约以求之员外。豹狐信以为真，乃舍之去。小姐以其事告员外，员外方惊奇，忽有人入室，黄冠丝绦，岸然道貌，自言为郎姓，来与金姓为媒，欲聘其女。其人盖狼妖也，并言金氏公子曾邂逅女于园中。员外怒斥之，狼亦怒曰："讵不知金风洞主金钱豹耶？允我求，则洞主与尔女情为夫妇，否则将扰尔家弗宁。"于是兴妖作怪，以胁员外。员外恐，允之。狼嘱速为之备，当于今夜成亲而去。

唐僧等行经荒野，遥见一庄院，门前方张灯结彩，盖即汪氏宅，预备以女归豹也。唐僧等驰至求宿，员外允之，延之入，并治素斋款待。席间僧见员外时作忧色，因问其故，员外举其事以告。行者跃然起曰："有是事乎？当为长者除之。"乃命员外引小姐去，使八戒幻为小姐，行者幻为侍婢，相将入洞房以待豹至，而令沙僧守护唐僧。少顷，金钱豹来，交拜而后欣然入洞房。搴帏登床，则娉婷淑女忽易为黑丑之八戒；行者亦持棍直入。豹以徒身而逃至山麓，小妖齐出；行者亦拔毫毛幻成小猴无数，恶斗久之。金钱豹卒为行者以金箍棒击毙，群妖亦尽歼焉。

---

〔1〕 原为句读。

猪八戒招亲

出品　大中国影片公司，1926 年

编剧　陈野禅

说明　夏赤凤

导演　陈秋风

摄影　川谷庄平

置景　蒋镜澄

化装　林如心

书幕　马伯翱

演员　刘一新　孙天麟　朱剑灵　汪慧英　汪雪琴　刘爱丽　陈野禅　蒋镜澄　唐丽琳　居耀贞　林如心　赵长松　吴天红　汪摩陀

《猪八戒招亲》电影取材古典名著《西游记》，由陈野禅编剧。其电影本事为李元龙撰写，原载《大中国影片公司特刊》猪八戒招亲号（1926 年）。

本　　事〔1〕

李元龙

《西游记》为吾国数百年来神怪小说之巨著，以唐三藏佛国取经为主，叙述神仙妖魔斗法等事，光怪陆离，固已有口皆碑。然唐僧之得以除灭妖孽，端赖其弟子孙行者（悟空）猪八戒（悟能）沙和尚（悟净）及诸仙帮助之力。而其中收服八戒一段，更为引人入胜。猪，傻妖也。妖而傻，则其滑稽处，自可想见。惟其傻又得美妻，是又滑稽中带香艳。以之摄成影片，加以艺术上种种烘托，必当另辟蹊径，以博诸君一粲。

福陵山有一猪，不知生于若干年前，吸山川之灵气，受日月之精华，已能变幻人形，四出觅食。因之热闹市中，时见踪迹。人民受其骚扰，以其无恶意，故亦不甚仇视之。

一日，猪复幻成人形，游于街市。过高氏园墙，突见内有丽姝，因遁入内园，谋所以通款曲之道。至池边，见已形丑恶不堪，乃复摇身一变为少年，固亦翩翩然一书生矣。园中丽姝，为高德安之第三女，名翠兰，年华二九，艳名素噪。是日偶与其婢小翠至园中小游，猝见一美少年，往来园中。双方一见，不觉有情。猪虽傻，至时亦不知其何处学来温柔手段，竟向前致礼，自言姓猪名刚鬣，为当代才子，并乱道其仰慕之忱。翠兰亦含情脉脉，意皆在不言中矣。伶哉侍婢，乃嘱其挽入向其父说媒。

〔1〕 原为句读。

八戒既蒙高女青睐，遂转身一变，为一龙钟老人，径往高氏之门，为八戒说媒。德安以郎才女貌，决无不合，惟须面试学识，及征女同意。八戒乃出门至隐处，复变为少年模样，再投高宅，声言因老人有事，由其独来应试。德安见其文质彬彬，又复应对如流，喜之，遂允婚焉。

八戒赘于高氏后，伉俪甚笃。傻者必忠，故其工作甚勤，合宅无不喜之。惟是猪性难改，好食好睡，时食残余，及宴卧脏处。有时竟因贪食贪睡，忘形复原，为其家人发现者，已数见不鲜。然终或以目眩之故，姑作疑问。时高女身怀有孕，期满产下，竟是猪首人身。合宅大惊，遂决定此三姑爷者，必妖精无疑矣。

德安知八戒为妖，遂遍觅法师以除之。某道乃江湖之流亚也，初无所谓除妖本领，亦思一逞其技。八戒知高氏已识破其真形，及谋捉除之计，不觉忿火中烧。自思自入高宅，为工为农，赤胆忠心；虽为妖孽，并无亏待之处，今竟欲收除，遂发出本性，将老道痛惩。老道遁去，八戒怒仍不息，而高氏遂无安日，种种怪象，接连而生。谚云天下本无事，庸人自扰之，其高氏之谓乎。

会唐僧带领孙行者，赴西天取经，路过高庄，遇高仆，知为妖魔所困。行者固捉妖之能手，好斗喜动，闻言不觉技痒，遂允其请，入住高庄。至晚，行者变为高女模样，以待八戒之至。

八戒是晚入房，高女即起欢迎，言语温柔，为从来所未有，不觉心花怒放，身不由主。正在迷离之际，高女即大吼一声，现出行者原形，直扑八戒。八戒知祸已至，返身奔往妖洞，取来九齿钉耙，与行者对垒矣。

观众当知八戒之对行者，不论道行武艺，直小巫之见大巫耳。故虽八戒极力变化，用尽平生之力，终为行者降服。八戒固早闻唐僧名者，至是愿师事三藏，护送往西。唐僧以其尚无害于人，且有佛果，允之。而八戒随唐僧行者向西而去。